insel taschenbuch 2924
José Maria Eça de Queiroz
Vetter Basilio

JOSÉ MARIA EÇA DE QUEIROZ

Vetter Basilio

Roman

Aus dem Portugiesischen

von Rudolf Krügel

Insel Verlag

insel taschenbuch 2924
Erste Auflage 2003
Insel Verlag Frankfurt am Main und Leipzig

Hinweise zu dieser Ausgabe am Schluß des Bandes
Vertrieb durch den Suhrkamp Taschenbuch Verlag
Umschlag nach Entwürfen von Willy Fleckhaus
Satz: Hümmer GmbH, Waldbüttelbrunn
Druck: Memminger MedienCentrum AG
Printed in Germany
ISBN 3-458-34624-4

1 2 3 4 5 6 – 08 07 06 05 04 03

Vetter Basilio

I

Elfmal hatte im Speisezimmer die Kuckucksuhr geschlagen. Jorge klappte, in den mit dunklem Saffianleder bezogenen Voltairestuhl hingestreckt, den Louis-Figuier-Band zu, in dem er eben noch gelangweilt herumgeblättert hatte; er dehnte sich, gähnte und sagte: »Willst du dich nicht anziehen, Luiza?«

»Gleich.«

Sie war am Tisch sitzengeblieben, in ihrem schwarzen, litzenbesetzten Morgenrock mit den großen Perlmutterknöpfen, und las das ›Diario de Noticias‹; ihr blondes Haar, ein wenig in Unordnung und von der Wärme des Kopfkissens nur matt glänzend, schlang sich gekräuselt um das Köpfchen mit dem hübschen Profil; ihre Haut hatte die zarte, milchfarbene Tönung der Blondinen. Den Ellbogen auf den Tisch gestützt, spielte sie an ihrem Ohr, und die leichte und langsame Bewegung ihrer Finger ließ zwei Ringe mit winzigen scharlachroten Rubinen aufblitzen.

Sie hatten soeben ihr Frühstück eingenommen.

Das mit Läufern ausgelegte Zimmer mit seiner weißgestrichenen Holzdecke und dem grünen Laubwerk der hellen Tapete stimmte heiter. Es war an einem Sonntag im Juli und sehr heiß; die beiden Fenster blieben geschlossen, aber man spürte förmlich, wie draußen die Sonne auf die Glasscheiben brannte und die Steinfliesen des Balkons erhitzte; es herrschte das verhaltene und geruhsame Schweigen eines Messemorgens; leichte Ermattung lahmte die Glieder, ließ den Wunsch nach Mittagsruhe aufkommen oder nach dem erquickenden Schatten von Hainen, draußen irgendwo auf dem Lande, in der Nähe eines Gewässers. Zwischen den Gardinen aus blauem Kretonne schliefen in zwei Käfigen die Kanarienvögel; über den Tisch krochen monoton summende Fliegen, sie verweilten bei den Zuckerresten auf dem Boden der Teetassen und erfüllten den ganzen Raum mit einer Atmosphäre von Schläfrigkeit.

Jorge drehte sich eine Zigarette, und gut ausgeruht, recht fesch in seinem Hemd aus feinem Kattun, ohne Weste, das blaue Flanelljackett geöffnet und die Augen auf die Decke gerichtet, begann er, über seine Reise nach dem Alemtejo nachzudenken.

Er war Bergbauingenieur; am folgenden Tage mußte er nach Evora, Beja und noch weiter nach dem Süden bis São Domingos fahren; und diese Reise, noch dazu im Juli, widerte ihn an wie ein unangenehmer Zwischenfall, betrübte ihn wie eine Ungerechtigkeit. Welche Plackerei in einem derartigen Sommer! Sich Tag für Tag vom Trab eines gemieteten Gauls durcheinanderschütteln zu lassen, in diesen nicht enden wollenden, von verbrannten Stoppeln bedeckten Wildnissen des Alemtejo, über denen dumpf die Hitze brütete und die Bremsen brummten. Auf Futterböden schlafen, in Räumen, wo es nach gebrannten Ziegeln roch und man ringsam in der Dunkelheit der schwülen Nacht die Ferkel grunzen hörte! Wo man jeden Moment fühlte, wie der heiße Dunst ausgedörrter Felder durch die Fenster drang und die Luft erfüllte! Und dazu ganz allein!

Bisher hatte er im Ministerium gearbeitet. Es war das erste Mal, daß er sich von Luiza trennen mußte, und er verzehrte sich schon vor Sehnsucht nach dem Zimmer, das er selbst am Tage vor seiner Hochzeit hatte neu tapezieren helfen und wo nach den Glückseligkeiten der Nacht das Frühstück stets in so wohliger Trägheit auszuklingen pflegte.

Während er sich den kurzen, dünnen, sehr gepflegten Bart strich, blieb sein Blick schließlich zärtlich an den vertrauten Möbeln haften, die noch aus Mutters Zeiten stammten: dem alten verglasten Geschirrschrank mit dem glänzend geputzten, prächtig funkelnden Tafelsilber; dem alten Ölgemälde, das er so liebte und das ihm schon als Kind vertraut gewesen war, auf dessen abgeblättertem Grund man kaum noch die rötlichen Kupfertöne einer bauchigen Kasserolle und das matte Rosa eines Bündels Radieschen wahrnahm. Gegenüber, an der anderen Wand, hing das Porträt seines nach der Mode von 1830 gekleideten Vaters, mit vollem Gesicht, leuchtenden Augen, sinnlichen Lippen; auf seinem mit Knöpfen besetzten Frack prangte der Orden ›Unserer Lieben Frau von der Empfängnis‹. Er war lange Jahre Beamter des Finanzministeriums gewesen, ein sehr aufgeschlossener Mensch und leidenschaftlicher Flötenspieler. Jorge hatte den Vater nicht mehr gekannt, doch seine Mutter behauptete, daß ›das Porträt nur noch zu sprechen brauche‹. Er wohnte mit seiner Mutter ständig in diesem Hause. Sie hieß Isaura, war eine Frau von hohem Wuchs, mit schmalen Nasenflügeln und sehr argwöhnisch; zum Mittagessen pflegte sie warmes Wasser zu trinken; und als sie eines schönen Tages von der Lausperenne aus der Graça zurückkam, starb sie plötzlich, ohne daß sie einen Laut von sich gab.

Ähnlich sah er ihr überhaupt nicht. Jorge war kräftig, ein ganzer Mann, besaß die wunderbaren Zähne seines Vaters und dessen starke Schultern. Von seiner Mutter hatte er das sanfte Wesen und ruhige Gemüt geerbt.

Als er noch Student am Polytechnikum war, fand er sich gegen acht Uhr abends zu Hause ein, zündete seinen Messingleuchter an und schlug die Lehrbücher auf. Er verkehrte nicht in Kneipen, schwärmte auch nicht die Nacht durch. Nur zweimal in der Woche besuchte er regelmäßig eine blutjunge Näherin, die Euphrasia, die beim Borratem wohnte. An den Tagen, an denen ihr Mann, ein Brasilianer, in den Klub Boston spielen ging, empfing sie Jorge in aller Heimlichkeit und mit überschwenglichen Worten; sie war ein Findelkind, und ihrem zarten, schmächtigen Körperchen haftete stets der feuchte Geruch einer Spur von Fieber an. Jorge fand sie ›zu romantisch‹. Sentimental war er niemals gewesen; seine Mitschüler, die unter Seufzern Alfred de Musset lasen und gern Marguérite Gautier geliebt hätten, nannten ihn prosaisch, bürgerlich. Jorge lachte; ihm fehlte kein Knopf an den Hemden, er ging geschniegelt und gebügelt, schwärmte für Louis Figuier, Bastiat und Castilho, hütete sich, Schulden zu machen, und fühlte sich glücklich.

Als jedoch seine Mutter starb, sah er sich plötzlich allein: Das war im Winter, und gegen sein Zimmer, das im hinteren Teil des Hauses lag, nach Süden zu, etwas abseits, brandete der Wind und klang heulend und traurig nach; vor allem abends, wenn er mit warm eingepackten Füßen über seinem Lehrbuch saß, überfiel ihn tiefe Schwermut; er streckte die Arme aus, ganz von einem einzigen Wunsche erfüllt: eine zarte, liebliche Taille wollte er umfassen, im Hause das Rauschen eines Kleides hören! Jorge faßte den Entschluß zu heiraten. Da lernte er an einem Sommerabend im Passeio Luiza kennen. Er verguckte sich in ihr blondes Haar, ihren Gang, die großen kastanienbraunen Augen. Im folgenden Winter ging er aufs Ganze und heiratete. Sebastião, sein bester Freund, der gute Sebastião, der Pfundskerl Sebastião, hatte nur ernst den Kopf geschüttelt und sich bedächtig die Hände gerieben: »Ins Blaue hinein hat er geheiratet! Er hat doch ein bißchen ins Blaue hinein geheiratet!«

Aber Luiza, die kleine Luiza, gab eine gute Hausfrau ab: Sie kam ihren häuslichen Verpflichtungen mit rührender Aufmerksamkeit nach und war immer adrett; sie war munter wie ein Vögelchen, das sich seines Nestes und der Liebkosungen seines Männchens freut; und ihr goldig schimmernder Blondkopf machte sein Haus zum wahren Paradies.

»Ein richtiges Engelchen!« sagte jetzt Sebastião, der gute Sebastião, mit seiner tiefen Baßstimme.

Nun waren sie schon drei Jahre verheiratet. Was für einen guten Griff hatte er getan! Er hatte sich selbst verbessert; er kam sich reifer, ausgeglichener vor ... Und während er mit übereinandergeschlagenen Beinen über sein bequemes und behagliches Dasein nachdachte, blies er gutgelaunt den Rauch der Zigarette in die Luft, denn er fühlte sich im Leben so wohl wie in seinem Flanelljackett.

»Da sieh mal einer an!« entfuhr es plötzlich Luiza, die ganz in die Zeitung vertieft war. Sie lächelte.

»Was ist denn?«

»Vetter Basilio kommt!«

Und sie las ihm vor: »›Wie verlautet, wird in diesen Tagen Herr Basilio de Brito, der in hiesigen Kreisen wohlbekannt ist, aus Bordeaux kommend in Lissabon erwartet. Seine Hochwohlgeboren, die seinerzeit nach Brasilien gereist waren und dort, wie es heißt, bei einem ehrenvollen Auftrage wieder zu Vermögen gekommen sind, befinden sich seit Anfang vergangenen Jahres auf einer Europareise. Für die so zahlreichen Freunde Seiner Hochwohlgeboren bedeutet seine Rückkehr nach der Hauptstadt ein außerordentlich freudiges Ereignis.‹

Und ob sie zahlreich sind!« sagte Luiza sehr überzeugt. »Das will ich meinen, der Arme!« seufzte Jorge und rauchte weiter, indem er sich mit der Handfläche über das Kinn fuhr. »Und ein Vermögen bringt er auch mit, hm?«

»Es scheint so.«

Sie überflog den Anzeigenteil, trank einen Schluck Tee, erhob sich und öffnete einen der Fensterflügel.

»Großer Gott, wie heiß es da draußen ist!« Luiza kniff vor den grellen Sonnenstrahlen die Augen zusammen.

Das Zimmer, im hinteren Teil des Hauses gelegen, ging auf freies, von einer niedrigen Bretterwand eingezäuntes Gelände mit hohem Gras und wild wuchernder Vegetation hinaus; hier und dort glühten in dem vom Sommer ausgedörrten Grün große Steine, auf die senkrecht die Sonne brannte, und ein wackerer alter Feigenbaum, der einsam in der Mitte stand, streckte starr sein dichtes Laubwerk von sich, das im Sonnenglast dunkle Bronzetönung annahm. Dorthin blickten auch die Rückfronten anderer Häuser, mit Balkonen, zum Trocknen aufgehängter Wäsche, weißen Gartenmauern und schlanken Bäumen. Eine stickige Staubwolke wälzte sich heran, quoll in die klare Luft.

»Dabei gehen ja die Vögel zugrunde!« sagte Luiza und schloß das Fenster. »Und bei dieser Hitze sollst du nach dem Alemtejo!«

Sie stützte sich auf Jorges Voltairestuhl und strich ihm langsam mit der Hand über das schwarze, lockige Haar. Jorge blickte zu ihr auf, schon vom Schmerz der Trennung erfüllt. Die beiden obersten Knöpfe ihres Morgenrocks standen offen; man sah den Ansatz ihrer zartweißen Brüste, den Spitzenbesatz ihres Hemdes: Jorge knöpfte sie ihr in aller Züchtigkeit zu.

»Und wie steht es denn mit meinen weißen Westen?« fragte er.

»Die müssen schon fertig sein.«

Um sich zu vergewissern, rief sie nach Juliana.

Man hörte das sonntägliche Rauschen gestärkter Unterröcke; Juliana trat ein, nervös an Kragen und Brosche nestelnd. Sie mochte etwa vierzig Jahre alt sein und war außergewöhnlich dürr. Ihre mageren, groben Gesichtszüge hatten die gelblichbraune Tönung Herzkranker. Die großen Augen kreisten unruhig in tiefen Höhlen, neugierig, blutunterlaufen, unter Lidern, deren Ränder beständig gerötet waren. Sie trug im Nacken verschlungene künstliche Zöpfe aus gezwirnter Seide, die ihren Kopf noch größer machten. Ihre Nasenflügel zuckten beständig. Das enge Kleid, das sich flach über ihre Brust zog und von den gestärkten Unterröcken aufgebauscht wurde, ließ einen kleinen, in feste Halbstiefel mit Ladespitzen gezwängten hübschen Fuß frei.

In unverkennbarem Lissabonner Dialekt erklärte sie, daß die Westen noch nicht fertig wären; sie hätte keine Zeit gehabt, sie in die Stärke zu stecken.

»Wie oft habe ich Ihnen das gesagt, Juliana!« schalt Luiza. »Sehen Sie zu, wie Sie damit fertig werden! Die Westen müssen heute abend im Reisekoffer liegen!«

Und kaum war Juliana hinausgegangen, meinte Luiza: »Diese Kreatur wird mir allmählich zuwider, Jorge!«

Seit zwei Monaten hatte sie Juliana im Hause und konnte sich nicht an ihre Häßlichkeit und ihre Grimassen gewöhnen, an ihre Art, mit spitzem Munde die Worte ›Huut‹ und ›Säägebock‹ zu flöten und das Doppel-R ein wenig in die Länge zu ziehen, an den Lärm ihrer mit Metallplättchen beschlagenen Absätze; und sonntags fielen ihr die Feiertagsperücke, das affektierte Getrippel ihrer Füße, die schwarzen Lederhandschuhe auf die Nerven.

»Wie unsympathisch sie ist!«

Er lachte. »Du bist zu bedauern! Sie ist doch auch nur ein armes Menschenkind! Und wie wunderbar sie die Wäsche behandelt! Im Ministerium war man von ihren gestärkten Vorhemden begeistert! Julião hat ganz recht, ich gehe wie aus dem Ei gepellt! Sympathisch ist sie wirklich nicht, aber geschickt, zuvorkommend ...« Jorge erhob sich, die Hände in die Taschen seiner weiten Flanellhose vergraben. »Schließlich darfst du nicht vergessen, Liebling, wie sie sich während der Krankheit von Tante Virginia aufgeopfert hat ... Für die war sie ein Engel!« Er wiederholte feierlich: »Tag und Nacht sorgte sie wie ein Engel für sie! Wir stehen in ihrer Schuld, Mädchen!« Und er schickte sich mit tiefernster Miene an, eine Zigarette zu drehen.

Luiza blieb stumm und ließ den Saum ihres Morgenrockes

auf der Pantoffelspitze hüpfen. Während sie mit leicht gerunzelter Stirn ihre Fingernägel einer eingehenden Prüfung unterzog, meinte sie schließlich: »Aber wenn ich sie nun einmal nicht ausstehen kann, soll mich das alles nicht daran hindern, sie wegzuschicken.«

Jorge hielt inne und sagte, indem er ein Streichholz an der Schuhsohle rieb: »Sofern ich damit einverstanden bin, mein Schatz. Für mich handelt es sich hier ganz einfach um eine Dankesschuld!«

Sie schwiegen. Die Kuckucksuhr schlug Mittag.

»So, nun muß ich hinaus ins feindliche Leben«, sagte Jorge. Er trat dicht an sie heran und nahm ihren Kopf in seine Hände.

»Kleine Schlange!« flüsterte er mit einem liebevollen Blick.

Sie lachte und hob ihre herrlichen, leuchtenden, sanften kastanienbraunen Augen zu ihm auf. Jorge wurde weich ums Herz; er drückte ihr zwei schallende Küsse auf die Augenlider. Und er verdrehte ihre kleine Lippe und fragte zärtlich: »Hast du etwas mitzubringen, Liebling?«

Nicht so spät wiederkommen solle er.

Er wolle nur ein paar Karten aufgeben, mit der Droschke wäre es ein Katzensprung …

Gutgelaunt ging er hinaus und sang dabei mit voller Baritonstimme:

»Götze des Goldes
Regiert diese Welt.
Lalara, lara.«

Luiza rekelte sich. Wie ärgerlich, sich überhaupt ankleiden zu müssen! So gern läge sie jetzt in einer Badewanne aus rosa Marmor, in lauem, wohlriechendem Wasser, und träumte, oder in einer seidenen Hängematte, hinter geschlossenen Fenstern, um sich von leiser Musik einlullen zu lassen. Sie schüttelte das Pantöffelchen ab, verweilte eine Zeitlang bei der liebevollen Betrachtung ihres kleinen, milchweißen, blaugeäderten Fußes und dachte an unendlich viele belanglose Dinge: an die seidenen Strümpfe, die sie zu kaufen beabsichtigte; an das Handgepäck, das sie Jorge für die Reise zurechtmachen wollte; an drei Servietten, die die Waschfrau verbummelt hatte ...

Sie dehnte sich noch einmal.

Dann sprang sie auf die nackten Füße, langte sich vom Büfett hinter einer Kompottschüssel ein etwas lädiertes Buch hervor, streckte sich in den Voltairestuhl, so daß sie fast darin lag, ließ ihre Finger liebevoll mit ihrem Ohr spielen und begann interessiert zu lesen.

Es war die ›Kameliendame‹. Luiza las viele Romane; sie hatte in der Baixa ein Monatsabonnement. Mit achtzehn Jahren, als sie noch ledig war, schwärmte sie für Walter Scott und Schottland; damals wollte sie am liebsten in einem jener schottischen Schlösser wohnen, die über den Spitzbogen das Familienwappen trugen, mit gotischen Truhen und Kriegstrophäen möbliert waren und ausgekleidet mit üppigen Tapeten, geschmückt mit der Darstellung von Heldentaten, die der Wind, der vom See herüberweht, zu neuem Leben erweckt; und sie hatte Ervandale, Morton und Ivanhoe so zärtlich und innig geliebt, daß sie sich eine Adlerfeder an die Kappe steckte; selbst eine Distel aus dem Schottland der Smaragde und Diamanten konnte sie betören. Doch jetzt war es das ›Moderne‹, das sie in seinen Bann zog, Paris mit seinem ganzen Drum und Dran und seinen Sentimentalitäten. Sie lächelte über die Minnesänger, begeisterte sich für Monsieur de Camors, und ihre männlichen Ideale erschienen mit weißer Krawatte in den Türen der Ballsäle, mit unwiderstehlichen Blicken, von Liebesglut verzehrt und in überschwenglichen Worten daherredend. Seit einer Woche interessierte sie sich für Marguérite Gautier, deren unglückliche Liebe sie mit düsterer Melancholie erfüllte: Luiza sah sie vor sich, groß und mager, in ihrem langen Kaschmirkleid, mit schwarzen Augen, in denen die Leidenschaft und das Fieber der Schwindsucht glühten; selbst in den Namen, die im Buche vorkamen – Julie Duprat, Armand, Prudence –, entdeckte sie den poetischen Hauch eines von Liebe durchpulsten Lebens; und dieses ganze Frauenschicksal zog immer wieder an ihr vorüber, wie im Rhythmus schwermütiger Musik, mit Diners, im Fieberwahnsinn verbrachten Nächten, Geldsorgen und trübsinnigen Tagen in den tiefen Polstern einer Kutsche, wenn auf die Alleen des Bois von einem einförmig grauen Himmel ganz sacht der erste Schnee fällt.

»Bis nachher, Luizinha«, rief Jorge noch im Gehen vom Korridor.

»Warte mal!«

Er kam zurück, den Spazierstock unter dem Arm, und strich sich die Handschuhe glatt.

»Daß du aber nicht so spät kommst, nicht wahr? Hör zu, bring mir vom Baltresqui ein paar Stück Kuchen für Donha Felicidade mit. Paß auf. Sieh, daß du bei Madame François vorbeikommst, und sage ihr, sie soll mir den Hut schicken. Und höre ...«

»Was denn noch um alles in der Welt?«

»Ach, nichts! Du solltest bloß beim Buchhändler ausrichten, daß er mir noch mehr Romane schicken möchte ... Aber heute hat er ja geschlossen!«

Als sie die ›Kameliendame‹ zu Ende gelesen hatte, zitterten zwei Tränen an ihren Augenlidern. Und in den Voltairestuhl hingestreckt, das Buch im Schoß, schob sie die Haut ihrer Fingernägel zurück und sang ganz leise und mit Hingabe die Arie aus dem letzten Aufzug von ›La Traviata‹:

»Addio, del passato ...«

Da entsann sie sich plötzlich der Zeitungsnotiz über die Ankunft ihres Vetters Basilio ...

Ein mattes Lächeln breitete sich über ihre hübschen, vollen, roten Lippen. Ihre erste Liebe, der Vetter Basilio! Damals, mit achtzehn Jahren! Niemand wußte etwas davon, nicht einmal Jorge, auch Sebastião nicht ...

Es war ja nur eine Spielerei gewesen! Luiza mußte zuweilen selber lachen, wenn sie an die zärtlichen Tändeleien von damals dachte und an manche grundlosen Tränen. Er hatte sich bestimmt verändert, der Vetter Basilio. Sie erinnerte sich seiner recht gut: groß, hager, mit edlen Gesichtszügen, hochgezwirbeltem schwarzem Schnurrbärtchen, keckem Blick und der Angewohnheit, die Hände in die Hosentaschen zu vergraben und Geld und Schlüssel klimpern zu lassen. Begonnen hatte die Geschichte damals in Cintra und bei ausgedehnten und sehr fröhlichen Billardpartien im Landhaus von Onkel João de Brito in Collares. Damals war Basilio aus England gekommen; er kleidete sich ganz nach der dortigen Mode, trug scharlachrote Krawatten, die durch einen goldenen Ring gezogen waren, weiße Flanellanzüge und versetzte ganz Cintra in Aufregung. Es war im unteren, ocker ausgemalten Salon, der einen altehrwürdigen Eindruck machte. Eine große Glastür ging nach dem Garten, zu dem drei Steinstufen hinunterführten. Rund um den Springbrunnen standen Granatbäume. Dort hatte er rote Blumen gepflückt. Das dunkelgrün glänzende Blätterwerk der Kameliensträucher bildete düstere Gäßchen; dazwischen blinkte die Sonne und zitterte auf dem Wasser des Teiches; in einem Weidenkäfig gurrten sanft zwei Turteltauben; und das harte Geräusch aneinanderstoßender Billardkugeln hatte im dörflichen Schweigen des Landhauses etwas Aristokratisches an sich.

Darauf folgten in Cintra alle die klassischen Episoden von Liebesabenteuern à la Lissabon: Mondscheinspaziergänge in Sitiaes über den bleichen Rasen, mit langen, verschwiegenen Ruhepausen auf dem ›Sehnsuchtsfelsen‹, bei denen man über das Tal blickte und in der Ferne weite Landflächen sah, die von einem wehmütig stimmenden, verklärenden hellen Licht überstrahlt wurden; Rasten an warmen Mittagen im Schatten des ›Grünen Felsens‹, wo man das Wasser kristallen von Stein zu Stein plätschern hören konnte; Nachmittage im Grunde von Collares, Ruderpartien in einem alten Boot über das vom Schatten der Eschen verdunkelte Wasser – und welch Gelächter, wenn sie ins Schilf gerieten und sich Luizas Strohhut in den niedrigen Zweigen der Erlen verfing!

In Cintra hatte es ihr immer gefallen. Kaum daß sie dort anlangte, erfüllten sie die dunklen, flüsternden Haine des Ramalhão mit beseligender Melancholie …

Beide genossen viel Freiheit, sie und der Vetter Basilio. Mama, die Ärmste, ganz in Grübeleien versunken, von Rheumatismus geplagt und mit sich selbst beschäftigt, ließ sie lächelnd gewähren und schlummerte: schließlich war Basilio ja reich, nannte sie Tante Jójó und brachte ihr Tüten voll Konfekt mit …

Es nahte der Winter, und ihre Liebe suchte Zuflucht in dem alten, mit Tapeten in Sangue-de-Boi ausgeschlagenen Salon in der Rua da Magdalena. Was waren das dort für hübsche Abende! Mama schnarchte leise, die Füße in eine Wolldecke gewickelt, den Band aus der ›Bibliotheca das Damas‹ im Schoß. Und sie saßen sehr glücklich eng beieinander auf dem Sofa. Ja, das Sofa! Welche Erinnerungen! Es war schmal und niedrig, mit hellem Kaschmirtuch bezogen, und in der Mitte war ein Band, das sie bestickt hatte, mit wohlgeformten gelben und veilchenblauen Schlingpflanzen auf schwarzem Grund … Eines Tages kam dann das Finale. João de Brito,

Teilhaber in der Firma Bastos & Brito, machte Bankrott. Das Haus in Almada und das Landgut in Collares wurden verkauft.

Basilio, jetzt verarmt, reiste nach Brasilien. Wie unglücklich sie war! Die ersten Tage verbrachte sie leise schluchzend auf dem geliebten Sofa, mit einer Photographie von Basilio in den Händen. Dann kamen die Überraschungen der sehnsüchtig erwarteten Briefe, die ungeduldigen Rückfragen im Büro der Reederei, wenn die Postschiffe sich verspäteten.

So verging ein Jahr. Eines Morgens, nachdem Basilio sehr lange nichts hatte von sich hören lassen, erhielt sie aus Bahia einen langen Brief, der folgendermaßen begann: ›Ich habe sehr viel über uns nachgedacht, und dabei ist mir klargeworden, daß wir unsere Zuneigung als eine jugendliche Spielerei betrachten müssen ...‹

Sie fiel in Ohnmacht. Die zwei Seiten, die Basilio mit Beteuerungen gefüllt hatte, verursachten ihr viel Kummer: Er wäre noch arm; er hätte noch schwer zu kämpfen, bevor er für zwei genug hätte; das Klima wäre entsetzlich; er wolle sie, sein armes Engelchen, nicht opfern; er nannte sie sein ›Täubchen‹ und unterschrieb mit seinem vollen Namen, mit vielen Schnörkeln.

Monatelang grämte sie sich. Es war Winter; sie saß über ihrer Wollstickerei am Fenster, blickte durch die Scheiben, bar aller Illusionen, und dachte schon daran, ins Kloster zu gehen. Sie sah betrübt den Schirmen nach, die unter dem strömenden Regen vorüberzogen und von denen es tröpfelte, oder sie setzte sich in der Abenddämmerung an das Klavier und sang Soares de Passos'

> Ach, ade! Zu Ende sind die Tage,
> Da ich glücklich war an deiner Seite ...

oder die Schlußarie aus ›La Traviata‹, oder die sehr traurige Romanze von Vimioso, die er sie gelehrt hatte.

Doch dann verschlimmerte sich Mamas Katarrh; es kamen Sorgen und durchwachte Nächte. Sie fuhren nach Bellas zur Kur; dort verkehrte sie viel mit den Cardosos, zwei dürren, leichtsinnigen, hageren Schwestern, die stets wie die Kletten aneinanderhingen und mit flinken und steifen Schrittchen gleich einem Windhundpärchen einherstolzierten. Herrgott, wie die lachten! Und wie sie von den Männern redeten! Ein Artillerieleutnant hatte sich in Luiza verguckt. Er schielte und sandte ihr ein paar Verse, ›Der Lilie von Bellas‹ gewidmet:

An dem Hange eines Hügels
Jungfräulich die Lilie blüht …

Es wurde eine sehr fröhliche Zeit, die ihr Trost brachte.

Als sie im Winter wieder zurückfuhren, hatte sie zugenommen und sah gesund aus. Eines Tages stieß sie in einer Schublade auf eine Photographie, die ihr Basilio gleich zu Anfang seiner Brasilienreise aus Bahia geschickt hatte. Luiza betrachtete kritisch die Aufnahme, die ihn in weißer Hose und Panamahut zeigte, und zuckte die Achseln: »Und wegen so einem habe ich mich abgehärmt. Wo hatte ich bloß meinen Verstand!«

Drei Jahre später lernte sie Jorge kennen. Anfangs fand sie keinen Gefallen an ihm: Männer mit Bärten konnte sie nicht ausstehen. Später bemerkte sie, daß es sein erster Bart war, zart, ganz kurz und bestimmt auch recht weich; sie begann für seine Augen und seine frische Gesichtsfarbe zu schwärmen. Und ohne ihn zu lieben, empfand sie in seiner Gegenwart so etwas wie eine plötzliche Schwäche, Willenlosigkeit und Ermüdung, daß sie am liebsten hätte einschlafen mögen, an seine Schulter gelehnt, um so jahrelang behaglich zu verweilen, ohne sich vor etwas fürchten zu brauchen. Und wie war ihr zumute, als er ihr sagte: »Heiraten wir also!« Da sah sie plötzlich das bärtige Gesicht mit den leuchtenden Augen auf dem Kopfkissen neben sich! Sie wurde rot. Jorge hatte ihre kleine Hand ergriffen, Luiza fühlte, wie die Wärme der seinen sie durchdrang und von ihr Besitz ergriff. Sie sagte ja, kam sich sehr naiv vor und fühlte, wie sich unter dem Kleid aus Merinowolle ganz sacht ihre Brüste dehnten. Nun war sie endlich Braut! Welche Freude, welches Aufatmen für die Mama!

An einem sehr nebligen Morgen um acht Uhr heirateten sie. Man mußte Licht anzünden, um ihr die Brautkrone aufsetzen und den Tüllschleier anlegen zu können. Jener ganze Tag kam ihr wie verschleiert und verschwommen vor, etwa so wie ein alter Traum – aus dem nur das aufgedunsene gelbliche Gesicht des Priesters heraustrat und die häßliche Gestalt einer Alten, die mit grimmiger Gier drängend und fluchend ihre krumme Hand ausstreckte, als Jorge an der Kirchentür mitleidig Almosen austeilte. Die Atlasschuhe drückten sie. Vom frühen Morgen an fühlte sie sich nicht wohl, und man mußte ihr sehr starken Tee kochen. Und wie müde war sie abends im neuen Hause, nachdem sie ihre Koffer ausgepackt hatte! Als Jorge mit bebendem Atem die Kerze löschte, funkelten und tanzten vor ihren Augen lauter leuchtende S.

Doch er war ihr Gatte, jung, stark, fröhlich; sie begann ihn leidenschaftlich liebzugewinnen. Luiza konnte sich gar nicht genug um ihn und seine Belange kümmern, sie beschäftigte sich mit seinem Haar, seiner Kleidung, seinen Pistolen, seinen Papieren. Oft schaute sie nach den Männern anderer Frauen, stellte Vergleiche an und war stolz auf ihn. Er umgab sie mit verliebter Zärtlichkeit, kniete zu ihren Füßen nieder, las ihr jeden Wunsch von den Augen ab. Und immer war er gut gelaunt und zum Scherzen aufgelegt; Dinge aber, die seinen Beruf oder sein Ehrgefühl betrafen, behandelte er mit übertriebener Ernsthaftigkeit und legte dann in seine Worte und in sein ganzes Benehmen mürrische Förmlichkeit. Eine romantisch angehauchte Freundin, die immer gleich schwarz sah, hatte ihr gesagt: »Der bringt es fertig, dich mit einem Dolch zu erstechen!« Da sie damals Jorges angenehme Seiten noch nicht kannte, glaubte sie ihr, doch gerade das steigerte ihre Liebe zu ihm ins Unermeßliche. Er war ihr alles – ihre Kraft, ihr Sinnen und Trachten, ihr Schicksal, ihre Religion, ihr Mann! Sie dachte darüber nach, was für einen Verlauf die Dinge genommen hätten, wenn sie Vetter Basilio geheiratet hätte. Das war ja gar nicht auszudenken! Was wäre aus ihr geworden? Und sie verlor sich im Ausmalen anderer Schicksale, die sich wie Theatervorhänge entrollten: Sie fand sich in Brasilien, zwischen Kokospalmen, in einer Hängematte schaukelnd, von kleinen Negern umringt, und sah Papageien durch die Luft flattern.

»Senhora Donha Leopoldina ist gekommen«, meldete ihr Juliana.

Luiza richtete sich überrascht auf.

»Wie? Die Senhora Donha Leopoldina? Warum haben Sie sie denn hereingelassen?«

Sie knöpfte hastig ihren Morgenrock zu. Herrgott! Wenn das Jorge wüßte. Wo er ihr doch so oft gesagt hatte, daß er sie niemals im Hause sehen wolle! Aber wenn sie schon im Salon stand, was blieb ihr dann noch übrig?

»Schön, sagen Sie ihr, ich komme gleich.«

Leopoldina war Luizas beste Freundin. Während ihrer Jungmädchenzeit waren sie in der Rua da Magdalena Nachbarinnen gewesen und hatten im Patriarchenstift bei der hinkenden Rita Pessoa die gleiche Schulbank gedrückt. Leopoldina, einzige Tochter des Vizegrafen von Quebraes, des Ausschweifenden, des Kränklichen, des ehemaligen Pagen bei Dom Miguel, war mit dem Zollbeamten João Noronha eine unglückliche Ehe eingegangen. Man nannte sie ›die Quebraes‹; man schimpfte sie auch ›das Käsebrot‹.

Daß sie Liebhaber hatte, war allgemein bekannt, angeblich sollte sie auch Laster haben. Jorge haßte diese Frau. Und immer wieder sagte er zu Luiza: »Alles ist zu ertragen, bloß die Leopoldina nicht!«

Leopoldina zählte damals siebenundzwanzig Lenze. Vornehm war sie nicht, aber sie galt als die bestangezogene Frau Lissabons. Sie trug stets geradezu herausfordernd eng anliegende und hinten zusammengeraffte Kleider, die ihren Körper wie ein schaflederner Handschuh umschlossen und ihm nicht die geringste Bewegungsfreiheit gönnten. Man sah ihr bewundernd nach und sagte: »Eine Statue ist sie, eine Venus!« Sie hatte Schultern, die sich sehen lassen konnten, von betörender und satter Rundheit; ihre Brüste zeichneten sich wie zwei schöne Zitronenhälften unter ihrem Mieder ab, ihre üppigen und starken Hüften, die schwingenden Einschnitte der Taille zogen die gierigen Blicke der Männer auf sich. Das Gesicht war ein wenig grob, die Nasenflügel gebläht; auf der sehr zarten, warm und dunkel getönten Haut sah man einzelne Blatternarben. Ihre Schönheit lag in den Augen. Sie waren von faszinierender Schwärze, sehr verlebt, schimmerten feucht und hatten lange Wimpern.

Luiza eilte ihr mit offenen Armen entgegen; sie küßten sich ausgiebig ab. Und Leopoldina saß auf dem Sofa, spielte ganz sacht mit der hellen Seide ihres Sonnenschirms und begann zu jammern: Sie hätte sich nicht wohl gefühlt, Schwindelanfälle gehabt, sähe schlecht aus. Die Hitze würde sie umbringen. Und wie es Luiza ginge, wollte sie wissen. Sie käme ihr dicker vor.

Da sie ein wenig kurzsichtig war, blinzelte sie leicht mit den Augen und preßte die etwas wulstigen Lippen zusammen, auf denen ein heißes Rot lag.

»Das Glück schenkt alles, sogar gesunde Gesichtsfarbe!« meinte sie lächelnd.

Der Wunsch, die Anschrift der Französin zu erfahren, die Luizas Hüte fertigte, führte sie zu ihr. Und dann war es doch so lange her, daß sie sie nicht gesehen hatte; sie sehnte sich schon förmlich nach ihr!

»Und diese Hitze! Du machst dir gar keinen Begriff! Daran gehe ich noch zugrunde.«

Völlig außer Atem, ließ sie sich auf das Sofa fallen, mit einem treuherzigen Lächeln, bei dem sie ihre großen weißen Zähne zeigte.

Luiza sagte ihr die Adresse der Französin und empfahl sie ihr wärmstens; sie arbeite billig und hätte einen guten Geschmack. Da es im Salon dunkel war, öffnete sie die Fensterläden einen Spalt. Die Polsterung der Stühle und die Gardinen waren aus dunkelgrünem Rips, die Tapete und der Teppich mit dem Blättermuster im gleichen Farbton gehalten. Von dieser düsteren Dekoration hoben sich die schweren vergoldeten Rahmen zweier Kupferstiche ab, die ›Medea‹ von Delacroix und die ›Märtyrerin‹ von Delaroche, die scharlachfarbigen Einbände zweier riesiger von Gustave Doré illustrierter Dante-Bände und zwischen den Fenstern das Oval eines Spiegels, in dem sich die Porzellanfigur eines Neapolitaners präsentierte, der auf dem Wandbrett Tarantella tanzte.

Über dem Sofa hing das Ölgemälde von Jorges Mutter. Da saß sie, prächtig in Schwarz gekleidet, aufrecht in ihrem geschnürten und steifen Mieder; eine ihrer Hände, die von Ringen strotzten, ruhte in fahler Blässe auf ihren Knien; die andere verlor sich zwischen dem sehr genau wiedergegebenen Spitzenbesatz eines kurzen Atlasmantels; und die hagere, abgezehrte Gestalt mit ihren großen umschatteten Augen hob sich von einem überaus faltigen scharlachroten Vorhang ab, der ein Stück blauen Himmel und die Konturen von Hainen sehen ließ.

»Und dein Mann?« fragte Luiza und setzte sich ganz dicht neben Leopoldina.

»Immer dasselbe. Mit dem ist nichts anzufangen«, antwortete Leopoldina lachend. Und mit ernster Miene, die Stirn ein wenig kraus gezogen, sagte sie: »Weißt du, daß ich mit dem Mendonça Schluß gemacht habe?«

Luiza errötete leicht. »Wirklich?«

Leopoldina erzählte ihr alles haarklein.

Sie war sehr geschwätzig, sprach viel von sich, ihren Empfindungen, ihrem Schlafzimmer, ihren Finanzen. Vor Luiza hatte sie niemals Geheimnisse gehabt, und in ihrer Sucht, Vertraulichkeiten mitzuteilen und Luizas Bewunderung auszukosten, beschrieb sie ihr ihre Liebhaber, deren Anschauungen, Liebeskünste, Spleens, Kleidung, und das mit großen Übertreibungen! So etwas war immer sehr pikant, wenn es unter Kichern in einer Sofaecke geflüstert wurde; Luiza gewöhnte sich daran, ganz interessiert zuzuhören, die Wangen vor Verlegenheit ein wenig gerötet, erstaunt, genießerisch, mit gespielter Entrüstung. Dabei fand sie das alles so reizvoll!

»Diesmal kann ich wohl sagen, daß ich hereingefallen bin, mein liebes Kind!« rief Leopoldina aus und blickte bekümmert auf.

Luiza lachte. »Du fällst ja fast immer herein!«

Tatsächlich! Sie hätte einfach kein Glück! »Was soll ich denn machen? Jedesmal glaube ich, es wäre eine Leidenschaft, und immer kommt für mich dabei nur Ärger heraus!« Sie stach mit der Spitze ihres Sonnenschirms in den Teppich. »Aber wenn ich erst einmal den Richtigen gefunden habe ...«

»Sieh zu«, sagte Luiza, »es wird langsam Zeit!«

Eigentlich kam ihr Leopoldina zuweilen ›unanständig‹ vor, doch sie hatte eine Schwäche für sie: Stets bewunderte sie die Schönheit ihres Körpers, der eine fast physische Anziehungskraft auf sie ausübte. Dann entschuldigte sie sie: Leopoldina war so unglücklich mit ihrem Gatten! Sie suchte die große Liebe, die Ärmste! Und jenes wunderbare Wort, faszinierend und geheimnisvoll, aus dem die Glückseligkeit strömt wie Wasser aus einem wohlgefüllten Pokal, dünkte Luiza eine ausreichende Rechtfertigung. Fast erschien sie ihr wie eine Heldin; und sie zollte ihr Achtung, wie man sie denen entgegenbringt, die von einer wundersamen und beschwerlichen Reise zurückkommen, voll von aufregenden Erlebnissen. Nur der sonderbare, mit billigem Parfümduft vermischte Tabakgeruch, der stets ihren Kleidern anhaftete, behagte ihr nicht. Leopoldina rauchte.

»Und was hat der Mendonça angestellt?«

Leopoldina zuckte die Achseln und sagte sehr verächtlich: »Er schrieb mir einen ziemlich blödsinnigen Brief, daß er es nach reiflicher Überlegung für besser hielte, Schluß zu machen, weil er keine Lust hätte, sich zuviel zuzumuten. So ein Tropf! Ich muß den Brief sogar bei mir haben.«

Sie kramte in der Tasche ihres Kleides herum, holte das Taschentuch, ein zierliches Brieftäschchen, Schlüssel und eine Puderdose hervor, fand aber nichts weiter als ein Programm von ›Price‹.

Dann sprach sie vom Zirkus. Einfach eine Geschmacklosigkeit! Das Beste wäre ein junger Mann in einem Trapezakt. Ein hübscher Bursche, gut gebaut, eine Augenweide!

Plötzlich sagte sie: »Dein Vetter Basilio kommt also nun?«

»Ich las es heute im ›Diario de Noticias‹. Einfach sprachlos war ich!«

»Ach! Noch etwas, was ich dich fragen wollte, ehe ich es vergesse. Womit hast du dein blaues Kleid mit dem kleinen

Schachbrettmuster abgesetzt? Ich will mir auch so eins machen lassen.«

Luiza hatte dazu ein dunkleres Blau genommen. »Ich zeig es dir. Komm mal mit.«

Sie traten in Luizas Zimmer. Luiza öffnete das Fenster und ging zum Kleiderschrank. Es war ein kleiner, sehr kühler Raum mit blaßblauen Kretonnevorhängen. Er hatte eine billige, blau gezeichnete Tapete mit weißem Untergrund. Zwischen den beiden Fenstern stand unter einem Baldachin aus üppiger Spitze der hohe, mit Kristallfläschchen überladene Toilettentisch. Zwischen den Gardinen, in Blumentöpfen aus rotglasiertem Ton, die auf runden Ständern mit Hahnenfüßen standen, neigten dichte Pflanzen, Begonien und Makoamas anmutsvoll ihr reiches, starkes Blätterwerk.

Gewiß erinnerte diese behagliche Einrichtung Leopoldina an himmlische Glückseligkeiten. Sie blickte um sich und sagte schließlich leise: »Und du hast deinen Mann wohl immer noch sehr gern? Du bist zu beneiden, Mädchen, wirklich, du hast es gut!« Sie trat vor den Toilettentisch, um Puder auf Hals und Wangen zu legen. »Du hast es gut!« wiederholte sie. »Aber wenn sich eine Frau an einen Mann wie meinen gehängt hat ...«

Sie setzte sich mit geistesabwesendem Gesichtsausdruck auf das kleine Sofa; dann kamen die üblichen Klagen über ihren Gemahl. Er wäre so grob! Und so egoistisch!

»Glaube mir, wenn ich um vier Uhr nicht zu Hause bin, setzt er sich an den Tisch, ißt und läßt mir das, was übrigbleibt. Schon lange geht das so. Und dann ist er liederlich, unsauber, spuckt mir dauernd die Läufer voll ... Sein Schlafzimmer – wie du weißt, schlafen wir getrennt – ist ein Schweinestall!«

Luiza sagte sehr ernst: »Abscheulich! Daran bist du aber auch mit schuld.«

»Ich?« Sie fuhr hoch, ihre Augen blitzten und wirkten so noch größer und schwärzer. »Das habe ich grade noch nötig, mich um das Schlafzimmer meines Mannes zu kümmern!«

Ach! Sie war sehr unglücklich, die unglücklichste Frau der Welt!

»Nicht einmal eifersüchtig ist er, der Rohling!«

Doch da trat Juliana ins Zimmer, hustete, nestelte an Halskrause und Brosche und sagte: »Wünschen gnädige Frau, daß ich alle Westen stärke?«

»Ja, alle, das habe ich Ihnen doch schon gesagt. Heute abend müssen sie im Koffer liegen, noch bevor Sie zu Bett gehen.«

»Was für ein Koffer? Wer verreist denn?« fragte Leopoldina.

»Jorge. Er fährt zu den Bergwerken, nach dem Alemtejo.«

»Dann bist du ja allein, und ich kann dich besuchen kommen! Das trifft sich ja gut!«

Leopoldina setzte sich dicht neben Luiza, mit einem Blick, der ganz sanft geworden war.

»Wo ich dir doch so viel zu erzählen habe! Wenn du wüßtest, Mädchen!«

»Was denn? Eine neue Leidenschaft?« Luiza mußte lachen. Leopoldinas Gesicht wurde plötzlich ernst.

Dabei gäbe es gar nichts zu lachen. Es wäre etwas Unerhörtes! Eben deswegen käme sie ja. Zu Hause fühle sie sich so allein, werde sie so nervös! ›Da muß ich doch gleich mal zu Luiza gehen, nur auf ein Schwätzchen!‹

Und leiser, beinahe feierlich, sagte sie: »Diesmal geht es aufs Ganze, Luiza!« Sie wurde ausführlich. Er wäre ein großer, blonder, hübscher Bengel. Und was für ein Talent! Ein Dichter! Sie sprach das Wort mit Hingabe aus und ließ die Silben klingen. »Dichter ist er!«

offenen Balkonen der dunklen, im alten Stil erbauten Häuser verdorrten in roten Blumentöpfen irgendwelche kümmerlichen Pflanzen, Basilienkraut oder Nelken; die müßige Sentimentalität des Sonntags unterstrich das von irgendeinem Mädchen auf einem melancholisch klingenden Klavier geklimperte ›Gebet einer Jungfrau‹; und gegenüber verbrachten die vier schmächtigen, lockenköpfigen Töchter des Teixeira Azevedo, die tiefe blaue Ringe um die Augen hatten, ihren Sonntagabend, indem sie auf die Straße, in den Himmel, in die Nachbarfenster gafften und jedesmal tuschelten, wenn sie einen Mann vorübergehen sahen – oder sie reckten sich weit aus dem Fenster und ließen mit närrischer Besessenheit Speichel auf das Steinpflaster tropfen.

›Der gute Jorge hat tatsächlich recht‹, dachte Luiza. Aber was konnte sie schon tun? Sie besuchte Leopoldina sowieso nicht und hatte ihr Bild aus dem Album im Wohnzimmer entfernt; sie war gezwungen gewesen, ihr Jorges Abneigung gegen sie mitzuteilen; sogar geweint hatten sie beide. Die Ärmste! Nur in großen Zeitabständen kam sie sie auf einen Sprung besuchen, was immer etwas Außergewöhnliches war. Und schließlich konnte sie Leopoldina, wenn sie schon einmal im Salon stand, nicht einfach die Treppe hinunterwerfen!

Am oberen Ende der Straße erschien jetzt, über einen Leierkasten gebeugt, ein beleibter, krummbeiniger Mann; sein schwarzer Bart verlieh ihm ein wildes Aussehen; er machte halt und begann die Kurbel zu drehen, was die weißen Zähne an den Fenstern ringsum zu einem mitleidigen Lächeln reizte, und die ›Keusche Göttin‹ schwebte mit metallischem und fadem Klang recht zittrig über die Straße.

Gertrudes, Dienstmädchen und Geliebte des Mathematiklehrers, mußte gleich ihr riesiges dunkles Gesicht, das Gesicht einer üppigen, wohlversorgten Vierzigerin, an den schmalen Fensterrahmen plattdrücken; weiter vorn, auf einem offenen Balkon im zweiten Stockwerk, lehnte der dürre, ausgezehrte Cunha Rosado, mit Zipfelmütze und dem trostlosen Gesichtsausdruck des Darmkranken; seine fast durchsichtigen Hände hielten den Schlafrock über dem Bauch zusammen. Zwischen Musselingardinen zeigten sich andere verdrießliche Gesichter. In Trauerkleidung und verschossenen langen Röcken trat die hagere Tabakhändlerin vor ihre Haustür und reckte ihr häßliches Witwengesicht, die Arme über dem schwarzgefärbten Umschlagtuch verschränkt. Aus dem Hause der Azevedos kam die hochschwangere Kohlenfrau, das dürftige Haar strähnig und zerzaust, das Gesicht verschmiert und rußgeschwärzt, mit drei halbnackten, fast schwarzen, struppigen Rangen, die weinend an ihrem Kattunrock hingen. Und der Paula wagte sich aus seinem Altwarenladen bis zur Straßenmitte vor; der Lackledrschirm seiner schwarzen Tuchmütze klebte ihm wie immer über den Augen; seine Hände verbarg er wie stets auf dem Rücken, unter den Schößen des weißen Cotim-Rockes, als wolle er noch zurückhaltender erscheinen; aus dem mit Glasperlen bestickten Pantoffel guckte die schmutzige Ferse seines Strumpfes, und er machte verdrossen seiner chronischen Heiserkeit Luft. Von Monarchie und Kirche wollte er nichts wissen. Die innenpolitischen Verhältnisse versetzten ihn in helle Wut. Er pfiff häufig die ›Maria am Brunnen‹ und gebärdete sich in Wort und Tat als begeisterter Patriot.

Der Leierkastenmann zog seinen großen breitkrempigen Hut, spielte weiter und streckte ihn mit Almosen heischendem Blick reihum nach den Fenstern aus. Flugs schlugen da die Azevedos das ihrige zu. Die Kohlenhändlerin gab ihm eine Kupfermünze, doch sie fragte ihn auch etwas: sie wollte genau wissen, aus welcher Gegend er stamme, auf welchen Straßen er gekommen wäre und wie viele Stücke er auf seinem Instrument spielen könne.

Sonntäglich gekleidete Leute mit staubigen Stiefeln begannen sich zu sammeln, vom langen Spaziergang sichtlich erschöpft; Frauen im Umhang, die aus ihren Küchengärten kamen, trugen ihre vom Laufen und von der Hitze müden Kinder auf dem Arm; friedliche Greise in weißen Hosen, den Hut in der Hand, machten einen Rundgang durch das Viertel und genossen die Kühle des Abends; an den Fenstern wurde gegähnt; der Himmel nahm eine klare, bläuliche, porzellanhafte Tönung an; in der Ferne verkündete eine Glocke den Schluß irgendeiner kirchlichen Festlichkeit; in stiller und fader Beschaulichkeit ging der Sonntag zu Ende.

»Luiza«, rief Jorge leise.

Sie wandte sich um, mit einem fragenden »Hm?«

»Wollen wir essen, Kind? Es ist sechs.«

In der Mitte des Zimmers nahm er sie bei der Taille und sagte dicht vor ihrem Gesicht sanft zu ihr: »Bist du mir böse?«

»Nein! Du hast ja recht. Ich sehe es ein.«

»Na also!« sagte er überlegen und sehr befriedigt. »Es stimmt schon,

›Wer könnte besser mich als Freund beraten,
Als der, den mir mein Herz zum Mann erkor?‹«

Und mit feierlicher Zärtlichkeit fügte er hinzu: »Mein liebes Kind, unser Häuschen ist so rechtschaffen, daß es einem weh tut, so ein Frauenzimmer hier eintreten zu sehen mit ihrem billigen Parfümgestank, der Zigarette und dem ganzen Getue! Aber davon wollen wir jetzt nicht mehr reden, mein Frauchen! Lassen wir es uns gut schmecken!«

2

Sonntags pflegte sich bei Jorge abends eine kleine Gesellschaft einzufinden, zu einem Plauderstündchen im Salon, um den alten rosafarbenen Porzellanleuchter. Es war nur der engste Bekanntenkreis. ›Der Ingenieur‹, wie man ihn in seiner Straße nannte, lebte sehr zurückgezogen und bekam kaum Besuch. Man trank Tee, plauderte und tat sich keinen Zwang an. Luiza häkelte, Jorge rauchte Pfeife.

Als erster erschien Julião Zuzarte, der mit Jorge ganz entfernt verwandt war, sein alter Studienkamerad in den ersten Jahren des Polytechnikums, ein nüchterner und nervöser Mensch mit blauer Brille, dessen langes Haar bis zum Nacken reichte. Er hatte Medizin studiert und wie ein Rasender gearbeitet; er war sehr begabt, aber, wie er selbst zu sagen pflegte, ein Pechvogel! Dreißig Jahre alt, arm, verschuldet, ohne Patienten, wurde er seines vierten Stockwerkes in der Baixa, der Mahlzeiten zu zwölf Vintém und seines schäbigen Überziehers mit den aufgesetzten Litzen allmählich überdrüssig; und in sein kärgliches Dasein eingezwängt, sah er, wie die anderen, die Mittelmäßigen, die Oberflächlichen, sich aufs Dünnbrettbohren verlegten, Karriere machten und im Wohlstand schwelgten. »Zu wenig Chancen«, meinte er. In einem Provinzstädtchen hätte er einen Abgeordnetensitz annehmen können, mit freier Praxis, eigenem Haus in eigenem Garten. Doch er hatte einen unbeugsamen Stolz, war von seinen Fähigkeiten überzeugt, schwor auf seine Wissenschaft und wollte sich nicht in irgendein schläfriges, düsteres Nest mit drei Straßen verkriechen, auf denen die Schweine wühlten. Die ganze Provinz flößte ihm Grauen ein; er fürchtete, dort in der Anonymität zu versinken, sah sich schon auf den Ratssitzungen Manilha spielen und an Anämie sterben. Deshalb wich er keinen Fußbreit zurück und hielt mit der Zähigkeit des hungrigen Plebejers Ausschau nach reichen Klienten, einem Lehrstuhl an der Hochschule, einer Kutsche für seine Krankenbesuche und einer blonden Frau, die Geld mitbringen mußte. Von seinem Recht auf diese Errungenschaften war er völlig überzeugt, und da sie auf sich warten ließen, wurde er verdrossen und verbittert. Er haderte beständig mit dem Schicksal; von Tag zu Tag feindseliger und verschlossener, kaute er an seinen Fingernägeln und erging sich höchstens hin und wieder in bissigen Bemerkungen und gereizten Tiraden, wobei seine unsympathische Stimme mit eisiger Schärfe herniedersauste.

Luiza konnte ihn nicht leiden, er kam ihr ein bißchen weltfremd vor; sie verabscheute seinen schulmeisterlichen Ton, den unheimlichen Glanz seiner dunklen Brille, die zu kurzen Hosen, unter denen der zerrissene Gummieinsatz der Zugstiefel hervorguckte.

Doch sie ließ sich nichts anmerken und lächelte ihm zu, weil Jorge ihn bewunderte und immer von ihm zu sagen pflegte: »Das hat Geist! Und was für ein Talent! Eine Kapazität ist das!«

Da er früher als die anderen erschien, ging er ins Speisezimmer und trank seine Tasse Kaffee; dabei schielte er stets nach dem Tafelsilber im Büfett und nach Luizas flotter Kleidung. Daß dieser Verwandte, der keine besondere Leuchte war, gut verheiratet und mit befriedigten leiblichen Bedürfnissen ein geruhsames Leben führte, im Ministerium Ansehen genoß und einige Millionen Reis für die Staatsanleihe gezeichnet hatte, empfand er als Ungerechtigkeit, die ihn wie eine Demütigung wurmte. Aber er tat so, als ob er viel von Jorge hielt, kam jeden Sonntagabend, verbarg seine Vorurteile, plauderte und erzählte Witze – wobei er sich beständig mit den Fingern durch sein dichtes, struppiges und schuppiges Haar fuhr.

Um neun Uhr trat gewöhnlich Donha Felicidade de Noronha ein. Schon an der Tür breitete sie ihre Arme aus und lächelte gutmütig und behäbig. Sie war fünfzig Jahre alt und sehr beleibt. Da sie an Verdauungsstörungen und Blähungen litt, konnte sie zu dieser Stunde kein Korsett anlegen und mußte ihre üppigen Körperformen hervorquellen lassen. In ihrem leicht gekräuselten Haar sah man schon einige weiße Fäden, doch ihr Gesicht blieb glatt, rund und voll, mit der matten und weichen Blässe der Nonnen; in den Augen mit den geschwollenen Lidrändern, unter denen sich bereits feine Fältchen gebildet hatten, bewegten sich lebhaft leuchtende schwarze Pupillen, und einige Flaumhaare an den Mundwinkeln sahen wie leichte, lange, feine Federstriche aus. Donha Felicidade war die beste Freundin von Luizas Mutter gewesen und pflegte sonntags ›die Kleine‹ besuchen zu kommen. Seitens der Noronhas de Redondella von adliger Abstammung, besaß sie in Lissabon ziemlich viele Verwandte. Sie frömmelte ein bißchen und ging häufig in die Encarnação.

Kaum daß sie eingetreten war und auf Luizas Wange einen schallenden Kuß gedrückt hatte, fragte sie leise und erregt: »Kommt er?«

»Der Kanzleirat? Bestimmt.«

Luiza mußte es ja wissen. Denn der Herr Kanzleirat, der Kanzleirat Accacio, kam niemals ›zu Donha Luiza zum Tee‹, wie er zu sagen pflegte, ohne am Tage vorher Jorge im Ministerium für öffentliche Arbeiten aufzusuchen und ihm, die hagere Gestalt ein wenig vorgebeugt, feierlich zu erklären: »Mein Freund Jorge, morgen werde ich bei Ihrer lieben Gattin eine Tasse Tee trinken.«

Gewöhnlich fügte er dann hinzu: »Und Ihre verdienstvollen Arbeiten machen Fortschritte? Das ist ja erfeulich! Wenn das erst einmal der Herr Minister sieht, kann ich Ihnen nur meinen Glückwunsch aussprechen. Alle Achtung vor diesem ausgezeichneten Talent!«

Und er ging hinaus und stapfte mit feierlichen Schritten durch die kahlen Korridore.

Seit fünf Jahren war Donha Felicidade in ihn verliebt. Bei Jorge lachte man ein bißchen über diesen ›Schwarm‹. Luiza sagte: »Und wenn schon, es ist ja doch bloß eine Laune!« Sie sahen sie nur errötend und wohlbeleibt vor sich und ahnten nicht, daß jene verborgene Glut, die alle Wochen neu genährt wurde und im stillen lohte, sie wie eine Krankheit befallen hatte und wie ein Laster verdarb. Alle ihre Begierden waren bisher unbefriedigt geblieben. Sie hatte einen Ulanenoffizier geliebt, der starb und ihr nichts als eine Photographie hinterließ. Danach entflammte sie in aller Heimlichkeit für einen Bäckergesellen und mußte erleben, daß er eine andere heiratete. Darauf widmete sie sich ausschließlich einem Hund, dem Bilro; ein entlassenes Dienstmädchen übergoß ihn aus Rache mit kochendem Wasser; Bilro krepierte und stand jetzt ausgestopft in Donha Felicidades Speisezimmer. Der Kanzleirat entfachte eines schönen Tages von neuem jene Wünsche, die wie Kohlen unter der Asche glimmten. Ihre Leidenschaft galt jetzt Accacio: Sie bewunderte seine Figur und sein Auftreten, staunte über seine Beredsamkeit und dachte bei sich, daß er eigentlich eine ›gute Position‹ innehabe. Der Kanzleirat war ihr Ideal und ihr Laster. Und dann gab es an ihm etwas Wunderschönes, dessen fortwährende Betrachrang sie wie ein starker Wein berauschte: Das war seine Glatze. Sie hatte stets die entarteten Gelüste mancher Frauen nach der Glatze der Männer geteilt, und jene unbefriedigte Begierde loderte mit zunehmendem Alter immer stärker auf. Stets, wenn sie die Glatze des Kanzleirats sah, groß, rund, glänzend, im Lichtschein funkelnd, lief ihr vor Erregung der Schweiß über den Rücken, ihre Augen sprühten, und sie verspürte den albernen, heißen Wunsch, ihre Hände darauf zu legen, sie zu befühlen, ihre Form abzutasten, sie zu kneten, sich in sie zu versenken!

Doch sie nahm sich zusammen, redete ganz ungezwungen, mit einfältigem Lächeln, bewegte krampfhaft ihren Fächer, und der Schweiß tröpfelte ihr auf die fettglänzenden Falten des Halsansatzes. Sie ging nach Hause, leierte ganze Predigten herunter, wollte zur Buße viele Rosenkränze für die Heilige Jungfrau beten; doch kaum waren die Gebete gesprochen, geriet ihr Temperament wieder in Wallung. Dann bemächtigten sich der guten, armen Donha Felicidade unzüchtige Anwandlungen und die Schwermut ihrer alten Hysterie. Die Gleichgültigkeit des Kanzleirats reizte sie nur noch mehr: Kein Blick, kein Seufzer, keine versteckte Liebeserklärung beeindruckte ihn! Ihr gegenüber blieb er eisig und höflich. Zuweilen waren sie sich allein begegnet, abseits, in einer hierzu wie geschaffenen Fensternische oder in der Abgeschiedenheit einer spärlich erleuchteten Sofaecke, doch kaum machte sie auch nur eine vorsichtige Anspielung, erhob er sich unvermittelt und entfernte sich keusch und züchtig. Eines Tages glaubte sie zu bemerken, daß der Kanzleirat hinter seiner dunklen Brille mit einem verstohlenen Blick die Fülle ihres Busens taxierte; da war sie deutlicher, nachdrücklicher geworden, sprach von Leidenschaft und sagte leise zu ihm: »Accacio ...!« Doch er brachte sie mit einer eisigen Geste zum Schweigen – und aufrecht vor ihr stehend zitierte er ernst: »Gnädige Frau,

›Wem kühle Flocken erst die Schläfen weißen,
Dem fallen sie zu guter Letzt ins Herz ...‹

Es kommt nichts dabei heraus, gnädige Frau!«

Das Martyrium der Donha Felicidade spielte sich gänzlich im verborgenen ab; niemand wußte davon; man kannte ihre Geschmacksverirrungen, aber man wußte nichts von den Qualen ihrer geheimen Wünsche. Und eines schönen Tages war Luiza völlig verblüfft, als sie plötzlich fühlte, wie Donha Felicidade sie mit ihrer schweißigen Rechten beim Handgelenk faßte, die Augen auf den Kanzleirat geheftet, und ihr leise sagte: »Was für ein Bild von einem Mann!«

An diesem Abend sprach man vom Alemtejo, von Evora und seinen Reichtümern, von der Kapelle ›Zu den Gebeinen‹, als der Kanzleirat eintrat, den Paletot über dem Arm. Er legte ihn in einer Ecke auf einem Stuhl sorgfältig zusammen, und erhobenen Hauptes kam er mit steifem Schritt auf Luiza zu, drückte ihr beide Hände und sagte mit tiefer Stimme: »Liebe Senhora Donha Luiza, Sie befinden sich doch bei bester Gesundheit, nicht wahr? Unser Jorge hatte es mir gesagt. Sehr erfreut, sehr erfreut!«

Er war groß, dürr, ganz in Schwarz gekleidet, und hatte seinen Hals in einen Stehkragen gezwängt. Das nach dem Kinn spitz zulaufende Gesicht dehnte sich oben zur riesigen, glänzenden, etwas eingebeulten Glatze; er färbte die Haare, die sie den Hinterkopf entlang von einem Ohr zum anderen umkränzten – und das leuchtende Schwarz stand in wirksamem Kontrast zu der nun noch stärker funkelnden Glatze. Seinen Schnurrbart färbte er nicht; grau und dicht hing er über beide Mundwinkel herab. Der Kanzleirat war sehr blaß, die dunkle Brille setzte er niemals ab. Er hatte ein Grübchen am Kinn und ziemlich abstehende Ohren.

Früher war er einmal Chef der Königlichen Kanzlei gewesen, und immer, wenn er ›der König‹ sagte, richtete er sich ein wenig im Sessel auf. Seine Gesten blieben gemessen, selbst wenn er eine Prise Schnupftabak zu sich nahm. Niemals pflegte er alltägliche Worte zu gebrauchen; er sagte nicht ›sich erbrechen‹, sondern machte eine andeutende Geste und sagte dafür ›sich übergeben‹. Stets sprach er von ›unserem Garrett, unserem Herculano‹. Er zitierte viel und war selbst Schriftsteller. Junggeselle, lebte er in einem dritten Stockwerk der

Rua do Ferregial mit seinem Dienstmädchen in wilder Ehe und widmete sich der politischen Ökonomie: er verfaßte die ›Allgemeinen Grundlagen der Wissenschaft vom Reichtum und seiner Verteilung‹ ›nach den besten Autoren« und mit dem Untertitel ›Abendliche Unterhaltungslektüre‹. Erst vor ein paar Monaten hatte er das ›Namensverzeichnis aller Staatsminister vom großen Marquis de Pombal bis auf unsere Tage, mit sorgfältig geprüften Geburts- und Sterbedaten‹ veröffentlicht.

»Waren Sie schon einmal im Alemtejo, Herr Kanzleirat?« fragte ihn Luiza.

»Noch nie, gnädige Frau«, erwiderte er und machte eine Verbeugung. »Niemals! Und wie ich das bedauere! Schon immer wollte ich mal dorthin, weil man mir sagte, daß es da erstklassige Sehenswürdigkeiten gäbe.« Aus einer vergoldeten Schnupftabakdose, die er graziös zwischen den Fingern hielt, nahm er eine Prise und fügte mit Pathos hinzu: »Übrigens ist diese Gegend sehr reich an Schweinen!«

»Da siehst du, Jorge, was ein Abgeordnetensitz in Evora wert ist«, meinte Julião aus der Sofaecke.

Der Kanzleirat vergaß seine Prise, und da er diesbezüglich gut informiert war, warf er ein: »Sechshundert Milreis springen dabei schon heraus, Senhor Zuzarte, und freie Praxis. Ich habe das in meinen Aufzeichnungen. Warum denn, wollen Sie etwa Lissabon verlassen, Senhor Zuzarte?«

»Vielleicht ...«

Alle mißbilligten das.

»Ach! Lissabon bleibt nun einmal Lissabon!« seufzte Donha Felicidade.

»Eine Stadt aus Marmor und Granit, wie es bei unserem großen Geschichtsschreiber so erhaben heißt!« sagte der Kanzleirat feierlich, und mit fächerförmig gespreizten, mageren, gepflegten Fingern sog er die Prise Schnupftabak ein.

Darauf meinte Donha Felicidade: »Der Herr Kanzleirat könnten nicht einmal an der Hand des lieben Gottes Lissabon verlassen!«

Accacio wandte sich lässig nach ihr um, verbeugte sich leicht und erwiderte: »Ich bin in Lissabon geboren, Donha Felicidade, und gehöre dieser Stadt mit Leib und Seele!«

»Der Herr Kanzleirat«, erläuterte Jorge, »kam in der Rua de São José zur Welt.«

»Nummer fünfundsiebzig, mein lieber Jorge. In dem Hause, das dicht neben jenem lag, in dem bis zu seiner Verheiratung mein verehrter Geraldo, mein armer Geraldo wohnte!«

Geraldo, sein armer Geraldo, war Jorges Vater, Accacios Nachbar und bester Freund. Accacio spielte damals Geige, und da Geraldo dem Flötenspiel huldigte, musizierten sie gemeinsam und gehörten sogar dem Gesangverein in der Rua de São José an. Nachdem Accacio in den Staatsdienst trat, hielt er das Geigen, jedwede zarte Empfindung und die heiteren Abende des Gesangvereins für unbedingt unter seiner Würde. Nun widmete er sich ausschließlich der Statistik, doch blieb er Geraldo freundschaftlich verbunden und übertrug diese aufmerksame Anteilnahme sogar auf Jorge: Bei seiner Verheiratung war er Trauzeuge gewesen; er besuchte ihn alle Sonntage, und an jedem seiner Geburtstage schickte er ihm, zusammen mit einer Glückwunschkarte, eine Eierlamprete.

»Hier bin ich geboren«, wiederholte er und faltete sein schönes Taschentuch aus indischer Seide auseinander, »hier will ich auch sterben.« Und er schneuzte sich bedächtig.

»Bis dahin ist es noch lange, Herr Kanzleirat!«

Der sagte mit tiefer Melancholie: »Mir graut davor nicht, lieber Jorge. Ich habe sogar schon oben auf dem Friedhof von São João meine letzte Ruhestätte errichten lassen. Bescheiden, aber anständig. Sie liegt an dem Wege rechts vom Eingang, an einer geschützten Stelle, neben der Gruft meiner Freunde Verissimo.«

»Haben Sie denn auch schon Ihre Grabschrift entworfen, Herr Kanzleirat?« fragte Julião ironisch aus seiner Sofaecke.

»Ich will gar keine haben, Senhor Zuzarte. Auch auf Lobeshymnen bei meiner Beerdigung lege ich keinen Wert. Wenn meine Freunde und meine Landsleute zu der Überzeugung gelangen, daß ich etwas geleistet habe, so bleiben ihnen andere Möglichkeiten, dessen zu gedenken; da gibt es die Presse, die Lokalnachrichten in der Zeitung, den Nekrolog, ja sogar die Poesie! Alles, was ich mir auf dem schlichten Grabstein wünsche, ist mein Name in schwarzen Buchstaben – mit meinem Titel: Kanzleirat –, das Datum meiner Geburt und das meines Todes.« Und langsam fügte er nachdenklich hinzu: »Ich habe auch nichts dagegen, wenn man darunter, in kleiner Schrift, eingravieren läßt: ›Betet für ihn!‹«

Es herrschte gerührtes Schweigen. Da sagte eine zarte Stimme an der Tür: »Sie gestatten?«

»Aha, Ernestinho!« rief Jorge.

Mit winzigen raschen Schritten kam Ernestinho auf ihn zu und umfaßte seine Taille. »Ich habe gehört, daß du fortfährst, Jorge ... Wie geht's, Luiza?«

Er war Jorges Vetter, ziemlich klein und blutarm. Seine zarten, fast weichen Glieder verliehen ihm das Aussehen eines schwächlichen Stipendiaten; die wie Nadeln zugespitzten Enden seines dünnen, mit Wichse verkleisterten Bartes bogen sich über den Mundwinkeln nach oben, und in seinem ausgezehrten Gesicht erstarben die hervorquellenden Augen mit einem Ausdruck der Niedergeschlagenheit. Er trug Lackschuhe mit großen Schnürsenkelschleifen; an der Uhrkette auf der weißen Weste hing ein riesiges goldenes Medaillon mit eingravierten Früchten und Blumen. Ernestinho lebte mit einer kleinen Schauspielerin vom ›Gymnasio‹ zusammen, einer hageren, melonenfarbigen, von der Schwindsucht gezeichneten Person mit stark gekräuseltem Haar, und arbeitete für das Theater. Er hatte Übersetzungen angefertigt und selbst zwei Einakter und eine Komödie in billigen Reimen geschrieben. Kürzlich hatte er in den ›Variedades‹ ein beachtliches Werk auf die Bühne gebracht, ein Drama in fünf Akten: ›Ehre und Leidenschaft‹. Das war sein erster wirklicher Erfolg. Seither fand man ihn immer sehr mit Arbeit eingedeckt, blaß, die Taschen voller Manuskripte, in Gesellschaft von Statisten und Schauspielern, wie er mit schiefsitzendem Hut eifrig dem Kaffee und dem Kognak zusprach und jedermann vorjammerte: »Dieses Leben bringt mich noch um!« Ernestinho schrieb noch aus wahrer Kunstbegeisterung – weil er Angestellter im Zollamt war, mit gutem Einkommen, und auf seine Staatsanleihe fünfhundert Milreis Zinsen erhielt. Die Kunst jedoch, sagte er, zwinge ihn zu Ausgaben: Für die Ballszene von ›Ehre und Leidenschaft‹ ließ er den Schauspielern, die die Liebhaber- und die Vaterrollen spielten, auf seine Kosten Lackstiefel anfertigen. Sein Familienname war Ledesma.

Sie hatten ihm einen Stuhl angeboten; Luiza hielt im Stikken inne und bemerkte gleich, daß er niedergeschlagen war. Dann klagte er sein Leid: Die Proben zermürbten ihn; er hätte Auseinandersetzungen mit dem Intendanten; am Tage vorher habe er sich gezwungen gesehen, den ganzen Schluß eines Aktes noch einmal umzuschreiben. Den ganzen Schluß!

»Und das alles«, fügte er in höchster Erregung hinzu, »weil er ein Spießer, ein Dummkopf ist, weil er den Akt, der in einer Schlucht spielt, in einem Salon aufführen will!«

»Der wo spielt?« fragte Donha Felicidade verwundert.

Der Kanzleirat erläuterte ihr sehr höflich: »In einer Schlucht, Donha Felicidade, in einem Abgrund. Auch ›Chaos‹

kann man in der Sprache der Gebildeten sagen.« Er deklamierte gleich: »›Ins schaumerfüllte Chaos kühn sich stürzend ...‹«

»In einer Schlucht?« fragten die anderen. »Warum denn?«

Der Kanzleirat wollte gern Näheres über die Handlung des Stückes wissen.

Ernestinho, nun ganz in seinem Element, gab eine ausführliche Schilderung: Die Hauptperson ist eine verheiratete Frau. In Cintra lernt sie einen Mann kennen, den Grafen von Monte Redondo, der ihr zum Verhängnis wird. Ihr Gemahl hat sich durch eine Spielschuld von hundert Millionen Reis ruiniert. Er hat seine Ehre verloren, Verhaftung droht ihm. Die Frau ist außer sich und eilt zu den Ruinen des Schlosses, in dem der Graf haust. Sie läßt den Schleier fallen und berichtet ihm von ihrem Unglück. Der Graf wirft sich seinen Mantel über die Schulter, macht sich auf den Weg und kommt gerade dazu, wie die Polizisten den Mann abführen wollen.

»Eine außerordentlich ergreifende Szene ist das«, ereiferte sich Ernestinho, »mitten in der Nacht, bei Mondschein!«

Der Graf gibt sich zu erkennen, schleudert den Häschern einen Beutel mit Goldstücken hin und ruft ihnen zu: ›Da, sättigt euch, ihr Geier!‹«

»Ein schönes Finale!« murmelte der Kanzleirat. »Und dann«, faßte Ernesto zusammen, »ist die Verkettung recht kompliziert: Der Graf von Monte Redondo und die Frau lieben sich, ihr Gatte kommt dahinter, wirft dem Grafen alles, was er an Gold hat, vor die Füße und bringt seine Frau um.«

»Auf welche Weise denn?« wollten die andern wissen.

»Er stößt sie in den Abgrund. Das geschieht im fünften Akt. Der Graf sieht das, eilt hinzu und stürzt sich gleichfalls hinunter. Nach vollbrachter Tat bricht der Gatte in ein teuflisches Gelächter aus. So hatte ich mir jedenfalls das Ganze vorgestellt!«

Völlig außer Atem, legte er eine Pause ein, fächelte sich mit dem Taschentuch Luft zu und blickte mit trüben, rollenden Augen, die silbern schimmerten wie die eines toten Fisches, um sich.

»Das ist ja ein Meisterwerk, in dem die Leidenschaften nur so gegeneinanderbranden!« meinte der Kanzleirat und strich sich mit den Händen über die Glatze. »Meinen aufrichtigen Glückwunsch, Senhor Ledesma!«

»Und was will nun der Intendant?« fragte Julião, der im Stehen zugehört hatte, verwundert. »Was will er eigentlich noch? Möchte er den Abgrund ins erste Stockwerk verlegen, das à la Gardé möbliert ist?«

Ernestinho wandte sich zu ihm um. »Nein, Senhor Zuzarte«, sagte er sehr freundlich, und seine Stimme klang beinahe sanft, »er wünscht einen Salon für die Schlußszene. So daß ich also« – er machte eine resignierende Geste –, »denn unsereiner muß ja nachgeben, einen anderen Schluß geschrieben habe. Die ganze Nacht kein Auge zugetan! Drei Tassen Kaffee habe ich getrunken! ...«

Der Kanzleirat unterbrach ihn mit einer abwehrenden Handbewegung: »Vorsicht, Senhor Ledesma, übertreiben Sie nicht! Seien Sie vorsichtig mit diesen Stimulantien! Damit kann niemand achtsam genug umgehen!«

»Mir tut das gar nichts, Herr Kanzleirat«, erwiderte Ernestinho lächelnd. »In drei Stunden war der Schluß fertig. Eben habe ich ihn ihm vorgelegt. Ich habe ihn hier ...«

»Lesen Sie vor, Senhor Ernesto, lesen Sie!« platzte Donha Felicidade heraus.

Lesen sollte er, lesen. Warum las er denn nicht vor?

Es wäre eine Quälerei gewesen! ... Und nur so aufs Papier hingeworfen! ... Aber ganz wie sie wollten! ... Und strahlend entfaltete er unter andächtigem Schweigen einen großen Bogen blau liniierten Papiers.

»Ich bitte um Entschuldigung. Das hier ist nur ein Konzept. Die Sache ist noch nicht bis aufs letzte I-Tüpfelchen fertig.« Dann sprach er mit theatralischer Stimme: »Agatha – das ist die Frau; wir haben hier die Szene mit ihrem Gatten, der weiß schon alles –

Agatha (vor Julios Füßen auf die Knie fallend): So töte mich! Erbarm dich meiner, bring mich um! Denn lieber sterben, als zu sehen, wie das Herz in solcher Schmach vor Kummer sich verblutet!

Julio: Zerreißt du mir nicht auch das Herz? Empfandest du je Mitleid? Niemals. Zerstückelt hast du es! O Gott, ich, der an ihre Keuschheit glaubte in jenen Stunden voller Ungestüm ...«

Die Portiere bewegte sich. Man hörte das leise Klappern von Tassen. Das war Juliana, in weißer Schürze, mit dem Tee.

»Wie dumm!« entfuhr es Luiza. »Nach dem Tee lesen Sie doch weiter. Nicht wahr, nach dem Tee!« Ernesto faltete den Bogen zusammen und erwiderte mit einem grimmigen Seitenblick auf Juliana: »Das lohnt die Mühe nicht, Luiza!«

»Wieso denn? Es ist doch reizend!« versicherte Donha Felicidade.

Juliana stellte den Teller mit den Schnitten, Zwiebäcken und Kokoskuchen auf den Tisch.

»Hier haben Sie Ihren verdünnten Tee, Herr Kanzleirat«, sagte Luiza. »Langen Sie zu, Julião. Die Röstbrote sind für Senhor Julião! Und Zucker! Wem noch? Wollen Sie auch eine Röstschnitte, Herr Kanzleirat?«

»Ich bin reichlich versehen, meine verehrte gnädige Frau«, antwortete Accacio und verbeugte sich. Und zu Ernestinho gewandt, erklärte er, daß er den Dialog großartig fände.

Aber, wurde gefragt, was bleibt denn dem Intendanten noch daran auszusetzen? Nun hat er doch einen Salon ...

Ernestinho, hoch aufgerichtet, erregt, ein Stück Kuchen

zwischen den Fingerspitzen, erläuterte: »Der Intendant möchte, daß der Gatte ihr verzeiht ...«

Es herrschte Entrüstung.

»Na, so was!«

»Das ist ja unerhört!«

»Warum denn bloß!«

»Was hilft's!« rief Ernestinho achselzuckend aus. »Er sagt, daß es dem Publikum so nicht gefällt! Solche Dinge wären nichts für unser Land.«

»Damit hat er eigentlich recht«, meinte der Kanzleirat. »Es stimmt schon, Senhor Ledesma, daß sich unser Publikum im allgemeinen nicht für blutige Szenen begeistert.«

»Aber es fließt doch gar kein Blut, Herr Kanzleirat!« protestierte Ernestinho und stellte sich auf die Zehenspitzen. »Es fließt doch gar kein Blut! Nur ein Schuß fällt, ein Schuß hinter den Kulissen, Herr Kanzleirat!«

Luiza gab Donha Felicidade einen Wink und sagte ganz beiläufig mit einem Lächeln: »Probieren Sie mal diese leckeren Plätzchen. Sie sind noch ganz frisch!«

Donha Felicidade antwortete mit kläglicher Stimme: »Nein, Kind, nicht doch!«

Und sie wies ängstlich auf ihren Magen.

Inzwischen riet der Kanzleirat Ernestinho zur Milde. Er legte ihm väterlich die Hand auf die Schulter und sprach in überzeugendem Tonfall: »Bringen Sie mehr Heiterkeit in das Stück hinein, Senhor Ledesma. Das verschafft dem Zuschauer größere Erbauung! Lassen Sie ihn erleichtert aus dem Theater gehen!«

»Noch ein Stückchen Kuchen, Herr Kanzleirat?«

»Ich bin vollkommen gesättigt, verehrte gnädige Frau.«

Und dann wollte er Jorges Meinung wissen. War er nicht auch der Ansicht, daß der gute Ernesto den Mann verzeihen lassen müßte?

»Ich, Herr Kanzleirat? Keineswegs. Ich bin für Tod. Für den Tod, unbedingt! Und ich bestehe darauf, daß du sie sterben läßt, Ernestinho!«

»Lassen Sie ihn nur reden, Senhor Ledesma. Er macht nur Spaß. Wo er doch der reinste Engel ist!« warf Donha Felicidade voller Gutmütigkeit ein.

»Sie täuschen sich, Donha Felicidade«, sagte Jorge, dicht vor ihr stehend. »Ich spreche in vollem Ernst. Ich kann eine Bestie sein! Wenn sie ihren Gatten betrogen hat, dann fordere ich ihren Tod. Im Abgrund, im Salon, meinetwegen auf der Straße, aber umbringen muß er sie. Kann ich denn damit einverstanden sein, daß in einem derartigen Fall einer meiner Vettern, ein Mann aus meiner Familie, von meinem Blut, so weit geht, sich wie ein Waschlappen alles gefallen zu lassen! Nein! Töte sie! Das ist einfach Ehrensache. Sie muß unbedingt sterben!«

»Hier haben Sie einen Bleistift, Senhor Ledesma«, rief Julião und streckte ihm einen hin.

Da mischte sich feierlich der Kanzleirat ein. »Nein«, sagte er, »ich glaube nicht, daß unser Jorge das ernst meint. Er ist viel zu gebildet, um solche Ideen zu haben, so ...« Er stockte und suchte nach dem passenden Wort. Vor ihm pflanzte sich Juliana mit einem Teebrett auf, auf dem ein silberner Affe possierlich unter einem riesigen Sonnenschirm hockte, der von hölzernen Zahnstochern gebildet wurde. Der Kanzleirat nahm einen davon, verbeugte sich und ergänzte schließlich: »... so zivilisationsfeindliche Ideen.«

»Da täuschen Sie sich eben, Kanzleirat, ich habe nun einmal diese Ansichten«, versicherte Jorge. »Es sind meine eigenen. Und lassen Sie sich gesagt sein, wenn es sich nicht um irgendeine Schlußszene, sondern um einen Vorfall des wirklichen Lebens handeln würde, wenn Ernesto zu mir käme und mir sagte: ›Hör zu, ich habe meine Frau ertappt, wie ...‹«

»Aber Jorge!« wurde er getadelt.

»Also gut, nehmen wir einmal an, er käme und sagte mir das, so würde ich genau dasselbe antworten. Ich gebe mein Ehrenwort, daß ich ihm genauso antworten würde: ›Töte sie!‹«

Widerspruch erhob sich. Sie nannten ihn einen Kannibalen, einen Othello, einen Blaubart. Er lachte und stopfte in aller Gemütsruhe seine Tabakspfeife.

Luiza stickte schweigend. Das Licht der Lampe, vom Schirm gedämpft, verlieh ihrem blonden Haar einen warmen Ton und glitt über ihre weiße Stirn wie über stark glänzendes Elfenbein.

»Was meinst du denn dazu?« fragte Donha Felicidade.

Luiza hob lächelnd den Kopf und zuckte die Achseln.

Sogleich meldete sich der Kanzleirat: »Senhora Donha Luiza sagt mit Stolz wie alle wirklichen Hausmütter:

›Die sittenlose Welt kann mich nicht schrecken,
Erreicht nicht einmal meines Rockes Saum.‹«

»Einen schönen guten Abend«, ließ sich von der Tür her eine tiefe Stimme vernehmen.

Sie wandten sich um.

Ach, Sebastião! Der Senhor Sebastião! Unser guter Sebastião!

Das war er also, Sebastião, der liebe Sebastião, der Pfundskerl Sebastião, der stämmige Sebastião – der beste Freund, der Kamerad, der Schatten Jorges seit den Lateinstunden beim Paulanermönch Liborio.

Sebastião, ein kleiner, untersetzter Mann, erschien ganz in Schwarz gekleidet, mit einem breitkrempigen Schlapphut in der Hand. Das dünne, kastanienbraune Haar begann sich über der Stirn etwas zu lichten. Seine Haut war sehr hell, der Bart kurz und mehr ins Blonde gehend.

Er setzte sich neben Luiza.

»Wo kommen Sie denn bloß her?«

Vom ›Price‹ käme er und hätte dort sehr über die Clowns gelacht. Der Trick mit der großen Tonne sei vorgeführt worden.

Sein lichtüberflutetes Gesicht zeigte einen rechtschaffenen, natürlichen, offenherzigen Ausdruck. Die kleinen Augen, von hellem Blau und aufrichtiger Milde, wurden geradezu sanft, wenn er lächelte; und die leuchtenden Zähne und roten Lippen ohne trockene Häutchen ließen auf eine gesunde Ernährungsweise und einwandfreien Lebenswandel schließen. Er sprach langsam und leise, als hätte er Angst, zuviel zu sagen oder zu langweilen. Juliana brachte ihm seine Tasse Tee. Während er mit dem Löffel behutsam den Zucker umrührte, lächelte er immer noch gutmütig und sagte: »Das Kunststückchen mit der Tonne ist wirklich recht nett!« Er nahm einen Schluck Tee und fuhr nach einem Augenblick fort: »Nun, Luiza, wollen Sie morgen nicht auch mit? Haben Sie denn überhaupt kein bißchen Lust, mal mit ihm hinauszufahren, teure Freundin?«

Luiza lachte. Die hätte sie schon! Und wie! Aber die Reise war so unbequem! Und dann konnte sie das Haus nicht allein lassen, weil man den Dienstmädchen nicht trauen durfte ...

»Natürlich, ich verstehe«, sagte er.

Da rief Jorge von der Tür seines Arbeitszimmers: »He, Sebastião! Bist du mal so freundlich?«

Er kam sofort, mit schweren Schritten, den breiten Rücken gebeugt. Die langen Schöße seines schlecht sitzenden Gehrocks hätten sich in einer Kirche gut ausgenommen.

Sie traten in das Arbeitszimmer.

Es war ein kleiner Raum mit einem hohen, verglasten Bücherschrank, auf dem eine verstaubte alte Gipsfigur stand, eine rasende Bacchantin. Der Schreibtisch mit einem altertümlichen silbernen Tintenfaß, das noch von Jorges Großvater stammte, befand sich neben dem Fenster. Eine aufgestapelte Sammlung von ›Diarios do Governo‹ vergilbte schon an einer Ecke; über dem mit dunklem Saffianleder bezogenen Stuhl hing in schwarzem Rahmen eine große Photographie Jorges; darüber prangten zwei gekreuzte Schwerter. Im Hintergrund führte eine Tür, die durch eine Portiere aus scharlachrotem Flanell verdeckt war, nach dem Treppenhaus.

»Weißt du, wer heute nachmittag hier gewesen ist?« fragte Jorge unvermittelt und steckte seine Pfeife an. »Die Leopoldina, dieses schamlose Frauenzimmer! Was sagst du dazu?«

»Sie hat sich ins Haus gewagt?« fragte Sebastião leise und trat hinter der schweren Portiere aus gestreiftem Stoff hervor.

»Jawohl, sie kam, setzte sich, machte es sich bequem und blieb eine ganze Weile. Sie tat ganz, was ihr beliebte. Die Leopoldina, das ›Käsebrot‹!« Jorge warf heftig das Streichholz weg. »Wenn ich bloß daran denke, daß diese schamlose Person überhaupt mein Haus betritt! Eine Kreatur, die mehr Liebhaber hat als Hemden, über die ganz Dáfundo spricht, die sich dieses Jahr als Domino mit einem Tenor auf den Bällen herumgetrieben hat! Die Frau des Zagallão, eines Wüstlings, der einen Brief gefälscht hat!« Und dicht vor Sebastiãos Ohr fuhr er fort: »Eine Frau, die mit dem Hühneraugen-Mendonça geschlafen hat! Mit dem Hühneraugen-Mendonça, diesem Strolch!« Er geriet in Wut und schrie: »Und da kommt sie her, setzt sich auf meine Stühle, umarmt meine Frau, atmet meine Luft! ... Verlaß dich drauf, Sebastião, wenn sie mir zwischen die Finger gerät« – und mit zornigem Blick suchte er im Geiste nach einer exemplarischen Züchtigung –, »dann bezieht sie von mir Peitschenhiebe!«

»Das Schlimmste ist die Nachbarschaft«, sagte Sebastião langsam.

»Aber gewiß!« rief Jorge aus. »Die ganze Straße ist über sie im Bilde! Jedermann kennt ihre Liebhaber und weiß, wo sie sich herumtreibt. Das ›Käsebrot‹ ist sie! Alle Welt kennt doch das ›Käsebrot‹!«

»Ja, die lieben Nachbarn«, meinte Sebastião. »Vor denen muß man sich in acht nehmen.«

Aber was sollte er denn bloß tun! Das Haus war sein Eigentum, er hatte sich daran gewöhnt, es instand gebracht, und er fuhr ganz gut damit ...

»Trotz alledem! Keinen Tag würde ich es hier aushalten!«

Eine abscheuliche Straße war das! Klein, eng, alles hockte dicht beieinander. Beständig auf der Lauer liegende Nachbarn, die sich am Klatsch gar nicht genug tun konnten! Irgendeine Belanglosigkeit wie das Vorbeiflitzen einer Kutsche genügte, und schon erschien hinter jeder Fensterscheibe ein Paar weit aufgerissener Augen und gaffte! Und sogleich plapperten die Zungen die ganze Straße hinauf, wurden die Köpfe zusammengesteckt und Urteile gefällt: Herr Soundso ist ein Wüstling, Frau Soundso säuft!

»Entsetzlich!« konstatierte Sebastião.

»Die liebe Luiza ist ein Engel«, sagte Jorge und ging im Zimmer auf und ab, »aber in manchen Dingen eben noch ein Kind! Sie erkennt das Schlechte nicht. Sie ist zu gut und kümmert sich um nichts. Zum Beispiel was diese Leopoldina anbelangt; sie sind zusammen aufgewachsen und waren Freundinnen, und jetzt fehlt ihr der Mut, sie einfach hinauszuwerfen. Luiza ist die Zurückhaltung und Güte in Person. Aber schließlich fordern die Gesetze des Lebens ihr Recht!« Er machte eine Pause. »Wenn du also erfährst, Sebastião, daß sich die Leopoldina während meiner Abwesenheit hier blicken läßt, so rede Luiza ins Gewissen! Denn so ist sie nun einmal: Sie vergißt sich, denkt sich nichts dabei. Luiza braucht jemanden, der sie umhegt, der ihr sagt: ›Halt, das darf nicht sein!‹ Dann ist sie die erste, die sich auf sich selbst besinnt! … Du kommst hier vorbei, leistest ihr Gesellschaft, musizierst mit ihr, und schon wenn du diese Leopoldina von weitem siehst, sagst du gleich zu Luiza: ›Verehrte gnädige Frau, bedenken Sie, daß das so nicht geht!‹ Sobald sie nämlich merkt, daß sie nicht allein steht, bleibt sie auch fest. Sonst wird sie wankend und läßt sie ins Haus. Innerlich tut es ihr weh, aber sie kann sich nicht dazu aufraffen, ihr zu sagen: ›Ich will dich nicht sehen, geh wieder!‹ Das bringt sie einfach nicht fertig: Ihre Hände beginnen zu zittern, ihr Mund wird trokken … Sie ist eine Frau, sie ist zu sehr Frau! … Du vergißt es nicht, Sebastião, nicht wahr?«

»Wie sollte ich das vergessen, Jorge!« Da hörten sie aus dem Salon das Klavier erklingen, und hell und klar erhob sich die Stimme Luizas, die die ›Mandolinata‹ sang:

»Amici, la notte è bella,
La luna va spuntar …«

»Nun bleibt sie so allein, die Arme …«, seufzte Jorge. Er machte ein paar Schritte durch sein Arbeitszimmer, blies den Rauch in die Luft und sagte mit gesenktem Kopf: »Zu einer richtigen Ehe, Sebastião, gehören zwei Kinder! Eines zumindest!«

Sebastião kratzte sich bedächtig das Kinn. Luizas Stimme schwoll plötzlich an und erhob sich zu den höchsten Höhen der Melodie:

»Di qua, di là, per la città
Andiam a trasnottar …«

Keinen Sohn zu haben – das war Jorges geheimer Kummer. Wie sehr wünschte er sich einen! Schon vor seiner Verheiratung, als er noch Junggeselle war, träumte er von jener Glückseligkeit: von seinem Sohn! In allen möglichen Variationen stellte er ihn sich vor: mit roten, prallen Beinchen und lockigen, seidenfeinen Haaren, wie er herumkroch, oder als kräftigen Bengel, der eben von der Schule nach Hause kommt, fröhlich, mit lebensprühenden Augen, und ihm gerade seine guten Zensuren zeigen will. Oder besser noch eine blühende Tochter, strahlend und rosenwangig, in weißem Kleid, mit zwei herabfallenden Zöpfen, die ihre Hände auf sein schon ergrauendes Haar legt ...

Zuweilen befiel ihn die Angst, er könne sterben, ohne dieses höchsten Glückes teilhaftig geworden zu sein.

Jetzt war im Salon die durchdringende Stimme Ernestinhos zu vernehmen; dann spielte Luiza noch einmal hingebungsvoll die ›Mandolinata‹.

Da öffnete sich die Tür des Arbeitszimmers, und Julião trat ein. »Was heckt ihr beiden hier bloß aus? Ich mache mich wieder aus dem Staube; es ist schon spät! Also dann bis zum nächstenmal, Alter! Eigentlich würde ich ja auch gern mit dir kommen, die Nase in die frische Luft stecken, tief atmen, übers Land streifen, aber ...«

Und er lächelte bitter. »Addio! Addio!«

Jorge leuchtete ihm ins Treppenhaus und umarmte ihn noch einmal. Er fragte ihn, ob er ihm etwas vom Alemtejo mitbringen solle ...

Julião stülpte sich den Hut auf den Kopf. »Rück doch noch eine Zigarre raus, zum Abschied! Gib mir besser gleich zwei!«

»Nimm die ganze Kiste mit! Auf der Reise rauche ich ja doch nur Pfeife. Nimm sie nur mit, Menschenskind!«

Er packte sie ihm in ein ›Diario de Noticias‹ ein; Julião klemmte sie unter den Arm, und während er die Stufen hinunterging, sagte er: »Hüte dich vor dem Fieber, und sieh zu, daß du eine Goldmine entdeckst!«

Jorge und Sebastião kehrten in den Salon zurück. Ernestinho, an das Klavier gelehnt, zwirbelte seinen Schnurrbart, während Luiza zu spielen begann: ›An der schönen blauen Donau‹.

Jorge breitete lachend die Arme aus: »Einen Walzer, Donha Felicidade?«

Sie wandte sich lächelnd zu ihm. Warum denn nicht? Das wäre schon was! Da kam sie gleich auf den Walzer zu sprechen, den sie in der Zeit der Regentschaft mit dem Senhor Dom Fernando in den ›Necessidades‹ getanzt hatte. Ein netter Walzer war das, aus der Zeit der ›Perle von Ophir‹.

Sie saß auf dem Sofa neben dem Kanzleirat. Als nähme sie einen ihr noch angenehmeren Dialog wieder auf, fuhr sie, zu ihm gewandt, leise mit sanfter Stimme fort: »Glauben Sie mir, ich finde Ihre Farbe ausgezeichnet.«

Der Kanzleirat rollte bedächtig sein Taschentuch aus indischer Seide zusammen. »In der warmen Jahreszeit fühle ich mich stets wohler. Und Sie?«

»Ach! Ich bin wie verwandelt, Kanzleirat! Glänzende Verdauung, weniger Blähungen ... Mir ist gleich ganz anders!«

»Geb's Gott, gnädige Frau, geb's Gott«, sagte der Kanzleirat und rieb langsam seine Hände aneinander.

Er hustete und wollte sich gerade vom Sofa erheben, da hauchte Donha Felicidade noch rasch: »Ich hoffe, daß diese Anteilnahme ehrlich ist ...«

Sie errötete, und prall füllten ihre Brüste das Mieder ihres schwarzen Seidenkleides.

Der Kanzleirat lehnte sich langsam zurück, und die Hände auf den Knien, erwiderte er: »Donha Felicidade wissen doch, daß Sie in mir einen aufrichtigen Freund besitzen ...«

Sie sah ihn aus tief umschatteten Augen an, in denen unverhohlene Leidenschaft und heißes Glücksverlangen loderten: »Und ob, Kanzleirat ...«

Donha Felicidade seufzte tief und verbarg das Gesicht hinter ihrem Fächer.

Der Kanzleirat stand auf, ohne eine Miene zu verziehen. Erhobenen Hauptes, die Hände auf dem Rücken, trat er ans Klavier und beugte sich zu Luiza nieder: »Das ist doch irgendein Tiroler Lied, Donha Luiza?«

»Ein Walzer von Strauß«, flüsterte ihm Ernestinho, der sich auf Zehenspitzen genähert hatte, ins Ohr.

»Ach ja! Weltberühmt! Großer Meister!«

Dann zog er seine Uhr. Es wäre Zeit, sagte er, zu Hause noch einige Aufzeichnungen zu ordnen. Feierlich trat er auf Jorge zu. »Jorge, mein guter Jorge, leben Sie wohl! Nehmen Sie sich vor diesem Alemtejo in acht! Das Klima ist schädlich, die Jahreszeit hat es in sich!« Und tiefbewegt schloß er ihn in die Arme.

Donha Felicidade zog ihren Mantel mit dem schwarzen Spitzenbesatz an.

»Wollen Sie schon gehen, Donha Felicidade?« fragte Luiza.

Sie flüsterte ihr erklärend zu: »Ja, Mädchen, ich bin zum Überlaufen satt, ich habe ein paar grüne Bohnen gegessen, und voll war ich! ... Und dieser Mensch, dieser Eisklotz! Der Senhor Ernesto geht doch wohl auch in meine Richtung, nicht?«

»Geradeswegs, gnädige Frau!«

Er hatte seinen Paletot aus hellem Alpakastoff angezogen und sog mit hohlen Wangen an einer Zigarre. Dazu bediente er sich einer riesigen Zigarrenspitze, auf der sich eine Venus über dem Rücken eines gebändigten Löwen dehnte.

»Lebe wohl, Vetter Jorge, ich wünsche dir Geld und Gesundheit, nicht wahr? Mach's gut. Wenn ›Ehre und Leidenschaft‹ gegeben werden sollte, besorge ich Luiza eine Loge. Ade, alles Gute!«

Sie wandten sich zum Gehen. Doch der Kanzleirat drehte

sich plötzlich an der Tür noch einmal um, die Schöße des Überziehers nach hinten geschoben, die Hand gravitätisch auf den Silberknauf des Spazierstockes gestützt, der einen Maurenkopf darstellte, und sagte ernst: »Eins habe ich noch vergessen, Jorge: Sowohl in Evora als auch in Beja müssen Sie die Zivilgouverneure besuchen! Ich verrate Ihnen auch, weswegen: Sie sind es ihnen als den ersten Staatsbeamten des Distrikts schuldig, und sie können Ihnen bei Ihren wissenschaftlichen Expeditionen von großem Nutzen sein!«

Er verbeugte sich tief: »Arivedere, wie man in Italien sagt.«

Um den Tabakqualm auszulüften, öffnete Luiza die Fenster; die Nacht war schwül und still; der Mond schien.

Sebastião blieb noch; er hatte sich ans Klavier gesetzt und ließ mit gesenkter Stirn die Finger langsam über die Tastatur gleiten.

Er spielte wunderbar, mit sehr feinem musikalischem Einfühlungsvermögen. Einst hatte er sogar eine Fantasie, zwei Walzer und eine Ballade komponiert, aber es waren sehr schwerfällige Machwerke, voller Reminiszenzen, ohne Stil. »Aus meinem Schädel kann ich beim besten Willen nichts herausholen«, pflegte er gutmütig zu erklären und sich mit der Hand lächelnd an den Kopf zu schlagen, »aber mit den Fingern geht es schon!«

Sebastião spielte ein Nocturno von Chopin. Jorge hatte sich zu Luiza aufs Sofa gesetzt.

»Dein Bündelchen ist schon geschnürt!« sagte sie ihm.

»Ein paar Zwiebäcke genügen vollkommen, Kind. Aber die Feldflasche mit Kognak hätte ich gern mit.«

»Und vergiß nicht, gleich wenn du ankommst, ein Telegramm zu schicken!«

»Aber gewiß!«

»Du, in vierzehn Tagen bist du wieder da!«

»Vielleicht ...«

Sie schmollte: »Na warte! Wenn du nicht kommst, dann mach dich auf was gefaßt! Schuld bist du nachher selbst dran.« Luiza blickte um sich. »Wie allein ich sein werde!« Sie biß sich auf ihre schmale Lippe und starrte auf den Teppich. Plötzlich sagte sie mit geradezu trauriger Stimme: »Sebastião, spielen Sie mal die Malagueña?«

Er stimmte sie an. Diese heiße, schleppende Melodie entzückte sie. Luiza glaubte sich nach Málaga oder nach Granada versetzt, sie wußte selber nicht, wohin: Sie wandelt unter Orangenbäumen; tausend kleine Sterne glänzen; die Nacht ist heiß, die Luft voller Wohlgeruch; unter einem Lampion, der an einem Zweig hängt, sitzt ein Sänger auf einem maurischen Dreifuß und läßt seine Gitarre seufzen; ringsum klatschen Frauen in Miedern aus hochrotem Wollsamt mit den Händen den Takt; und weit und breit schlummert das Andalusien der Romanzen und Zarzuelas, heiß und sinnlich, wo sich überall weiße Arme der Liebe öffnen, romantische Mäntel die Wände streifen, in düsteren Gäßchen die Nische mit dem Heiligenbild leuchtet und die Geige jauchzt, Nachtwächter die Allerheiligste Jungfrau anrufen, wenn sie singend die Stunden verkünden ...

»Sehr schön, Sebastião! Vielen Dank!«

Er lächelte, richtete sich auf, klappte sorgsam den Klavierdeckel zu und sagte, während er seinen Schlapphut holte: »Also dann morgen um sieben! Da bin ich hier und werde dich bis nach Barreiro begleiten.«

Der gute Sebastião!

Sie beugten sich aus dem Balkon, um ihn fortgehen zu sehen. Die Nacht war totenstill, von sanfter Schwermut; das Gaslicht der Straßenlaternen schien zu ersterben; der Schatten, der sich deutlich auf der Straße abzeichnete, hatte etwas

Warmes und Sanftes an sich; das Mondlicht erweckte die weißen Fassaden der Häuser zum Leben und übergoß das Straßenpflaster mit einem Reigen kristallener Funken; in der Ferne leuchtete ein Dachfenster wie eine alte silberne Klinge; nichts rührte sich; und instinktiv hoben sich die Augen zum Himmel, suchten den streng blickenden weißen Mond.

»Was für eine herrliche Nacht!«

Die Haustür schlug zu; Sebastião stand im Schatten und sagte leise: »Da bekommt man direkt Lust, spazierenzugehen, nicht wahr?«

»Wunderschön!«

Sie verweilten müßig auf dem Balkon und sahen in die Nacht, berauscht von Stille und Mondschein. Nach einer Weile kamen sie auf die Reise zu sprechen. Wo mochte Jorge morgen zu dieser Stunde sein? Sicher schon in Evora, in einem Gasthauszimmer, wo er stumpfsinnig auf einem Ziegelfußboden hin und her lief. Doch er würde in Kürze zurückkommen; er hoffte mit dem Paco, dem Spanier, der die Bergwerke von Portel besaß, ein gutes Geschäft zu machen, vielleicht einige hundert Milreis mitzubringen, und dann könnten sie den September genießen, eine Reise nach dem Norden unternehmen, nach Bussaco fahren, dort auf die Höhen klettern, das frische Wasser der Felsen trinken, unter einem dicken, feuchten Blätterdach; nach Espinho reisen, an die See, sich im Sande niederlassen, in gesunder, stauerstoffhaltiger Luft, das weite Meer in seinem metallischen glitzernden Blau daliegen sehen, das sommerliche Meer mit der sich in der Ferne verlierenden Rauchfahne irgendeines Postschiffs, das nach dem Süden fährt.

Sie standen dicht beieinander und schmiedeten noch andere Pläne; ein unermeßlich köstliches Glücksgefühl überwältigte sie beide.

»Wenn wir einen kleinen Jungen hätten, wärst du jetzt nicht so allein!«

Sie seufzte. Wie gern wollte auch sie einen haben! Er müßte Carlos Eduardo heißen. Und sie sah ihn schon in seiner Wiege schlafen oder, nackt auf ihrem Schoß, mit dem Händchen nach der Fußzehe greifen, an der rosigen Spitze ihrer Brust saugen ... Ein Schauer unendlicher Wonne durchrann ihren Körper. Sie schlang den Arm um Jorges Taille. Eines Tages mußte es schon werden, und dann hätte sie endlich einen Sohn! Dabei kam es Luiza gar nicht zu Bewußtsein, daß ihr Sohn ein Mann und Jorge einmal alt werden würde: Sie sah den einen als den ewigen Geliebten, jung und kräftig, den anderen immer an ihrer kleinen Brustwarze hängend oder lallend auf allen vieren herumkriechend, blond und mit rosiger Haut. Und endlos lag das Leben vor ihr, voller ungetrübter Freuden, von der gleichen liebevollen, warmen, stillen und leuchtenden Zartheit durchzogen wie die Nacht, die sich über ihnen wölbte.

»Wann wünschen gnädige Frau morgen geweckt zu werden?« schnarrte die frostige Stimme Julianas.

Luiza wandte sich um: »Um sieben, das habe ich Ihnen doch eben erst gesagt, Menschenskind.«

Sie schlossen das Fenster. Rund um die Kerzen flatterte ein weißer Falter. Das war ein gutes Vorzeichen!

Jorge schloß Luiza in seine Arme. »Nun bleibst du also ohne deinen Mann?« sagte er traurig.

Sie lehnte sich gegen seine verschlungenen Hände, sah ihn mit einem langen Blick an, der sich trübte und traurig wurde, und indem sie langsam, zärtlich und feierlich ihre Arme um seinen Hals legte, drückte sie ihm einen tiefen, innigen Kuß auf den Mund. Leises Schluchzen hob ihre Brust.

»Jorge! Geliebter!« flüsterte sie.

3

Zwölf Tage waren seit Jorges Abreise verstrichen. Trotz Hitze und Staub zog sich Luiza um, weil sie zu Leopoldina gehen wollte. Wenn Jorge das wüßte! Es würde ihm ganz bestimmt nicht passen! Doch sie war des Alleinseins so müde! Und wie sie sich langweilte! Vormittags hatte sie wenigstens noch die Besorgungen, die Näharbeit, die Morgentoilette, irgendeinen Roman ... Aber nachmittags!

Um die Stunde, da Jorge gewöhnlich vom Ministerium zurückkam, schien sich die Einsamkeit um sie herum noch zu verdichten. Wie fehlte ihr sein Läuten an der Tür, sein Schritt im Korridor!

Wenn es dämmerte und sie den Tag zu Ende gehen sah, wurde sie grundlos traurig und verfiel in leichte Sentimentalität: Sie setzte sich ans Klavier, und die schwermütigen Fados, die glutvollen Kavatinen seufzten wie von selbst über die Tastatur, unter müßigen Fingern, bei der lässigen Bewegung ihrer schlaffen Arme. Was für dummes Zeug sie dann bisweilen dachte! Und in der Nacht, allein, in dem breiten französischen Bett, wo sie bei der Hitze ja doch keinen Schlaf finden konnte, befielen sie plötzlich die Ängste und das Herzklopfen des Witwendaseins.

Luiza konnte nicht allein sein; sie war es nicht gewöhnt. Sie hatte sogar erwogen, Tante Patrocinio zu sich zu holen, eine arme alte Verwandte, die in Belem wohnte; dann wäre wenigstens jemand da; doch sie befürchtete, sich mit der hageren, verschlossenen Witwe noch mehr zu langweilen, Tante Patrocinio pflegte unentwegt Strümpfe zu stricken, wobei sie auf der Adlernase eine riesige Schildpattbrille trug.

Diesen Morgen dachte Luiza an Leopoldina und freute sich schon darauf, zwanglos mit ihr schwatzen, lachen, Heimlichkeiten austauschen, die heiße Tageszeit totschlagen zu können. Sie kämmte sich, im Korsett und weißen Unterrock; das ausgeschnittene Hemdchen entblößte weiße Schultern, geschmeidig und rund, einen hellen, zarten Hals, von feinen blauen Äderchen durchzogen; und ihre am Ellbogen etwas geröteten vollen Arme zeigten; wenn sie nach den Zöpfen hochgriffen, in den Achselhöhlen blonde Härchen, die sich wie zu einem Nest kräuselten.

Ihre Haut atmete noch die Feuchtigkeit des kalten Wassers; im Zimmer schwebte der durchdringende Geruch von Toilettenessig; die herabgelassenen weißen Leinenrollos spendeten ein mattes, milchiges Licht.

Ach! Eigentlich müßte sie Jorge schreiben, daß er recht schnell wiederkommen möge! Daß sie ihn am liebsten in Evora überrascht, eines schönen Tages um drei Uhr in Tabaquinho abgefangen hätte! Wenn er staubbedeckt und erhitzt eintreten würde, wollte sie ihm gleich um den Hals fallen! Und gegen Abend würde sie an seinem Arm, noch erschöpft von der Reise, in einem duftigen Kleid sich die Stadt ansehen gehen. In den engen, traurigen Gassen würde man sie anstaunen, würden die Menschen an den Hauseingängen zusammenlaufen. Wer mag das wohl sein? Die kommt aus Lissabon. Das ist die vom Ingenieur. Und während sie vor dem Toilettentisch ihr Mieder schnürte, mußte sie bei diesen Phantastereien lächeln, und ihr Spiegelbild lächelte zurück.

Die Schlafzimmertür knarrte leicht.

»Was ist denn?«

Julianas weinerliche Stimme antwortete: »Gnädige Frau erlauben, daß ich gleich zum Arzt gehe?«

»Meinetwegen, aber bleiben Sie nicht zu lange. Ziehen Sie mir mal den Rock nach hinten. Noch mehr. Was fehlt Ihnen denn eigentlich?«

»Mir ist dauernd übel, gnädige Frau, es drückt in der Herzgegend. Ich habe die ganze Nacht nicht geschlafen.«

Juliana sah noch blasser aus als sonst; ihr Blick war sehr verstört, das Gesicht gealtert. Sie trug ein abgetragenes, altmodisches schwarzes Merinowollkleid und die alte Wochentagsperücke.

»Dann müssen Sie allerdings gehen«, sagte Luiza. »Aber bringen Sie vorher noch alles in Ordnung. Und halten Sie sich nicht zu lange auf, nicht wahr?«

Juliana ging gleich in die Küche hinauf. Die befand sich im zweiten Stock, hatte in der Hinterfront des Hauses zwei vorspringende Fenster, war sehr geräumig und vor dem Herd mit Fliesen ausgelegt.

»Sie hat gesagt, daß ich gehen kann, Senhora Joanna«, unterrichtete sie die Köchin. »Ich werde mich gleich umziehen. Die Gnädige ist auch fast fertig. Nun können Sie im Hause tun und lassen, was Sie wollen!«

Die Köchin wurde rot, begann zu singen und machte sich gleich daran, auf dem Balkon einen alten fadenscheinigen Teppich auszubreiten und mit dem Klopfer zu traktieren; ihre Augen wurden dabei nicht müde, ein niedriges, gelb getünchtes Haus mit einem großen Portal anzustarren – die Tischlerei von Onkel João Galho, wo Pedro, ihr Liebhaber, ein blasses, verkommenes Bürschchen, arbeitete. Die arme Joanna war maßlos in ihn verliebt. Sie stammte aus Avintes in der Provinz Minho, aus einer Landarbeiterfamilie, und dieser blutarme Lissabonner Schwächling versetzte sie in regelrechte Raserei.

Da sie wochentags nicht ausgehen durfte, schmuggelte sie ihn durch die Hintertür ins Haus, wenn sie allein war; in solchen Fällen spannte sie auf dem Balkon als Signal eben jenen alten, verschossenen Teppich aus, auf dem man gerade noch das Geweih eines Hirsches erkennen konnte.

Joanna war ein sehr kräftig gebautes Mädchen mit einer richtigen Ammenbrust; ihr kohlrabenschwarzes Haar glänzte von Mandelöl. Sie hatte die fliehende Stirn der eigensinnigen

Plebejerin, und die buschigen Augenbrauen ließen ihren Blick noch finsterer erscheinen.

»Ach!« seufzte Juliana. »Hat die Senhora Joanna doch ein Leben!«

Die Köchin wurde puterrot.

Doch Juliana fügte gleich hinzu: »Wie schade! Wenn ich das könnte! Mädchen, Sie haben es gut!«

Juliana pflegte der Köchin immer zu schmeicheln. Sie war auf sie angewiesen: Joanna gab ihr stets eine Fleischbrühe, wenn sie sich nicht recht wohl fühlte, oder wenn es ihr noch schlechter ging, bereitete sie ihr ein Beefsteak, von dem die Gnädige nichts wußte. Juliana hatte große Angst, ›Anwandlungen von Schwäche zu bekommen‹, und bedurfte alle Augenblicke einer ›Stärkung‹. Gewiß, als häßlicher alter Jungfer widerstrebte ihr dieser ›Skandal mit dem Zimmermann‹, doch sie fand sich damit ab, weil dadurch andererseits ihre Vorliebe für nahrhafte Dinge in reichlichem Maße befriedigt wurde.

»Ich an Ihrer Stelle«, wiederholte sie, »würde ihm das Beste geben, was ich im Topf habe! Als ob man sich der Herrschaft wegen Gedanken machen sollte! Seht sie euch doch an! Wenn jemand stirbt, gucken die zu, wie wenn es ein Hund wäre.« Mit einem bitteren Lächeln fuhr sie fort: »Da sagt sie, ich soll mich beim Arzt nicht lange aufhalten. Das ist dasselbe, als ob jemand sagt: ›Werde rasch gesund oder beiß ins Gras!‹« Sie holte den Kehrbesen aus der Ecke, und aufseufzend meinte sie: »Bei jeder dasselbe, ein Gesindel ist das!«

Sie ging hinunter und begann den Korridor zu fegen. Die ganze Nacht war sie krank gewesen: ihre Bodenkammer, dicht unterm Dach und stickig heiß, erfüllt vom Geruch gebrannter Ziegel, nahm ihr die Luft zum Atmen und reizte sie zum Erbrechen, und das seit Anfang des Sommers. Am Vortage hatte sie sich sogar übergeben. Schon seit sechs Uhr war sie auf den Beinen, hatte Staub gewischt, geplättet, aufgeräumt, und das unausgeschlafen, mit Seitenstechen und Magenschmerzen! Sie öffnete das Holzgatter sperrangelweit und fegte mit tiefen Seufzern und wütenden Besenstrichen gegen das Gitterwerk des Treppengeländers.

»Ist die Senhora Donha zu Hause?«

Sie wandte sich um. Auf den untersten Treppenstufen stand jemand, der ihr irgendwie ›exotisch‹ vorkam. Er war von dunkler Gesichtsfarbe, hager, hatte einen kleinen, hochgezwirbelten Schnurrbart, trug ein Sträußchen am blauen Überrock, und seine Lackschuhe glänzten.

»Die gnädige Frau will gerade ausgehen«, antwortete sie und sah ihn groß an. »Wen darf ich melden?«

Der Mann lächelte. »Bestellen Sie ihr, es käme jemand wegen eines Geschäfts. In einer Bergbausache.«

Luiza stand vor dem Toilettentisch, sie hatte schon den Hut aufgesetzt und steckte zwei Teerosenknospen in ein Knopfloch ihres Mieders.

»Ein Geschäft?« sagte sie sehr überrascht. »Das ist sicher eine Bestellung für meinen Mann! Bitten Sie ihn herein. Was für ein Mensch ist es denn?«

»Ein Geck!«

Luiza zupfte den weißen Schleier herunter, zog gemächlich ihre Handschuhe aus hellem Schwedenleder an, klopfte sich vor dem Spiegel leicht auf ihre Spitzenkrawatte und öffnete die Tür zum Salon. Da fuhr sie beinahe zurück und machte nur »Ach!«. Sie wurde über und über rot. Erkannt hatte sie ihn gleich.

Der Vetter Basilio war da.

Es gab ein langes, wenn auch etwas zaghaftes Händeschütteln. Beide schwiegen. Ihr war das Blut zu Kopf gestiegen, sie lächelte matt; er musterte sie ausgiebig und verwundert.

Doch gleich darauf überstürzten sich die Worte und Fragen förmlich: Wann war er angekommen? Wußte sie schon, daß er in Lissabon war? Wie hatte er ihre Adresse erfahren?

Er war am Vortage mit dem Postdarnpfer aus Bordeaux eingetroffen. Auf dem Ministerium informierte man ihn, daß Jorge gerade im Alemtejo sei, und gab ihm die Adresse …

»Wie du dich verändert hast! Großer Gott!«

»Sehe ich alt aus?«

»Entzückend!«

»Soo?«

Und was war aus ihm geworden? Würde er bleiben?

Luiza zog eine Jalousie hoch. Helles Licht flutete ins Zimmer. Sie setzten sich; er ganz lässig auf das Sofa, sie neben ihn, anmutig auf die Kante eines Lehnstuhls placiert und sehr nervös.

Er sei aus der ›Verbannung‹ zurückgekehrt, sagte er, weil er ein bißchen Sehnsucht nach dem alten Europa bekommen habe. In Konstantinopel, im Heiligen Lande, in Rom sei er gewesen. Das letzte Jahr habe er in Paris verbracht. Von dort komme er, aus jenem Nest, das sich Paris nannte! Er sprach langsam, bequem zurückgelehnt, in vertraulichem Ton, wobei er ungeniert seine Lackschuhe auf dem Teppich ausstreckte.

Luiza betrachtete ihn. Sie fand ihn männlicher, sonnengebräunter. In seinem lockigen schwarzen Haar entdeckte sie einige weiße Fäden. Doch das Sdnurrbärtchen hatte den gleichen stolzen, kecken, jugendlichen Schwung wie früher, seine Augen die alte weiche, feucht schimmernde Sanftmut, wenn er lachte. Sie starrte auf das Perlenhufeisen, das seine Krawatte aus schwarzem Atlas zierte, auf die niedlichen weißen Sterne, die in seine Seidenstrümpfe gestickt waren. An Eleganz hatte er in Bahia nichts eingebüßt. Er kehrte noch interessanter von dort zurück.

»Nun erzähl mir aber von dir«, sagte er lächelnd und neigte sich zu ihr hin. »Du bist glücklich, du hast einen kleinen Bengel ...«

»Nein«, rief Luiza lachend aus. »Ich habe keinen! Wer hat dir das weisgemacht?«

»Es wurde mir erzählt. Und dein Gatte ist längere Zeit auswärts?«

»Drei bis vier Wochen voraussichtlich.«

Vier Wochen! Da war sie ja regelrecht Witwe! Er erbot sich gleich, sie öfter besuchen zu kommen, vormittags, um ein bißchen zu plaudern ...

»Na und ob! Du bist der einzige Verwandte, den ich habe, warum denn nicht ...«

In der Tat! ... Und die Unterhaltung wandte sich gemeinsamen wehmütigen Erinnerungen zu. Sie sprachen von Luizas Mutter, der Tante Jójó, wie Basilio sie nannte. Luiza berichtete von ihrem Tode: Ganz sanft, im Lehnstuhl, ohne einen Schmerzenslaut war sie entschlafen ...

»Wo ist sie denn begraben?« fragte Basilio gerührt und zupfte an der Manschette seines Batisthemdes. »Liegt sie in unserer Familiengruft?«

»Ja.«

»Da muß ich hingehen. Die arme Tante Jójó!«

Sie schwiegen.

»Aber du wolltest doch ausgehen!« sagte Basilio plötzlich und machte Anstalten, sich zu erheben.

»Nein!« rief sie lebhaft. »Nein! Ich hatte Langeweile und absolut nichts vor. Etwas Luft wollte ich schnappen. Aber ich gehe nun nicht mehr.«

»Laß dich nicht abhalten ...«

»Unsinn! Ich wäre sowieso nur auf einen Sprung zu einer Freundin gegangen.«

Sie setzte den Hut ab; bei dieser Bewegung zogen die erhobenen Arme das enge Mieder zurück, und sanft rundeten sich die Konturen ihrer Brust.

Basilio drehte gemächlich eine Spitze seines Schnurrbarts und sah zu, wie Luiza ihre Handschuhe auszog.

»Früher war ich es, der dir das besorgte ... Entsinnst du dich? ... Aber ich denke, daß ich dieses ausschließliche Privileg noch besitze ...«

Sie lachte: »Damit ist ein für allemal Schluß ...«

Basilio starrte auf den Boden und sagte dann bedächtig: »Jaja, die Zeiten ändern sich!«

Und er kam auf Collares zu sprechen. Sein erster Gedanke nach seiner Ankunft sei gewesen, sich einen Wagen zu nehmen und hinzufahren. Er wollte das Landgut besuchen; ob die Schaukel unter dem Kastanienbaum wohl noch da wäre? Und ob die Laube mit den weißen Röschen noch stünde, neben dem Cupido aus Gips mit dem abgebrochenen Flügel?

Luiza hatte erfahren, daß das Landgut jetzt einem Brasilianer gehöre. An der Chaussee befinde sich ein Aussichtsturm mit einem chinesischen, mit Glaskugeln geschmückten Dach, und das alte Majoratshaus sei wieder aufgebaut und à la Gardé möbliert worden.

»Unser armer ockerfarbener Billardsaal mit den Rosengirlanden!« seufzte Basilio und sah sie durchdringend an. »Erinnerst du dich noch an unsere Billardpartien?«

Sie errötete ein wenig, drehte die Finger ihrer Handschuhe zusammen, hob die Augen zu ihm auf und meinte lächelnd: »Damals waren wir Kinder!«

Basilio zuckte traurig die Achseln und starrte auf das Blumenmuster des Teppichs. Es schien, als gäbe er sich ganz einer fernen Sehnsucht hin.

»Das war eine schöne Zeit! Es war meine schönste Zeit!« sagte er gefühlvoll.

Luiza betrachtete seinen wohlgeformten Kopf, den er in

wehmutsvoller Erinnerung an vergangene Glückseligkeiten gesenkt hielt, mit dem sehr geraden Scheitel und den weißen Haaren, die ihm die Trennung gebracht hatte. Auch sie empfand, wie ihr eine unbestimmte Sehnsucht die Brust füllte. Sie erhob sich und zog noch die Jalousie des anderen Fensters hoch, als wolle sie jene innere Unruhe im grellen, kräftigen Licht zerstreuen. Dann stellte sie ihm Fragen, die seine Reisen, Paris und Konstantinopel betrafen.

Schon immer sei es ihr Wunsch gewesen, gestand sie, nach dem Orient zu reisen. Sie würde gern mit einer Karawane ziehen, sich auf dem Rücken der Kamele schaukeln lassen; sie hätte weder vor der Wüste noch vor den wilden Tieren Angst ...

»Du hast wirklich Mut!« bemerkte Basilio. »Wo du doch immer so feige warst, dich vor allem gefürchtest hast ... Sogar vor dem Weinkeller in Papas Haus in Almada!«

Sie wurde rot. Des Kellers entsann sie sich sehr gut, mit seiner unterirdischen Kühle, in der einem schauderte. Die an der Wand aufgehängte Öllampe beleuchtete mit rötlichem und rauchigem Licht dicke Balken, zwischen denen Spinnengewebe hingen, und die düstere Reihe der riesigen bauchigen Fässer. Dort in den Winkeln tauschten sie zuweilen heimliche Küsse ...

Dann wollte sie wissen, was er in Jerusalem getrieben habe, ob es eine schöne Stadt wäre.

Es sei sehenswert. Er wäre morgens die kurze Strecke zum Heiligen Grabe gegangen; nach dem Frühstück sei er aufs Pferd gestiegen ... Im Hotel wäre es auch nicht übel, dort gäbe es hübsche Engländerinnen ... Er hätte einige interessante Bekanntschaften anknüpfen können ...

Von diesen begann er nun gemächlich zu erzählen, indem er sich das Bein kraulte: von seinem Freunde, dem Patriarchen von Jerusalem, von seiner alten Freundin, der Prinzessin von

La Tour d'Auvergne! Doch das Beste vom ganzen Tage wäre der Nachmittag, sagte er, im Olivengarten, wenn man vor sich die Mauern des Tempels Salomons sieht, dicht neben dem dunklen Dorf Bethanien, wo Martha Jesu Schritte bewachte, und weiter entfernt, unbeweglich in der Sonne flimmernd, das Tote Meer! Dort pflegte er sich auf eine Bank zu setzen und in Seelenruhe seine Pfeife zu rauchen.

Ob er Gefahren zu bestehen gehabt hätte, wollte Luiza wissen.

Aber gewiß. Einen Sandsturm in der Wüste Petra! Furchtbar! Doch was für eine herrliche Reise, die Karawanen, die Rasten! Er beschrieb seine Tracht: ein rotschwarz gestreifter Kamelhaarmantel, ein Damaszenerdolch in einem Bagdad-Gürtel und die lange Beduinenlanze.

»Das muß dir gut gestanden haben!«

»Sehr gut! Ich habe Photographien davon.«

Er versprach, ihr eine zu überlassen, und fügte hinzu: »Weißt du auch, daß ich dir ein paar Geschenke mitgebracht habe?«

»Wirklich?« Und ihre Augen strahlten.

Das Schönste sei ein Rosenkranz …

»Ein Rosenkranz?«

»Eine Reliquie! Sie wurde zuerst vom Patriarchen von Jerusalem gesegnet, über dem Grabe Christi, später vom Papst …«

Jawohl! Denn beim Papst wäre er auch gewesen! Ein sehr netter alter Herr, schon ganz ergraut, in Weiß gekleidet und sehr liebenswürdig!

»Früher warst du nicht gerade sehr fromm«, sagte sie.

»Nein, für derartige Faxen habe ich nicht viel übrig«, antwortete er lachend.

»Erinnerst du dich noch an die Kapelle unseres Hauses in Almada?«

Dort hatten sie hübsche Nachmittage verlebt. Dicht neben der alten Majoratskapelle lag ein Vorhof, ganz von blühenden hohen Gräsern überwuchert, und wenn eine sanfte Brise kam, bewegte sich der wilde Mohn wie rote Flügel rastender Schmetterlinge ...

»Und die Linde, weißt du noch, wo ich Gymnastik trieb!«

»Sprechen wir nicht von dem, was gewesen ist!«

Wovon wünschte sie dann, daß er spräche? Es war seine Jugendzeit, das Schönste, was es im Leben gab ...

Sie lächelte und fragte: »Und in Brasilien?«

Entsetzlich! Er hatte sogar einer Mulattin den Hof gemacht.

»Und warum hast du sie nicht geheiratet? ...«

Sie scherzte wohl! Eine Mulattin!

»Und übrigens«, fügte er im Ton tiefer Reue hinzu, »da ich nun einmal nicht geheiratet habe, als ich es hätte tun müssen« – er zuckte melancholisch die Achseln –, »hat sich das erledigt ... Ich habe die Gelegenheit verpaßt und werde Junggeselle bleiben.«

Luiza wurde rot. Sie schwiegen eine Zeitlang.

»Und was hast du mir außer dem Rosenkranz noch mitgebracht?«

»Ach so! Handschuhe. Sommerhandschuhe, aus Schwedenleder, mit acht Knöpfen. Ganz dezent. Hier bei euch trägt man solche Dinger mit zwei Knöpfen, bei denen man die Manschette sieht. Abscheulich!«

Nach dem zu urteilen, was er gesehen hätte, kleideten sich übrigens die Frauen in Lissabon von Tag zu Tag schlechter! Einfach gräßlich! Er wolle nicht sagen, daß sich das auf sie bezöge; ihr Kleid wäre sogar recht schick, schlicht und anständig. Aber im allgemeinen sähe es damit grauenvoll aus. In Paris dagegen! Wie köstlich, wie geschmackvoll die diesjährigen Sommermoden! Ja, das war eben Paris! ... Alles sei dort kultivierter! Seit er hier angekommen war, hätte er zum Beispiel noch nicht richtig essen können. Tatsächlich, er konnte es nicht! »Nur in Paris versteht man zu essen«, faßte er sein Urteil zusammen.

Luiza drehte ihr goldenes Medaillon zwischen den Fingern, das an einem Band aus schwarzem Samt an ihrem Halse hing.

»Da bist du also ein Jahr in Paris gewesen?«

Ein göttliches Jahr. Er bewohnte ein ganz wunderbares Appartement, das früher Lord Falmouth gehört hatte, in der Rue Saint Florentin, besaß drei Pferde ...

Basilio lehnte sich weit zurück, die Hände in den Taschen. »Schließlich soll man sich dieses Jammertal so erträglich wie nur möglich machen! ... Sag mal, trägst du in diesem Medaillon irgendein Bild?«

»Das meines Mannes.«

»Ach! Laß doch mal sehen!«

Luiza öffnete es. Er beugte sich vor; fast berührte sein Gesicht ihre Brust. Luiza roch den feinen Duft, der aus seinem Haar stieg.

»Sehr gut! Ausgezeichnet!« stellte Basilio fest.

Dann schwiegen sie.

»Was für eine Hitze!« stöhnte Luiza. »Dabei kommt man ja um!«

Sie erhob sich und öffnete die Glastür einen Spalt breit. Die Sonne war vom Balkon gewichen. Ein lindes Lüftchen blähte die dicken Falten der Vorhänge.

»Das ist geradezu die Hitze Brasiliens«, meinte er. »Weißt du auch, daß du größer geworden bist?«

Luiza stand vor ihm. Basilios Blicke tasteten ihre Körperformen ab, und sehr vertraulich, die Ellbogen auf den Knien, das Gesicht zu ihr erhoben, fragte er: »Sei mal ganz ehrlich: Hast du damit gerechnet, daß ich dich aufsuchen würde?«

»Warum denn nicht? Wirklich, ich hätte mich geärgert, wenn du dich nicht hättest sehen lassen. Du bist mein einziger Verwandter ... Ich bedauere nur, daß mein Mann nicht da ist ...«

»Gerade deshalb«, fiel ihr Basilio ins Wort, »gerade deshalb bin ich gekommen, weil er nicht da ist ...«

Luiza wurde rot. Basilio errötete ebenfalls etwas und verbesserte sich sogleich: »Ich will damit nur sagen ... es könnte doch sein, daß er weiß, was zwischen uns war ...«

Sie unterbrach ihn: »Unsinn! Wir waren ja noch Kinder. Was sollte dabei schon herauskommen!«

»Ich war damals siebenundzwanzig«, bemerkte er mit einer Verbeugung.

Sie schwiegen, etwas in Verlegenheit geraten. Basilio strich seinen Schnurrbart und sah sich flüchtig im Zimmer um.

»Du hast dich hier sehr gut eingerichtet«, konstatierte er.

Es ginge ihr nicht schlecht ... Das Haus wäre klein, aber sehr behaglich. Und es gehörte ihnen.

»Wirklich! Besser konntest du es gar nicht treffen! Wer ist denn diese Dame mit der goldenen Brille?«

Und er zeigte auf das Gemälde über dem Sofa.

»Die Mutter meines Mannes.«

»Ach! Lebt sie noch?«

»Sie ist gestorben.«

»Gerade das kann eine Schwiegermutter noch liebenswürdiger machen ...«

Basilio gähnte verstohlen, blickte einen Moment auf seine sehr spitzen Schuhe, sprang auf und griff nach seinem Hut.

»Willst du schon wieder gehen? Wo wohnst du denn?«

»Im Hotel Central. Und wann darf ich wiederkommen?«

»Wann du magst. Sagtest du nicht, daß du mir morgen den Rosenkranz bringst?«

Er nahm ihre Hand und verbeugte sich.

»Darf man eigentlich noch einen Kuß auf die Hand einer lieben Base drücken?«

»Warum denn nicht?«

Basilio küßte ihre Hand sehr lange und zärtlich. »Adieu!« sagte er. Und an der Tür, die Portiere halb zur Seite geschoben, wandte er sich noch einmal um: »Weißt du, daß ich mich, als ich die Stufen zu dir hinaufstieg, gefragt habe, wie sich das alles abspielen würde?«

»Was denn? Unser Wiedersehen? Natürlich in bester Harmonie. Oder was meintest du?«

Basilio zögerte und lächelte. »Ich hatte mir nicht vorgestellt, daß du so ein hübsches Mädel geworden bist. Adieu. Bis morgen, nicht wahr?«

Am unteren Treppenabsatz brannte er sich umständlich eine Zigarre an. ›Reizend ist sie!‹ dachte er. Er warf heftig das Zündholz weg. ›Und ich Muster von einem Esel war drauf und dran, sie gar nicht aufzusuchen! Zum Anbeißen ist sie! Und mutterseelenallein zu Hause, da langweilt sie sich vielleicht sogar ein bißchen ...‹

Neben der Patriarchal hielt er eine leere Droschke an; und lang ausgestreckt, den Hut auf den Knien, sann er nach, während das erschöpfte Pferdegespann weitertrabte.

›Wie adrett sie aussieht! Ein Prachtexemplar! Die Hände so gepflegt! Das hübsche Füßchen!‹

Im Geiste sah er den kleinen Fuß vor sich und begann, sich noch andere Schönheiten auszumalen, entkleidete sie in Gedanken, spürte schon ihren Körper ... Die Geliebte, die er in Paris zurückgelassen hatte, war sehr lang und mager, von schwindsüchtiger Eleganz; wenn sie dekolletiert ging, sah man, wie sich unter der Haut ihre Rippen abzeichneten. Und die vollen Formen Luizas festigten seinen Entschluß.

»Ran!« rief er lüstern. »Ran wie São Thiago an die Mauren!«

Als Luiza ihn unten die Haustür schließen hörte, ging sie in ihr Zimmer, warf den Hut auf das Sofa und betrachtete sich sogleich im Spiegel. Welch ein Glück, daß sie fertig angezogen war! Wenn er sie nun im Morgenrock oder schlecht gekämmt überrumpelt hätte! Sie war ganz erhitzt und legte Puder auf. Dann trat sie ans Fenster, blickte einen Moment auf die Straße und nach der Sonne, die noch auf die gegenüberliegenden Häuser brannte. Sie war müde. Um diese Zeit aß Leopoldina sicher schon ... Luiza dachte daran, an Jorge zu schreiben, ›um die Zeit totzuschlagen‹, doch da übermannte sie die Trägheit; es war ja so warm! Und dann wußte sie gar nicht, was sie ihm schreiben sollte! Deshalb begann sie, sich vor dem Spiegel langsam auszuziehen, wobei sie sich intensiv betrachtete und helle Freude an ihrer weißen Haut hatte, deren Zartheit sie mit einem matten Gähnen glückhafter Ermüdung liebkoste. – Sieben Jahre lang hatte sie den Vetter Basilio nicht gesehen! Er war jetzt noch gebräunter, noch sonnenverbrannter, aber es stand ihm gut!

Nach dem Essen ruhte sie neben dem Fenster, in den Voltairestuhl hingestreckt, mit einem vergessenen Buch im Schoß. Der Wind hatte sich gelegt, und die Luft, die sich im tiefblauen Himmel verlor, blieb unbeweglich; der dicke Staub wirbelte nicht mehr; der Nachmittag war hell und beschaulich; auf dem wilden Feigenbaum zwitscherten die Vögel; aus der nahen Schlosserwerkstatt hallte das ununterbrochene Hämmern von Eisenplatten. Allmählich trübte sich das Blau; im Westen traten wie große lässige Pinselstriche matte orangefarbene Flecken hervor. Nun bedeckte sich alles mit einem weiten, schweigenden, schwülen Schatten; ein munteres Sternchen leuchtete und zitterte. Und Luiza lag immer noch im Voltairestuhl, selbstvergessen, erschöpft, ohne nach Licht zu verlangen.

›Was für ein interessantes Leben der Vetter Basilio geführt hat!‹ dachte sie. Und was er alles gesehen hatte! Könnte sie doch auch ihre Koffer packen, abreisen, neue und unbekannte Gegenden bewundern, den Schnee der Berge, gleißende Wasserfälle! Wie gern hätte sie die Länder besucht, die sie aus den Romanen kannte – Schottland und seine verschwiegenen Seen, Venedig mit seinen von Tragik erfüllten Palästen! In Buchten anlegen, wo ein leuchtendes, glitzerndes Meer in gelbbraunem Sand erstirbt, und vom flachen Dach der Fischerhütten, wo die Graziellas leben, in der Ferne die Inseln mit den wohlklingenden Namen im Blau verschwimmen sehen! Und nach Paris fahren! Nach Paris auf alle Fälle! Aber ach! Ganz bestimmt würde sie niemals verreisen; sie waren doch arm; als echter Lissaboner klebte Jorge förmlich an seinem Haus.

Wie mochte wohl der Patriarch von Jerusalem aussehen? Sie stellte sich ihn vor mit langem weißem Bart, in goldstrotzende Gewänder gekleidet, zwischen feierlicher Musik und Weihrauchwogen! Und die Prinzessin von La Tour d'Auvergne? Ganz bestimmt war sie schön, von edler Gestalt, lebte inmitten eines Schwarmes von Pagen und hatte sich gewiß in Basilio verliebt. – Die Nacht dunkelte, weitere Sterne leuchteten auf.– Aber was sprang schon dabei heraus, wenn man verreiste, auf Postdampfern seekrank wurde, in Eisenbahnabteilen gähnte und während der Fahrt durch das Gebirge bei kalter Morgendämmerung in einem kräftig durcheinandergeschüttelten Reisewagen einnickte? War es nicht bequemer, in allem Komfort zu leben, an der Seite eines zärtlichen Gatten, in einem wohlbehüteten Häuschen, auf weichen Polstern, gelegentlich einen Abend im Theater zu verbringen und am hellen Morgen ein ausgiebiges Frühstück zu verzehren, wenn die Kanarienvögel zwitscherten? Das alles hatte sie. Sie war doch wirklich glücklich! Da überkam sie die Sehnsucht nach Jorge; am liebsten hätte sie ihn jetzt hier bei sich, um ihn zu umarmen, oder sie wünschte, ihn unten in seinem Arbeitszimmer anzutreffen, in seiner Samtweste, wie er Pfeife rauchte. Jorge besaß alles, um eine Frau glücklich und stolz zu machen: Er war stattlich, zärtlich und treu und hatte wunderbare Augen. Von einem Ehemann, der ein Stubenhocker- und Spießerdasein führte, würde sie nicht viel halten; der Beruf Jorges dagegen war interessant; er stieg in die düsteren Schächte der Bergwerke hinab, ging sogar eines Tages mit gezogenen Pistolen gegen eine revoltierende Meute vor; er war tapfer und begabt! Ganz gegen ihren Willen jedoch mußte sie an Vetter Basilio denken, wie er in seinem weißen Burnus über die Ebenen des Heiligen Landes schritt oder in Paris, aufrecht auf dem Kutschbock sitzend, mit eiserner Ruhe seine feurigen Pferde zügelte – und ein anderes, romantischeres Leben stieg vor ihr auf, das sich viel besser für gefühlvolle Episoden eignete.

Vom sternenübersäten Himmel fiel mattes Licht. In der Ferne leuchteten offene Fenster in die stickige Nacht, vor der Glastür huschten Fledermäuse vorbei.

»Wollen gnädige Frau kein Licht?« fragte die müde Stimme Julianas von der Tür her.

»Stellen Sie es ins Zimmer.«

Sie ließ die Jalousien herunter, gähnte tief und fühlte sich völlig erschöpft.

›Es gibt Gewitter‹, dachte sie.

Luiza trat in den Salon, setzte sich ans Klavier, schlug aufs Geratewohl ein paar Takte der ›Lucia‹ und der Nachtwandlerin an, begann den ›Fado‹. Da hielt sie inne; ihre Finger ruhten leicht auf der Tastatur: Es war ihr eingefallen, daß am nächsten Tage Basilio kommen würde. Sie mußte das neue Hauskleid aus kastanienfarbigem Taft anziehen! Luiza spielte den ›Fado‹ noch einmal von vorn, doch dabei fielen ihr die Augen zu.

Sie ging in ihr Zimmer.

Juliana brachte das Ausgabenbuch und die Nachtlampe. In Pantoffeln kam sie angeschlurft, eine lose, kurze Jacke über die Schultern geworfen, geduckt und schemenhaft. Ihre Gestalt, die eher in einen Krankensaal paßte, regte Luiza auf.

»Großer Gott! Wie der leibhaftige Tod sehen Sie aus!«

Juliana antwortete nicht. Sie stellte das Lämpchen hin, nahm Münze für Münze das Geld für die Einkäufe von der Kommode und fragte mit gesenktem Blick: »Haben gnädige Frau noch Wünsche?«

»Gehen Sie, Menschenskind, gehen Sie!«

Juliana holte den Petroleumleuchter und ging in ihr Zimmer hinauf. Sie schlief ganz oben, in der Dachkammer, gleich neben der Köchin.

»Wie der leibhaftige Tod komme ich ihr vor!« knurrte sie wütend.

Das Zimmer war niedrig, sehr schmal und hatte eine schräge Holzdecke; die Sonne, die während des ganzen Tages auf die Dachziegel brannte, machte es stickig heiß wie einen Backofen; nachts erfüllte es stets der muffige Geruch erhitzter Ziegel. Sie schlief in einem Eisenbett, auf einem weichen Strohsack, der mit einem gestreiften Kattunlaken bedeckt war; vom Kopfende des Bettgestells hingen ihre Talismane und das zerknitterte Netz, das sie sich über den Kopf zu ziehen pflegte; gleich daneben stand ihre große, wohlbehütete und mit einem wuchtigen Schloß versehene blaugestrichene Holztruhe. Auf dem Tisch aus Fichtenholz lagen der

Handspiegel, die abgenutzte schwärzliche Haarbürste, ein Hornkamm, die Arzneifläschchen, ein altes Nadelkissen aus gelbem Samt und, in eine Zeitung eingewickelt, die Sonntagsperücke aus gezwirnter Seide. Der einzige Schmuck der schmutzigen Wände, auf denen die Köpfe angerissener Zündhölzer Spuren hinterlassen hatten, war ein Steindruck Unserer Lieben Frau von den Schmerzen über dem Bett, und eine Photographie, auf der man im spiegelnden Reflex der Glasplatte gerade noch den gewichsten Schnurrbart und die Rangabzeichen eines Sergeanten erkennen konnte.

»Ist die Gnädige schon schlafen gegangen, Senhora Juliana?« fragte die Köchin von der Kammer nebenan, aus der ein breiter Streifen hellen Lichtes drang und die Dunkelheit des Korridors durchschnitt.

»Ja, sie hat sich schon hingelegt, Senhora Joanna. Heute stört sie die Fliege an der Wand. Der Mann fehlt ihr eben!«

Joanna drehte sich auf die andere Seite, so daß das alte hölzerne Gestell ihres Bettes knarrte. Sie konnte nicht schlafen. Man erstickte ja förmlich!

»Ach, und hier erst!« rief Juliana.

Sie öffnete das Dachfensterchen, um zu lüften, zog die Filzpantoffeln an und ging zu Joanna hinüber. Juliana betrat aber nicht Joannas Kammer, sondern blieb an der Tür; schließlich war sie ja Stubenmädchen und vermied Vertraulichkeiten. Sie hatte ihre Perücke abgelegt, und in dem um den Kopf gebundenen schwarz und gelb gestreiften Tuch erschien ihr Gesicht noch ausgezehrter, die Ohren noch abstehender; das ausgeschnittene Hemd enthüllte ein fleischloses Schlüsselbein; der kurze Rock ließ die weißen, sehr dürren Schienbeine sehen. Das Jäckchen über den Schultern, kratzte sie sich bedächtig die spitzen Ellenbogen und fragte vorsichtig: »Sagen Sie mal, Senhora Joanna, ist dieser Kerl lange geblieben? Haben Sie aufgepaßt?«

»Er ging genau im gleichen Augenblick, als Sie wiederkamen.«

Vor Hitze glühend, fast aufgedeckt, die Beine gespreizt, kratzte sich Joanna wütend unter dem groben Hemd mit der Minho-Spitze, die ihre Brüste bedeckte. Bei diesen Wanzen könnte sie nicht ruhig liegen! Dieses verfluchte Zimmer hätte eine ganze Brut davon! Sogar im Magen würde ihr übel.

»Jawohl! Eine Hölle ist das!« sagte Juliana wehmütig. »Ich kann immer erst bei Tagesanbruch einschlafen. Aber ich muß jetzt noch ausbessern ... Sie haben São Pedro am Kopfende Ihres Bettes. Sind Sie gläubig?«

»Es ist der Heilige meines Freundes«, erwiderte Joanna. Sie setzte sich im Bett auf. Und dann hätte sie den ganzen Abend so einen Durst gehabt!

Sie sprang auf, ging mit wuchtigen Schritten, unter denen der Fußboden erzitterte, zum Wasserkrug, setzte ihn an den Mund und nahm einen kräftigen Schluck. Das enge, dürftige Hemd zeigte ihre üppigen, kräftigen Körperformen.

»Übrigens war ich beim Arzt«, sagte Juliana. Und mit einem tiefen Seufzer: »Ach! Da kann nur Gott noch helfen, Senhora Joanna! Nur Gott!«

Aber warum raffe sich die Senhora Juliana eigentlich nicht dazu auf, zur weisen Frau zu gehen? Das wäre die sichere Gesundheit. Sie wohne am Poço dos Negros und hätte Gebete und Salben für alles. Eine halbe Moeda nähme sie für die Prozedur ...

»Denn das sind die bösen Säfte, Senhora Juliana. Sie haben böse Säfte im Körper.«

Juliana hatte zwei Schritte ins Zimmer hinein getan. Wenn es sich um Krankheiten oder Arzneien handelte, wurde sie zutraulicher.

»Ich hatte es mir auch schon überlegt ... Ich wollte auch schon zu der Frau gehen. Aber eine halbe Moeda!«

Und mit traurigem Blick stand sie da und sann nach.

»Soviel habe ich jetzt gerade für ein paar Lackspitzenstiefeletten beisammen!«

Stiefeletten waren ihr Laster. Sie brachte sich ihretwegen noch um: Juliana besaß welche aus festem Lastingstoff, mit Lackbesatz, aus Korduanleder zum Schnüren, aus geschmeidigem Schafleder mit farbigen Steppverzierungen. Alle waren in Seidenpapier eingepackt und in der Truhe eingeschlossen – gehütet für die Sonntage!

Die Köchin tadelte sie. »Nein! Wenn es bei mir um den Körper, um das Innere geht, dann soll den ganzen Putz der Teufel holen!«

Joanna beklagte sich ebenfalls über ihr Unglück. Sie hätte die Gnädige um einen Monatslohn Vorschuß gebeten, weil sie keine Hemden mehr hatte! Die beiden, die sie ihr eigen nannte, waren die reinen Lumpen! Fähnchen wie das, was sie anhatte; sie fielen ihr vom Leibe!

»Aber was soll ich machen!« seufzte sie. »Mein Schatz brauchte gerade Geld ...«

»Sie lassen sich aber auch aussaugen von dem Mann!«

Joanna lächelte. »Und wenn ich Knochen nagen müßte, Senhora Juliana, das letzte Krümchen bekommt *er*!«

Juliana lachte frostig auf und sagte verächtlich: »Es lohnt sich ja auch!«

Im stillen beneidete sie die Köchin glühend um jene Liebe und um ihre wollüstigen Freuden. Sie beherrschte sich aber und wiederholte nur: »Es lohnt sich ja auch! Ein schneidiger Bursche war das«, fuhr sie fort, »der heute die Gnädige besuchen kam! Hübscher als ihr Mann!« Und nach einer Pause fragte sie: »Dann ist er also über zwei Stunden geblieben?«

»Als Sie kamen, war er gerade gegangen.«

Die Petroleumlampe erlosch stinkend mit dickem, schwarzem Qualm.

»Gute Nacht, Senhora Joanna. Ich will noch meinen Rosenkranz beten.«

»Liebe Senhora Juliana!« sagte die andere aus den Bettlaken hervor. »Wenn Sie so freundlich wären, drei Salve Reginas für die Gesundheit meines erkrankten Freundes zu beten, würde ich drei für Ihre Brust sprechen.«

»Aber bitte, Senhora Joanna!« Doch dann überlegte sie es sich anders. »Hören Sie mal. Mit der Brust geht es mir jetzt besser; beten Sie lieber für die Linderung meiner Kopfschmerzen. Zur heiligen Engracia!«

»Wie Sie wünschen, Senhora Juliana.«

»Wenn Sie so freundlich sein wollen. Gute Nacht! Und wie das hier riecht! Bei Gott!«

Sie ging in ihr Zimmer, betete und löschte das Licht. Eine beständige weiche Wärme strömte von der Wandverkleidung; Juliana bekam allmählich keine Luft mehr, öffnete noch einmal das Fensterchen, doch der heiße Dunst, der von den Dächern kam, verursachte ihr Übelkeit; so war es jede Nacht, vom Anfang des Sommers an! Und wie es in dem alten Gebälk von Ungeziefer wimmelte! Nein, in keinem der Häuser, in denen sie in Stellung war, hatte sie jemals ein schlechteres Zimmer gehabt. Niemals!

Nebenan begann die Köchin zu schnarchen. Juliana wälzte sich hellwach von einer Seite auf die andere, mit bekümmertem Herzen, und fühlte, wie das Leben mit noch größerer Bitterkeit auf ihr lastete.

Sie hatte in Lissabon das Licht der Welt erblickt und hieß Juliana Couceiro Tavira. Ihre Mutter war Plätterin gewesen. Von Kind auf hatte Juliana eine gewisse Person gekannt, die die Nachbarschaft den ›Baron‹ und ihre Mutter den Senhor Dom Augusto nannte. Alle Tage, im Sommer nachmittags, im Winter morgens, trat er in das Zimmerchen, in dem ihre Mutter plättete, und saß dort stundenlang auf dem Tritt des

Fensters, das nach einem Gärtchen führte, rauchte Pfeife und zwirbelte schweigend seinen riesigen schwarzen Schnurrbart. Da der Fenstertritt aus Stein war, legte er fürsorglich ein Luftkissen darüber, das er selbst aufblies. Er hatte eine Glatze und trug gewöhnlich ein Wams aus kastanienbraunem Samt und einen weißen Zylinder. Um sechs Uhr erhob er sich, ließ die Luft aus dem Kissen, verbrachte eine Weile damit, sich die Hosenbeine hochzuziehen, und ging wieder, den dicken Spazierstock aus Bambusrohr unter dem Arm, die Taille hin und her wiegend. Dann aß sie mit ihrer Mutter an dem kleinen Tisch aus Fichtenholz, der in der Küche unter einem kleinen Fenster stand, vor dem sich im Sommer wie im Winter die dürren Zweige eines kümmerlichen Baumes wiegten.

Abends kam der Senhor Dom Augusto wieder; er brachte stets eine Zeitung mit; ihre Mutter bereitete ihm Tee und geröstete Brotschnitten, bediente ihn und war ganz von ihm eingenommen, Juliana hatte sie sehr oft vor Eifersucht weinen sehen.

Eines Tages geriet eine böse Nachbarin, der Juliana nicht beim Wäschewaschen helfen wollte, in Wut, warf ihr von den Stufen der Haustreppe Beleidigungen an den Kopf und schrie ihr zu, daß ihre Mutter ein schamloses Frauenzimmer sei und ihr Vater in Afrika wäre, weil der ›Herzkönig‹ ausgespielt hätte!

Kurze Zeit darauf ging sie in Stellung. Ihre Mutter starb einige Monate später an einem Gebärmutterleiden. Nur ein einziges Mal sah Juliana den Senhor Dom Augusto wieder – eines Nachmittags, in einem langen veilchenblauen Mantel, bei einer Passionsprozession.

Nun arbeitete Juliana schon zwanzig Jahre. Wie sie zu sagen pflegte, vertauschte sie die Herrschaft, aber nicht ihr Los. Zwanzig Jahre lang schlief sie in dürftigen Kämmerchen, stand im Morgengrauen auf, verzehrte das, was andere übrigließen, trug alte Fetzen, erduldete die Gehässigkeiten der Kinder und die boshaften Worte der Gnädigen, leerte die Schmutzkübel; wenn sie krank wurde, ging sie ins Hospital, und sobald sie genesen war, rackerte sie sich wieder bis zur Erschöpfung ab. Es war zuviel! Jetzt gab es Tage, an denen der bloße Anblick des Eimers mit schmutzigem Wasser und des Bügeleisens ihr den Magen umdrehte. Juliana hatte sich nie daran gewöhnt, anderen zu dienen. Von ihrer Jungmädchenzeit an war es ihr Ehrgeiz gewesen, ein kleines Geschäft, eine Tabakhandlung zu besitzen, einen Modesalon oder einen Kramwarenladen, anzuordnen, zu bestimmen, Herrin zu sein. Doch trotz übertriebener Sparsamkeit und sorgfältiger Berechnungen konnte sie am Ende der Jahre höchstens sieben Moedas zusammenbringen. Dann war sie krank geworden; da ihr vor dem Hospital graute, zog sie zu einer Verwandten, um sich pflegen zu lassen; und das Geld – ach! – es war immer mehr zusammengeschmolzen! An dem Tage, als sie die letzte Libra einwechselte, weinte sie stundenlang, den Kopf unter der Bettdecke.

Seither blieb sie immer kränklich und verlor alle Hoffnung, jemals zu einem eigenen Geschäft zu kommen. Sie würde wohl immer dienen müssen, bis ins Alter, von Herrschaft zu Herrschaft! Diese Gewißheit erfüllte sie mit dauernder Trostlosigkeit. Allmählich wurde sie immer verbitterter.

Und dann hatte sie zuwenig Geschick, sich die Verhältnisse in den Häusern zunutze zu machen. Sie sah, wie sich ihre Kolleginnen aus der Nachbarschaft vergnügten, in den Fenstern lehnten, klatschten, an den Sonntagen in die Gärten und stillen Parks gingen, den Tag mit Singen verbrachten und, wenn die Herrinnen des Hauses ins Theater fuhren, ihren Liebsten die Tür öffneten und durch die Zimmer tollten! Sie tat das nicht. Juliana war immer eine Eigenbrötlerin gewesen. Sie erfüllte ihre Pflicht, aß, fiel todmüde ins Bett, und sonntags, wenn sie nicht gerade spazierenging, machte sie es sich an einem Fenster bequem, ein Tuch über dem Fensterbrett, um sich nicht die Ärmel durchzuscheuern, verharrte dort unbeweglich und sah hinaus, mit ihrer Filigranbrosche und der Feiertagsperücke. Andere Dienstboten waren ihren Herrinnen sehr zu Willen, gebärdeten sich ganz unterwürfig, schmeichelten ihnen, brachten die Skandalgeschichten von der Straße mit, beförderten sowohl Briefchen als auch kleine Bestellungen hinein und heraus, die sehr vertraulich waren – und wurden reichlich beschenkt. Juliana brachte das nicht fertig. Jede gehörte an ihren Platz! Das wäre ja noch schöner!

Kaum daß sie ein Haus betrat, empfand sie vom ersten Tage ihrer Tätigkeit an sofort die Feindseligkeit, das Übelwollen der anderen; die Gnädige sprach aus angemessener Entfernung frostig mit ihr; die Kinder ließen ihre Launen an ihr aus; wenn die übrigen Dienstmädchen gerade schwatzten, verstummten sie, sobald nur ihre hagere Gestalt auftauchte; man belegte sie mit Spitznamen wie ›dürrer Köter‹, ›Röstbohne‹, ›Korkenzieher‹; man äffte ihre nervösen Grimassen nach; in den Ecken wurde gekichert und getuschelt, und nur bei den schweigsamen, melancholischen Hausdienern, die morgens, wenn die Zimmer noch im Dunkel liegen, mit festen Schritten kamen, um die Wasserfäßchen zu füllen und das Schuhwerk zu putzen, war sie auf etwas Mitgefühl gestoßen.

Allmählich wurde Juliana argwöhnisch und eisig wie der Nordostwind; sie gab spitze Antworten, hatte Kontroversen mit ihren Kolleginnen: Man brauchte sich ja nicht den Fuß in den Nacken setzen zu lassen!

Die Antipathie, die sie umgab, machte sie gereizt wie einen Löwen, der sich von Flintenläufen eingekreist sieht. Sie wurde böse; sie knuffte die Kinder so sehr, daß sie blaue Flecke bekamen, und wenn man sie deswegen zur Rede stellte, bekam sie

Wutanfälle. Dann folgte prompt die Entlassung. In einem einzigen Jahr war sie in drei Haushalten. Wenn sie ging, so geschah es mit einem Skandal, unter Geschrei, wobei sie die Türen zuschlug und ihre früheren Herrinnen allesamt blaß und entnervt zurückließ ...

Die Stellenvermittlerin, ihre alte Freundin Tante Victoria, sagte ihr: »Zu guter Letzt kommst du überhaupt nicht mehr unter und hast kein Stückchen Brot zu essen!«

Brot! Dieses Wort, das der Schrecken, der Alptraum, die Last des Armen ist, machte ihr bange. Juliana war schlau und nahm sich zusammen. Sie begann, sich als bedauernswerte Frau zu gebärden, mit geheuchelter Dienstbeflissenheit und Büßermiene, die Augen auf den Boden geheftet. Doch innerlich verzehrte sie sich. Sie bekam nervöses Gesichtszucken und den Tick, die Nase zu verziehen. Ihre Haut wurde vom Ärger grün.

Der Zwang, sich zu beherrschen, lehrte Juliana hassen: Vor allem haßte sie ihre Brotgeberinnen mit einem unvernünftigen und kindischen Haß. Die reichen, die kleine Paläste besaßen, die armen Beamtenfrauen, alte und junge, aufbrausende und ruhige: Sie haßte sie alle ohne Unterschied. Für sie war eben jede eine Herrin und damit basta! Wenn Juliana sie dasitzen sah, dachte sie bei sich: ›Mach dir einen guten Tag, die Arbeit tut doch die Sklavin!‹ Und wenn die Frau des Hauses ausging: ›Geh nur fort, ich kann ja ruhig in diesem Loch bleiben!‹ Jedes Lachen der anderen war eine Beleidigung für ihre krankhafte Schwermut; jedes neue Kleid eine Herausforderung für ihr altes aus gefärbter Merinowolle. Sie verabscheute ihre Brotgeberinnen selbst in der Fröhlichkeit der Kinder und im Wohlstand des Hauses. An Tagen, wo es bei der Herrschaft zu Zwistigkeiten kam, trällerte sie von früh bis abends mit Fistelstimme den ›Liebesbrief‹. Mit welcher Wollust überreichte sie die verspätete Rechnung eines ungeduldigen Gläubigers, wenn sie im Hause Verlegenheit witterte! »Darauf steht«, kreischte sie, »er geht nicht, bevor er eine Antwort hat!« Jeder Trauerfall bereitete ihr helle Freude – und unter dem schwarzen Umschlagtuch, das man ihr gekauft hatte, hüpfte ihr Herz vor Entzücken. Sie sah kleine Kinder sterben, und nicht einmal der Schmerz der Mütter rührte sie. Juliana zuckte nur die Achseln: »Soll sie aufhören zu plärren und sich ein neues anschaffen. Diese Ziegen!«

Selbst gute Worte und Entgegenkommen fruchteten bei ihr nichts, gleich ins Feuer geträufelten Wassertropfen. Sie faßte alle Herrinnen unter dem Wort ›Pack‹ zusammen. Und die Guten verachtete sie wegen der Plackereien, die sie bei den Schlechten erdulden mußte. Für sie war die Herrin der Feind, der Tyrann. Zwei davon hatte sie sterben sehen – und jedesmal empfand sie, ohne zu wissen warum, eine seltsame Erleichterung, als ob ein Teil jenes riesigen Gewichtes, das wie ein Alpdruck auf ihrem Leben lastete, sich losgelöst hätte und davongeflogen wäre.

Neidisch war sie schon immer gewesen, und mit zunehmendem Alter steigerte sich diese Veranlagung auffallend. Alles im Hause erregte ihren Neid: der Nachtisch, den die Herrschaften aßen, die Unterwäsche, die sie trugen. Soirées und Theaterbesuche erbitterten sie. Wie jubelte Juliana, wenn Spaziergänge geplant waren und es plötzlich regnete! Der Anblick ausgehfertig angezogener Damen mit Hut, die mit höchstem Verdruß durch die Fensterscheiben blickten, entzückte sie und machte sie geschwätzig: »Ach, gnädige Frau! Ein ganz entsetzliches Gewitter ist das! Es gießt wie aus Kübeln, und so bleibt es bestimmt den ganzen Tag! Wie ärgerlich!«

Und sehr neugierig war sie auch. Es kam nur zu oft vor, daß man sie überraschte, wie sie, den Kehrbesen senkrecht haltend, hinter einer Tür lehnte und mit scharfem Blick irgendeinen ankommenden Brief drehte, wendete und beroch ... Sie schnüffelte emsig in allen offenen Schubladen und durchwühlte alle weggeworfenen Schriftstücke. Ihr Gang war flink. Überall tauchte sie plötzlich unvermutet auf. Genau musterte sie alle Besucher. Juliana spürte nach einem Geheimnis, nach einem wichtigen Geheimnis. Wenn ihr doch eins in die Hände fiele!

Sie war sehr naschhaft und hegte den unbefriedigten Wunsch, sich an Leckerbissen und Nachspeisen gütlich zu tun. In den Häusern, in denen sie das Mittagessen auftrug, folgte ihr gerötetes Auge begierig den Portionen, die für den Tisch zurechtgemacht wurden; und wenn jemand guten Appetit hatte und noch eine zweite Portion verlangte, so geriet sie in Raserei, weil es ihren eigenen Anteil schmälerte. Da sie immer nur das zu essen bekam, was übrigblieb, wurde sie schwächlich; ihr Haar verlor seinen Glanz und wurde mausgrau. Juliana war eine Feinschmeckerin; sie trank gern Wein; manchmal kaufte sie eine Flasche für achtzig Reis, schloß sich in ihr Zimmer ein und trank sie ganz allein aus, ließ sich förmlich vollaufen. Dabei schnalzte sie mit der Zunge, zog den Saum ihres Kleides ein wenig hoch und betrachtete mit Wohlgefallen ihren Fuß.

Einen Mann hatte sie nie gehabt, sie war eine Jungfer. Immer häßlich, führte sie niemand in Versuchung; und aus Stolz, aus Eigensinn, aus Angst vor einer Abfuhr hatte sie sich nie angeboten, wie sie es zweifellos von vielen Frauen gesehen hatte. Der einzige Mann, der sie einst eines begehrlichen Blickes würdigte, war ein untersetzter, schmutziger und verwegen aussehender Pferdeknecht gewesen: ihre Magerkeit, ihre Perücke, ihre sonntägliche Aufmachung reizten diesen Dummkopf. Er glotzte sie an wie eine Bulldogge. Das erschreckte sie zwar, machte sie aber eitel. Der erste Mann, für den sie etwas empfand, ein hübscher blonder Diener, lachte sie aus und belegte sie mit dem Schimpfnamen ›dürrer Köter‹. Juliana setzte keine Hoffnungen mehr in die Männer; aus Trotz, aus mangelndem Selbstvertrauen. Ihre natürlichen Regungen unterdrückte sie; das waren ›Flämmchen‹, ›hysterische Anwandlungen‹. Die würden schon vorübergehen. Doch sie machten sie noch verknöcherter, und das Fehlen jenes großen Trostes vergrößerte die Tragik ihres Lebens nur noch mehr.

Endlich brachte ihr ein Tag eine große Hoffnung. Sie war in die Dienste der Senhora Donha Virginia Lemos, einer reichen Witwe, Jorges Tante, getreten. Die hatte ein Blasenleiden, war sehr krank und dem Sterben nahe. Tante Victoria, die Stellenvermittlerin, bereitete Juliana gleich entsprechend vor: »Kümmere dich um die Alte und fasse sie mit Glacéhandschuhen an; sie braucht eine Pflegerin, die bei ihr aushält. Sie ist reich, am Geld hängt sie überhaupt nicht, die bringt es fertig und hinterläßt dir ein Vermögen, von dem du leben kannst!«

Ein Jahr lang pflegte die vom Ehrgeiz verzehrte Juliana die Greisin. Welche Mühe sie sich dabei gab! Und wie sie sich verstellte!

Virginia war sehr mürrisch; der Gedanke, sterben zu müssen, versetzte sie in Raserei; doch je mehr sie mit tiefer Stimme grollte, desto zuvorkommender gebärdete sich Juliana. Schließlich hatte sie die Alte soweit: Diese pries ihre Pflegerin allen an, die sie besuchen kamen, und nannte sie ihre ›göttliche Vorsehung‹. Besonders Jorge hatte sie Juliana empfohlen. »Es gibt keine bessere! Bestimmt nicht!« sagte sie.

»Nun hast du es geschafft«, meinte die Tante Victoria. »Deine Million Reis bekommst du von ihr auf alle Fälle.«

Eine Million Reis! Wenn nachts die Alte in ihrem altmodischen Bett aus Guajakholz stöhnte, sah Juliana in dem dürftigen Lichtschein, den die Nachtlampe spendete, die Million

Reis in Stapeln unerschöpflichen und wunderbaren Goldes aufleuchten. Was würde sie mit dem Geld anfangen? Sie saß am Kopfende des Krankenbettes, eine Steppdecke über die Schultern geworfen, die Augen starr und geweitet, und schmiedete Pläne: Ein Modengeschäft würde sie einrichten! Auch lebhafte Vorstellungen anderer Wonnen schossen ihr durch den Kopf: Eine Million Reis war ja eine Mitgift, sie könnte heiraten, einen Mann haben!

Den Mühseligkeiten wäre dann ein Ende gesetzt. Sie würde endlich ›ihr eigenes‹ Mittagessen verzehren! Und endlich ›ihrem‹ Dienstmädchen befehlen! ›Ihrem‹ Dienstmädchen! Sie sah sich schon, wie sie es rief und ihm von oben herab sagte: »Tun Sie dies, besorgen Sie das, leeren Sie den Kübel, gehen Sie hinaus!« Vor lauter Freude bekam sie Magenkrämpfe. Sie gäbe bestimmt eine gute Herrin ab. Aber anständig aufführen müßte man sich bei ihr unbedingt! Nachlässigkeiten oder schnippische Antworten brauchte sie sich von ihrem Dienstmädchen nicht gefallen zu lassen! – Und von solcherlei Gedankengängen bewegt, schlurfte sie kaum hörbar in ihren Pantoffeln durchs Zimmer und sprach vor sich hin.– Nein, Schlampereien brauchte sie nicht zu dulden! Selbstverständlich sollten sie es gut haben; wer arbeitet, der muß auch etwas dafür kriegen! Aber sie würde das wieder aus ihnen herausholen. Jawohl, ganz recht, ordentlich ran müßten sie bei ihr … Da stieß die Alte einen äußerst bekümmerten Seufzer aus.

›Es ist soweit!‹ dachte Juliana. ›Jetzt stirbt sie!‹

Und ihr besorgter Blick glitt sogleich zur Schublade der Kommode, wo ganz bestimmt das Geld und die Papiere lagen. Doch weit gefehlt! Die Alte wollte nur etwas zu trinken oder sich auf die andere Seite legen …

»Wie fühlen Sie sich denn?« fragte Juliana mit weinerlicher Stimme.

»Besser, Juliana, besser«, hauchte sie.

Virginia glaubte selber fest daran, daß es ihr besser gehe.

»Aber gnädige Frau waren so unruhig!« sagte Juliana, welche die Besserung nur verdroß.

»Nein«, seufzte sie, »ich habe gut geschlafen!«

»Sie haben ja gar nicht geschlafen ... Ich habe Sie stöhnen hören! Die ganze Nacht haben Sie gestöhnt!«

Juliana hätte ihr am liebsten weisgemacht, es gehe ihr schlechter. Sie wollte sich damit selber einreden, daß die Linderung nur vorübergehend sei und die Alte bald sterben würde. Jeden Morgen folgte sie dem Doktor Pinto bis zur Tür, mit verschränkten Armen und traurigem Gesicht: »Nun, Herr Doktor, besteht keine Hoffnung mehr?«

»Es handelt sich nur noch um Tage!«

Sie wollte die Anzahl der Tage wissen: zwei? fünf?

»Ja, Senhora Juliana«, sagte der Greis, während er seine schwarzen Handschuhe anzog, »nur ein paar Tage, sieben, acht.«

»Acht Tage!«

Und da sich der große Tag näherte, liebäugelte sie schon mit drei Paar Stiefeletten, die sie im Schaufenster des Manoel Lourenço gesehen hatte.

Endlich starb die Alte. Doch im Testament wurde Juliana nicht einmal erwähnt.

Sie bekam Fieber. In Anerkennung der Pflege, die sie der Tante Virginia hatte angedeihen lassen, bezahlte ihr Jorge ein Zimmer im Hospital, und er versprach, sie als Stubenmädchen bei sich aufzunehmen. Das, welches er jetzt hatte, die hübsche Emilia, würde heiraten.

Als Juliana aus dem Hospital in Jorges Haushalt kam, begann sie noch mehr über Herzbeschwerden zu klagen. Sie war aller Illusionen bar, und manchmal wollte sie sterben. Ihr Weh und Ach klang den ganzen Tag durchs Haus.

Luiza fand sie unheimlich. Nach vierzehn Tagen wollte sie sie wieder fortschicken. Damit war Jorge nicht einverstanden, weil er, wie er sagte, in ihrer Schuld stünde. Luiza konnte jedoch ihre Antipathie nicht verhehlen, und Juliana verabscheute sie bald: Sie gab ihr den Spitznamen ›Brummkreisel‹. Wochen später sah sie die Tapezierer kommen: Der Salon wurde renoviert. Tante Virginia hatte Jorge drei Millionen Reis hinterlassen – und sie, die ihre Krankenpflegerin gewesen war, gehorsam wie ein Hund und treu wie ein Schatten, die ein ganzes Jahr lang bei dieser Vogelscheuche ausgehalten hatte, war zur Belohnung ins Hospital geschickt worden, mit einem Fieber, das von den Anstrengungen der durchwachten Nächte herrührte! Sie kam sich betrogen vor und begann das Haus zu hassen.

Dafür fand sie viele Gründe: Sie schlief in einem stickigen, engen Kämmerchen; zum Mittagessen bekam sie weder Wein noch Nachtisch; das Stärken und Plätten war eine mühselige Arbeit; Jorge und Luiza badeten alle Tage, und es erwies sich als eine Plackerei, jeden Morgen die großen Blechbecken zu füllen und später auszuleeren. Sie hielt diese Manie, sich alle Tage, die Gott werden ließ, im Wasser herumzusielen, für überspannt. Der einzige Vorteil – so berichtete sie der Tante Victoria – wäre, daß es im Hause keine Kinder gab; Kinder waren ihr ein Greuel. Ansonsten meinte sie, daß das Stadtviertel gesund sei; und da sie die Köchin in der Hand hatte – war es nicht so? –, bekam sie hin und wieder Fleischbrühen und bessere Speisen. Deswegen blieb sie auch; sonst wäre sie sich selbst untreu geworden.

So verrichtete sie ihren Dienst, ohne daß jemand etwas an ihr auszusetzen fand. Immer mit offenen Augen und gespitzten Ohren, versteht sich. Und da sie die Hoffnung aufgegeben hatte, sich jemals selbständig machen zu können, tat sie sich in bezug auf Sparsamkeit keinen Zwang an: Sie tröstete sich hin und wieder mit einem guten Tropfen und frönte ihrem Laster: ihren zierlichen Fuß zu bekleiden. Der Fuß war ihr Stolz, ihre Manie, ihre Kapitalsanlage; hübsch und klein.

»Wie wenige«, pflegte sie zu sagen, »doch so einer kommt nicht in den Passeio!«

Und sie schnürte ihn zusammen, traktierte ihn; seinetwegen trug sie kurze Kleider, warf ihn beim Gehen weit nach außen. Es bereitete ihr Vergnügen, sonntags nach dem Passeio zu gehen und dort, mit hochgezogenem Rocksaum, das Gesicht von dem seidenen Sonnenschirmchen beschattet, den ganzen Nachmittag lang in Staub und Hitze zu verweilen, unbeweglich und glücklich – um ihren Fuß sehen zu lassen und ihn aller Welt zu präsentieren.

4

Gegen drei Uhr nachmittags trat Juliana in die Küche und sank kreuzlahm auf einen Stuhl. Sie könne sich vor Schwäche nicht mehr auf den Beinen halten. Seit zwei Uhr räume sie nun schon den Salon auf. Wie ein Schweinestall sah er aus! Der Zieraffe von gestern hatte sogar auf den Tischen Tabakasche hinterlassen! Dafür war ja die Sklavin da. Und diese Hitze! Zum Zerlaufen!

»Das Süppchen muß doch wohl bald fertig sein!« sagte sie mit einschmeichelnder Stimme. »Sie machen es mir zurecht, Senhora Joanna, sind Sie so gut?«

»Heute sehen Sie ganz anders aus«, bemerkte die Köchin.

»Ach! Ich fühle mich auch ganz anders, Senhora Joanna! Sie müssen bedenken, daß ich erst bei Tagesanbruch eingeschlafen bin. Der Morgen graute schon!«

»Und ich!« Joanna hatte das dümmste Zeug geträumt. Bei Gott! Ein feuerrotes Gespenst wäre auf ihr herumspaziert und hätte sie in die Magengrube getreten wie jemand, der Trauben in eine Weinpresse stampft.

»Zuviel gegessen«, konstatierte Juliana sachlich und wiederholte: »Also ich bin wie verwandelt. Seit Monaten habe ich mich nicht so wohl gefühlt!«

Sie lächelte und zeigte dabei ihre gelblichen Zähne. Die Gemüsesuppe, die von Joanna in die weiße Schüssel gegossen wurde und würzig dampfte, steigerte ihre Eßlust. Juliana streckte beglückt ihre Füße von sich, lehnte sich weit zurück und genoß froh den warmen, lichten Nachmittag, der durch die beiden offenen Fenster hereinflutete.

Die Sonne hatte sich vom Balkon zurückgezogen, und auf den Steinfliesen rollten armselige Pflanzen in tönernen Töpfen ihr von der Hitze ausgedörrtes Blätterwerk zusammen. Auf einem Brett in der Ecke, in einem alten bauchigen Kochkessel, schimmerte grün ein stark beschnittener Petersiliengrund; die Katze schlief auf einer Schilfmatte; an einer Leine trockneten Wischtücher; und nach der Ferne zu wurde der lebhaft blaue Himmel wie weißglühendes Metall, leuchteten die Bäume der Obstgärten grell in der Sonne, brieten die dunklen Dächer in der Hitze, und einzelne weißgetünchte Wandflächen strahlten sie unerbittlich zurück.

»Die ist lecker, Senhora Joanna, die schmeckt!« sagte Juliana und rührte in aller Ruhe genießerisch in der Suppe. Joanna stand daneben, die Arme über ihrer üppigen Brust verschränkt, und freute sich: »Wenn sie nur ganz nach Ihrem Geschmack ist.«

»Sie ist, wie sie sein soll.«

Beide lächelten, zufrieden über ihr gutes Einvernehmen und die schönen Worte. Und die Türglocke, die schon einmal geläutet wurde, erklang bescheiden ein zweites Mal.

Juliana rührte sich nicht vom Fleck. Ein leichter, warmer Hauch drang herein. Man hörte den Topf auf dem Herde kochen und von draußen das unaufhörliche Hämmern aus der Schmiede. Zuweilen verlieh das traurige Gurren zweier Turteltauben, die in einem Weidenkäfig auf dem Balkon nisteten, dem glutheißen Nachmittag einen Hauch von Anmut.

Die Glocke klang noch einmal, jetzt mit Ungeduld gezogen.

»Renn dir den Kopf ein, Esel!« sagte Juliana.

Sie lachten. Joanna hatte sich in einem niedrigen Stuhl ans Fenster gesetzt, streckte ihre großen Füße von sich, die in geflochtenen Pantoffeln steckten, und kratzte sich in aller Seelenruhe gemächlich die Achselhöhle.

Die Glocke schallte heftig.

»Scher dich fort, Bestie!« knurrte Juliana ungerührt.

Doch da rief die Stimme Luizas gereizt von unten: »Juliana!«

»Nicht einmal eine Suppe kann man in Ruhe zu sich nehmen! Verfluchtes Haus! Zum Donnerwetter!«

»Juliana!« schrie Luiza.

Joanna wandte sich schon unruhig um: »Die Gnädige wird wild, Senhora Juliana.«

»Der Teufel soll sie holen!«

Sie wischte sich die fettigen Lippen an der Schürze ab und lief wütend hinunter.

»Hören Sie denn nicht, Weibsbild? Seit einer Stunde läutet jemand!«

Juliana riß verwundert die Augen auf: Luiza hatte das neue kastanienbraune Hauskleid aus Taft mit den gelben Küchlein angezogen!

›Da passiert was. Etwas ganz Besonderes!‹ überlegte Juliana, als sie den Flur entlangging.

Die Glocke schellte Sturm. Und auf dem Treppenabsatz im hellen Anzug, eine Rose im Knopfloch, ein Päckchen unter dem Arm, stand der Kerl mit den Bergbaugeschäften!

»Der gleiche wie gestern!« meldete sie ganz bestürzt.

»Bitten Sie ihn herein ...«

›Na, dann viel Spaß!‹ dachte Juliana.

Sie raste die Treppe zur Küche hinauf und frohlockte schon an der Tür: »Der Salonaffe von gestern ist wieder da! Er kommt noch einmal! Und ein Paket bringt er mit! Was halten Sie davon, Senhora Joanna? Was sagen Sie dazu?«

»Er besucht sie eben ...«, meinte die Köchin.

Juliana mußte hart auflachen. Sie setzte sich und aß hastig den Rest ihrer Suppe.

Joanna trällerte gleichgültig durch die Küche; draußen gurrten die Tauben matt und schwach weiter.

»Na, Herrschaften, jetzt wird's richtig!« sagte Juliana.

Sie hielt einen Moment inne, fuhr sich mit der Zunge über die Zähne, starrte vor sich hin und sann nach. Dann schüttelte sie ihre Schürze aus und eilte in Luizas Zimmer hinunter. Ihr forschender Blick erspähte sogleich auf dem Toilettentisch die vergessenen Speisekammerschlüssel: Jetzt konnte sie hinaufgehen, einen Schluck guten Wein trinken, zwei Tafeln Gelee verschlingen ... Doch da befiel sie eine brennende Neugier, und auf den Zehenspitzen schlich sie sich an die Tür, die nach dem Salon führte, und lauschte. Drinnen war die Portiere vorgezogen: Kaum konnte sie die volle, aufgeräumte Stimme des ›Kerls‹ hören. Sie wandte sich um, lief durch den Korridor zur anderen Tür neben der Treppe, preßte das Ohr an den Türspalt und äugte durchs Schlüsselloch. Auch hier machte ihr der Vorhang an der Innenseite einen Strich durch die Rechnung.

›Die Teufel haben sich verbarrikadiert!‹ dachte sie.

Es schien ihr, daß ein Stuhl gerückt wurde, dann klang es, als würde ein Fenster geschlossen. Julianas Augen blitzten. Deutlich war das Lachen Luizas zu hören; unmittelbar darauf folgte Schweigen; nun ließen sich die Stimmen wieder vernehmen, in heiterem Plauderton. Plötzlich hob der ›Kerl‹ die Stimme, und von den Worten, die er, vermutlich auf und ab gehend, sprach, verstand Juliana klar: »Du bist es gewesen, du!«

›So ein tolles Weib!‹

Ein schüchterner Anschlag der Glocke neben ihr schreckte sie auf. Sie ging öffnen.

Es war Sebastião, sonnenverbrannt, die Stiefel mit Staub bedeckt.

»Ist die Senhora zu Hause?« fragte er und wischte sich den Schweiß von der Stirn.

»Sie hat Besuch, Senhor Sebastião!«

Juliana schloß die Tür hinter sich und fügte leiser hinzu: »Ein junger Mann, war schon gestern hier, ein feiner Herr! Soll ich Sie melden?«

»Nein, nein, danke, auf Wiedersehen.«

Er zog sich diskret zurück. Juliana lehnte sich sogleich wieder an die Tür, das Ohr gegen das Holz gepreßt, die Hände auf dem Rücken. Doch in der Unterhaltung waren die Stimmen nicht zu unterscheiden; sie verschmolzen zu einem dumpfen und undeutlichen Geräusch. Da ging sie in die Küche hinauf.

»Mit ›du‹ reden sie sich an!« rief sie. »Sie duzen sich. Senhora Joanna!« Ihre Erregung steigerte sich. »Jetzt wird's richtig! Donnerwetter! So gefallen sie mir!«

Der ›Kerl‹ ging um fünf Uhr. Kaum hörte Juliana, daß sich die Tür öffnete, stürzte sie hinzu und sah, wie sich Luiza am Treppenabsatz über das Geländer beugte und ganz ungeniert hinunterrief: »Schon gut, ich werde es nicht vergessen. Adieu.«

Fortan war Juliana von einer Neugier besessen, die sie wie ein Fieber in Wallung brachte. Den ganzen Nachmittag lang beobachtete sie Luiza mit verstohlenen Seitenblicken. Die jedoch saß in einem älteren Leinenhauskleid im Speisezimmer oder in ihrem Zimmer und machte einen ruhigen, sehr gleichgültigen Eindruck.

›So eine Heuchlerin!‹ Diese Gleichgültigkeit stachelte Julianas Spürsinn an. ›Ich werde dich schon noch erwischen, schamloses Weib!‹ dachte sie bei sich.

Sie redete sich ein, daß Luiza dunkle Ringe um die Augen hätte. Juliana verfolgte genau ihre Gebärden, den Tonfall ihrer Stimme. Sie sah, daß Luiza vom Braten gar nicht genug bekommen konnte, und argwöhnte gleich: ›Es hat ihr Appetit gemacht!‹ Und als Luiza sich nach dem Essen mit sichtlicher Erschöpfung im Voltairestuhl ausstreckte, folgerte sie: ›Nun ist sie völlig lendenlahm.‹

Luiza, die niemals Kaffee zu trinken pflegte, verlangte an diesem Abend ›eine Tasse Mokka, aber starken, ganz starken‹.

»Kaffee will sie!« verkündete Juliana, völlig außer sich, der Köchin. »Alles ganz vornehm! Und starken. Starken will sie haben! Da soll doch der Teufel dreinschlagen!« Sie war wütend. »Bei allen dasselbe. Eine Herde Ziegen!«

Der nächste Tag war ein Sonntag. Gleich am frühen Morgen, als Juliana zur Messe ging, rief Luiza sie von der Tür ihres Zimmers aus und gab ihr einen Brief, den sie Donha Felicidade bringen sollte. Gewöhnlich ließ sie nur etwas ausrichten; und Julianas Neugier entzündete sich sogleich angesichts des verschlossenen Kuverts, das mit Luizas Petschaft, einem verschnörkelten L inmitten eines Kranzes von Rosen, gesiegelt war.

»Soll ich auf Antwort warten?«

»Ja.«

Als sie um zehn Uhr mit einem Briefchen von Donha Felicidade zurückkehrte, wollte Luiza wissen, ob es sehr warm und sehr staubig wäre. Auf dem Tisch lag ein dunkler Strohhut, den sie soeben mit zwei Moosrosen geschmückt hatte.

Es wehe ein leichter Wind, doch am Nachmittag würde er sich bestimmt legen, sagte Juliana. Und sie dachte gleich: ›Da haben wir die Bescherung, sie trifft sich mit dem Kerl!‹

Doch während des ganzen Tages blieb Luiza im Hauskleid und ging nicht aus ihrem Zimmer oder aus dem Salon. Bald streckte sie sich auf das Sofa und blätterte in einem Buch, bald klimperte sie gedankenverloren ein paar Walzertakte auf dem Klavier. Um vier Uhr aß sie. Die Köchin ging aus, und Juliana schickte sich an, ihren Nachmittag am Fenster des Speisezimmers zu verbringen. Sie trug ein neues Kleid, kräftig gestärkte Röcke, die Feiertagsperücke und legte feierlich die Ellbogen auf ein Tuch, das sie über das Fensterbrett gebreitet hatte. Gegenüber zwitscherten die Vögel auf dem wilden Feigenbaum. Zu beiden Seiten des Lattenzauns, der das freie Gelände umschloß, kauerten die dunklen Dächer zweier schmaler Parallelstraßen. Es waren armselige Häuser, in denen Frauen wohnten, die abends in Schlafröcken oder Garibaldiblusen mit stark eingeölten Haaren am Fenster Strümpfe strickten, die Männer ansprachen und gelangweilt und verdrießlich vor sich hin sangen. Von der anderen Seite des Terrains gaben das Grün der Gärten und das Weiß der Mauern dem Fleckchen die sanfte Beschaulichkeit einer friedlichen Ortschaft. Fast niemand kam vorüber. Es herrschte lähmendes Schweigen; nur ab und zu verlieh der ferne Klang eines Leierkastens, der ›Norma‹ oder ›Lucia‹ spielte, dem Nachmittag einen Zug von Melancholie. Und Juliana verharrte unbeweglich am Fenster, bis die warmen Töne des Idylls verblaßten und die Fledermäuse zu flattern begannen.

Gegen acht Uhr trat sie in Luizas Zimmer und stand starr vor Staunen, als sie die Herrin ganz in Schwarz gekleidet und mit Hut sah. Luiza hatte die Leuchter an der Wand und auf dem Toilettentisch angezündet; sie saß auf der Sofakante und zog langsam die Handschuhe an, mit sehr ernstem, ein wenig gepudertem Gesicht und strahlenden Augen.

»Hat sich der Wind gelegt?« fragte sie.

»Es ist ein wundervoller Abend, gnädige Frau.«

Kurz vor neun Uhr hielt eine Droschke vor der Haustür. Das war die sehr erhitzte Donha Felicidade. Den ganzen Tag über sei sie fast erstickt! Und nicht einmal abends eine sanfte Brise! Sie hätte gleich nach einem offenen Wagen geschickt, weil sie in einem geschlossenen wahrhaftig umgekommen wäre!

Juliana machte sich voller Neugier im Zimmer zu schaffen. Wohin würden sie gehen? Wohin denn bloß? Donha Felicidade, den Hut auf dem Kopf, saß behäbig da und schwatzte drauflos: von ihrem Magen, den sie sich am Vortage mit ein paar grünen Bohnen verdorben hatte; von der Köchin, die sie um vier Vintém betrügen wollte; von einem Besuch, den ihr die Gräfin von Arruella abgestattet hatte …

Schließlich sagte Luiza, indem sie ihren weißen Schleier herunterzog: »Brechen wir auf, es wird spät.«

Juliana leuchtete ihnen. Sie war wütend. So ein Einfall! Da fahren zwei Frauen ganz allein in einer Kutsche in der Weltgeschichte herum! Wenn aber ein Dienstmädchen mal eine halbe Stunde länger ausblieb, war gleich der Teufel los! Diese zwei verrückten Weiber!

Sie lief in die Küche, um Joanna ihr Herz auszuschütten. Doch das Mädchen hatte sich in einem Sessel ausgestreckt und schlummerte.

Joanna war mit ihrem Pedro auf der Anhöhe von São João gewesen. Den ganzen Nachmittag waren sie auf dem dortigen Friedhof herumspaziert, dicht aneinandergeschmiegt, hatten die Grabmäler bewundert, die Inschriften buchstabiert, sich in den von Trauerweiden verdunkelten Winkeln abgeküßt und am Anblick der Zypressen und Rasenhügel ergötzt. Auf dem Rückweg kamen sie bei der Serena vorbei und gingen in die ›Espregueira‹, um einen Schoppen Wein zu schlürfen ... Ein herrlicher Tag! Und sie war ganz matt von der Sonnenhitze, vom Staub, vom Bewundern so vieler prunkvoller Grabstätten, von dem Mann und von dem Tröpfchen Wein.

Jetzt konnte sie nur noch ins Bett sinken!

»Bei Gott, Senhora Joanna, Sie werden ja ein richtiges Murmeltier! Seht sie nur an! Bei jeder Kleinigkeit macht sie schlapp! Da muß man sich ja bekreuzigen!«

Sie ging in Luizas Zimmer hinunter, löschte die Kerzen, öffnete die Fenster, zerrte den Lehnstuhl auf den Balkon – und mit vollgepfropftem Magen und verschränkten Armen machte sie Anstalten, ihren Abend dort zu verbringen.

Der Tabakladen hatte noch nicht geschlossen, und sein Lichtschein, so mager wie die Inhaberin, streckte sich traurig über das Steinpflaster der Straße; die Fenster nebenan standen offen; durch einige, die spärlich erleuchtet waren, sah man trübsinnige Abendgesellschaften; an anderen, wo unbewegliche Gestalten saßen, glimmte zuweilen eine Zigarette auf; hier und da hustete jemand, und der Bäckerjunge klimperte in der schwülen Stille des Abends ganz leise auf seiner Gitarre.

Juliana hatte ein helles Kleid aus feinem Kattun angezogen; zwei Mannspersonen, die an der Tür des Tabakladens standen, lachten und sahen hin und wieder zu der bleichen Frauengestalt am Fenster hinauf. Juliana fühlte sich. Sicher hielten sie sie für die Gnädige, ›die vom Ingenieur‹; sie zwinkerten ihr zu, machten anzügliche Bemerkungen ... Einer trug eine weiße Hose und einen Zylinder, es waren Modegecken ... Und mit weit vorgestreckten Füßen, verschränkten Armen, den Kopf etwas zur Seite gedreht, genoß sie ausgiebig die Huldigung.

Wuchtige Schritte, die die Straße heraufkamen, verhielten vor der Haustür; die Glocke wurde leicht geschellt.

»Wer ist da?« fragte Juliana sehr ungehalten.

»Donha Luiza zu Hause?« ertönte Sebastiãos sonore Stimme.

»Sie ist mit Donha Felicidade ausgegangen; in der Droschke sind sie weggefahren.«

»Ach!« Und er fügte hinzu: »Ein wundervoller Abend!«

»Berückend, Senhor Sebastião! Einfach berückend!« rief Juliana laut. Und als sie ihn die Straße hinuntergehen sah, flötete sie ihm nach: »Einen schönen Gruß an Joanna! Bitte nicht vergessen!«

Dabei gab sie sich ganz als Dame von Welt und warf den beiden Männern am Tabakladen einen zärtlichen Blick zu.

Zur gleichen Zeit langten Donha Felicidade und Luiza im Passeio an.

Es war gerade Wohltätigkeitskonzert; schon von draußen erblickte man das träge, monotone Gewühl und eine hohe, gelblich leuchtende Staubwolke.

Sie gingen hinein. Gleich neben dem Wasserbassin trafen sie Basilio. Er tat sehr überrascht: »Was für ein glücklicher Zufall!«

Luiza wurde rot und stellte ihn der Donha Felicidade vor.

Die erlauchte Dame kam aus dem Lächeln nicht heraus. Sie entsann sich seiner wohl, aber wenn es ihr nicht gesagt worden wäre, hätte sie ihn vielleicht nicht wiedererkannt! Er hätte sich so verändert!

»Die Sorgen, gnädige Frau ...«, bemerkte Basilio und verbeugte sich. Er schlug mit dem Spazierstock auf die steinerne Einfassung des Bassins und fügte lachend hinzu: »Und das Alter! In erster Linie das Alter!«

Im dunklen, schmutzigen Wasser spiegelten sich die Gaslichter wider. Die Luft stand still. Das Laub ringsum war unbeweglich; es zeigte Töne eines dunklen, künstlichen Grüns. Zwischen den beiden langen, von Gaslaternen unterbrochenen parallelen Reihen dürftiger Bäume näherte sich in einer Staubwolke eine dichte, dunkle Menschenmenge; und unter gewaltigem Lärm schickte eine aufdringliche Blechmusik muntere Walzerklänge in die stickige Luft.

Sie waren stehengeblieben und plauderten.

»So eine Hitze, meinen Sie nicht auch? Der Abend war doch herrlich! Nicht ein Windzug! Welche Wärme!«

Und sie betrachteten die Leute, die da kamen: Burschen mit zerzausten Mähnen in hellgrauen Hosen, die feierlich ihre Feiertagszigarren rauchten; ein Kadett, in ein Koppel eingezwängt und mit wattierter Brust; zwei krausköpfige Mädchen mit wiegenden Bewegungen, deren Schulterblätter sich unter dem Stoff der unordentlichen Kleider abzeichneten; ein zitronengelb gekleideter Geistlicher mit weichen Gesichtszügen und schwarzer Brille, die Zigarette im Mund; eine Spanierin mit einem zwei Meter langen, weißen, sehr festen Rock, der im Staube dahinrauschte; Xavier, der trübsinnige Poet; ein Adliger in kurzer Jacke, den Hut im Nacken, mit einem riesigen Spazierstock und Säuferblick. Basilio lachte sehr über zwei kleine Jungen an der Hand ihres heiter und selbstbewußt dreinschauenden Vaters: sie waren in Hellblau gekleidet, trugen scharlachrote Schärpen um die Taille, Ulanenmützen und Ungarstiefel und sahen schwachsinnig und mondsüchtig aus.

Dicht neben ihnen ging ein hagerer Kerl vorbei, drehte sich um und wandte Luiza zwei große, schmachtende, silberglänzende Augen zu. Er hatte einen langen Spitzbart, trug eine ausgeschnittene Weste mit einem schönen Vorhemd und rauchte aus einer riesigen Zigarrenspitze, die einen maurischen Fremdenlegionär darstellte.

Luiza wollte sich setzen.

Ein Straßenjunge in einem losen Jackett, das schmutzig wie ein Scheuertuch war, rannte fort, um Stühle herbeizuholen; und sie machten es sich neben einer verdrießlich schweigsamen Familie bequem.

»Was hast du denn heute getrieben, Basilio?« fragte Luiza.

Er war zu den Stierkämpfen gegangen.

»Na, und? Hat es dir gefallen?«

»Eine Geschmacklosigkeit. Ohne die Purzelbäume des Peixinho wäre man vor Enttäuschung gestorben. Dürres Hornvieh, klägliche Toreros, und gereizt wird der Stier überhaupt nicht! Aber Stierkämpfe in Spanien! Das ist schon etwas anderes!«

Donha Felicidade protestierte. Wie gräßlich! Die hätte sie in Badajoz gesehen, als sie bei Tante Francisca de Noronha in Elvas zu Besuch war. Sie fiele dabei in Ohnmacht! Das Blut, die Eingeweide der Pferde ... Puh! Das sei doch sehr grausam!

Basilio lächelte. »Da müßten Sie erst einmal die Hahnenkämpfe sehen, gnädige Frau!«

Donha Felicidade hatte davon gehört, doch sie fand alle diese Vergnügungen barbarisch und unchristlich. Und in Erinnerung eines Genusses, der ein Lächeln auf ihr feistes Gesicht zauberte, sagte sie: »Mir geht nichts über einen schönen Theaterabend! Bestimmt!«

»Aber hier taugen die Aufführungen nichts!« meinte Basilio bekümmert. »Gar nichts taugen sie, verehrte gnädige Frau!«

Donha Felicidade antwortete nicht; in ihrem Stuhl halb aufgerichtet, den Blick von feuchtem Glanz belebt, winkte sie verzweifelt mit der Hand. »Hat mich nicht gesehen«, sagte sie trostlos.

»War das der Kanzleirat?« fragte Luiza.

»Nein, die Gräfin Alviella. Und hat mich nicht gesehen! Sie

geht oft in die Encarnação, ich bin ihr sehr zugetan. Sie ist ein Engel! Aber gesehen hat sie mich nicht. Mit ihrem Schwiegervater kam sie.«

Basilio wandte keinen Blick von Luiza. Unter dem weißen Schleier, bei fahlem Gaslicht, in der stauberfüllten Luft sah ihr Gesicht milchweiß und sanft aus, und die vom Abend verdunkelten Augen verliehen ihm einen leidenschaftlichen Ausdruck; die blonden Haare, die ihre Stirn kleiner erscheinen ließen, schenkten ihr eine kindliche und liebenswürdige Anmut; und die perlgrauen Handschuhe zeichneten auf dem schwarzen Kleid die eleganten Linien ihrer Hände ab, die den Fächer im Schoß hielten, eine duftige Spitze um die zarten Gelenke.

»Und du, was hast du heute angestellt?« fragte Basilio.

Sie hätte sich gräßlich gelangweilt und den ganzen Sonntag mit Lesen verbracht.

Auch er hatte sich am Vormittag auf dem Sofa mit der Lektüre der ›Feuerfrau‹ von Belot beschäftigt. Kannte sie das Buch?

»Nein, was ist es?«

»Ein Roman, eine Neuerscheinung.«

Und lächelnd fügte er hinzu: »Vielleicht ein bißchen pikant; ich empfehle ihn dir nicht!«

Donha Felicidade las den ›Rocambole‹. Man hatte ihn ihr sehr angepriesen, aber es war eine so verwickelte Sache! Sie verlor die Übersicht, kam völlig durcheinander ... Und dann ließ sie Buch Buch sein, weil sie herausgefunden hatte, daß das Lesen nur ihre Magenbeschwerden erhöhte.

»Haben Sie starke Schmerzen?« fragte Basilio mit wohlerzogener Anteilnahme.

Donha Felicidade schilderte sogleich ihre Verdauungsbeschwerden. Basilio riet ihr, Eis anzuwenden. Im übrigen beruhigte er sie, weil neuerdings Magenkrankheiten sehr ›aktuell‹

wären. Er interessierte sich gleich für die ihrige und wollte Einzelheiten wissen.

Donha Felicidade gab sie ausführlich zum besten; und während sie sprach, merkte man ihrem Blick, ihrer Stimme die wachsende Sympathie für Basilio an. Sie mußte es einmal mit Eis versuchen!

»Mit Wein, nicht wahr?«

»Ganz recht, gnädige Frau!«

»Das wollen wir mal probieren!« rief Donha Felicidade und schlug hoffnungsträchtig Luiza mit dem Fächer auf den Arm.

Luiza lächelte und wollte etwas erwidern, doch da erblickte sie den blassen Kerl mit dem langen Spitzbart, der hartnäckig seine schmachtenden Augen auf sie heftete. Sie wandte sich angewidert ab. Der Blasse entfernte sich, nicht ohne noch einmal den Spitzbart zu ihr umzudrehen.

Luiza fühlte sich ermattet; das ruhelose und eintönige Hinundherlaufen, der heiße Abend, die vielen Menschen, das Grün ringsum ließen ihren an den Aufenthalt im Hause gewohnten Körper in angenehme Erschlaffung und wohltuende Trägheit verfallen, erquickten sie wie ein laues Bad. Sie blickte stumpf vor sich hin, mit vagem Lächeln; fast war sie zu faul, die Hände zu bewegen und ihren Fächer zu öffnen. Basilio fiel diese Schweigsamkeit auf. War sie müde?

Donha Felicidade lächelte listig: »Kein Wunder, sie vermißt eben ihren zärtlichen Gatten! Seit er nicht da ist, läßt sie den Kopf so hängen wie jetzt.«

Luiza antwortete und sah dabei unbewußt Basilio an: »Unsinn! Ich habe diese Tage sogar recht angenehm verbracht!«

Doch Donha Felicidade beharrte: »Und wenn, wir wissen schon Bescheid. Das Herzchen ist im Alemtejo!«

Luiza sagte ungehalten: »Du kannst nicht verlangen, daß ich im Passeio herumspringe und aus vollem Halse lache.«

»Schon gut, reg dich nicht auf!« sagte Donha Felicidade. Und zu Basilio gewandt: »Ein richtiger Trotzkopf!«

Basilio mußte lachen. »Früher war die Base Luiza eine Schlange. Jetzt – nun, ich weiß nicht ...«

Donha Felicidade ließ ihn nicht ausreden: »Eine Taube ist sie, das arme Kind, eine Taube! Nein, ganz gewiß, sie ist eine Taube.«

Und sie umfaßte sie mit einem mütterlichen Blick.

Die schweigsame Familie neben ihnen brach geräuschlos auf. Die kleinen Mädchen voraus, die Eltern dahinter, entfernte sie sich traurig und niedergeschlagen.

Basilio bemächtigte sich sogleich des Stuhles neben Luiza.

»Eigentlich wollte ich dich heute vormittag besuchen«, sagte er ganz leise, indem er zerstreut zu Donha Felicidade hinblickte.

Sie hob die Stimme mit naiver Gleichgültigkeit: »Und warum bist du nicht gekommen? Wir hätten musizieren können. Das war verkehrt. Du hättest kommen sollen ...«

Donha Felicidade wollte die Uhrzeit wissen, denn sie begann sich zu langweilen. Sie hatte gehofft, dem Kanzleirat zu begegnen; seinetwegen, nur um bei ihm einen guten Eindruck zu machen, hatte sie das Opfer auf sich genommen, sich in ein Korsett zu zwängen, aber Accacio kam nicht; das Licht der Gaslaternen fiel ihr allmählich auf die Nerven, und der Verdruß über die Abwesenheit des Kanzleirats erhöhte ihre Verdauungsbeschwerden. Nun saß sie schlaff auf ihrem Stuhle und blickte der Menge nach, die sich unaufhörlich in einer Staubwolke durch den Park bewegte.

Doch die Musik auf dem Podium stimmte plötzlich mit hörbarem Aufwand an Blechinstrumenten die ersten forschen Takte des Marsches aus dem ›Faust‹ an. Das belebte sie wieder. Es war ein Potpourri aus der Oper, und kein Musikstück schätzte sie mehr als dieses.

Würde denn der Senhor Basilio der Eröffnung von ›São Carlos‹ beiwohnen?

Basilio sagte mit ganz bestimmter Absicht und einem Seitenblick auf Luiza: »Ich weiß nicht, gnädige Frau, das hängt davon ab, ob …«

Luiza schaute auf das Treiben und schwieg. Die Menschenmenge war größer geworden. Über die weniger belebten, kühleren Seitenwege im Halbschatten der Bäume spazierten nur die Schüchternen, die Trauernden, die, die bloß einen schäbigen Anzug hatten. Das ganze sonntäglich gekleidete Bürgertum strömte auf dem Mittelweg zusammen, in der Gasse, die von den dichten Reihen der Stühle aus dem Pavillon gebildet wurden: Dort wogte es behäbig und gemächlich auf und ab, schleifte die Füße auf dem Boden dahin und scharrte plebejisch den Kieselschotter auf, wortkarg, mit ausgetrockneter Kehle und schlaffen Armen. Sie gingen und kamen unaufhörlich, hinauf und hinunter, geräuschvoll und mit lässigem Schwanken, verschlossen und kühl, in jener untätigen Verzückung, in der sich die Kaste der Müßiggänger so gern gefällt. Inmitten der Lichtfülle und der festlichen Musik kreiste laue Langeweile und durchdrang alles wie Nebel; eine feine Staubwolke hüllte die Menschen ein, gab allen die gleiche unbestimmte Farbe; und in den Gesichtern, die unter den Laternen vorbeizogen, dort, wo es am hellsten war, gewahrte man Ermüdung und feiertägliche Langeweile.

Gegenüber spiegelten die Vorderfronten der Häuser der Rua Occidental die Lichter des Passeio wider; einige Fenster standen offen; Vorhänge aus dunklem Stoff hoben sich von der Helligkeit ab, die die Leuchter hinter ihnen verbreiteten. Luiza empfand so etwas wie wehmütige Erinnerung an andere Sommernächte, an trauliche Abendgesellschaften. Aber wo? Sie konnte sich nicht entsinnen. Dann fesselte wieder die Menge ihre Aufmerksamkeit, und ihr Blick begegnete dem jenes Kerls mit dem Spitzbart, der sie düster anstarrte. Sie spürte, wie ihr unter dem Schleier der Staub in den Augen brannte. Rings um sie herum wurde gegähnt.

Donha Felicidade schlug vor, eine Runde zu machen. Sie standen auf und bahnten sich langsam einen Weg; die Stuhlreihen drängten sich dicht zusammen, und eine Unmenge von Gesichtern, denen das Licht der Gaslaternen durchweg den gleichen gelblichen Schein gab, glotzte müde und niedergeschlagen um sich. Dieser Anblick ärgerte Basilio, und da sie nur langsam vorwärts kamen, meinte er, daß sie sich von dieser geschmacklosen Atmosphäre trennen sollten.

Sie gingen. Während Basilio noch Karten kaufte, seufzte Donha Felicidade, indem sie sich unter dem Laubwerk einer Trauerweide auf eine Bank sinken ließ, betrübt: »Ach, Mädchen! Mir ist, als ob ich berste!« Sie legte die Hand auf die Magengrube, und ihr Gesicht schien gealtert. »Und was sagst du zum Kanzleirat? Das ist wirklich Pech! Heute, wo ich nun in den Passeio gegangen bin ...«

Donha Felicidade seufzte und fächelte sich Luft zu. Mit ihrem gutmütigen Lächeln fuhr sie fort: »Er ist sehr sympathisch, dein Vetter! Und wie er sich zu benehmen weiß! Ein wirklicher Edelmann. Die erkennt man sofort!«

Kaum daß sie durch das Portal geschritten waren, erklärte sie, daß sie sehr müde sei. Es wäre besser, eine Droschke zu nehmen.

Basilio schlug vor, bis zum Largo do Loreto zu gehen. Der Abend sei so angenehm! Und die paar Schritte würden der Senhora Donha Felicidade guttun!

Vor dem Martinho meinte er, daß sie noch ein Eis essen könnten; doch Donha Felicidade fürchtete das Kalte, und Luiza genierte sich. Durch die offenen Türen des Cafés sah man auf den Tischen zerknüllte Zeitungen liegen; irgendein

Einzelgänger in weißen Hosen schlürfte gelassen sein Erdbeer-Sorbet.

Unter den Bäumen des Rocio promenierten Spaziergänger; hier und dort glimmten Zigaretten; auf den Bänken schienen unbeweglich Leute zu schlummern; andere gingen vorüber, mit aufgeknöpfter Weste, den Hut in der Hand, und fächelten sich Luft zu; an jeder Ecke wurde frisches Wasser ›vom Arsenal‹ angepriesen; Kaleschen rollten träge um den Platz. Der Himmel bedeckte sich, und in der dunklen Nacht hatte die Säule mit dem Standbild Dom Pedros den matten, bleichen Farbton einer riesigen erloschenen Stearinkerze.

Basilio ging schweigend neben Luiza her. ›Was für eine abscheuliche Stadt‹, dachte er, ›wie trübsinnig!‹ Er entsann sich des sommerlichen Paris: Abends fuhr er in seiner Karosse langsam über die Champs-Elysees, Hunderte von Viktorias flitzen hinauf und hinunter in verhaltenem und munterem Trab, und die Laternen werfen zitternde, fröhliche Lichtflecke über die ganze Allee; zarte weiße Frauengestalten lehnen sich in die Polster zurück, auf weichen Wagenfedern gewiegt; die Luft ringsum ist von samtener Milde, und die Kastanienbäume verbreiten zarten Duft. Aus den Baumreihen zu beiden Seiten bricht die aufdringliche Helligkeit der Konzertcafés, erfüllt vom Gewühl fröhlicher Menschen und von feurigen Orchesterklängen; Restaurants leuchten auf; überall pulsiert ein Leben voller Liebe und Glück; und dort drüben dringt aus den Fenstern der kleinen Paläste durch seidene Stores das gedämpfte, nie erlöschende Licht der Reichen. Ach, wäre er jetzt dort! – Immer wenn sie an einer Laterne vorübergingen, warf er einen Seitenblick auf Luiza: ihr zartes Profil unter dem weißen Schleier war von bezaubernder Anmut; eng umschloß das Kleid die Wölbung ihrer Brust; und in ihrem Gang lag eine Schlaffheit, die die Linie ihrer Taille sanft und verheißungsvoll betonte.

Da kam ihm eine Idee, und er sagte: »Wie entsetzlich, daß es in ganz Lissabon kein Restaurant gibt, wo man einen Rebhuhnflügel essen und eine Flasche Champagne frappé trinken kann!«

Luiza erwiderte nichts. ›Das müßte köstlich sein‹, dachte sie. Doch Donha Felicidade entrüstete sich: »Rebhuhn! Zu dieser Stunde!«

»Jawohl, Rebhuhn, oder irgend etwas anderes.«

»Mag es sein, was es will, ich würde dabei platzen! Wahrhaftig!«

Sie gingen die Rua Nova do Carmo hinauf. Laternen spendeten äußerst spärliches Licht; die hohen Häuser zu beiden Seiten, in denen keines mehr brannte, wirkten bedrückend und vergrößerten die Finsternis; Schritt für Schritt kam eine schwerbewaffnete Polizeistreife die Straße herunter, geräuschlos, argwöhnisch und heimtückisch.

Auf dem Chiado heftete sich ein blaubemützter Straßenjunge mit Lotterielosen an ihre Fersen; seine durchdringende, weinerliche Stimme versprach ein Vermögen, viele Millionen Reis. Donha Felicidade blieb sogar, in Versuchung geführt, stehen, doch eine Meute betrunkener Burschen, die, den Hut im Nacken, in lauter Unterhaltung die Straße herunterstolperten, jagte den beiden Frauen einen ziemlichen Schrecken ein. Luiza schmiegte sich sogleich an Basilio, die entsetzte Donha Felicidade klammerte sich verängstigt an seinen Arm und wollte lieber mit einem Wagen fahren; und bis zum Largo do Loreto setzte sie ihnen mit verworrener Stimme lang und breit ihre Furcht vor Betrunkenen auseinander, erzählte von allerlei Vorfällen und Messerstechereien, ohne dabei Basilios Arm loszulassen. In der Reihe von Droschken, neben der Einzäunung der Praça de Camões, machte ein Kutscher seine offene Kalesche fertig. Er stand auf dem Bock, ergriff hastig die Zügel, traktierte seine beiden

Pferde mit wütenden Peitschenhieben und schrie: »Sofort, Herr, sofort!«

Sie blieben noch einen Augenblick stehen und unterhielten sich. Da kam ein Mann vorbei, schlug einen Bogen um sie, und die verzweifelte Luiza erkannte die Glotzaugen des Kerls mit dem Spitzbart.

Die beiden Frauen stiegen in die Kalesche. Luiza wandte sich noch einmal um und sah Basilio unbeweglich auf dem Platz stehen, den Hut in der Hand. Dann machte sie es sich bequem, legte die Füßchen auf den Rücksitz und sah, vom schnellen Trab der Pferde geschaukelt, schweigend die Häuser der Rua de São Roque vorüberziehen, in denen kein Licht mehr brannte, die Bäume von São Pedro de Alcantara, die schmalen Fassaden des Moinho de Vento, die schlummernden Gärten der Patriarchal. Die Nacht war windstill, von weicher Wärme; und ohne zu wissen warum, wünschte sie, ewig so über die Straßen dahinzurollen, zwischen Einzäunungen, die das Laubwerk vornehmer Landgüter füllte, ziellos, unbeschwert, irgendeinem Glück entgegen, von dem sie sich keine klare Vorstellung machen konnte. Ein paar Leute vor der Escola stimmten den ›Fado von Vimioso‹ an; die Klänge drangen in ihr Herz wie ein süßer Hauch, der ganz sacht viele zarte Empfindungen vergangener Tage wieder zum Leben erweckte. Sie seufzte leise.

»Ein Seufzerchen, das nach dem Alemtejo geht«, sagte Donha Felicidade und berührte ihren Arm.

Luiza spürte, wie ihr das Blut in die Wangen schoß. Es schlug elf, als sie ihr Haus betrat. Juliana kam leuchten. Der Tee stünde bereit, wenn gnädige Frau geruhen wollten …

Luiza erschien nach kurzer Zeit in einem weiten, weißen Hauskleid; sie war sehr abgespannt, streckte sich in den Voltairestuhl und spürte, wie Schläfrigkeit sie befiel; der Kopf glitt ihr herab, sie schloß die Augen … Juliana ließ reichlich lange mit dem Tee auf sich warten! Sie rief nach ihr. Wo steckte sie bloß! Herrgott!

Juliana war ganz leise in Luizas Zimmer geschlichen. Dort nahm sie das Kleid, die gestärkten Röcke, die Luiza ausgezogen und über das Sofa geworfen hatte, breitete sie aus, drehte sie um, musterte sie genau und beroch sie in ganz bestimmter Absicht. Aus der Wäsche strömte der zarte Duft eines reinlichen und warmen Körpers, mit einem Hauch von Schweiß und Kölnisch Wasser. Als sie hörte, daß Luiza sie rief und ungehalten wurde, raste sie hinauf. Sie hätte nur unten ein bißchen aufgeräumt. Riefe sie wegen des Tees? Der sei fertig ...

Als sie mit den gerösteten Brotschnitten eintrat, berichtete sie: »Der Senhor Sebastião war da, es muß neun Uhr gewesen sein ...«

»Was haben Sie ihm gesagt?«

»Daß gnädige Frau mit Senhora Donha Felicidade ausgegangen wären. Wohin, konnte ich nicht sagen, weil ich das nicht wußte.« Und sie fügte hinzu: »Er hat sich mit mir unterhalten, der Senhor Sebastião ... Über eine halbe Stunde lang hat er mit mir gesprochen!«

Am folgenden Morgen erhielt Luiza von Sebastião einen Strauß wundervoller dunkelroter Rosen. Er züchtete sie auf dem Landgut in Almada, und sie wurden ›Sebastiãorosen‹ genannt. Luiza ließ sie in die Vasen des Salons stellen, und da der Tag diesig und von einer drückenden, erstickenden Hitze war, so sagte sie zu Juliana: »Öffnen Sie bitte die Fenster.«

›Aha‹, dachte Juliana, ›der Schwarzkopf kreuzt wieder auf.‹

Tatsächlich erschien der ›Schwarzkopf‹ um drei Uhr. Luiza saß im Salon am Klavier.

»Der, der immer kommt, ist wieder da«, meldete ihr Juliana.

Luiza errötete und drehte sich um, empört über diese Ausdrucksweise: »Ach! Mein Vetter Basilio? Bitten Sie ihn herein.« Sie rief Juliana noch einmal zurück: »Hören Sie, wenn Senhor Sebastião oder sonstwer läutet, lassen Sie ihn ein.«

Der Vetter war das! Der ›Kerl‹ und seine Besuche verloren plötzlich für Juliana jedes pikante Interesse. Aller Argwohn, den sie bisher gehegt hatte, brach zusammen, schrumpfte wie ein Segel ohne Wind. Ach du großer Gott! Der Vetter war das also!

Juliana stieg langsam zur Küche hinauf und fühlte sich überlistet.

»Es gibt eine große Neuigkeit, Senhora Joanna! Der komische Salonaffe ist ihr Vetter. Der Vetter Basilio, wie sie sagt.« Sie mußte lachen: »Der Basilio! Also dann der Basilio! Nun wird er bei uns zu guter Letzt noch Vetter! Der Teufel soll sich da auskennen!«

»Wer soll der Mann denn sonst sein, wenn nicht ein Verwandter?« meinte Joanna.

Juliana antwortete nicht darauf. Sie wollte wissen, ob das Bügeleisen fertig wäre, weil sie eine ganze Ladung Kleider zu plätten hätte! Sie setzte sich ans Fenster und wartete. Der niedrige, graue, gewitterschwangere Himmel stimmte bedrückt; zuweilen ließ eine plötzliche leichte Brise das Laub der Gärten erzittern.

›Der Vetter ist da!‹ sann sie nach. ›Und er kommt also nur, wenn der Gatte fort ist. Nette Geschichte! Und wenn er wieder geht, ist sie ganz durcheinander, und dann gibt es Unterwäsche und nochmals Unterwäsche, ein neues Hauskleid, eine Kutsche für eine Spazierfahrt und Seufzer und blaue Augenränder! Ein sauberes Frauenzimmer! Es bleibt ja alles in der Familie!‹

Ihre Augen funkelten. Ganz so angeführt fühlte sie sich schon nicht mehr. Es gab noch viel zu luchsen und zu lauschen. War das Bügeleisen endlich fertig?

Doch unten schellte die Glocke.

»Himmel! Zum Auswachsen ist das! Ein Betrieb wie in einem Amtsgericht!«

Sie ging hinunter, erblickte Julião mit einem Buch unter dem Arm und rief gleich: »Bitte treten Sie nur ein, Senhor Julião! Der Vetter ist gerade bei der gnädigen Frau, aber sie läßt Sie hereinbitten!«

Juliana riß die Tür zum Salon auf, als wolle sie jemanden überraschen.

»Senhor Julião ist da«, sagte sie mit Genugtuung.

Luiza machte die beiden Herren miteinander bekannt.

Basilio erhob sich schwerfällig vom Sofa und musterte Julião mit einem einzigen Blick, von den unordentlichen Haaren bis zu den schlecht geputzten Stiefeln. Fast war er bestürzt.

›Was für ein Liederjan!‹ dachte er.

Luiza las ihm das vom Gesicht ab und wurde rot, weil sie sich wegen Julião schämte.

Dieser Mensch mit dem zerknitterten Hemdkragen, in dem alten, schlechtsitzenden schwarzen Tuchrock – was für einen Begriff von den Freunden des Hauses würde er Basilio geben und von den Kreisen, die in ihm verkehrten! Sie empfand sogleich, daß ihr Renommee darunter leiden mußte. Und instinktiv nahm ihr Gesicht den Ausdruck großer Zurückhaltung an, als ob ein solcher Besucher sie in Verlegenheit brächte und eine derartige Aufmachung sie entsetzte.

Julião bemerkte ihre Gezwungenheit, rückte verlegen die Brille zurecht und sagte: »Ich kam nur zufällig hier vorbei und wollte mich erkundigen, ob es etwas Neues von Jorge gibt ...«

»Vielen Dank. Ja, er hat geschrieben. Es geht ihm gut ...«

Basilio lehnte sich mit verwandtschaftlicher Intimität auf dem Sofa zurück, betrachtete eingehend seinen seidenen

Strumpf mit den rotgestickten Sternchen und strich sich teilnahmslos den Schnurrbart, wobei er ein wenig den kleinen Finger spreizte, an dem in zwei dicken goldenen Ringen ein Saphir und ein Rubin funkelten.

Die Affektiertheit dieser Haltung, das Blinken der Juwelen reizten Julião. Er wollte ebenfalls seine engen Beziehungen, seine Privilegien durchblicken lassen und sagte: »Ich konnte leider nicht eher kommen, Ihnen Gesellschaft zu leisten, weil ich soviel zu tun hatte …«

Luiza fiel ihm ins Wort, um den vertraulichen Ton abzuwehren: »Ich habe mich auch nicht wohlgefühlt. Empfangen habe ich niemanden – außer natürlich meinen Vetter!«

Julião kam sich wie verstoßen vor. Puterrot vor Verblüffung und Entrüstung stand er da und bewegte schweigend das Bein hin und her, sein Buch auf dem Knie; da die Hose zu kurz war, sah man den brüchigen Gummieinsatz der alten Stiefel.

Es herrschte peinliche Stille.

»Hübsche Rosen!« bemerkte schließlich Basilio lässig.

»Sehr hübsch!« antwortete Luiza.

Nun tat ihr Julião plötzlich leid, und sie suchte nach passenden Worten. Endlich fiel ihr etwas ein: »Und diese Hitze! Dabei kommt man ja um! Haben Sie viele Krankheiten zu behandeln gehabt?«

»Brechdurchfälle«, antwortete Julião. »Wegen des Obstes. Magenverstimmungen.«

Luiza schlug die Augen nieder. Basilio begann von der reizenden Vizegräfin d'Azeias zu erzählen; er hätte sie ziemlich hinfällig angetroffen; und was sei eigentlich aus ihrer großen Schwester geworden?

Die Unterhaltung über adlige Damen, die er nicht kannte, isolierte Julião noch mehr. Er spürte, wie ihm der Schweiß über den Nacken rann; er suchte nach einer Redewendung, einer bissigen Bemerkung, einer Anspielung, und mechanisch klappte er dabei sein dickes, gelb eingebundenes Buch auf und zu.

»Ist das ein Roman?« fragte Luiza.

»Nein. Das ist die Abhandlung des Dr. Lee über Gebärmuttererkrankungen.«

Luiza wurde rot, Julião ebenfalls, wütend über das Wort, das ihm entschlüpft war. Basilio lächelte und fragte nach einer gewissen Donha Raphaela Grijó, die früher in die Rua da Magdalena zu kommen pflegte, eine Brille trug und einen Schwager hatte, der stotterte …

»Ihr Mann ist gestorben. Sie hat den Schwager geheiratet.«

»Den Stotterer?«

»Ja. Sie hat einen kleinen Jungen von ihm, der stottert auch schon.«

»Was für eine Unterhaltung das in der Familie geben muß! Und Donha Eugenia, die aus Braga?«

Julião, im höchsten Grade erbittert, richtete sich auf und sagte trocken: »Ich bin in Eile und kann mich nicht aufhalten. Wenn Sie an Jorge schreiben, einen schönen Gruß von mir, nicht wahr?«

Und er verbeugte sich kurz zu Basilio hin. Nun fand er aber seinen Hut nicht; der war unter einen Stuhl gerollt. Julião verwickelte sich im Türvorhang, stieß heftig gegen die geschlossene Tür und ging endlich. Er kochte vor Wut und Rachedurst, haßte Luiza, Jorge, den Luxus, das Leben – und jetzt lief er von bissigen Bemerkungen, Spitzfindigkeiten und schlagfertigen Erwiderungen nur so über. Damit hätte er sie ganz klein kriegen müssen, den Esel und die Übergeschnappte … Und gar nichts war ihm eingefallen!

Kaum hatte er das Holzgatter geschlossen, erhob sich Basilio und sagte mit verschränkten Armen: »Wer ist denn diese Kreatur?«

Luiza wurde hochrot und stammelte: »Ein junger Arzt ...«

»Eine Art Student ist das, ein unmögliches Subjekt!«

»Der Arme, er steht finanziell nicht sehr gut da ...«

Aber um sein Jackett auszubürsten und sich die Schuppen vom Kopf zu kämmen, brauchte man nicht bemittelt zu sein! Einen solchen Menschen dürfe sie nicht empfangen! Er brachte ein Haus nur in Mißkredit! Wenn ihr Gatte etwas von ihm halte, so solle er ihn in seinem Arbeitszimmer abfertigen! ...

Basilio ging gereizt im Salon auf und ab, die Hände in den Taschen, und klimperte mit Geldstücken und Schlüsseln.

»Die Freunde des Hauses sind recht ungeschliffen! ...« fuhr er fort. »Zum Teufel! So bist du doch nicht erzogen worden. In der Rua da Magdalena hattest du keinen derartigen Umgang.«

Den hatte sie tatsächlich nicht gehabt, und es kam ihr so vor, als ob die Verpflichtungen der Ehe das Niveau ihrer Geselligkeit ein wenig beeinträchtigt hätten. Doch ein Gefühl der Achtung vor Jorges Ansichten und Neigungen ließ sie erwidern: »Er soll Talent haben ...«

»Wenn er Stiefel hätte, wäre es besser.«

Aus Feigheit pflichtete ihm Luiza bei. »Ich finde ihn ja auch etwas wunderlich!« meinte sie.

»Abscheulich, Kind!«

Dieses Wort verursachte ihr Herzklopfen. Geradeso hatte er sie früher genannt. Ein Augenblick des Schweigens entstand. Da wurde heftig die Türglocke geschellt.

Luiza erschrak. Um Gottes willen! Wenn das Sebastião war! Basilio würde ihn noch schäbiger finden! Doch Juliana meldete: »Der Herr Kanzleirat. Soll ich ihn hereinbitten?«

»Aber gewiß«, rief sie aus.

Und Accacios erhabene Gestalt schob sich ins Zimmer, die

Schöße des Gehrocks aus Alpaka nach hinten gestrichen, in kräftig gestärkten weißen Hosen, die auf die Halbschuhe fielen.

Kaum daß ihm Luiza den Vetter Basilio vorgestellt hatte, sagte er respektvoll: »Ich wußte schon, daß Sie angekommen waren, ich ersah es aus den interessanten Notizen unseres ›High-Life‹. – Und was ist mit unserem Jorge?«

Jorge sei in Beja ... Er schriebe, daß er sich sehr langweile ...

Basilio bemerkte äußerst liebenswürdig: »Ich habe wirklich nicht die geringste Ahnung, was jemand in Beja anstellen soll. Schrecklich muß es dort sein!«

Der Kanzleirat strich sich mit der fahlen Hand, an der sein Ring mit dem Wappen prangte, über den Schnurrbart und gab zu bedenken: »Beja ist immerhin noch eine Distriktshauptstadt!«

Aber wenn man schon in Lissabon nichts anfangen konnte, und das war die Hauptstadt des Königreichs! Und Basilio lehnte sich weit zurück und zupfte an der Manschette seines Hemdes. Garantiert kam man hier vor lauter Langerweile um!

Luiza, tief befriedigt von Basilios Leutseligkeit, mußte lachen: »Damit darfst du dem Kanzleirat nicht kommen. Er schwört auf Lissabon.«

Accacio verbeugte sich: »In Lissabon bin ich geboren, und ich weiß Lissabon zu schätzen, verehrte gnädige Frau.« Und sehr konziliant fügte er hinzu: »Natürlich weiß ich, daß es nicht mit Paris, London, Madrid zu vergleichen ist ...«

»Gewiß«, pflichtete ihm Luiza bei.

Der Kanzleirat fuhr mit Pathos fort: »Und dennoch bietet Lissabon unvergleichliche Reize! Die Hafeneinfahrt, habe ich mir sagen lassen (denn ich kam dort niemals herein), ist ein grandioses Panorama, das es mit einem Konstantinopel und einem Neapel aufnehmen kann. Würdig der Feder eines Garrett und eines Lamartine! Wie geschaffen, um ein Genie zu beflügeln!«

Luiza, die Zitate oder literaturkritische Ergüsse befürchtete, unterbrach ihn und fragte, was er am Sonntag getan habe. Sie wären im Passeio gewesen, sie und Donha Felicidade; sie hätten gehofft, ihn zu treffen, doch vergeblich!

Sonntags ginge er nie in den Passeio, erklärte er. Zwar gäbe er zu, daß es dort sehr angenehm sei, doch die Menschenmenge fiele ihm auf die Nerven. Er hätte bemerkt – und seine Stimme klang wichtig, als mache er eine Enthüllung –, er hätte festgestellt, daß viele Leute auf einem Fleck dem gebildeten Menschen Schwindel verursachten. Und dann beklagte er sich über seinen Gesundheitszustand und die Last seiner Sorgen. Er sei mit der Fertigstellung eines Buches beschäftigt und trinke dazu fleißig Mineralwasser aus Vichy.

»Du kannst ruhig rauchen«, sagte plötzlich Luiza lächelnd zu Basilio. »Willst du Feuer?«

Sie holte ihm sogar ein Streichholz und war ganz unbeschwert und glücklich. Luiza trug ein helles, flottes, ein wenig durchscheinendes Kleid. Ihr Haar wirkte noch blonder, ihre Haut noch zarter.

Basilio blies den Rauch der Zigarre in die Luft, lehnte sich weit zurück und erklärte: »Sonntags ist der Passeio geradezu blödsinnig!«

Der Kanzleirat dachte nach und sagte: »So streng möchte ich nicht urteilen, Senhor Brito!« Aber er habe den Eindruck, daß der Passeio früher tatsächlich eine angenehmere Erholungsstätte gewesen sei. »Vor allen Dingen«, fügte er im Brustton der Überzeugung hinzu und richtete sich auf, »kann nichts, aber auch absolut gar nichts die Blechmusik der Kriegsmarine ersetzen!« Außerdem spielten die Preise eine Rolle ... Jawohl! Er habe sich eingehend mit dieser Angelegenheit befaßt! Die niedrigen Eintrittspreise begünstigten die Anhäufung der unteren Bevölkerungsschichten … Es liege ihm fern, diesen Teil der Bevölkerung zu diskreditieren, seine liberalen Anschauungen seien wohlbekannt. »Fragen Sie die Senhora Donha Luiza!« sagte er. Aber schließlich sei es stets angenehmer, einen auserlesenen Kreis anzutreffen. Er jedenfalls gehe niemals in den Passeio. Vielleicht glaube man ihm das nicht, aber nicht einmal zu einem Feuerwerk würde er hingehen! Gewiß sehe er an solchen Tagen von außerhalb der Einzäunung zu. Nicht aus Sparsamkeit, ganz bestimmt nicht! Reich sei er ja nicht, aber diese geringe Ausgabe könne er schon bestreiten. Aber er fürchte doch die Unfälle! Und wie sehr er sie fürchte! Er erzählte eine Geschichte von irgend jemand, dessen Name ihm entfallen war und dem ein Raketenstock den Schädel durchbohrt hatte. Und außerdem konnte es nur zu leicht passieren, daß man einen glühenden Funken ins Gesicht oder auf den neuen Paletot bekam … »Es ist ratsam, vorsichtig zu sein«, faßte er im Brustton der Überzeugung zusammen und wischte sich dabei mit dem fest zusammengerollten Taschentuch aus indischer Seide die Lippen.

Darauf sprachen sie von der Jahreszeit. Viele Leute waren nach Cintra gefahren; im Sommer sei ja auch in Lissabon nichts los! … Und der Kanzleirat erklärte, daß Lissabon erst imposant, wirklich imposant würde, wenn das Parlament und São Carlos eröffnet waren.

»Was hast du gerade gespielt, Luiza, als ich kam?« fragte Basilio.

Der Kanzleirat fiel gleich ein: »Wenn Sie musizieren wollen, ich bitte Sie … Ich bin ein alter Stammgast von São Carlos, seit achtzehn Jahren …«

Basilio unterbrach ihn: »Spielen Sie ein Instrument?«

»Früher. Ich verhehle es nicht. Als Junge war ich auf die Flöte versessen.« Und mit einer entschuldigenden Geste fügte er hinzu: »Jugendflausen! … War es etwas Neues, was Sie gespielt haben, Donha Luiza?«

»Nein, ein sehr bekanntes Stück, das schon alt ist: die ›Fischerstochter‹ von Meyerbeer! Ich habe den übersetzten Text.«

Sie schloß die Glastüren und setzte sich an das Klavier.

»Das spielt Sebastião gut, nicht wahr, Kanzleirat?«

»Unser Sebastião«, sagte der Kanzleirat mit Nachdruck, »kann sich neben einem Thalberg und einem Liszt sehen lassen. Kennen Sie unseren Sebastião?« fragte er Basilio.

»Nein, ich habe nicht die Ehre.«

»Eine Seele von Mensch!«

Basilio hatte sich langsam dem Klavier genähert und strich sich den Schnurrbart.

»Singst du überhaupt noch?« fragte ihn Luiza lächelnd.

»Wenn ich allein bin.«

Der Kanzleirat bat ihn um eine Kostprobe. Basilio lachte. Er habe Angst, einen alten Stammgast von São Carlos zu enttäuschen … Doch Accacio ermunterte ihn väterlich: »Nur Mut, Senhor Brito, nur Mut!«

Luiza präludierte bereits.

Und sogleich erhob Basilio seinen vollen, wohlklingenden Bariton, dessen hohe Töne den Salon widerhallen ließen. Der Kanzleirat saß aufrecht im Lehnstuhl und lauschte mit gespannter Aufmerksamkeit, seine Stirn zeigte eine Falte und schien sich im Verantwortungsbewußtsein eines Richters zu senken; und die schwärzliche Brille mit ihren dunklen Reflexen hob sich kräftig von der glatzköpfigen Physiognomie ab, die die Hitze noch bleicher machte. –

Mit tiefer Melancholie sang Basilio die ersten, recht breiten Verse des Liedes:

»Mein Herz gleicht ganz dem Meere,
Hat Sturm und Ebb und Flut …«

Ein Dichter hatte den Text mit einer billigen Widmung im ›Almanach das Senhoras‹ übersetzt; Luiza hatte ihn eigenhändig zwischen die Notenzeilen geschrieben. Und Basilio, über das Blatt gebeugt und beständig die Schnurrbartspitzen drehend, sang weiter:

»Und manche schöne Perle
In seiner Tiefe ruht!«

Luizas große Augen hefteten sich auf die Noten und hoben sich von Zeit zu Zeit verstohlen zu Basilio.

Bei der letzten Note, die fortklang wie inständiges Liebesbegehren, ließ Basilio flehend die Stimme erschlaffen:

»Komm! Komm!
Und lege du, Feinsliebchen,
An meine deine Brust ...«

Und seine Augen hingen mit einem Ausdruck so starken Verlangens an Luiza, daß ihr Busen bebte und ihre Finger sich auf der Tastatur verhedderten.

Der Kanzleirat klatschte Beifall.

»Eine wundervolle Stimme!« rief er. »Eine wunderbare Stimme!«

Basilio tat verlegen.

»Nein, Senhor, wirklich!« protestierte Accacio und erhob sich. »Ein ausgezeichnetes Organ! Die beste Stimme in unseren Kreisen, möchte ich sagen!«

Basilio lachte. Da er nun einmal im Zuge war, wollte er ihnen eine kleine brasilianische Weise aus Bahia zum besten geben. Er setzte sich ans Klavier, präludierte eine schleppende, von tropischer Schläfrigkeit erfüllte Melodie und sang:

»Bin nur Negerin, doch meine
Brust fühlt mehr als die der Weißen.«

Er unterbrach sich: »Dieses Lied begeisterte die Abendgesellschaften von Bahia, als ich von dort abreiste.«

Es war die Geschichte einer auf einer brasilianischen Pflanzung geborenen kleinen Negerin, die in schmalzigen Almanachversen ihre Leidenschaft für einen weißen Aufseher schilderte.

Basilio äffte den sentimentalen Tonfall irgendeines Mädchens aus Bahia nach, und seine Stimme war voll köstlicher Komik, als er den weinerlichen Kehrreim sang:

»Und weit übers Meer hin
Die Negerin spähte;
Im Kokospalmwipfel
Der Seidenschwanz krähte.«

Der Kanzleirat fand das Lied ›entzückend‹; er stand aufrecht im Wohnzimmer und beklagte bei dieser Gelegenheit das Los der Sklaven. Zwar hätten ihm brasilianische Freunde versichert, daß die Neger sehr gut behandelt würden, aber Kultur bliebe schließlich Kultur! Und die Sklaverei war ein Schandfleck! Er setze jedoch große Hoffnungen auf den Kaiser ...

»Ein ganz außergewöhnlich begnadeter Monarch ...«, fügte er respektvoll hinzu.

Accacio holte seinen Hut, preßte ihn mit der Krempe an seine Brust, verbeugte sich steif und schwor, daß er schon seit langer Zeit keinen so wunderbaren Vormittag verbracht hätte. Im übrigen ginge ihm nichts über gepflegte Unterhaltung und gute Musik ...

»Wo haben Sie übrigens Quartier genommen, Senhor Brito?«

Der Herr Kanzleirat solle sich um Gottes willen nicht seinetwegen bemühen! Im Hotel Central wohne er.

Es gäbe keine Bedenken, die ihn hindern könnten, seinen diesbezüglichen Verpflichtungen nachzukommen, versicherte Accacio. Er würde ihnen Genüge tun. Zwar sei er eine völlig unmaßgebliche Persönlichkeit, wie Donha Luiza wohl bestätigen könne. »Aber wenn Sie irgendeiner Gefälligkeit bedürfen, einer Auskunft, einer Einführung bei amtlichen Stellen oder einer Erlaubnis zum Besuch irgendeiner öffentlichen Einrichtung, so dürfen Sie überzeugt sein, daß ich zu Ihrer Verfügung stehe!« Accacio hielt Basilios Hand in der seinen: »Rua do Ferregial de Cima, Nummer drei, dritter Stock. Die bescheidene Klause eines Eremiten.« Der Kanzleirat verbeugte sich noch einmal vor Luiza: »Und wenn Sie unserem Weltenbummler schreiben, so bestellen Sie ihm meine wärmsten Wünsche für den guten Verlauf seiner Unternehmungen. Unbedingt! Damit darf ich mich empfehlen!«

Aufrecht und ernst ging er hinaus.

»Der ist wenigstens sauber«, brummte Basilio, die Zigarre im Mundwinkel. Er hatte sich noch einmal ans Klavier gesetzt und ließ die Finger über die Tastatur gleiten. Luiza trat zu ihm.

»Sing doch etwas, Basilio!«

Basilio sah sie lange an.

Luiza wurde rot und lächelte; durch den hellen, dünnen Stoff ihres Kleides schimmerte die sanfte milchfarbene Weiße des Halses und der Arme; und aus ihren Augen, aus der warmen Tönung des Gesichts sprachen verhaltene Erregung und so etwas wie zärtliche Liebesbereitschaft.

Basilio sagte leise zu ihr: »Du hast heute deinen glücklichen Tag, Luiza.«

Sein lüsterner Blick verwirrte sie, und sie beharrte: »Bitte, sing doch etwas.« Ihr Busen wogte.

»Sing du«, flüsterte Basilio, und ganz sacht ergriff er ihre Rechte. Die beiden etwas feuchten, ein wenig zitternden Hände schlossen sich umeinander.

Plötzlich schellte draußen die Glocke.

Luiza riß sich los.

»Es kommt jemand«, sagte sie aufgeregt.

Am Gatter hörte man leise Stimmen.

Basilio machte eine unwillige Bewegung mit den Schultern und holte seinen Hut.

»Du gehst?« rief sie bestürzt aus.

»Was bleibt mir übrig? Nicht einen Augenblick kann ich mit dir allein sein!«

Das Gatter wurde geräuschvoll geschlossen.

»Niemand kommt, er ist wieder gegangen«, sagte Luiza.

Sie standen sich in der Mitte des Salons gegenüber.

»Basilio! Geh nicht!«

In ihren dunklen Augen lag sanftes Flehen. Basilio legte den Hut auf das Klavier und kaute etwas nervös an seinem Schnurrbart.

»Warum willst du mit mir allein sein?« fragte sie. »Was ist dabei, wenn jemand kommt?« Doch sofort bereute sie diese Worte.

Da legte ihr Basilio unvermittelt den Arm um die Schultern, nahm sie beim Kopf und küßte sie stürmisch auf Stirn, Augen und Haar.

Zitternd entwand sie sich ihm, über und über rot.

»Verzeih«, rief er mit leidenschaftlicher Heftigkeit. »Verzeih mir. Es war unüberlegt. Aber es geschah, weil ich dich anbete, Luiza!« Er ergriff ihre Hände, beinahe als ob er ein Recht dazu hätte. »Doch. Du mußt mich anhören. Vom ersten Tage an, da ich dich wiedersah, bin ich in dich verschossen wie früher, genauso. Niemals habe ich aufgehört, dich wahnsinnig zu lieben. Aber ich hatte kein Vermögen, du weißt, und ich wollte dich reich und glücklich sehen. Ich konnte dich nicht nach Brasilien mitnehmen, es wäre dein Tod gewesen, Geliebte! Du kannst dir vorstellen, was das für mich bedeutet hätte! Nur darum schrieb ich dir jenen Brief. Doch was habe ich gelitten, wieviel Tränen habe ich geweint!«

Luiza hörte ihm mit gesenktem Kopf still und gedankenverloren zu; die warme, volle Stimme, aus der ihr die Liebe entgegenwehte, bezwang, besiegte sie; die fiebrige Wärme seiner Hände durchdrang die ihren, und von Mattigkeit überwältigt, vermeinte sie einzuschlummern.

»Sprich doch, antworte!« sagte er leidenschaftlich, schüttelte ihre Hände und suchte begierig ihren Blick.

»Was soll ich schon sagen?« flüsterte sie. Ihre Stimme hatte einen hohlen, unsicheren Klang. Sacht machte sie sich frei und wandte ihr Gesicht ab. »Sprechen wir doch von etwas anderem!«

Er breitete die Arme aus und stammelte: »Luiza! Luiza!«

»Nein, Basilio, nicht!«

Und in ihrer Stimme schwang ein Unterton von Bedauern und die Sanftheit einer Liebkosung mit.

Da zögerte er nicht länger und nahm sie in seine Arme.

Luiza ließ es geschehen, mit geschlossenen Augen und bleichen Lippen. Basilio legte ihr die Hand auf die Stirn, bog ihren Kopf zurück, küßte zärtlich ihre Augenlider, das Gesicht und dann innig ihre Lippen; sie öffneten sich ein wenig, ihre Knie wurden weich.

Doch plötzlich richtete sie sich in verletztem Schamgefühl hoch auf, entzog ihm ihr Gesicht und rief traurig: »Laß mich doch, laß mich!«

Luiza hatte ihre Fassung wiedergewonnen; sie machte sich los, stieß ihn zurück; und indem sie sich mit den flachen Händen über Stirn und Haar strich, flüsterte sie: »O großer Gott! Das ist ja furchtbar! Laß mich! Es ist schrecklich!«

Er trat mit zusammengebissenen Zähnen auf sie zu, doch Luiza wich zurück und sagte: »Geh! Was willst du? Geh! Was tust du hier? Laß mich!«

Nun beschwichtigte er sie. Seine Stimme war plötzlich ruhig und bescheiden geworden. Er verstehe nicht. Warum regte sie sich denn auf? Weil er sie geküßt hatte? Mehr wollte er ja gar nicht. Was hatte sie sich denn gedacht? Er verehrte sie, ganz gewiß, aber ohne Hintergedanken.

»Ich schwöre!« versicherte er laut und schlug sich an die Brust.

Er hieß sie sich aufs Sofa setzen und nahm neben ihr Platz. Sehr vernünftig redete er auf sie ein: Er erkenne die Umstände an und verzichte. Es würde so etwas wie eine geschwisterliche Freundschaft werden, weiter nichts.

Luiza hörte ihm gedankenverloren zu.

Gewiß, sagte er, jene Leidenschaft sei eine unermeßliche Qual. Aber er wäre stark und würde sich zusammennehmen. Er wolle nur kommen, um sie zu besuchen und mit ihr zu plaudern. Es würde eine rein platonische Angelegenheit werden. Und dabei verschlang er sie mit den Augen.

Basilio drehte ihre Hand um, beugte sich nieder und drückte ihr einen innigen Kuß auf die Handfläche. Luiza fuhr zusammen und erhob sich sogleich: »Nicht! Bitte geh!«

»Gut. Adieu.«

Er stand auf, entsagungsvoll und unglücklich. Sacht strich er über die Seide seines Hutes.

»Also dann adieu«, wiederholte er betreten.

»Adieu.«

Da sagte Basilio sehr zärtlich: »Bist du mir böse?«

»Nein!«

»Hör doch«, flüsterte er und trat auf sie zu.

Luiza stampfte mit dem Fuß auf. »Oh, so ein Mann! Laß mich! Also morgen. Adieu. Geh! Bis morgen!«

»Bis morgen!« antwortete er leise. Und rasch ging er hinaus.

Luiza trat völlig aufgelöst in ihr Zimmer. Als sie am Spiegel vorüberkam, blieb sie überrascht stehen: Noch nie hatte sie so hübsch ausgesehen! Schweigend machte sie ein paar Schritte.

Juliana war damit beschäftigt, Unterwäsche in eine Schublade des Kleiderschrankes zu legen.

»Wer hat denn vorhin geläutet?« fragte Luiza.

»Der Senhor Sebastião. Er wollte wiederkommen.«

Sebastião hatte das tatsächlich gesagt. Allerdings genierte er sich beinahe, weil er nun alle Tage vorbeikam und sie jedesmal ›Besuch‹ hatte.

Gleich am ersten Tage versetzte es ihn sehr in Erstaunen, als Juliana ihm mitteilte: »Es ist jemand bei ihr! Ein junger Mann, der schon gestern da war!« Wer konnte das sein? Er kannte alle Freunde des Hauses ... Vielleicht irgendein Angestellter aus der Kanzlei oder ein Bergwerksbesitzer, möglicherweise der Sohn vom Alonso. Sicher handelte es sich um irgendeine Angelegenheit, die Jorge betraf.

Am Sonntagabend darauf erschien er mit der Partitur von Gounods ›Romeo und Julia‹, die sie so gern hören wollte, und als ihm Juliana vom Balkon herunter sagte, daß sie mit Donha Felicidade im Wagen weggefahren sei, stand er sehr verlegen mit dem dicken Notenband unter dem Arm da und kratzte sich bedächtig das Kinn. Wohin mochten sie gefahren sein? Er entsann sich der Begeisterung, die Donha Felicidade für das Theater von Donha Maria hegte. Aber beide allein im Theater, und bei dieser Julihitze! Immerhin, möglich wäre es. Also ging er zum Donha Maria.

Das Theater, fast leer, machte einen kläglichen Eindruck; hier und dort setzte sich in einer Loge eine häßliche Familie mit kohlrabenschwarzen Haaren in Positur und genoß finsteren Blickes ihren Sonntagabend. Im Parterre, bequem auf fast leeren Bankreihen placiert, lauschten erhitzt und verdrossen stumpfsinnige Besucher und wischten sich hin und wieder mit seidenen Taschentüchern den Schweiß von den Hälsen; im Parkett rissen Arbeiter mit gebräunten, öligen Gesichtern ihre schwarzen Augen auf; das Licht wirkte einschläfernd; es wurde gegähnt. Und auf der Bühne, die einen fahlen Ballsaal darstellte, redete ein rüstiger, mit Orden geschmückter Greis unaufhörlich auf eine krausköpfige, schmächtige Frauensperson ein – es hörte sich an wie das Tropfen fettigen lauwarmen Wassers.

Sebastião ging wieder. Wo steckten die beiden bloß? Am folgenden Morgen erfuhr er es. Er spazierte den Moinho de Vento hinauf, als ein Nachbar, der Netto mit dem graumelierten Schnurrbart, unter seinem Sonnenschirm gebeugt daherkam, die Zigarette im Mundwinkel, ihn unvermittelt anhielt und fragte: »Hören Sie mal, mein lieber Sebastião, gestern abend sah ich im Passeio die Donha Luiza mit einem jungen Menschen, den ich kenne. Aber woher kenne ich nur dieses Gesicht? Wer zum Teufel ist das bloß?«

Sebastião zuckte die Achseln.

»Ein langer Kerl, hübsch, wirkt ein bißchen exotisch. Den kenne ich. Neulich sah ich ihn dort hineingehen. Sie wissen nichts davon?«

Er hatte keine Ahnung.

»Ich kenne das Gesicht. Ich habe schon hin und her überlegt, wer ...« Und er fuhr sich mit der Hand über die Stirn. »Das Gesicht kenne ich jedenfalls! Er ist aus Lissabon. Ganz bestimmt!« Der Netto machte eine Pause und drehte seinen Sonnenschirm: »Was gibt es Neues, Sebastião?«

Er wüßte nichts.

»Ich auch nicht!« Der Netto gähnte laut. »Ist überhaupt nichts mehr los, Mann!«

Am gleichen Nachmittag um vier Uhr ging Sebastião noch einmal zum Hause Luizas. Der Unbekannte war wieder bei ihr. Er stellte Überlegungen an. Ganz sicher handelte es sich um irgendeine Angelegenheit, die Jorge betraf, denn er hätte es sich nicht vorstellen können, daß sie über etwas sprach, für etwas zugänglich war, daß sie überhaupt lebte, wenn nicht im Interesse der Familie und um Jorges größerer Glückseligkeit willen. Doch es mußte schon etwas Schwerwiegendes sein, wenn es Besuche, Verabredungen und so viele persönliche Verbindungen erforderlich machte. Sie hatten also wichtige Dinge zu regeln, von denen er nichts wußte. Und diesen letzteren Umstand empfand er als Undankbarkeit und mangelndes Vertrauen.

Tante Joanna hätte es ›schäbig‹ gefunden.

Einen Tag später erfuhr er dann, daß der Unbekannte der Vetter Basilio war, Basilio de Brito. Seine unbestimmte Verärgerung wich, doch dafür begann ihn eine viel bestimmtere Befürchtung zu beunruhigen.

Sebastião kannte Basilio nicht persönlich, aber er wußte über dessen Jugend sehr genau Bescheid. Gewiß gab es darin weder einen außergewöhnlichen Skandal noch irgendeine verdächtige Episode. Basilio war höchstens ein Bruder Lustig gewesen und hatte als solcher hübsch der Reihe nach alle klassischen Stadien Lissaboner Leichtlebigkeit durchlaufen: Bergpartien, die sich bis zum Tagesanbruch ausdehnten, in Gesellschaft reicher Käuze aus dem Alemtejo; eine an einem Stierkampf-Samstag kurz und klein geschlagene Droschke; wiederholte Abendessen mit irgendeiner stadtbekannten Lola und einem traditionellen Hummersalat; ein paar mit Beifall aufgenommene zusammengestoppelte Reden in Salvaterra oder in Alhandra; um die Ohren geschlagene Nächte bei Kabeljau und Collares-Wein in den Kneipen, in denen Fados gespielt wurden; viele Gitarrenständchen; wohlgezielte

Ohrfeigen in das verblüffte Gesicht eines Polizisten und eine ungeheuerliche Menge im Karnevalstrubel zerschmetterter Eier. Die einzigen Frauen, die außer den üblichen Lolas und Carmens überhaupt in der Geschichte seiner Jugend vorkamen, waren die Pistelli, eine deutsche Tänzerin mit Beinen, die die Muskulatur eines Athleten hatten, und die übergeschnappte junge Gräfin d'Alvim, eine richtige Amazone, die sich von ihrem Gatten scheiden ließ, nachdem sie ihm die Reitpeitsche um die Ohren geknallt hatte, und die Männerkleidung anlegte, um eigenhändig im Trab vom Rocio nach Dáfundo zu kutschieren. Doch das genügte für Sebastião schon, um Basilio für einen Wüstling, einen Liederjan zu halten; er hatte gehört, er sei lediglich nach Brasilien gegangen, um seinen Gläubigern zu entwischen, und wäre am Paraguay nur durch Spekulation und Zufall reich geworden; selbst in Bahia, als er nicht mehr aus noch ein wußte, hätte er niemals ernstlich gearbeitet; und Sebastião vermutete, daß bei Basilio der Besitz von Vermögen bloß eine Vertiefung seiner Laster zur Folge haben würde. Und dieser Mensch kam jetzt Luiza alle Tage besuchen, blieb stundenlang bei ihr, begleitete sie in den Passeio ...

Warum wohl? ... Es lag auf der Hand: doch nur, um sie zu belästigen!

Sebastião ging gerade die Straße hinunter, gebeugt unter der Bürde dieser trostlosen Gedanken, als ihn eine heisere Stimme ehrfurchtsvoll ansprach: »Senhor Sebastião!«

Es war der Möbel-Paula.

»Grüß Gott, Senhor João.«

Der Paula spuckte kräftig dunklen Speichel auf das Straßenpflaster, verschränkte seine Arme unter den Schößen des weiten Cotim-Jacketts und meinte ernst: »Sagen Sie mal, Senhor Sebastião, ist denn im Hause des Herrn Ingenieurs jemand krank?«

Sebastião war völlig überrascht. »Nein. Wieso?«

Der Paula rülpste und spie aus. »Ich sehe nämlich jeden Tag einen Mann dort hineingehen. Ich dachte, es wäre der Arzt.« Er schluckte den Speichel hinunter. »Einer von diesen neumodischen Homöopathen!«

Sebastião war rot geworden. »Unsinn«, sagte er. »Das ist der Vetter von Donha Luiza.«

»Ach so!« machte der Paula. »Ich dachte nur ... Dann wollen Sie bitte entschuldigen, Senhor Sebastião.« Und er verbeugte sich respektvoll.

›Da haben wir schon den Tratsch!‹ dachte Sebastião.

Mißmutig ging er heim.

Er wohnte am äußersten Ende der Straße, in einem eigenen Hause altmodischen Baustils mit einem Obstgarten.

Sebastião war Junggeselle. Er besaß ein kleines Vermögen, das er in Wertpapieren angelegt hatte, Ländereien drüben in Seixal und das Landhaus Rozegal in Almada. Beide Dienstmädchen waren schon sehr lange im Hause; Vicencia, die Köchin, eine Schwarze aus São Tomé, bereits zu Zeiten seiner Mutter. Tante Joanna, die Gouvernante, betreute ihn seit mehr als fünfunddreißig Jahren; sie nannte Sebastião immer noch den ›Kleinen‹, hatte selbst schon die Launen eines Kindes angenommen und erfreute sich der gleichen Hochachtung, die einer Großmutter entgegengebracht wird. Sie stammte aus Porto, aus ›Puartuuh‹, wie sie zu sagen pflegte, weil sie niemals ihren Minho-Akzent aufgegeben hatte. Sebastiãos Freunde nannten sie ›eine komische Alte‹. Joanna war ziemlich klein und dick und lächelte immer gutmütig; ihre Haare glänzten schlohweiß wie ein Spinnrocken und waren oben mit Hilfe eines altmodischen Schildpattkamms zu einer kleinen Rolle gewunden; stets trug sie ein großes, sehr sauberes weißes Tuch quer über der Brust. Und den ganzen Tag lang schwänzelte sie mit schlurfenden Schrittchen durchs

Haus, wobei sie den Schlüsselbund rasseln ließ, Sprichwörter vor sich hin brummte und Schnupftabak aus einer runden Dose nahm, auf deren Deckel eine Zeichnung mit der Hängebrücke von Porto verblich.

Das ganze Haus erfüllte eine philiströse und süßliche Atmosphäre. Im Empfangssalon, der fast immer verschlossen war, demonstrierten ein riesiges Sofa und Lehnstühle den schlaffen Charakter der Zeit des Senhor Dom José I., und die verschossenen roten Damaststoffe erinnerten an den Prunk eines abgewirtschafteten Herrscherhauses; an den Wänden des Speisezimmers hingen die erstklassigen Kupferstiche Napoleonischer Schlachten, wo man immer wieder auf einer Anhöhe das weiße Pferd sah, zu dem vom Vordergrund aus mit losen Zügeln ein säbelschwingender Husar losgaloppiert. Sebastião schlief seine sieben Stunden in einem wackligen Bett aus gedrechseltem schwarzem Holz, ohne zu träumen. In einem dunklen Zimmerchen, auf einer Kommode mit gelben Metallbeschlägen, wurde seit Jahren der Schutzpatron des Hauses, Sankt Sebastian, gehütet, der sich, von Pfeilen durchbohrt, im Lichte einer von Tante Joanna wohlversorgten Lampe in den Stricken wand, die ihn an einen Baumstamm fesselten, während in der Wandverkleidung verstohlen die Mäuse raschelten.

Das Haus war ganz wie sein Besitzer: innerlich verstaubt. Sebastião war ein engherziger Eigenbrötler. Schon im Lateinunterricht schimpften sie ihn den ›Tolpatsch‹; sie zogen ihn auf und stahlen ihm ungeniert die Vesperbrote. Zwar verfügte er über athletische Kräfte, ertrug jedoch alles mit der Schicksalsergebenheit eines Märtyrers.

Bei den ersten Gymnasialprüfungen wurde er immer getadelt. Er war wohl gescheit, aber eine Frage, das Aufblitzen der Brille des Lehrers, die riesige schwarze Wandtafel brachten ihn jedesmal völlig durcheinander; dann stand er mit trauriger Miene da, das Gesicht hochrot und geschwollen, und kratzte sich mit leerem Blick die Knie.

Seine Mutter stammte vom Lande, war die Tochter eines Bäckers und sehr stolz auf ihre Staatsanleihen, ihr Landhaus, ihre damastbezogenen Möbel, sie ging beständig in Seide gekleidet, überlud sich mit Ringen und pflegte zu sagen: »Und wenn schon! Zu essen und zu trinken hat er! Das arme Kind mit Lernerei quälen! Laßt ihn doch! Laßt ihn nur!«

Sebastiãos Liebe galt der Musik. Auf Anraten von Jorges Mutter, ihrer Nachbarin und besten Freundin, ließ seine Mutter einen Klavierlehrer für ihn kommen. Gleich nach den ersten Stunden, denen sie juwelenbehängt in rotsamtenem Sonntagsstaat beiwohnte, rief der alte Professor Achilles Bentes, mit runden Brillengläsern und einem Uhugesicht, in näselndem Ton begeistert aus: »Hochverehrte gnädige Frau! Ihr Junge ist ein Genie! Einfach ein Genie! Ein zweiter Rossini wird das! Man muß nur hinter ihm her sein! Antreiben muß man ihn!«

Doch das war genau das, was sie nicht wollte – das arme Kind antreiben! Deshalb wurde er auch kein Rossini. Doch der alte Bentes sagte aus Gewohnheit noch immer: »Das wird ein zweiter Rossini! Ein zweiter Rossini wird das!«

Nur daß er das nicht mehr schrie und dabei Notenblätter schwenkte, sondern nur noch flüsterte, wobei er gewaltig gähnte wie ein übersättigter Löwe.

Schon damals waren die beiden nebeneinander wohnenden Jungen Jorge und Sebastião gute Freunde. Jorge war aufgeweckter, findiger, er beherrschte Sebastião. Beim Spielen im Garten war Sebastião immer das Pferd, wenn sie Postkutsche spielten, in den Kriegen stets der Besiegte. Es war Sebastião, der die Lasten trug, der seinen Rücken darbot, damit Jorge hinaufsteigen konnte; zur Vesper aß er das Brot und überließ alles Obst Jorge. Sie wuchsen heran. Und jene unvergleichliche

Freundschaft, bei der es keine Mißhelligkeiten gab, wurde im Leben beider zu einem wesentlichen und beständigen Faktor.

Als Jorges Mutter starb, trugen sie sich sogar mit dem Gedanken, zusammenzuziehen; sie wollten im Hause Sebastiãos wohnen, das größer war und einen Garten hatte; Jorge gedachte ein Pferd zu kaufen; doch dann lernte er im Passeio Luiza kennen, und es dauerte keine zwei Monate, da verbrachte er fast den ganzen Tag in der Rua da Magdalena.

Das ganze verheißungsvolle Projekt der Firma Sebastião & Jorge – so nannten sie es lachend – purzelte wie ein Kartenhaus zusammen. Das nahm Sebastião sehr mit.

Er war es dann, der die Rosensträuße besorgte, die Jorge Luiza mitbrachte – Rosen ohne Dornen, mit andächtiger Sorgfalt in Seidenpapier gewickelt. *Er* war es, der sich um die Ausstattung des ›Nestes‹ kümmerte, die Dekorateure zur Eile antrieb, wegen der Wäschepreise feilschte, die Arbeit der Männer überwachte, die die Tapeten klebten, mit der Stellenvermittlerin verhandelte, die Papiere für die Eheschließung beschaffte. Und abends, wenn er müde war wie ein geschäftiger Advokat, mußte er auch noch lächelnd Jorges Glücksergüsse anhören, der bis zwei Uhr nachts in Hemdsärmeln im Zimmer hin und her ging, verliebt und redselig, seine Tabakspfeife schwenkend.

Nach Jorges Hochzeit fühlte sich Sebastião sehr einsam. Er ging nach Portel, um dort einen Onkel zu besuchen, einen alten Sonderling mit dem Blick eines Wahnsinnigen. Der brachte sein Leben damit hin, daß er im Obstgarten Kreuzungsversuche anstellte und unaufhörlich den ›Eurico‹ las. Als Sebastião nach einem Monat zurückkehrte, verkündete ihm Jorge strahlend: »Hör mal zu, mein Lieber! Dieses Haus ist jetzt auch deines! Hier bist du jetzt zu Hause!«

Doch er erreichte es nicht, daß Sebastião ohne Befangenheit in sein Haus kam. Er klopfte schüchtern an die Tür; vor

Luiza wurde er rot; der alte Tolpatsch der Lateinstunden kam wieder zum Vorschein. Jorge hatte mit ihm seine liebe Not, bis er ohne große Förmlichkeit die Beine übereinanderschlug, in Luizas Gegenwart Pfeife rauchte und sie nicht jeden Augenblick, im Stuhl halb aufgerichtet, mit ›gnädige Frau‹ anredete.

Zum Essen kam er nur, wenn man ihn nötigte. War Jorge nicht zu Hause, so blieben seine Besuche recht kurz, und er benahm sich sehr zurückhaltend. Sebastião hielt sich nicht für salonfähig und hatte Angst, anzuecken.

Als er an diesem Nachmittage in das Speisezimmer trat, fragte ihn Tante Joanna gleich nach der kleinen Luiza.

Tante Joanna verehrte sie. Für sie war Luiza ein ›Engelchen‹, eine ›weiße Lilie‹.

»Wie geht es ihr? Hast du sie besucht?«

Sebastião wurde rot, er wollte nicht wie am Vortage sagen, daß Leute da waren, daß er nicht zu ihr konnte; und indem er sich bückte und mit den Ohren Trajanos, seines alten Hühnerhundes, zu spielen begann, antwortete er: »Es geht ihr gut, Tante Joanna, wirklich gut. Wie sollte es ihr denn sonst gehen? Ausgezeichnet geht es ihr!«

Zur gleichen Stunde erhielt Luiza einen Brief von Jorge aus Portel, mit vielen Klagen über die Hitze, über die schlechten Gasthäuser, mit allerhand Geschichten über den sonderbaren Verwandten Sebastiãos, herzlichen Grüßen und tausend Küssen …

Der Brief kam für sie unverhofft, und das mit einer winzigen Handschrift bedeckte Blatt Papier, das Jorge leibhaftig vor ihr erstehen ließ, seine Gestalt, seinen Blick, seine Zärtlichkeit, erfüllten sie mit einer fast schmerzlichen Empfindung. Schamröte wegen ihrer feigen Schwachheit unter Basilios Küssen schoß ihr in die Wangen. Wie abscheulich war es, daß sie sich hatte umarmen und drücken lassen! Und was er ihr alles auf dem Sofa gesagt, mit welchen Blicken er sie verschlungen hatte! ... Sie erinnerte sich an alles – an seine Haltung, die Wärme seiner Hände, das Zittern seiner Stimme ... Und wie von selbst versank sie immer mehr in diesen Erinnerungen, gab sie sich ihnen hin, bis sie sich mit sehnsuchtsvollem Blick und kraftlosen Armen völlig in der köstlichen Erschlaffung ihrer Vorstellungen verlor. Doch da kehrte der Gedanke an Jorge noch einmal wieder und traf sie wie ein Peitschenhieb. Sie erhob sich unvermittelt, lief ganz nervös im Zimmer hin und her und war dem Weinen nahe.

»Nein! Nein! Es ist schrecklich, einfach schrecklich!« sagte sie laut zu sich selbst. »Das muß aufhören!«

Sie nahm sich vor, Basilio nicht mehr zu empfangen, ihm zu schreiben, ihn zu bitten, nicht mehr zu kommen und abzureisen. Sie sann sogar schon über die entsprechenden Worte nach: Sie würde kühl und kurz angebunden sein, ihn nicht mit »mein lieber Vetter‹, sondern einfach mit ›Herr Basilio‹ anreden.

Und was würde er tun, wenn er den Brief erhielt? Er würde weinen, der Arme!

Luiza stellte sich ihn vor, wie er unglücklich und bleich allein in seinem Hotelzimmer saß; und ihre Empfindsamkeit ließ die Erinnerung an ihn wieder lebendig werden, an seine überzeugende Stimme, das Flackern seines bezwingenden Blicks; und sie verweilte bei diesen Gedanken mit einem Gefühl von Glückseligkeit, so wie die Hand sich vergißt, wenn sie das weiche Gefieder eines seltenen Vogels liebkost. Sie schüttelte unwillig den Kopf, als seien solche Vorstellungen Stiche lästiger Insekten; sie gab sich Mühe, nur an Jorge zu denken; doch die bösen Bilder kehrten zurück, um sie zu peinigen, und sie kam sich unglücklich vor, ohne recht zu wissen, was sie eigentlich wollte – bei Jorge sein, Leopoldina um Rat fragen, aufs Geratewohl in die Ferne fliehen ... Herrgott, wie unglücklich sie war! Und aus der Tiefe ihrer trägen Natur stieg ein unbestimmter Widerwille gegen Jorge, gegen Basilio, gegen ihre Gefühle, gegen ihre Verpflichtungen, gegen alles das auf, was sie in Erregung versetzte und leiden machte. Großer Gott, sie sollten sie doch in Frieden lassen!

Nach dem Essen las sie im Salon Jorges Brief noch einmal am Fenster. Sie begann, sich absichtlich all dessen zu erinnern, was sie an ihm entzückte, seines Körpers und seiner Vorzüge. Und sie sammelte wahllos Argumente, einige aus Anstand, andere aus Gefühl, um ihn zu lieben und zu achten. Es lag ja nur daran, daß er draußen in der Provinz weilte! Wenn er jetzt neben ihr stünde! Aber er war so fern und blieb so lange! Und gegen ihren Willen schenkte ihr die Gewißheit dieser Abwesenheit zugleich ein Gefühl der Freiheit: Der Gedanke, nach Herzenslust ihren Wünschen und Liebhabereien Genüge leisten zu können, erfüllte sie mit großer Befriedigung – es war ein Hauch von Unabhängigkeit.

Doch, offen gestanden, was nützte es ihr schließlich, frei zu sein, wenn sie allein war? Und plötzlich erschien ihr alles, was sie tun, empfinden, besitzen konnte, in einer weitläufigen Perspektive, die sie blendete, wie eine Tür, die rasch geöffnet und geschlossen wurde und einen Augenblick lang etwas Unbestimmtes, Wunderbares, das pulsiert und aufsprüht, sehen ließ. Ach, sie war wahnsinnig, ganz gewiß!

Die Dunkelheit brach herein. Luiza ging in den Salon, öffnete das Fenster. Der Abend war schwül und stickig; es sah nach Gewitter aus. Sie atmete schwach und schaute nach dem Himmel, mit heißen Wünschen, ohne zu wissen, wonach.

Unten spielte der Bäckerjunge wie immer den Fado; die banalen Klänge drangen ihr jetzt mit der Milde eines warmen Hauchs und der Melancholie eines Seufzers ins Herz.

In einer Anwandlung von Müdigkeit stützte sie den Kopf in

die Hand. Tausend belanglose Gedanken irrten durch ihr Hirn, wie Licht, das über ein Stück Papier huscht; sie dachte an ihre Mutter, an den neuen Hut, den ihr Madame François geschickt hatte, daran, wie wohl das Wetter in Cintra sein würde, gedachte der Anmut warmer Abende im Dunkel eines Blätterdaches ...

Luiza schloß das Fenster, rekelte sich und verharrte dann unbeweglich auf dem Sofa ihres Zimmers, mit den Gedanken bei Jorge, erwog, ihm zu schreiben, ihn zu bitten, daß er bald wiederkäme. Doch ziemlich schnell waren ihre Vorsätze dahin, wie ein Vorhang, der plötzlich in Fetzen zerriß und hinter dem sogleich in strahlendem Glanz das Bild des Vetters Basilio auftauchte.

Die Reisen und die überquerten Meere hatten ihn noch mehr gebräunt, der Schmerz der Trennung seine Haare ergrauen lassen. Um ihretwillen hätte er gelitten, sagte er. Und was war schließlich überhaupt dabei? Basilio hatte ihr geschworen, daß seine Liebe keusch und eine rein seelische Angelegenheit sei. Er wäre aus Paris gekommen, so hatte er ihr versichert, nur um sie zu besuchen, eine Woche, vierzehn Tage. Und da sollte sie dem armen Kerl jetzt sagen: ›Komm nicht wieder, geh fort?‹

»Wenn gnädige Frau Ihren Tee nehmen wollen ...«, erinnerte Juliana an der Zimmertür.

Luiza stieß einen tiefen Seufzer aus, als ob sie erwache. Nein, sie solle ihr später die Nachtlampe bringen.

Es war zehn Uhr. Juliana ging in die Küche, um ihren Tee zu trinken. Die Petroleumlampe war nahe am Verlöschen; das Licht überzog die kupfernen Kessel mit rötlichen Reflexen.

»Heute war etwas los, Senhora Joanna«, sagte Juliana und setzte sich. »Sie ist völlig durcheinander! Und immerzu seufzt sie! Da war etwas los, und nicht zu knapp.«

Joanna, die Ellenbogen auf den Tisch gestützt und das

Gesicht zwischen den Fäusten, blinzelte verschlafen herüber.

»Sie legen aber auch alles gleich nach der schlechten Seite hin aus«, meinte sie.

»Da müßte man schon sehr naiv sein, um nichts zu merken, Senhora Joanna!«

Sie verstummte und beroch den Zucker; das war eines der Dinge, die sie verdrossen; sie liebte ihn gut raffiniert, und dieses braune, grobe Zeug, das den Tee nach Ameisen schmekken ließ, machte sie rasend.

»Der ist ja noch schlechter als der vom vorigen Monat! Für einen gewöhnlichen Sterblichen ist alles gut genug!« knurrte sie verbittert. Und nach einer Pause wiederholte sie: »Da müßte man schon sehr naiv sein, Senhora Joanna!«

Die Köchin gähnte: »Jeder weiß das Seine ...«

»Und Gott weiß alles«, seufzte Juliana.

Sie schwiegen.

Unten schellte Luiza.

»Was soll das jetzt schon wieder? Der ist ja nicht ganz wohl!«

Juliana ging hinunter. Sie kam sehr verärgert mit der Wasserkanne zurück. »Wasser will sie noch haben! So ein Wahnsinn, jetzt um Mitternacht herumzuplanschen! Da hat man die Bescherung ...« Sie füllte die Kanne. Das Wasser aus dem Hahn klang auf dem Blechboden. »Und dann sagt sie, daß Sie ihr morgen zum Frühstück etwas gedünsteten Schinken zurechtmachen sollen, vom eingesalzenen. Etwas Pikantes will sie!« Höhnisch wiederholte sie: »Da hat man es! Etwas Pikantes!«

Um Mitternacht lag das Haus im Schlaf. Kein Licht brannte mehr. Der Himmel draußen war noch dunkler geworden; es blitzte; harter Donner brach los und rollte dahin.

Luiza schrak aus dem Schlaf und öffnete die Augen. Starker

Regen hatte eingesetzt; in der Ferne kroch der Donner dahin. Einen Augenblick lang lauschte sie, wie sich das Wasser der Dachrinnen melodisch über das Steinpflaster ergoß. Im Alkoven erstickte man vor Hitze, sie deckte sich auf; mit dem Schlaf war es vorbei, und den Blick in das schwache Licht der Nachtlampe gerichtet, verfolgte sie das Ticktack der Uhr. Sie rekelte sich, gähnte, und eine bestimmte Vorstellung, eine ganz bestimmte Vision bemächtigte sich ihres Gehirns, nahm immer deutlichere Gestalt an, so strahlend, so gegenwärtig, daß sie sich langsam im Bett umdrehte, die Arme ausbreitete, sie wild um das Kopfkissen schlang und ihre trockenen Lippen spitzte – um schwarzes Haar zu küssen, in dem weiße Fäden glänzten.

Sebastião hatte schlecht geschlafen. Er wachte um sechs Uhr auf und schlurfte in Pantoffeln zum Garten hinunter. Die Glastür des Speisezimmers führte auf eine kleine Terrasse, wo kaum drei gestrichene Eisenstühle und einige Vasen mit Nelken Platz fanden; von dort gingen vier Steinstufen nach dem Garten. Das war ein gepflegter Küchengarten, reich bebaut, mit zierlichen Blumenrabatten, gut bewässerten Salatstauden, Rosensträuchern neben den Mauern, einem Brunnen und einem Wasserbecken unter einem hübschen Weingitter und Bäumen; er endete in einer anderen, von einer Linde beschatteten Terrasse mit einem Geländer nach einer niedriger gelegenen, einsamen Straße hin; gegenüber verlief eine weißgekalkte Gartenmauer. Ein beschauliches Fleckchen, voll ländlichem Frieden. Häufig ging Sebastião bei Tagesanbruch dorthin, um seine Zigarette zu rauchen.

Es war ein wunderbarer Morgen, die Luft klar und rein; hoch wölbte sich der Himmel, blau wie gutes altes Porzellan, und hier und dort sah man ein milchfarbenes, wattiges Wölkchen; das Laub zeigte ein sauberes Grün, das Wasser des

Beckens eine frische kristallene Klarheit; Vögel zwitscherten leise und flogen rasch hin und her.

Sebastião hatte sich gerade zur Straße hinuntergebeugt, als das Aufsetzen eines Spazierstocks und langsame Schritte die kühle Stille durchschnitten. Das war einer von Jorges Nachbarn, der darmkranke Cunha Rosado; er schleppte sich gebückt dahin, in einen Schal und einen pinienfarbigen Überzieher eingewickelt. Er trug einen graumelierten, ungepflegten, munter sprießenden Bart.

»Schon wieder auf den Beinen?« rief Sebastião.

Der andere blieb stehen und hob langsam den Kopf.

»Ach, Sebastião!« sagte er mit weinerlicher Stimme. »Ich versuche meine ersten Ausflüge!«

»Zu Fuß!«

»Anfangs bin ich ja auf der kleinen Eselin bis vor die Stadt geritten, aber angeblich soll mir ein kleiner Spaziergang guttun ...« Er zuckte die Achseln, mit einer traurigen Geste des Zweifels und der Resignation.

»Und wie geht es?« fragte Sebastião teilnahmsvoll, weit vorgebeugt.

Auf den weißen Lippen des Cunha zeichnete sich ein bitteres Lächeln ab: »Man kommt dabei um!«

Sebastião hustete verlegen, ohne ein Wort des Trostes zu finden.

In den ausdruckslosen Blick des Kranken, der beide Hände auf den Spazierstock stützte, kam plötzlich Leben. »Hören Sie mal, Sebastião, der lange Bursche, den ich jetzt alle Tage in Jorges Haus habe gehen sehen, ist doch der Basilio de Brito, nicht wahr? Der Vetter der Frau des Hauses und der Sohn vom João de Brito?«

»Ja, gewiß, warum?«

Der Cunha sagte mit großer Befriedigung: »Aha! Aha! Hab ich's nicht gesagt! Natürlich habe ich recht! Und dieser Starrkopf bestreitet das! Sie bestreitet es!« Mit plötzlicher Redseligkeit und immer wieder versagender Stimme erläuterte er: »Mein Zimmer führt nämlich nach der Straße, und alle Tage – weil ich doch fast immer am Fenster bin, um Luft zu schnappen – sehe ich, wie dieser exotisch aufgemachte Bursche dort hineingeht ... alle Tage! ›Das ist der Basilio de Brito!‹ habe ich gesagt. Aber meine Frau glaubt es nicht! Sie glaubt es einfach nicht! ... Zum Teufel, Menschenskind! Ich wußte es beinahe ganz genau ... Anders konnte ich es mir gar nicht denken! ... Er war doch sogar mal drauf und dran, die Donha Luiza zu heiraten. Jawohl! Haargenau kann ich diese Geschichte erzählen ... Sie wohnte damals in der Rua da Magdalena ...«

Sebastião meinte leichthin: »Ganz richtig, der Brito ist das ...«

»Habe ich's nicht gesagt?« Der Cunha hielt einen Augenblicke inne und starrte zu Boden. Dann verfiel er in seinen weinerlichen Ton: »So, nun will ich mich wieder nach Hause schleppen.« Er seufzte und riß die Augen weit auf. »Ihre Gesundheit möchte ich haben, Sebastião!«

Mit einer Geste der in einem dunklen Kaschmirhandschuh steckenden Hand verabschiedete er sich und ging gebückt davon, dicht an der Mauer lang, wobei er mit dem Arm seinen weiten pinienfarbigen Überzieher an den Bauch preßte.

Sebastião trat verärgert ins Haus! Die ganze Stadt wurde schon aufmerksam! Kein Wunder! Wenn alle Tage ein eleganter junger Mann in einer Kutsche vorfährt und dann zwei, drei Stunden bleibt! Bei dieser so aufdringlichen, so boshaften Nachbarschaft!

Am frühen Nachmittag ging er aus. Er bekam Lust, Luiza aufzusuchen; doch ohne zu wissen, weshalb, verspürte er eine große Beklemmung, als befürchte er, sie als eine andere oder mit einem anderen Benehmen vorzufinden. Und unter seinem Sonnenschirm schlenderte er unschlüssig und langsam die

Straße hinauf, als eine Droschke, die ihm in schnellem Trab entgegenkam, gerade vor Luizas Haustür hielt.

Jemand stieg rasch aus, warf die Zigarre fort, trat ein. Er war groß, trug einen hochgezwirbelten Schnurrbart und eine Blume im Knopfloch. ›Das muß der Vetter Basilio sein‹, dachte Sebastião. Der Kutscher wischte sich den Schweiß von der Stirn, schlug die Beine übereinander und drehte sich eine Zigarette.

Kaum daß er den Lärm der nahenden Kutsche vernahm, postierte sich sogleich mit forschenden Blicken der Paula vor seiner Ladentür, die Mütze auf den Kopf gestülpt, die Hände in den Hosentaschen vergraben. Die schmutzige Kohlenhändlerin von gegenüber, unförmig vor Fettleibigkeit und Schwangerschaft, kam und gaffte, ein plumpes Staunen auf dem öligen Gesicht; das Dienstmädchen des Doktors öffnete hastig das Fenster. Dann überquerte der Paula rasch die in der Sonne gleißende Straße und trat in den Tabakladen; einen Augenblick später erschienen er und die Tabakhändlerin mit ihrem häßlichen Witwengesicht an der Ladentür, und sie flüsterten und schickten gehässige Blicke nach Luizas Balkon und nach der Kutsche. Von dort schlurfte der Paula in seinen Filzpantoffeln zur Kohlenfrau, tuschelte mit ihr und reizte sie zu einer Lachsalve, die die Massen ihres Busens erschütterte. Schließlich machte er in seiner Tür halt, zwischen einem Bildnis von Dom João VI. und zwei alten Ledersesseln, und pfiff vor Vergnügen. In der stillen Straße hörte man, wie jemand auf dem Klavier das ›Gebet einer Jungfrau‹ übte.

Sebastião blickte im Vorübergehen mechanisch zu Luizas Fenstern empor.

»Eine Bullenhitze, Senhor Sebastião!« bemerkte der Paula, indem er sich verbeugte. »Da ist es eine Wohltat, im Kühlen zu sein!«

Luiza und Basilio saßen glücklich und zufrieden im Salon, bei halbgeschlossenen Balkontüren, in sanftem Halbschatten. Sie war in einem weißen Hauskleid erschienen, sehr luftig angezogen, und duftete angenehm nach Lavendelwasser.

»Ich komme gleich so«, entschuldigte sie sich. »Ich mache keine großen Umstände.«

Aber so wäre sie wirklich hübsch! So wolle er sie immer sehen! rief Basilio sehr befriedigt, als sei das Hauskleid schon eine Verheißung ihres nackten Körpers.

Basilio gab sich sehr ruhig und schlug einen väterlichen Ton an. Er bedrängte sie nicht mit ungestümen Worten, auch nicht mit Gesten der Begierde: Er sprach zu ihr von der Hitze, von einer Zarzuela, die er am Vorabend gesehen hatte, von alten Freunden, denen er begegnet war, und sagte ihr ganz beiläufig, daß er von ihr geträumt hätte.

Was es gewesen sei? Sie wären sehr weit fortgereist, in ein fernes Land, das wohl Italien sein mußte, so viele Statuen hätten sie dort auf den Plätzen gesehen, so viele sprudelnde Quellen, die in marmorne Becken plätscherten; sie wandelten in einem altertümlichen Garten, auf einer wunderbaren Terrasse; seltene Blumen quollen aus florentinischen Vasen; Pfaue, die auf steinernen Balustraden saßen, schlugen Räder; und sie ließ die lange Schleppe ihres blauen Samtkleides langsam über die quadratischen Steinfliesen gleiten. Übrigens wäre die Terrasse, erklärte er, so wie die von San Donato gewesen, der Villa des Fürsten Demidow – denn er erinnerte sich jederzeit seines erlauchten Freundeskreises und versäumte nicht, den Glanz seiner Reisen gebührend aufleuchten zu lassen.

Hatte sie auch geträumt?

Luiza errötete. Nein, sie hätte aus Angst vor dem Donner nicht schlafen können. Hatte er ihn nicht gehört?

»Ich soupierte gerade im ›Gremio‹, als es donnerte.«

»Gehst du immer soupieren?«

Er mußte bitter lächeln. Soupieren! Als ob man das so nennen konnte, wenn man ins ›Gremio‹ ging, um dort an Corned beef herumzustochern und einen fragwürdigen Collares zu schlucken!

Basilio sah sie durchdringend an. »Alles um deinetwillen, du Undankbare!«

Um ihretwillen?

»Um wessentwillen denn sonst? Warum bin ich nach Lissabon gekommen? Warum habe ich Paris verlassen?«

»Wegen deiner Geschäfte ...«

Basilio blickte ihr ernst ins Gesicht. »Danke«, sagte er und verbeugte sich bis zum Fußboden.

Mit großen Schritten ging er im Salon auf und ab und blies heftig den Rauch seiner Zigarre in die Luft. Da setzte er sich ganz unvermittelt neben sie. Nein, sie wäre wirklich ungerecht. Wenn er überhaupt in Lissabon war, dann um ihretwillen. Nur um ihretwillen!

Er gab seiner Stimme einen einschmeichelnden Klang, fragte sie, ob sie ihn nicht doch ein ganz kleines bißchen lieb hätte, soviel wie ... Und er zeigte die Länge eines Fingernagels.

Sie lachten.

»Hm, vielleicht.«

Und Luizas Busen wogte.

Darauf besah er eingehend ihre Fingernägel; er bewunderte sie und riet ihr zu dem Lack, den die Kokotten verwenden und der den Nägeln einen dezenten Glanz gäbe; er bemächtigte sich nach und nach ihrer Hand, drückte einen Kuß auf die Fingerspitzen, lutschte an ihrem kleinen Finger und schwor, daß er sehr süß wäre; mit großer Behutsamkeit ordnete er ihr einige Haarsträhnen, die sich gelöst hatten, und sagte, daß er eine Bitte an sie hätte. Flehend blickte er sie an.

»Was ist es denn?«

»Du sollst mit mir ins Grüne fahren. Auf dem Lande muß es schön sein!«

Luiza antwortete nicht; sie klopfte nur ganz leicht auf die weichen Falten des Hauskleids.

»Das ist doch ganz einfach«, fügte er hinzu. »Wir treffen uns irgendwo, weit weg von hier natürlich. Ich erwarte dich in einem Wagen, du hüpfst hinein, und los geht's!«

Sie zögerte.

»Schlag es mir nicht ab.«

»Aber wohin soll es denn gehen?«

»Wohin du willst. Nach Paço d'Arcos, nach Loires, nach Queluz. Sag doch ja.« Seine Stimme klang flehend, fast lag er vor ihr auf den Knien. »Was ist schon dabei? Eine Spazierfahrt unter Freunden, unter Geschwistern.«

»Nein! Das geht nicht!«

Basilio wurde ärgerlich, nannte sie einen Hasenfuß. Er wollte gehen.

Da nahm sie ihm sehr zärtlich den Hut aus der Hand und gab sich beinahe geschlagen.

»Vielleicht, wir werden ja sehen«, meinte sie.

»Sag doch ja!« beharrte er. »So sei doch ein vernünftiges Mädel!«

»Nun gut, morgen werden wir sehen, sprechen wir morgen darüber.«

Doch am nächsten Tage vermied es Basilio sehr geschickt, von jenem Ausflug und vom Lande zu sprechen. Er sprach auch weder von seiner Liebe noch von seinen Anliegen und schien sehr fröhlich, sehr oberflächlich; er hatte ihr den Roman von Belot mitgebracht, ›Die Feuerfrau‹. Und dann setzte er sich ans Klavier, spielte ihr sehr pikante Lieder aus dem Varieté vor, imitierte die rauhe, ordinäre Heiserkeit der Sängerinnen und brachte Luiza zum Lachen.

Danach redete er viel von Paris, erzählte die neuesten Liebesaffären, Anekdoten, galante Abenteuer. Alles spielte sich mit Herzoginnen and Fürstinnen ab, in einer theatralischen und rührseligen, zuweilen lustigen Weise, und stets voller Pikanterien. Und bei allen Frauen, von denen er sprach, bemerkte er, indem er sich zurücklehnte: »Eine ganz entzükkende Dame, natürlich hatte sie ihren Liebhaber ...«

Er erweckte so den Anschein, als sei der Ehebruch eine aristokratische Verpflichtung. Und nach allem, was er berichtete, schien wirklich die Tugend nichts weiter als die Unzulänglichkeit eines kleinlichen Gemüts zu sein oder das armselige Anliegen bürgerlicher Lauheit ...

Beim Gehen sagte er, als ob er sich erinnere: »Weißt du, daß ich mich mit dem Gedanken trage, abzureisen?«

Sie verfärbte sich ein wenig und fragte: »Warum?«

Basilio tat sehr gleichgültig: »Was zum Teufel soll ich denn hier ...?«

Er starrte noch einen Moment auf den Teppich, seufzte und flüsterte, als müsse er sich beherrschen: »Adieu, meine Liebe ...«

Und ging.

Als Luiza an diesem Nachmittag ins Speisezimmer trat, hatte sie verweinte Augen.

Am nächsten Tage war sie es, die auf einmal vom Lande sprach. Sie beklagte sich über die fortwährende Hitze, über die langweilige Atmosphäre Lissabons. Wie schön müßte es in Cintra sein!

»*Du* willst ja nicht«, unterbrach er sie. »Wir könnten einen wunderbaren Ausflug unternehmen.«

Doch sie hatte Angst, gesehen zu werden ...

»Wieso denn! In einer geschlossenen Kutsche? Bei heruntergelassenen Vorhängen?«

Das wäre ja noch schlimmer, als sich in einem Salon aufzuhalten, man müßte ersticken wie in einer Pappschachtel!

Aber nicht doch! Sie würden auf ein Landgut fahren. Zu den Alegrias könnten sie fahren, zum Landhaus eines seiner Freunde, der in London weile. Dort wohne nur das Verwalterehepaar, es wäre bei Olivaes, und hübsch sei es dort! Schöne Alleen mit Lorbeerbäumen, wunderbarer Schatten. Sie könnten Eis und Champagner besorgen …

»Komm mit!« sagte er unvermittelt und nahm sie bei den Händen.

Luiza errötete. – Vielleicht. Am Sonntag wolle sie sehen.

Basilio ließ ihre Hände nicht los. Ihre Augen begegneten sich, wurden feucht. Sie war ganz verwirrt, machte ihre Hände frei und öffnete beide Glastüren, so daß der Salon die breite Helligkeit eines öffentlichen Platzes erhielt; sie setzte sich in einen Stuhl neben dem Klavier, aus Furcht vor dem Halbschatten, dem Sofa, allen stummen Mitschuldigen; und sie bat ihn, er möge etwas singen, weil sie die Worte schon ebensosehr fürchtete wie das Schweigen. Basilio sang die ›Medjé‹ von Gounod, die so sinnlich und aufwühlend war. Die heißen Takte fluteten in ihre Seele wie der schwüle Brodem einer Gewitternacht. Und als Basilio ging, blieb sie sitzen, erschöpft wie nach einer Ausschweifung.

Sebastião war während der letzten drei Tage in Almada gewesen, auf dem Landgut Rozegal, wo er den Fortgang der Arbeiten überwacht hatte.

Am Montagmorgen kam er zurück. Gegen zehn Uhr saß er auf dem Tritt des Speisezimmerfensters, das auf die kleine Terrasse hinausging. Er wartete auf sein Frühstück und spielte mit Rolim – seinem Kater, dem unzertrennlichen Freund der lieben Vicencia, der feist wie ein Prälat und undankbar wie ein Tyrann war.

Der Morgen begann sich zu erwärmen; schon lag der Garten in hellem Sonnenschein; auf dem Wasser des Weihers unter den Weinreben glitzerten zitternde Lichtreflexe. In den beiden Käfigen schmetterten die Kanarienvögel.

Tante Joanna deckte sehr schweigsam den Frühstückstisch und sprach schließlich mit ihrem schleppenden Minhoter Stimmchen: »Da war doch gestern die Getrudes da, die vom Doktor, und schwatzte allerlei dummes Zeug! ...«

»Worum ging es denn, Tante Joanna?« fragte Sebastião.

»Um einen jungen Mann, der, wie sie sagt, jetzt alle Tage zur kleinen Luiza geht.«

Sebastião fuhr hoch. »Was hat sie gesagt, Tante Joanna?«

Die Alte strich langsam mit der Fläche ihrer etwas klobigen Hand das Tischtuch glatt. »Sie war hier, um ein Schwätzchen zu machen. Wer mag das bloß sein? Sie sagt, er wäre ein Bild von einem jungen Mann. Er kommt alle Tage in der Droschke, und in der Droschke fährt er wieder fort ... Am Sonnabend soll er fast bis zum Einbruch der Nacht dort gewesen sein. Und im Salon habe er etwas gesungen, mit einer Stimme, wie sie nicht einmal auf dem Theater zu finden ist ...«

Sebastião unterbrach sie unwillig: »Das ist ihr Vetter, Tante Joanna. Wer sollte es denn sonst sein? Der Vetter, der aus Brasilien gekommen ist.«

Tante Joanna mußte lächeln.

»Ich wußte doch gleich, daß er so etwas wie ein Verwandter war. Denn sie behauptet, er wäre ein Bild von einem Mann! Und hochelegant!« Tante Joanna ging langsam nach der Küche. »Ich habe doch gleich gesagt, daß es ein Verwandter ist! ...«

Sebastião frühstückte und war sehr beunruhigt. Jetzt fing doch tatsächlich schon die Nachbarschaft an zu tratschen und sich etwas zusammenzureimen! Ein Skandal drohte! Und voller Bestürzung faßte er den Entschluß, Julião zu Rate zu ziehen.

Er ging die Rua de São Roque zu ihm hinunter, als er ihn langsam im Schatten daherkommen sah, eine Rolle Papier unter dem Arm, in einer zerknitterten weißen Hose, mit verschwitztem Gesicht.

»Zu dir wollte ich gerade!« sprach ihn Sebastião an.

Die ungewöhnliche Erregung in seiner Stimme befremdete Julião.

Gab es etwas Neues? Was denn wieder für eine Geschichte?

»Eine ganz verteufelte!« entfuhr es Sebastião leise.

Sie hatten an der Konditorei haltgemacht. Im Schaufenster hinter ihnen war eine Anzahl von Malvasierflaschen mit farbenprächtigen Etiketten ausgestellt, rötliche durchsichtige Gelatinestücke, ekelerregendes gelbliches Eierkonfekt und Gebäck von einem dunklen Kastanienbraun, in dem traurige Nelken aus weißem oder rosa Papier steckten. Abgestandene gelbliche Schlagsahne weichte in schalenförmigen Waffeln; dicke Marmeladentafeln zerflossen in der Hitze; zierliche Muschelpasteten drängten ihre vertrockneten Krusten aneinander. Und in der Mitte wand sich auf einer länglichen Schüssel gewichtig eine abscheuliche dickbäuchige Eierlamprete, mit einem Leib von eklem Gelb, den Rücken mit Zuckerschnörkeln bekleistert, das Maul weit aufgesperrt; aus ihrem dicken Kopf stierten zwei schreckliche Schokoladenaugen, ihre Mandelzähne gruben sich in eine Mandarine aus Chila, und rings um das häßliche Ungeheuer tummelten sich die Fliegen.

»Gehen wir da drinnen einen Kaffee trinken«, schlug Julião vor. »Hier auf der Straße kommt man ja vor Hitze um!«

»Ich habe etwas Betrübliches erfahren«, sagte Sebastião, »etwas sehr Unangenehmes! Ich will es dir erzählen.«

Im Café dämpften eine dunkelblaue Tapete und geschlossene Türflügel das grelle Licht und gewährten angenehme Kühle.

Sie setzten sich in den äußersten Winkel. Von der anderen Seite der Straße leuchteten grell getünchte Fassaden herüber. Hinter dem Schanktisch, auf dem Flaschen glitzerten, döste ein ausgemergelter Kellner in kurzer Jacke, der aus dem Schlaf geschreckt worden war. In der Wohnung zwitscherte ein Vogel; durch eine Tür aus grünem Flanell hörte man hin und wieder das Anstoßen von Billardkugeln; zuweilen gellte die Stimme eines Maultiertreibers – und alle diese Geräusche verloren sich einige Augenblicke lang in dem Lärm, den das Herablassen eines Kutschenverdecks verursachte.

Ihnen gegenüber las ein Kerl mit wüster Visage eine Zeitung; seine wenigen in die Stirn fallenden graumelierten Haare klebten an einem gelblichen Schädel; sein Schnurrbart war stellenweise von der Zigarette versengt; die durchbummelten Nächte hatten auf seinen Augenlidern eine entzündete Röte zurückgelassen. Hin und wieder hob er träge den Kopf, spuckte dunklen Speichel auf den gescheuerten Fußboden, schüttelte leicht die Zeitung und fuhr fort, mit trübsinnigem Blick hineinzustarren. Als die beiden eintraten und Carapinhadas bestellten, nickte er ihnen höflich zu.

»Also was ist denn eigentlich los?« fragte Julião gleich.

Sebastião rückte dichter an ihn heran: »Es handelt sich um Basilio de Brito. Um den Vetter«, sagte er leise. Und er fügte hinzu: »Du hast ihn doch kennengelernt, nicht wahr?«

Die plötzliche Erinnerung an seine Demütigung in Luizas Salon trieb Julião die Röte in die Wangen. Doch selbstbewußt antwortete er frostig: »Ja.«

»Und was hältst du von ihm?«

»Ich halte ihn für einen Flachkopf!« rief Julião unbeherrscht.

»Er ist absonderlich«, lenkte Sebastião erschrocken ein. »Meinst du nicht auch?«

»Für mich ist er ein Flachkopf«, wiederholte Julião. »Diese Manieren, diese Ziererei, diese Affektiertheit, dieses fortwährende Schielen nach den Strümpfen, nach ein paar lächerlichen Damenstrümpfen ...« Er lächelte bitter. »Ich habe ihm glattweg meine Stiefel präsentiert. Diese da« – er zeigte auf seine schlecht gewichsten Halbstiefel – »machen mir alle Ehre, sie gehören einem, der arbeitet ...« Denn nach außen hin pflegte er sich jener Armut zu rühmen, die ihn innerlich beständig demütigte.

Er rührte langsam in seiner Carapinhada und faßte sein Urteil zusammen: »Eine Bestie!«

»Weißt du, daß er in Luiza verliebt war?« sagte Sebastião leise, als ob ihm die Gewichtigkeit dieser vertraulichen Mitteilung naheging.

Julião sah ihn erstaunt an.

»Jawohl. Niemand weiß es. Auch Jorge nicht. Ich erfuhr es vor kurzem, ein paar Monate ist es her. So war es. Sie wollten heiraten. Dann machte der Vater Bankrott, Basilio ging nach Brasilien und schrieb von dort, daß er die Verlobung auflöse.«

Julião lächelte, lehnte den Kopf gegen die Wand und meinte: »Aber das ist ja dasselbe wie in der ›Eugénie Grandet‹, Sebastião! Du erzählst mir ja den Roman von Balzac! Die ›Eugénie Grandet‹ ist das!«

Sebastião starrte ihn entsetzt an: »Na hör mal! Mit dir kann man sich nicht ernst unterhalten. Mein Ehrenwort gebe ich dir!« fügte er hitzig hinzu.

»Los, Sebastião, los, erzähle.«

Es entstand eine Pause. Der Glatzköpfige betrachtete jetzt den Stuck der von Zigarettenqualm und Fliegen beschmutzten Zimmerdecke und strich sich mit der feisten Pranke gelangweilt und liebevoll über die restlichen Haare. Im Billardzimmer stritten Stimmen.

Da sagte Sebastião plötzlich, als hätte er einen Entschluß gefaßt: »Jetzt geht er nun alle Tage hin und kommt gar nicht wieder von ihr los!«

Julião rückte auf seinem Stuhl zurück und blickte Sebastião ins Gesicht. »Willst du mir damit etwas zu verstehen geben, Sebastião?« Und beinahe fröhlich ereiferte er sich: »Duelliert sich der Vetter?«

Dieses Wort verdroß Sebastião arg. »Aber Julião! Mit derartigen Dingen spaßt man nicht!« erwiderte er ernst.

Julião zuckte die Achseln. »Aber natürlich duelliert er sich!« rief er aus. »Du kommst gerade noch zur rechten Zeit! Selbstverständlich duelliert er sich! Er liebte sie, als sie ledig war, und jetzt will er sie, wo sie verheiratet ist!«

»Sprich leiser«, fiel ihm Sebastião ins Wort.

Doch der Kellner schlummerte, und der Glatzkopf war wieder in seine dürftige Lektüre vertieft.

Julião dämpfte die Stimme: »Aber so ist das immer, Sebastião. Der Vetter Basilio hat recht; er will das Vergnügen ohne die Verantwortung!« Und er flüsterte ihm ins Ohr: »Es kostet nichts, lieber Sebastião! Es ist umsonst! Du glaubst ja gar nicht, was das für einen Einfluß auf das Gefühl hat!«

Julião lachte. Er strahlte; Worte und Witze sprudelten nur so aus ihm hervor: »Sie hat einen Gatten, der sie von Kopf bis Fuß anzieht, der sie ernährt, der sie verhätschelt, der sie aufheitert, wenn sie krank ist, der es sich gefallen lassen muß, wenn sie nervös ist, der für alles aufzukommen hat, für alle Unannehmlichkeiten, für die Kinder, alle, die sich einstellen sollten, du kennst ja das Gesetz ... Folglich braucht der Vetter nur zu kommen, leise anzuklopfen, sie in Gala, frisch und knusprig vorzufinden, auf Kosten des Gatten, und ...« Er konnte sich das Lachen nicht verkneifen, lehnte sich sehr befriedigt zurück, drehte sich entzückt eine Zigarette und freute sich schon auf den Skandal.

»Ausgezeichnet ist das!« fügte er hinzu. »Alle Vettern machen es so. Basilio ist ihr Vetter, folglich ... Das übrige kannst du dir denken, Sebastião! Das weißt du ja selber, Menschenskind!« schrie er und schlug ihm mit der flachen Hand auf den Schenkel.

»Der Teufel kenne sich da aus«, murmelte Sebastião nachdenklich. Doch er wehrte sich gegen den Verdacht, der ihn überkommen wollte. »Also du vermutest, daß ein Mädchen aus gutem Hause ...«

»Ich vermute überhaupt nichts!« unterbrach ihn Julião.

»Sprich nicht so laut!«

»Überhaupt nichts vermute ich«, wiederholte Julião leise. »Ich stelle nur fest, was er macht. Sie nun ...« Und er fuhr bissig fort: »Da sie ja ein anständiges Mädchen ist ...«

»Und ob!« rief Sebastião und donnerte mit der Faust auf die Tischplatte.

»Sofort!« ächzte der Kellner.

Der alte Glatzkopf richtete sich sogleich auf; doch als er sah, daß der Kellner sich gähnend hinter die Theke zurückzog und die beiden weiter in ihrer Carapinhada herumrührten, stützte er die Ellenbogen auf den Tisch, spuckte in hohem Bogen aus, zerrte an der Zeitung und ließ einen höchst betrübten Blick darauf fallen.

»Es geht nicht um sie. Es geht um das Gerede der Nachbarschaft«, sagte Sebastião traurig.

Sie schwiegen einen Augenblick. Der Streit im Billardzimmer nahm hörbar zu.

»Aber«, fragte Julião, als ob er aus seinen Gedankengängen gerissen würde, »wieso die Nachbarschaft? Wieso die Nachbarschaft?«

»Ja doch, Mann! Die sehen doch den Burschen dort hineingehen. Er kommt in einer Droschke und bringt die ganze Straße in Aufruhr. Man spricht schon darüber. Bis zu Tante Joanna wurde der Klatsch getragen. Vor ein paar Tagen traf ich den Netto, dem ist es aufgefallen. Dem Cunha ebenfalls. Dem Altwarenhändler da unten, dem entgeht auch nicht das Geringste. Es sind alles lose Zungen. Vor einigen Tagen ging ich gerade vorbei, als der Vetter aus der Kutsche stieg, um ins Haus zu gehen, und sofort gab es auf der Straße Getuschel, verstohlene Blicke nach dem Fenster, verflucht noch mal! Alle Tage kommt er. Alle wissen, daß Jorge im Alemtejo ist ... Er bleibt zwei, drei Stunden lang. Eine sehr ernste Angelegenheit ist das, eine sehr ernste Angelegenheit!«

»Aber dann ist sie ja naiv!«

»Sie sieht das Unheil nicht ...«

Julião zuckte zweifelnd die Achseln.

Doch die grüne Flanelltür des Billardzimmers öffnete sich; ein herkulisch gebauter Mann mit schwarzem Schnurrbart und stark gerötetem Gesicht stürzte heraus, blieb stehen, hielt die Klinke der offenen Tür fest und schrie hinein: »Lassen Sie sich gesagt sein, daß Sie bloß an den Richtigen zu kommen brauchen!«

Aus dem Billardzimmer antwortete ihm eine grobe Stimme mit einer Zote.

Der Hüne knallte zornig die Tür zu und raste wutschnaubend durch das Cafe. Ein ausgezehrter Bursche in dunkler Jacke und weißer Hose watschelte hinter ihm her.

»Die Fresse sollte ich ihm kaputtschlagen, diesem Schuft!« rief der Riese und schwang die Faust.

Der Dürre tänzelte herum und sagte sanft und unterwürfig: »Alles Streiten ist völlig zwecklos, Senhor Correa!«

»Dazu bin ich viel zu vernünftig!« brüllte der Herkules. »Schließlich habe ich ja Frau und Kinder! Sonst würde ich Blutwurst aus dir machen!«

Er ging hinaus, und seine rauhe Stimme verlor sich im Straßenlärm. Der blasse Kellner zitterte hinter dem Schanktisch, und der Glatzköpfige, der aufgeblickt hatte, lächelte angewidert und griff wieder nach der Zeitung.

»Hältst du es nicht für besser, sie zu warnen?« meinte Sebastião nachdenklich.

Julião zuckte die Achseln und blies eine Rauchwolke in die Luft.

»Nun rede doch schon!« beschwor ihn Sebastião. »Würdest du nicht mal mit ihr sprechen, hm?«

»Ich?« rief Julião aus und ließ dabei schon die Ablehnung eines derartigen Ansinnens erkennen. »Ich? Du bist verrückt!«

»Aber was soll ich dann tun?« Sebastiãos Stimme klang ehrlich bekümmert.

Julião zögerte. »Geh, wenn du willst. Sag ihr doch, daß man stutzig geworden ist ... Schließlich weiß ich ja von nichts, mein Lieber!« Und er begann an seiner Zigarette zu saugen.

Diese Wortkargheit ärgerte Sebastião. Betrübt sagte er: »Und da wollte ich dich nun um einen Rat bitten ...«

»Aber was zum Teufel willst du denn?« Juliãos Stimme klang gereizt. »Die Schuld liegt bei ihr. Nur bei ihr!« beharrte er, als er Sebastiãos Miene gewahrte. »Sie ist eine Frau von fünfundzwanzig, vier Jahre verheiratet, und hat zu wissen, daß man nicht alle Tage einen Modeaffen empfängt, in einer kleinen Straße, wo die Nachbarschaft schon auf der Lauer liegt! Wenn Luiza das tut, dann eben, weil es ihr so gefällt.«

»Aber Julião!« sagte Sebastião sehr streng. Er nahm sich zusammen und fügte erregt hinzu: »Du bist im Unrecht, ganz bestimmt im Unrecht!« Dann verstummte er sehr betroffen.

Julião erhob sich. »Lieber Sebastião, ich sage dir, was ich

denke, und du tust das, was du für richtig hältst.« Er rief den Kellner.

»Laß sein«, wehrte Sebastião hastig ab und zahlte.

Sie brachen auf. Doch da warf der Glatzköpfige die Zeitung fort, stürzte zur Tür, riß sie auf, verbeugte sich und streckte Sebastião ein zerknittertes Stück Papier hin.

Sebastião, völlig überrascht, las laut und mechanisch: »Der Endunterzeichnete, ein alter Diener der Nation, der ins Elend geraten ist …«

»Ich war eng mit dem erlauchten Herzog von Saldanha befreundet!« seufzte der Glatzkopf weinerlich mit heiserer Stimme.

Sebastião errötete, sprach ihm sein Bedauern aus und drückte ihm diskret zwei Fünf-Testonen-Stücke in die Hand.

Der andere beugte tief sein Rückgrat und deklamierte mit Grabesstimme: »Euer Exzellenz tausend Dank, Herr Graf!«

5

Der Vormittag war drückend heiß. Kurz nach zwölf hielt Joanna in einem alten Stuhl aus Madeirageflecht, der in der Küche stand, ihr Mittagsschläfchen. Da sie immer sehr zeitig aufstehen mußte, überkam sie zu dieser Ruhestunde stets eine Müdigkeit.

Die Fenster waren wegen der glühenden Sonne geschlossen worden; auf dem Herde ließen die Kochtöpfe ein einschläferndes Geräusch ertönen, und das ganze, sehr schweigsame Haus schien unter der sengenden Hitze eingenickt zu sein. Da fegte Juliana plötzlich wie ein Wirbelwind in die Küche, warf wütend einen Packen schmutziger Wäsche auf den Fußboden und brüllte: »Der Blitz soll mich treffen, wenn es in diesem Hause keinen Skandal gibt, daß alles in die Binsen geht!«

Joanna schrak aus dem Schlaf.

»Wer seine Sachen in Ordnung haben will, soll sich selber drum kümmern!« brüllte die andere mit blutunterlaufenen Augen. »Da kann man eben nicht den ganzen Tag im Salon mit dem Besuch herumschwatzen!«

Die Köchin riß die Augen auf und schloß gleich hastig die Tür: »Was ist denn, Senhora Juliana, was hat es gegeben?«

»Einen Vogel hat sie! Zur Weißglut kann sie einen bringen! Ausgepreßt wird man, regelrecht ausgepreßt! An allem hat sie etwas auszusetzen! Ich halte es einfach nicht mehr aus!« Und sie stampfte wie toll mit dem Fuß auf.

»Aber was war denn los? Was ist denn bloß?«

»Sie sagt, daß die Hemdkragen zuwenig gestärkt wären, und sie ging auch gleich hoch! Ich habe es satt, mir das gefallen zu lassen! Mir langt es! Bis hierher steht es mir!« schrie Juliana aus Leibeskräften und griff sich an ihren runzligen Hals. »Sie soll mich bloß nicht verrückt machen! Ich gehe, und ins Gesicht werde ich ihr sagen, weshalb! Weil hier ein Mann im Haus ist und keine Scham! Soll sich in derartige Dinge einlassen, wer will ...«

»Aber Senhora Juliana, um Gottes willen! Jesus!« Die Joanna verbarg den Kopf zwischen den Händen. »Wenn das die Gnädige hört!«

»Soll sie es hören! Ins Gesicht sag ich ihr's! Ich habe es satt! Restlos satt!« Doch plötzlich wurde sie kreideweiß und fiel in den Korbstuhl, beide Hände gegen das Herz gepreßt, die Augen verdreht.

»Senhora Juliana!« schrie Joanna. »Senhora Juliana! Sprechen Sie doch!« Sie besprengte Juliana mit Wasser und rüttelte sie verängstigt. »Unsere Heilige Jungfrau steh uns bei!

Unsere Heilige Jungfrau steh uns bei! Geht es Ihnen besser? Reden Sie doch!«

Juliana stieß einen tiefen Seufzer der Erleichterung aus und schloß die Augen. Sie atmete schwer und erschöpft.

»Wie fühlen Sie sich? Wollen Sie ein Süppchen? Das ist Schwäche, es muß Schwäche sein ...«

»Seitenstechen«, lispelte Juliana.

Sie würde sich noch zugrunde richten, wenn sie sich so aufregte, meinte die Köchin, indem sie ihr die Suppe anrührte, und war selber bleich geworden. Man müßte eben bei den Herrschaften aushalten! Sie solle diese Stärkung zu sich nehmen, um sich wieder zu erholen!

Da öffnete Luiza die Tür, in Mieder und weißem Rock.

Was denn das für ein Lärm wäre, wollte sie wissen.

»Die Senhora Juliana ... es ist ihr schlecht geworden, beinahe wäre sie in Ohnmacht gefallen ...«

»Es war Seitenstechen«, stammelte Juliana. Sie richtete sich mühsam auf. »Wenn gnädige Frau mich jetzt nicht brauchen, gehe ich zum Arzt ...«

»Gehen Sie, immer gehen Sie!« sagte Luiza schnell und verschwand wieder nach unten.

Juliana begann mit der Apathie einer Todkranken ihre Suppe zu löffeln. Joanna tröstete sie leise: Sie regte sich aber auch gleich wegen jeder Kleinigkeit auf! Wenn man nicht ganz gesund sei, gäbe es nichts Schlimmeres, als die Ruhe zu verlieren ...

»Sie haben ja keine Ahnung!« Juliana dämpfte ihre Stimme und riß die Augen auf. »Ich konnte es einfach nicht mehr aushalten! Sie kleidet sich, wie man es nicht einmal für eine Gesellschaft tut! Ein paar Halskrausen hat sie zerknüllt und auf den Fußboden geworfen. Ich hätte sie gestärkt, daß es eine Schweinerei wäre, und zu nichts sei ich zu gebrauchen ... Ach! Ich habe es satt!« wiederholte sie. »Satt habe ich es!«

»Man muß Geduld üben! Wir haben alle unser Kreuz zu tragen!«

Juliana lächelte matt, erhob sich mit einem tiefen Seufzer, stocherte in ihren Zähnen herum, ergriff die schmutzige Wäsche und stieg zum Dachboden hinauf.

Kurze Zeit später ging sie mit schwarzen Handschuhen aus dem Hause. Ihr Gesicht sah gelb aus. Ehe sie um die Straßenecke bog, blieb sie unschlüssig vor dem Tabakladen stehen. Bis zum Arzt war es ein beschwerlicher Weg; und sie war in einem Zustand, daß ihr die Beine zitterten. Aber warum sollte sie drei Testonen für eine Droschke hinauswerfen?

»Pst, pst!« machte seitwärts eine sanfte Stimme.

Es war die Tabakhändlerin in ihrem langen, gefärbten Trauerkleid. Sie lächelte trübsinnig.

Was habe sie vor? Sie mache wohl gerade ihren Spaziergang?

Die Tabakhändlerin bewunderte Julianas Sonnenschirm mit dem Horngriff. »Sehr geschmackvoll«, meinte sie. Und wie ginge es ihr gesundheitlich?

Schlecht. Sie hätte Seitenstechen gehabt und sei zum Arzt unterwegs.

Doch die Tabakhändlerin hielt nicht viel von Ärzten. Es wäre zum Fenster hinausgeworfenes Geld ... Sie erzählte gleich von der Krankheit ihres Mannes, von den Kosten, einem ganzen Haufen Geld. Und wofür? Um zuzusehen, wie er sich quälte und starb, als ob das alles gar nichts gewesen sei! So eine Menge Geld war das, daß sie andauernd heulen könnte!

Sie seufzte. Schließlich sei ja doch Gottes Wille geschehen! Und was gäbe es Neues im Hause des Herrn Ingenieurs?

»Überhaupt nichts.«

»Ach, Senhora Juliana, wer ist denn dieser junge Mann, der alle Tage dorthin kommt?«

»Das ist der Vetter der Gnädigen«, antwortete Juliana prompt.

»Die sind ja eng befreundet ...«

»Anscheinend.«

Juliana hustete und sagte mit kühler Höflichkeit: »Also dann schönen guten Tag, Senhora Helena.« Bei sich knurrte sie: »Nun kannst du dir ja was aus den Fingern saugen, du Klatschmaul!«

Juliana verabscheute die Nachbarn; sie wußte, daß sie sich über sie lustig machten, daß sie sie nachäfften und sie ›altes Möbel‹ schimpften. Durch sie sollten die nichts erfahren! Mochten sie vor Neugier platzen! Die hatten ihr gerade noch gefehlt! Bande! Alles, was sie zu sehen oder zu wittern bekam, würde sie hübsch für sich behalten. ›Bis zur passenden Gelegenheit!‹ dachte sie grollend und wiegte sich in den Hüften.

Die Tabakhändlerin blieb ärgerlich in ihrer Tür stehen. Und der Möbel-Paula, der gesehen hatte, wie sie sich unterhielten, kam sogleich in seinen Filzpantoffeln angeschlurft.

»Hat denn das alte Möbel etwas ausgeplaudert?«

»Ach was! Aus der ist nichts herauszubekommen!«

Der Paula vergrub mißmutig seine Hände in den Hosentaschen. »Da haben wir's, die vom Ingenieur schmiert sie gewaltig ... Sie ist es ja, die die Liebesbriefchen hinträgt und nachts das Türchen öffnet ...«

»Soviel möchte ich aber nicht behaupten! Bei Gott nicht!«

Der Paula sah sie fest und überlegen an. »Sie stehen dort hinter Ihrem Ladentisch ... Aber ich kenne sie genau, die Damen aus den besseren Kreisen! Ganz genau kenne ich sie. Gesindel ist das!«

Er wartete gleich mit Namen auf, darunter einige angesehene; sie hätten zahllose Liebhaber, sogar unter ihren Lakaien! Einige rauchten, andere wieder betränken sich. Und Schlimmeres! Und noch viel mehr! »Und dann kutschieren sie mit dickem Bauch und Kinderwagen herum und tun so, als seien sie vornehme Leute!«

»Mangel an Religion!« seufzte die Tabakhändlerin.

Der Paula zuckte die Achseln. »Religion hin, Religion her, Senhora Helena! Sehen Sie sich doch die Priester an!« Er fuchtelte wütend mit der geballten Faust herum. »Bei den Pfaffen herrscht ein wüstes Tohuwabohu!«

Das grobe gelbliche Gesicht der Tabakhändlerin bekam die Strenge einer beleidigten Gläubigen. »Um Himmels willen, Senhor Paula, versündigen Sie sich nicht! ...«

»Ist doch alles bloß Geschwätz, Senhora Helena!« rief der Paula verächtlich aus. Und brüsk fügte er hinzu: »Warum wurden denn die Klöster aufgelöst? Erklären Sie mir das mal! Weil es drinnen drunter und drüber ging!«

»Aber Senhor Paula! Aber Senhor Paula!« stammelte die Helena und wich ganz kleinlaut zurück.

Doch der Paula ließ seine ruchlosen Reden wie Faustschläge auf sie niedersausen. »Drunter und drüber! Nachts kamen die Nonnen durch einen unterirdischen Gang, um sich mit den Mönchen zu vergnügen. Und die Saufgelage nahmen kein Ende. Und im Hemd stampften sie den Fandango! Das kann man sogar in allen Büchern nachlesen.« Er richtete sich in seinen Pantoffeln auf. »Und die Jesuiten, wenn wir uns die erst ansehen! Jawohl! Nun reden Sie!« Doch da trat er zurück, legte die Hand an den Mützenschirm und grüßte respektvoll: »Zu Diensten, gnädige Frau!«

Es war Luiza, die vorüberging, in Schwarz gekleidet, den Schleier heruntergezogen. Sie schwiegen und sahen ihr nach.

»Wie hübsch sie ist!« flüsterte die Tabakhändlerin voll Bewunderung.

Der Paula runzelte die Stirn. »Kein schlechter Happen ...«, meinte er. Und geringschätzig setzte er hinzu: »Für den, dem so was schmeckt! ...«

Es entstand eine Pause. Schließlich knurrte der Paula: »Für Unterröcke ist mir meine Zeit zu schade, und auch das da!« Er klopfte sich auf die Westentasche, daß das Geld klimperte.

Dann hustete er, räusperte sich und sagte mit immer noch rauher Stimme: »Da wäre ich ja ein Hanswurst!«

Der Paula ging zur Tür des Tabakladens, drehte sich eine Zigarette und pfiff; doch seine Augen weiteten sich voller Entrüstung: An einem der oberen Fenster im Hause des Ingenieurs hatte er zwischen den geöffneten Fensterflügeln die schmächtige Gestalt Pedros, des Zimmermanns, entdeckt. Er wandte sich zur Tabakhändlerin um und verschränkte theatralisch die Arme. »Und nun, wo die Hausherrin Schönlebe macht, ist auch gleich das Bürschchen da und treibt's mit dem Dienstmädchen!«

Der Paula stieß eine dicke Rauchwolke in die Luft und sagte finster: »Dieses Haus wird allmählich zu einem Bordell!«

»Zu einem was, Senhor Paula?«

»Zu einem Bordell, Senhora Helena! Man könnte ebensogut sagen, zu einem Hurenhaus!« Und der ›Patriot‹ entfernte sich entrüstet.

Schließlich fuhr Luiza doch mit Basilio aufs Land. Am Vortage hatte sie eingewilligt, aber gleich erklärt, daß es nur ein Ausflug von einer halben Stunde sein dürfe, im Wagen, ohne daß sie unterwegs auszusteigen brauchten. Basilio gab sich noch nicht damit zufrieden und sprach von schattigen Pappelalleen, einem netten Imbiß im Freien, Rasenplätzen ... Doch sie schlug es ihm starrköpfig ab und lachte: »Aus dem Rasen wird nichts!«

Sie hatten vereinbart, sich auf der Praça da Alegria zu treffen. Luiza erschien spät, erst nach halb drei Uhr, ganz aufgeregt, das Sonnenschirmchen dicht über dem Gesicht.

Basilio wartete an der Ecke unter einem Baum in einer Kutsche und rauchte. Er öffnete rasch den Wagenschlag, und Luiza stieg hinein; aufgeregt machte sie den Sonnenschirm zu; das Kleid blieb am Trittbrett hängen, seine seidene Rüsche bekam einen Riß; endlich fand sie sich an Basilios Seite, sehr nervös, außer Atem, mit glühendem Gesicht, und flüsterte: »Was für ein Unsinn ist das, was für ein Unsinn!«

Sie konnte kaum sprechen. Die Kutsche fuhr sogleich im Trab los. Der Kutscher war der Pintéos, ein Jagdtreiber.

»Wie müde sie ist, die arme Kleine!« sagte Basilio sehr zärtlich. Er hob ihren Schleier; sie schwitzte; ihre großen Augen glänzten vor Aufregung, vor Verlegenheit, vor Angst ...

»Was für eine Hitze, Basilio!«

Der wollte eine der Fensterscheiben der Kutsche herunterlassen.

Nein, das nicht! Sie könnten gesehen werden! Wenn sie an den Haustüren vorbeikämen ...

»Wohin fahren wir?«

Sie hob den Vorhang etwas an und spähte hinaus.

»Es geht in die Gegend von Lumiar, dort ist es am angenehmsten. Meinst du nicht auch?«

Luiza zuckte die Achseln. Was interessierte sie das? Allmählich erholte sie sich. Den Schleier und die Handschuhe hatte sie abgelegt; sie lächelte und fächelte sich mit dem Taschentuch, dem ein frischer Duft entströmte, Luft zu.

Basilio ergriff ihr Handgelenk und drückte viele lange, verliebte Küsse auf die zarte Haut, durch die sich blaue Äderchen zogen.

»Du hattest versprochen, vernünftig zu sein!« drohte sie mit einem warmen Lächeln und einem Seitenblick.

Und wenn schon! Aber bloß ein Kuß, auf den Arm! Was wäre schon dabei? Sie dürfe sich doch nicht gleich wie eine Betschwester benehmen!

Er sah sie lüstern an.

Die heruntergelassenen alten Vorhänge der Kutsche waren aus roter Seide, und das Licht, das durch sie hindurchdrang, hüllte Luiza in den gleichen warmen rosaroten Farbton ein. Ihre Lippen zeigten ein feuchtes Rot, die gesunde Glätte eines Rosenblattes, und in ihrem Augenwinkel schimmerte sanft und zauberhaft ein Lichtreflex.

Basilio tat sich keinerlei Zwang an, strich ihr mit ein wenig zitternden Fingern über die Schläfen, über das Haar, in flüchtiger, zarter Liebkosung, und fragte mit demutsvoller Stimme: »Keinen Kuß auf die Wange? Auch nicht einen einzigen?«

»Einen einzigen ...«, lächelte sie.

Er drückte ihn ihr zärtlich neben das Ohr. Doch diese Berührung ließ seine ganze Begierde hervorbrechen; der Ton seiner Stimme wurde flehend; er packte Luiza voller Verlangen und bedeckte Hals und Wange mit wilden Küssen.

»Nein! Nicht doch!« stammelte sie und sträubte sich. »Ich will aussteigen! Laß anhalten!«

Sie trommelte an die Scheiben; sie bemühte sich verzweifelt, eine von ihnen herunterzulassen, und grub ihre Fingernägel in den harten, schmutzigen Lederriemen.

Basilio verlegte sich aufs Bitten. Sie solle ihm verzeihen! Es wäre doch töricht, sich wegen eines Kusses zu zanken! Wo sie doch so hübsch sei! ... Sie mache ihn rasend. Doch er schwor, sich zusammenzunehmen, sehr zusammenzunehmen ...

Der Wagen ratterte an Haustüren vorüber; auf den Grundstücken zu beiden Seiten standen staubig-grüne Olivenbäume unbeweglich im hellen Licht, und über verdorrtem Gras brütete unerbittlich die strahlende Sonne.

Basilio hatte eine Scheibe heruntergedreht, der vorgezogene Store pendelte sanft hin und her. Er begann, ihr zärtlich von sich, seiner Liebe und seinen Plänen zu erzählen. Er wäre fest entschlossen, sich in Lissabon niederzulassen, versicherte er. Er hätte nicht die Absicht zu heiraten; er liebe sie, und es gäbe für ihn nichts Schöneres, als immer an ihrer Seite zu sein. Er behauptete, er wäre vom Leben enttäuscht und angewidert. »Was könnte es ihm noch bieten? Er hätte die Wonnen kurzer Liebesepisoden und die Abenteuer langer Reisen ausgekostet, einige finanzielle Mittel zusammengebracht – und fühle sich alt.

Das letzte wiederholte er noch einmal, wobei er sie fest ansah und bei den Händen nahm: »Stimmt es nicht, daß ich alt bin?«

»Nicht gar so alt«, antwortete sie, und ihre Augen wurden feucht.

Ach, er wäre wirklich schon alt. Was er sich jetzt sehnlich wünsche, sei, für sie zu leben, endlich auszuruhen in der Geborgenheit ihrer innigen Freundschaft. Sie wäre die einzige Verwandte, die ihm geblieben sei. Er gab sich ganz intim. »Die Familie ist letzten Endes das Beste, was es noch gibt. Es belästigt dich nicht, wenn ich rauche?« Und indem er das Zündholz anriß, fügte er hinzu: »Das einzige Gute, was das Leben zu bieten hat, ist eine tiefe Zuneigung wie die unsere, nicht wahr? Dabei gebe ich mich mit wenig zufrieden. Wenn ich dich nur alle Tage besuchen, viel mit dir plaudern kann; wenn ich weiß, daß ich dir nicht gleichgültig bin ... Ins Grüne, Pintéos!« schrie er laut aus dem Wagenschlag.

Langsam bog die Kutsche in den Campo Grande. Basilio hob die Vorhänge; frischere Luft strömte herein. Sonne ergoß sich über den Hain, durchflutete ihn mit gleißendem Licht und zeichnete auf dem staubigen weißen Boden die warmen Schatten des Blätterwerks. Alles ringsum bot einen Anblick des Welkens und der Erschöpfung. Das kurze, verdorrte Gras auf der rissigen Erde zeigte eine aschgraue Färbung. In der Nähe kroch eine gelbliche Staubwolke die Landstraße lang.

Bauern ritten vorbei, auf dem Packsattel eingenickt, unter riesigen roten Sonnenschirmen geborgen, mit herunterbaumelnden Beinen; und das Licht, das von einem stahlblauen, bedrückend stimmenden Himmel kam, strahlten die grellweiß getünchten Hauswände erbarmungslos zurück.

Basilio fuhr fort: »Ich verkaufe alle auswärtigen Besitzungen, miete mir ein Häuschen hier in Lissabon, vielleicht in Buenos Ayres ... Wäre das nichts für dich? Sprich doch ...«

Sie schwieg. Die Worte und Versprechungen, denen seine sonore, verhaltene Stimme einen mehr als liebevollen Nachdruck verlieh, berauschten sie allmählich wie ein starker Likör. Ihr Busen bebte.

Er senkte die Stimme: »Immer, wenn ich neben dir bin, fühle ich mich so glücklich, und alles erscheint mir so vollkommen ...«

»Wenn dem wirklich so wäre!« seufzte Luiza und lehnte sich tief in die Polster zurück.

Basilio faßte sie um die Taille. Er schwöre es ihr! Sein Vermögen wolle er in Staatsanleihen anlegen. Mit einem Rechtsanwalt hätte er schon gesprochen; er nannte ihr zum Beweis dessen Namen; es sei ein kurz angebundener, spitznäsiger Kauz ...

Er preßte sie an sich und fragte sie mit verzehrendem Blick: »Und wenn es nun wirklich so wäre, sag, was würdest du tun?«

»Ich weiß auch nicht«, lispelte sie.

Sie kamen nach Lumiar und ließen vorsichtshalber die Vorhänge herunter. Luiza schob den einen etwas zurück, lugte hinaus und sah staubbedeckte Bäume, eine schmutzigrosafarbene Gartenmauer, die Fassaden armseliger Häuser und einen ausgespannten Pferdebus vorübergleiten; Frauen saßen im Schatten des Türbogens und lausten ihre Kinder, und ein weißgekleideter Kerl mit Strohhut blieb verdutzt stehen, riß die Augen auf und gaffte nach den geschlossenen Vorhängen der Kutsche. In Luiza erwachte der Wunsch, dort drüben auf einem Landgut zu wohnen, weit weg von der Straße, in einem luftigen Häuschen mit Kletterpflanzen rund um die Fenster, Weinranken, schmalen Pfaden unter verschlungenen Baumwipfeln, einem Weiher bei einer Linde, wo am Morgen die Dienstmädchen schwatzend die Wäsche wuschen und stampften. Und beim Dunkelwerden würden sie und er, noch ein wenig geschwächt von den Wonnen der Mittagsruhe, durch die Felder streifen und unter dem sich mit Sternen füllenden Himmel schweigend dem traurigen Quaken der Frösche lauschen.

Sie schloß die Augen. Das Schlingern der Kutsche, die Hitze, seine Gegenwart, die Berührung seiner Hand, seines Knies ließen sie schwach werden, und sie spürte, wie ein Wunsch von ihr Besitz ergriff.

»Woran denkst du?« fragte er leise und sehr zärtlich.

Luiza wurde rot. Sie antwortete nicht. Sie hatte Angst zu sprechen, ihm zu sagen, daß …

Basilio ergriff ganz sacht ihre Hand, ehrfurchtsvoll, behutsam, wie etwas Kostbares und Heiliges, und küßte sie leicht, mit der Unterwürfigkeit eines Negers und der Hingabe eines Gläubigen. Diese so demütige, so rührende Liebkosung erschütterte sie; ihre Kräfte schwanden, sie ließ sich in die Ecke der Kutsche fallen und brach in Tränen aus …

Was war denn? Was hatte sie? Er schloß sie in die Arme, küßte sie, sagte ihr tolle Worte.

»Wollen wir fliehen?«

Die kleinen, runden, glitzernden Tränen, die ganz langsam über ihr zartes Gesicht perlten, rührten ihn, brachten ihn beinahe aus der Fassung.

»Fliehe mit mir, komm, ich nehme dich mit! Fahren wir bis ans Ende der Welt!«

Sie schluchzte und flüsterte tief traurig: »Red keinen Unsinn.«

Er schwieg, legte melancholisch die Hand über seine Augen und dachte: ›Natürlich rede ich Unsinn!‹

Luiza trocknete ihre Tränen und schneuzte sich ganz leise.

»Meine Nerven«, flüsterte sie. »Meine Nerven! Kehren wir um, ja? Ich fühle mich nicht wohl. Laß ihn umkehren.«

Basilio befahl, nach Lissabon zurückzufahren.

Sie beklagte sich über Anzeichen einer Migräne. Er hatte ihre Hand genommen und sagte ihr noch einmal die gleichen Zärtlichkeiten, nannte sie sein Täubchen, seinen Schwarm. Und insgeheim frohlockte er. ›Jetzt hab ich dich soweit!‹

Die Kutsche hielt auf der Praça da Alegria. Luiza spähte erst nach allen Seiten, sprang dann schnell heraus und sagte: »Morgen bestimmt, nicht wahr?«

Sie öffnete ihr Sonnenschirmchen, hielt es über ihr Gesicht und lief rasch die Rua Patriarchal hinauf.

Basilio kurbelte die Scheiben herunter und holte mit Befriedigung Luft. Er brannte sich noch eine Zigarre an, streckte die Beine von sich und rief: »Zum ›Gremio‹, Pintéos!«

Im Lesezimmer überflog sein Freund, der Vicomte Reynaldo, der seit Jahren in London und auch viel in Paris lebte, lässig die ›Times‹, in einen bequemen Lehnstuhl versunken. Beide waren aus Paris gekommen und wollten gemeinsam nach Madrid reisen. Doch die Hitze brachte Reynaldo zur Verzweiflung; er fand die Lissaboner Temperatur abscheulich, trug eine Sonnenbrille und lief wie der reinste Parfümladen herum, wegen des ›plebejischen Geruchs in Portugal‹. Kaum daß er Basilio erblickte, ließ er die ›Times‹ auf den Teppich gleiten und fragte mit schlaff herabhängenden Armen und matter Stimme: »Was ist nun mit dieser Kusine, wird daraus etwas oder nicht? Einfach schrecklich ist das, Kleiner! Ich komme hier noch um! Nach Norden muß ich! Nach Schottland! Reisen wir ab! Mach doch Schluß mit dieser Kusine. Gebrauche Gewalt. Und wenn sie sich wehrt, dann bring sie meinetwegen um!«

Basilio hatte sich in einen Lehnstuhl gestreckt, breitete die Arme aus und meinte: »Ha! Die ist bald soweit!«

»Dann halte dich ran, Freundchen, beeile dich!« Reynaldo griff mit Leichenbittermiene nach der ›Times‹, gähnte und bestellte Soda – englische Soda!

Der Kellner meldete ihm, daß keine da wäre. Reynaldo starrte Basilio mit Erstaunen, ja Entsetzen an und knurrte düster: »Was für ein abscheuliches Land!«

Als Luiza eintrat, sagte ihr Juliana, noch angekleidet, gleich an der Tür: »Der Senhor Sebastião sitzt im Salon. Er wartet schon schrecklich lange ... Er war schon da, als ich zurückkam.«

Sebastião war tatsächlich schon vor einer halben Stunde gekommen. Als Joanna ihm mit rotem Kopf und verstörter Miene öffnete und brummte, daß die Gnädige nicht zu Hause sei, wollte er gleich wieder gehen, in dem Gefühl köstlicher Erleichterung, eine unangenehme Sache hinausgeschoben zu haben. Doch er überlegte es sich anders, gab sich einen Ruck, trat ein und wartete lieber. Am Vortage hatte er den Entschluß gefaßt, mit ihr zu sprechen, ihr zu sagen, daß jene so häufigen, so auffälligen Besuche des Vetters sie kompromittieren könnten ... Eine verteufelte Sache, ihr das beizubringen! ... Aber es war seine Pflicht! Um ihretwillen, um ihres Gatten, um des Rufes des Hauses willen! Sie mußte unbedingt gewarnt werden ... Und er fühlte sich nicht feige. Angesichts der Erfordernisse der Pflicht reifte in ihm die Kraft, seinen Entschluß auszuführen. Zwar klopfte ihm das Herz ein wenig, und blaß war er auch ... Aber zum Teufel noch mal, es mußte ihr doch gesagt werden!

Während er, die Hände in den Hosentaschen, durch das Wohnzimmer wanderte, legte er sich schon seine Sätze zurecht. Sie sollten sehr vorsichtig formuliert sein und ganz freundschaftlich klingen …

Doch die Glocke schellte, ein Kleid rauschte über den Korridor – und sein Mut fiel in sich zusammen wie ein durchstochener Luftballon. Er setzte sich gleich ans Klavier und begann emsig die Tasten zu bearbeiten. Als Luiza ohne Hut eintrat und sich gerade die Handschuhe auszog, erhob er sich und sagte verlegen: »Ich habe hier nur ein bißchen herumgeklimpert … Ich habe auf Sie gewartet … Woher kommen Sie denn?«

Sie setzte sich erschöpft. Von der Putzmacherin käme sie, log sie. Und eine Hitze sei draußen! Warum wäre er denn die anderen Male nicht hereingekommen? So hohen Besuch bekäme sie nicht! Es sei nur jemand aus der Familie gewesen, ihr Vetter, der aus dem Ausland gekommen war.

»Ist er wohlauf, Ihr Vetter?«

»Gewiß. Vor einiger Zeit war er hier. Er langweilt sich gräßlich in Lissabon, der Arme! Na ja, wer die weite Welt gewöhnt ist!«

Sebastião rieb leicht seine Knie aneinander und wiederholte: »Natürlich, die weite Welt!«

»Hat Ihnen Jorge geschrieben?« fragte Luiza.

»Gestern erhielt ich einen Brief.«

Auch Luiza hatte einen bekommen. Sie sprachen von Jorge, den Widerwärtigkeiten der Reise, seinem Bericht über Sebastiãos sonderbaren Verwandten, von der vermutlichen Verzögerung seiner Rückkehr …

»Wir vermissen ihn schon, den Guten!« sagte Sebastião.

Luiza hustete. Sie war ein wenig blaß. Zuweilen strich sie sich mit der Hand über die Stirn, wobei sie die Augen schloß.

Da faßte sich Sebastião ein Herz: »Ich bin gekommen, meine liebe Freundin …«, begann er.

Doch plötzlich sah er sie mit gesenktem Kopf in der Sofaecke sitzen, die Hand über den Augen.

»Was haben Sie denn? Ist Ihnen nicht wohl?«

»Eine Migräne. Auf der Straße habe ich schon so etwas gespürt. Und so heftig!«

Sebastião griff gleich nach seinem Hut. »Und da muß ich Sie auch noch belästigen! Brauchen Sie irgend etwas? Soll ich den Arzt holen?«

»Nein! Ich werde mich einen Augenblick hinlegen, dann ist es gleich vorüber.«

Sie solle sich vor Zugluft hüten, riet er ihr. Vielleicht Senfpflaster oder Zitronenscheiben auf die Schläfen … Und wenn es nicht besser würde, solle sie ihn ja auf jeden Fall rufen lassen …

»Das geht vorbei! Aber lassen Sie sich wieder einmal sehen, Sebastião! Machen Sie sich nicht so rar …«

Sebastião ging hinunter, holte tief Luft, und dachte: ›Ich bringe es nicht fertig, bei Gott!‹ Doch als er an der Tür aufblickte, gewahrte er im dunklen Hintergrund des Kohlenladens die häßliche Gestalt der Kohlenhändlerin im weißen Morgenrock, wie sie gaffend den Hals reckte; oben steckten drei von den Azevedo-Töchtern ihre Wuschelköpfe zu irgendeinem boshaften Kriegsrat zusammen; das Dienstmädchen des Doktors machte hinter dem geschlossenen Fenster Handarbeiten, unter beständigen Seitenblicken, mit denen es die Straße verschlang; und daneben, im Möbelgeschäft, hörte man, wie der ›Patriot‹ ausspuckte.

›Keine Katze schlüpft hier durch, ohne daß diese Bande es merkt!‹ dachte Sebastião. ›Und erst ihr Mundwerk! Diese Klatschmäuler! Ich komme nicht darum herum, koste es, was es wolle! Wenn es ihr morgen besser geht, sage ich ihr alles!‹

Als Juliana sie am nächsten Tage um neun Uhr mit ›einem Briefchen von der Senhora Donha Leopoldina‹ weckte, war ihr tatsächlich schon wieder wohler.

Leopoldinas Dienstmädchen Justina, ein etwas schmächtiges Persönchen von dunkler Hautfarbe, schieläugig und mit einem Bartflaum, wartete im Speisezimmer. Justina war Julianas Freundin; sie küßten sich ausgiebig und sagten sich stets Schmeicheleien. Nachdem sie Luizas Antwort in einem Weidenkörbchen verwahrt hatte, das sie am Arm trug, warf sie sich das Umschlagtuch über die Schulter und fragte verschmitzt: »Was gibt es denn hier Neues, Senhora Juliana?«

»Alles beim alten, Senhora Justina. Der Vetter der Gnädigen kommt jetzt alle Tage. Ein schneidiger Bursche!« fügte Juliana leise hinzu.

Beide hüstelten verschlagen.

»Und drüben, Senhora Justina, wer geht jetzt drüben aus und ein?«

Justina machte eine verächtliche Kopfbewegung. »Ein junges Kerlchen, ein Student. Viel ist nicht dran!«

»Geld hat er natürlich auch niemals!« meinte Juliana lachend.

»Natürlich nicht! Der arme Schlucker! Nicht einen Heller!« rief die andere. Sie hob wehmutsvoll den Blick. »Jaja, so einen wie den Gama gibt es nicht wieder! Zu dessen Zeiten ließ es sich schon aushalten! Der ging niemals, ohne mir meine zehn Testonen zu geben, manchmal eine halbe Libra. Wirklich, ich muß sagen, daß er es war, der mir zu meinem Seidenkleid verholfen hat! Aber der jetzt! ... Eine Flasche ist das. Ich weiß auch nicht, wie die Gnädige den überhaupt erträgt! Fahl und verlebt! Was soll dabei schon herauskommen!«

Juliana erwiderte: »Nun, Senhora Justina, ich lasse mir das gerade so durch den Kopf gehen: Nur in den Häusern, wo etwas faul ist, hat es unsereiner wirklich gut! Gestern traf ich die Agostinha, die da im Hause vom Komtur ist, beim Rato ... Jawohl, meine Liebe, man macht sich gar keine Vorstellung. Dort ist einfach alles zu haben! Alles! Ringe, seidenes Kleid, Sonnenschirm, Hut! Und eine ganze Ausstattung an Unterwäsche, wie sie sagt. Und alles durch den Couceiro, der es mit der Frau des Hauses treibt. Und an den Feiertagen bekommt man seine Moeda. Sie sagt, daß er ein freigebiger Mensch ist. Sie hat ja auch wahrhaftig ihre Beschäftigung: sie läßt ihn durch den Garten herein und muß warten, bis sie ihn wieder hinauslassen kann ...«

»Nein, das stimmt nicht!« fiel die Justina ein. »Da benutzt er die Treppe.«

Sie kicherten und weideten sich an diesem Skandal.

»Raffiniert sind sie ...«, sagte Juliana.

»Na, und wenn schon, unserer riskiert auch etwas«, behauptete Justina. »Treffen sich die beiden erst mal auf der Treppe, da können Sie was erleben!« Sie verabschiedete sich sehr herzlich, indem sie sich das Umschlagtuch zurechtrückte: »Also dann auf Wiedersehen, es wird schon spät, Senhora Juliana. Sie kommt heute zum Essen hierher, die Gnädige. Den ganzen Morgen habe ich damit zugebracht, einen Rock zu plätten, seit sieben Uhr!«

»Ich hier auch«, seufzte Juliana. »Selber machen müßten die das! Sobald sie einen Geliebten haben, gibt es immer mehr zu plätten.«

»Sie verbrauchen mehr Unterwäsche, viel mehr«, stellte Justina fest.

»Und ob!« rief Juliana verächtlich.

Da schellte drinnen Luiza.

»Auf Wiedersehen, Senhora Juliana«, sagte Justina schnell und rückte ihren Hut zurecht.

»Auf Wiedersehen, Senhora Justina.«

Juliana begleitete sie bis zum Treppenabsatz. Sie küßten sich. Juliana wandte sich sehr eilig zum Zimmer Luizas; die war schon aufgestanden und zog sich an, wobei sie fröhlich vor sich hin trällerte.

Das Kärtchen Leopoldinas mit ihrer verschnörkelten Schrift lautete:

›Mein Mann fährt heute aufs Land. Ich möchte Dich bitten, mit Dir speisen zu dürfen, aber ich kann nicht vor sechs Uhr kommen. Paßt es Dir?‹

Luiza war außerordentlich befriedigt. Seit Wochen hatte sie Leopoldina nicht gesehen ... Sie würden lachen und schwatzen! Und um zwei Uhr mußte Basilio kommen. Ein unterhaltsamer, gut ausgefüllter Tag war das ...

Sie ging sogleich in die Küche und traf ihre Anordnungen für das Essen. Als sie wieder herunterkam, läutete Sebastiãos junger Diener und brachte einen Strauß Rosen – der Senhor wolle sich erkundigen, ob es der gnädigen Frau besser ginge.

»Aber ja doch, gewiß!« rief Luiza. Und um Sebastião zu beruhigen – damit er sie nicht etwa gleich besuchte –, fügte sie hinzu: Sie fühle sich gut, vielleicht würde sie sogar ausgehen ...

Die Rosen kamen ihr tatsächlich sehr gelegen. Sie steckte sie selbst in die Vasen, beständig trällernd, mit munterem Blick, zufrieden mit sich und ihrem Leben, das interessant und abwechslungsreich zu werden begann ...

Um zwei Uhr trat sie fertig angekleidet in den Salon, setzte sich ans Klavier und übte die ›Medjé‹ von Gounod, die ihr Basilio mitgebracht hatte und deren seufzende Töne und hitzige Rhythmen sie hell begeisterten.

Um halb drei wurde sie ungeduldig; ihre Finger verhaspelten sich auf der Tastatur. ›Er müßte längst da sein, der Basilio!‹ dachte sie.

Luiza öffnete die Fenster und beugte sich auf die Straße hinaus; doch das Dienstmädchen des Doktors, das nähend am Fenster saß, machte gleich so sensationslüsterne Augen, daß Luiza schnell wieder die Fensterflügel schloß. Sie spielte das Stück noch einmal von vorn und war schon nervös geworden.

Draußen ratterte eine Kutsche. Luiza stand erregt auf, ihr Herz klopfte. Die Kutsche fuhr vorbei …

Schon drei Uhr! Die Hitze erschien ihr drückender, geradezu unerträglich. Sie glaubte zu glühen und bedeckte sich mit Puder. Wenn Basilio nun krank war! In einem Hotelzimmer! Allein, gleichgültigen Dienern ausgeliefert! Aber nein, in einem solchen Fall hätte er ihr geschrieben! … Er kam eben nicht, es lag ihm nichts daran! So ein Flegel, so ein Egoist!

Sie war ja töricht, wenn sie sich deswegen Gedanken machte. Das fehlte gerade noch! Aber wütend war sie auf jeden Fall! Luiza holte sich einen Fächer, und ihre vor Zorn zitternden Hände zerrten wie rasend an der Schublade, die nicht gleich aufgehen wollte. Gut, dann brauchte er überhaupt nicht mehr wiederzukommen! Und alles war erledigt!

Ihre große Liebe schwand plötzlich dahin wie Rauch, den ein Windstoß auseinanderbläst. Sie verspürte Erleichterung, ein großes Ruhebedürfnis. Wenn man einen Gatten wie Jorge hatte, war es wirklich absurd, an einen anderen Mann zu denken, an einen Leichtfuß, einen Draufgänger …

Es schlug vier Uhr. Da packte Luiza die Verzweiflung. Sie lief in Jorges Arbeitszimmer, griff nach einem Bogen Papier und schrieb hastig:

›Lieber Basilio!

Warum kommst Du nicht? Bist du krank? Wenn Du wüßtest, welche Qualen Du mir bereitest …‹

Jetzt schellte die Glocke. Das konnte nur er sein! Luiza

knüllte das Briefchen zusammen, steckte es in die Tasche des Kleides und wartete pochenden Herzens. Männerschritte versanken im Teppich des Salons. Sie ging hinein, mit strahlendem Blick ... Es war der etwas blasse Sebastião.

Er drückte ihr herzhaft die Hand: Ging es ihr besser? Hatte sie gut geschlafen?

Ja, danke sehr, sie fühle sich wohler. Luiza hatte sich aufs Sofa gesetzt und war ganz rot geworden. Kaum wußte sie, was sie sagen sollte.

Mit schwachem Lächeln wiederholte sie: »Es geht mir bedeutend besser!« Bei sich dachte sie: ›Nun werde ich diese Nervensäge auch nicht gleich wieder los!‹

»Na, und da sind Sie nicht ausgegangen?« fragte Sebastião, der im Lehnstuhl saß, den breitkrempigen Hut in den Händen.

Nein, sie sei noch ein bißchen müde.

Sebastião strich sich langsam mit der Hand übers Haar und sagte mit vor Erregung anschwellender Stimme: »Sie haben ja jetzt auch jemanden, der Ihnen vormittags immer Gesellschaft leistet ...«

»Ja, mein Vetter Basilio ist wieder aufgetaucht. Wie lange haben wir uns nicht gesehen! Wir sind beinahe zusammen aufgewachsen ... Er hat mich fast alle Tage besucht.«

Sebastião rückte sogleich geräuschvoll seinen Sessel ein wenig heran, beugte sich vor und dämpfte seine Stimme: »Gerade deswegen wollte ich mit Ihnen sprechen ...«

Luiza sah ihn mit großen Augen erstaunt an.

»Weswegen?«

»Es wird nämlich aufgepaßt ... Es gibt nichts Schlimmeres als die Nachbarschaft, hochverehrte Freundin. Der entgeht nichts. Man hat schon darüber gesprochen. Das Dienstmädchen vom Professor, der Paula auch. Sie sind sogar schon bei Tante Joanna gewesen. Und weil Jorge nicht da ist ... Der

Netto hat auch etwas gemerkt. Da sie nicht wissen, daß es ein Verwandter ist ... Und weil er alle Tage kommt ...«

Luiza fuhr auf, mit zornverzerrtem Gesicht. »Kann ich denn nicht einmal meine Verwandten empfangen, ohne behelligt zu werden?« rief sie.

Sebastião erhob sich ebenfalls. Dieses Aufbrausen einer sonst so zartbesaiteten Person traf ihn wie ein Gewitter, das unvermittelt aus einem heiteren Sommerhimmel bricht.

Beinahe ängstlich lenkte er ein: »Aber verehrte gnädige Frau! Verstehen Sie mich doch, ich will ja damit nicht sagen ... Es ist nur wegen der Nachbarn! ...«

»Aber was wollen denn die Nachbarn bloß?«

Ihre Stimme bebte vor Erregung. Sie rang die Hände und entrüstete sich: »Das ist doch unerhört! Da habe ich nun einen einzigen Verwandten, mit dem ich zusammen aufgewachsen bin, den ich seit ein paar Jahren nicht gesehen habe, er besucht mich drei- oder viermal, bleibt einen Augenblick, und schon gehen die Gehässigkeiten los!« Sie war von dem, was sie sagte, überzeugt und vergaß dabei Basilios Worte, seine Küsse, den Ausflug in der Droschke ...

Sebastião drehte bedrückt seinen Hut zwischen den zitternden Händen. »Ich hielt es für angebracht, darauf aufmerksam zu machen; Julião ebenfalls«, bemerkte er betreten.

»Julião!« schrie sie. »Aber was hat Julião damit zu tun? Mit welchem Recht mischt sich jemand in das, was in meinem Hause vorgeht? Ausgerechnet Julião!«

Die dreiste Einmischung Juliãos bedeutete für Luiza den Gipfel der Beleidigung. Sie ließ sich in einen Sessel fallen, die Hände an die Brust gepreßt, die Augen zur Zimmerdecke gerichtet. »Ach, wenn bloß Jorge hier wäre! Bei Gott, wenn er doch da wäre!«

Sebastião stammelte verlegen: »Es war um Ihretwillen ...«

»Aber was kann mir denn schon zustoßen?« Luiza stand

auf und lief gereizt von einem Möbelstück zum anderen. »Basilio ist mein einziger Verwandter. Wir sind beide zusammen aufgewachsen, haben miteinander gespielt. Im Hause meiner Mutter, in der Rua da Magdalena, ging er aus und ein. Alle Tage kam er zum Essen. Es ist so, als ob wir Geschwister wären. Als ich klein war, trug er mich auf dem Arm ...«

Und sie erging sich in der Aufzählung von Einzelheiten aus jener geschwisterlichen Epoche; dabei übertrieb sie die einen und erfand andere hinzu, aufs Geratewohl, wie es ihr der Zorn gerade eingab.

»Er kommt hierher«, fügte sie hinzu, »bleibt ein Weilchen, wir musizieren ein bißchen, er spielt übrigens wunderbar, raucht eine Zigarre, geht wieder ...«

So rechtfertigte sie sich, ohne sich dessen selbst bewußt zu werden.

Sebastião war völlig ratlos. Da saß ja eine ganz andere Luiza, vor der ihm angst wurde; fast duckte er sich unter ihrer gellenden Stimme, die er in dieser Lautstärke noch gar nicht kannte und die in aufdringlicher Beredsamkeit erbebte. Schließlich erhob er sich und sagte mit wehmutsvoller Würde: »Ich hielt es für meine Pflicht, gnädige Frau.«

Es folgte bedrückendes Schweigen. Dieser nüchterne, beinahe strenge Tonfall ließ Luiza sich ein wenig ihrer Ausbrüche schämen. Sie senkte verlegen den Blick. »Verzeihen Sie, Sebastião! Sie haben schon recht! ... Nein, glauben Sie mir, ich schwöre Ihnen, ich bin Ihnen sehr dankbar, daß Sie mich warnen. Das haben Sie sehr richtig gemacht, Sebastião!«

Er pflichtete ihr lebhaft bei: »Um jede Verleumdung durch böse Zungen zu vermeiden. War es nicht besser so?«

Er begründete nun in sehr freundschaftlichem Ton sein Eingreifen: Zuweilen spinne sich eines bloßen Wortes wegen eine Intrige zusammen, und wenn man vorher Bescheid weiß ...

»Ganz gewiß, Sebastião!« versicherte sie. »Es war vollkommen richtig, daß Sie mich darauf aufmerksam gemacht haben. Ganz sicher …« Luiza hatte sich wieder gesetzt; ihr Blick glänzte fiebrig, und jeden Moment rieb sie mit dem Taschentuch ihre trockenen Mundwinkel. »Aber was soll ich bloß machen, Sebastião? Sagen Sie es mir doch!«

Nun rührte es ihn, als er sah, wie sie weich wurde und Rat suchte; fast bedauerte er, mit dem Ernst seiner Eröffnungen ihren inneren Frieden gestört zu haben. Er fuhr fort: »Natürlich müssen Sie Ihren Vetter sehen, ihn empfangen … Doch angesichts dieser Nachbarn kann schließlich eine gewisse Zurückhaltung nie schaden!«

»Aber was reden die Leute denn bloß, Sebastião?«

»Sie haben etwas gemerkt und zerbrechen sich die Köpfe. Daß er kam, daß er hier war, und was weiß ich noch!«

Luiza richtete sich jäh auf. »Ich habe es Jorge ja gesagt! So oft habe ich es ihm gesagt! Eine unmögliche Straße ist das! Keinen Finger kann man rühren, ohne daß sie gaffen, ohne daß sie tuscheln!«

»Die haben eben nichts zu tun …«

Eine Pause folgte. Luiza ging im Salon auf und ab, mit gesenktem Kopf und gerunzelter Stirn; plötzlich blieb sie stehen und blickte fast ängstlich auf Sebastião: »Wenn das Jorge wüßte, würde es ihn bestimmt ärgern! Großer Gott!«

»Er braucht es nicht zu wissen!« fiel ihr sogleich Sebastião ins Wort. »Das bleibt unter uns.«

»Um ihn nicht zu behelligen, nicht wahr?« fragte sie.

»Natürlich! Das muß unter uns bleiben.« Sebastião streckte ihr fast demutsvoll die Hand hin: »Sie sind mir also nicht böse?«

»Aber nein, Sebastião! Unsinn!«

»Dann ist es ja gut. Glauben Sie mir« – und er legte die Hand auf die Brust –, »ich hielt es einfach für meine Pflicht. Eben weil meine verehrte Freundin keine Ahnung hatte …«

»Nicht die geringste …«

»Das will ich gern glauben. Also dann auf Wiedersehen! Ich möchte Sie nicht länger belästigen.« Und mit tiefer, bewegter Stimme setzte er hinzu: »Natürlich stehe ich jederzeit zu Ihrer Verfügung!«

»Auf Wiedersehen, Sebastião … Diese Leute! Nur weil sie den armen Burschen drei- oder viermal ins Haus kommen sahen …«

»Ein Pack, ein Gesindel!« schimpfte Sebastião mit weit aufgerissenen Augen.

Er ging.

Kaum daß er die Tür hinter sich geschlossen hatte, rief Luiza: »Was für eine Unverschämtheit! Das ist meine eigene Sache!«

Denn im Grunde genommen ärgerte sie Sebastiãos Einmischung mehr als die Klatschereien der Nachbarschaft. Ihr Leben, ihre Besucher, das Innere ihres Hauses wurden hier unter die Lupe genommen, von Sebastião, von Julião, von jedem x-beliebigen! Mit fünfundzwanzig Jahren hatte sie Gouvernanten! Das fehlte ihr gerade noch! Und warum um alles in der Welt? Weil ihr Vetter, ihr einziger Verwandter, sie besuchen kam!

Doch da legte sich plötzlich ihre Entrüstung. Sie entsann sich der Blicke Basilios, seiner überschwenglichen Worte, jener Küsse, der Spazierfahrt nach Lumiar. Innerlich wurde sie kleinlaut, doch ihr Trotz ließ sie laut weitereifern: Gewiß war auch ein Gefühl dabei, doch es war ein anständiges, erhabenes, rein platonisches … Niemals würde es etwas anderes werden! Vielleicht hatte sie tief da drinnen eine Schwäche für ihn … Aber sie würde immer eine anständige Frau sein, treu, nur einem einzigen gehören! …

Und diese Überzeugung steigerte wiederum ihre Erbitterung gegen den Tratsch der Straße. Konnte es denn überhaupt möglich sein, daß man, nur weil man Basilio vier- oder fünfmal nachmittags um zwei Uhr zu ihr kommen sah, gleich zu tuscheln und über einen herzuziehen anfing? Sebastião war ein Philister mit den Ängsten eines Einsiedlers! Und was für eine Idee, sich bei Julião Rat zu holen! Ausgerechnet bei Julião! Sicherlich hatte der ihn angestiftet, ihr Moral zu predigen, ihr bange zu machen, sie zu demütigen! Warum? Aus Gehässigkeit, aus Neid! Weil Basilio Eindruck machte, Garderobe, Manieren und Geld hatte! Und nicht zu knapp!

Auf einmal erschienen ihr Basilios Qualitäten so wunderbar und zahllos wie die eines Gottes. Und er liebte sie! Er wollte immer bei ihr sein! Die Liebe dieses Mannes, der so viele Wonnen bis auf den letzten Tropfen ausgekostet, der wer weiß wie viele Frauen verschmäht hatte, erschien ihr wie die stolze Bestätigung ihrer Schönheit und der Unwiderstehlichkeit ihrer Reize.

Die Freude, die ihr diese Anbetung gewährte, zog die Angst nach sich, sie wieder zu verlieren. Sie wollte seine Verehrung nicht schwinden sehen; er müßte immer bei ihr sein, seine demutsvoll geflüsterten Zärtlichkeiten sollten sie in beständiger Steigerung umschweben! Als ob sie sich jemals von Basilio trennen könnte! Aber wenn die Nachbarschaft, die Bekannten schon anfingen, ihre Glossen zu machen und zu tuscheln ... Jorge könnte es erfahren! Bei diesem Gedanken krampfte sich ihr das Herz zusammen ... Im Grunde genommen hatte Sebastião recht, das lag klar auf der Hand!

Wenn in eine kleine Straße mit zwölf Häusern alle Tage ein so eleganter, hübscher Bursche kommt, gerade jetzt, wo ihr Gatte nicht zu Hause war ... Einfach entsetzlich! Aber was sollte man bloß machen, großer Gott!

Die Glocke schellte kräftig. Leopoldina trat ein.

Sie war wütend über den Kutscher. Luiza müßte sich das mal vorstellen! Am Postamt hatten sie kurz angehalten, und dieser Mensch wollte prompt zwei Fahrten bezahlt haben. So ein Halunke!

»Und diese Hitze!« Leopoldina warf Sonnenschirm und Handschuhe hin und fuchtelte mit den Händen in der Luft herum, um sich abzukühlen. Auf ihrer Haut lag leichte Röte. Sie war stark geschnürt; in ihrem steifen Mieder sah sie blendend aus. Vor dem Toilettentisch ordnete sie lässig ihre Lokken und sagte: »Was hast du denn, Kleine? Du bist ja ganz durcheinander!«

Gar nichts, behauptete Luiza. Sie hätte sich über die Dienstmädchen geärgert ...

»Jaja, mit denen ist es nicht mehr auszuhalten!« Leopoldina erzählte gleich von den Ansprüchen Justinas und ihrer Schlamperei. »Und dabei muß ich noch froh sein, daß sie mir nicht fortläuft! Wo man doch auf sie angewiesen ist ...« Sie legte Puder auf und erzählte dabei: »Mein Herr und Gebieter ist nämlich nach dem Campo Grande gefahren. Ich wollte eigentlich auswärts essen mit ...« Sie stockte, lächelte, und zu Luzia gewandt, sprach sie leiser, in fröhlichem, sehr treuherzigem Ton: »Aber sieh mal – du kannst es ja erfahren –, er wußte weder, wo man speisen könnte, noch hatte er Geld ... Der Arme kommt doch kaum mit seinen monatlichen Einkünften aus. Da sagte ich mir: ›Daraus wird nichts, ich werde Luiza, besuchen.‹ Mit der Zeit fallen einem auch die Männer auf die Nerven ... Was gibt es bei dir zu essen? Du hast dir doch keine Umstände gemacht?«

Plötzlich durchzuckte sie ein Gedanke. »Hast du Kabeljau?«

Vielleicht wäre welcher da. So etwas Extravagantes! Warum denn gerade Kabeljau?

»Ach«, bettelte sie, »laß mir doch ein ganz kleines bißchen Kabeljau braten! Mein Mann macht sich nämlich nichts daraus! Dieser Banause! Dabei ist es mein Leibgericht. Mit Öl und Knoblauch!« Sie stockte, weil ihr etwas einfiel. »Verflucht!«

»Was ist denn?«

»Heute darf ich doch keinen Knoblauch essen ...«

Und lachend ging sie in den Salon. Sie zog eine Rose aus Sebastiãos Strauß und steckte sie ins Knopfloch ihres Mieders. ›So einen Salon hätte ich auch gern‹, dachte sie und blickte sich um. Ganz in Blau wollte sie ihn, mit zwei großen Spiegeln, einem Kronleuchter aus Glas, dazu ihr Gemälde in Öl, in ganzer Figur, mit weit ausgeschnittenem Kleid, neben einer prächtigen Blumenvase ... Leopoldina setzte sich ans Klavier, schlug kräftig auf die Tasten und spielte Melodien aus dem ›Blaubart‹.

Als sie Luiza eintreten sah, fragte sie: »Läßt du den Kabeljau zurechtmachen?«

»Ja.«

»Gebraten?«

»Gewiß.«

»Vielen Dank!« Und mit schriller Stimme schmetterte sie ihr Lieblingslied aus der ›Großherzogin‹:

»Mein Ahnherr, dem kein andrer gleich,
Er liebte sehr die vollen Becher ...«

Doch Luiza fand diese Musik ›zu aufdringlich‹; sie wollte etwas Trauriges, Sanftes hören ... Den Fado! Den Fado solle sie spielen!

»Ach ja, den neuen Fado!« ereiferte sich Leopoldina. »Hast du ihn noch nicht gehört? Der ist hübsch! Und die Verse sind einfach himmlisch!«

Sie präludierte und sang dann mit schmachtendem Hinundherwiegen des Kopfes, wobei sie auf die Zimmerdecke starrte:

»Wohlgestalt und braungebrannt
Sah einen Jüngling ich gestern …

Kennst du den nicht, Luiza? Aber Mädchen! Das Allerneueste! Einfach weinen muß man dabei!«

Leopoldina begann mit inbrünstiger Hingabe noch einmal von vorn zu singen. Es war die Reimchronik einer unglücklichen Liebe, voll vom ›Toben der Eifersucht auf den Felsen von Cascaes‹, von Mondnächten und wehmütigen Seufzern, dem ganzen krankhaften Geschwätz Lissabonner Sentimentalität. Leopoldina legte in ihre Stimme Töne tiefsten Schmerzes und verdrehte die Augen, als wolle sie ihren Geist aufgeben. Eine Strophe ergriff sie vor allem; sie wiederholte sie mit Leidenschaft:

»Ihn schau ich hoch in den Wolken,
Tief im unendlichen Meer;
Mag er auch noch so fern weilen,
Stets fühl ich ihn um mich her.«

»Entzückend!« seufzte Luiza. Und Leopoldina ließ das Lied in schmerzliches Stöhnen ausklingen, wobei sich ihre Stimme in breiten Mißtönen dahinquälte.

Luiza, die neben dem Klavier stand, spürte den Geruch des billigen Parfüms, das Leopoldina zu benutzen pflegte; die Melodie des Fados, seine Verse stimmten sie ein wenig traurig, und mit wehmutsvollem Blick folgte sie den flinken schlanken Fingern Leopoldinas, die über die Tasten glitten und an denen die Edelsteine der Ringe funkelten, die ihr der Gama geschenkt hatte.

Doch da kam Juliana herein, ausgehfertig angezogen, mit ihrer neuen Perücke. Das Abendessen sei angerichtet!

Leopoldina beteuerte, sie sei nahe daran, vor Hunger umzufallen. Das Speisezimmer mit den offenen Fensterflügeln, dem Grün der ausgedehnten Flächen davor und dem blauen Horizont, an dem sich schneeweiße Wölkchen tummelten, begeisterte sie; ihr eigenes Eßzimmer nahm ihr den Appetit, denn es ging nach dem Hof.

Sie schickte sich an, Weintrauben abzuzupfen und ein ganz klein wenig vom Eingemachten zu naschen. Aufmerksam betrachtete sie das Porträt von Jorges Vater, faltete ihre Serviette auseinander und stellte fest: »Dein Schwiegervater muß nett gewesen sein! Ein Schelmengesicht hat er ...« Eine Ewigkeit sei es hier, daß sie zusammen gegessen hätten! Wie lange eigentlich?

»Seit dem ersten Jahr meiner Ehe«, entsann sich Luiza.

Leopoldina wurde ein bißchen rot. Damals besuchten sie sich oft; Jorge ließ sie zusammen einkaufen gehen, in die Konditoreien, zur Graça ... Die Erinnerung an jene Kameradschaft rief alle Einzelheiten aus der gemeinsamen Schulzeit in ihr wach. Vor ein paar Tagen hatte sie Rita Pessoa mit ihrem Neffen gesehen. »Kannst du ihn dir noch vorstellen?«

»Die ›Bohnenstange‹?«

›Bohnenstange‹, oder wie er sonst hieß, war in der Schule *der* Mann, der Schwarm, der Held; alle Mädchen schrieben ihm Briefchen, zeichneten für ihn Herzen, aus denen Feuer lohte, steckten ihm Sträuße von Papierblumen an die speckige Mütze ... Und wie damals die Michaela in dem dunklen Kämmerchen, wo die Koffer standen, erwischt wurde, als sie ihn mit ihren Küssen fast erstickte ...

»Wie abscheulich!« sagte Luiza.

»Die Michaela war ja auch wirklich übergeschnappt!« Die Arme! Sie hätte einen Fähnrich geheiratet, einen Mann, der sie verprügelte. Und mit Kindern sei sie reichlich gesegnet ... »Diese Welt ist ein Jammertal!« faßte Leopoldina zusammen und lehnte sich zurück.

Sie schwatzte unaufhörlich und füllte begierig ihren Teller; dann piekte sie einen winzigen Bissen auf die Gabelspitze, kostete, ließ ihn liegen und begann Brotstücke zu verspeisen, die sie dick mit Butter bestrich. Dabei erging sie sich in Schulerinnerungen. Was für eine schöne Zeit!

»Weißt du noch, als wir miteinander böse waren?«

Luiza konnte sich nicht entsinnen ...

»Weil du der Theresa, für die ich schwärmte, einen Kuß gegeben hattest«, erklärte Leopoldina.

Nun unterhielten sie sich von ihren ›Schwärmen‹. Leopoldina hatte deren vier gehabt; die Hübscheste war die Joanninha, die Freitas. Was die für Augen hatte! Und wie gut sie gebaut war! Einen Monat lang habe sie ihr den Hof gemacht!

»Albernheiten!« sagte Luiza und wurde ein bißchen rot.

»Was heißt hier Albernheiten! Warum denn?«

Ach, von ihren ›Schwärmen‹ sprach sie immer nur mit Wehmut. Das wären die ersten Empfindungen gewesen, die stärksten. Welche Ängste der Eifersucht! Welche Wonne der Versöhnung! Und die geraubten Küsse! Die Blicke! Die Briefchen, und das Herzklopfen, das erste im Leben!

»Niemals«, rief sie aus, »niemals, seit ich eine Frau bin, habe ich für einen Mann das empfunden, was ich für Joanninha empfand! Das kannst du mir glauben ...«

Ein Blick Luizas ließ sie verstummen. Juliana! Verdammt, die hatte sie ganz vergessen! Juliana fiel ihnen sehr auf die Nerven, mit ihrem krampfhaften Lächeln, der plattbrüstigen Figur, dem metallischen Klick, Klack ihrer Absätze.

»Und was ist aus Joanninha geworden?« fragte Luiza.

Sie war an der Schwindsucht gestorben – und Leopoldinas Stimme wurde tieftraurig. Eine ziemlich schlimme Krankheit, fand sie nicht auch? Aber sie hätte keine Angst davor, sie nicht! Leopoldina schlug sich auf den wohlgeformten Busen: »Der ist kräftig! Der ist gesund!«

Juliana ging hinaus, und Luiza sagte hastig: »Überleg dir, was du sprichst! Sei vorsichtig!«

Leopoldina verbeugte sich. »Ach so! Der gute Ruf des Hauses! Hast schon recht!« flüsterte sie.

Als Juliana mit dem gebratenen Kabeljau eintrat, bereitete sie ihr gleich eine Ovation: »Bravo! Das ist ja famos!«

Sie betastete ihn lüstern mit der Fingerspitze; er war goldgelb, ein wenig angeröstet, ganz mürbe.

»Du wirst ja gleich sehen«, sagte sie. »Willst du nicht mal kosten? Du bist schön dumm!«

Sie rang sich zu einem Entschluß durch und rief: »Bringen Sie mir eine Knoblauchzwiebel, Senhora Juliana! Aber eine kräftige! – Ich will mich zwar dann gleich mit dem Fernando treffen, doch das kümmert mich gar nicht!« meinte sie zu Luiza, bevor Juliana wiederkam. »Fein! Besten Dank, Senhora Juliana! Es geht nichts über Knoblauch.«

Leopoldina strich ihn rund um den Teller und begoß die Kabeljaustücke andachtsvoll mit einem saftigen Schuß Speiseöl. »Einfach himmlisch!« jubelte sie. Sie schenkte sich noch einmal Wein ein und lobte das Ganze als einen ›Festschmaus‹.

»Aber was ist dir denn?«

Luiza schien tatsächlich geistesabwesend. Sie seufzte leise. Zweimal hatte sie sich unruhig im Stuhl aufgerichtet und Juliana gerufen: »Mir ist, als ob es geläutet hat. Sehen Sie mal nach.«

Niemand war da.

»Wer sollte es denn sein? Du erwartest doch wohl nicht deinen Gatten?«

»Aber nein!«

Da erkundigte sich Leopoldina, ohne die Augen vom Teller zu heben, indem sie gemächlich und sehr bedächtig ihren Kabeljau zerlegte: »Hat dich denn dein Vetter besucht?«

Luiza wurde rot. »Ja, er ist dagewesen. Mehrere Male.«

»Ach!« Und nach einer Pause fragte Leopoldina: »Ist er noch so hübsch?«

»Jedenfalls nicht gerade – häßlich.«

»Ach!«

Luiza beeilte sich, zu fragen, ob sie schon das Kleid mit dem Schachbrettmuster in Auftrag gegeben habe. Nein, noch nicht. Sie begannen, von Garderobe, Stoffen, Läden und Preisen zu sprechen ... Dann von Bekannten, anderen Damen, allerlei fragwürdigen Neuigkeiten – und verloren sich in eine Konversation, wie sie Frauen pflegen, wenn sie allein sind, bunt und belanglos, gleich dem Rascheln von Laub.

Der Braten wurde aufgetragen. Leopoldinas Wangen begannen schon eine warme Tönung anzunehmen; sie bat Juliana, ihr den Fächer zu holen, lehnte sich weit zurück, fächelte sich Luft zu und erklärte, daß sie sich wie ein Prinz fühle. Darauf fuhr sie fort, an ihrem Wein zu nippen. Was für eine gute Idee, zusammen zu essen ...

Kaum hatte Juliana die Kompottschüsseln aufgetragen, bedeutete Luiza ihr, daß sie später nach dem Kaffee rufen würde, sie könne jetzt gehen. Sie schloß eigenhändig die Tür des Salons und zog den Kretonnevorhang vor.

»Jetzt sind wir unter uns! Ich werde alt, wenn ich diese Kreatur nur ansehe! Am liebsten wünschte ich sie dahin, wo der Pfeffer wächst!«

»Aber warum setzt du sie dann nicht einfach auf die Straße?«

Jorge wäre nicht damit einverstanden, andernfalls ...

Leopoldina protestierte. Nette Geschichte! Die Herren Gemahle sollten nicht immer tun und lassen können, wozu sie Lust hätten! Das fehlte gerade noch.

»Und wie steht's mit deinem?« fragte Luiza lachend.

»Danke bestens!« rief Leopoldina. »Ein Mann, der sein separates Schlafzimmer hat!«

Im übrigen verachte sie die Männer, die sich um Dienstmädchen, Speisezettel, Essig und Öl kümmerten …

»Wo mein edler Gatte sogar das Fleisch nachwiegt!« Sie lächelte gehässig. »Das ist aber auch alles, wozu er taugt! Ich brauche bloß in die Küche zu gehen, und schon kommt es mir hoch …«

Sie wollte Wein eingießen, aber die Flasche war leer.

»Willst du Champagner?« fragte Luiza. Sie hätte einen sehr guten; ein Spanier, ein Bergwerksbesitzer, hätte ihn Jorge geschickt.

Luiza holte selbst die Flasche und wickelte sie aus ihrem blauen Papier. Unter Kichern und Bangen ließen sie den Pfropfen knallen. Der Schaum entzückte sie. Sie betrachteten schweigend die Gläser, mit frohem Wohlbehagen. Leopoldina brüstete sich, im Öffnen von Champagnerflaschen sehr geübt zu sein, und erzählte ganz beiläufig von früheren Abendessen …

»Am Fastnachtsabend vor zwei Jahren …«

Und weit in den Sessel zurückgelehnt, mit listigem Lächeln, geweiteten Nasenflügeln und feucht schimmernden Augen betrachtete sie wohlig die munteren Perlchen, die unaufhörlich im schlanken Sektglas hochstiegen. »Wenn ich reich wäre, würde ich immer Champagner trinken«, sagte sie.

Luiza nicht. Die schwärmte für eine Kutsche und wollte reisen, nach Paris, Sevilla, Rom fahren … Doch die Wünsche Leopoldinas waren weitaus größer: sie fieberte nach einem Leben auf großem Fuß, mit Kutschen, Stammlogen im Theater, einem Haus in Cintra, Festessen, Bällen, Galagarderobe, Spiel … Denn sie fände Gefallen an Monte, sagte sie, es ließe ihr Herz höher schlagen. Und sie war überzeugt, daß man sich dem Roulettespiel verschreiben müßte.

»Ach«, rief sie, »die Männer sind weiß Gott glücklicher als wir! Wenn ich als Mann zur Welt gekommen wäre – was ich alles anstellen würde!«

Leopoldina stand auf und ließ sich schläfrig in den Voltairestuhl neben dem Fenster fallen. Sanft senkte sich der Abend herab; hinter den Häusern, jenseits des leeren Terrains, ballten sich gelbliche Wolken zusammen, von blutroten oder orangenen Streifen umsäumt.

Sie hing immer noch dem Gedanken der Aktivität, der Unabhängigkeit nach. »Ein Mann kann sich alles erlauben! Für den gibt es nichts, was er nicht darf! Er kann reisen, Abenteuer erleben ... Weißt du, eigentlich möchte ich jetzt ein Zigarettchen rauchen ...«

Luiza hatte Angst, daß Juliana den Geruch bemerken könnte, es würde einen so schlechten Eindruck machen ...

»Ein Kloster ist das!« murrte Leopoldina. »Aber du hast gar kein schlechtes Gefängnis, mein Kind!«

Luiza antwortete nicht; sie hatte den Kopf in die Hand gestützt, mit leerem Blick, als hänge sie irgendeinem Gedanken nach. »Letzten Endes ist alles Unsinn, das Herumlaufen, das Verreisen! Das einzige Vernünftige auf dieser Welt ist, zu Hause zu bleiben, bei seinem Mann, einem Kind oder zweien ...«

Leopoldina schnellte vom Voltairestuhl hoch. Kinder! Sie solle um Himmels willen nicht von derartigen Dingen reden! Jeden Tag danke sie Gott auf den Knien, daß sie keine habe!

»Wie schrecklich!« rief sie mit Überzeugung. »Diese endlosen Scherereien! Die Ausgaben! Die ganze Arbeit, die Krankheiten! Gott möge mich davor bewahren! Ein Hemmschuh ist das! Und wenn sie dann größer werden, merken sie alles, schwatzen, plaudern alles aus ... Eine Frau mit Kindern ist zu überhaupt nichts zu gebrauchen, sie ist an Händen und Füßen gefesselt. Am Leben hat sie keine Freude. Und sie muß sich von den Kindern alles gefallen lassen ... Bei Gott! Ich? Möge er mich nicht damit strafen, aber wenn mich dieses Unglück träfe, ich glaube, ich würde zu der Alten in der Querstraße von der Rua da Palha gehen!«

»Zu welcher Alten?« fragte Luiza.

Leopoldina gab ihr die entsprechenden Erläuterungen. Luiza hielt das Ganze für eine Schande. Die andere zuckte die Achseln und fügte hinzu: »Und dann, meine Liebe, richtet sich eine Frau doch zugrunde: keine Schönheit hält dem stand. Das Beste geht verloren. Bei so einer wie deiner Freundin, der Donha Felicidade, mag das etwas anderes sein, aber wenn man einigermaßen gebaut und hübsch ist ... Bewahre, meine Verehrteste! Es fehlt so schon nicht an Ungelegenheiten!«

Unten auf der Straße spielte der Leierkastenmann des Stadtviertels auf seiner Nachmittagsrunde gerade das Finale aus der ›Traviata‹. Es begann zu dunkeln; schon hatte das Grün der Gärten überall eine gleichmäßige dunkelgraue Tönung angenommen; und die Häuser auf der anderen Seite drängten sich im Schatten.

Die ›Traviata‹ erinnerte Luiza an die ›Kameliendame‹. Sie unterhielten sich über den Roman, besprachen einzelne Episoden daraus.

»Wie verrückt ich als junges Mädchen auf den Armand war!« seufzte Leopoldina.

»Und ich auf d'Artagnan«, rief Luiza offenherzig aus.

Sie lachten ausgelassen.

»Wir haben zeitig angefangen«, bemerkte Leopoldina. »Gib mir noch ein Tröpfchen.«

Sie trank, stellte den Kelch wieder hin und sagte achselzukkend:

»Ha! Zeitig angefangen? Alle fangen damit an! Mit dreizehn Jahren hat man schon seine vierte Leidenschaft. Alle sind Frauen, alle empfinden das gleiche!« Und indem sie mit dem Fuß den Takt schlug, sang sie im Fadoton:

»Eine Krankheit ist die Liebe,
Liegt wie Fieber in der Luft;
Und Gelegenheit macht Diebe,
Wenn man sie ans Fenster ruft!«

»Heute bin ich in Stimmung!« fügte sie hinzu und rekelte sich schmachtend. »Schließlich und zuletzt ist die Liebe das Beste, was es auf dieser Welt gibt; alles andere ist nur fauler Zauber! Stimmt das etwa nicht? Sag doch selbst: ist es nicht so?«

»Und ob!« flüsterte Luiza schnell. Sie fügte hinzu: »Ich glaube schon!«

Leopoldina richtete sich auf und machte sich über sie lustig: »Sie glaubt! Armes Unschuldslämmchen! Da sieh nur mal einer das Engelchen an!«

Leopoldina lehnte sich an das Fenster und starrte durch die Scheiben in die hereinbrechende Dämmerung; plötzlich sagte sie langsam: »Lohnt es denn wirklich die Mühe, ein gewöhnlicher Sterblicher zu sein, wenn man bloß enthaltsam lebt, das Dasein einer alten Eule fristet, sich kasteit, bis man eines Tages ein Fieber bekommt, eine Kleinigkeit, einen Sonnenbrand – und dann gute Nacht, dann geht es hinauf nach dem Friedhof von São João! Pfui Teufel!«

Der Salon war jetzt ein wenig dunkel.

»Meinst du nicht auch?« fragte Leopoldina.

Diese Unterhaltung brachte Luiza in Verlegenheit; sie fühlte, wie sie errötete; doch die Abenddämmerung, die Worte Leopoldinas ließen so etwas wie die Schwäche der Versuchung in ihr aufkommen. Dennoch erklärte sie Leopoldinas Gedanken für ›unmoralisch‹.

»Wieso denn unmoralisch?«

Luiza sprach lau von ›Pflichten‹, von der ›Religion‹. Doch die ›Pflichten‹ machten Leopoldina wütend. Wenn es etwas gäbe, was sie aus der Haut fahren ließe, sagte sie, dann wäre es, von Pflichten sprechen zu hören. »Pflichten? Wem gegenüber denn? Einem Strolch wie meinem Mann?« Sie verstummte und ging gereizt im Salon auf und ab. »Und was die Religion anbelangt, so ist das alles bloß Geschwätz! Der Pater Estevão, der mit der Brille, der so hübsche Zähne hat, versicherte mir, er würde mir jede Absolution erteilen, wenn ich mit ihm nach Carriche käme!«

»Ja, die Patres ...«, murmelte Luiza.

»Sind das nicht nette Priester? Sie verkörpern die Religion! Anders habe ich die Religion nie kennengelernt. Der liebe Gott, mein gutes Kind, ist weit und kümmert sich nicht um das, was die Frauen treiben!«

Luiza fand diese Denkweise abscheulich. Das Glück, das wirkliche Glück, lag ihrer Meinung nach darin, anständig zu sein ...

»Und das Aschenputtel der Familie!« knurrte Leopoldina gehässig.

Luiza sagte erregt: »Aber bedenke doch, daß du mit deinen Liebschaften, einer nach der andern ...«

Leopoldina wurde verlegen: »Was denn?«

»Sie können dich nicht glücklich machen!«

»Natürlich nicht!« rief die andere. »Aber ...« Das Wort lag ihr auf der Zunge, doch anscheinend wollte sie es nicht aussprechen. Sie meinte nur trocken: »Sie verschaffen mir Zerstreuung!«

Beide schwiegen. Luiza schellte nach dem Kaffee.

Juliana trat mit dem Tablett ein und brachte das Licht; kurz danach gingen sie in den Salon hinüber.

»Weißt du, wer mir gestern von dir erzählt hat?« fragte Leopoldina und streckte sich auf dem Diwan aus.

»Wer denn?«

»Der Castro.«

»Was für ein Castro?«

»Der mit der Brille, der Bankier.«

»Ach!«

»Der so in dich verschossen ist.«

Luiza lachte.

»Vernarrt ist er, mein Ehrenwort!« behauptete Leopoldina.

Der Salon lag im Dunkel, mit offenen Fenstern; die Straße versank in grauem Dämmerlicht; eine sanfte Brise strich durch den Abend.

Leopoldina schwieg einen Augenblick, aber der Champagner und das Halbdunkel drängten sie geradezu, Heimlichkeiten auszuplaudern. Sie streckte sich noch lässiger auf den Diwan und begann von ›ihm‹ zu sprechen. Es war immer noch der Fernando, der Dichter. Sie betete ihn förmlich an.

»Wenn du wüßtest!« flüsterte sie verzückt. »Ein Amor von einem Jungen!«

In ihrer leisen Stimme schwang warme Zärtlichkeit. Luiza spürte ihren Atem und die Hitze ihres Körpers; sie lag ebenfalls wohlig hingestreckt; ihre tiefen Atemzüge klangen zuweilen wie Seufzer; und bei gewissen schlüpfrigen Einzelheiten, die Leopoldina erzählte, lachte sie wollüstig auf, als ob jemand sie kitzele ... Da hallten kräftige Schritte eisenbeschlagener Stiefel die Straße entlang, und in der Laterne vor dem Hause flammte plötzlich das Gaslicht auf. Eine milde, bleiche Helligkeit flutete in den Salon.

Leopoldina erhob sich sogleich; sie müßte schon wieder gehen, da ja bereits die Gaslaternen angezündet würden. Der arme Bursche warte ja! Dann trat sie in Luizas Zimmer, das ebenfalls noch dunkel war, um sich den Hut aufzusetzen und den Sonnenschirm zu holen. – Sie hätte es dem Ärmsten doch versprochen und könnte ihn nicht einfach versetzen. Doch es ärgere sie wirklich, daß sie allein gehen müsse. Es wäre so weit! Wenn die Juliana mitkommen und sie begleiten könnte …

»Die geht mit, Mädchen!« sagte Luiza.

Sie erhob sich träge mit einem langen Seufzer, öffnete die Tür und prallte im Dunkel des Korridors auf Juliana.

»Herrgott, wie können Sie mich so erschrecken!«

»Ich wollte mich nur erkundigen, ob Sie Licht brauchen …«

»Nein. Nehmen Sie sich ein Umschlagetuch und begleiten Sie Senhora Donha Leopoldina! Aber schnell!«

Juliana eilte davon.

»Und wann läßt du dich wieder mal sehen, Leopoldina?« fragte Luiza.

Sobald sie konnte. Kommende Woche gedachte sie nach Porto zu reisen, um die Tante Figueiredo zu besuchen und vierzehn Tage in Voz zu verbringen …

Die Tür ging auf.

»Wenn gnädige Frau geruhen …«, sagte Juliana.

Leopoldina und Luiza verabschiedeten sich ausgiebig und mit großem Aufwand an Küssen, Luiza sagte Leopoldina lachend ins Ohr: »Viel Spaß!«

Nun war sie allein. Sie schloß die Fenster, zündete die Kerzen an und ging im Salon auf und ab, wobei sie langsam die Hände aneinanderrieb. Und ohne es zu wollen, kam sie nicht mehr von dem Gedanken los, daß Leopoldina sich jetzt mit ihrem Geliebten traf. Mit ihrem Geliebten …

Luiza folgte ihr im Geiste. Sicherlich ging sie rasch und sprach dabei mit Juliana; sie kam zu Hause an, stieg hastig die Treppe hinauf, warf die Tür hinter sich zu – und wie köstlich, wie gierig, wie tief der erste Kuß! Sie seufzte. Auch sie liebte – und einen Hübscheren, Bezaubernderen. Warum war er nicht gekommen? Sie setzte sich träge und begann leise und traurig Leopoldinas Fado zu singen:

»Mag er auch noch so ferne weilen,
Stets seh ich ihn doch um mich her ...«

Ein Gefühl der Einsamkeit, der Verlassenheit beschlich sie und beunruhigte sie. Wie langweilig, mutterseelenallein hier herumzusitzen! Diese schöne, sanfte, heiße Nacht zog sie an, lockte nach draußen, zu schwärmerischen Spaziergängen oder dazu, sich auf einer Gartenbank mit ineinandergeschlungenen Händen in den Anblick des Himmels zu versenken. Was für ein sinnloses Leben sie doch führte! Ach! Dieser Jorge! Was für ein Einfall, nach dem Alemtejo zu reisen!

Die Unterhaltung mit Leopoldina und die Erinnerung an deren Glückseligkeiten kehrten jeden Augenblick in ihr Gedächtnis zurück; in ihrem Blut prickelte noch der Champagner. Die Uhr in ihrem Zimmer begann langsam neun zu schlagen – da schellte plötzlich die Glocke.

Luiza fuhr zusammen: Das konnte noch nicht Juliana sein! Erschrocken richtete sie sich auf und lauschte. Am Gatter sprachen Stimmen.

»Gnädige Frau«, meldete Joanna leise, »es ist der Vetter der gnädigen Frau, er sagt, daß er sich verabschieden kommt ...«

Luiza unterdrückte einen Aufschrei und stammelte: »Bitten Sie ihn herein!«

Ihre geweiteten Augen hefteten sich in fiebernder Erwartung auf die Tür. Die Portiere schlug Falten, Basilio trat ein, blaß, mit steifem Lächeln.

»Du reist ab!« hauchte sie und stürzte ihm entgegen.

»Nein!« Und er schloß sie in die Arme. »Nein! Ich dachte nur, daß du mich zu dieser Stunde nicht empfangen würdest, und erfand deshalb diesen Vorwand.«

Er preßte sie an sich und küßte sie; Luiza ließ es völlig willenlos geschehen; ihre Lippen hingen an den seinen. Basilio sah sich mit einem raschen Blick im Salon um und riß sie in seinen Armen mit sich fort: »Meine große Liebe! Mein Mädel!« flüsterte er. Da stolperte er auch schon über das Tigerfell, das neben dem Diwan ausgebreitet lag.

»Ich bete dich an!«

»Wie du mich erschreckt hast!« seufzte Luiza.

»Wirklich?«

Sie antwortete nicht, sie nahm die Dinge nicht mehr klar wahr; es war ihr, als schlafe sie ein. »O Gott! Nein! Nicht!« stammelte sie und schloß die Augen.

Als um zehn Uhr die Glocke stark schellte, hatte sich Luiza gerade einige Augenblicke zuvor auf die Kante des Diwans gesetzt. Kaum fand sie noch die Kraft, zu Basilio zu sagen: »Das muß Juliana sein, sie war weggegangen ...«

Basilio strich sich den Schnurrbart, lief zweimal quer durch den Salon und zündete sich eine Zigarre an. Um das Schweigen zu bannen, setzte er sich ans Klavier, spielte aufs Geratewohl einige Takte und begann die Arie aus dem dritten Akt des ›Faust‹ zu trällern, wobei er ein wenig die Stimme hob:

»Al pallido chiarore
Deglí astri d'oro ...«

Luiza tastete sich aus der Erregung ihrer Nerven langsam wieder in die Wirklichkeit zurück; ihre Knie zitterten. Und nun, als sie diese Melodie hörte, nahm in ihrem noch benommenen Geist eine Erinnerung Gestalt an: Es war ein Abend vor Jahren in São Carlos, sie saß mit Jorge in einer Loge; Licht übergoß den Garten auf der Bühne mit dem blassen Hauch traumhaften Mondscheins, und in höchster Verzückung und unter Seufzern beschwor der Tenor die Sterne. Jorge hatte sich zu ihr gewandt und gesagt: »Wie wundervoll!« Und er verschlang sie mit seinen Blicken. Das war zwei Monate nach ihrer Hochzeit. Luiza trug ein dunkelblaues Kleid. Auf der Heimfahrt, in der Kutsche, legte Jorge die Hand um ihre Taille und zitierte:

»Im bleichen Zauberschimmer
Der goldnen Sterne …«

Dann preßte er sie an sich …

Luiza war unbeweglich auf der Kante des Diwans sitzen geblieben, mit schlaffen Armen, starrem Blick, gealtertem Gesicht und zerzaustem Haar. Fast drohte sie hinunterzugleiten. Da setzte sich Basilio ganz sacht neben sie. Er fragte, was sie gerade dächte.

»Gar nichts.«

Basilio schlang seinen Arm um ihre Hüften und redete auf sie ein: er müßte ein Häuschen besorgen, damit sie sich besser besuchen könnten, sich weniger Zwang aufzuerlegen brauchten; hier in ihrer Wohnung wäre es jedenfalls nicht das richtige …

Während er so sprach, wandte er jeden Augenblick das Gesicht ab und blies den Rauch der Zigarre zur Seite.

»Meinst du nicht, daß es auffällt, wenn ich alle Tage hierherkomme?«

Luiza fuhr hoch; darauf hatte sie ja schon Sebastião hingewiesen! Und mit etwas veränderter Stimme sagte sie: »Es ist schon so spät!«

»Du hast recht.«

Er holte auf Zehenspitzen seinen Hut, küßte sie innig und ging. Luiza hörte ihn ein Zündholz anreißen und ganz leise das Gatter schließen.

Sie war allein und begann rund um sich zu blicken, als ob sie den Verstand verloren hätte. Das Schweigen des Salons kam ihr unheimlich vor. Die Kerzen brannten mit rötlicher

Flamme. Luiza blinzelte; ihr Mund war trocken. Eines der Diwankissen war heruntergefallen. Sie hob es auf.

Wie eine Schlafwandlerin trat sie in ihr Zimmer. Juliana brachte ihr das Ausgabenbuch. Sie käme gleich mit dem Lämpchen, sie wäre dabei, es zurechtzumachen …

Juliana hatte ihre Perücke abgelegt und eilte zur Küche hinauf. Joanna, die eingenickt gewesen war, reckte sich und gähnte laut.

Juliana stellte mit zitternden Fingern den Lampendocht nach; in ihrem Blick lag ein wildes Leuchten. Sie hüstelte und sagte lächelnd zu Joanna: »Wann ist denn der Vetter der Gnädigen eigentlich gekommen?«

»Er kam gleich, nachdem Sie das Haus verließen, es schlug gerade neun.«

»Ach!«

Sie lief mit dem Lämpchen hinunter, und als sie bemerkte, wie Luiza sich im Schlafzimmer entkleidete, fragte sie sehr teilnahmsvoll: »Gnädige Frau wollen keinen Tee?«

»Nein.«

Juliana ging in den Salon und schloß den Deckel des Klaviers. Es roch stark nach Zigarre. Sie begann, sich mit Luchsaugen gründlich im Zimmer umzusehen … Plötzlich kauerte sie sich mit fiebernder Neugier nieder: Neben dem Diwan glänzte etwas. Es war ein Steckkamm Luizas, aus Schildpatt, mit vergoldeter Einfassung. Auf Zehenspitzen trat sie noch einmal in Luizas Zimmer und legte ihn auf den Toilettentisch, zwischen die Haarrollen.

»Wer ist da?« fragte aus dem Alkoven die schläfrige Stimme Luizas.

»Ich bin es, gnädige Frau, ich bin es, ich habe nur gerade den Salon aufgeräumt. Eine recht gute Nacht, gnädige Frau!«

Zur gleichen Stunde kam Basilio ins ›Gremio‹. Er streifte durch die Salons; sie waren fast leer. Zwei Individuen lasen die Zeitung hinauf und hinunter, den Kopf resigniert auf die Fäuste gestützt; hier und dort saßen weißbehoste Männer um runde Tische herum und kauten in aller Gemütsruhe geröstete Brotschnitten; die Fenster waren geschlossen, die Nacht heiß, und die weiche Wärme des Gaslichts wirkte bedrükkend. Er wollte wieder gehen, als plötzlich aus einem Spielkabinett der Lärm einer hitzigen Auseinandersetzung drang; Schimpfworte flogen hin und her, jemand schrie: »Irrtum! Der Esel sind Sie!«

Basilio hielt inne und lauschte.

Doch plötzlich wurde es ganz still; eine der Stimmen sagte freundlich: »Eicheln!«

Die andere antwortete wohlwollend: »Damit hätten Sie schon vorhin herauskommen müssen.«

Und mit einem Male brach der Streit von neuem in aller Heftigkeit los. Flüche und Zoten wurden laut.

Basilio ging ins Billardzimmer. Dort stand der Vicomte Reynaldo, auf den Billardstock gestützt, und verfolgte mit unerschütterlicher Ruhe die Stöße seines Spielpartners; doch kaum daß er Basilio erblickte, stürzte er auf ihn zu und fragt sehr interessiert: »Nun?«

»Jetzt eben«, brummte Basilio und kaute an seiner Zigarre.

»Also doch noch?« rief Reynaldo aus und riß vor Entzükken die Augen weit auf.

»Ja, endlich!«

»Glück gehabt, Freundchen! Glück gehabt!« Er klopfte ihm gerührt auf die Schulter.

Doch dann wurde er zum Spiel gerufen, und weit über das Billard gedehnt, ein Bein in der Luft, um sicherer ein gutes Resultat zu erzielen, sagte er mit einer Stimme, die durch seine Haltung gezwungen klang: »Das freut mich ganz außerordentlich, weil diese Angelegenheit schon anfing, sich in die Länge zu ziehen ...«

Tack! Die rote Billardkugel ging daneben.

»Mit etwas Halbem gebe ich mich nicht zufrieden!« knurrte Reynaldo grimmig. Er rieb den Billardstock mit Kreide ein und trat dabei näher an Basilio heran: »Hör mal ...«

Er sagte ihm etwas ins Ohr.

»Wie ein Engel, Freundchen!« seufzte Basilio.

6

Am folgenden Morgen weckte Juliana Luiza und wisperte an der Schlafzimmertür: »Gnädige Frau! Gnädige Frau! Da ist ein Diener mit einem Brief, er sagt, er kommt vom Hotel.« Auf Zehenspitzen öffnete sie eines der Fenster und wandte sich geheimnisvoll wieder zum Alkoven: »Er wartet auf Antwort, er steht an der Tür.«

Luiza war noch vom Schlaf benommen und öffnete den großen blauen Briefumschlag, der ein Monogramm trug – zwei B, eines in Purpur, das andere in Gold, unter einer Grafenkrone.

»Es ist gut, er bekommt keine Antwort.«

»Er bekommt keine Antwort«, rief Juliana dem Diener zu, der wartend am Treppengeländer lehnte, eine dicke Zigarre rauchte und sich den schwarzen Backenbart strich.

»Keine Antwort? In Ordnung, einen schönen guten Tag.« Der Diener tippte mechanisch mit dem Finger an den Schirm seiner Kappe und schwankte die Treppe hinunter.

›Das war ein Mann!‹ dachte Juliana auf dem Weg zur Küche.

»Wer hat denn da Sturm geläutet, Senhora Juliana?« wollte die Köchin wissen.

Juliana brummte: »Niemand, eine Nachricht von der Putzmacherin.«

Schon vom Morgen an fand Joanna Julianas Benehmen recht komisch. Seit sieben Uhr hatte sie gehört, wie sie fegte, Staub wischte, ausklopfte, die Fenster des Speisezimmers putzte, das Geschirr in das Büfett räumte. Und mit welchem Eifer! Dazu sang sie den ›Liebesbrief‹, während die Kanarienvögel bei geöffneten Balkontüren hell in der Sonne zwitscherten. Als sie kam, um in der Küche ihren Kaffee zu trinken, plauderte sie nicht wie sonst; sie schien befangen und geistesabwesend.

Joanna fragte sie schließlich: »Geht es Ihnen wieder schlechter, Senhora Juliana?«

»Mir? Gott sei es gedankt, noch nie habe ich mich so wohl gefühlt.«

»Nur weil Sie so schweigsam sind ...«

»Ich denke gerade über etwas nach ... Man ist eben nicht immer zum Schwatzen aufgelegt.«

Obwohl es schon nach neun Uhr war, hatte sie die Gnädige nicht wecken wollen. »Soll sie sich erholen, die Arme!« sagte sie. Auf Zehenspitzen füllte sie ganz leise in Luizas Zimmer das große Badebecken; um keinen Lärm zu verursachen, schüttelte sie die Röcke und das Kleid vom Vortage auf dem Korridor aus, und ihre Augen blitzten begierig, als sie im Täschchen ein zerknülltes Papier gewahrte! Es war das Briefchen, das Luiza an Basilio geschrieben hatte: ›Warum kommst Du nicht? ... Wenn Du wüßtest, was Du mir damit antust ...‹ Sie hielt es einen Augenblick in der Hand, biß sich auf die Lippe, stellte mit starrem Blick eine nüchterne Berechnung an; schließlich steckte sie es wieder in die Tasche von Luizas Kleid, legte es zusammen und dann behutsam auf das Sofa.

Später, als sie die Kuckucksuhr schlagen hörte, entschloß

sie sich endlich, Luiza mit sanfter Stimme zu sagen: »Es ist halb elf, gnädige Frau!«

Luiza hatte im Bett immer wieder Basilios Briefchen gelesen. Er könnte, schrieb er, das Leben nicht mehr ertragen, ohne ihr zu sagen, daß er sie anbete. Und schlecht geschlafen hätte er! Am Morgen wäre er sehr zeitig aufgestanden, um ihr zu schwören, daß er verrückt nach ihr sei, daß er ihr sein Leben zu Füßen lege. – Diese Prosa hatte er am Vortage im ›Gremio‹ verfaßt, nachts um drei, nach einigen Robbers Whist, einem Beefsteak, zwei Glas Bier und der lässigen Lektüre der ›Illustração‹. Er schloß den Brief mit dem Ausruf: ›Mögen andere nach Reichtum, Ruhm und Ehren streben, ich begehre Dich! Nur Dich, mein Täubchen, weil Du das einzige Band bist, das mich an das Leben fesselt; und wenn ich morgen Deine Liebe verlöre, so schwöre ich Dir, daß ich diesem nutzlosen Dasein mit einer wohlgezielten Kugel ein Ende setzen würde!‹ – Er hatte sich noch ein Bier bestellt und dann den Brief mitgenommen, um ihn in seinem Zimmer in einen Umschlag mit Monogramm zu stecken, ›weil das stets größeren Eindruck macht‹.

Und Luiza hatte geseufzt und andächtig das Papier geküßt. Es war das erste Mal, daß ihr jemand derartige Sentimentalitäten schrieb, und ihr Stolz schwoll in der Liebesglut, die von ihnen ausstrahlte, wie ein trockener Körper, der sich in einem erquickenden Bade streckt: ihr Selbstgefühl wuchs, und es schien ihr, als beginne für sie endlich ein höchst interessantes Dasein, wo jede Stunde ihren eigenen Zauber bergen, jeder Schritt zur höchsten Verzückung führen und ihre Seele sich mit einer üppigen Fülle von Empfindungen sättigen würde!

Luiza sprang auf, streifte rasch einen Morgenrock über, zog am Fenster die Jalousien hoch. Was für ein wundervoller Morgen! Es war einer jener letzten Augusttage, an denen sich der Sommer einmal verschnauft; schon liegt in Wärme und Licht so etwas wie herbstliche Beschaulichkeit; steil scheint die Sonne vom Himmel, funkelnd, doch nur leicht wärmend, die Luft hat nicht die Glanzlosigkeit der Hundstage, und das tiefe Blau leuchtet in strahlender Reinheit; man atmet freier, und schon ist den vorübergehenden Leuten nicht mehr die träge Mattigkeit der schwächenden Schwüle anzumerken. Freude überkam sie: Sie fühlte sich leicht, sie hatte diese Nacht einen gesunden, ununterbrochenen Schlaf genossen, und alle Aufregungen, alle Sehnsüchte der vergangenen Tage schienen sich in dieser Ruhe aufgelöst zu haben. Luiza trat vor den Spiegel, um sich darin zu besehen; sie fand ihre Haut heller, frischer, und einen feuchten Schimmer zärtlicher Rührung in ihrem Blick – stimmte es, was Leopoldina behauptete, daß es nichts Besseres gibt als einen kleinen Flirt, um hübsch zu werden? Jetzt hatte sie ja einen Geliebten!

Unbeweglich stand sie in der Mitte des Zimmers und wiederholte mit verschränkten Armen und starrem Blick: ›Ich habe einen Geliebten!‹ Sie erinnerte sich an den gestrigen Abend im Salon, die spitze Flamme der Kerzen und gewisse lange Pausen des Schweigens, in denen ihr zumute war, als sei die Zeit stehengeblieben, während ihr von der Wand die schwarzen Augen des Bildes von Jorges Mutter ihren starren Gemäldeblick zuwarfen. Doch da trat Juliana mit einem Tablett voll gebügelter Wäsche ein. Es war Zeit, sich anzukleiden.

In welchen Höhen des Gefühls sie an diesem Morgen schwelgte! Sie parfümierte das Wasser mit Lubin, suchte sich das Hemdchen mit den besten Spitzen heraus. Und sie dürstete danach, reich zu sein! Die teuersten Bretagnespitzen und holländischen Batist wollte sie haben, die prächtigsten Möbel, kostbare englische Juwelen, eine mit Atlas ausgeschlagene Kutsche … Denn empfindsame Naturen neigen dazu, die Freuden des Herzens durch die Genüsse des Wohllebens zu ergänzen: Der erste Fehltritt, den sich eine bisher unbescholtene Seele zuschulden kommen läßt, ebnet weiteren den Weg – genauso wie ein Dieb sich in ein Haus schleicht und behend seiner ganzen gierigen Zunft die Tore öffnet.

Sie erhob sich sehr erfrischt aus dem Bade, um zu frühstükken, das Haar in zwei Zöpfen geflochten, im weißen Morgenrock. Juliana stürzte gleich herbei und schloß die Fensterläden, weil, obwohl es nicht heiß wäre, geschlossene Läden stets größere Kühle bewirkten! Und als sie bemerkte, daß Luiza das Taschentuch vergessen hatte, beeilte sie sich, eines zu holen.

Sie parfümierte es mit Kölnisch Wasser. Juliana war jetzt überhaupt rührend um Luiza besorgt.

Als sie sah, wie sie gierig Feigen aß, rief sie beinahe unter Tränen aus: »Daß sie Ihnen nur nicht schlecht bekommen, gnädige Frau!«

Sie umkreiste sie geflissentlich mit dienstfertigem Lächeln, oder sie stand mit verschränkten Armen vor dem Tisch und schien sie mit Stolz zu bewundern – und kostbares und geliebtes Wesen, ihr alles, ihre Herrin! Und sie verschlang sie mit ihren Glotzaugen. Bei sich aber dachte sie: ›Diese Ziege! Dieses schamlose Frauenzimmer!‹

Nach dem Frühstück ging Luiza in ihr Zimmer und streckte sich mit ihrem ›Diario de Noticias‹ auf das Sofa. Sie kam aber nicht zum Lesen. Die Erinnerungen an gestern wirbelten jeden Augenblick durch ihre Seele, wie Blätter, die der Herbstwind hin und wieder vom Erdboden aufhebt: gewisse Worte, deren er sich bediente, manche ungestümen Bewegungen, seine ganze Art, sie zu lieben … Und sie verharrte regungslos, die Augen voller Tränen, und fühlte, wie diese Erinnerungen noch lange sanft in ihrem Gedächtnis nachklangen. Dennoch ließ sie der Gedanke an Jorge nicht los;

seit dem Vortag ging er ihr nicht mehr aus dem Sinn; er erschreckte sie nicht, noch quälte er sie; er war da, still, aber gegenwärtig, ohne ihr Angst einzuflößen; er bereitete ihr auch keine Gewissensbisse; es war, als ob er gestorben sei oder so weit fort, daß er nicht wiederkehren könne, oder als ob er sie verlassen hätte. Sie erschrak sogar darüber, daß sie das so wenig bewegte. Und dennoch verdroß es sie, fortwährend mit spukhafter Hartnäckigkeit dieses Bild im Kopf zu haben, ohne etwas dabei zu empfinden, und instinktiv begann sie, Rechtfertigungen für ihr Handeln zu suchen. Es war nicht ihre Schuld gewesen. Sie hatte sich Basilio nicht in die Arme geworfen! Alles ergab sich aus einem Zusammentreffen unglücklicher Umstände: der Rausch der Stunde, die Dämmerung, eine Kleinigkeit Wein vielleicht ... Sie war wahnsinnig, gewiß. Und in Gedanken wiederholte sie die landläufigen Entschuldigungen: sie war nicht die erste, die ihren Gatten betrog: bei vielen war es lediglich ein Laster, sie dagegen hatte es aus Leidenschaft getan ... Wie viele Frauen lebten in wilder Ehe und waren berühmt und wurden bewundert! Selbst Königinnen hatten Liebhaber. Und er liebte sie so ... Er würde so treu, so verschwiegen sein! Seine Worte waren so unwiderstehlich, seine Küsse so betörend ... Und was sollte ihr jetzt noch zu tun übrigbleiben? Da es nun einmal so war ...

Luiza beschloß, ihm zu antworten. Sie trat ins Arbeitszimmer. Ihr Blick fiel auf Jorges Photographie. Die zeigte seinen Kopf in natürlicher Größe, in schwarzlackiertem Rahmen. Und plötzlich krampfte sich ihr das Herz zusammen; sie stand da wie gelähmt – wie jemand, der vom Laufen erhitzt ist und in die Kälte eines unterirdischen Gewölbes tritt. Sie betrachtete genau sein gekräuseltes Haar, den schwarzen Bart, die Krawatte mit den Punkten, die beiden gekreuzten Schwerter, die darauf glänzten. Wenn er es erführe, würde er sie umbringen! ... Luiza wurde ganz blaß. Sie sah scheu um sich; da hing sein samtenes Arbeitsjackett an einem Nagel; die Wolldecke, in die er seine Füße zu wickeln pflegte, lag zusammengefaltet an ihrem Platz; da waren die großen Bogen Zeichenpapier auf dem Tisch weiter hinten, und das Tabakdöschen, und die Kassette mit den Pistolen ... Ganz bestimmt würde er sie töten!

Der Raum war so von Jorges Persönlichkeit erfüllt, daß sie glaubte, er müsse gleich zurückkommen, schon im nächsten Moment eintreten. Wenn er nun plötzlich käme! Seit drei Tagen hatte sie keine Post von ihm erhalten – und während sie hier dabei war, an ihren Geliebten zu schreiben, konnte er jeden Augenblick erscheinen und sie ertappen. ›Aber das ist ja Unsinn‹, dachte sie. Der Dampfer von Barreiro legte erst um fünf Uhr an; und dann hatte er ja im letzten Brief geschrieben, daß er noch einen Monat bleiben würde, vielleicht sogar noch länger ...

Sie setzte sich, suchte sich einen Bogen Papier heraus und begann, in ihrer etwas schwerfälligen Handschrift zu schreiben:

›Mein geliebter Basilio!‹

Doch ein plötzlicher Schrecken lahmte sie; sie empfand so etwas wie eine bange Ahnung, daß Jorge kommen, gleich zur Tür hereintreten würde ... Vielleicht war es besser, lieber nicht zu schreiben ... Sie stand auf, ging langsam in den Salon, setzte sich auf den Diwan; und als ob sie die Berührung dieses breiten Sofas und die Erinnerungen an gestern, die es in ihr wachrief, zu sündhaften Liebesabenteuern ermutigt hätten, kehrte sie sehr entschlossen zum Arbeitszimmer zurück und schrieb rasch:

›Du kannst Dir gar nicht vorstellen, mit welcher Freude ich heute morgen Deinen Brief erhalten habe ...‹

Die alte Feder schrieb schlecht; sie tauchte sie nochmals

ein. Als sie sie abstrich, zitterte ihre Hand ein wenig, und ein schwarzer Tintenklecks fiel aufs Papier. Das erschien ihr als böses Vorzeichen; sie war ganz verstört und zögerte einen Augenblick. Während sie sich den Kopf kratzte, die Ellenbogen auf die Tischplatte gestützt, hörte sie, wie Juliana draußen den Treppenabsatz fegte, wobei sie den ›Liebesbrief‹ trällerte. Schließlich zerriß sie den Bogen unwillig in viele kleine Stückchen und warf sie in einen lackierten Kasten mit zwei großen Messingringen neben dem Tisch in der Ecke, in den Jorge die alten Konzepte und erledigte Papiere wandern ließ. Sie nannten ihn den ›Sarkophag‹; Juliana hatte sich wohl gehütet, ihn zu leeren, obwohl er von Papier überquoll.

Luiza nahm ein neues Blatt und begann noch einmal:

›Mein geliebter Basilio!

Du kannst Dir gar nicht vorstellen, wie mir zumute war, als ich heute morgen aufwachte und Deinen Brief erhielt. Ich bedeckte ihn mit Küssen ...‹

Doch die Portiere schlug eine weiche Falte, und die Stimme Julianas erklang diskret: »Die Schneiderin ist da, gnädige Frau.«

Luiza hatte erschrocken die Hand auf den Bogen Papier gelegt. »Sie soll warten.«

Und sie schrieb weiter:

›... Wie schade, daß es nur der Brief war und nicht Du! Ich kenne mich selbst nicht mehr, zumal Du in so kurzer Zeit mein Herz erobert hast, aber es ist wahr, daß ich niemals aufgehört hatte, Dich zu lieben. Halte mich deswegen nicht für leichtsinnig, denke auch nicht schlecht von mir, weil ich mich nach Deiner Liebe sehne, aber ich habe Dich immer geliebt. Als ich Dich nach jener dummen Reise, die Dich so weit fort führte, wiedersah, wurde ich des Gefühls nicht mehr Herr, das mich zu Dir trieb, mein geliebter Basilio. Gestern, als das verwünschte Dienstmädchen mir meldete, Du kämst Dich verabschieden, war ich wie vom Schlag getroffen; aber als ich dann sah, daß dem nicht so ist, nun, ich weiß es selbst nicht, da fieberte ich nach Dir! Und wenn Du mein Leben von mir gefordert hättest, ich hätte es Dir gegeben, weil ich Dich so sehr liebe, daß ich mich selbst nicht mehr wiedererkenne ... Aber warum damals diese Lüge, und warum bist Du nun gekommen? Du Schlimmer! Ich war entschlossen, Dir für immer Lebewohl zu sagen, aber ich kann nicht, mein geliebter Basilio! Die Liebe ist stärker als ich. Ich habe Dich immer geliebt, und nun, da ich die Deine bin, da ich Dir gehöre mit Leib und Seele, ist mir, als liebe ich Dich noch mehr, wenn das überhaupt möglich ist ...‹

»Wo ist sie? Wo ist sie denn?« sagte eine Stimme im Salon.

Luiza erblaßte und sprang auf. Das war Jorge! Sie knüllte hastig den Brief zusammen, wollte ihn in der Tasche verbergen – doch das Hauskleid hatte keine! Und verwirrt, keines klaren Gedankens mehr fähig, warf sie ihn in den ›Sarkophag‹. Sie stand da und wartete, beide Hände auf die Tischplatte gestützt, mit angehaltenem Atem.

Die Portiere hob sich, und Luiza erkannte gleich den blausamtenen Hut von Donha Felicidade.

»Hier steckst du, du Schelm! Was hast du denn hier zu schaffen? Was ist dir denn, du siehst ja aus wie eine Kalkwand ...«

Luiza ließ sich bleich und leblos in den Armstuhl fallen und sagte mit mattem Lächeln: »Ich wollte gerade etwas schreiben, da wurde mir schwindlig ...«

»Ach Gott! Schwindelanfälle, was muß ich hören!« unterbrach Donha Felicidade sie gleich. »Ein Kreuz ist das, wenn man sich jeden Augenblick an den Möbeln festhalten muß; ich habe direkt Angst, einen Weg allein zu gehen. Da tun Abführmittel gute Dienste!«

»Gehen wir in mein Zimmer!« sagte Luiza schnell. »Dort ist es angenehmer.« Ihre Beine zitterten, als sie sich erhob.

Sie kamen durch den Salon. Juliana begann aufzuräumen. Luiza bemerkte auf der Steinplatte des Pfeilertischchens, unter dem ovalen Spiegel, etwas Asche: sie stammte vom Vortage, von ›seiner‹ Zigarre! Luiza stäubte sie ab – und als sie zum Spiegel aufblickte, war sie bestürzt, daß sie so blaß aussah.

Die in Schwarz gekleidete Schneiderin, in einem Hut mit veilchenblauen Bändern, saß auf der Sofakante und hielt mit trübem Blick ihr Päckchen auf den Knien; sie kam, um das Mieder eines angefertigten Kleides anzuprobieren, machte sich Notizen, steckte ab, heftete leicht an und sprach dabei leise, mit demütiger Unterwürfigkeit und trockenem Hüsteln. Kaum war sie wie ein Schatten wieder hinausgehuscht, das gefärbte Umschlagtuch fest um die mageren Schulterblätter geschlungen, begann Donha Felicidade auch schon von ›ihm‹ zu erzählen, vom Kanzleirat. Sie war ihm im Moinho de Vento begegnet. Aber, Herrschaften, nicht einmal gesprochen habe er mit ihr! Er hätte ihr lediglich eine sehr förmliche Verbeugung gemacht, und tapp, tapp wäre er weitergestiefelt, als ob er sie geradezu fliehe! Was hältst du davon? Diese Gleichgültigkeit brächte sie noch um, seufzte sie. Sie verstünde das einfach nicht, nein, sie könnte das wirklich nicht begreifen ...

»Denn schließlich«, rief sie, »kenne ich mich ja auch gut genug! Ich bin kein Kind, aber ebensowenig eine alte Schachtel! Stimmt das etwa nicht?«

»Gewiß«, sagte Luiza zerstreut. Sie mußte an ihren Brief denken.

»Sieh mich doch an, wie ich mit meinen vierzig Jahren im ausgeschnittenen Kleid vor dir stehe; ich bin schon noch was wert! Schultern und Brust sind jedenfalls vom Besten!«

Luiza wollte aufstehen. Doch Donha Felicidade wiederholte: »Vom Besten! Viele Junge gäben etwas darum!«

»Ich glaube schon«, pflichtete ihr Luiza bei und lächelte gedankenverloren.

»Und er ist ja auch kein junges Bürschchen mehr ...«

»Nein ...«

»Aber er hat sich sehr gut gehalten!« Und ihre Augen blitzten. »Er kann eine Frau noch sehr glücklich machen!«

»Bestimmt ...«

»Ein Mann zum Anbeißen!« seufzte Donha Felicidade.

»Wartest du einen Augenblick? Ich gehe nur mal hinüber, bin gleich wieder da«, sagte Luiza.

»Geh nur, Mädchen, geh!«

Luiza lief ins Arbeitszimmer, geradeswegs zum ›Sarkophag‹.

Er war leer! Und ihr Brief – um Himmels willen!

Aufgeregt rief sie Juliana: »Haben Sie den Papierkasten ausgeleert?«

»Jawohl, gnädige Frau«, antwortete diese sehr ruhig und erkundigte sich teilnahmsvoll: »Wieso, ist irgendein Papier verlorengegangen?«

Luiza wurde blaß. »Es war ein Bogen, den ich in den Kasten warf. Wo haben Sie ihn ausgeschüttet?«

»In den Mülleimer, wie gewöhnlich, gnädige Frau. Ich nahm an, das Papier würde nicht mehr gebraucht ...«

»Ach! Sehen wir doch gleich mal nach!« Sie stieg schnell zur Küche hinauf.

Juliana lief hinterher und ereiferte sich: »Zu dumm! Es ist noch keine fünf Minuten her! Der Kasten quoll von Papier über ... Ich wollte nur im Arbeitszimmer ein bißchen aufräumen ... Gott steh mir bei, aber wenn gnädige Frau gesagt hätten ...«

Doch der Mülleimer war leer. Joanna hatte ihn gerade unten ausgeschüttet. Als sie Luizas Unruhe sah, fragte sie: »Warum? Ist etwas weggekommen?«

»Ein Bogen Papier«, hauchte Luiza und suchte kreideweiß auf dem Fußboden herum.

»Ich habe alles in den Abfall geworfen, gnädige Frau«, sagte das Mädchen.

»Es könnte ja etwas danebengefallen sein, Senhora Joanna«, meinte Juliana.

»Gehen Sie, sehen Sie nach, Joanna«, unterbrach sie Luiza mit einem Hoffnungsschimmer.

Juliana setzte eine bekümmerte Miene auf. »Großer Gott! Konnte ich das ahnen! Aber warum haben gnädige Frau denn nichts gesagt ...?«

»Schon gut, es ist ja auch gar nicht Ihre Schuld ...«

»Bei Gott, mir wird auch gleich wieder schlecht ... Ist es denn etwas Wichtiges, gnädige Frau?«

»Nein, eine Rechnung ...«

»Gott steh mir bei ...«

Joanna kam zurück und schwenkte ein zerknittertes Blatt. Luiza las: ›... der Durchmesser des ersten Schachts ...‹

»Nein, das ist es nicht!« rief sie völlig verstört.

»Dann ist es schon die Gosse hinunter, gnädige Frau, es ist nichts mehr da.«

»Haben Sie auch richtig nachgesehen?«

»Ich habe alles herausgeklaubt ...«

Und trostlos fügte Juliana hinzu: »Lieber wollte ich zehn Testonen einbüßen! So etwas! Aber gnädige Frau, wie konnte ich denn ahnen ...«

»Schon gut!« murmelte Luiza und ging hinunter.

Doch sie war erschrocken, hegte sogar einen unbestimmten Verdacht ... Das Briefchen fiel ihr ein, das sie gestern an Basilio geschrieben und zerknüllt in die Kleidertasche gesteckt hatte ... Sie trat aufgeregt wieder in ihr Zimmer.

Donha Felicidade hatte den Hut abgelegt und es sich auf dem Sofa bequem gemacht.

»Du entschuldigst doch, nicht wahr?« sagte Luiza.

»Aber bitte! Was ist denn?«

»Mir ist eine Rechnung abhanden gekommen«, antwortete sie.

Luiza ging zum Kleiderschrank und fand auch gleich das Briefchen in der Tasche. Das beruhigte sie. Der lange Brief dagegen war sicher in den Kehricht gewandert. Aber welche Unvorsichtigkeit!

»Es hat sich erledigt!« murmelte sie und setzte sich resigniert. Donha Felicidade dämpfte vertrauensselig ihre Stimme: »Ich will dir mal was erzählen. Aber paß auf! Es ist nämlich ein Geheimnis.«

Luiza erschrak.

»Du weißt doch«, fuhr Donha Felicidade langsam und gemächlich fort, »daß mein Dienstmädchen, die Josepha, sich mit dem Galicier verheiraten will ... Er stammt aus der Nähe von Tuy und sagt, in seiner Gegend wohnt eine Frau, die die Gabe hat, Heiraten zustande zu bringen, daß es einfach wunderbar wäre ... Es gäbe gar nichts Besseres ... Wenn sie das Schicksal über einen Mann heraufbeschwört, befällt ihn eine derartige Leidenschaft, daß es gleich Hochzeit gibt, und das Glück ist vollkommen.«

Nun lächelte Luiza beruhigt.

»Hör zu«, meldete sich sogleich wieder Donha Felicidade, »laß deine Angelegenheiten mal einen Augenblick beiseite ...«

In ihrem ernsten Ton schwang abergläubische Ehrfurcht.

»Der Galicier sagt, daß sie schon Wunder vollbracht hat. Männer, die ihre Mädchen sitzengelassen hatten, andere, die sich nichts aus ihnen machten, Ehemänner mit Freundinnen, kurz und gut, jede Art von Undankbarkeit ... Wenn die weise

Frau den Zauber beschwört, beginnen die Männer schwach zu werden, zu bereuen, Leidenschaft zu empfinden, sich bis über die Ohren zu verlieben ... Das Mädchen erzählte mir das. Ich dachte gleich daran ...«

»Den Kanzleirat behexen zu lassen!« fiel Luiza ein.

»Was hältst du davon?«

Luiza, brach in schallendes Gelächter aus, und Donha Felicidade war beinahe beleidigt. Sie erzählte andere Fälle: von einem Adligen, der eine Wäscherin verführt hatte; von einem Manne, der Frau und Kinder im Stich ließ und mit einem tollen Frauenzimmer durchbrannte ... Auf alle hätte das ›Schicksal‹ wie ein Donnerschlag gewirkt, indem es prompt feurige Liebe für die bislang verschmähte Person entfachte. Wenn die Treulosen in der Nähe waren, stellten sie sich sogleich demütig ein; weilten sie fern, so kamen sie schnurstracks zurück, zu Fuß, zu Pferde, in der Postkutsche, und verzehrten sich vor Eile ... Und sie ergaben sich in ihr Geschick, zahm und demütig wie angekettete Sklaven ...

»Aber der Galicier«, fuhr sie sehr erbost fort, »behauptet, daß er, um dahin zu reisen, mit der weisen Frau zu sprechen, das Bild des Kanzleirats hinzubringen – sein Bild ist dazu notwendig und meines auch –, um mit ihr zu sprechen und wieder zurückzufahren, daß er dazu sieben Moedas braucht!«

»Donha Felicidade!« rief Luiza tadelnd aus.

»Du brauchst mir nicht zu sagen, daß ich dir nicht mit solchen Sachen kommen soll! Bedenke, ich weiß von Fällen ...«

Sie richtete sich auf und schrie mit geweiteten Augen:

»Aber es sind sieben Moedas! Sieben Moedas!«

Juliana erschien an der Tür und sagte ganz leise und mit einem Lächeln: »Gnädige Frau gestatten?« Sie winkte sie auf den Flur und flüsterte: »Ein Brief. Er kommt vom Hotel.«

Luiza wurde puterrot. »Herrgott noch mal, deswegen brauchen Sie doch nicht so geheimnisvoll zu tun!« Sie ging aber nicht ins Zimmer, sondern öffnete den Brief gleich auf dem Korridor. Er war in aller Eile mit Bleistiftschrift hingeworfen.

›Meine Liebe‹, schrieb Basilio, ›durch einen glücklichen Zufall entdeckte ich das, was wir brauchen, ein verschwiegenes Liebesnest, wo wir uns treffen können ...‹ Und er gab Straße, Hausnummer und den nächsten Weg dorthin an. ›... Wann kommst Du, meine Liebe? Komm morgen! ‚Paradies' habe ich das Haus getauft: Für mich, meine Angebetete, ist es wahrhaftig das Paradies. Ich erwarte Dich dort ab mittag: Sobald ich Dich sehe, komme ich hinunter.‹

Dieser Übereifer, ein ›Liebesnest‹ zu besorgen – ein Beweis seiner flammenden, ganz auf sie gerichteten Leidenschaft –, ließ sie innerlich sanft vor Stolz schwellen; gleichzeitig verhieß ihr jenes verschwiegene ›Paradies‹ außergewöhnliche Liebeswonnen, wie in einem Roman; und alles, was sie bedrückte, einschließlich der Aufregung wegen des abhanden gekommenen Briefes, löste sich plötzlich in einem Gefühl der Wärme, wie Schneeflocken unter der aufsteigenden Sonne.

Strahlend kehrte sie wieder ins Zimmer zurück.

»Was hältst du davon?« fragte gleich Donha Felicidade, die immer noch von ihrem Beschwörungswahn gepeinigt wurde.

»Wovon?«

»Meinst du, daß ich den Mann nach Tuy schicken soll?«

Luiza zuckte die Achseln. Ein Abscheu gegen solche Zauberränke bei verfahrenen Liebschaften stieg in ihr auf. Eitel auf ihre eigene romantische Liebesaffäre, empfand sie diese greisenhafte Gefühlsduselei als widerwärtig.

»Unfug!« meinte sie sehr verächtlich.

»Aber Kind! So darfst du nicht reden! So nicht!« erwiderte Donha Felicidade, aufs höchste betrübt.

»Gut, dann schick ihn, schick ihn nur hin!« brummte Luiza ungehalten.

»Aber es kostet doch sieben Moedas!« rief Donha Felicidade und war dem Weinen nahe.

Luiza mußte lachen. »Für einen Ehemann? Das finde ich billig ...«

»Und wenn der Zauberspruch versagt?«

»Dann ist es zu teuer!«

Donha Felicidade entrang sich ein tiefer Seufzer. Sie war sehr unglücklich, weil sie unschlüssig zwischen den Lokkungen der Lüsternheit und dem Gebot der Sparsamkeit schwankte. Luiza begann sie leid zu tun. Während sie ein Kleid aus dem Schrank zog, sagte sie: »Laß es lieber! Es geht auch ohne Zauberei!«

Donha Felicidade hob die Augen zum Himmel.

»Willst du ausgehen?« fragte sie schwermütig.

»Nein.«

Daraufhin schlug ihr Donha Felicidade vor, mit ihr zur Encarnação zu kommen. Sie würden die arme Silveira besuchen, die einen Furunkel hatte, und sich die Kirche ansehen, die für die Einweihung des neuen Altars, eines Meisterwerkes, festlich geschmückt war.

»Und ich gedenke auch ein ganz klein wenig zu verweilen und zu beten, um mein Inneres zu erleichtern«, fügte sie seufzend hinzu.

Luiza war einverstanden. Sie hatte Lust, beleuchtete Altäre zu sehen und das Lispeln im Chor gesprochener Gebete zu hören, wie wenn das Erhebende der Andacht recht gut zu ihrer sentimentalen Stimmung paßte. Rasch kleidete sie sich um.

»Wie mollig du bist, Mädchen!« rief Donha Felicidade bewundernd aus, als sie ihre Schultern und ihren Busen erblickte.

Luiza stand vor dem Spiegel, betrachtete sich selbstzufrieden und lächelte ihr warmes Lächeln, wobei sie ganz sacht und zärtlich ihre weiße, zarte Haut liebkoste.

»Schön rundlich«, meinte sie, von sich selbst eingenommen.

»Rundlich? Eine richtige Kugel wirst du!« Traurig fügte Donha Felicidade hinzu: »Bei deinem Leben, einem Gatten wie dem deinen, verwöhnt, kinderlos, ohne Sorgen ...«

»Lassen wir das, meine Liebe«, sagte Luiza, »denn der Kummer hat dich auch nicht magerer werden lassen ...«

»Sicher, das schon! Aber ...« – und sie schien höchst betrübt, als sei ihr Körper ein völliges Wrack – »hier drinnen sieht es trostlos aus! Der Magen, die Leber ...«

»Wenn die weise Frau von Tuy ihr Wunder vollbringt, wird das alles wieder wie neu!«

Donha Felicidade lächelte zweifelnd.

»Weißt du schon, was für einen hübschen Hut ich habe?« rief Luiza. »Hast du ihn noch nicht gesehen? Der ist doch reizend!«

Sie holte ihn gleich aus dem Kleiderschrank. Er war aus feinem Strohgeflecht, mit Vergißmeinnicht garniert.

»Wie gefällt er dir?«

»Ein Prachtstück!«

Luiza betrachtete ihn stolz und tippte mit den Fingerspitzen leicht auf die blauen Blümchen.

»Der sieht flott aus«, meinte Donha Felicidade.

»Nicht wahr?«

Sie setzte ihn feierlich und sehr behutsam auf. Er stand ihr gut. Wenn Basilio sie so sähe, würde sie ihm gefallen, dachte sie. Es war ja durchaus möglich, daß sie ihm begegneten ...

Da überkam sie ohne unmittelbaren Anlaß ein überwältigendes Glücksgefühl; sie fand es herrlich zu leben, auszugehen, nach der Encarnação zu fahren, an ihren Geliebten zu denken … Und völlig außer sich suchte sie im ganzen Zimmer nach den Schlüsseln zum Toilettentisch.

Wo hatte sie die bloß gelassen? Vielleicht im Speisezimmer! Sie mußte nachsehen! Luiza lief hinaus, ein bißchen verwirrt, und trällerte:

»Amici, la notte è bella …
La ra la la …«

Beinahe wäre sie auf Juliana geprallt, die den Korridor fegte.

»Vergessen Sie nicht, den gestickten Rock für morgen zu plätten, Juliana!«

»Nein, gnädige Frau. Er ist schon in der Stärke!« Sie sah Luiza mit grimmigem Blick nach. ›Singe nur, du Brummkreisel, du Unschuldslämmchen, immer singe, du raffiniertes Frauenzimmer …‹ Und sie selbst, plötzlich von hellem Jubel ergriffen, ließ den Besen nur so hin und her sausen und dazu ihre häßliche Stimme erschallen:

»Der Feldzug ist schon übermorgen zu Ende,
R–e–e–edet man hier so …
Doch würde es wahr sein und keine Legende …«

Und mit salbungsvollem Nachdruck:

»Wä–ä–re ich sehr froh!«

Am nächsten Tage gegen zwei Uhr nachmittags spazierten Sebastião und Julião durch die Rue São Pedro de Alcantara. Sebastião hatte gerade seinen ›Auftritt‹ mit Luiza erzählt und wie seither seine Wertschätzung für sie gestiegen sei. Anfangs wäre sie ja bockig gewesen, das schon …

»Aber sie hatte recht! Wenn man so überraschend von derlei Dingen hört! Und ich habe es schlecht eingefädelt, ich war viel zu tolpatschig ...«

Doch die Ärmste wäre gleich völlig vernünftig geworden; der Klatsch der Straße verdroß sie sehr; sie war ganz auf ihren guten Ruf bedacht und bat ihn um Rat ... Sie hatte sogar Tränen in den Augen.

»Ich sagte ihr gleich, es wäre das beste, mit dem Vetter zu sprechen und ihm zu sagen, was vorgeht ... Was hältst du davon?«

»Ja«, brummte Julião gedankenverloren.

Er hatte an seinem Zigarettenstummel gesogen und dabei Sebastião zerstreut zugehört. Sein erdfarbenes Gesicht wurde hohl und nahm dabei eine gallengrüne Farbe an.

»Nun, glaubst du, daß ich es richtig gemacht habe?«

Nach eine Pause fügte er hinzu: »Denn sie ist eine anständige Frau! Eine grundanständige Frau, Julião!«

Sie gingen schweigend weiter. Der Tag war schwül und bedeckt, es sah ganz nach Gewitter aus: Dichte und schwere dunkle Wolken ballten sich zusammen, verdüsterten den Himmel und zogen hinter den Hügeln nach der Graça hinüber; zuweilen erhob sich der flache Wind und ließ das Laub der Bäume erschauern.

»So daß ich jetzt beruhigt sein kann«, faßte Sebastião zusammen. »Meinst du nicht auch?«

Julião zuckte mit einem betrübten Lächeln die Achseln.

»Wenn ich deine Sorgen hätte, Mann!« sagte er.

Dann sprach er mit Verbitterung von dem, was ihn bewegte. Vor einer Woche war an der Hochschule der Posten eines Assistenten ausgeschrieben worden, und er würde sich darum bewerben. Er sei sein rettender Strohhalm, behauptete er; wenn er den Posten ergattern könnte, hätte er gleich einen Namen, die Patienten konnten kommen, und das Vermögen ... Und, zum Teufel noch mal, dann war er doch wenigstens unter Dach und Fach! ... Aber die Gewißheit seiner geistigen Überlegenheit konnte ihn nicht beruhigen, weil ja schließlich in Portugal – stimmt das etwa nicht? – bei solchen Dingen Wissenschaft, Studium und Begabung einen Schmarren wert sind; die Hauptsache bleibt die Protektion! Er hatte keine – und sein Mitbewerber, ein widerwärtiger Patron, war der Neffe eines Generaldirektors, hatte Verwandte im Abgeordnetenhaus sitzen, war ein Hüne! Deswegen arbeite er aus Leibeskräften, doch schiene es ihm unumgänglich notwendig, auch seine Keile vorzutreiben! Aber wen?

»Weißt du denn niemanden, Sebastião? ...«

Sebastião entsann sich eines Vetters, der im Alemtejo Abgeordneter war, eines Dicken, der der Parlamentsmehrheit angehörte und ein wenig durch die Nase sprach. Wenn Julião es wünsche, würde er gern mit ihm sprechen ... Aber er hätte immer sagen hören, daß die Hochschule nicht für Kabalen und Intrigen zu haben sei ... Im übrigen hätten sie ja den Kanzleirat Accacio ...

»Der Gimpel!« schimpfte Julião. »Dieser Schwätzer! Wer nimmt den schon ernst? Dann schon eher dein Vetter! Der scheint mir in Ordnung! Es muß jemand sein, der etwas zu sagen hat, der die Sache in die Hand nehmen kann ...« – Denn er halte viel vom Einfluß der ›Beziehungen‹ im Bereich der ›Personalangelegenheiten‹ und von der Willfährigkeit des Glücks, wenn es von den Kniffen der Intrige gegängelt wird. Und mit einem Stolz, in dem Drohung mitschwang, rief er: »Ich muß es denen einmal zeigen, was es heißt, etwas von den Dingen zu verstehen, Sebastião!«

Er wollte ihm gerade den Gegenstand seiner These erklären, doch Sebastião unterbrach ihn: »Da kommt sie.«

»Wer?«

»Luiza.«

Sie war es wirklich. Ganz in Schwarz gekleidet, kam sie aus

dem Passeio, allein. Luiza erwiderte lächelnd den höflichen Gruß der beiden, wurde ein wenig rot und winkte ihnen ein Adieu zu.

Sebastião stand starr und sah ihr andachtsvoll nach.

»Wenn das nicht die Sittsamkeit in Person ist! Sie geht einkaufen ... Eine gottgefällige Frau!«

Luiza war unterwegs, um sich das erste Mal mit Basilio im ›Paradies‹ zu treffen. Sie war sehr aufgeregt. Weder konnte sie der unbestimmten Angst Herr werden, die sie bewogen hatte, einen sehr dichten Schleier anzulegen, noch des Herzklopfens, als sie Sebastião begegnete. Doch zugleich trieb eine heftige, vielfältige Neugier sie mit einem sanften Schauder des Vergnügens vorwärts. Nun würde sie endlich selbst jenes Abenteuer erleben, von dem sie so oft in den Liebesromanen gelesen hatte! Es war eine neue Form der Liebe, in der sie sich versuchen wollte, voller außergewöhnlicher Empfindungen! Alles war da – das geheimnisvolle Häuschen, der Reiz des Verbotenen, das ganze Herzklopfen der Gefahr! Denn der Aufwand beeindruckte sie mehr als das Gefühl; und das ›Haus‹ an sich interessierte sie, besaß für sie eine größere Anziehungskraft als Basilio! Wie würde es dort aussehen? Es lag nach Arroios zu, vor dem Largo de Santa Barbara. Sie entsann sich schwach, daß es da eine Straßenflucht alter Häuser gab ... Luiza wäre lieber aufs Land gefahren, zu einem Gut mit raunenden Hainen und weichen Rasenplätzen; dann könnten sie in poetischem Schweigen spazierengehen, mit ineinanderverschlungenen Händen, und danach würde sie beim Klang des Wassers, das in die Steinbecken plätschert, sanft einschlummern.

So aber lag das Paradies oben in einem dritten Stock – wer weiß, wie es da drinnen aussah? Sie entsann sich eines Romans von Paul Féval, in dem der Held, ein Dichter und

Herzog, das Innere einer Hütte mit Atlasstoff und Tapeten ausschlagen ließ; dort traf er sich mit seiner Geliebten. Die Vorübergehenden, die jene verfallene, erbärmliche Behausung erblickten, hatten für das Elend, das sicher darin wohnt, nur einen mitleidigen Gedanken übrig – während sich drinnen, in alle Stille, die Blumen in den Vasen aus Sèvresporzellan entblätterten und nackte Füße auf ehrwürdige Gobelins traten! Sie kannte Basilios Geschmack – und sicherlich war das ›Paradies‹ wie im Roman von Paul Féval.

Doch auf dem Largo de Camões bemerkte sie, daß der Kerl mit dem langen Spitzbart hartnäckig wie ein Hahn hinter ihr herlief; sie nahm deshalb gleich eine Droschke. Und wie sie nun den Chiado hinunterfuhr, verspürte sie ein köstliches Gefühl, so schnell zu ihrem Geliebten getragen zu werden, sie sah sogar auf die im Trubel des Alltags Vorübergehenden mit einer gewissen Geringschätzung herab – eilte sie doch einer wahrhaft romantischen Stunde ihres liebeerfüllten Daseins entgegen! Doch je mehr sie sich ihr näherte, desto stärker überkam sie eine Schüchternheit, eine sich steigernde Beklommenheit, wie einen Plebejer, der zwischen festlichen Hellebardenträgern die Freitreppe eines Palastes emporsteigen soll. Sie malte sich aus, daß Basilio sie auf einem seidenen Diwan hingestreckt erwartete. Fast befürchtete sie, daß ihre naive bürgerliche Einfachheit sie nicht genügend gewählte Worte oder hinreichend überschwengliche Liebkosungen finden lassen würde. Er hatte doch bestimmt schon so schöne, so prächtige, in der Liebe so erfahrene Frauen kennengelernt! Am liebsten wäre sie in einer eigenen Kutsche vorgefahren, in Spitzenkleidern, die Hunderte von Milreis kosteten, und hätte dazu so geistreich wie ein Buch dahergeredet …

Die Droschke hielt vor einem gelblichen Hause mit einer winzigen Tür.

Gleich im Flur verdroß sie ein fauliger und fader Geruch.

Die Treppe mit ihren ausgetretenen Stufen stieg steil an, zwischen Wände eingezwängt, von denen der Kalk bröckelte und auf denen die Feuchtigkeit Flecke hinterlassen hatte. Am Treppenabsatz des Zwischenstockes ließ ein Fenster mit einem Messinggitterchen, das grau von angesammeltem Staub und mit Spinnweben bedeckt war, das trübe Licht des Innenhofes herein. Und hinter einem Türchen seitwärts davon hörte sie das Knarren einer Wiege und das bitterliche Weinen eines Kindes.

Doch da eilte ihr Basilio entgegen, die Zigarre im Mund, und sagte leise: »So spät! Komm herauf! Ich hatte schon Angst, du kämst nicht. Was war denn los?«

Die Treppe war so schmal, daß sie nicht nebeneinander gehen konnten. Basilio wandte sich halb zu ihr um: »Seit einer Stunde bin ich hier, Mädchen! Ich dachte schon, du hättest die Straße vergessen ...«

Er stieß eine Tür auf und führte sie in ein kleines, mit blauweiß gestreiftem Papier tapeziertes Zimmer.

Luiza erblickte gleich im Hintergrund ein Eisenbett mit verschossener, aus verschiedenfarbigen Kattunresten zusammengeflickter Steppdecke. Die groben schmutzigweißen und schlecht gewaschenen Bettlaken waren taktloserweise schon halb zurückgeschlagen ...

Sie wurde über und über rot und setzte sich schweigend und verlegen. Ihre weit aufgerissenen Augen schweiften durch den Raum und hefteten sich auf die häßlichen Kratzer von Streichholzköpfen an der Wand neben dem Bett; auf die fadenscheinige, abgenutzte Matte mit einem Tintenfleck; auf die kleinen Fenstergardinen aus rotem Stoff, in denen gestopfte Stellen zu sehen waren; auf einen Steindruck, wo eine Figur in wallender blauer Tunika Blumen streute ... Vor allem fesselte sie eine große Photographie, die über dem alten Rohrsofa hing; darauf war ein untersetztes Individuum mit

Backenbart zu sehen, das einen heiteren und einfältigen Eindruck machte, wie ein Steuermann am Sonntag: Er saß da, in weißen Hosen, die Beine weit von sich gestreckt, legte die eine Hand auf ein Knie und die andere auf einen etwas abseits stehenden Säulenstumpf; und dicht unter dem Bild hing wie an einem Grabstein ein Kranz aus Strohblumen an einem Nagel mit gelblichem Kopf.

»Es ließ sich nichts anderes auftreiben«, sagte Basilio. »Und trotzdem ist es ein Glücksfall: sehr entlegen, sehr verschwiegen ... Zwar nicht sehr luxuriös ...«

»Nein«, flüsterte Luiza. Sie erhob sich, ging zum Fenster und hob eine Ecke der kleinen Musselingardine, die vor der Scheibe hing; gegenüber standen ärmliche Häuser; vor einer Tür nagelte ein grauhaariger Schuster eine Sohle auf einen Schuh; am Eingang eines kleinen Ladens schaukelte ein Ginsterstrauß neben einem Päckchen Zigaretten, die beide an Bindfaden hingen; und an einem Fenster wiegte ein ausgemergeltes Mädchen traurig ein krankes Kind auf dem Arm, das auf seinem melonenfarbenen Köpfchen dicken Grind hatte.

Luiza biß sich auf die Lippen; sie war niedergeschlagen. Dann klopften Fingerknöchel diskret an die Tür. Luiza erschrak und zog rasch den Schleier herunter. Basilio öffnete. Eine einschmeichelnde Stimme mit schmalzigen S-Lauten lispelte leise. Luiza hörte nur undeutlich: »So sind Sie ganz ungestört, und hier sind Ihre Schlüssel ...«

»Schon gut!« erwiderte Basilio hastig und schlug die Tür zu.

»Wer war denn das?«

»Die Wirtin.«

Der Himmel umzog sich allmählich; hin und wieder zersprangen dicke Regentropfen auf dem Pflaster der Straße, und das dämmerige Licht ließ das Zimmer noch trübsinniger erscheinen.

»Wie hast du denn dieses Zimmer ausfindig gemacht?« fragte Luiza traurig.

»Es wurde mir vermittelt.«

Also waren vor ihnen schon andere hier gewesen, hatten hier ›geliebt‹? dachte sie. Und sie empfand Ekel vor diesem Bett.

»Nimm doch den Hut ab«, sagte Basilio, beinahe ungeduldig. »Du machst mir Kummer mit diesem Hut auf dem Kopf.«

Sie löste langsam das Gummiband, das ihren Hut festhielt, und legte ihn dann betrübt auf das Rohrsofa.

Basilio nahm sie bei den Händen, zog sie an sich und setzte sich aufs Bett.

»Du bist so hübsch!« schmeichelte er, küßte ihren Hals und lehnte seinen Kopf an ihre Brust. Mit einem Seitenblick fügte er hinzu: »Was ich heute nacht von dir geträumt habe!«

Unversehens peitschte ein heftiger Platzregen gegen die Fensterscheiben. Da wurde kräftig an die Tür gepocht.

»Was ist denn?« schrie Basilio wütend.

Die Stimme mit den S erklärte, sie hätte auf dem Balkon ein Deckbett vergessen, das dort trocknen sollte. Wie jammerschade, wenn es der Regen verderben würde ...

»Ich bezahle Ihnen das Deckbett, lassen Sie mich jetzt in Frieden!« brüllte Basilio.

»Bring es ihr doch ...«

»Der Teufel soll sie holen!«

Und Luiza, die in ihren nackten Schultern ein kaltes Schaudern spürte, gab sich mit leerer Resignation völlig hin, zwischen Basilios Knien – wobei sie fortwährend das grinsende Gesicht des Steuermannes auf sich gerichtet sah.

So bleibt eine Jacht, die glanzvoll für eine romantische Reise getakelt hat, beim Auslaufen im Morast des seichten Flusses stecken, und der abenteuerliche Kapitän, der von

Weihrauch und dem Moschusduft würziger Fluren träumte, steht starr am Heck seines Schiffes und hält sich vor den Gerüchen der Abflußröhren die Nase zu.

Als Luiza begonnen hatte, alle Tage auszugehen, dachte Juliana sofort: ›Aha, sie trifft sich mit dem Kerl!‹

Ihr Benehmen wurde jetzt noch kriecherischer. Wenn Luiza um fünf Uhr zurückkehrte, kam sie mit heimtückischem Lächeln gelaufen, um dienstbeflissen die Tür zu öffnen. Und welcher Eifer! Nur ein Knopf brauchte zu fehlen, ein Band abhanden zu kommen, und es hieß gleich: »Tausendmal Verzeihung, gnädige Frau, entschuldigen Sie bitte«, mit vielen Beteuerungen der Unterwürfigkeit. Sie war rührend um Luizas Gesundheit besorgt, nahm sich ihrer Wäsche an, kümmerte sich um das, was sie zu essen bekam ...

Nichtsdestoweniger hatte ihre Arbeit seit den Ausflügen ins ›Paradies‹ zugenommen: Jetzt mußte sie alle Tage plätten; sehr oft wurde es notwendig, bis elf Uhr abends Halskrausen, Spitzchen und Manschetten in einer Messingschlüssel auszuwaschen. Um sechs Uhr morgens, ja noch früher, war sie schon wieder dabei, ›das Bügeleisen zu schwenken‹. Und Juliana beklagte sich nicht einmal, sie sagte sogar zu Joanna: »Wirklich, eine wahre Augenweide ist es, eine schmucke Frau zu sehen! ... Es gibt schon welche! Bei Gott! Das sage ich nicht nur so hin, sondern ich habe meine Freude daran. Und dann bin ich ja Gott sei Dank jetzt gesund, und vor der Arbeit ist mir nicht bange!«

Sie hatte auch nicht wieder über die ›Herrin des Hauses‹ gemurrt, ja sie behauptete sogar wiederholt Joanna gegenüber: »Ach, unsere Gnädige ist einfach eine Heilige! Man kommt sehr gut mit ihr aus ... Es gibt keine bessere!«

Ihr Gesicht hatte etwas von seinem gallengrünen Farbton und seiner bitteren Verzerrung verloren. Beim Mittagessen oder abends, wenn sie im Schein der Petroleumlampe schweigend neben Joanna saß und nähte, mußte sie zuweilen unvermittelt lächeln, und ihr Blick erhellte sich in freudiger Aufgeräumtheit.

»Sie sehen aus wie jemand, der an gute Dinge denkt ...«

»Ich mache mir eben so meine Gedanken, Senhora Joanna!« antwortete sie mit Genugtuung.

Juliana schien ihren Neid abgelegt zu haben; sie hörte sogar gleichgültig zu, als Joanna von dem seidenen Kleid erzählte, das die Gertrudes vom Doktor an einem Feiertag im September zum erstenmal angehabt hatte, und bemerkte bloß: »Eines Tages werde auch ich neue Kleider tragen, und nicht die schlechtesten! Kleider von der Schneiderin!«

Schon früher hatte sie wiederholt gewisse Äußerungen getan, die darauf hindeuteten, daß sich ihre Gedanken mit in Aussicht stehenden Reichtümern beschäftigten. Joanna fragte sie schließlich: »Erwarten Sie denn irgendeine Erbschaft?«

»Vielleicht!« antwortete sie kühl.

Dabei verabscheute sie Luiza innerlich von Tag zu Tag mehr. Wenn sie morgens sah, wie sie sich schminkte, mit Kölnisch Wasser parfümierte und sich trällernd im Spiegel des Toilettentisches betrachtete, ging sie aus dem Zimmer, weil glühender Haß in ihr aufstieg und sie Angst hatte, vor Wut zu zerspringen. Sie haßte sie wegen ihrer schönen Kleider, wegen ihrer heiteren Miene, wegen ihrer Unterwäsche, wegen des Mannes, mit dem sie sich traf, wegen aller Annehmlichkeiten, deren sie sich als Dame erfreuen durfte. ›Diese Ziege!‹ Wenn sie ausging, spähte sie ihr nach, sah sie die Straße hinauflaufen und schloß mit einem grollenden Auflachen den Fensterflügel: »Amüsiere dich nur, du Brummkreisel, immer amüsiere dich, mein Tag wird ja doch kommen! Und ob!«

Luiza vergnügte sich tatsächlich. Alle Tage ging sie um zwei

Uhr aus dem Hause. Auf der Straße hieß es schon, daß ›die vom Ingenieur‹ nun ihren Schutzheiligen hätte.

Kaum bog sie um die Ecke, da wurden auch schon die Köpfe zusammengesteckt. Sie waren ganz sicher, daß sie sich jetzt mit dem ›Salonaffen‹ treffen würde. Aber wo, blieb das große Rätsel der Kohlenfrau.

»Im Hotel«, raunte der Paula. »Denn in den Hotels tut sich niemand Zwang an. Oder vielleicht«, fügte er mit Ekel hinzu, »in irgendeiner dieser Bruchbuden in der Unterstadt!«

Die Tabakhändlerin bemitleidete sie: eine Dame, die so gesetzt war!

»Eine losgebundene Kuh leckt sich überall, Senhora Helena!« brummte der Paula. »Sind ja alle gleich!«

»Mit Ausnahmen!« protestierte die Tabakhändlerin. »Ich bin immer eine anständige Frau gewesen!«

Und sie, wandte die Kohlenfrau ein, ihr könnte niemand etwas nachsagen.

»Ich spreche von der feinen Gesellschaft, den großen Damen, die sich in schwere Seide kleiden! Ein Gesindel ist das. *Ich* weiß jedenfalls Bescheid!« Er fügte ernst hinzu: »Im Volk herrscht bessere Moral. Das Volk ist auch ein anderer Schlag!« Und mit in die Hosentaschen vergrabenen Händen, die Beine weit gespreizt, stand er gedankenverloren da, den Kopf gesenkt, die Augen auf den Boden geheftet. »Und ob!« murmelte er, »und ob!«, wie wenn er in der Tat fände, die kleinen Pflastersteine der Straße seien weniger zahlreich als die Tugenden des Volkes.

Sebastião, der fast zwei Wochen auf dem Landgut in Almada zubrachte, war starr vor Entsetzen, als ihm bei seiner Rückkehr Tante Joanna die großen Neuigkeiten zum besten gab: daß die kleine Luiza jetzt alle Tage um zwei Uhr aus dem Hause ginge, daß der Vetter nicht wiedergekommen sei; die

Gertrudes hätte es ihr erzählt, in der ganzen Straße redete man von nichts anderem mehr …

»Dann könnte ja die arme Frau nicht einmal einkaufen gehen und ihre Besorgungen machen!« rief Sebastião aus. »Die Gertrudes ist ein unverschämtes Frauenzimmer, und ich weiß auch nicht, wie du es zulassen kannst, daß sie überhaupt einen Fuß hierher setzt. Uns mit diesen Klatschereien zu kommen!«

»Herrgott! Wie du dich gleich aufregst!« erwiderte Tante Joanna sehr verärgert. »Aber mein Junge, wirklich … Das Mädel sagt nur, was sie auf der Straße gehört hat! Sie nimmt Luiza übrigens in Schutz, sie verteidigt sie sogar! Sie hat sich darüber aufgeregt, daß so etwas geredet wird! Und wie geredet wird! Einfach toll!« Tante Joanna ging knurrend aus dem Zimmer: »Da hat man die Bescherung! Herrgott!«

Sebastião rief sie zurück und beschwichtigte sie: »Aber wer redet denn, Tante Joanna?«

»Wer?« Und mit großem Nachdruck sagte sie: »Die ganze Straße! Jawohl, die ganze Straße!«

Er war wie erschlagen. Die ganze Straße! Auch das noch! Wenn Luiza jetzt anfing, alle Tage auszugehen, sie, die sich, als Jorge da war, nicht aus ihrem Bau wagte! Die Nachbarschaft, die über die Besuche des anderen getuschelt hatte, begann natürlich, ihre Glossen zu machen, wenn sie jetzt auf einmal so oft das Haus verließ! Sie brachte sich ja geradezu in Verruf! Und er war machtlos! Sollte er mit ihr sprechen? Noch so einen Auftritt heraufbeschwören? Das konnte er nicht.

Sebastião ging zu ihr. Er hatte sich fest vorgenommen, ihr keinerlei Andeutungen zu machen; er wollte sie lediglich besuchen. Sie war nicht zu Hause. Zwei Tage darauf sprach er nochmals vor. Juliana kam ans Gatter und sagte ihm mit ihrem gelblichen Lächeln: »Jetzt eben ist sie weggegangen, vor einem Augenblick. In der Patriarchal holen Sie sie noch ein.« Endlich traf er sie eines Tages am Anfang der Rua de São Roque. Luiza schien sehr befriedigt, ihm zu begegnen. Warum sei er denn so lange in Almada geblieben? So eine Treulosigkeit!

Er hätte Zimmerleute hinbestellt, und es sei notwendig gewesen, den Fortgang der Arbeiten zu überwachen. Und wie ginge es ihr?

»Gut. Nur ein bißchen langweilig ist es. Jorge schreibt, daß er noch bleibt. Ich bin sehr allein gewesen. Weder Julião noch der Kanzleirat, niemand hat sich blicken lassen. Die Donha Felicidade ist ab und zu auf einen Sprung hergekommen. Sie steckt immer in der Encarnação ... Es sind eben fromme Leute!« Luiza lachte.

Wo wolle sie denn hin?

Ein paar kleine Einkäufe machen, hinterher zur Putzmacherin ... »Und Sie lassen sich jetzt wieder mal sehen, Sebastião, nicht wahr?«

»Ich werde es tun.«

»Am Abend. Ich bin so allein! Ich habe viel musiziert, das Klavier ist mein Trost!«

Am gleichen Nachmittag erhielt Sebastião einen Brief von Jorge. ›Hast Du Luiza besucht? Ich war fast in Sorge, weil ich mehr als fünf Tage keine Post von ihr bekam. Und dann ist sie faul wie eine Nonne; wenn sie mir schreibt, dann sind es vier Zeilen, ‚weil die Post gerade abgeht'. Soll sie der Post doch Bescheid sagen, daß sie wartet, zum Teufel! Sie beklagt sich darüber, daß sie sich langweilt, daß sie allein ist, daß keiner sich um sie kümmert, daß sie wie in einer Wüste lebt. Sieh zu, ob Du der Armen nicht Gesellschaft leisten kannst‹, usw.

Einen Tag später, bei Einbruch der Dunkelheit, suchte Sebastião sie auf. Ihr Gesicht erschien ihm sehr gerötet, ihre Augen verschlafen. Sie trug ein weißes Hauskleid. Luiza erzählte, sie wäre sehr ermüdet von draußen gekommen, nach dem Essen hätte sie der Schlaf überwältigt, auf dem Sofa wäre sie eingeschlummert … Was gab es denn Neues? Und sie gähnte.

Sie sprachen von den Arbeiten in Almada, vom Kanzleirat, von Julião, und schwiegen dann lange. Es herrschte eine gezwungene Atmosphäre.

Dann zündete Luiza die Kerzen auf dem Klavier an, spielte ihm das neue Stücke vor, das sie einübte, die ›Medje‹ von Gounod, doch darin kam eine Passage vor, bei der sie sich fortwährend verspielte. Sie bat Sebastião zu spielen, stand neben dem Klavier, schlug mit dem Fuß den Takt und summte leise die Melodie mit, der Sebastiãos Spiel einen durchdringenden Zauber verlieh. Danach wollte sie es selbst versuchen, verspielte sich jedoch, ließ Musik Musik sein, setzte sich auf das Sofa und klagte: »Ich spiele fast nie! Meine Finger fangen geradezu an einzurosten …«

Sebastião getraute sich nicht, nach dem Vetter Basilio zu fragen. Luiza erwähnte ihm gegenüber nicht einmal seinen Namen. Und Sebastião, der diese Zurückhaltung als mangelndes Vertrauen oder einen hartnäckigen Rest ihrer seinerzeitigen Verärgerung auslegte, bemerkte, daß er noch zur ›Associação Geral d'Agricultura‹ müsse, und verabschiedete sich sehr bedrückt.

Jeder folgende Tag beunruhigte ihn auf andere Weise. Zuweilen sagte ihm die Tante Joanna am Nachmittag: »Die kleine Luiza ist doch gestern schon wieder fort gewesen! Bei dieser Hitze, sie kann sich das Fieber holen! Großer Gott!« Einige Male gewahrte er das Tuscheln der Nachbarschaft, die von fern spähte und sicherlich gerade über das Fell der armen Senhora herzog!

Alles das kam ihm genau wie die ›Verleumdungsarie‹ im ›Barbier von Sevilla‹ vor: die Verleumdung, die anfänglich leicht ist wie das Zittern der Flügel eines Vogels und dann in einem erschreckenden Crescendo anschwillt, bis sie wie ein Donner losbricht!

Er machte von jetzt an einen Bogen, um auf der Straße nicht am Paula und der Tabakhändlerin vorüber zu müssen. Sebastião schämte sich vor ihnen! Der Teixeira Azevedo, dem er begegnet war, hatte ihn gefragt: »Wann kommt denn nun der Jorge, zum Donnerwetter? Der Bursche bleibt wohl gleich dort?« Und diese banale Bemerkung erschreckte ihn.

Eines Tages schließlich, als er sich besonders bedrückt fühlte, suchte er Julião auf. Er traf ihn in seinem vierten Stockwerk an, in Hemdsärmeln und Pantoffeln, ungepflegt und ausgemergelt. Julião arbeitete, in Papieren vergraben, eine winzige Schokoladenkanne mit Kaffee neben sich. Der fleckige Fußboden war mit Zigarettenstummeln übersät; in einer Ecke türmte sich ein wirrer Haufen schmutziger Wäsche; auf dem eingerissenen Bett lagen aufgeschlagene Bücher, und diesem ganzen Durcheinander entstieg ein modriger Geruch. Das hohe Fenster ging nach dem Innenhof, aus dem der schrille Gesang eines Dienstmädchens und das kratzende Geräusch des Scheuerns von Kochtöpfen kam.

Kaum daß Sebastião eintrat, erhob sich Julião, rekelte sich gähnend, drehte sich eine Zigarette und erklärte, daß er seit sieben Uhr arbeite. Was halte er davon? Ausgezeichnet ginge das! Er solle sich das gesagt sein lassen!

»Übrigens kommst du mir wie gerufen. Ich wollte schon zu dir schicken ... Da hatte ich doch Geld zu kriegen, und es kam nicht. Rück doch mal eine Libra raus.«

Und sogleich begann er von seiner These zu reden. Die Sache machte sich! Er las ihm mit dem Entzücken des Autors Abschnitte aus dem Prolog vor, und im Überschwang des Selbstvertrauens, den die Begeisterung der Arbeit verleiht, ging er mit großen Schritten durchs Zimmer und meinte sehr befriedigt »Ich werde ihnen schon zeigen, daß es noch Portugiesen in Portugal gibt, Sebastião! Mit offenem Maul sollen sie dastehen! Du wirst es ja erleben!«

Er setzte sich, begann die beschriebenen Blätter zu numerieren und pfiff dabei.

Sebastião, schüchtern, fast bekümmert, mit seinen privaten Anliegen diese wissenschaftlichen Interessen zu stören, sagte leise: »Ich wollte nämlich wegen unserer Bekannten mit dir sprechen …«

Doch da wurde die Tür aufgerissen, und ein Bursche mit vernachlässigtem Äußeren und ein wenig verstörtem Blick trat ein; ein Student von der Hochschule, ein Freund Juliãos. Fast unmittelbar darauf setzten die beiden eine Diskussion fort, die sich am Vormittag zwischen ihnen entsponnen und die sie um elf Uhr unterbrochen hatten, weil der Bursche mit dem komischen Blick hinuntergegangen war, um in der ›Aurea‹ zu frühstücken.

»Nein, mein Lieber!« rief der Student gereizt aus. »Ich bin meiner Sache sicher! Die Medizin ist eine Halbwisserei, und die Physiologie ist auch eine! Es sind Pseudowissenschaften, weil uns die Grundlage fehlt, nämlich die Kenntnis vom Ursprung alles Lebens!«

Er verschränkte die Arme vor Sebastião und schrie ihn an: »Was wissen wir denn vom Ursprung des Lebens?«

Sebastião senkte verlegen den Blick.

Doch Julião brauste auf: »Du bist von der vitalistischen Lehre verdorben, du armer Tropf!« Und er wetterte gegen den Vitalismus, den er ›mit dem Geist der Wissenschaft unvereinbar‹ nannte. »Eine Theorie, die behauptet, daß die Gesetze, die die niederen Körper regieren, nicht für die höheren Lebewesen zutreffen – groteske Ketzerei ist das!« rief er aus. »Und Bichat, der sie verkündet, ist ein Idiot!«

Der Student war außer sich und brüllte, daß es einfach ungebildet wäre, Bichat einen Idioten zu nennen.

Doch Julião überging den Anwurf und fuhr fort, sich für seine Ideen zu begeistern:

»Was kümmert uns denn überhaupt der Ursprung des Lebens? Für mich ist das genauso belanglos wie das erste Hemd, das ich getragen habe! Der Ursprung des Lebens ist dasselbe wie jeder andere Ursprung: ein Geheimnis! Wir müssen uns damit abfinden, daß wir es nie ergründen! Von gar nichts können wir den Ursprung wissen. Das Leben, der Tod, die Anfänge, das Ende – Geheimnisse sind es! Urkräfte, mit denen wir nichts zu schaffen haben, rein gar nichts! Da können wir uns jahrhundertelang herumschlagen, keinen Daumen breit kommen wir voran! Der Physiologe und der Chemiker haben nichts mit den Ursprüngen der Dinge zu tun; ihnen geht es um die Erscheinungen! Und die Erscheinungen, mein lieber Freund, und ihre unmittelbaren Ursachen können mit gleicher Exaktheit sowohl bei niederen Körpern als auch bei höheren Lebewesen bestimmt werden – bei einem Stein ebenso wie bei einem Obergerichtsrat! Und die Physiologie und die Medizin sind so exakte Wissenschaften wie die Chemie! Das geht schon auf Descartes zurück!«

Sie eröffneten nunmehr ein wüstes Wortgefecht über Descartes. Plötzlich, ohne daß der verblüffte Sebastião des Übergangs gewahr wurde, gerieten sie sich wegen des Gottesbegriffs in die Haare.

Juliãos Freund bedurfte anscheinend Gottes, um das Universum zu erklären. Doch Julião griff zornig den lieben Gott an. Er nannte ihn eine ›abgegriffene Hypothese‹, eine ›alte Marotte der miguelistischen Partei‹. Und sie fielen wie zwei Kampfhähne über die soziale Frage her.

Der Student verteidigte mit Stieraugen den Grundsatz der Autorität und hieb mit der Faust auf den Tisch. Julião schrie nach ›persönlicher Freiheit‹. Nachdem sie wutentbrannt Proudhon, Bastiat und Jouffroy zitiert hatten, wurden sie persönlich. Julião, der mit seiner schrillen Stimme den anderen übertönte, zog heftig über den Studenten her: über seine sechsprozentigen Staatsanleihen, die lächerliche Tatsache, daß er der Sohn eines Grundstücksmaklers war, und das Beefsteak, das er regelmäßig gravitätisch in der ›Aurea‹ verzehrte.

Grimmig standen sie sich Auge in Auge gegenüber.

Da ließ der Student einige verächtliche Bemerkungen über Claude Bernard fallen, und der Streit brach von neuem in aller Heftigkeit los.

Sebastião langte nach seinem Hut. »Auf Wiedersehen«, hauchte er.

»Auf Wiedersehen, Sebastião, auf Wiedersehen«, beeilte sich Julião zu erwidern.

Er begleitete ihn bis zum Treppenabsatz.

»Und wenn du möchtest, daß ich mit meinem Vetter spreche ...«, murmelte Sebastião.

»Nun, wir werden ja sehen, ich werde es mir überlegen«, meinte Julião gleichgültig, als ob der Stolz auf seine Arbeit die Furcht vor der Ungerechtigkeit zerstreut habe.

Sebastião stieg die Treppen hinunter und dachte: ›Über gar nichts kann man jetzt mit ihm reden!‹

Plötzlich kam ihm ein Gedanke: Wenn er zu Donha Felicidade ginge, ihr sein Herz ausschüttete? Die war zwar recht impulsiv und ein bißchen albern, aber eine Frau in gesetztem Alter und Luizas Vertraute; sie besaß größere Autorität, bestimmt auch mehr Geschicklichkeit ...

Er faßte einen raschen Entschluß, nahm eine Droschke und fuhr zur Rua de São Bento.

Das Dienstmädchen Donha Felicidades öffnete ihm, höchst betrübt und in Tränen aufgelöst: »Wissen Sie denn nicht?«

»Nein.«

»Ach! Sie halten es nicht für möglich!«

»Was denn bloß?«

»Die Gnädige! So ein Pech! Sie ist gestürzt, in der Encarnação, hat sich einen Fuß verstaucht. Ihr Befinden war sehr, sehr schlecht.«

»Liegt sie hier?«

»In der Encarnação. Sie kann auch nicht aufstehen. Bei der Senhora Donha Anna Silveria liegt sie. So ein Unglück! Und sie ist völlig außer sich!«

»Aber wann ist es denn passiert?«

»Vorgestern abend.«

Sebastião sprang in die Droschke und ließ sich geradeswegs zu Luiza fahren.

Donha Felicidade krank in der Encarnação! Da konnte doch Luiza gut alle Tage ausgehen und sie besuchen, ihr Gesellschaft leisten, sich ihrer annehmen ...

Die Nachbarschaft hätte nichts zu tuscheln! Sie ging die arme Kranke besuchen ...

Es war zwei Uhr, als das Gespann mit einem Ruck vor Luizas Haustür hielt. Er begegnete ihr, als sie die Treppe herunterkam, in Schwarz gekleidet, mit perlgrauen Handschuhen und dunklem Schleier.

»Ach! Kommen Sie doch herauf, Sebastião! Wollen Sie nicht heraufkommen?« Sie war auf den Stufen stehengeblieben, das Gesicht leicht gerötet, ein wenig verlegen.

»Nein, danke. Ich wollte Ihnen nur sagen, daß ... Wissen Sie es nicht? Donha Felicidade ...«

»Was ist mit ihr?«

»Sie hat sich einen Fuß verstaucht. Es geht ihr schlecht.«

»Was sagen Sie da?«

Sebastião erzählte ihr die Einzelheiten.

»Ich gehe mal hin.«

»Das müssen Sie. Ich darf es nicht, Männer haben keinen Zutritt. Die Arme! Es soll ihr schlecht gehen.« Er begleitete sie bis zur Straßenecke, bot ihr sogar seine Droschke an: »Und viele Empfehlungen, es tut mir außerordentlich leid, daß ich sie nicht besuchen kann! Die arme Dame! Und die Nerven sollen ihr auch noch durchgegangen sein!«

Er sah, wie sie sich nach der Patriarchal zu entfernte, bewunderte ihre anmutige Figur und rieb sich zufrieden die Hände.

Jetzt waren ihre täglichen kleinen Spaziergänge gerechtfertigt, ja sogar mit einem Glorienschein umgeben! Sie würde die Pflegerin der bedauernswerten Donha Felicidade werden! Alle sollten es erfahren, der Paula, die Tabakhändlerin, die Gertrudes, die Azevedos, alle, damit sie, wenn sie Luiza morgens die Straße hinaufgehen sähen, sagten: »Jetzt geht sie der Kranken Gesellschaft leisten! Eine fromme Frau!«

Der Paula stand in der Tür seines Ladens. Sebastião kam ein Gedanke, und er trat zu ihm. Er bildete sich etwas darauf ein, daß er sich immer wieder so geschickt zu helfen wußte.

Also schob er seinen Hut ein wenig ins Genick und zeigte mit dem Sonnenschirm auf das Gemälde Dom Joãos VI.: »Wieviel wollen Sie dafür haben, Senhor Paula?«

Der Paula starrte ihn verblüfft an. »Der Senhor Sebastião belieben wohl zu scherzen?«

Sebastião entrüstete sich: »Zu scherzen? Es ist mein voller Ernst! Ich brauche ein paar Bilder für den Empfangssalon in Almada; aber alte, ohne Rahmen, weil die gut auf dunkle Tapete passen. Solche wie dieses! Und da soll ich Spaß machen? Ganz im Gegenteil!«

»Entschuldigen Sie, Senhor Sebastião ... Aber in diesem Falle empfehle ich Ihnen dort einige passende Gemälde.«

»Mir gefällt dieser Dom João VI. Was kostet er denn?«

Der Paula sagte, ohne mit der Wimper zu zucken: »Siebentausendzweihundert. Ist aber dafür ein Meisterwerk.«

Es war eine verblichene Leinwand von verräuchertem

Farbton, auf der sich einige Reste eines rötlichen Gesichts mit lockigem Haar undeutlich von einem düsteren Hintergrund abhoben. Mattes Zinnoberrot deutete den Samt einer Galauniform an; ein hervortretender und wunderlich anzuschauender Wanst blähte sich in einer grünlichen Weste. Der am besten erhaltene Teil der Leinwand war seitwärts auf einem Kissen die Königskrone, die der Künstler mit geradezu begeisterter Genauigkeit herausgearbeitet hatte, weil er entweder im Kopf nicht ganz richtig oder ein schmeichlerischer Höfling war.

Sebastião erschien das Bild zu teuer, doch der Paula zeigte ihm den Preis, der auf der Rückwand auf einem schmalen Papierstreifen stand; er staubte die Leinwand liebevoll ab, wies auf die Reize des Bildes hin, redete von seiner eigenen Rechtschaffenheit und äußerte sich abfällig über andere Altwarenhändler, die ein sehr weites Gewissen hätten; er schwor, daß das Porträt zum Palast von Queluz gehöre, und begann politisch zu werden, so daß Sebastião das Gespräch abbrach: »Schön, dann schicken Sie es mir gleich, ich nehme es. Und senden Sie die Rechnung mit.«

»Da haben Sie ein wertvolles Werk erstanden!«

Sebastião sah sich nun im Laden um. Er wollte vom verletzten Fuß der Donha Felicidade sprechen und suchte nach einer Überleitung.

Eingehend betrachtete er einige indische Wasserkrüge, einen Pfeilerspiegel; und als er einen Krankenstuhl erblickte, rief er: »Das wäre das Richtige für Donha Felicidade! Dieser Stuhl! Ein stabiler Stuhl!«

Der Paula riß die Augen auf.

»Für Donha Felicidade Noronha«, wiederholte Sebastião. »Damit sie bequem sitzen kann ... Wissen Sie denn nicht? Sie hat sich einen Fuß gebrochen; es ist ihr sehr schlecht gegangen.«

»Die Donha Felicidade, die Freundin von der da drüben?« Der Paula wies mit dem Daumen nach dem Hause des Ingenieurs.

»Ja! In der Encarnação hat sie sich einen Fuß gebrochen. Sie ist gleich dortgeblieben. Donha Luiza geht alle Tage zu ihr, um ihr Gesellschaft zu leisten. Jetzt ist sie eben zu ihr unterwegs ...«

»Ach!« machte der Paula gedehnt. Und nach einer Pause bemerkte er: »Aber ich sah die Donha Felicidade doch noch da drüben hineingehen, es muß acht Tage her sein.«

»Es ist vorgestern passiert.« Sebastião hustete und fügte hinzu, indem er sich abwandte und eingehend einige Kupferstiche betrachtete: »Übrigens ging Donha Luiza schon alle Tage nach der Encarnação, um die Silveira zu besuchen, Donha Anna Silveira, die krank daniederlag. Drei Wochen hat die Arme nun schon das Leben einer Krankenpflegerin geführt. Sie kommt aus der Encarnação überhaupt nicht mehr heraus! Und nun Donha Felicidade. Das ist schon ein schwerer Schlag!«

»Davon wußte ich gar nichts, wirklich«, murmelte der Paula, die Hände in den Hosentaschen.

»Sie schicken mir also den Dom João VI., nicht wahr?«

»Aber selbstverständlich, Senhor Sebastião.«

Sebastião kehrte nach Hause zurück. Er stieg zum Salon hinauf, warf den Hut auf das Sofa und dachte: ›Gut, nun ist wenigstens der Schein gewahrt!‹ – Eine Zeitlang ging er mit gesenktem Kopf auf und ab; er war traurig, denn die Tatsache, daß es ihm durch einen Zufall gelang, der Nachbarschaft gegenüber Luizas Spaziergänge zu rechtfertigen, ließ ihm den Gedanken immer unerträglicher erscheinen, sie vor sich selbst nicht rechtfertigen zu können. Die Kommentare der Nachbarn würden für einige Zeit ein Ende nehmen, aber seine eigenen? ... Er wollte sie falsch, kindisch, ungerecht finden; doch gegen seinen Willen ließen sein gesunder Menschenverstand und seine Rechtschaffenheit sie insgeheim immer wieder laut werden. Nun, er hatte getan, was er tun konnte! Und mit einer traurigen Gebärde sagte er im Schweigen des Salons zu sich selbst: ›Alles übrige ist Sache ihres eigenen Gewissens!‹

Am gleichen Nachmittage wußte schon die ganze Straße, daß sich Donha Felicidade Noronha in der Encarnação einen Fuß verstaucht hatte (andere sagten, sie hätte ein Bein gebrochen) und daß Donha Luiza nicht vom Kopfende ihres Bettes wich.

»Sie ist ein gutes Mädel, ein sehr gutes Mädel ist sie!« ereiferte sich der Paula.

Die Gertrudes vom Doktor lief noch am späten Abend zu Tante Joanna, um sie zu fragen, ob das mit dem gebrochenen Bein wahr sei. Tante Joanna berichtigte: »Es war der Fuß, den Fuß hat sie sich verstaucht!« Und Gertrudes erzählte prompt dem Doktor beim Tee, die Donha Felicidade sei so gestürzt, daß sie sich sämtliche Glieder gebrochen hätte. »In der Encarnação ist es passiert«, fügte sie hinzu. »Dort soll es drunter und drüber gehen. Die kleine Luiza hat sogar dort geschlafen ...«

»Betschwestermanieren!« knurrte der Doktor verächtlich.

Doch die ganze Straße erging sich in Lobreden über Luiza. Einige Tage darauf blieb sogar der Teixeira Azevedo (der sie sonst kaum eines Grußes würdigte) stehen, als er sie auf der Rua de São Roque traf, und sagte mit einem tiefen Bückling: »Sie entschuldigen. Wie geht es denn Ihrer Kranken?«

»Besser, danke sehr.«

»Jedenfalls ist es sehr christlich von Ihnen, gnädige Frau, jeden Tag nach der Encarnação zu gehen, bei dieser Hitze ...«

Luiza wurde rot.

»Die Arme! An Gesellschaft fehlt es ihr nicht, aber …«

»Sehr christlich ist das, gnädige Frau!« rief er mit Pathos aus. »Jedem habe ich das gesagt. Wirklich christlich ist das. Ich darf mich empfehlen, gnädige Frau!«

Und gerührt ging er davon.

Luiza war tatsächlich gleich aufgebrochen, um Donha Felicidade zu besuchen. Es war lediglich eine Verstauchung, und sie lag in der Nähe der Silveira, den Fuß in Arnikakompressen. Voller Angst, ›das Bein zu verlieren‹, verbrachte sie jammernd den Tag, von Freundinnen umgeben, genoß ausgiebig die Klatschereien des Hauses und knabberte Leckerbissen.

Kaum trat jemand ein, um sie zu besuchen, verdoppelte sie ihr Zetern und Wehklagen; sie gab gleich haarklein die Geschichte des ›Unglücks‹ zum besten, weitschweifig und voller Einzelheiten: Sie wollte gerade die Treppe hinuntergehen, den Fuß auf die Stufe setzen; da war sie ausgeglitten und gestürzt; sie hätte noch die Geistesgegenwart besessen, auszurufen: »Ach du Liebe Frau von der Gesundheit!« Anfangs war der Schmerz nicht groß; aber sie hätte sterben können; es wäre ein Wunder, daß sie noch lebe!

Alle Damen waren sich darüber einig, daß es wirklich ein Wunder war. Sie betrachteten sie teilnahmsvoll und gingen abwechselnd zum Chor, um niederzuknien und bei den zuständigen Heiligen für die Genesung der Noronha zu beten.

Luizas erster Besuch bedeutete für Donha Felicidade einen Trost, ›brachte ihr Linderung‹, denn sie ärgerte sich schon, daß sie hier das Bett hüten mußte, ohne etwas über ›ihn‹ zu erfahren, ohne von ›ihm‹ sprechen zu können!

Und kaum daß sie an den folgenden Tagen mit Luiza allein im Zimmer war, rief sie sie ans Kopfende des Bettes und erkundigte sich flüsternd: Hatte sie ›ihn‹ gesehen? Wußte sie etwas über ›ihn‹? – Zu ihrem Leidwesen wußte der Kanzleirat nichts von ihrer Krankheit und konnte ihr kein Mitleid zollen – auf das doch ihr Fuß ein Anrecht besaß und das auch für ihr Herz eine Stärkung gewesen wäre! Aber Luiza hatte ›ihn‹ nicht gesehen – und Donha Felicidade rührte ihren dünnen Tee um und stieß dabei tiefe Seufzer aus.

Um zwei Uhr ging Luiza aus der Encarnação und nahm am Rocio gleich eine Droschke. Um nicht am Eingang zum ›Paradies‹ geräuschvoll anhalten zu müssen, stieg sie schon am Largo de Santa Barbara aus; sie duckte sich in den Schatten der Häuser und eilte mit gesenktem Blick weiter, ein stillvergnügtes Lächeln auf den Lippen.

Basilio lag in Hemdsärmeln auf dem Bett und wartete auf sie. Um sich allein nicht zu langweilen, hatte er eine Flasche Kognak, Zucker und Zitronen ins ›Paradies‹ mitgebracht, und bei halbgeöffneter Tür rauchte er und braute kalte Grogs. Die Zeit kroch dahin; jeden Augenblick sah er nach der Uhr, und ohne es zu wollen, begann er zu lauschen, vernahm er die intimen Geräusche der Familie der Eigentümerin, die in den hinteren Zimmern wohnte: das Plärren eines Kindes, eine grollende, verschnupfte Stimme, und plötzlich eine junge Hündin, die wütend kläffte. Basilio fand das alles bürgerlich und häßlich, es verdroß ihn. Doch da rauschte ein Frou-Frou die Treppe herauf – und in der Glut der ersten Küsse zerstob sein Ärger ebenso schnell wie ihre Angst. Luiza hatte es immer eilig; sie wollte um fünf Uhr zu Hause sein, ›und der Weg ist dann immer so ermüdend‹! Ein wenig verschwitzt trat sie ein, und Basilio genoß die leichte laue Ausdünstung ihrer nackten Schultern.

»Und dein Gatte?« fragte er. »Wann kommt er zurück?«

»Davon schreibt er gar nichts.« Oder sie antwortete auch: »Ich habe keine Post bekommen, ich weiß es nicht.«

Jorges Rückkehr schien Basilios einzige Sorge zu sein, die die egoistische Freude seiner neuen Eroberung trübte. Er erfand ganz entzückende Liebkosungen, kniete zu ihren Füßen nieder und sagte mit Kinderstimme: »Lili liebt Bibi gar nicht ...«

Sie lachte, halb entkleidet, mit einem schallenden und übermütigen Lachen: »Lili betet Bibi an! ... Sie ist verrückt nach Bibi!«

Und sie wollte wissen, ob er an sie gedacht, was er am Vortage getrieben hatte. Er war im ›Gremio‹ gewesen, um einige Robbers Whist zu spielen, war zeitig nach Hause gegangen und hatte von ihr geträumt ...

»Ich lebe nur für dich, meine Liebe, glaube mir!«

Basilio ließ vor überschwenglicher Glückseligkeit seinen Kopf in ihren Schoß sinken.

Andere Male war er ernster, gab ihr gewisse Ratschläge in Sachen des Geschmacks, der Kleidung: Er hatte sie gebeten, keinen Haarersatz und keine Gummistiefeletten zu tragen.

Luiza imponierte seine Erfahrung in Luxusdingen außerordentlich; sie gehorchte ihm und gewöhnte sich an seine Ansichten, bis sie, ohne sich dessen bewußt zu werden, eine Geringschätzung für tugendhafte Menschen an den Tag legte und sich seinen freidenkerischen Anschauungen anschloß.

Angesichts dieser Gelehrigkeit hielt es Basilio immer weniger für nötig, sich Zwang anzutun; er bediente sich ihrer, als ob er sie dafür bezahlte. Eines Morgens kam es vor, daß er ihr ein paar Worte in Bleistiftschrift hinwarf, er könne nicht ins ›Paradies‹ kommen, ohne jede weitere Erklärung. Einmal blieb er sogar fort, ohne sie vorher zu benachrichtigen, und Luiza stand vor verschlossener Tür. Sie klopfte schüchtern an, spähte durchs Schlüsselloch, wartete mit pochendem Herzen – und kehrte sehr traurig um, völlig ermattet von der Hitze, Staub in den Augen. Sie hätte am liebsten geweint.

Er nahm nicht die geringste Unbequemlichkeit auf sich, um

ihr auch nur einen Gefallen zu tun. Luiza hatte ihn gebeten, dann und wann sonntags zu ihr zu kommen, um den Abend in ihrem Hause zu verbringen: Sebastião wäre da, der Kanzleirat, auch Donha Felicidade, sobald es ihr besser ginge: Sie würde sich sehr freuen, und dann gäbe das ihren Beziehungen einen mehr verwandtschaftlichen, legitimeren Anstrich.

Doch Basilio begehrte auf: »Ausgerechnet das! Bei vier Hanswürsten mit dem Schlaf kämpfen ... Ha! Nein!«

»Aber es wird doch geplaudert und musiziert ...«

»Merci! Die Musik der Lissaboner Soirées kenne ich! Den ›Kußwalzer‹ und den ›Troubadour‹. Hör auf davon!«

Dann hatte er zwei- oder dreimal verächtlich von Jorge gesprochen. Das kränkte sie.

Schließlich verlor er sogar die zärtliche Liebenswürdigkeit, sich verzückt zu erheben, sobald sie das ›Paradies‹ betrat; er richtete sich kaum im Bett auf, nahm lässig die Zigarre aus dem Munde und sagte: »Wohlan! Es lebe mein bestes Stück!«

Und in welch überheblichem Ton er mit ihr sprach! Was für eine Art er hatte, die Achseln zu zucken und auszurufen: »Davon verstehst du nichts!« Es kam so weit, daß er sich derber Worte und roher Gesten bediente. Luiza wurde argwöhnisch: Basilio hielt nicht viel von ihr – er hatte ja kaum Verlangen nach ihr!

Anfangs weinte sie. Sie nahm sich vor, sich mit ihm auszusprechen, nötigenfalls ihre Beziehungen zu ihm zu beenden. Doch sie schob es immer wieder hinaus, getraute sich nicht. Basilios Figur, seine Stimme, sein Blick hatten Gewalt über sie, entzündeten ihre Leidenschaft und nahmen ihr den Mut, sie durch Zank zu zerstören. Denn sie wußte nur zu genau, daß sie ihn anbetete, und was gab ihrem Verlangen soviel Überschwang, wenn nicht die Größe des Gefühls? Seine Liebe gewährte ihr solchen Genuß, deshalb war sie so verrückt nach ihm ... Und ihre natürliche Keuschheit, ihr Schamgefühl flüchteten sich zu diesem scharfsinnigen Vernunftschluß.

Tatsächlich legte er zuweilen eine Schroffheit der Umgangsformen an den Tag und zeigte manchen Anflug von Gleichgültigkeit, gewiß ... Aber in anderen Augenblicken wiederum, welche übergroße Zärtlichkeit, was für ein Beben in der Stimme, welch rasende Liebkosungen! ... Er liebte sie ebenfalls, daran bestand kein Zweifel. Diese Gewißheit war ihre Rechtfertigung. Und da es die Liebe war, die sie hervorgebracht hatte, schämte sie sich auch nicht der wollüstigen Erregung, in der sie jeden Tag zum ›Paradies‹ eilte.

Zwei- oder dreimal begegnete sie auf dem Rückweg Juliana, die ebenfalls eilig den Moinho de Vento hinaufging.

»Woher kommen Sie denn?« fragte sie sie zu Hause.

»Vom Arzt, gnädige Frau, ich war beim Arzt.« Sie klagte über Seitenstechen, Herzklopfen, Atemnot: »Blähungen! Blähungen!«

Tatsächlich erledigte Juliana jetzt alle Besorgungen vormittags; wenn dann Luiza gegen ein Uhr um die Ecke bog, zog sie sich um, und in ihr Merinowollkleid eingezwängt, im Hut und mit Sonnenschirm, lief sie zu Joanna und sagte: »Bis nachher, ich gehe zum Arzt.«

»Bis nachher, Senhora Juliana«, strahlte die Köchin und gab gleich ihrem Zimmermann ein Zeichen.

Juliana trippelte die Rua São Pedro de Alcantara hinunter, wandte sich nach dem Largo do Carmo und bog dann in das Gäßchen gegenüber der Kaserne ein. Dort wohnte in einem dritten Stock ihre beste Freundin, die Tante Victoria.

Das war eine alte Frau, eine ehemalige Stellenvermittlerin. Sie hatte sogar noch an der Tür auf einem Metallschild in schwarzen Lettern stehen: VICTORIA SOARES, STELLENVER-

MITTLERIN. Doch in den letzten Jahren wurde ihr Gewerbe komplizierter, ja recht beschwerlich.

Sie übte es in einem mit Matten belegten Zimmerchen aus, das von zwei traurigen Fenstern erhellt wurde und in dem papierne Mückennetze von der schmutzigen Decke hingen. Ein riesiges Sofa nahm fast die ganze Rückwand ein. Sicherlich war es einst aus grünem Rips gewesen, aber der zerkratzte, verschossene, geflickte Stoff hatte jetzt eine unbestimmte dunkelgraue Farbe und große Flecken; die zerbrochenen Federn ächzten mit metallischem Laut; in einer der Ecken schlief in einer Vertiefung, die der häufige Gebrauch hinterlassen hatte, den ganzen Tag lang eine Katze; und das versengte Holz der einen Seite verriet, daß das Sofa aus einer Feuersbrunst gerettet worden war. Darüber hing ein Steindruck von Dom Pedro IV. Zwischen den beiden Fenstern stand eine hohe Kommode, und darauf hielt sich zwischen einem heiligen Antonius und einem aus Schneckengehäusen gefertigten Kästchen ein mit Stroh ausgestopftes glasäugiges Äffchen auf einem Ast im Gleichgewicht. Beim Eintreten sah man gleich neben dem der Tür gegenüberliegenden Fenster an einem mit Wachstuch überzogenen Tisch einen dürren, gebeugten Rücken und ein seidenes Mützchen mit einer hochragenden Quaste. Das war Senhor Gouvêa, der Kontorist.

Die stickige Luft hatte einen wunderlichen, kaum definierbaren Geruch – nach Pferdestall, Schuhwichse und Schmorbraten. Immer waren Leute da: dicke Matronen in Umhang und Kopftuch, mit aufgedunsenen Gesichtern und Bartflaum; Kutscher mit glatt anliegendem, ölglänzendem Haar und losen Jacken aus gestreiftem Baumwollzeug; stämmige, lehmfarbene Lastträger mit hallenden Schritten und plumpen Umgangsformen; blasse junge Stubenmädchen mit blauen Ringen um die Augen, Sonnenschirmen mit Horngriff und

Handschuhen aus dünnem Schafleder mit ausgebesserten Stellen an den Fingerspitzen.

Diesem Zimmer gegenüber lag ein anderes, das nach dem Innenhof ging und durch dessen grünes Türchen man zuweilen die ehrwürdigen Rücken von Hausbesitzern oder geräuschvolle Schleppen verdächtiger Kleider verschwinden sah.

Manchmal kamen sonnabends fünf oder sechs Personen zusammen: Alte Frauen tuschelten geheimnisvoll; im Treppenhaus wurde ziemlich laut gestritten; kleine Mädchen fingen plötzlich zu weinen an; und stur kritzelte Senhor Gouvêa seine Bücher voll, wobei er in weitem Bogen melancholisch zur Seite spuckte.

Tante Victoria hingegen lief in schwarzer Spitzenhaube und veilchenblauem Kleid geschäftig hin und her, wisperte, gestikulierte, ließ Geld klimpern und zog jeden Augenblick rautenförmige Bonbons gegen ihren Katarrh aus der Tasche.

Sie war eine begehrte Persönlichkeit, ein Mittelpunkt geworden! Die Dienerschaft aus den niederen Kreisen, ja selbst die aus den vornehmeren fand dort für alles ein offenes Ohr. Sie lieh Geld an Arbeitslose, hütete die Finanzen der Sparsamen, ließ von Senhor Gouvêa die Liebesbriefe oder die Familienkorrespondenz derjenigen erledigen, die Analphabeten waren, verkaufte abgelegte Kleider weiter, verborgte Fräcke, gab Ratschläge bei Anstellungen, wurde ins Vertrauen gezogen, schmiedete Intrigen und verstand sich auch auf Entbindungen. Sie lief keinem Dienstboten nach, aber wenn sie in der Klemme oder entlassen waren, wurden sie nicht müde, die Treppen der Tante Victoria hinauf- und hinunterzuflitzen. Außerdem hatte sie viele Beziehungen, fand stets Mittel und Wege. Bejahrte Junggesellen setzten sich mit ihr ins Einvernehmen, wenn sie des sanften Trostes einer molligen jungen Köchin bedurften; sie vermittelte die Dienstboten für die unter polizeilicher Kontrolle stehenden Frauen und wußte von mancher verschwiegenen Börsenspekulation. Es hieß allgemein: ›Die Tante Victoria hat mehr Geheimnisse als Haare!‹

Doch trotz all ihrer ›Geschäfte‹ nahm sie Juliana, kaum daß sie eintrat, gleich mit in das Zimmer im hinteren Teil des Hauses, schloß die Tür ab, und sie waren ›eine halbe Stunde unter sich‹.

Juliana ging diesmal hochrot und mit flammenden Augen wieder fort und war glücklich! Sie kehrte schnell nach Hause zurück und fragte: »Die Gnädige ist noch nicht wieder da, Senhora Joanna?«

»Noch nicht.«

»Sie ist in der Encarnação. Die Arme! Da hat sie sich ein schlimmes Kreuz aufgeladen, wenn sie sich von der Alten etwas vorjammern läßt! Und danach geht sie natürlich spazieren. Das macht sie richtig! Nur immer an die frische Luft!«

Joanna war gewiß schwerfällig und abgestumpft; außerdem ließ die tierische Leidenschaft für ihr Bürschchen sie verblöden. Trotzdem hatte sie bemerkt, daß Senhora Juliana sich sehr eifrig für die Gnädige interessierte, und eines Tages sagte sie zu ihr: »Senhora Juliana, Sie scheinen jetzt mehr für die Gnädige zu schwärmen!«

»Zu schwärmen?«

»Doch, ich meine, daß Sie jetzt mehr ...«

»Daß ich jetzt mehr an der Gnädigen hänge?«

»Ganz recht.«

»Aber das war doch schon immer der Fall. Natürlich möchte man manchmal aus der Haut fahren ... Aber sehen Sie doch, Senhora Joanna, Sie können es nicht besser treffen als hier. Eine Gnädige mit sehr gutem Charakter, ohne Schrullen, und man ist völlig frei ... Ach, wir müssen dem Himmel danken, daß wir es so gemütlich haben.«

»Und ob!«

Das Haus bot in der Tat den ansprechenden Eindruck tiefsten Friedens: Luiza ging alle Tage aus und fand alles gut und schön; sie wurde niemals verdrießlich; ihre Antipathie gegen Juliana schien sich gelegt zu haben; sie betrachtete sie jetzt als ein armes Menschenkind. Juliana nahm regelmäßig ihr Süppchen zu sich, machte ihre Spaziergänge und döste. Joanna blieb oft allein im Hause, erlegte sich keinen Zwang auf und vertrieb sich die Zeit mit ihrem Zimmermann. Besuch kam keiner: Donha Felicidade lag in der Encarnação und schwamm in Arnikatinktur. Sebastião weilte in Almada, um den Fortgang der Arbeiten zu überwachen. Der Kanzleirat war nach Cintra gereist; »um dem Geist etwas Entspannung zu verschaffen«, hatte er zu Luiza gesagt, »und mich an den Wunden jenes Eden zu ergötzen.« Senhor Julião, ›der Doktor‹, wie Joanna zu sagen pflegte, saß an seiner Dissertation. Die Stunden krochen gleichförmig dahin, stets herrschte geruhsames Schweigen. Eines Tages rief Juliana unter dem Eindruck dieser Fülle des Friedens im ganzen Hause Joanna in der Küche zu: »Besser kann man es gar nicht haben! Der Nachen zieht durch ein Meer von Freuden!« Und auflachend fügte sie hinzu: »Mit mir am Steuer!«

7

Als Luiza eines Tages zum ›Paradies‹ ging, sah sie plötzlich etwas vor dem Largo de Santa Barbara aus einem Portal die hastende Gestalt Ernestinhos herauskommen.

»Sie hier, liebe Base Luiza?« rief der Dichter sehr erstaunt. »In dieser Gegend! Was machen Sie denn hier? Welches Wunder!«

Ernestinhos Gesicht glühte; er strich die Schöße seines

Rockes aus Alpakastoff nach hinten und schwenkte aufgeregt eine dicke Papierrolle.

Luiza wurde ein bißchen verlegen; sie sagte, daß sie hergekommen sei, um einer Freundin einen Besuch abzustatten. Ach, er würde sie ja doch nicht kennen, sie wäre eben aus Porto eingetroffen …

»So, so! Schön! Und was gibt es Neues, wie ist es Ihnen ergangen? Wann kommt Jorge wieder?« Er entschuldigte sich gleich, daß er sie nicht besucht habe; aber er finde einfach keine Minute freie Zeit. Morgens das Zollamt, abends die Proben …

»Klappt es denn immer?« fragte Luiza.

»Ja.« Begeistert fügte er hinzu: »Und wie es klappt! Vorzüglich! Aber was für eine Riesenarbeit, was für eine Plackerei!« Jetzt käme er gerade vom Schauspieler Pinto, der die Rolle des Liebhabers, des Grafen von Monte Redondo, spielte; er hätte sich von ihm die letzten Worte des dritten Aktes vordeklamieren lassen: ›O Fluch, das düstere Geschick erdrückt mich! Nun denn, ich werde mit dem Schicksal ringen! Auf in den Kampf!‹ Wunderbar sei das! Er ließ sie auch wissen, daß er den Monolog des zweiten Aktes abgeändert habe. Dem Impresario sei er zu lang gewesen …

»Er redet also immer noch herein, der Impresario?«

Ernestinho stockte und schnitt eine Grimasse.

»Ein bißchen schon …« – Und strahlend fuhr er fort: »Aber er spinnt ja! Alle spinnen sie! Gestern sagte er zu mir: ›Kleiner‹ – so nennen sie mich aus Übermut, spaßig, nicht wahr? Da sagte er zu mir: ›Kleiner, bei der Premiere stürmt uns ganz Lissabon das Haus! Sie bringen uns alle ins Grab!‹ Er ist ein guter Mensch! Und jetzt gehe ich zum Bastos, dem Artikelschreiber von der ›Verdade‹. Kennen Sie ihn nicht?«

Luiza konnte sich nicht recht entsinnen.

»Den Bastos, der von der ›Verdade‹!« beharrte er.

Er sah, daß Luiza weder den Namen noch den Menschen zu kennen schien.

»Sie wissen überhaupt von nichts?« Ernestinho beschrieb ihr gleich sein Aussehen, zählte seine Arbeiten auf...

Luiza wollte das Gespräch beenden.

»Ach ja, jetzt erinnere ich mich. Vollkommen ... Ich bin im Bilde!«

»Eben zu dem gehe ich jetzt.« Seine Stimme nahm einen überzeugenden Ton an: »Wir sind eng befreundet, er ist ein sehr guter Kerl und hat einen hübschen kleinen Jungen ...« Ernestinho drückte ihr kräftig die Hand: »Also dann adieu, Base Luiza, ich darf keine Zeit verlieren. Soll ich Sie begleiten?«

»Nein, danke, es ist hier in der Nähe.«

»Leben Sie wohl, und grüßen Sie Jorge von mir!«

Er wollte schon geschäftig weitereilen, wandte sich jedoch plötzlich um und rannte ihr nach: »Ach! Ich vergaß Ihnen zu sagen, daß ich ihr verziehen habe!«

Luiza riß die Augen auf.

»Der Gräfin, der Heldin!« rief Ernestinho.

»Ach so!«

»Ja, der Gatte verzeiht ihr, erhält einen Gesandtschaftsposten, und sie gehen ins Ausland. Das ist natürlicher ...«

»Gewiß!« murmelte Luiza verlegen.

»Und das Stück schließt, indem der Liebhaber, der Graf von Monte Redondo, ausruft: ›Ich werde fliehen in die Einsamkeit, um dort vor lauter Liebesschmerz zu sterben!‹ Das ist von großer Wirkung!«

Ernestinho blickte ihr einen Moment ins Gesicht und sagte dann hastig: »Adieu, Base Luiza, einen schönen Gruß an Jorge!«

Er flitzte davon.

Luiza kam sehr widerwillig ins ›Paradies‹. Sie berichtete

Basilio gleich von dieser Begegnung. Ernestinho wäre so naiv! Er könnte später davon erzählen, Ort und Stunde ausplaudern, man könnte sie fragen, wer jene Freundin aus Porto sei ...

Während sie Schleier und Hut ablegte, meinte sie: »Nein, es ist wirklich unvorsichtig, so oft zusammenzukommen. Besser wäre es, wenn wir uns nicht so oft treffen. Angenommen, es erfährt jemand ...«

Basilio zuckte ärgerlich die Schultern. »Wenn du nicht willst, kommst du eben nicht.«

Luiza sah ihn einen Augenblick groß an und beugte sich tief herab: »Danke schön!«

Sie machte Anstalten, den Hut aufzusetzen, doch er faßte sie rasch bei den Händen, umschlang sie mit den Armen und flüsterte: »Du sprichst also davon, nicht zu kommen? Und was wird dann aus mir? Aus mir, der ich nur deinetwegen in Lissabon bin ...«

»Nein, aber du sagst wirklich manchmal Sachen ... du hast gewisse Angewohnheiten ...«

Basilio erstickte ihre Worte mit Küssen.

»Ta, ta, ta. Nur keine Aufregung! Verzeih. Du bist so hübsch ...«

Auf dem Heimwege mußte Luiza an jene Szene denken. Nein, dachte sie, es war nicht das erstemal, daß er eine recht gefühllose Gleichgültigkeit gegen sie zur Schau trug, gegen ihren Ruf, gegen ihre Gesundheit! Er wollte sie egoistischerweise alle Tage dort haben. Daß böse Zungen redeten, die große Hitze sie umbrachte, was kümmerte es ihn? Weshalb auch? Denn schließlich, das war augenfällig, liebte er sie nicht mehr so wie früher ... Seine Worte, seine Küsse wurden Tag für Tag kälter! ... Er zeigte schon nicht mehr jene ungestüme Begierde, mit der er sie früher unter bebenden Liebkosungen umschloß, noch jenen Überschwang des Gefühls, der ihn auf die Knie fallen und seine Hände wie die eines Greises zittern ließ ... Längst stürzte er ihr nicht mehr wie unter einem magischen Zwang entgegen, kaum daß sie an der Tür erschien ... Auch kam es nicht mehr zu jenen kindlichen, von Gelächter unterbrochenen, abschweifenden und närrischen Gesprächen, in denen sie sich nach der Stunde der Glut und Sinnlichkeit ergingen, wenn sie in süßer Lässigkeit dalag, jung und blühend, den Kopf auf die nackten Arme gelegt. Im Gegenteil! Sobald der letzte Kuß getauscht war, brannte er sich seine Zigarre an, wie in einem Wirtshaus am Schluß der Mahlzeit. Dann trat er gleich an einen kleinen Spiegel, der über dem Waschtisch hing, um sich mit einem Taschenkämmchen die Haare zu kämmen (oh, wie sie dieses Kämmchen haßte!). Manchmal sah er sogar nach der Uhr! Wenn sie ihre Kleidung in Ordnung brachte, eilte er nicht mehr wie früher herbei, um ihr zu helfen, ihr das Halskettchen umzulegen, sich an ihren Busennadeln zu stechen, um sie herumzulachen, sich mit Küssen zu verabschieden, die er rasch auf ihre nackten Schultern drückte, bevor sich das Kleid um sie schloß. Er trommelte vielmehr gegen die Fensterscheiben oder saß mit griesgrämiger Miene da und ließ die Beine hin und her baumeln.

Und im übrigen respektierte er sie einfach nicht, nahm keinerlei Rücksicht auf sie ... Er behandelte sie von oben herab, wie ein ungebildetes und beschränktes Bürgermädchen, das kaum sein Stadtviertel kennt. Was für eine Art er an sich hatte, rauchend im Zimmer herumzuspazieren, mit erhobenem Kopf, und dabei von der ›geistvollen Madame Soundso‹, von der Garderobe der Gräfin Soundso zu erzählen! Als ob sie ungebildet und ihre Kleider Lumpen wären! Ach, das zehrte an den Nerven! Und bei Gott, er tat wirklich so, als ob er ihr eine große Ehre erwiese, daß er sie besaß ...

Da fiel ihr gleich Jorge ein, Jorge, der sie mit soviel Hochachtung liebte! Jorge, für den sie bestimmt die Hübscheste, die Eleganteste, die Klügste, die Bezauberndste war! Schon kamen ihr Bedenken, weil sie ihre so glückliche Ruhe einer ziemlich zweifelhaften Liebe geopfert hatte.

Eines Tages schließlich, als er ihr noch zerstreuter und frostiger als sonst erschien, sprach sie sich offen mit ihm aus. Aufrecht saß sie auf dem mit Stroh ausgestopften Kanapee und begann langsam und sehr vernünftig, in würdiger und wohlüberlegter Weise: Sie hätte wohl gemerkt, daß er sich langweile, daß seine große Liebe verrauscht sei, daß es deshalb für sie um so demütigender wäre, wenn sie sich unter solchen Umständen sähen, und daß sie es für würdiger hielte, wenn sie Schluß machten …

Basilio schaute auf, von ihrer Förmlichkeit überrascht; er spürte etwas Gezwungenes, Unnatürliches in ihren Sätzen, lächelte und sagte sehr ruhig: »Als ob du das auswendig gelernt hättest!«

Luiza erhob sich trotzig, blickte ihm ins Gesicht, und ihre Lippen zuckten geringschätzig.

»Bist du verrückt, Luiza?«

»Ich habe es satt! Alle Opfer bringe ich um deinetwillen, ich komme alle Tage her, kompromittiere mich, und wofür? Um dich hier sehr gleichgültig, recht gelangweilt anzutreffen …«

»Aber meine Liebe …«

Sie lachte spöttisch.

»›Meine Liebe!‹ Oh! Diese Heuchelei ist geradezu lachhaft!«

Basilio wurde ungehalten.

»Dieser Auftritt fehlte mir gerade noch!« rief er heftig. Er verschränkte vor ihr die Arme: »Was willst du denn? Soll ich dich etwa lieben wie im Theater, im São Carlos? So seid ihr alle! Wenn ein armer Teufel auf ganz natürliche Weise liebt, wie jedermann, mit seinem Herzen, aber sich nicht wie ein Tenor gebärden kann, dann ist er bei Gott gleich gefühlskalt, da langweilt er sich, ist er undankbar ... Aber was willst du eigentlich? Soll ich mich dir kniend zu Füßen werfen, soll ich deklamieren, die Augen verdrehen, Schwüre leisten, andere Späße treiben?«

»Du hast sie einmal getrieben ...«

»Am Anfang!« erwiderte er grob. »Für so etwas kennen wir uns schon zu gut, meine Liebe.«

Dabei war es kaum fünf Wochen her!

»Adieu!« sagte Luiza.

»Schön. Du bist mir also böse?«

Sie zog sich mit niedergeschlagenen Augen nervös die Handschuhe an: »Nein.«

Basilio stellte sich vor die Tür und breitete die Arme aus.

»Aber sei doch vernünftig, mein Kind. Eine Verbindung wie die unsere ist nicht das Duett aus dem ›Faust‹. Ich liebe dich; du hast mich gern, wie ich glaube; wir bringen die nötigen Opfer, treffen uns, sind glücklich ... Was, zum Teufel, willst du noch mehr? Worüber beklagst du dich?«

Sie antwortete mit einem Lächeln voller Ironie und Trauer: »Ich beklage mich nicht. Du hast recht.«

»Aber dann darfst du nicht böse sein.«

»Nein ...«

»Ehrenwörtchen?«

»Ja.«

Basilio nahm sie bei den Händen: »Dann gibt Bibi ein Küßchen ...«

Luiza küßte ihn flüchtig auf die Wange.

»Aufs Mündchen, aufs Mündchen!« Er drohte ihr mit dem Finger und sah sie durchdringend an: »Du Schlauköpfchen! Du hast wirklich das Temperament des Senhor Antonio de Brito, unseres wunderlichen Onkels, der die Dienstmädchen an den Haaren zu ziehen pflegte!« Basilio faßte sie am Kinn: »Du kommst also morgen?«

Luiza zögerte einen Augenblick: »Ich komme.«

Sie trat verbittert und gedemütigt ins Haus. Es war sechs Uhr.

Juliana sagte ihr gleich sehr ärgerlich, daß die Joanna um vier Uhr weggegangen und noch nicht zurückgekommen wäre, das Essen sei noch nicht fertig ...

»Wohin ist sie denn?«

Juliana zuckte mit einem verschlagenen Lächeln die Achseln.

Luiza begriff: Sie weilte bei ihrem Geliebten, frönte der Leidenschaft ... Und sie setzte eine Miene geringschätzigen Mitleids auf: »Damit kann sie gerade was gewinnen! Arme Närrin!«

Juliana starrte sie erschrocken an. ›Die ist betrunken!‹ dachte sie.

»Nun, was soll man da schon machen?« rief Luiza. »Ich werde warten ...«

Sie lief erregt im Zimmer auf und ab und grübelte über ihren Kummer nach.

»Wie egoistisch, wie taktlos, wie niederträchtig! Und wegen eines solchen Mannes wirft man sich als Frau weg! Hirnverbrannt ist das!«

Wie er am Anfang gefleht, sich ganz bescheiden und demütig gebärdet hatte! Aber was ist schon die Liebe der Männer! Wo sie ihrer doch so leicht überdrüssig werden!

Plötzlich mußte sie an Jorge denken! Bei ihm war es etwas anderes! Er lebte seit drei Jahren mit ihr zusammen, und seine Liebe blieb immer die gleiche: feurig, zärtlich, ergeben. Aber der andere! So ein Nichtswürdiger! Er kannte sie schon zu gut! Ach! Jetzt war sie sich ziemlich darüber im klaren, daß er sie niemals geliebt hatte! Er begehrte sie aus Eitelkeit, aus einer Laune heraus, zum Zeitvertreib, um in Lissabon eine Frau zu haben! Das war es! Aber Liebe? Was für eine Liebe war das!

Und wie stand es um sie selbst? Liebte sie ihn? Sie ging in sich, grübelte nach ... Sie erwog die Situation, die Umstände: Wenn er sie weit mit fortnehmen wollte, nach Frankreich, würde sie mitgehen? Bewahre! Falls sie durch Zufall, durch ein Unglück Witwe werden sollte, versprach sie sich dann irgendeine Seligkeit, wenn sie ihn heiratete? Nein!

Aber was wollte sie dann noch? Und wie jemand, der eine wohlverwahrte Flasche entkorkt und sich wundert, daß das Aroma verdunstet ist, war sie ganz befremdet, ihr Herz leer zu finden. Was hatte sie denn zu ihm hingezogen? ... Sie wußte es auch nicht; der Müßiggang, das romantische und krankhafte Gelüst, einen Geliebten zu haben, tausend entflammte kleine Eitelkeiten, ein gewisses körperliches Verlangen ... Aber hatte sie es denn empfunden, dieses Glück, das die illegitime Liebe gewährt, von der man soviel in den Romanen und in den Opern hört, die alles im Leben vergessen und dem Tode ins Auge sehen, ja ihn beinahe lieben läßt? Niemals! All die Freude, die sie am Anfang erfüllte, von der sie glaubte, daß es die Liebe sei, kam von dem Neuen, von dem köstlichen Vergnügen, den verbotenen Apfel zu essen, vom geheimnisvollen Milieu des ›Paradieses‹, vielleicht auch von anderen Umständen, die sie sich selbst nicht einmal eingestehen wollte und die sie innerlich erröten ließen.

Doch was empfand sie *jetzt* noch Außergewöhnliches? Großer Gott, sie begann bereits an der Seite ihres Geliebten weniger zu fühlen als bei ihrem Gatten! Ein Kuß von Jorge verwirrte sie mehr, und dabei lebten sie schon seit drei Jahren zusammen! Mit Jorge hatte sie sich nie gelangweilt, niemals! Neben Basilio dagegen welkte sie regelrecht dahin! Basilio, der zu ihr zurückgekehrt war, benahm sich wie ein vernachlässigter Ehegatte, der außerhalb des Hauses Abwechslung suchte! Aber war es dann für sie überhaupt der Mühe wert?

Wo lag der Fehler? Vielleicht in der Liebe selbst! Denn sie und Basilio boten schließlich die besten Voraussetzungen für eine außergewöhnliche Glückseligkeit: Sie waren jung, das Geheimnis umhüllte sie, die schwierigen Umstände reizten sie ... Wie erklärte es sich dann, daß sie jetzt beinahe gähnten? Es kam daher, daß die Liebe schlechterdings vergänglich ist, und in der Stunde, in der sie geboren wird, bereits zu sterben beginnt. Nur der Anfang ist gut. Da ist sie noch Rausch, Schwärmerei, ein Stückchen vom Himmel. Aber nachher? ... Mußte man denn immer wieder ›anfangen‹, um stets empfinden zu können? ... So machte es Leopoldina. Und nunmehr erschien das Luiza als einleuchtende Erklärung für das unbeständige Dasein Leopoldinas, die sich einen Liebhaber nahm, ihn eine Woche lang behielt, dann wie eine ausgepreßte Zitrone wegwarf und so beständig den Reiz der Empfindung erneuerte. Dabei dachte sie mit der ränkevollen Logik unstatthafter Liebschaften bei ihrem ersten Geliebten schon vage an den zweiten!

Gleich am folgenden Tage sagte sich Luiza, daß das ›Paradies‹ ziemlich weit entfernt läge. Was für eine Quälerei, sich bei dieser Hitze anzukleiden und auszugehen! Sie schickte Juliana, um etwas über Donha Felicidades Befinden in Erfahrung zu bringen, und blieb daheim. Im weißen Hauskleid genoß sie träge ihre Muße.

An diesem Nachmittage erhielt sie einen Brief von Jorge: Er müsse noch bleiben, aber sein Strohwitwerdasein beginne ihn zu bedrücken. Wann würde er sich endlich wieder in seinem Häuschen, in seinem Schlafzimmer finden?

Sie war gerührt. Ein Gefühl der Scham, Gewissensbisse, ein zärtliches Mitleid für Jorge, den Guten, den Armen, bewegten sie; der heiße Wunsch, ihn zu sehen und zu küssen, die

Erinnerung an vergangene Glückseligkeiten wühlten sie auf bis in die Tiefen ihres Wesens. Sie antwortete ihm sofort und schwor ihm, daß auch sie schon des Alleinseins müde wäre, daß er kommen solle, daß eine derartige Trennung töricht sei ... Und sie meinte es wirklich ehrlich.

Gerade hatte sie den Umschlag geschlossen, als ihr Juliana ›einen Brief vom Hotel‹ brachte. Basilio gebärdete sich verzweifelt: ›... da Du nicht gekommen bist, muß ich annehmen, daß Du Dich ärgerst; doch ist es sicherlich Dein Stolz, der Dich beherrscht, nicht Deine Liebe. Du kannst Dir nicht vorstellen, wie mir zumute war, als Du heute nicht kamst. Ich habe bis fünf Uhr gewartet; welche Qual! Vielleicht benahm ich mich unfreundlich, aber Du warst auch dickköpfig! Wir müssen uns gegenseitig verzeihen, uns einer vor dem anderen demütigen und in gleicher Liebe allen Kummer vergessen ... Komm morgen. Ich bete Dich an! Was für einen Beweis willst Du noch als den, den ich Dir damit erbringe, daß ich auf alle meine Vorteile verzichte, meine Beziehungen, meine Liebhabereien, und hier in Lissabon heimisch werden will ...‹ usw.

Sie wurde ganz nervös und wußte nicht, was sie tun sollte, was sie eigentlich selber wollte. Es stimmte schon. Weshalb hielt sich Basilio in Lissabon auf? Ihretwegen. Doch wenn er jetzt merkte, daß sie ihn nicht liebte, oder bloß so wenig? Andererseits fand sie es gemein, an Jorge so treulos zu handeln, der so gut, so zärtlich war und nur für sie lebte. Aber wenn nun Basilio wirklich so unsterblich verliebt war? ... Ihre Gedanken wirbelten durcheinander wie Herbstlaub, das von Winden aus entgegengesetzten Richtungen hin und her gerissen wird. Sie sehnte sich nach Ruhe, wollte nicht von ihnen belästigt werden. Warum war dieser Mann zurückgekommen? Herrgott! Was sollte sie tun? Ihre Gedanken, ihre Gefühle waren in einen schmerzlichen Zwiespalt geraten.

Am folgenden Morgen lahmte sie die gleiche Unschlüssigkeit. Sollte sie gehen oder nicht? Die Hitze draußen, die Staubwolken auf der Straße ließen Luiza ihr Heim nur noch verlockender erscheinen. Doch was für eine Enttäuschung wäre das für den armen Burschen, wenn sie nicht kam! Sie warf ein Fünf-Testonen-Stück in die Luft. Die Schrift lag nach oben, sie mußte gehen. Sie kleidete sich an, lustlos und gelangweilt – und dennoch verspürte sie ein gewisses Verlangen nach den Raffinessen des Vergnügens, das die ausgiebige Versöhnung gewähren würde …

Doch welche Überraschung! Sie hoffte, Basilio demütig und auf den Knien anzutreffen, und fand ihn statt dessen mit gerunzelter Stirn und sehr verbittert vor.

»Das ist ja unglaublich, Luiza, warum bist du gestern nicht gekommen?«

Als sie am Vortage nicht erschien, hatte sich seiner große Wut und noch größere Angst bemächtigt; seine Lüsternheit bangte um den Besitz des hübschen Frauenkörpers, und sein Stolz wollte es nicht wahrhaben, daß sich die gelehrige kleine Sklavin befreien könnte. So beschloß er, sie um jeden Preis ›zur Ordnung zu rufen‹. Er schrieb ihr; und während er sich dabei demütig gebärdete, um sie für sich zu gewinnen, beschloß er insgeheim, hart zu sein, um sie zu züchtigen. Deshalb fuhr er jetzt fort: »Das ist eine lächerliche Kinderei. Warum bist du nicht gekommen?«

Dieser Ton versetzte sie in Wut: »Weil ich nicht wollte.« Doch sie verbesserte sich sogleich: »Ich konnte nicht.«

»Ach! Ist das die Art, auf meine Briefe zu antworten, Luiza?«

»Ist das die Art, mich zu empfangen?«

Sie sahen sich einen Augenblick verächtlich an.

»Schön, du willst also streiten? Du bist wie die anderen.«

»Welche anderen?« Und vollends beleidigt fügte sie hinzu:

»Nein! Das ist zuviel! Adieu!«

Sie wandte sich zum Gehen.

»Gehst du, Luiza?«

»Jawohl. Es ist besser, daß wir ein für allemal Schluß machen ...«

Basilio griff schnell nach dem Türriegel.

»Ist das dein Ernst, Luiza?«

»Gewiß. Ich habe es satt!«

»Gut. Adieu.«

Er öffnete die Tür, um Luiza hinauszulassen, und verbeugte sich schweigend.

Sie tat einen Schritt zur Tür hin, und Basilio fragte mit etwas zitternder Stimme: »Dann ist das also für immer? Sehen wir uns denn niemals wieder?«

Luiza erblaßte und blieb stehen. Die traurigen Worte ›niemals wieder‹ erfüllten sie mit Wehmut und Erschütterung. Sie brach in Tränen aus.

Tränen machten sie stets noch hübscher. Sie sah so betrübt, so schwach, so hilflos aus ...

Basilio fiel zu ihren Füßen nieder; auch seine Augen waren feucht.

»Ich sterbe, wenn du mich verläßt!«

Ihre Lippen fanden sich zu einem tiefen, langen, innigen Kuß. Die Erregung der Nerven schenkte ihnen einen Augenblick die Aufrichtigkeit der Leidenschaft; es wurden köstliche Stunden.

Sie nahm Basilio in die nackten, wachsbleichen Arme und stammelte: »Du verläßt mich niemals, nicht wahr?«

»Ich schwöre es dir, niemals, Liebste!«

Doch es wurde spät und Zeit zum Gehen. Sicherlich beschäftigte sie beide der gleiche Gedanke – denn ihre Blicke ruhten lange ineinander, und Basilio flüsterte: »Wenn du hier die Nacht verbringen könntest!«

Sie antwortete bestürzt, beinahe flehend: »Oh! Führe mich nicht in Versuchung, bitte nicht ...«

Basilio seufzte und sagte: »Nein, es ist töricht. Geh.«

Luiza brachte hastig ihre Kleidung in Ordnung. Plötzlich hielt sie lächelnd inne.

»Weißt du was?«

»Was denn, meine Liebe?«

»Ich falle gleich vor Hunger um! Ich habe nichts gefrühstückt, gleich falle ich um!«

Er war ganz trostlos: »Du Ärmste, mein armes Kind! Wenn ich wüßte ...«

»Wie spät ist es, Kleiner?«

Basilio sah nach der Uhr und murmelte fast beschämt: »Sieben!«

»Ach du großer Gott!«

Sie setzte den Hut auf, zog den Schleier herunter und sagte verwirrt: »So spät! Jesus! So spät!«

»Und morgen, wann?«

»Um eins.«

»Bestimmt?«

»Bestimmt.«

Am nächsten Tage kam sie sehr pünktlich. Basilio erwartete sie schon am untersten Treppenabsatz, und kaum waren sie ins Zimmer getreten, verschlang er sie mit Küssen.

»Was hast du bloß aus mir gemacht? Seit gestern bin ich förmlich verrückt nach dir!«

Doch Luiza musterte neugierig einen Korb, der auf dem Bett stand.

»Was soll das?«

Er lächelte, führte sie dicht an das eiserne Bettgestell und deckte mit feierlicher Verbeugung den Korb auf.

»Proviant, ein Gastmahl, ein Zechgelage! Da kannst du hinterher nicht mehr sagen, daß du Hunger hast!«

Es war ein Lunch mit Sandwiches, einer Gänseleberpastete, Obst, einer Flasche Champagner und Eis, in ein Flanelltuch eingehüllt.

»Das ist ja herrlich!« sagte sie mit einem warmen Lächeln und hochrot vor Entzücken.

»Mehr ließ sich nicht machen, meine liebe Base! Nun siehst du, daß ich an dich gedacht habe!«

Basilio stellte den Korb auf den Fußboden und kam mit ausgebreiteten Armen auf sie zu: »Und hast du an mich gedacht, Liebste?«

Ihre Augen und der leidenschaftliche Druck ihrer Arme antworteten ihm.

Um drei Uhr vesperten sie. Es war köstlich; über das Bett hatten sie eine Serviette gebreitet; das Porzellan trug das Zeichen des Hotels Central. Luiza erschien das alles burschikos und wunderbar, sie lachte vor Entzücken und ließ die Eisstückchen gegen die Wand des vollen Champagnerglases klingen. Überschwengliche Glückseligkeit erfüllte sie, die in verzückten Ausrufen, in Küssen, in der ganzen Wonne unsteter Gebärden überquoll. Sie langte tüchtig zu, und ihre nackten Arme bewegten sich mit bezaubernder Grazie.

Noch nie hatte sie Basilio so nett gefunden; sogar das Zimmer erschien ihr jetzt wie geschaffen für jene Intimitäten der Leidenschaft; fast hielt sie es für möglich, jahrelang hier in diesem dunklen Kämmerchen zu wohnen, mit ihm glücklich zu sein, in beständiger Liebe, mit Lunches um drei Uhr ... Sie bedienten sich klassischer Allüren: Sie schoben sich kleine Bissen in den Mund; Luiza lachte und zeigte dabei ihre weißen Zähnchen; sie tranken aus dem gleichen Glas, verschlangen sich mit Küssen, – und schließlich wollte er ihr beibringen, wie man richtig Champagner trinkt. Vielleicht wüßte sie das noch nicht!

»Wie denn?« fragte Luiza und hob das Glas.

»Nicht doch! Abscheulich! Niemand, der auf sich hält, trinkt Champagner aus dem Glas. Das Glas ist gut für den Collares ...«

Er nahm einen Schluck Champagner, und mit einem Kuß ließ er ihn in ihren Mund hinübergleiten. Luiza lachte schallend, fand das ›himmlisch‹ und wollte noch mehr auf diese Weise trinken. Ihr Gesicht wurde immer röter, ihre Augen leuchteten.

Sie hatten die Teller vom Bett genommen. Luiza saß auf dem Bettrand; ihre Füßchen hingen herunter und baumelten in rosafarbenen Strümpfen hin und her. Ein wenig vornübergebeugt, die Ellenbogen im Schoß, das Köpfchen seitwärts geneigt, offenbarte sie in ihrer ganzen Gestalt die schmachtende Anmut einer müden Taube.

Basilio fand sie unwiderstehlich: Wer würde glauben, daß ein Bürgermädchen soviel Schick, soviel Geschmack haben konnte? Er kniete nieder, nahm ihre Füßchen in seine Hände und küßte sie; darauf ärgerte er sich mit den Strumpfbändern herum, die ›so häßlich‹ waren und metallene Häkchen hatten, küßte ihr respektvoll die Knie und bat sie dann ganz leise etwas. Sie verfärbte sich, lächelte und sagte: »Nein! Nicht!« – Und als sie aus ihrem Delirium wieder zu sich kam, bedeckte sie ihr errötetes Gesicht mit den Händen und flüsterte tadelnd: »Aber Basilio!«

Der zwirbelte sehr befriedigt seinen Schnurrbart. Er hatte sie eine neue Empfindung gelehrt: Nun war sie ganz in seiner Hand.

Erst um sechs Uhr riß er sich aus ihren Armen los. Er mußte Luiza schwören, daß er die ganze Nacht an sie denken würde; sie wollte ihn gar nicht wieder gehen lassen, war auf das ›Gremio‹ eifersüchtig, auf die Luft, auf alles! Und auf dem Treppenabsatz wandte sie sich noch einmal um, küßte ihn wie toll und wiederholte:

»Und morgen eher, ja? Damit wir den ganzen Tag für uns haben.«

»Willst du nicht Donha Felicidade besuchen?«

»Was geht mich Donha Felicidade an! Niemand geht mich etwas an! *Dich* will ich haben! Nur dich!«

»Also um zwölf?«

»Um zwölf!«

Wie sehr sie am Abend die Einsamkeit ihres Zimmers bedrückte! Ein heftiges Verlangen befiel sie, ihn so angenehm wie den Nachmittag zu verbringen, etwas zu unternehmen. Erst wollte sie lesen, doch recht schnell stieß sie das Buch fort: Die beiden angezündeten Kerzen auf dem Toilettentisch stimmten sie traurig. Luiza ging zum Fenster und sah in die laue, klare Nacht hinaus. Sie rief Juliana: »Holen Sie sich ein Umschlagtuch, wir gehen zur Senhora Donha Leopoldina.«

Als sie dort anlangten, mußten sie warten, bis endlich Justina im weißen Schlafrock und mit zerzausten Haaren öffnen kam. Sie schien sehr bestürzt.

»Die Gnädige ist nach Porto gefahren!«

»Nach Porto!«

»Ja. Sie wollte vierzehn Tage bleiben.«

Luiza war trostlos. Sie hatte aber keine Lust, nach Hause zurückzukehren; ihr einsames Zimmer erschreckte sie.

»Spazieren wir ein Stück dort hinunter, Juliana. Die Nacht ist so schön!«

»Wunderbar ist sie, gnädige Frau!«

Sie gingen durch die Rua de São Roque. Und wie von den beiden Lichtreihen der Gaslaternen geführt, die die Rua do Alecrim hinunterliefen, eilten ihre Gedanken und Wünsche geradewegs zum ›Hotel Central‹.

Ob er wohl zu Hause war? Würde er an sie denken? Wenn

sie ihn überrumpeln, sich ihm in die Arme werfen, seine Koffer durchstöbern könnte ... Diese Vorstellung verschlug ihr den Atem. Sie kamen auf die Praça de Camões. Langsam schlenderten Leute vorüber; im tiefdunklen Schatten der Bäume flüsterte man auf den Bänken; kaltes Wasser wurde getrunken; aus Fenstern und offenen Ladentüren fiel grelles Licht ins Dunkel der Nacht, und die schmetternden Stimmen der Zeitungsverkäufer übertönten den dumpfen Lärm der benachbarten Straßen.

Da ging ganz nahe an Luiza jemand mit einem Strohhut vorbei, so absichtlich nahe, daß sie es mit der Angst zu tun bekam. Es wäre besser, umzukehren, meinte sie.

Doch in der Mitte der Rua de São Roque tauchte der Strohhut wieder auf und streifte fast Luizas Schulter; zwei hervorquellende Fischaugen glotzten sie an.

Luiza lief verzweifelt: Ihre Stiefeletten stapften heftig auf die Fliesen des Bürgersteigs; plötzlich, neben dem Park São Pedro d'Alcantara, ließ sich unter dem Strohhut eine einschmeichelnde Stimme mit brasilianischem Akzent vernehmen; sie sagte dicht an ihrer Brust: »Wo wohnen Sie denn, Fräulein?«

Sie klammerte sich erschrocken an Julianas Arm fest.

Die Stimme wiederholte: »Nur keine Aufregung, Fräulein, wo wohnen Sie?«

»Sie Frechling!« brauste Juliana auf. Der Strohhut verschwand sogleich zwischen den Bäumen.

Keuchend kamen sie zu Hause an. Luiza hätte am liebsten geweint und fiel erschöpft auf das Sofa. Welcher Leichtsinn, abends mit einer Dienerin durch die Straßen zu schwärmen! Sie war verrückt, sie erkannte sich selbst nicht wieder. Was für ein Tag! Luiza überdachte ihn noch einmal, vom Morgen an: das Lunch, den Champagner, den sie von Basilios Lippen getrunken hatte, die ausschweifenden Tollheiten – welche

Schande! Und da mußte sie abends noch zu Leopoldina gehen und sich auf der Straße für ein Mädchen vom Bairro Alto halten lassen! ... Plötzlich fiel ihr Jorge ein, der sich im Alemtejo um ihretwillen abmühte und nur an sie dachte ... Ihre Augen waren feucht geworden. Sie empfand Ekel vor sich selbst und barg ihr Gesicht in den Händen.

Am folgenden Morgen erwachte sie sehr gutgelaunt. Zwar schämte sie sich irgendwie all dessen, was sie sich am Vortage geleistet hatte, und empfand so etwas wie Bangen, Herzklopfen und ein unbestimmtes Gefühl, daß sie nicht ins ›Paradies‹ gehen dürfe; ihre Gelüste jedoch, die sie lebhaft dorthin trieben, lieferten ihr gleich Gegengründe: Es hieße Basilio enttäuschen, wenn sie heute nicht erschiene; er würde dann auch nicht wiederkommen, und so sei der Bruch da ... Außerdem lockte sie der wundervolle Morgen auf die Straße: In der Nacht hatte es geregnet, die Hitze war zurückgegangen; im Licht des Tages und dem Blau des Himmels lag eine reine und angenehme Frische.

So ging sie um halb zwölf Uhr den Moinho de Vento hinunter, als sie die würdige Gestalt des Kanzleirats Accacio erblickte, der mit geschlossenem Sonnenschirm und erhobenen Hauptes langsam die Rua da Rosa heraufkam.

Kaum daß er sie gewahrte, beschleunigte er seine Schritte und verbeugte sich tief.

»Das nenne ich einen angenehmen Zufall ...«

»Wie geht es Ihnen, Kanzleirat? Glücklich die Augen, die Sie erblicken!«

»Und Ihnen, gnädige Frau? Sie sehen blendend aus!«

Feierlich trat er an ihre linke Seite und schickte sich an, neben ihr herzugehen.

»Sie gestatten doch, daß ich Sie auf Ihrem Ausflug begleite?«

»Gewiß, mit dem größten Vergnügen. Aber wo haben Sie denn gesteckt? Ich muß Sie sehr tadeln ...«

»In Cintra war ich, verehrte gnädige Frau.« Er blieb stehen: »Wußten Sie denn das nicht? Das ›Diario de Noticias‹ hat ausführlich darüber geschrieben!«

»Und nachdem Sie von Cintra zurückkamen?«

»Ach, ich war sehr beschäftigt! Überaus beschäftigt! Völlig in Anspruch genommen vom Zusammentragen gewisser Dokumente, die sich für die Abfassung meines Buches als unerläßlich erwiesen ...« Nach einer Pause fügte er hinzu: »Dessen Titel Sie sehr wohl kennen, wie ich glaube.«

Luiza konnte sich nicht recht entsinnen. Der Kanzleirat erläuterte ihr daraufhin den Titel, den Zweck, die Überschriften einiger Kapitel und die Unentbehrlichkeit des Werkes: Es handelte sich um die ›Malerische Beschreibung der hauptsächlichsten Städte Portugals und ihrer berühmtesten Bauwerke‹.

»Ein Reiseführer, aber ein wissenschaftlicher. Ich werde Ihnen das an einem Beispiel erklären: Sie wollen nach Bragança reisen. Ohne mein Buch ist es sehr wahrscheinlich (ich möchte sagen, es ist gewiß), daß Sie wiederkommen, ohne die örtlichen Sehenswürdigkeiten genossen zu haben; mit meinem Werke erschließen Sie sich die berühmtesten Monumente, erwerben Sie einen soliden Fundus an Unterweisungen und finden gleichzeitig Erbauung.«

Luiza hörte ihm kaum zu und lächelte gelangweilt unter ihrem weißen Schleier.

»Heute ist es sehr angenehm!« meinte sie.

»Höchst angenehm! Ein Schöpfungstag!«

»Wie schön kühl es hier ist!«

Sie waren nach São Pedro d'Alcantara gekommen. Zwischen sattgrünen Bäumen wehte ein lindes Lüftchen; am festen, staublosen Boden haftete noch eine Spur von Feuchtigkeit; und trotz der brennenden Sonne erschien der blaue Himmel mild und weit.

Der Kanzleirat sprach nun vom Sommer; er wäre heiß gewesen. In seinem Speisezimmer hätte er 48 Grad im Schatten gehabt! 48 Grad! Und treuherzig entschuldigte er gleich das Zimmer für jene Hundstagshitze: »Aber es liegt ja auch nach dem Süden! Lassen wir ihm Gerechtigkeit widerfahren! Es liegt sehr nach dem Süden! Jetzt jedoch bietet es wieder eine erquickliche Atmosphäre.«

Er lud sie gleich zu einem Spaziergang im Park ein. Luiza zögerte. Der Kanzleirat zog seine Uhr, streckte sie von sich, blickte darauf und erklärte prompt, daß es noch nicht Mittag sei. Seine Uhr ginge genau nach dem Arsenal, es wäre eine englische. »Denen aus der Schweiz bei weitem vorzuziehn!« fügte er gewichtig hinzu.

Von der protzigen Stimme des Kanzleirats entnervt und unfähig, etwas anderes zu tun, folgte ihm Luiza widerwillig die kleinen Stufen in den Park hinunter. Im übrigen, dachte sie, hatte sie ja Zeit, sie würde dann eine Droschke nehmen ...

Sie lehnten sich an das Gitter. Quer durch die Eisenstangen sahen sie dunkle Dächer einen Abhang hinunterklettern, dazwischen Höfe und Mauerwinkel, hin und wieder das spärliche Grün eines vertrockneten Gärtchens; im Talgrund breitete der Passeio seine langgestreckte Laubfülle aus; dazwischen schimmerte weiß die sandige Straße. Auf der anderen Seite erhoben sich im hellen Licht, das die Fensterscheiben glitzern ließ, die ausdruckslosen Fassaden der Rua Oriental; dahinter lagen auf gleicher Ebene Flächen versengten Grüns, von starken, düsteren Mauern umschlossen; dann folgten das traurige Gelb der Steinquader der Encarnação und andere einzelne Bauwerke, bis zu der von Kirchen überladenen Anhöhe der Graça hinauf, mit ganzen Reihen von Klosterfensterchen und Türmen, die sich weiß vom Blau des Himmels abhoben; und weiter drüben präsentierte die Kirche Unserer Lieben Frau von der Penha de França ihre strahlende weiß getünchte Mauer, über die der schmale Streifen eines dunkelgrünen Haines hinausragte. Zur Rechten, auf kahlem Berge, stand das Schloß und machte einen kümmerlichen und unwürdig schmutzigen Eindruck; die Zickzacklinie, welche die Dächer und Winkel der Häuser der Mouraria und von Alfama bildeten, lief hinunter zu den beiden plumpen Türmen der in äbtlicher Ehrwürdigkeit schlummernden Kathedrale. Dann sahen sie ein Stückchen vom Tejo, der in der Sonne gleißte; zwei weiße Segel glitten langsam vorüber, und am anderen Ufer, am Fuße eines niedrigen Hügels, den die Ferne lasurblau färbte, leuchteten kreideweiß die Häuserzeilen eines Dörfchens. Von der Stadt stieg starker und dumpfer Lärm auf, ein Gemisch aus dem Rasseln der Kutschen, dem schwerfälligen Rollen der Ochsenwagen, dem metallischen Zittern der Karren, die Eisenzeug fuhren, und dem gellenden Geschrei irgendeines Ausrufers.

»Ein großartiges Panorama!« stellte der Kanzleirat begeistert fest. Und sogleich erging er sich in Lobreden auf die Stadt. Sie wäre zweifellos eine der schönsten Europas und mit ihrer Hafeneinfahrt ein zweites Konstantinopel! Die Ausländer seien darauf unerhört neidisch. Sie sei einmal ein großer Handelsplatz gewesen, und es sei sehr schade, daß die Kanalisation so schlecht wäre und die Polizei so nachlässig!

»Das müßten die Engländer in der Hand haben, verehrte gnädige Frau!« rief er.

Doch auf der Stelle bereute er diesen unpatriotischen Satz und schwor, das sei nur eine Redensart. Er würde für die Unabhängigkeit seines Landes eintreten, ja dafür sterben, wenn es notwendig sein sollte; weder Engländer noch Spanier dürften da kommen! ... »Es geht nichts über Portugal, gnädige Frau!« Und ehrfurchtsvoll fügte er hinzu: »Und Gott!«

»Wie hübsch der Fluß daliegt!« sagte Luiza.

Accacio vergewisserte sich und flüsterte mit Grabesstimme: »Der Tejo!«

Dann wollte er eine Runde durch den Park machen. Auf den Beeten wogten weiße und gelbe Schmetterlingsblumen; eine Fontäne tröpfelte in den Teich und schuf so die leichte Melancholie eines Bürgergartens; ein Duft von Heliotrop überflutete alles; auf den Köpfen der Marmorbüsten, die sich zwischen dichten Gebüschen und Dahlienhecken erhoben, rasteten Vögel.

Luiza hatte diesen Park gern, nur die hohen Gitter verdrossen sie.

»Das ist wegen der Selbstmorde!« erläuterte der Kanzleirat. Übrigens hätte sich nach seiner Meinung ihre Zahl in Lissabon beträchtlich vermindert; er führte das auf die ernste und sehr löbliche Art zurück, wie sie die Presse verurteilte …

»Denn in Portugal, glauben Sie mir das, gnädige Frau, ist die Presse eine Macht!«

»Wie wäre es, wenn wir weitergingen …?« erinnerte Luiza.

Der Kanzleirat verbeugte sich, doch als er gewahrte, wie sie eine Blume pflücken wollte, hielt er sie lebhaft am Arm zurück.

»Aber verehrte gnädige Frau, um Himmels willen! Die Vorschriften sind sehr eindeutig! Übertreten wir sie nicht! Verletzen wir sie nicht!« Und er fügte hinzu: »Wir als Leute der besseren Kreise müssen mit gutem Beispiel vorangehen.«

Sie stiegen wieder hinauf, und Luiza dachte: ›Scher dich nach Hause, laß mich auf dem Largo do Loreto allein.‹

In der Rua de São Roque erspähte sie die Uhr einer Konditorei: eine halbe Stunde nach zwölf! Also wartete Basilio schon!

Sie beschleunigte ihre Schritte; auf dem Loreto blieb sie stehen. Der Kanzleirat sah sie lächelnd an und wartete.

»Ach! Ich gedachte wieder nach Hause zu gehen, Kanzleirat!«

»Dann will ich Sie begleiten, wenn Sie gestatten. Ich bin doch sicher nicht indiskret?«

»Ganz im Gegenteil! In keiner Weise.«

Ein Wagen der Companhia fuhr vorüber, im Trab gefolgt von einem Kurier.

Der Kanzleirat beeilte sich, tief den Hut zu ziehen.

»Das ist der Regierungschef. Haben Sie ihn nicht gesehen? Er winkte mir zu.« Accacio begann gleich mit einer Lobrede: »Er war Präsident unseres Parlaments; ein ganz außerordentliches Talent, mit einer sehr korrekten Redeweise!« Natürlich begann er sofort von Staatsangelegenheiten zu sprechen, doch Luiza ging nach den Martyres hinüber, wobei sie wegen des Straßenschmutzes ein wenig das Kleid hob. Sie blieb an der Kirchentür stehen und lächelte: »Ich will hier eine kleine Andacht verrichten und möchte nicht, daß Sie warten müssen. Adieu, Kanzleirat, lassen Sie sich wieder sehen.« Sie schloß den Sonnenschirm und streckte ihm die Hand hin.

»Aber verehrte gnädige Frau! Selbstverständlich werde ich warten, wenn Sie nicht gerade sehr lange bleiben. Ich werde warten, ich habe es nicht eilig.« Ehrfurchtsvoll fügte er hinzu: »Dieser Eifer ist sehr lobenswert!«

Luiza betrat verzweifelt die Kirche. Sie blieb unter dem Chor stehen und dachte: ›Ich bleibe hier, da wird er des Wartens müde und geht!‹ Über ihr flimmerte das Kristallglas der Kronleuchter. Gleichmäßiges, ein wenig trübes und verschleiertes Licht ergoß sich in den Raum. Und die weißgetünchten Decken und Wände, das sehr saubere Holz des getäfelten Fußbodens, die steinernen seitlichen Balustraden gaben dem Ganzen eine helle weißliche Tönung, aus der sich die Vergoldungen der Kapelle, die veilchenblauen Stirnseiten der Kanzeln, im Hintergrund zwei Portieren von etwas dunklerem Violett und unter dem veilchenfarbenen Altarhimmel die Kleinodien des Altars hervorhoben. Es herrschte kühles und erhabenes Schweigen. Vor der Taufkapelle kniete ein Jüngling mit einem Zinkeimer neben sich und scheuerte diskret den Fußboden; hier und dort beugten sich die Rücken von Betschwestern, in Mäntel gehüllt oder mit gefärbten Umschlagetüchern bedeckt, vor einem Altar; ein Greis in einer Jacke aus grobem braunem Wolltuch, der in der Mitte der Kirche niedergefallen war, leierte traurig Gebete herunter; man sah seinen kahlen Kopf und die riesigen Nägel seiner Schuhe; jeden Moment krümmte er sich und schlug sich verzweifelt die Brust.

Luiza stieg zum Hochaltar hinauf. Basilio würde sicherlich schon ungeduldig werden, der arme Kerl! Schüchtern fragte sie dann einen Küster nach der Zeit. Er hob sein zitronenfarbiges Gesicht zu einem Fenster in der Kuppel und sah Luiza über die Schulter an: »Ein Uhr vorbei.«

Also geht es auf zwei! Basilio brachte es fertig, nicht zu warten! Angst befiel sie, sie könnte um ihre Liebeswonnen kommen, ein heißes Verlangen, im ›Paradies‹ zu weilen, in seinen Armen zu liegen! Und Luizas Blick irrte über die Heiligen, die von Schwertern durchbohrten Jungfrauen, die mit Wunden bedeckten Christusfiguren – sie war erfüllt von wollüstiger Ungeduld, sah im Geiste das Zimmer, das kleine Eisenbett, Basilios kleinen Schnurrbart vor sich … Doch sie blieb, sie wollte den Kanzleirat mürbe machen, ihn loswerden. Als sie dachte, er wäre gegangen, stahl sie sich hinaus. Da erblickte sie ihn gleich am Eingang, aufrecht, die Hände auf dem Rükken, wie er das Verzeichnis der Kirchenräte studierte.

Accacio erging sich gleich in Lobeshymnen über ihre Frömmigkeit. Er hatte die Kirche nicht betreten, weil er Luizas

Andacht nicht stören wollte. Doch er schätzte sie sehr! Der Mangel an Religion war die Ursache aller herrschenden Unmoral.

»Und außerdem gehört das zur guten Erziehung. Sie müssen bedenken, daß der ganze Adel …«

Der Kanzleirat verstummte, er reckte sich auf und war sehr stolz, mit dieser hübschen Frau, nach der sich alle umdrehten, den Chiado hinuntergehen zu können. Als sie an einer Gruppe vorüberkamen, beugte er sich sogar geheimnisvoll zu ihr hin und sagte ihr lächelnd ins Ohr: »Das ist ein wunderbarer Tag!«

An der Tür vom Baltresqui lud er sie zum Kuchenessen ein. Luiza schlug es ihm ab.

»Schade. Nichtsdestoweniger finde ich die Regelmäßigkeit der Mahlzeiten immer sehr vernünftig.«

Seine Stimme belästigte Luiza jetzt mit der Aufdringlichkeit eines Bienenschwarms; obwohl es nicht heiß war, rang sie nach Luft, prickelte das Blut in ihrem Körper; am liebsten wäre sie einfach fortgelaufen; und dennoch ging sie langsam neben ihm her, unglücklich, wie eine Nachtwandlerin und dem Weinen nahe.

Ohne besondere Absicht, ganz zufällig, geriet sie ins Valente. Es war halb zwei Uhr! Nach einigem Zögern verlangte sie von einem freundlichen blonden Angestellten Krawatten aus Foulard.

»Weiße? Bunte? Gestreifte? Mit Pünktchen?«

»Ja, mal sehen, bringen Sie von jedem etwas.«

Sie gefielen ihr nicht.

Luiza breitete sie aus, schüttelte sie, legte sie wieder zur Seite und schaute bleich und verlegen um sich … Der Angestellte fragte sie, ob ihr unwohl sei. Er bot ihr Wasser an, oder wolle sie sonst irgend etwas?

Es wäre nichts, aber die frische Luft würde ihr guttun; sie

müßte umkehren. Der sehr besorgte Kanzleirat erklärte sich bereit, sie zu einer guten Apotheke zu begleiten, wo sie Orangenblütenwasser zu sich nehmen könne ... Sie gingen die Rua Nova do Carmo hinunter, und der Kanzleirat versicherte immer wieder, daß der Angestellte sehr höflich gewesen sei. Es wundere ihn aber nicht, weil im Handel die Söhne aus guten Familien beschäftigt seien, und er führte gleich Beispiele an.

Doch als er sah, daß sie schwieg, fragte er: »Ist Ihnen noch schlecht?«

»Nein, danke.«

»Wir haben einen entzückenden Spaziergang gemacht!«

Sie gingen den Rocio entlang, bis zum Ende. Dann kehrten sie um und überquerten ihn schräg. Und durch den Arco do Bandeira näherten sie sich der Rua do Ouro. Luiza blickte bedrückt um sich; sie suchte nach einem rettenden Einfall, einer Gelegenheit, einem Ausweg. Accacio schritt ernst an ihrer Seite und ließ eine Abhandlung vom Stapel: Der Anblick des Theaters von Donha Maria habe ihn zu den Problemen der Dramatik geführt. Er meine, daß Ernestinho in seinem Stück vielleicht zu stark auftragen würde. Im übrigen fände er nur an Komödien Geschmack. Nicht daß er sich nicht an den Schönheiten eines ›Frei Luís de Sousa‹ begeisterte! Aber seine Gesundheit erlaubte ihm keine starken Aufregungen. So zum Beispiel ...

Doch Luiza fiel endlich etwas ein, und sie sagte unvermittelt: »Ach! Das habe ich ganz vergessen! Ich muß zum Vitry und mir einen Zahn plombieren lassen.«

Der Kanzleirat, in seinen Erörterungen unterbrochen, sah sie scharf an. Luiza streckte ihm die Hand hin und sagte schnell: »Adieu, Sie lassen sich wieder mal sehen, nicht wahr?« Und sie stürzte auf das Portal des Vitry los.

Luiza rannte mit gerafftem Kleid bis zum ersten Stock hinauf. Keuchend hielt sie inne und wartete; dann ging sie langsam hinunter, spähte nach der Tür ... Die hohe Gestalt des Kanzleirats entfernte sich würdigen Schrittes in Richtung des Regierungsviertels.

Sie winkte eine Droschke heran.

»So schnell wie möglich!« rief sie.

Der Wagen bog fast im Galopp in die enge Straße ein, wo das ›Paradies‹ lag. Am Fenster zeigten sich verwunderte Gesichter. Klopfenden Herzens eilte Luiza hinauf. Die Tür war verschlossen – doch gleich öffnete sich das Gitter an der Seite, und die einschmeichelnde Stimme der Wirtin wisperte: »Er ist schon gegangen. Es muß eine halbe Stunde her sein.«

Luiza ging wieder hinunter. Sie nannte dem Kutscher ihre Adresse, wühlte sich tief in die Polster und brach in hysterisches Weinen aus. Um nicht gesehen zu werden, zog sie die Vorhänge zu. Dann riß sie den Schleier fort und streifte einen Handschuh ab, von unglaublicher Erregung gepackt. Rasendes Verlangen überkam sie, Basilio zu besuchen. Sie trommelte verzweifelt gegen die Glasscheiben und schrie: »Zum Hotel Central!«

Luiza befand sich jetzt in einem jener Momente, in denen das lebhafte Temperament unbezähmbare Impulse entwikkelt: da werden Pflichten und Überlieferungen mit inbrünstiger Wonne in Stücke gerissen, und die Seele strebt begierig nach dem Bösen und schaudert vor Sinnlichkeit.

Das Pferdegespann hielt hufeschlagend am Eingang des Hotels. Der Herr Basilio de Brito wäre nicht da, aber der Herr Vizegraf Reynaldo, hieß es.

»Schön, dann fahren Sie mich nach Hause!«

Der Kutscher hieb auf die Pferde ein. Und Luiza, von bebendem Zorn geschüttelt, schimpfte auf den Kanzleirat, den Tolpatsch, den Einfaltspinsel! Sie verfluchte das Leben, durch das sie ihn und alle Freunde des Hauses kennengelernt hatte!

Der heiße Wunsch stieg in ihr auf, die Ehe zum Teufel zu schicken und das zu tun, was ihr gerade einfiel!

Vor ihrer Haustür angelangt, hatte sie kein Kleingeld für den Kutscher. »Warten Sie!« sagte sie und raste hinauf. »Ich werde Ihnen das Geld herunterschicken!«

›So ein Biest!‹ dachte der Kutscher.

Joanna öffnete; fast prallte sie zurück, als sie Luiza so hochrot, so erregt sah.

Luiza ging geradeswegs in ihr Zimmer: Die Kuckucksuhr schlug drei. Alles war in Unordnung; auf dem Fußboden standen Blumenvasen; über dem Toilettentisch hing ein altes Bettlaken; schmutzige Wäsche lag auf den Stühlen verstreut. Und Juliana, ein Tuch um den Kopf gebunden, fegte in aller Seelenruhe und trällerte dabei.

»Sie haben also das Zimmer noch nicht aufgeräumt?« schrie Luiza.

Juliana war baß erstaunt über diesen ungewöhnlichen Wutausbruch. »Ich bin gerade dabei, gnädige Frau!«

»Das sehe ich, wobei Sie gerade sind!« platzte Luiza heraus. »Es ist drei Uhr nachmittags und das Zimmer noch in diesem Zustand!«

Sie hatte Hut und Sonnenschirm von sich geworfen.

»Da gnädige Frau sonst immer später zu kommen pflegen ...«, entschuldigte sich Juliana, und ihre Lippen wurden weiß.

»Was kümmert es Sie, wann ich komme? Was wollen Sie damit sagen? Ihre Obliegenheit ist es, aufzuräumen, sobald ich aufgestanden bin. Und wenn Sie das nicht wollen, dann hinaus mit Ihnen, dann können Sie gehen!«

Juliana wurde knallrot und starrte Luiza mit blutunterlaufenen Augen an: »Hält man denn so etwas für möglich? Das brauche ich mir nicht gefallen zu lassen!«

Sie warf heftig den Besen hin.

»Hinaus!« brüllte Luiza. »Sofort hinaus! Keinen Augenblick länger im Haus!«

Juliana pflanzte sich vor ihr auf, schlug sich verzweifelt die Brust und kreischte: »Ich werde gehen, wann ich will! Wann ich will!«

»Joanna!« schrie Luiza.

Sie wollte die Köchin, einen Mann, einen Polizisten rufen, irgendwen! Doch die unverschämte Juliana drohte ihr mit hocherhobener Faust und am ganzen Leibe zitternd: »Machen Sie mich nicht rasend! Lassen Sie mich nicht die Nerven verlieren!« Und knirschend fügte sie hinzu: »Vergessen Sie nicht, daß nicht alles Papier in den Müll gewandert ist!«

Entsetzt fuhr Luiza zurück und schrie: »Was wollen Sie damit sagen?«

»Daß ich die Briefe habe, die Sie Ihren Liebhabern schreiben!« Dabei klopfte sie grimmig auf ihre Schürzentasche.

Luiza starrte sie einen Augenblick verwirrt an und fiel neben dem Sofa ohnmächtig auf den Fußboden.

8

Als Luiza wieder zu sich kam, war ihr erster Eindruck, daß sich zwei ihr unbekannte Gestalten über sie beugten. Eine, die größere, entfernte sich; der kalte Ton einer Glasflasche, die auf die Marmorplatte des Toilettentisches gestellt wurde, weckte sie vollends auf. Eine gedämpfte Stimme sagte: »Es geht ihr schon besser. Aber passierte das ganz plötzlich, Senhora Juliana?«

»Ganz plötzlich.«

»Ich sah sie so erhitzt zurückkommen ...«

Der Teppich knisterte unter leichten Schritten, und Joanna

fragte dicht an ihrem Gesicht: »Geht es Ihnen besser, gnädige Frau?«

Luiza schlug die Augen auf und begann allmählich alle Dinge wieder deutlich wahrzunehmen; sie lag auf dem Sofa hingestreckt, ihr Kleid war aufgehakt, und im Zimmer schwebte ein starker Essiggeruch. Sie stützte sich mit umherschweifendem, leerem Blick sacht auf den Ellenbogen: »Und die andere?«

»Juliana? Die hat sich hingelegt. Der war auch nicht wohl. Sie hat die gnädige Frau liegen sehen, die Arme ... Ist Ihnen ein bißchen besser?«

Luiza setzte sich. Sie fühlte sich ganz matt; alles im Zimmer schien sanft zu schwanken.

»Sie können gehen, Joanna, Sie können gehen«, murmelte sie.

»Gnädige Frau brauchen nichts mehr? Vielleicht täte Ihnen ein bißchen Bouillon gut ...«

Als sie allein war, blickte Luiza erschrocken um sich. Es war schon alles aufgeräumt, die Fenster geschlossen. Auf dem Fußboden lag noch ein Handschuh. Sie stand auf, noch etwas schwach, hob ihn hoch, zupfte mechanisch an seinen Fingern, wie eine Nachtwandlerin, und legte ihn in die Schublade des Toilettentisches. Dann glättete sie ihr Haar; sie kam sich irgendwie verändert vor, mit einem anderen Gesichtsausdruck, als ob sie eine andere wäre; und das Schweigen des Zimmers beeindruckte sie wie etwas Außergewöhnliches.

»Gnädige Frau«, sagte Joanna schüchtern.

»Was ist denn?«

»Der Kutscher.«

Luiza wandte sich um, ohne recht zu begreifen: »Was für ein Kutscher?«

»Ein Kutscher; er sagt, gnädige Frau hätten kein Kleingeld gehabt, er sollte warten ...«

»Ach so!«

Und wie im Schein eines Gaslichts, das plötzlich aufflammt und eine Dekoration erleuchtet, übersah sie im Nu ihren ganzen ›Unfall‹.

Vor lauter Zittern konnte sie kaum die kleine Schublade der Kommode öffnen.

»Ich hatte es vergessen, ganz vergessen hatte ich es …«, stammelte sie.

Sie gab Joanna das Geld; dann fiel sie auf das Sofa, preßte die Hände an den Kopf und murmelte: »Ich bin verloren!«

Alles war entdeckt! Und so deutlich wie schwarze Zeichnungen auf einer weißen Wand erschienen ihr sogleich im Geiste der Zorn Jorges, die Bestürzung ihrer Bekannten, die Entrüstung der einen, der Hohn der anderen; und diese Vorstellungen, die wuchtig in ihre Seele fielen wie Holzkloben in einen Scheiterhaufen, steigerten ihren Schrecken ins Unermeßliche.

Was blieb ihr noch übrig? Mit Basilio zu fliehen!

Dieser Gedanke, der erste und einzige, ergriff heftig von ihr Besitz, durchdrang sie wie das Wasser einer Überschwemmung, das plötzlich ein Feld überflutet.

Basilio hatte ihr so oft geschworen, daß sie in Paris recht glücklich sein könnten, in seinem Appartement in der Rue Saint Florentin! Also gut, sie würde mitkommen! Sie brauchte keine Koffer mitzuschleppen; es genügte, in ihren kleinen Saffianbeutel etwas Unterwäsche und den Schmuck der Mama zu tun … Und die Dienerschaft? Das Haus? Sie müßte Sebastião einen Brief hinterlassen, daß er hier alles abschließen solle … Auf die Reise würde sie das blaugestreifte Kleid mitnehmen – oder das schwarze! Sonst nichts. Das übrige könnte sie weit weg, in anderen Städten kaufen …

»Wenn gnädige Frau essen kommen wollen …«, erinnerte Joanna an der Zimmertür. Sie trug eine weiße Schürze.

»Die Senhora Juliana liegt; sie klagt, daß sie Schmerzen hat, sie kann das Essen nicht auftragen.«

»Ich komme schon.«

Luiza nahm kaum einen Löffel Suppe, trank einen großen Schluck Wasser und erhob sich: »Was fehlt ihr denn?«

»Sie spricht von heftigen Herzschmerzen.«

Wenn doch Juliana sterben würde! Dann wäre sie gerettet! Sie könnte bleiben! Und mit einer perversen Hoffnung sagte sie gleich: »Sehen Sie mal nach, Joanna, sehen Sie mal nach, wie es ihr geht!«

Sie hatte von so vielen Personen gehört, die an einem Schmerz gestorben waren! Da würde sie gleich in Julianas Zimmer gehen, deren Truhe durchstöbern, sich des Briefes bemächtigen! Vor dem Schweigen des Todes hätte sie keine Angst, nicht einmal vor der schwarzblauen Farbe des Leichnams …

»Sie hat sich schon etwas erholt, gnädige Frau«, meldete Joanna. »Sie sagt, daß sie gleich aufsteht. Essen gnädige Frau denn nichts mehr? Großer Gott!«

»Nein.«

Luiza trat in ihr Zimmer und dachte: ›Was nützt es schon, sich etwas auszudenken? Es bleibt mir nichts anderes übrig als zu fliehen.‹

Sie entschloß sich gleich, Sebastião zu schreiben, doch sie brachte es zu keinen weiteren Worten als denen des Anfangs, ganz oben, in einer sehr zittrigen Handschrift: ›Lieber Freund!‹

Weshalb sollte sie eigentlich schreiben? Wenn sie am nächsten Tage nicht zurückkehrte, nicht am Nachmittag und auch nicht am Abend – würden die Dienstmädchen, die ›andere‹, die Niederträchtige, ja doch gleich zu Sebastião laufen. Er war der Vertraute des Hauses. Welcher Schreck für ihn! Sebastião würde an irgendeinem Unfall glauben, zur Encarnação eilen, dann zur Polizei und qualvoll bis zur Morgendämmerung warten! Den ganzen folgenden Tag würde er noch Hoffnungen hegen, daß sie wiederkäme, und schrecklich enttäuscht sein – bis er schließlich an Jorge telegrafierte!

Und zur gleichen Stunde würde sie, in die Ecke eines Eisenbahnabteils geschmiegt, beim lauten Keuchen der Lokomotive einem neuen Schicksal entgegenrollen …

Doch warum grämte sie sich eigentlich? Wie viele Frauen würden sie um ihr Mißgeschick beneiden! Was war daran schlimm, wenn sie ihr eingeengtes Leben zwischen vier Wänden aufgab, das sie damit verbracht hatte, Küchenausgaben nachzurechnen und zu häkeln, und nun mit einem jungen und geliebten Mann nach Paris zog! Nach Paris! Um im Trost des Luxus zu leben, in seidenstrotzenden Schlafzimmern, mit einer Stammloge in der Oper … Sie war schön dumm, traurig zu sein! Jenes ›Unglück‹ war beinahe zu einer Glückseligkeit geworden! Ohne das hätte sie niemals den Mut gefunden, sich von ihrem bürgerlichen Dasein zu befreien; selbst wenn ein großes Verlangen sie antriebe, hätte sie stets eine noch größere Angst zurückgehalten!

Und erst durch ihre gemeinsame Flucht bekäme ihre Liebe wahre Größe! Sie gehörte dann nur noch einem Mann; sie brauchte nicht mehr zu Hause und außerhalb des Hauses zu lieben!

Es kam ihr sogar der Gedanke, sich sofort an Basilio zu wenden, um alles gleich auf einmal zu erledigen. Doch es war zu spät, um noch zum Hotel zu gehen; sie fürchtete die dunklen Straßen, die Nacht, die Betrunkenen …

Luiza füllte ihren Saffianbeutel. Sie steckte Taschentücher, etwas Unterwäsche, das Manikürzeug hinein, den Rosenkranz, den ihr Basilio geschenkt hatte, Puder und einige Juwelen, die noch von der Mama stammten … Auch Basilios Briefe wollte sie mitnehmen … Die verwahrte sie in einem

Kästchen aus Sandelholz im großen Schubkasten des Kleiderschranks. Luiza breitete sie auf ihrem Schoß aus; sie öffnete einen, aus dem ein vertrocknetes Blümchen fiel; ein anderer barg eine Photographie Basilios. Plötzlich schien es ihr, als ob sie nicht vollzählig wären! Sie hatte sieben: fünf kleinere Briefe und zwei längere – der erste, so zärtliche, den er ihr geschrieben hatte, und der letzte am Tage ihres Streites! Sie zählte sie ... Da fehlten doch tatsächlich der erste der beiden längeren und zwei kleinere Briefe! Die hatte sie ihr also auch gestohlen! ... Sie erhob sich, bleich. So eine Unverschämtheit! Ein heftiges Verlangen befiel sie, in die Dachstube hinaufzustürmen, sich auf Juliana zu stürzen, ihr die Briefe zu entreißen, sie zu erwürgen! ... Was sollte ihr das schließlich schon ausmachen! Und sie ließ sich gänzlich zerschlagen auf das Sofa fallen. Ob die andere einen, zwei oder alle Briefe hatte – es war das gleiche Unglück!

In großer Verbitterung machte sie das schwarze Kleid zurecht, das sie mitnehmen wollte, den Hut, ein Umschlagtuch ...

Die Kuckucksuhr schlug zehn. Luiza ging ins Schlafzimmer, sie stellte den Leuchter auf das Tischchen und starrte lange das breite Bett mit seinem Gardinenbehang aus weißem Barchent an. Es war das letzte Mal, daß sie hier schlief! Diese Bettdecke hatte sie im ersten Jahre ihrer Ehe umhäkelt: Es gab keine Masche, die nicht eine angenehme Erinnerung in sich barg. Zuweilen kam damals Jorge, sah ihr bei der Arbeit zu und betrachtete sie mit einem schweigenden Lächeln oder sprach leise auf sie ein, wobei er langsam den dicken Baumwollfaden zwischen den Fingern rollte. Hier hatte sie drei Jahre lang mit ihm geschlafen: Dort war sein Platz, an der Wandseite ... In diesem Bett lag sie seinerzeit mit Lungenentzündung danieder. Wochenlang gönnte sich Jorge keine Ruhe – um bei ihr zu wachen, Sachen ans Bett zu bringen, ihr

Bouillon und Arzneien zu geben, mit all dem Trost sanfter Worte, die ihr so wohltaten ... Jorge sprach auf sie ein wie auf ein kleines Kind. Er sagte ihr: »Das geht vorüber, morgen bist du wieder gesund, dann gehen wir spazieren.« Doch sein besorgter Blick schimmerte tränenfeucht. Oder er bat sie: »Du gibst dir doch Mühe, ja? Tu mir den Gefallen, meine Liebe, werde wieder gesund!« Und sie wollte so gern wieder gesund werden; sie spürte schon so etwas wie eine leichte Woge des Lebens, das zurückkehrte und ihr Blut in Wallung brachte.

In den ersten Tagen ihrer Genesung war es Jorge, der sie ankleidete; er kniete nieder, um ihr die Schuhe anzuziehen, er wickelte sie in das Hauskleid, er bettete sie auf das Sofa, setzte sich neben sie und las ihr Romane vor, zeichnete ihr Landschaften auf und schnitt ihr Papiersoldaten aus. Und sie war ganz auf ihn angewiesen, hatte niemanden mehr auf der Welt, der sich um sie kümmern, der um ihretwillen litt und weinte – außer ihm! Stets schlief sie mit ihren Händen auf den seinen ein, weil die Krankheit bei ihr eine unbestimmte Angst vor dem Alpdrücken des Fiebers hinterlassen hatte; und der arme Jorge, der sie nicht aufwecken wollte, verharrte so stundenlang mit festgehaltener Hand, ohne sich zu rühren. Er legte sich angekleidet auf eine kleine Steppdecke neben sie. Sehr oft, wenn sie nachts aufwachte, bemerkte sie, wie er sich die Tränen aus den Augen wischte; sicher vor Freude, weil sie nun gesund war! Der Arzt, der gute Dr. Caminha, hatte ihm gesagt: »Sie ist außer Gefahr, jetzt muß sich das Körperchen wieder kräftigen.« Und Jorge, der arme gute Jorge, hatte wortlos die Hände des Greises ergriffen und sie mit Küssen bedeckt.

Wenn er nun alles erfuhr, sobald er zurückkehrte! Wo er doch beim Betreten dieses Schlafzimmers noch die beiden kleinen Kopfkissen sah! Sie war dann schon weit fort, mit einem anderen, auf fremden Straßen, wo eine fremde Sprache erklang. Wie abscheulich! Und er allein in diesem Hause, weinend in Sebastiãos Armen! Wie viele Erinnerungen an sie würden ihn peinigen! Ihre Kleider, ihre Pantöffelchen, ihre Kämme, das ganze Haus! Was für ein trauriges Leben müßte er führen! Allein würde er hier schlafen! Er hätte niemanden mehr, der ihn des Morgens mit einem Kuß weckte, ihm den Arm um den Hals schlang und ihm sagte: »Es ist schon spät, Jorge!« Alles wäre für beide zu Ende. Für immer! – Sie brach in Tränen aus, das Gesicht in das Bett vergraben …

Doch im Flur hörte man Juliana laut mit Joanna sprechen. Luiza fuhr erschrocken hoch. Wollte sie etwas von ihr, die Niederträchtige? Die Pantoffelschritte entfernten sich langsam, und Joanna trat mit dem Ausgabenbuch und der Nachtlampe ein.

»Die Senhora Juliana«, berichtete sie, »war einen Augenblick aufgestanden, aber sie sagt, daß ihr noch unwohl ist, die Arme. Sie hat sich wieder hingelegt. Gnädige Frau brauchen nichts mehr?«

»Nein«, antwortete Luiza aus dem Alkoven.

Sie kleidete sich erschöpft aus und schlief fest ein.

Juliana unterm Dach konnte nicht schlafen. Der Schmerz hatte auf gehört – und dennoch wälzte sie sich auf dem Strohsack hin und her, wie so viele andere Nächte in den letzten Wochen, ›wegen der verteufelten Schlaflosigkeit‹. Seitdem sie den Brief im ›Sarkophag‹ erwischt hatte, lebte sie in beständigem Fieber; doch die Freude war so gewaltig, die Hoffnung so groß, daß sie sie stützten, ihr Gesundheit verliehen. Gott hatte sich endlich ihrer erinnert! Seitdem Basilio das Haus mit seinem Besuch beehrte, hatte sie gleich eine Ahnung gehabt, etwas, das ihr sagte, daß endlich ihre Stunde gekommen sei.

Die erste Befriedigung empfand sie an jenem Abend, da sie, nachdem Basilio um zehn Uhr gegangen war, Luizas Einsteckkamm neben dem Sofa auf dem Fußboden entdeckte. Doch welcher Ausbruch der Glückseligkeit, als sie nach soviel Schnüffelei und so vielen Anstrengungen endlich den Brief im ›Sarkophag‹ erwischte! Sie lief in die Bodenkammer hinauf, las ihn begierig, und kaum hatte sie die Bedeutung der Sache erkannt, füllten sich ihre Augen mit Tränen, hüpfte ihre schwarze Seele vor Entzücken, und triumphierend jubelte sie: »Gelobt sei Gott! Gott sei gepriesen!«

Was sollte sie nun damit anfangen? war jetzt der Gedanke, der ihr keine Ruhe ließ. Gleich dachte sie daran, den Brief gegen eine hohe Summe an Luiza zu verkaufen ... Aber woher sollte die das Geld nehmen? Nein, das beste wäre, Jorges Rückkehr abzuwarten und mit der Drohung, ihn zu veröffentlichen, von Luiza ›einen Haufen‹ Libras zu erpressen, vermittels einer dritten Person, versteht sich, hinter die sie sich stecken würde. Und an gewissen Tagen, an denen sie die Figur, die Aufmachung, die kleinen Spaziergänge Luizas mehr als sonst reizten, konnte sie kaum an sich halten, um nicht auf die Straße zu laufen, die Nachbarn zusammenzutrommeln, ihnen den Brief vorlesen, Luiza weidlich bloßzustellen, sich an der ›Ziege‹ zu rächen!

Tante Victoria beschwichtigte und beriet sie. Sie sagte ihr gleich, daß, wenn die Falle komplett sein sollte, auch ein Brief des Liebhabers erforderlich wäre. Juliana hatte also die beschwerliche Arbeit auf sich genommen, Luiza den wegzuschnappen. Dazu war viel List nötig gewesen, viele ausprobierte Schlüssel, zwei davon nach Wachsabdrücken angefertigt, und die Hartnäckigkeit eines Katers, die Geschicklichkeit eines Diebs. Doch sie erwischte ihn, und was für einen Brief! Sie hatte ihn zusammen mit der Tante Victoria gelesen – und wie die lachte! ... Die Krönung des Ganzen war das Briefchen, in dem Basilio schrieb: ›Heute kann ich nicht kommen, aber ich erwarte Dich morgen um zwei Uhr; ich schicke Dir dieses Röschen, und ich bitte Dich, damit das zu tun, was Du mit dem anderen gemacht hast: es am Busen zu tragen, weil es so schön ist, wenn Du kommst und man den Duft Deiner kleinen Brust riecht! ...‹ Tante Victoria rang nach Atem und wollte ihn gleich ihrer alten Freundin zeigen, der Pêdra, der dicken Pêdra, die im kleinen Salon saß.

Die Pêdra wand sich förmlich. Ihre ungeheuren Brüste, die wie schlecht gefüllte Schläuche herabhingen, schüttelten sich vor Heiterkeit. Sie lief rot an, stemmte die Hände in die Hüften und brüllte mit Stentorstimme: »Das sind ja nette Geschichten, Tante Victoria! Ein Meisterstück! Nein, das müßte glattweg in die Zeitung! Diese Wüstlinge! So ein Teufelspack!«

Tante Victoria meinte darauf sehr ernst zu Juliana: »Schön; nun hast du alle Fäden in der Hand! Damit kannst du dich schon hören lassen. Jetzt heißt es, die Gelegenheit abpassen. Sehr gute Manieren, keine Miene verziehen, bis zum Überdruß lächeln, damit sie nicht argwöhnisch wird, und immer die Augen offenhalten. Du hast die Maus sicher, laß sie zappeln.«

Seit jenem Tage genoß Juliana mit Entzücken, mit Begierde, ganz im stillen die Wonne, sie in der Hand zu haben, die kleine Luiza, die Gnädige, die Senhora, das ›Brummkreiselchen‹! Sie sah, wie sie sich putzte, zu ihrem Geliebten ging, trällerte, gut aß – und dachte dabei mit katzenhafter Freude: ›Mach nur so weiter, treib nur dein Spiel, ich habe dich ja doch in der Schlinge!‹ Das erweckte in ihr einen perversen Stolz. Sie fühlte sich schon irgendwie als Herrin des Hauses. Nun hatte sie den guten Ruf, das Glück, die Ehre, den häuslichen Frieden ihrer Dienstherrschaft völlig in der Hand. Welche Genugtuung!

Und ihre Zukunft war gesichert! Diese Sache bedeutete Geld, brachte das Brot für das Alter. Ha! Jetzt war ihre Stunde gekommen! Alle Tage betete sie ein dankbares Salve regina zur Jungfrau Maria, der Mutter der Menschen.

Doch nun, nach jener Szene mit Luiza und den Briefen in der Tasche, konnte sie nicht die Hände in den Schoß legen. Sie mußte aus dem Hause, sich auf den Kriegspfad begeben, etwas unternehmen. Aber was? Tante Victoria würde schon Rat wissen ...

Gleich morgens um sieben Uhr schlich sie sich davon, ohne Kaffee zu trinken und Joanna ein Wort zu sagen.

Tante Victoria war nicht zu Hause. Im kleinen Salon warteten Leute. Der Senhor Gouvêa mit der großen Troddel am Käppchen kritzelte gebückt in seinen Büchern und spuckte dabei geräuschvoll aus. Juliana grüßte nach allen Seiten und setzte sich steif in eine Ecke, ihren Sonnenschirm auf den Knien.

Die Unterhaltung war in vollem Gange. Eine blatternarbige Frau von dreißig Jahren, die auf dem Kanapee saß, lächelte Juliana zu und wandte sich dann wieder zu einer kleinen Dicken in einem rotkarierten Umschlagtuch.

»Sie können sich das gar nicht vorstellen, Senhora Anna, Sie machen sich kein Bild! Es ist ein Jammer! Und alle Abende total voll. Manchmal wache ich sogar auf von dem Lärm, den er macht, wenn er Selbstgespräche führt oder auf der Treppe stolpert ... Am meisten Angst habe ich davor, daß dieser Teufel bei brennender Kerze einschläft und es ein Feuer gibt. Ach, der bringt alles fertig!«

»Wer denn?« fragte ein hübscher junger Bursche in loser Lakaienjacke, der neben einem langen Diener mit Backenbart und zerknitterter weißer Halsbinde stand.

»Der Cunha, der Sohn von meinem Brotherrn. Eine Schande ist das!«

»Ein Trunkenbold, hm?« meinte der Jüngling und drehte sich eine Zigarette.

»Es ist skandalös! Morgens kann ich nicht einmal in das Zimmer hinein, weil da so ein übler Geruch ist! Die Mutter, die Ärmste, weint und härmt sich ab; der Kerl war schon einmal soweit, daß er beinahe aus dem Dienst geflogen wäre. Ach, ich bin überhaupt nicht zufrieden, ganz und gar nicht!«

»Sie müßten erst mal hören, was anderswo los ist«, sagte leise die mit dem karierten Umschlagtuch.

Die beiden Männer traten näher zu ihr heran.

»Der Gnädige«, fuhr sie mit Gesten der Bestürzung fort, »vergreift sich an seiner Schwägerin! ... Die Gnädige weiß davon, und nun herrscht Tag und Nacht Streit! Die beiden Schwestern liegen sich dauernd in den Haaren. Der Mann nimmt für das Mädchen Partei, die Frau fängt zu toben an ... Ach, das wird noch bös enden!«

»Wenn sich die Leute derart gehenlassen«, seufzte der mit der weißen Halsbinde, »so schreit das zum Himmel, hier wie dort!«

»Ihre Herrschaften sind ja friedlich, Senhor João«, bemerkte die Blatternarbige.

»Es sind vornehme Leute. Die Mädchen Buhlerinnen ... Ein Vorteil für die Dienstmädchen; die ergattern ihr Kleidchen, ihr Trinkgeld ... Aber die Alten sind sehr fromm, das ist wirklich wahr! Und man bekommt gut zu essen!«

Er klopfte dem Lakaien auf die Schulter und brummte halb bewundernd, halb neidisch: »So laß ich mir's gefallen! Das heißt wirklich sein Schäfchen ins trockene bringen!«

Der Jüngling lächelte zufrieden: »Viel Geschrei und wenig Wolle!«

»Schon gut, zeig mal«, stieß ihn der in der weißen Halsbinde mit dem Ellbogen an, »zeig mal her!«

Erst wollte der junge Lakai nicht recht; dann verdrehte er die Hüften, krempelte die weite Jacke hoch und zog aus dem Täschchen der gestreiften Weste eine goldene Uhr.

»Sehr hübsch! Ein wertvolles Geschenk!« staunten die beiden Frauen.

»Schweiß meines Angesichts«, sagte der Bursche und strich sich das Kinn.

Der mit der weißen Halsbinde entrüstete sich: »Sie Taugenichts!« Und leise sprach er auf die Mädchen ein: »Schweiß seines Angesichts, haha! Er ist der Abgott der Herrin des Hauses, einer Dame aus der hohen Gesellschaft, wo alles Samt und Seide ist, eine äußerst gutmütige Frau, ein bißchen ältlich, aber herzensgut. Da bekommt er nun derartige Andenken, eine Uhr, die immerhin ein paar Moedas wert ist – und spricht noch darüber!«

Das Bürschchen vergrub die Hände in die Hosentaschen: »Wenn ich will, kann ich ja jederzeit kündigen!«

»Das müßte ihm schwerfallen!« rief der mit der weißen Halsbinde. »Bei Leuten, die unten in der Baixa ganze Reihen von Häusern haben! Die Hälfte der Rua dos Retrozeiros gehört ihnen!«

»Aber sehr geizig sind sie!« warf der Jüngling ein und tänzelte hin und her, die Zigarette im Mundwinkel. »Seit zwei Monaten bin ich bei ihnen, und sie blieben immer zugeknöpft, bis auf die Uhr und drei Libras in Gold! ... Also werde ich mich, wie man so sagt, eines schönen Tages nach etwas anderem umsehen!« Er strich sich das Haar aus der Stirn: »An Frauen fehlt es nicht! Und nicht an solchen, die einen reichen Galan haben!«

Doch da trat Tante Victoria ein, sehr betriebsam, das Umschlagtuch über dem Arm. Als sie Juliana erblickte, sagte sie gleich:

»Nanu, du hier? Ich mußte ein paar Gänge erledigen, seit

sechs bin ich unterwegs. Guten Tag, Senhora Theodosia; guten Tag, Anna. Vivat, da haben wir also das Glückskind! Komm hier herein, Juliana! Ich bin sofort wieder da, mein Täubchen, nur einen Augenblick!«

Sie nahm Juliana mit in das hintere Zimmer.

»Nun, was gibt es Neues?«

Juliana erzählte ausführlich die Szene vom Vortage, die Ohnmacht …

»Nun, meine Liebe«, sagte Tante Victoria, »was geschehen ist, ist geschehen; wir dürfen keine Zeit verlieren; jetzt heißt es handeln! Du gehst zum Brito ins Hotel und verständigst dich mit ihm.«

Juliana weigerte sich. Sie getraue sich nicht, sie habe Angst.

Tante Victoria kratzte sich am Ohr und dachte nach; dann tuschelte sie drinnen mit dem Onkel Gouvêa, kam zurück und schloß die Zimmertür.

»Wir treiben schon jemanden auf, der hingeht. Hast du die Briefe?«

Juliana zog eine alte kleine Brieftasche aus scharlachrotem Saffianleder aus der Tasche. Doch sie zögerte einen Augenblick und sah Tante Victoria argwöhnisch an.

»Hast wohl Angst, die Papiere aus der Hand zu geben, Kreatur?« schrie die Alte beleidigt. »Dann sieh zu, wie du damit zurechtkommst, kümmere dich selber …«

Juliana überließ sie ihr auf der Stelle. Aber sie solle sie gut aufbewahren, vorsichtig mit ihnen umgehen …

»Der Betreffende«, sagte Tante Victoria, »wird morgen abend mit dem Brito sprechen und von ihm eine Million Reis verlangen!«

Juliana traute ihren Ohren nicht. Eine Million Reis! Die Tante Victoria machte Witze!

»Na hör mal! Wo denkst du hin? Wegen eines Briefes, an

dem fast nichts Schlimmes war, zahlte so eine Person, die da per Kutsche den Chiado unsicher macht – erst gestern sah ich sie mit ihrem kleinen Mädchen –, zahlte sie dreihundert Milreis. Und in herrlichen Banknoten. Der Liebhaber bezahlte sie, das versteht sich, der Liebhaber war es, der zahlte. Wenn es ein anderer wäre, möchte ich nichts gesagt haben, aber der Brito! Der hat Geld, der ist ein Verschwender, der gibt gleich klein bei ...«

Juliana wurde ganz blaß und packte sie zitternd am Arm: »Oh, Tante Victoria, ich würde Ihnen einen Seidenstoff schenken.«

»Einen blauen! Ich sage dir sogar schon die Farbe!«

»Aber der Brito ist ein handfester Mann, Tante Victoria, wenn er dem Betreffenden die Briefe wegnimmt, wenn er ihm etwas tut!«

Tante Victoria blickte sie scharf und verächtlich an.

»Du bist mir ja schön naiv! Glaubst du denn, daß ich irgendeinen Trottel hinschicke? Die Briefe nimmt der gar nicht mit, nur eine Abschrift! Ein Schlauberger muß das besorgen! Jawohl!«

Sie überlegte einen Moment.

»Du gehst jetzt nach Hause ...«

»Nein, auf keinen Fall ...«

»Da hast du auch wieder recht. Bis wir sehen, wie die Dinge laufen, kommst du hierher schlafen. Du ißt heute hier; es gibt einen leckeren Weißling ...«

»Aber wird das nicht gefährlich werden, wenn der Brito nun zur Polizei rennt ...«

Tante Victoria zuckte die Achseln und sagte verdrießlich: »Nun hör schon auf, du machst mich ja langsam wahnsinnig! Polizei! Welche Polizei denn? Auf solche Sachen wartet die gerade noch ... Laß das meine Sorge sein! Adieu – also um vier zum Essen!«

Juliana schwebte förmlich hinaus! Eine Million Reis! Das war ›ihre‹ Million Reis, die zu ihr zurückkehrte, die sie schon eines Tages vorausgeahnt hatte, die ihr bloß entflohen war und jetzt mit klimpernden Libramünzen und raschelnden Banknoten in den Schoß fiel! Ihr verwirrter Kopf füllte sich mit einer Vielfalt märchenhafter Perspektiven: der Ladentisch eines Modengeschäfts, hinter dem sie verkaufte! Beim Abendessen ein Gatte an ihrer Seite. Paare von Stiefeletten, von den guten, von den eleganten. Wo würde sie das Geld hintun? Auf die Bank? Nein, auf den Boden ihrer Truhe – dort war es sicherer und eher zur Hand!

Um den Vormittag totzuschlagen, kaufte sie ein Viertelpfund Bonbons und setzte sich mit aufgespanntem Sonnenschirm in den Passeio, um sich voller Entzücken ihr künftiges vermögendes Dasein auszumalen und sich bereits als Dame zu fühlen; sie warf sogar ein Auge auf einen friedlichen und rotbäckigen Grundbesitzer, der sich verärgert entfernte.

Zur gleichen Stunde erwachte Luiza. Sie setzte sich jäh im Bett auf. ›Heute passiert es!‹ war ihr erster Gedanke. Ihr Herz krampfte sich vor Angst zusammen; lähmende Traurigkeit befiel sie. Sie begann sich anzukleiden. Die Vorstellung, Juliana zu begegnen, machte sie nervös. Luiza erwog sogar, sich einzuschließen, gar nicht zu frühstücken, sich um elf Uhr aus dem Hause zu schleichen, Basilio im Hotel aufzusuchen.

Da erschien Joanna an der Zimmertür.

»Gnädige Frau gestatten?«

Sie berichtete erregt, daß die Senhora Juliana frühmorgens fortgegangen und noch nicht zurückgekehrt sei, es wäre noch alles aufzuräumen ...

»Schön, machen Sie mir das Frühstück zurecht, ich komme sofort ...« – Wie erleichtert sie sich fühlte!

Luiza folgerte gleich, daß Juliana das Haus für immer verlassen hätte. Weshalb? Sicherlich, um ihr eins auszuwischen! Das beste war, auf der Stelle zu verschwinden … Sie konnte Basilio im ›Paradies‹ erwarten.

Im Speisezimmer trank sie stehenden Fußes hastig einen Schluck Tee.

»Senhora Juliana wird Ihnen doch Bescheid hinterlassen haben?« fragte Joanna verstört.

Luiza zuckte die Achseln und antwortete gleichgültig: »Wir werden ja sehen …«

Es war halb zwei Uhr; sie setzte sich den Hut auf. Das Herz schlug ihr bis zum Halse, und trotz der Angst vor Julianas Rückkehr konnte sie sich nicht entschließen, fortzugehen; sie setzte sich sogar, den Saffianreisebeutel auf den Knien. ›Gehen wir!‹ dachte sie schließlich. Luiza erhob sich, doch war ihr, als ob irgend etwas Undefinierbares und Starkes sie erfaßte, sie festband … Leise trat sie in das Schlafzimmer: Ihr Morgenrock war neben das Bett gefallen, ihre Pantöffelchen lagen auf dem dicken Teppich … »Was für ein Unglück!« seufzte sie laut. Sie ging zum Toilettentisch, wühlte in den Kämmen, öffnete die Schubladen; plötzlich lief sie in den Salon, löste Jorges Bild aus dem Photoalbum und schob es in den Saffianbeutel, wobei sie am ganzen Körper zitterte. Dann blickte sie noch einmal verstört um sich, eilte hinaus, schlug die Tür hinter sich zu und rannte die Treppe hinunter.

An der Patriarchal kam gerade eine Droschke. Luiza hielt sie an und ließ sich zum Hotel Central bringen.

Senhor Brito sei gleich am frühen Morgen fortgegangen, sagte ihr diensteifrig der Portier. Sicherlich hatte irgendein Dampfer angelegt, denn es wurden Gepäckstücke gebracht, große, mit Wachstuch bezogene Koffer, mit Eisen beschlagene Holzkisten; soeben eingetroffene Passagiere, noch vom Schwanken des Schiffes benommen, blickten erstaunt um sich, redeten und riefen durcheinander. Dieses Treiben ermunterte sie, erweckte in ihr den Wunsch nach Reisen, nach dem nächtlichen Lärm von Bahnhöfen in hellem Gaslicht, nach der heiteren Geschäftigkeit auf dem Oberdeck der Postdampfer, wenn sie am kühlen Morgen in See stachen.

Sie gab dem Kutscher die Adresse des ›Paradieses‹. Und beim Traben der Pferde war ihr, als ob ihr ganzes vergangenes Leben, Juliana, das Haus miteinander verschmolzen und sich an einem weit entfernten Horizont verloren. Am Eingang einer Buchhandlung glaubte sie Julião zu entdecken; sie beugte sich hastig aus dem Wagenschlag, doch vergebens. Es wurde ihr schwer ums Herz: Sie ging fort, ohne einen Freund des Hauses zu sehen! Alle, Julião, Ernestinho, der Kanzleirat, Donha Felicidade erschienen ihr jetzt verehrungswürdig, mit edlen Eigenschaften, die sie früher niemals an ihnen wahrgenommen hatte und die sie nun verklärten. Und der arme Sebastião, der Gute! Niemals mehr konnte sie ihm zuhören, wenn er die ›Malaguena‹ spielte!

Am Ende der Rua do Ouro hielt die Droschke in einem Gewirr von Karossen, und Luiza gewahrte auf dem Bürgersteig den Castro mit der Brille, den Bankier, von dem Leopoldina ihr gesagt hatte, daß er verrückt nach ihr sei. Eben bot ihm ein zerlumpter kleiner Junge Lotterielose an, und der fette Castro, beide Daumen in den Taschen der weißen Weste, bedankte sich mit überheblicher Geringschätzung und warf durch seine goldene Brille Luiza verstohlene Blicke zu. Sie sah ihn von der Seite an: Wenn dieser Mann in sie verliebt wäre – wie entsetzlich! Sie fand ihn abscheulich, mit seinem dicken Bauch und den kurzen Beinchen. Die Erinnerung an Basilio und seine hübsche Figur schoß ihr durch den Kopf. Luiza pochte ungeduldig gegen die Glasscheiben, weil sie es gar nicht erwarten konnte, ihn wiederzusehen.

Endlich fuhr die Droschke weiter. Der Rocio glänzte in der Sonne; Ausrufer grölten; aus der Pferdebahn an der Ecke stiegen eilig Leute, in weißen Hosen, leicht gekleidet, von Belem und Pedrouços kommend. Alle weilten im Kreise ihrer Familie und waren glücklich; nur sie reiste fort!

Auf der Rua Occidental erblickte sie Donha Camilla – eine Frau, die mit einem Greis verheiratet und durch ihre Liebhaber berühmt war. Sie schien schwanger; mit zufriedenem weißem Gesicht und rund gewordenem Körper lief sie lässig und langsam dahin. An den Händen führte sie ein winziges Knäblein in pinienfarbiger Jacke und ein kleines Mädchen mit aufgeblähtem Röckchen spazieren, vor ihr her schob ein Kinderfräulein in ländlicher Kleidung einen Kinderwagen, in dem ein Säugling plärrte. Und die Camilla kam glücklich und geruhsam die Straße entlang und stellte die Früchte ihrer Ehebrüche zur Schau! Sie genoß großes Ansehen, niemand sagte ihr etwas Schlechtes nach; sie hatte Geld, gab Soirées …

›So ist nun einmal die Welt!‹ dachte Luiza.

Die Kutsche langte vor der Haustür des ›Paradieses‹ an; es schlug Mittag. Das Türchen war verschlossen. Gleich erschien die Wirtin und zischelte, daß sie außerordentlich bedauere, aber nur der Herr hätte das Schlüsselchen, wenn die gnädige Frau etwas ausruhen wolle … In diesem Augenblick hielt ein anderer Wagen, und Basilio sprang die Stufen hinauf.

»Endlich!« ächzte er und öffnete die Tür. »Warum bist du gestern nicht gekommen?«

»Ach! Wenn du wüßtest …«

Sie packte ihn an den Armen und sah ihm fest in die Augen.

»Basilio, ich bin verloren!«

»Was ist denn?«

Luiza hatte den Saffianbeutel auf das Kanapee geworfen und erzählte ihm in einem Atemzuge die Geschichte von dem aus den Papierabfällen entwendeten Briefe, von den seinigen, die gestohlen worden waren, die Szene in ihrem Zimmer ... »Mir bleibt weiter nichts übrig, als zu fliehen. Da bin ich. Nimm mich mit. Du sagtest, daß du das könntest, du hast es sehr oft gesagt. Ich bin bereit. Ich habe diesen Beutel mitgebracht, mit dem Nötigsten, Taschentüchern, Handschuhen ... nun?«

Basilio, die Hände in den Taschen, ließ Geld und Schlüssel klimpern und folgte verblüfft ihren Worten, ihren Gesten.

»Das sieht dir ähnlich!« rief er. »Welcher Wahnsinn! So eine Frau!« Und sehr aufgebracht fügte er hinzu: »Als ob das ein Grund zum Fliehen wäre! Was sprichst du überhaupt davon? Das ist lediglich eine Geldfrage. Geld will sie haben, weiter nichts. Man muß abwarten, wieviel sie will, und es ihr zahlen!«

»Nein, nein!« wehrte Luiza ab. »Ich kann nicht bleiben!« In ihrer Stimme schwang Trauer. Die Frau würde wohl die Briefe verkaufen, aber sie behielt das Geheimnis. Zu jeder Zeit konnte sie sprechen, Jorge es erfahren: Sie war verloren, sie fand nicht den Mut, nach Hause zurückzukehren! »Ich habe keinen Augenblick Ruhe, solange ich in Lissabon bin. Reisen wir heute ab, ja? Wenn du heute nicht kannst, dann morgen. Ich gehe in irgendein Hotel, wo mich niemand kennt, und verberge mich diese Nacht. Aber morgen fahren wir. Wenn Jorge von allem hört, bringt er mich um, Basilio! Morgen reisen wir ab, ja? Sag doch ja!« Sie hatte sich an ihm festgeklammert und suchte mit ihren Augen begierig die Zustimmung der seinen.

Basilio machte sich sanft von ihr los.

»Du bist wahnsinnig, Luiza, das ist nicht dein Ernst! Wie kann man denn gleich an Flucht denken! Es gäbe einen fürchterlichen Skandal, wir würden bestimmt von der Polizei gefaßt, mit Hilfe der Telegrafen! Das ist unmöglich! Geflohen wird nur in den Romanen! Und dann, Mädchen, besteht dazu noch lange kein Grund! Das ist eine bloße Geldangelegenheit ...«

Luiza war weiß geworden.

»Und außerdem«, fuhr Basilio fort, indem er sehr erregt im Zimmer auf und ab ging, »ich bin nicht vorbereitet, du auch nicht! Folglich wird nicht geflohen. Sonst kommst du für dein ganzes Leben in Verruf, ohne daß daran etwas zu ändern ist, Luiza. Eine Frau, die flüchtet, hört auf, die Senhora Donha Soundso zu sein, sie ist dann die Soundso, die Geflohene, die Unanständige, die Konkubine! Ich muß unbedingt wieder nach Brasilien reisen, wo sollst du da bleiben? Willst du mitfahren, einen Monat lang in einer Kajüte auf einem kleinen Flußdampfer hausen, dich dem Gelben Fieber aussetzen? Und wenn dein Ehemann uns nachstellt, wenn wir an der Grenze zurückgehalten werden? Wärst du davon begeistert, zwischen zwei Polizisten wiederzukommen und dann ein Jahr im Limoeiro zuzubringen? Dein Fall ist ganz einfach. Verständige dich mit dieser Kreatur, gib ihr ein paar Libras, mehr will sie ja gar nicht, und du bleibst in deinem Hause, unbehelligt, geachtet wie bisher – nur vorsichtiger mußt du sein! So ist es!«

Diese Worte prasselten auf Luizas Pläne wie Beilhiebe, mit denen Bäume gefällt werden sollen. Zuweilen traf sie die Wahrheit, die sie enthielten, unangenehm wie die kalte Schneide eines Messers; unausweichlich, unerbittlich wie ein Blitzschlag. Doch sie erblickte in seiner Weigerung eine Undankbarkeit, eine Preisgabe. Nachdem sie sich nun schon im Geiste in Paris häuslich eingerichtet hatte, in glücklicher Geborgenheit, weit entfernt von hier, erschien es ihr unerträglich, gesenkten Kopfes nach Hause zurückzukehren, Juliana ertragen und auf den Tod warten zu müssen; und die Annehmlichkeiten, die ihr jenes andere Schicksal verhieß, erschienen ihr nun, da sie ihr entglitten, geradezu wunderbar, beinahe unentbehrlich. Und was nützte es schon, den Brief für Geld zurückzukaufen? Die Kreatur wußte ja doch ihr Geheimnis und konnte es lüften! Ein bitteres Leben, beständig von dieser Gefahr umlauert zu sein!

Luiza schwieg immer noch, als wäre sie in müßige Betrachtungen versunken. Plötzlich hob sie mit funkelndem Blick den Kopf: »Nun, sprich!«

»Aber ich sage dir doch schon, Mädchen …«

»Du willst nicht?«

»Nein!« brauste Basilio auf. »Wenn du wahnsinnig bist, ich bin es nicht!«

»Oh, ich Arme, ich Arme!«

Sie ließ sich auf das Sofa fallen und bedeckte ihr Gesicht mit den Händen. Schluchzen schüttelte sie.

Basilio setzte sich neben sie. Diese Tränen zehrten an seinen Nerven, brachten ihn völlig aus der Ruhe.

»Aber um Himmels willen, so hör mich doch an!«

Luiza beschwor ihn mit tränenfeuchten Augen: »Wozu hast du dann so oft gesagt, daß wir so glücklich sein könnten, daß, wenn ich nur wollte …«

Er schnellte hoch: »Du gedachtest also zu fliehen, dich mit mir in ein Eisenbahnabteil zu setzen, nach Paris zu fahren, mit mir zu leben, meine Geliebte zu sein?«

»Ich habe mein Haus für immer verlassen, nun habe ich es einmal getan!«

»Du wirst aber wieder dorthin zurückkehren!« rief er fast zornig aus. »Warum solltest du denn fliehen? Aus Liebe? Dann hätten wir vor einem Monat abreisen müssen; jetzt liegt kein Grund vor, daß wir wegfahren. Weshalb denn? Um einen Skandal zu vermeiden? Mit Hilfe eines noch größeren Skandals! Stimmt das etwa nicht! Durch einen nicht wiedergutzumachenden, scheußlichen Skandal! Ich spreche doch als Freund zu dir, Luiza!« – Basilio nahm sie sehr zärtlich bei den Händen: »Zweifelst du, daß ich nicht glücklich sein würde, wenn ich mit dir nach Paris fahren könnte, um dort mit dir zu leben? Aber ich sehe, was dabei herauskommt, ich habe mehr Erfahrung. Dem ganzen Ärger geht man mit einigen wenigen Libras aus dem Wege. Glaubst du etwa, daß die Frau etwas ausplaudern wird? Die will nur ihr Schäfchen ins trockene bringen und verschwinden. Sie weiß sehr wohl, was sie angestellt hat: sie hat Nachschlüssel benutzt und dich bestohlen! Es handelt sich nur um das Bezahlen.«

Sie fragte nachdenklich: »Und das Geld, wo soll ich das hernehmen?«

»Das Geld gebe selbstverständlich ich!« – Nach einer Pause fügte er hinzu: »Nicht viel, ich bin selber mit den Finanzen etwas in Unordnung, aber schließlich ...« – Er zögerte: »Wenn die Kreatur zweihundert Milreis haben will, muß sie sie eben kriegen!«

»Und wenn sie sie nicht will?«

»Was soll sie dann wollen? Wenn sie einen Brief gestohlen hat, dann nur, um ihn zu verkaufen! Nicht, um deine Handschriften zu sammeln!«

Basilio gebrauchte harte Worte und ging erregt im Zimmer auf und ab. Welche Zumutung, mit ihm nach Paris kommen zu wollen, ihm sein Leben für immer zu verpfuschen! Was für eine närrische Idee, einer Diebin einen Haufen Libras hinzuwerfen! Und dann erschien ihm jener ganze Vorfall – der aus dem Papierkorb entwendete Liebesbrief, das böse Dienstmädchen, der Dietrich für die große Kleiderschublade – im höchsten Grade bürgerlich und ein bißchen erbärmlich. Er blieb stehen und sagte, um die Angelegenheit beizulegen: »Du bietest ihr eben dreihundert Milreis an, wenn du willst. Aber mache um Gottes willen nicht wieder solche Sachen; ich kann nicht jede deiner Nachlässigkeiten mit dreihundert Milreis bezahlen!«

Luiza verfärbte sich, als ob er ihr ins Gesicht gespien hätte.

»Wenn es eine Geldangelegenheit ist, so werde ich das bezahlen, Basilio!«

Wie, das wußte sie nicht. Was kümmerte es sie? Sie würde borgen, arbeiten, etwas verpfänden ... Von ihm würde sie kein Geld annehmen!

Basilio zuckte die Achseln.

»So siehst du aus! Wo willst du es denn herbekommen?«

»Was interessiert dich das?« fuhr sie hoch.

Basilio kratzte sich verzweifelt den Kopf. Dann nahm er sie bei den Händen und sagte mit unterdrücktem Unwillen: »Wir reden dummes Zeug, Mädchen, wir regen uns bloß auf ... Du hast kein Geld.«

Sie faßte ihn heftig am Arm und ließ ihn nicht weiterreden: »Ja doch, aber sprich du mit dieser Frau, sprich *du* mit ihr, bring alles in Ordnung. Ich will sie nicht wieder sehen. Wenn ich sie sehe, sterbe ich, glaube mir. Sprich *du* mit ihr!«

Basilio wich jäh zurück und stampfte mit dem Fuß auf: »Du bist verrückt, Mädchen! Wenn ich mit ihr spreche, dann verlangt sie alles, dann preßt sie das Letzte aus mir heraus! Das ist deine Sache. Ich gebe dir das Geld, und du bringst deine Angelegenheit wieder in Ordnung!«

»Nicht einmal diesen Gefallen tust du mir?«

Basilio konnte nicht mehr an sich halten: »Nein, zum Teufel, nein!«

»Adieu!«

»Du bist von Sinnen, Luiza!«

»Nein. Die Schuld liegt bei mir«, sagte sie und zog sich mit zitternden Händen den Schleier herunter, »also muß *ich* alles in Ordnung bringen!«

Sie öffnete die Tür. Basilio lief zu ihr hin und faßte sie beim Arm. »Luiza, Luiza! Was willst du denn tun? So können wir uns nicht trennen! Hör doch …«

»Laß uns doch fliehen, erlöse mich von allem!« schrie sie und umarmte ihn leidenschaftlich.

»Zum Donnerwetter! Wo ich dir doch sage, daß das nicht geht!«

Sie knallte die Tür zu und raste die Treppen hinunter. Die Droschke wartete schon.

»Zum Rocio«, rief Luiza.

Sie sank in die Ecke des Wagens, von einem Weinkrampf geschüttelt.

Basilio verließ sehr erregt das ›Paradies‹. Die Zumutungen Luizas, ihre bürgerlichen Ängste, die banale Alltäglichkeit des Falls erzürnten ihn so, daß er beinahe willens war, nicht wieder ins ›Paradies‹ zu kommen, sich in Schweigen zu hüllen und ›fünf gerade sein zu lassen‹. Doch sie tat ihm leid, die Arme! Und wenn er sie auch nicht liebte, so gelüstete es ihn doch nach ihr; sie war so zärtlich, so gut gebaut, und die Offenbarungen der Sinnlichkeit versetzten sie in eine so hinreißende Ekstase! Gerade die richtige pikante kleine Abwechslung, solange er in Lissabon war … Eine verdammte Komplikation! Als er ins Hotel trat, sagte er zu seinem Diener: »Wenn der Herr Vicomte Reynaldo zurückkehrt, möchte er auf mein Zimmer kommen.«

Er wohnte im zweiten Stock, mit den Fenstern nach dem Fluß. Basilio trank ein Gläschen Likör und streckte sich auf dem Sofa aus. Daneben, auf dem Blumentisch, lagen seine Schreibmappe, mit einem großen silbernen Monogramm unter der Grafenkrone, Zigarrenkisten und seine Bücher – ›Mademoiselle Giraud, ma femme‹, ›La vierge de Mabille‹, ›Ces Friponnes!‹, ›Mémoires secrètes d'une femme de chambre‹, ›Le chien d'arrêt‹, ›Manuel du chasseur‹, Nummern des

›Figaro‹ –, standen die Photographie Luizas und die eines Pferdes.

Und während er den Rauch der Zigarre von sich blies, begann er mit Grausen die Situation zu überdenken. Das hätte ihm gerade noch gefehlt, mit dieser süßen Fessel nach Paris abzureisen! Da führte man nun seit sieben Jahren sein so hübsch geordnetes Leben, und pardauz! sollte man auf einmal alles durcheinanderwerfen, nur weil der Kleinen der Liebesbrief gestohlen worden war und sie Angst vor dem Ehemann hatte! Wirklich, ein starkes Stück! Schließlich blieb dieses ganze Abenteuer von Anfang an eine Verirrung, war der Spleen eines entflammten Spießbürgers, die Base in der Patriarchal ein bißchen aus der Ruhe zu bringen. Er war seiner Geschäfte wegen nach Lissabon gekommen, er mußte sie abwickeln, sich mit der Hitze und dem Bœuf à la mode des Hotels Central abfinden, dann einen Postdampfer nehmen und das Vaterland zur Hölle schicken! Er war doch kein Idiot! Seine Geschäfte waren nun abgeschlossen – und er Esel blieb immer noch, um hier in Lissabon zu schmoren, um für Droschken nach dem Largo de Santa Barbara ein Vermögen auszugeben, und weshalb? Für eine wie jede andere! Hätte er sich doch lieber die Alphonsine mitgebracht!

Denn, und das stimmte nur zu gut, solange er in Lissabon weilte, erwies sich das romantische Abenteuer als angenehm und anregend, weil es recht vollkommen war! Ein bißchen Ehebruch, ein bißchen Blutschande ... Doch jener Zwischenfall zerstörte nun alles! Nein, wirklich, das vernünftigste war, sich aus dem Staube zu machen!

Sein Vermögen hatte er sich mit dem Kautschukgeschäft am oberen Paraguay erworben; die Größe der Unternehmung führte zur Gründung einer Gesellschaft, mit brasilianischem Kapital; doch Basilio und einige französische Ingenieure wollten die brasilianischen Aktien aufkaufen, die ein

Hindernis waren, um in Paris eine neue Gesellschaft zu gründen und dem Geschäft zu einem rascheren Aufschwung zu verhelfen. Basilio war nach Lissabon gereist, um mit einigen Brasilianern zu verhandeln, und hatte ihnen die Aktien abgeknöpft. Die Fortdauer dieser Liebesepisode könnte sich störend auf seine beruflichen Belange auswirken ... Und zumal das Abenteuer jetzt langweilig wurde, war es das beste, Fersengeld zu geben!

Die Tür öffnete sich, und der Vicomte Reynaldo trat ein, mit blauer Brille, erhitzt und wütend.

Aus Bemfica käme er! Tot, vollkommen erschlagen von dieser Hitze in einem Lande von Negern. Er hatte den dummen Einfall gehabt, eine Tante zu besuchen – die ihn gleich zum Mitglied einer Gesellschaft für ich weiß nicht, zum Teufel, was für ein Findelhaus gemacht und ihm Moral gepredigt habe! Was war es aber auch für eine Gymnasiastenidee, die Tante besuchen zu wollen! In der Tat widere ihn nichts mehr an als Familienschmus!

»Und du, was hast du vor? Ich werde mich bis zum Mittagessen in eine Badewanne legen!«

»Weißt du, was mir passiert ist?« sagte Basilio und richtete sich auf.

»Was denn?«

»Stell dir bloß vor: das Allerdümmste.«

»Hat dich der Ehemann erwischt?«

»Nein, das Dienstmädchen!«

»Shocking!« rief Reynaldo gelangweilt aus.

Basilio erzählte ihm haarklein den Fall und verschränkte die Arme: »Und was nun?«

»Jetzt mußt du dich aus dem Staube machen.«

Reynaldo erhob sich.

»Wohin gehst du?«

»Ins Bad.«

Er solle doch warten, zum Teufel, er wolle mit ihm sprechen ...

»Ich kann nicht!« schrie Reynaldo in wildem Egoismus. »Komm du mit herunter! Im Wasser kann ich mich vortrefflich mit dir unterhalten!«

Reynaldo ging hinaus und brüllte nach William, seinem englischen Diener.

Als Basilio zu den Baderäumen hinunterkam, lag Reynaldo behaglich in der Wanne ausgestreckt, von der ein starker Geruch nach Lubinwasser aufstieg. »Also ein aus dem Papierkorb geangeltes Briefchen!« rief er.

»Wirklich, Reynaldo, ich bin ganz einfach in der Klemme; was meinst du, was ich tun soll?«

»Die Koffer packen, Junge!«

Er saß in der Wanne und seifte langsam seinen dürren Körper ein.

»Das kommt dabei heraus, wenn man sich in Liebschaften mit den Basen der brenzligen Patriarchal einläßt!«

»Wieso?« sagte Basilio ungehalten.

»Wieso?« Reynaldo, mit Schaumflocken bedeckt, stützte die Hände auf den Marmorrand der Wanne: »Du findest demnach so etwas anständig: eine Frau, die ihre Köchin zur Vertrauten macht und in ihrer Hand ist, bei der ein Brief in den Papierkorb gerät, die heult und zweihundert Milreis verlangt, die sich in Sicherheit bringen will – das ist eben eine Geliebte, weiter nichts! Eine Frau, die, wie du selbst gesagt hast, Strümpfe von der Stange trägt!«

»Mein Lieber, sie ist ein entzückendes Weib!«

Der andere zuckte ungläubig die Achseln.

Basilio führte sogleich Beweise an: Er beschrieb die Schönheit von Luizas Körper, erzählte schlüpfrige Episoden.

Die Zimmerdecke und die weißlackierten Zwischenwände strahlten in weichen Milchtönen das Licht zurück; die Ausdünstung des lauen Wassers erhöhte die mäßige Wärme, ein frischer Geruch nach Seife und Lubinwasser erfüllte die Luft.

»Du bist ja bis über beide Ohren verliebt«, konstatierte Reynaldo verächtlich und streckte sich behaglich aus.

Basilio wies diese groteske Unterstellung mit einer Bewegung seiner Schultern zurück.

»Nun sprich doch, willst du ihr denn dauernd am Rockzipfel hängen, oder willst du dich von ihr losmachen? Aber die Wahrheit, sag mir die Wahrheit!«

»Ich ...«, antwortete Basilio leise und näherte sich der Wanne – »wenn ich auf eine anständige Art von ihr loskommen könnte ...«

»Ach, du Unglückswurm! Du hast doch eine göttliche Gelegenheit! Sie wäre wie eine Schlange gegangen, sagst du. Schön; schreibe ihr also einen Brief, daß du, da du siehst, daß sie Schluß machen möchte, ihr nicht lästig werden willst und abreist. Deine Geschäfte sind doch erledigt, nicht wahr? Das brauchst du gar nicht zu leugnen, der Lapierre hat mir erzählt, daß es so ist. Gut, dann zieh die Konsequenzen: Pack deine Koffer und schüttle sie ab!«

Er nahm den Schwamm, ließ das Wasser auf Kopf und Schultern plätschern, prustete und ergötzte sich an der würzigen Frische.

»Aber andererseits«, wandte Basilio ein, »sie jetzt bei der Auseinandersetzung mit dem Dienstmädchen im Stich lassen? Schließlich ist sie ja meine Base ...«

Reynaldo gestikulierte erheitert mit den Armen.

»Dieser Familiensinn ist wirklich lobenswert! Geh hin, du Pinsel, sag ihr, daß du abreisen mußt, von wegen Geschäften und so weiter, und drück ihr ein paar Banknoten in die Hand.«

»Das ist brutal ...«

»Kostspielig ist das!«

Basilio erwiderte: »Bedenk doch, was für eine verteufelte Geschichte; das arme Mädchen von der Dienerin ertappt …«

Reynaldo dehnte sich noch mehr und jubilierte: »Jetzt liegen sie sich bestimmt schon in den Haaren!«

Er lehnte sich behaglich zurück, wollte die Zeit wissen und erklärte, daß er es in der Wanne gemütlich fände und sich blendend fühle. Natürlich dürfe John nicht vergessen, den Champagner auf Eis zu stellen!

Basilio zwirbelte schweigend seinen Schnurrbart. Im Geiste sah er Luizas Salon in grünem Rips und die abscheuliche Gestalt Julianas mit ihrer ungeheuren Perücke vor sich … Sollten sie wirklich keifen, aufeinander losgehen? Was für eine verzwickte Angelegenheit war doch das alles! Ganz gewiß mußte er abreisen.

»Aber welchen Vorwand soll ich ihr gegenüber erfinden, um aus Lissabon zu verschwinden?«

»Ein Telegramm! Es geht nichts über ein Telegramm! Drahte gleich an deinen Gewährsmann in Paris, den Labachardie oder Labachardette oder wie er sonst heißt, daß er dir sofort eine Depesche schickt ›Sofort kommen, schlechte Geschäfte, usw.‹ Es ist das beste!«

»Das werde ich tun«, sagte Basilio entschlossen und erhob sich.

»Also reisen wir morgen ab?« schrie Reynaldo.

»Ja.«

»Über Madrid?«

»Über Madrid.«

»Vortrefflich!« Reynaldo sprang begeistert in der Wanne auf, ließ das Wasser abtropfen, hopste umständlich heraus und wickelte seinen mageren Körper in den türkischen Hausrock. Gleich trat kaum hörbar sein Diener William ein, kniete nieder, nahm einen von Reynaldos Füßen zwischen die

Hände, trocknete ihn behutsam ab und zog ihm ehrfurchtsvoll den mit kleinen Hufeisen bestickten schwarzen Seidenstrumpf an.

Am folgenden Tage klopfte Joanna kurz vor Mittag diskret an die Tür von Luizas Zimmer. Mit leiser Stimme – seit dem Ohnmachtsanfall sprach sie immer leise zu ihr, wie zu einer Genesenden – meldete sie: »Der Vetter der gnädigen Frau ist da.«

Luiza war völlig überrumpelt. Sie lief noch im Schlafrock herum und hatte gerötete, verweinte Augen. Sofort legte sie Puder auf, strich sich das Haar glatt und trat in den Salon.

Basilio, in hellem Anzug, hatte sich melancholisch auf den Klavierstuhl gesetzt. Seine Miene war ernst, und unvermittelt begann er: Obwohl sie am Vortage mit ihm gezankt hätte, betrachte er alles noch wie vorher. Er wäre gekommen, weil sie in diesem Moment nicht ohne weiteres ihre Beziehungen abbrechen könnten, vor allem nicht, ohne endgültig die Sache mit dem Brief zu klären ... Und mit einer traurigen Gebärde, als hielte er Tränen zurück, murmelte er: »Weil ich mich gezwungen sehe, Lissabon zu verlassen, meine Liebe!«

Luiza würdigte ihn keines Blickes; sie lächelte stumm und sehr verächtlich. Basilio fügte schnell hinzu: »Für kurze Zeit natürlich, drei Wochen oder einen Monat ... Aber ich muß eben abreisen ... Wenn es nur um meine Belange ginge ...« Er zuckte geringschätzig die Achseln. »Aber es sind die Interessen anderer ... Und das da habe ich heute früh bekommen.«

Basilio streckte ihr ein Telegramm hin. Sie hielt es einen Augenblick, ohne es auseinanderzufalten; das Papier zitterte in ihrer Hand.

»Lies, ich bitte dich darum!«

»Wozu?« fragte sie.

Doch schon las sie leise: »›Kommen Sie, ernste Komplikationen. Anwesenheit unbedingt erforderlich. Reisen Sie sofort ab.‹«

Sie faltete das Blatt wieder zusammen und gab es ihm zurück.

»Fährst du nun?«

»Ich muß.«

»Wann?«

»Heute nacht.«

Luiza richtete sich trotzig auf und reichte ihm die Hand: »Gut, adieu.«

Basilio flüsterte: »Du bist grausam, Luiza! … Als ob das gar nichts wäre! Auf jeden Fall müssen wir noch eine Angelegenheit ordnen. Hast du mit der Frau gesprochen?«

»Es ist alles geregelt«, antwortete sie stirnrunzelnd.

Basilio ergriff ihre Hand und wiederholte beinahe feierlich:

»Mein liebes Kind, ich weiß, daß du sehr stolz bist, aber ich bitte dich, die Wahrheit zu sagen. Ich will dich nicht in Schwierigkeiten zurücklassen. Hast du mit ihr gesprochen?«

Sie entwand ihm ihre Hand und erwiderte mit wachsender Ungeduld: »Es ist alles geordnet, es hat sich alles erledigt!«

Basilio schien sehr verlegen, er war sogar ein wenig bleich; schließlich zückte er seine Brieftasche.

»Auf jeden Fall ist es möglich, ja natürlich (denn wir wissen nicht, mit wem wir es zu tun haben) … ist damit zu rechnen, daß weitere Forderungen erhoben werden …« – Er öffnete die Brieftasche und entnahm ihr einen sehr kleinen, prall gefüllten Umschlag.

Luiza verfolgte seine Bewegungen und wurde dabei rot.

»Ebendeshalb, damit du dich besser mit ihr verständigen kannst, erscheint es mir immerhin geraten, dir etwas Geld dazulassen.«

»Bist du verrückt?« brauste sie auf.

»Aber ...«

»Du willst mir Geld geben?« Ihre Stimme bebte.

»Aber schließlich ...«

»Adieu!« Und sie wollte entrüstet aus dem Salon gehen.

»Luiza! Um Gottes willen! Du hast mich mißverstanden ...«

Sie blieb stehen und entgegnete hastig, als ob sie die Unterredung nicht schnell genug beenden könnte: »Ich habe schon verstanden, Basilio, danke schön. Aber nein, es ist nicht nötig. Ich bin nervös, das ist alles ... Ziehen wir dieses Gespräch nicht weiter in die Länge ... Adieu ...«

»Aber du weißt doch, daß ich zurückkomme, in drei Wochen ...«

»Gut, dann in drei Wochen ...«

Basilio riß sie an sich, gab ihr einen Kuß auf den Mund, spürte ihre schlaffen und willenlosen Lippen.

Diese Kälte reizte seine Eitelkeit. Er preßte Luiza gegen seine Brust und sagte leise, indem er viel Leidenschaft in seine Stimme legte: »Nicht einmal einen Kuß willst du mir schenken?«

Luizas Augen leuchteten flüchtig auf; sie küßte ihn rasch und wich zurück.

»Adieu!«

Basilio starrte sie einen Augenblick an; fast seufzte er leicht auf: »Adieu!« An der Tür wandte er sich traurig noch einmal um. »Schreib mir wenigstens. Meine Adresse weißt du ja. Rue Saint Florentin, 22.«

Luiza trat ans Fenster. Sie sah, wie er sich auf der Straße seine Zigarre anzündete, mit dem Kutscher sprach, in die Droschke sprang und den Wagenschlag zuwarf, ohne einen Blick zu ihr emporzuwerfen. Die Droschke fuhr los. Es war die Nummer 10 ... Niemals würde sie ihn wiedersehen!

Sie hatten in gleicher Liebe geschwelgt, beide die gleiche Schuld auf sich geladen. Er reiste fröhlich ab und nahm die romantischen Erinnerungen des Abenteuers mit; sie blieb zurück in den Bitternissen der Reue. So war nun einmal die Welt!

Da packte sie ein Gefühl der Einsamkeit und Verlassenheit. Sie war allein, und das Leben erschien ihr wie eine weite, fremde Ebene in tiefer Nacht und voller Gefahren.

Luiza schlich sich in ihr Zimmer und ließ sich auf das Sofa fallen; daneben lag der Saffianbeutel, den sie am Vortage zurechtgemacht hatte, um zu fliehen: Sie öffnete ihn, kramte die Taschentücher heraus, dann ein gesticktes Hemdchen, und fand die Photographie Jorges. Lange hielt sie sie in der Hand, versenkte sich in seinen treuen Blick, sein gutmütiges Lächeln. – Nein, sie stand nicht allein auf der Welt! Sie hatte ja ihn! Er liebte sie, er würde ihr niemals die Treue brechen, sie niemals verlassen! Und Luiza preßte die Lippen auf das Bild und bedeckte es mit bebenden Küssen; sie warf sich kopfüber auf das Sofa und schluchzte: »Vergib mir, Jorge, mein Jorge, mein lieber Jorge, mein innigstgeliebter Jorge!«

Nach dem Mittagessen fragte Joanna sie schüchtern: »Meinen gnädige Frau nicht, daß es angebracht wäre, sich nach Senhora Juliana zu erkundigen?«

»Aber wo wollen Sie sich denn erkundigen?« fragte Luiza.

»Sie besucht manchmal eine Freundin, eine Stellenvermittlerin, in der Nähe vom Carmo. Vielleicht ist ihr schlecht geworden, und sie ist krank. Aber auch seit gestern früh nichts von sich hören zu lassen ... So etwas! Ich könnte ja mal nachforschen ...«

»Gut, dann gehen Sie nur.«

Julianas plötzliches Verschwinden beunruhigte auch Luiza. Wo steckte sie, was trieb sie? Es schien ihr, als braue sich weit von ihr entfernt insgeheim ein Gewitter zusammen, das einmal furchtbar über sie hereinbrechen würde ...

Es wurde finster. Luiza zündete die Kerzen an. Sie hatte eine sonderbare Angst, so allein im Hause zu sein. Während sie im Zimmer auf und ab ging, dachte sie, daß zu dieser Stunde Basilio in Santa Apolonia erleichtert seine Fahrkarte kaufen, es sich im Waggon bequem machen, seine Zigarre anzünden würde, und kurze Zeit später führte ihn die keuchende Lokomotive für immer davon! Denn sie glaubte nicht an den Abstecher von drei Wochen, einem Monat! Er ging für immer, brachte sich in Sicherheit! Und obwohl sie ihn verabscheute, fühlte sie, daß bei dieser Trennung etwas in ihr zerbrach und schmerzhaft blutete.

Kurz vor neun Uhr wurde ungeduldig die Glocke gezogen. Luiza vermutete, es sei Joanna, die zurückkam. Sie nahm einen Leuchter und ging öffnen – und prallte zurück, als sie Juliana erblickte, quittegelb und sehr aufgeregt.

»Gnädige Frau gestatten, daß ich ein Wort im Vertrauen mit Ihnen rede?«

Kaum daß sie hinter Luiza ins Zimmer getreten war, schrie sie auch schon wütend los: »Gnädige Frau glauben also, daß nun alles in Ordnung ist? Gnädige Frau meinen, weil Ihr Liebhaber sich aus dem Staube gemacht hat, ist nun alles in Ordnung?«

»Was sagen Sie da?« Luiza erschrak und stand wie versteinert.

»Gnädige Frau denken wohl, weil Ihr Geliebter sich dünnegemacht hat, ist nun alles in bester Ordnung?« brüllte sie.

»Aber um Gottes willen ...!« In ihrer Stimme lag so viel Angst, daß Juliana verstummte. Doch einen Augenblick später fuhr sie leiser fort: »Gnädige Frau wissen sehr wohl, daß es nicht umsonst geschah, wenn ich die Briefe an mich nahm!

Ich wollte den Vetter der gnädigen Frau ersuchen, mir zu helfen! Ich habe das Schuften satt und will meine Ruhe. Ich habe keinen Skandal heraufbeschworen; ich wollte nur, daß er mir helfen sollte ... Heute abend habe ich ins Hotel geschickt ... Der Vetter der gnädigen Frau war bereits auf und davon! Nach Olivaes oder in die Hölle! Und der Diener fährt in der Nacht mit den Koffern. Aber denken gnädige Frau etwa, daß man mich einfach überlisten kann?« Von neuem packte sie die Wut, und sie donnerte wie wild die Faust auf den Tisch: »Der Schlag soll mich treffen, wenn es in diesem Hause keinen Skandal gibt, von dem man in ganz Portugal sprechen wird!«

»Wieviel wollen Sie denn für die Briefe, Sie Diebin?« fragte Luiza, hochaufgerichtet.

Juliana verschlug es einen Moment die Sprache.

»Entweder geben mir gnädige Frau sechshundert Milreis, oder ich lasse die Briefe nicht aus den Fingern!« antwortete sie herrisch.

»Sechshundert Milreis! Wo soll ich denn sechshundert Milreis herbekommen?«

»Aus der Hölle!« schrie Juliana. »Entweder geben Sie mir sechshundert Milreis, oder so gewiß, wie ich hier stehe, kriegt Ihr Mann die Briefe zu lesen!«

Luiza ließ sich vernichtet in einen Sessel fallen.

»Großer Gott, womit habe ich das verdient?«

Juliana nahm eine überaus anmaßende Haltung an.

»Gnädige Frau haben ganz recht, ich bin eine Diebin, wahrhaftig; ich holte den einen Brief aus dem Kehricht und zog die anderen aus der großen Schublade. Jawohl! Und es geschah, um sie mir bezahlen zu lassen!« In höchster Erregung zerrte sie ihr Umschlagtuch hin und her: »Warum soll nicht einmal meine Stunde kommen? Ich habe genug gelitten, ich habe es satt! Treiben Sie das Geld auf, wo Sie wollen. Und keine fünf Reis weniger! Ich habe Jahr um Jahr damit verbracht, mich abzurackern! Wegen einer halben Moeda Monatsverdienst schinde ich mich vom Morgengrauen bis in die Nacht hinein, während die gnädige Frau sich's wohl sein läßt! Um sechs Uhr morgens stehe ich auf, und dann muß ich gleich Schuhe putzen, ausfegen, aufräumen, mich abrackern, und die Gnädige ruht ganz gemächlich in den Federn, ohne Sorgen, geschweige denn anstrengende Arbeit. Seit einem Monat stehe ich bei Tagesanbruch auf, um zu stärken, auszubessern, zu bügeln! Die Gnädige bringt nur immer die schmutzige Wäsche und kann sich an Staat und Vergnügen gar nicht genugtun; sie hat ja die schwarze Sklavin, die sich, das Bügeleisen in der Hand, mit Herzstechen zu Tode quält! Die Gnädige, die hat ihre Spaziergänge, Droschken, guten Seidenkleider, alles, was ihr Herz begehrt – Und die schwarze Sklavin? Die kann sich kaputtmachen!«

Luiza fand nicht die Kraft zu antworten und duckte sich unter diesem Zornesausbruch wie ein Vögelchen unter einem Platzregen. Juliana ereiferte sich immer noch mit unverminderter Heftigkeit. Die Erinnerung an erduldete Mühseligkeiten und Demütigungen vergrößerte noch ihre Wut, wie Holzkloben das Feuer eines Scheiterhaufens.

»Was denken Sie sich denn?« rief sie aus. »Nicht daß ich bloß die Reste esse und die Gnädige die Leckerbissen! Wenn ich den ganzen Tag gearbeitet habe und einen Tropfen Wein haben will, wer gibt ihn mir? Ich muß ihn kaufen! Waren gnädige Frau schon einmal in meinem Zimmer? Ein Loch ist das! Dort gibt es so viele Wanzen, daß ich beinahe in Kleidern schlafen muß! Doch wenn die gnädige Frau einen Biß spürt, dann muß die schwarze Sklavin das Bett auseinandernehmen und es Spalt für Spalt absuchen. Was ist schon ein Dienstmädchen! Das Dienstmädchen ist nur das Arbeitstier. Schufte, solange du kannst, sonst hinaus auf die Straße und ab ins Armenhaus! Doch jetzt ist meine Stunde gekommen« – und sie schlug sich mit der flachen Hand an die Brust, vor Rachedurst schäumend. »Jetzt bin *ich* es, die befiehlt!«

Luiza schluchzte leise.

»Gnädige Frau weinen! Auch ich habe viele Tränen geweint! Ach! Ich habe gar nichts gegen Sie, gnädige Frau, ganz gewiß nicht! Sollen Sie Ihr Vergnügen haben, sollen Sie nur genießen, immer genießen! Bloß mein Geld will ich haben. Mein hier ausgeschwitztes Geld, oder die Briefe werden Stadtgespräch! Dieses Dach soll mich erschlagen, wenn ich sie nicht Ihrem Mann, Ihren Freunden, der ganzen Nachbarschaft zeige, so daß Sie nie wieder Ihres Lebens froh werden!«

Sie verstummte erschöpft. Dann fuhr sie mit schleppender Stimme fort: »Aber geben Sie mir mein Geld, gnädige Frau, mein gutes Geld, und hier haben Sie die Briefe, und was gewesen ist, ist gewesen, und alles ist Ihnen verziehen. Aber mein Geld will ich haben! Ich sage Ihnen auch, daß mich im gleichen Augenblick der Blitz erschlagen wird, wenn sich dieser Mund wieder öffnet, nachdem ich mein Geld erhalten habe!« Und sie bedeckte ihn mit der flachen Hand.

Luiza, sehr blaß, hatte sich langsam aufgerichtet: »Also gut«, flüsterte sie. »Ich werde Ihnen das Geld beschaffen. Warten Sie ein paar Tage.«

Nun folgte Schweigen. Nach dem vorausgegangenen Lärm schien es um so tiefer, und alles im Zimmer machte einen noch starreren Eindruck. Lediglich die Uhr tickte, und auf dem Toilettentisch brannten zwei Kerzen nieder und spendeten ein rötliches, trauliches Licht.

Juliana ergriff den Sonnenschirm, zerrte ihr Umschlagtuch fest, sah Luiza einen Moment scharf an und sagte sehr kühl: »Gut, gnädige Frau.«

Darauf wandte sie ihr den Rücken und ging hinaus.

Luiza hörte, wie sie heftig das Gatter zuwarf.

»Großer Gott, welche Sühne!« rief sie und fiel in einen Sessel. Ihre Augen füllten sich von neuem mit Tränen.

Es war fast zehn Uhr, als Joanna zurückkehrte.

»Ich konnte nichts in Erfahrung bringen, gnädige Frau, bei der Stellenvermittlerin weiß niemand etwas von ihr.«

»Schön, bringen Sie die Nachtlampe.«

Joanna entkleidete sich in ihrer Kammer und brummte vor sich hin: »Das Frauenzimmer hat eine Verabredung, die steckt irgendwo bei einem Kerl!«

Welche Nacht für Luiza! Jeden Moment schrak sie auf, blickte in den Halbschatten des Zimmers, und sogleich durchbohrte die verzehrende Sorge wie ein Dolchstich ihre Seele: Was sollte sie tun? Wie sollte sie das Geld auftreiben? Sechshundert Milreis! Ihr Schmuck war vielleicht zweihundert Milreis wert. Aber was würde später Jorge sagen? Sie hatte das Silberzeug ... Doch das lief auf dasselbe hinaus!

Die Nacht war schwül. Luiza wälzte sich unruhig hin und her; die Bettdecke glitt herab; kaum blieb das Laken über ihrem Körper. Zuweilen schlief sie vor Müdigkeit wieder ein, doch ihr Schlaf blieb leicht und wurde von lebhaften Träumen unterbrochen. Sie erblickte ganze Berge von Libramünzen, die gespenstisch glänzten; Bündel von Banknoten tanzten durch die Luft. Luiza richtete sich auf, sprang hoch, um sie festzuhalten, aber die Libras begannen fortzurollen, geradeso wie unzählige kleine Rädchen über einen glatten Boden, und die Banknoten verschwanden, schwebten unter ironischem Rauschen davon. Ein andermal war ihr, als sähe sie irgend jemand in den Salon treten; der Unbekannte verbeugte sich ehrfurchtsvoll, holte Libras aus seinem Hut und ließ sie verschwenderisch in ihren Schoß fallen; Münzen zu fünf Milreis, Peças – viele, unendlich viele. Sie kannte diesen Mann nicht:

Er trug eine rote Perücke und einen kecken Spitzbart. Sollte das der Teufel sein? Was kümmert es sie? Jetzt war sie reich, sie war gerettet! Gleich rief und schrie sie nach Juliana, rannte hinter ihr her, einen Gang entlang, der kein Ende nahm, immer enger und enger wurde und in einen Spalt mündete, durch den sie sich keuchend hindurchzwängte. Dabei preßte sie auch noch eine Masse Libramünzen an sich, daß sie auf ihrer nackten Brust die Kälte des Metalls spürte. Luiza erwachte voller Bangigkeit: Den Kontrast ihrer tatsächlichen Lage zu jenen erträumten Reichtümern empfand sie als eine Steigerung aller Bitternis. Wer konnte ihr helfen? – Sebastião! Sebastião war reich und gut. Aber durfte sie ihn herzitieren, sie, Luiza, die Frau von Jorge, um ihm zu sagen: »Leihen Sie mir sechshundert Milreis?« – »Wozu, gnädige Frau?« würde er fragen. Und konnte sie dann antworten: »Um einige Briefe zurückzukaufen, die ich an meinen Geliebten geschrieben habe?« War so etwas denkbar! Nein, sie war verloren. Nur der Weg ins Kloster stand ihr noch offen.

Jeden Augenblick drehte sie das kleine Kopfkissen um, das ihr bloß das Gesicht versengte. Sie schleuderte die Schlafhaube fort; ihr langes Haar löste sich, und sie steckte es aufs Geratewohl mit einer Haarnadel fest. Die nackten Arme unter dem Kopf, überdachte sie mit Bitterkeit die Romanze dieses ganzen Sommers – Basilios Ankunft, die Spazierfahrt nach Campo Grande, den ersten Besuch im ›Paradies‹ …

Wo mochte er jetzt sein, der Treulose? Er schlief sicher friedlich in den Polstern eines Eisenbahnwagens!

Und sie lag hier in Todesängsten!

Luiza warf das Bettlaken fort und rang nach Luft. Ihr Körper hob sich kaum von der schneeweißen Bettwäsche ab. Als der Tag anbrach, schlief sie ein.

Sie wachte spät auf und war wie erschlagen, doch nachher im Speisezimmer erfüllte sie die Schönheit des wunderbaren

Morgens mit neuem Lebensmut. Die Sonne ergoß sich strahlend durch das geöffnete Fenster; die Kanarienvögel jubilierten; aus der Schmiede nebenan drang fröhliches Hämmern; und das weite, kräftige Blau des Himmels ließ die Herzen höher schlagen. Die heiter gestimmte Umwelt gab ihrem Lebenswillen neuen Auftrieb. Man brauchte sich nicht einer ohnmächtigen Verzweiflung zu überlassen ... Zum Teufel noch mal! Sie mußte kämpfen!

Luiza machte sich Hoffnungen: Sebastião war gut, Leopoldina wußte Rat; es gab noch andere Möglichkeiten, selbst den Zufall; und alles das konnte ganz bestimmt sechshundert Milreis ergeben und sie retten! Juliana würde verschwinden, Jorge wiederkommen! – Und voreilig sah sie schon Perspektiven mannigfaltiger Glückseligkeiten herrlich in der Zukunft aufleuchten.

Zu Mittag sprach Sebastiãos kleiner Diener vor. Der Senhor wäre aus Almada zurück und wolle gern wissen, wie es der Senhora ginge.

Sie lief selbst zur Tür. Er solle den Senhor Sebastião bitten, so bald als möglich zu ihr zu kommen.

Genug des Grübelns! Sie hatte einen Entschluß gefaßt, sie würde mit Sebastião sprechen ... Schließlich blieb ihr weiter nichts übrig: entweder erzählte sie alles Sebastião, oder sie mußte sich gefallen lassen, daß es die andere Jorge hinterbrachte. Da half kein Zögern! Und dann konnte sie doch alles abschwächen, als rein platonischen Briefwechsel hinstellen ... Basilios Abreise machte zudem aus jener Verirrung etwas Vergangenes, weit Zurückliegendes ... Und Sebastião war doch wirklich ihr Vertrauter!

Um ein Uhr kam er. Luiza hörte ihn eintreten, und allein das Geräusch seiner schweren Schritte auf dem Teppich des Salons erweckte in ihr Beklommenheit, ja beinahe Angst. Auf einmal erschien es ihr sehr schwierig und unerträglich, sagen zu müssen, daß ... Sie hatte sich Sätze zurechtgelegt, Beteuerungen, eine galante Geschichte von ausgetauschten Briefen; und nun stand sie da, die Hand am Türgriff, und zitterte. Sie schämte sich vor ihm! Sebastião ging im Salon auf und ab; und da Luiza befürchtete, er könnte ungeduldig werden und schlechte Laune bekommen, ging sie zu ihm hinein.

Er schien ihr größer und würdevoller als sonst. Noch, niemals war sein Blick so unbestechlich, sein Kinn so streng gewesen.

»Nun, was gibt's? Wo fehlt es denn?« fragte er sie im Anschluß an die ersten Worte über Almada und das Wetter.

Luiza wurde von einer unüberwindlichen Feigheit befallen und antwortete schnell: »Es handelt sich um Jorge!«

»Hat er Ihnen etwa nicht geschrieben?«

»Nein.«

»Mir auch lange Zeit nicht.« Lachend fügte er hinzu: »Aber heute erhielt ich gleich zwei Briefe auf einmal.«

Er suchte sie zwischen anderen Papieren, die er aus der Tasche zog. Luiza hatte sich auf das Sofa gesetzt; sie betrachtete ihn klopfenden Herzens, und ihre Fingernägel kratzten vor Nervosität den Stoff.

»Jawohl«, sagte Sebastião, indem er das Bündel Papiere genau durchsah. »Ich bekam zwei; er schreibt von seiner Rückkehr, und daß er sich sehr langweilt ...« Er streckte Luiza einen Brief hin: »Da, sehen Sie!«

Luiza hatte ihn auseinandergefaltet und begann zu lesen, doch Sebastião griff gleich hastig nach dem Bogen.

»Verzeihung, der ist es nicht!«

»Aber lassen Sie mich doch ...«

»Er schreibt ja bloß von Geschäften ...«

»Nein, ich will ihn lesen!«

Sebastião saß auf der Kante des Sessels und kratzte sich sehr verlegen das Kinn. Da runzelte Luiza die Stirn und fuhr auf: »Was ist denn das?« Die Lektüre trieb ihr die Zornesröte ins Gesicht: »Hält man das für möglich?«

»Das ist ja alles Unsinn!« murmelte Sebastião mit glühendem Kopf.

Luiza las nun laut und langsam: »›Weißt Du, mein lieber Sebastião, ich habe hier eine Eroberung gemacht. Sie ist nicht gerade eine Prinzessin, aber nicht mehr und nicht weniger als die Frau des hiesigen Tabakhändlers. Für ihren Verehrer scheint sie in unkeuschestem Feuer entflammt zu sein. Gott vergebe es mir, aber ich fürchte sogar, daß sie mir kaum einen Vintém für die Zigarren abnimmt, die eigentlich einen Pataco wert sind, und so ihrem Gatten, dem würdigen Carlos, den doppelten Schaden verursacht, weil sie ihm Glück und Geschäft ruiniert!‹« – »Das ist ja reizend!« knurrte Luiza wütend. – »›Ich fürchte sehr, daß sich mit mir der biblische Fall der Frau des Potiphar wiederholt. Glaub mir, es bedeutet schon ein gewisses Verdienst, ihr zu widerstehen, denn die Frau ist nicht bloß Tabakhändlerin, sondern auch überaus hübsch. Und ich habe Angst, daß meiner armen Tugend irgendein Malheur passiert ...‹«

Luiza hielt inne und maß Sebastião mit einem vernichtenden Blick.

»Das sind Schäkereien!« stammelte er.

Sie las weiter: »›Stell Dir vor, wenn Luiza von diesem Abenteuer wüßte! Übrigens beschränkt sich mein Erfolg nicht auf diesen einen Fall: Die Frau des Abgeordneten wirft mir glutvolle Blicke zu! Sie stammt aus Lissabon, eine gebürtige Gamacho, die Leute wohnen wohl in Belem, kennst Du sie? Und sie tut so, als ob sie in der Eintönigkeit der Provinz vor lauter Langerweile umkäme. Mir zu Ehren gab sie eine Soiree und ging auch mir zu Ehren, wie ich glaube, so weit ausgeschnitten. Ein sehr hübscher Hals ...‹« – Luiza wurde rot – »›und eine Teufelsbrust ...‹«

»Er ist verrückt!« rief sie aus und fuhr in ihrer Lektüre fort:

»›Und so siehst Du, daß Dein Freund ein Don Juan des Alemtejo geworden ist, der hier in dieser Provinz sentimentale Flammen zurückläßt! Der Pimentel läßt Dich grüßen ...‹«

Sie las leise noch einige Zeilen weiter, erhob sich dann trotzig, reichte Sebastião den Brief und zischte: »Sehr gut, er amüsiert sich!«

»Solche Dinge nimmt man doch nicht gleich ernst! Sie dürfen so etwas nicht tragisch nehmen ...«

»Wie sollte ich auch!« rief sie aus. »Ich finde das sogar ganz natürlich!«

Luiza setzte sich und sprach geflissentlich von anderen Dingen, von Donha Felicidade, von Julião ...

»Er arbeitet jetzt mit Hochdruck für seine Stellenbewerbung«, bemerkte Sebastião. »Bloß den Kanzleirat habe ich nicht zu Gesicht bekommen.«

»Aber wer sind denn diese Gamachos aus Belem?«

Sebastião zuckte die Achseln und meinte mit beinahe tadelnder Miene: »Also haben Sie es wirklich ernst genommen ...«

Luiza unterbrach ihn: »Ach! Wissen Sie schon? Mein Vetter Basilio ist abgereist.«

Sebastião war begeistert: »Wirklich?«

»Nach Paris, ich glaube nicht, daß er wiederkommt.« Und nach einer Pause fügte sie hinzu, als habe sie Jorge und den Brief ganz vergessen: »Nur in Paris fühlt er sich wohl ... Er war unschlüssig, ob er abreisen sollte.« Sie klopfte leicht auf die Falten ihres Kleides: »Er sollte lieber heiraten, der Bursche.«

»Um seßhaft zu werden«, ergänzte Sebastião.

Doch Luiza wollte nicht daran glauben, daß ein Mann,

der soviel Gefallen an Reisen, Pferden und Abenteuern fand, einen guten Gatten abgeben könnte.

Sebastião meinte, solche würden zuweilen solide und gute Familienväter …

»Die haben mehr Lebenserfahrung«, betonte er.

»Aber sie sind im Grunde oberflächlich«, wandte Luiza ein. Nach diesen leeren Worten schwiegen sie verlegen.

»Offen gestanden«, sagte Luiza dann, »bin ich froh, daß mein Vetter abgereist ist … Zumal wegen dieses albernen Geredes in der Nachbarschaft … Wo ich ihn doch in letzter Zeit kaum zu Gesicht bekommen habe. Gestern kam er sich verabschieden, ich war völlig überrascht …«

Die Mär von einer platonischen Liebelei und gewechselten Briefen wurde nun geradezu unmöglich – doch ein Gefühl, das stärker war als sie, drängte sie, ihre Beziehungen zu Basilio abzuschwächen, zu bagatellisieren. So fuhr sie schnell fort: »Ich bin mit ihm befreundet, aber wir sind charakterlich sehr verschieden … Basilio ist egoistisch und sehr zurückhaltend … Im übrigen waren unsere Beziehungen niemals enger …«

Sie merkte, daß sie sich so in schlechten Ruf brachte, und verstummte jäh.

Sebastião entsann sich, daß sie einmal gesagt hatte, sie wären beide zusammen aufgewachsen; doch schließlich erschien ihm diese Art, von ihrem Vetter zu sprechen, der beste Beweis dafür, daß nichts vorgefallen war. Fast wurde er auf sich selbst böse wegen der so ungerechtfertigten Zweifel, die er gehegt hatte …

»Und kommt er zurück?« fragte er.

»Er hat mir nichts gesagt, aber ich glaube nicht. Wenn der erst einmal in Paris ist …«

Plötzlich dachte sie an den Brief.

»Sie sind doch Jorges Vertrauter?«

Er lachte: »Aber gnädige Frau! Das können Sie mir schon glauben ...«

»Und mir schreibt er immer, daß er sich langweilt, einsam ist, es im Alemtejo nicht aushält ...« Sie sah Sebastião auf die Uhr blicken: »Wollen Sie denn schon gehen? Es ist doch noch nicht spät.«

Er müßte vor drei Uhr in der Baixa sein, erklärte Sebastião.

Luiza wollte ihn zurückhalten. Sie wußte nicht, wozu – denn mit jedem Augenblick fühlte sie ihren früheren Vorsatz dahinschwinden, entfliehen wie das Wasser eines Flusses, das sich in seinem Bett verläuft. Sie kam auf die Arbeiten in Almada zu sprechen.

Sebastião hatte sie in Angriff genommen, weil er glaubte, daß zweihundert oder dreihundert Milreis für die nötigen Instandsetzungen ausreichen würden. Doch dann zogen die einen Dinge andere nach sich – und wie er sagte, wurde es jetzt für ihn eine Schraube ohne Ende.

Luiza lachte gezwungen.

»Nun, wenn man Grundbesitzer ist und reich ...«

»Und wenn schon! Es sieht so aus, als ob es kaum etwas kostet. Aber eine gestrichene Tür, ein neues Fenster, ein frisch tapeziertes Zimmer, ein Fußboden und dies und das, und achthundert Milreis sind hin ... Jawohl!«

Er stand auf und verabschiedete sich.

»Ich hoffe, daß unser Landstreicher nicht mehr lange ausbleibt ...«

»Wenn die Tabakhändlerin nichts dagegen hat ...«

Mit diesem Gedanken ging sie nervös im Salon hin und her. Sich von der Tabakhändlerin und der Frau des Abgeordneten und den anderen betören zu lassen! ... Gewiß, sie hatte Vertrauen zu Jorge, aber die Männer ... Plötzlich sah sie im Geiste, wie ihn die Tabakhändlerin hinter dem Ladentisch in die Arme schloß und wie er bei einem abendlichen Stelldichein den hübschen Hals der Frau des Abgeordneten küßte … Und mit Ungestüm drängten sich ihr all die Vernunftgründe auf, die Jorges Verrat unwiderleglich bewiesen: Er war seit zwei Monaten fort! Er wurde seines Strohwitwerdaseins müde! Er war einer schönen Frau begegnet! Er hatte das als ein vorübergehendes, bedeutungsloses Vergnügen hingenommen! Wie niederträchtig! Sie beschloß, ihm einen Brief zu schreiben, in kühlem und verletztem Ton, daß er sofort kommen solle, sonst würde sie abreisen! – Sie trat sehr erregt in ihr Zimmer. Die Photographie Jorges, die sie am Vortage aus dem Saffianbeutel genommen hatte, lag noch auf dem Toilettentisch. Luiza betrachtete sie eingehend: Es nahm sie nicht wunder, daß man sich in ihn verguckte; er war hübsch, er war liebenswürdig … Eifersucht befiel sie und trübte ihren Blick. Wenn er sie betrog, wenn sie Gewißheit über die geringste Kleinigkeit hätte, wollte sie sich von ihm trennen, sich in ein Kloster zurückziehen; er müßte unbedingt sterben, sie brächte ihn um!

»Gnädige Frau«, meldete Joanna, »da ist ein Dienstmann mit diesem Brief. Er wartet auf Antwort.«

Welcher Schreck! Ein Brief von Juliana!

Er war auf liniiertem Papier geschrieben, in einer entsetzlichen Schrift, strotzte von Rechtschreibungsfehlern und lautete:

›Gnädige Frau!

Ich weiß sehr wohl, daß ich unbesonnen war, was gnädige Frau sowohl meiner unglücklichen Lage als auch meinem schlechten Gesundheitszustand zugute halten müssen, was eben manchmal bewirkt, daß ich die Fassung verliere. Aber wenn gnädige Frau wollen, daß ich zurückkehre und meinen Dienst wie vorher verrichte – wogegen, wie ich glaube, die gnädige Frau nichts einzuwenden hat –, so werde ich gern gefällig sein, und es wird bestimmt niemals mehr von jener Sache geredet, bis daß gnädige Frau das wünschen und das halten, was sie versprochen hat. Ich gelobe, meinen Dienst zu verrichten, und möchte, daß gnädige Frau damit einverstanden sind, weil es so für alle das beste ist. Denn es war eine Entgleisung, und wir haben doch alle unsere schwachen Momente, und somit will ich nicht länger belästigen und bin

Ihre sehr gehorsame Dienerin,

die Hausangestellte

Juliana Couceiro Tavira.‹

Luiza hielt den Brief in der Hand und wußte nicht, was sie tun sollte. Zuerst wollte sie am liebsten nein sagen. Sie wieder aufnehmen, sie vor sich sehen mit ihrem entsetzlichen Gesicht und der ungeheuren Perücke! Wissen, daß sie ihren Brief in der Tasche hatte, ihre Schande, und sie dann rufen, um Wasser bitten, um die Nachtlampe, sich von ihr bedienen lassen! Nein! Doch ein Schauder überlief sie: Wenn sie ablehnte, würde sie diese Kreatur erzürnen; weiß Gott, was die dann anstellen konnte! Sie war in ihrer Hand, sie mußte sich mit allem abfinden. Das war ihre Strafe ... Luiza zögerte noch einen Moment: »Ja, sie soll kommen, das ist meine Antwort.«

Juliana erschien tatsächlich um acht Uhr. Sie stieg ganz leise zur Bodenkammer hinauf, zog die Haussachen und die Pantoffeln an und ging in das Zimmer mit der gestärkten Wäsche, wo Joanna auf einem Hocker saß und beim Schein der Petroleumlampe nähte.

Die überaus neugierige Joanna plagte sie gleich mit Fragen: Wo war sie gewesen? Was war vorgefallen? Warum hatte sie nichts von sich hören lassen? – Juliana erzählte, daß sie zu Besuch bei einer Freundin war, auf der Chaussee do Marques d'Abrantes, und daß sie plötzlich eine Blähung bekommen habe, und der Schmerz … Sie wollte nicht erst Bescheid geben, weil sie geglaubt hatte, daß sie kommen könne. Doch weit gefehlt! Anderthalb Tag hatte sie im Bett gelegen …

Dann wollte Juliana wissen, was die Gnädige getrieben hätte, ob sie ausgegangen sei, wer dagewesen wäre …

»Die Gnädige war ziemlich unpäßlich«, sagte Joanna.

»Das liegt am Wetter«, bemerkte Juliana. Sie hatte ihre Handarbeit mit, und beide verbrachten schweigend den Abend.

Um zehn Uhr hörte Luiza leises Klopfen an ihrer Zimmertür. Das war ›sie‹, ganz bestimmt!

»Herein …«

Juliana sagte, als sei nichts vorgefallen: »Der Tee steht auf dem Tisch.«

Doch Luiza wagte sich nicht in den Salon, aus Angst, aus Abscheu, ihr zu begegnen. Sie lief im Zimmer hin und her, blieb stehen; schließlich ging sie doch, am ganzen Körper zitternd. Juliana kam gerade den Korridor entlang; sie schmiegte sich an die Wand und fragte ehrfurchtsvoll: »Soll ich die Nachtlampe bringen, gnädige Frau?«

Luiza nickte, ohne sie anzusehen.

Als sie in ihr Zimmer zurückkehrte, füllte Juliana gerade den Wasserkrug; und nachdem sie fast auf Zehenspitzen das Bett aufgedeckt und die Türen geschlossen hatte, hauchte sie: »Gnädige Frau brauchen nichts mehr?«

»Nein.«

»Eine schöne gute Nacht, gnädige Frau.«

Und weiter fiel kein Wort.

›Wie in einem Traum!‹ dachte Luiza, als sie sich in melancholischer Stimmung auskleidete. ›Diese Kreatur hat sich in meinem Hause eingenistet, mit meinen Briefen, um mich zu peinigen, um mich zu bestehlen!‹ Wie konnte sie, Luiza, überhaupt in diese Situation geraten? Sie wußte es auch nicht. Alles war so schnell gekommen, mit der Gewalt eines hereinbrechenden Gewitters! Sie hatte keine Zeit gehabt, Überlegungen anzustellen, sich entsprechend zu verteidigen; sie war überrumpelt worden. Da stand sie nun, kaum daß sie sich's versah, im eigenen Hause unter der Herrschaft ihres Dienstmädchens! Ach, wenn sie doch mit Sebastião darüber gesprochen hätte! Dann besäße sie jetzt gewiß das Geld, Banknoten, Goldmünzen ... Mit welcher Wut würde sie es Juliana hinschleudern, sie hinauswerfen, samt Truhe, alten Kleidern und Perücke! ... Sie schwor sich, Sebastião zu Rate zu ziehen, ihm alles zu sagen. Sie würde sogar zu ihm gehen, um mehr Eindruck auf ihn zu machen!

Nach kurzer Zeit war sie eingeschlafen, erschöpft von der Aufregung des Tages – und sie träumte, daß ein seltsamer schwarzer Vogel in ihr Zimmer eingedrungen sei und mit seinen Fledermausflügeln einen heftigen Wind machte: Das war Juliana. Luiza lief erschrocken ins Arbeitszimmer und schrie: »Jorge!« Doch sie erblickte weder Bücher noch Schreibpult, noch Tisch: Da war vielmehr das schäbige Mobiliar eines Tabakladens, und hinter dem Ladentisch liebkoste Jorge auf seinen Knien eine schöne Frau von kräftigen Körperformen, in einem Hemd aus grober Leinwand, die mit wollustgeschwächter Stimme und leidenschaftstrunkenen Augen fragte: »Gewöhnliche oder welche aus Xabregas?« – Dann flüchtete Luiza aufgebracht aus dem Hause; ein wüster Wirrwarr von Vorstellungen stürmte auf sie ein; endlich fand sie sich neben Basilio, in einer Straße ohne Ende, deren Paläste die Fassaden von Domen hatten und auf der prächtige Kutschen mit prunkvollem Gefolge dahinrollten. Sie erzählte Basilio schluchzend von Jorges Verrat. Basilio tänzelte mit der Grazie eines Gauklers um sie herum, traktierte eine Geige und sang:

»Ich habe ein Brieflein geschrieben,
Cupido darin gefragt,
Ob denn noch ein Herz braucht zu lieben,
Das selbst über Untreue klagt!«

»Es braucht nicht!« kläffte die Stimme Ernestinhos, der triumphierend eine Papierrolle schwenkte. – Und plötzlich versank alles im Dunkel, weil Juliana mit schwarzen Fledermausflügeln düstere Runden zog.

9

Juliana war auf Anraten von Tante Victoria wieder zu Luiza zurückgekehrt.

»Sieh mal, meine Liebe«, hatte Victoria ihr gesagt, »unser Vöglein ist ausgeflogen, daran ist nun nichts mehr zu ändern! Seufze nur! Da kannst du noch so seufzen, der Batzen Geld ist auf und davon! Wer konnte auch ahnen, daß der Kerl gleich die Koffer packen würde! Nein, das mußt du dir schon aus dem Kopf schlagen! Denn von ihr hast du nicht einen Heller zu erwarten ...«

»Ich werde auch auf meine Kosten kommen, wenn ich die Briefe dem Ehemann schicke, Tante Victoria!«

Die Alte zuckte die Achseln.

»Damit erreichst du gar nichts. Ob sie sich nun scheiden lassen, oder ob er sie windelweich schlägt oder in ein Kloster steckt – für dich springt dabei gar nichts heraus. Und wenn sie sich wieder vertragen, hast du nicht einmal den Trost, sie auseinandergebracht zu haben, und kannst mit langer Nase abziehen. Allerdings unter der Voraussetzung, daß die Dinge zu deinem Besten verlaufen, denn du kannst auch sehr gut bleiben, allerdings in Essigumschlägen, wegen der Tracht

Prügel, zu der sie dir verhelfen.« Sie bemerkte Julianas Entsetzen: »Das wäre nicht der erste Fall, meine Liebe, der erste wäre es nicht. Bedenke, daß in Lissabon so allerhand passiert und auch nicht alles in die Zeitungen kommt!«

Wirklich, sie mußte wieder zurück. Was blieb schließlich von alldem noch übrig? Die Angst Donha Luizas! Diese Angst würde ihr immer Bauchschmerzen verursachen, und daraus mußte man unbedingt Nutzen ziehen ...

»Du kehrst dorthin zurück«, entschied Tante Victoria, »in der Erwartung, daß sie hält, was sie versprochen hat. Wenn sie dir das Geld gibt, dann gut ... Wenn nicht, so hast du sie auf jeden Fall in der Hand, bist in der Höhle des Löwen, weißt, was dort vorgeht, kannst ihr vieles wegschnappen ...«

Doch Juliana zögerte. Es sei schwierig, mit Luiza unter dem gleichen Dache zu wohnen, ohne daß es wegen jener Angelegenheit Streit geben würde.

»Die sagt kein Sterbenswörtchen, wirst es ja erleben ...«

»Aber ich habe Angst ...«

»Wovor denn?« rief Tante Victoria. Luiza war doch nicht die Frau, die sie gleich vergiften würde, nicht wahr? Also? Wer nichts riskiere, der könne nichts gewinnen. »Vorausgesetzt, daß du willst«, fügte sie hinzu, »sonst sieh zu, daß du anderswo unterkommst, und leg die Briefe auf den Boden deiner Truhe. Zum Teufel noch mal! Du versuchst es eben, und wenn es dir nicht gefällt, machst du dich aus dem Staube ...«

Juliana entschloß sich, hinzugehen, um es zu versuchen.

Und sie sah gleich ein, daß ›dieser Schlaukopf Tante Victoria‹ nur zu recht hatte.

Luiza schien tatsächlich zu resignieren. Sebastião war wieder nach Almada gefahren. Doch da sie sich fest vorgenommen hatte, ihn eines Vormittags aufzusuchen, sobald er zurückgekehrt war, sich zu seinen Füßen niederzuwerfen und ihm alles, alles zu erzählen, ertrug sie Julianas Gegenwart und dachte bei sich: ›Es ist ja nur für ein paar Tage!‹ Davon sagte sie ihr kein Wort. Wozu auch? Sie hatte sie lediglich zu bezahlen und hinauszuwerfen, war es nicht so? Solange sie das nicht konnte, mußte sie ausharren und schweigen. Bis Sebastião zurückkam …

Inzwischen ging sie ihr aus dem Wege. Sie rief niemals nach ihr. Sie getraute sich morgens nicht aus dem Schlafzimmer, solange sie nicht gehört hatte, daß draußen in ihrem Zimmer die Badewanne gefüllt und die Kleider ausgeklopft waren. Sie betrat das Speisezimmer mit einem Buch, und wenn sie nicht gerade aß, ließ sie ihre Augen nicht von den Seiten. Während des ganzen Tages blieb sie in ihrem Zimmer, hinter verschlossener Tür, las und machte Handarbeiten oder dachte an Jorge – zuweilen auch haßerfüllt an Basilio –, wünschte die Rückkehr Sebastiãos herbei und bereitete ihr Geständnis vor.

Eines Morgens wurde Luiza im Korridor von Juliana überrascht, wie sie den gefüllten Wasserkrug ins Zimmer brachte.

»Aber gnädige Frau! Warum haben Sie nicht gerufen?« rief sie beinahe beleidigt.

»Schon gut«, erwiderte Luiza.

Doch Juliana folgte ihr ins Zimmer und schloß die Tür. »Aber gnädige Frau!« sagte sie sehr verletzt. »So kann das nicht weitergehen. Gnädige Frau scheinen Angst zu haben, mir zu begegnen, glaube ich! Ich bin wiedergekommen, um meinen Dienst wie früher zu verrichten … Selbstverständlich warte ich immer noch darauf, daß gnädige Frau das tun, was Sie versprochen haben. Ich kann die Briefe nun einmal nicht aus der Hand geben, ohne daß das Brot für mein Alter gesichert ist. Aber was vorgefallen ist, war eine plötzliche Entgleisung, und ich habe die gnädige Frau doch schon um Verzeihung gebeten. Ich will nur meinen Dienst verrichten … Wenn nun gnädige Frau nicht wollen, dann gehe ich eben.« Und sie fügte mit frostiger Stimme hinzu: »Möglicherweise wäre das für alle Beteiligten das Schlimmere!«

Luiza stammelte ganz verwirrt: »Aber ...«

»Nein, gnädige Frau«, schnitt ihr Juliana das Wort ab, »hier bin *ich* das Dienstmädchen.« Und steif ging sie hinaus.

So viel Dreistigkeit bestürzte Luiza. Diese Diebin war zu allem fähig!

Um sie nicht zu reizen, rief sie Juliana von nun an wieder: »Bringen Sie dies, bringen Sie das.« Dabei sah sie sie nicht an.

Doch Juliana gebärdete sich so diensteifrig und verhielt sich so ruhig, daß Luiza nach und nach, von Tag zu Tag, das bedrückende Gefühl der Spannung zu verlieren begann. Dem kam ihre ganze Veranlagung entgegen; sie ließ sich gern gehen. Nach drei Wochen war ›alles wieder beim alten‹, stellte Juliana fest.

Luiza schrie schon aus ihrem Zimmer nach ihr, schickte sie bereits zu Besorgungen aus dem Hause. Juliana brachte es zuweilen sogar zu Ansätzen einer Unterhaltung: »Es ist eine Hitze zum Sterben ... Die Waschfrau war immer noch nicht hier ...« Eines Tages wagte sie eine etwas vertraulichere Mitteilung: »Ich habe das Dienstmädchen der Senhora Donha Leopoldina getroffen.«

Luiza fragte: »Ist sie noch in Porto?«

»Sie bleibt noch einen Monat, gnädige Frau ...«

Jetzt herrschte im Hause eine sehr friedliche Atmosphäre, und nach so vielen Aufregungen gab sich Luiza mit Genuß beschaulicher Ruhe hin. Zuweilen besuchte sie in der Encarnação Donha Felicidade, die schon wieder aufstehen konnte. Außerdem wartete sie immer noch auf Sebastião, doch ohne Ungeduld, ja beinahe mit Befriedigung, weil sie den schrecklichen Augenblick hinausgeschoben sah, ihm sagen zu müssen: ›Ich habe an einen Mann geschrieben, Sebastião!‹

So verging ein Tag nach dem anderen; es war Ende September.

Eines Nachmittags saß Luiza länger als sonst am Fenster des Speisezimmers; das Buch lag in ihrem Schoß, und lächelnd betrachtete sie einen Schwarm Tauben, der von irgendeinem benachbarten Gärtchen gekommen war, um sich auf dem Bretterzaun des leeren Grundstücks niederzulassen. Sie dachte ganz beiläufig an Basilio, an das ›Paradies‹ ... Da hörte sie Schritte; es war Juliana.

»Was ist?«

Juliana hatte die Tür geschlossen, trat dicht an Luiza heran und sagte leise: »Gnädige Frau haben sich also noch zu nichts entschlossen?«

Luiza fühlte so etwas wie einen Schlag in die Magengrube. »Ich konnte noch nichts besorgen ...«

Juliana sah einen Augenblick zu Boden.

»So«, murmelte sie schließlich.

Und Luiza hörte sie auf dem Korridor keifen: »Wenn erst der gnädige Herr zurückkommt, dann wird schon noch abgerechnet!«

Wenn Jorge zurückkommt! Durch diese Drohung wurden in Luizas Gemüt, das sich nach und nach beruhigt hatte, sofort alle Schrecken, alle Ängste von neuem aufgescheucht – so wie ein plötzlicher heftiger Windstoß einen Hain erzittern läßt. Sie mußte ›irgend etwas‹ unternehmen, bevor er wiederkam! Eben hatte ihr Jorge geschrieben, daß er sich nicht unnötig aufhalten und sie telegrafisch benachrichtigen würde ... Nun wünschte sie, man möge ihn vom Ministerium aus auf eine größere Reise schicken, nach Spanien oder nach Afrika, oder irgendeine Katastrophe möge ihn monatelang aufhalten, ohne ihm zu schaden ...

Was würde er tun, wenn er alles erfuhr? Würde er sie umbringen? Ihr fielen seine sehr ernsten Worte an jenem Abend ein, als Ernestinho den Schluß seines Dramas vorgelesen hatte ... Würde er sie in einen Wagen stecken, sie in ein Kloster bringen? Und sie spürte schon, wie sich das große Klostertor mit düsterem Rasseln hinter ihr schloß und finstere Augen sie neugierig musterten ...

Ihr Entsetzen hatte sie sogar das verklärte Bild ihres Gatten vergessen lassen; sie stellte sich einen anderen Jorge vor, blutdürstig und rachsüchtig, wobei sie seinen guten Charakter übersah, der alles andere als melodramatisch war. Eines Tages schlich sie ins Arbeitszimmer, nahm die Kassette mit den Pistolen, schloß sie in eine Truhe mit alter Wäsche und versteckte den Schlüssel ...

Nur ein Gedanke hielt sie aufrecht: daß sie, sobald Sebastião aus Almada zurückkehrte, gerettet war; und trotz dieser kleinlichen und fortwährenden Angst, von der er sie befreien sollte, fürchtete sie sich andererseits wieder, zu erfahren, daß er hier sei, weil sie eine noch viel größere Angst davor hatte, die Wahrheit bekennen zu müssen. Da kam ihr der Einfall, an Basilio zu schreiben. Die beständige Furcht hatte ihren Stolz zermürbt, so wie das Wasser langsam eine Mauer aushöhlt; und jeden Tag fand sie einen Grund mehr, ›noch einen‹, sich ›an diesen Niederträchtigen‹ zu wenden: Basilio war ihr Geliebter gewesen; er kannte den ganzen Fall mit den Briefen; er war ihr einziger Verwandter ... Und sie würde Sebastião nichts zu beichten brauchen! Längst hatte sie eingesehen, daß es eine ›ziemlich törichte Prahlerei‹ gewesen war, von Basilio kein Geld anzunehmen! Eines Tages schrieb sie ihm schließlich. Es wurde ein langer Brief, ein wenig verworren; sie bat ihn um sechshundert Milreis. Luiza brachte den Brief selbst zum Postamt und klebte die Briefmarken darauf. Der Zufall ließ gerade an diesem Nachmittag Sebastião, der aus Almada angekommen war, bei ihr vorsprechen. Sie empfing ihn freundlich, glücklich darüber, daß sie ihm nichts zu erzählen brauchte. Sie plauderte von Jorges Rückkehr, spielte sogar auf den Vetter Basilio an, auf seine geringe Scheu vor der Nachbarschaft …

»Nein«, sagte sie, »das ist das erste, was ich Jorge erzählen muß.«

Denn nun wähnte sie sich gerettet! Alle Tage folgte sie in Gedanken dem Brief auf seinem Wege nach Frankreich, als ob ihr eigenes Leben in dem Briefumschlag läge, den sie auf gut Glück der Eisenbahn und den Wirren der Reise ausgeliefert hatte. Er war nach Madrid gelangt, von dort nach Bayonne und dann nach Paris! Ein Briefträger eilte los, um ihn in der Rue Saint Florentin abzuliefern. Basilio öffnete ihn zitternd, füllte einen Briefumschlag mit Banknoten, vielen Banknoten, die er mit Küssen bedeckte, und der Umschlag, der ihr Rettung und Ruhe brachte, begann nach dem Süden hinunterzurollen, durch Frankreich und Navarra, schnaubend wie ein Ungeheuer und hastend wie ein Eilbote.

An dem Tage, da die Antwort eintreffen *mußte*, stand sie zeitiger auf, preßte erregt das Ohr an die Tür und wartete auf das Läuten des Briefträgers. Sie sah sich schon vor Freude schluchzend Juliana hinauswerfen … Doch um halb elf wurde sie nervös; um elf rief sie Joanna, daß sie sich erkundigen solle, ob der Briefträger schon durchgekommen sei.

»Es heißt, daß er schon hiergewesen ist, gnädige Frau.«

»Schuft!« murmelte sie und dachte an Basilio.

Vielleicht hatte er nicht am gleichen Tage geantwortet! Sie wartete weiter, betrübt, schon voller Zweifel. Nichts! Weder am nächsten Morgen noch an den folgenden! Der Niederträchtige!

Dann dachte sie an die Lotterie – denn immer dringender bedurfte sie einer Hoffnung, an die sie sich klammern konnte. Das erstemal, als sie ausging, kaufte sie einige wenige Lose.

Obwohl sie weder fromm noch abergläubisch war, legte sie sie unter den Sockel des São Vicente de Paula, der auf der Kommode im Schlafzimmer stand. So konnte nichts schiefgehen! Sie betrachtete sie alle Tage genau, zählte die Zahlen zusammen, um zu sehen, ob sich die Neunerprobe machen ließ oder ob sie eine gerade Zahl ergaben – was doch ein gutes Vorzeichen ist! Und da der tägliche Kontakt mit dem Abbild des Heiligen sie ganz gewiß an den unverhofften Beistand des Himmels denken ließ, legte sie das Gelübde ab, fünfzig Messen zu besuchen, wenn die Lose mit Gewinnen herauskommen würden ...

Es waren Nieten – und nun verzweifelte sie völlig; sie gab sich einer beinahe wollüstigen Untätigkeit hin, verbrachte ganze Tage, ohne von ihnen überhaupt Notiz zu nehmen, kleidete sich kaum an, wollte am liebsten sterben, verschlang in den Zeitungen alle Fälle von Selbstmorden, Bankrotten, Unfällen – und tröstete sich mit dem Gedanken, daß nicht nur sie allein litt, sondern auch das Leben in der Stadt ringsum von Kümmernissen wimmelte.

Zuweilen überfiel sie lähmende Angst. Sie beschloß nun von neuem, Sebastião ihr Herz auszuschütten; dann dachte sie wieder, daß es besser sei, ihm zu schreiben, aber sie fand nie die richtigen Worte; es gelang ihr einfach nicht, eine vernünftige Geschichte zusammenzubringen; Feigheit bemächtigte sich ihrer, und sie versank wieder in die alte Trägheit und dachte: ›Morgen, morgen ...‹

Wenn sie in ihrem Zimmer allein war und zufällig ans Fenster trat, malte sie sich aus, was die Nachbarn reden würden, wenn sie es wüßten. Ob sie sie verdammten? Ob sie sie bedauerten? Würden sie sagen: »So ein schamloses Weib«? Oder: »Die Ärmste«? Und durch die Glasscheibe hindurch beobachtete sie mit beinahe bestürztem Blick die kleinen Spaziergänge des Paula auf der Straße, das Gaffen der feisten

Kohlenhändlerin, die Azevedos hinter den Musselingardinen. Wie sie alle schreien würden: »Da haben wir es! Haben wir es nicht gesagt?« Welches Unglück – Oder sie erblickte plötzlich Jorge, außer sich vor Wut, mit den Briefen in der Hand; und sie duckte sich, als ob sie bereits dem Zorn seiner geballten Fäuste ausgeliefert wäre.

Doch was sie am meisten peinigte, war Julianas Gelassenheit – sie wischte Staub, trällerte und bediente sie zum Mittagessen mit weißer Schürze. Was führte sie im Schilde? Was hatte sie vor? Zuweilen überkam sie eine Welle des Hasses; wenn sie stark oder mutig wäre, würde sie ihr bestimmt an die Kehle springen, um sie zu erwürgen, ihr den Brief zu entreißen! Aber sie war ja nur ein armes Wurm!

Eines Morgens erschien Juliana im Zimmer – mit dem schwarzen Seidenkleid über dem Arm. Sie breitete es auf dem Sofa aus und zeigte Luiza über der untersten Rüsche am Rock einen langen Riß, der anscheinend von einem Nagel herrührte. Juliana wollte wissen, ob die gnädige Frau wünschte, daß sie es zur Schneiderin schickte.

Luiza entsann sich sehr wohl, sie hatte es eines Vormittags im ›Paradies‹ zerrissen, als sie mit Basilio schäkerte.

»Das ist leicht in Ordnung zu bringen«, bemerkte Juliana und strich mit der flachen Hand sacht und liebkosend über die Seide.

Luiza musterte das Kleid und meinte zögernd: »Es ist auch schon nicht mehr neu ... Ach, behalten Sie es für sich!«

Juliana war erschüttert und wurde rot.

»Oh, gnädige Frau!« rief sie, »vielen Dank! Das ist ein hübsches Geschenk! Vielen Dank, gnädige Frau! Wirklich ...« und ihre Stimme überschlug sich.

Sie nahm es behutsam über den Arm und lief gleich in die Küche. Luiza, die ihr nachgeschlichen war, hörte sie ganz erregt sagen:

»Das ist ein hübsches Geschenk, vom Besten! Und neu! Eine prächtige Seide!« Juliana ließ die Schleppe über den Fußboden rauschen. Sie hatte Luiza immer darum beneidet: Nun besaß sie es, es war *ihr* seidenes Kleid! »Eine sehr gute Gnädige, Senhora Joanna, sie ist ein Engel!«

Luiza kehrte freudig erregt in ihr Zimmer zurück; es erging ihr wie jemandem, der sich nachts in einer Wüste verirrt hat und plötzlich in der Ferne ein Fenster aufleuchten sieht. Sie war gerettet! Man mußte Juliana beschenken, ihr den Mund stopfen! Luiza begann darüber nachzudenken, was sie ihr nach und nach geben konnte: das veilchenblaue Kleid, Unterwäsche, den alten Hausrock, ein Armband.

Zwei Tage darauf – an einem Sonntag – erhielt sie ein Telegramm von Jorge: ›Abreise morgen von Corregado. Ankomme um 6 mit Zug aus Porto.‹

Welche Überraschung! Er kam zurück, endlich!

Sie war jung, sie war verliebt – und im ersten Augenblick wurden alle Ängste, alle Sorgen von einer Empfindung der Liebe und des Verlangens verdrängt, die sie durchflutete. Jorge würde im Morgengrauen kommen, sie im Bett liegend antreffen – und schon spürte sie die Wonne seines ersten Kusses!

Luiza betrachtete sich gleich im Spiegel. Eigentlich war sie ein wenig mager, ihr Gesichtsausdruck etwas abgespannt … Das Bild Jorges erschien ihr, sehr verklärt, von der Sonne verbrannt, mit zärtlichen Augen, lockigem Haar! Wie seltsam! Noch niemals hatte sie ihn so sehnlich herbeigewünscht. Gleich nahm sie sich seiner Belange an: War denn im Arbeitszimmer alles in Ordnung? Er würde ein laues Bad nehmen wollen, man mußte das Wasser für die große Wanne warm machen! … Und sie lief trällernd hin und her, mit einem außergewöhnlichen Glanz in den Augen.

Doch die Stimme Julianas, die plötzlich im Korridor erklang, ließ sie zittern. Was würde sie tun, das Frauenzimmer? Wenn sie sie wenigstens in den ersten Tagen friedlich Jorges Anwesenheit genießen ließe! ... Da faßte sie Mut und rief sie.

Juliana näherte sich vorsichtig in dem neuen Seidenkleid.

»Brauchen Sie etwas, gnädige Frau?«

»Der Senhor Jorge kommt morgen zurück!« erklärte Luiza.

Sie hielt inne; ihr Herz klopfte heftig.

»Ach!« entfuhr es Juliana. »Gut, gnädige Frau.« Und sie wandte sich zum Gehen.

»Juliana!« sagte Luiza mit veränderter Stimme.

Die andere drehte sich überrascht um.

Luiza rang flehend die Hände: »Wenn Sie doch wenigstens in diesen ersten Tagen ... Ich werde das noch in Ordnung bringen, Sie können ganz sicher sein!«

Juliana erwiderte schnell: »Aber gnädige Frau! Ich möchte niemandem Unannehmlichkeiten verursachen. Ich will weiter nichts als ein Stückchen Brot für meine alten Tage. Mein Mund wird niemandem etwas Schlechtes nachsagen. Das, worum ich die gnädige Frau bitte, ist, daß sie ihrem Vorsatz treu bleibt und mir auch hilft ...«

»Aber ganz gewiß ... Alles, was Sie wollen ...«

»Dann können Sie versichert sein, daß dieser Mund ...« – und sie bedeckte die Lippen mit den Fingern.

Welche Freude für Luiza! Sie konnte einige Tage, vielleicht einige Wochen sorglos mit ihrem Jorge verleben! So gab sie sich völlig der köstlichen Erwartung des Wiedersehens hin. Es war sonderbar – aber es schien ihr, als liebe sie ihn jetzt mehr ... – Und dann würde sie nachdenken und sehen, was sie an weiteren Geschenken für Juliana hätte; nach und nach könnte sie ja Sebastião einweihen ... Fast fühlte sie sich glücklich.

Am Nachmittage pirschte sich Juliana an sie heran.

»Die Senhora Joanna ist fortgegangen, denn sie hat heute ihren freien Tag; aber ich möchte auch so gerne ausgehen! Wenn es der gnädigen Frau nichts ausmacht, im Hause allein zu bleiben ...«

»Nein! Was ist schon dabei? Gehen Sie nur, gehen Sie!«

Kurz darauf hörte sie Julianas Schuhabsätze auf dem Korridor hallen und sie geräuschvoll das Gatter schließen.

Da blendete sie plötzlich ein Einfall, wie das Aufleuchten eines Blitzes: in Julianas Zimmer Umschau zu halten, ihre Truhe zu durchstöbern, ihr die Briefe wegzunehmen!

Sie sah sie vom Fenster aus langsam um die Ecke biegen. Luiza schlich gleich zum Dachboden hinauf und lauschte mit klopfendem Herzen. Die Tür zu Julianas Kammer war offen; ein Geruch nach Schimmel, Ratten und schmutziger Wäsche schlug ihr entgegen, der ihr Übelkeit verursachte; durch das Fensterchen drang das trübe Licht des dunklen Nachmittags; und darunter, an der Wand, stand die Truhe! Doch sie war verschlossen! Natürlich! Luiza raste hinunter, holte ihren Schlüsselbund ... Eigentlich schämte sie sich – aber wenn sie nun die Briefe fand! Diese Hoffnung berauschte sie wie Wein und ließ sie alles wagen! Sie probierte die Schlüssel; ihre Hand zitterte; plötzlich wich das Züngelchen mit einem Knacken zurück. Sie hob den Deckel, vielleicht waren sie da! Und dann begann sie mit typisch weiblicher Behutsamkeit einen Gegenstand nach dem anderen herauszunehmen und auf die Matratze zu legen: das Merinowollkleid, einen Fächer mit vergoldeten Figuren, in Seidenpapier eingewickelt; geplättete alte violette und blaue Bänder; ein rosa Nadelkissen aus Atlasstoff mit einem schattiert gestickten Herzen; zwei noch unbenutzte Riechfläschchen, auf deren Glas kleine, aus Papier ausgeschnittene Rosenzweige geklebt waren; drei Paar in Zeitungspapier eingeschlagene Stiefeletten; die Unterwäsche, aus der ein Geruch nach Holz und Blättern von Kalvilleäpfeln strömte. Zwischen zwei Hemden steckte ein Paket mit einem Bande zusammengeschnürter Briefe.... Keiner der ihren war dabei! Auch keiner von Basilio! Sie trugen eine ungelenke, unleserliche und vergilbte Schrift. Luiza kochte vor Wut. Da stand sie nun und blickte mit traurig herabhängenden Armen in die leere Truhe.

Auf einmal glitt vor dem Fensterchen ein Schatten vorbei. Sie fuhr erschrocken zusammen. Es war eine Katze, die mit leichten Schritten über das Dach strich. – Luiza legte alles genau wieder an den alten Platz, schloß die Truhe ab und wandte sich schon zum Gehen, besann sich jedoch eines Besseren und suchte noch im Tischkasten und unter dem Kopfkissen. Nichts! Jetzt wurde sie ungeduldig; sie konnte ihre Nachforschungen nicht aufgeben, ohne alle Möglichkeiten erschöpft zu haben. Sie nahm die Bettwäsche auseinander, wühlte in dem weichgewordenen Stroh der Matratze, kehrte die alten Stiefeletten um, schnüffelte in den Winkeln ... Nichts! Nichts!

Plötzlich läutete die Glocke. Luiza hastete hinunter. Welche Überraschung! Es war Donha Felicidade.

»Du bist es! Wie geht es dir denn? Komm herein.«

Es ginge ihr besser, berichtete sie gleich auf dem Korridor. Gestern war sie aus der Encarnação entlassen worden: Der Fuß verursache ihr zuweilen noch Schmerzen, aber Gott sei Dank wäre sie außer Gefahr! Und sie solle es ihr hoch anrechnen, es sei der erste Besuch, den sie mache!

Sie traten ins Zimmer. Es wurde dunkel, Luiza zündete die Kerzen an.

»Und wie findest du mich, hm?« fragte Donha Felicidade, indem sie sich vor ihr aufpflanzte.

»Ein bißchen blässer.«

Ach, sie hätte ja auch viel durchgemacht! Donha Felicidade hob den Rock, zeigte ihr den mit einem großen Schuh bekleideten Fuß und nötigte Luiza, ihn zu betasten … Ein Trost blieb ihr ja: Nämlich, daß ganz Lissabon sie besuchen gekommen sei! Gott sei Dank! Ganz Lissabon, was es nur an besseren Leuten in Lissabon gäbe.

»Und du«, fügte sie hinzu, »hast dich diese Woche auch nicht sehen lassen! Da brauchst du dich nicht zu wundern, daß sie über dich hergezogen sind …«

»Ich konnte nicht. Morgen kommt Jorge wieder, hörst du?«

»Ei, du Schelm! Bravo! Nun hüpft das Herzchen!« Sie flüsterte ihr verstohlen etwas zu.

Beide kicherten.

»Ich habe dir nämlich», fuhr Donha Felicidade fort, »für heute unsere Gesellschaft arrangiert. Heute früh traf ich den Kanzleirat, der mir sagte, daß er käme. Ich traf ihn in den Martyres! Bedenke, welcher Zufall, gleich am ersten Tage nach meiner Entlassung! Und kurz danach begegnete ich Julião. Er will auch kommen.« Dann hauchte sie: »Weißt du, ich hätte gern ein Stück Konfekt …«

Es war Luiza, die dem Kanzleirat und Julião öffnete. Beide hatten sich auf der Treppe getroffen. Luiza sagte lachend: »Heute bin ich der Portier!«

Der Anblick ihres geliebten Kanzleirats Accacio versetzte Donha Felicidade in Verwirrung. Um sie zu verbergen, begann sie im Salon Luiza unter großem Wortaufwand zu tadeln, weil sie beide Dienerinnen am gleichen Tage ausgehen ließ.

»Und soll ich dir etwas geben, Kind, wenn du dich unwohl fühlst?«

Luiza lachte. Sie neige nicht zu hysterischen Anfällen …

Dennoch schien sie niedergeschlagen. Der Kanzleirat fragte teilnahmsvoll: »Sind Ihre Zahnschmerzen wieder aufgetreten, Donha Luiza?«

Zahnschmerzen? Es wäre das erste Mal, daß sie davon höre, rief Donha Felicidade. Julião erklärte, daß er selten ein so vollkommenes Gebiß gesehen habe.

Der Kanzleirat beeilte sich zu zitieren:

»Zwischen Lippen von Korallen weiße Perlen ...«

Und er fügte hinzu: »Das stimmt schon, aber neulich, als ich mit Donha Luiza ein Stück zu gehen die Ehre hatte, sah sie sich so unvermittelt durch einen Zahn behelligt, daß sie schleunigst zum Vitry laufen und ihn plombieren lassen mußte!«

Luiza wurde puterrot. Glücklicherweise schellte die Glokke. Das mußte Joanna sein; sie ging öffnen.

»Wahrhaftig«, fuhr der Kanzleirat fort, »wir hatten einen wunderbaren Spaziergang gemacht, da wird Donha Luiza plötzlich blaß, und anscheinend war der Schmerz so heftig, daß sie wie eine Wahnsinnige zum Zahnarzt stürzte ...«

Weil gerade von Schmerzen gesprochen wurde, ließ Donha Felicidade sogleich die Leidensgeschichte ihres Fußes vom Stapel, denn sie brannte darauf, die Tränendrüsen des Kanzleirats zu rühren. Sie schilderte den Sturz, das Wunder, nicht gestorben zu sein, die emsigen Besuche von Gräfinnen und Vizegräfinnen, die Bestürzung in der ganzen Encarnação, die Sorgen des guten Dr. Caminha ...

»Ach, ich habe viel gelitten!« seufzte sie, die Augen Anteilnahme heischend auf den Kanzleirat gerichtet.

Accacio erklärte gewichtig: »Es ist immer ein Fehler, beim Hinuntergehen einer steilen Treppe nicht die Hilfe des Geländers in Anspruch zu nehmen.«

»Aber ich hätte sterben können!« ereiferte sie sich. Sie wandte sich zu Julião: »Ist es nicht so?«

»Auf dieser Welt kann man an sonstwas sterben«, sagte der, in einen Lehnstuhl vergraben und mit Wohlbehagen rauchend. An diesem Nachmittag wäre er beinahe selber von einer Droschke überfahren worden: Er hatte den Sonntag dazu ausersehen, sich einen Feiertag zu gönnen, und einen großen Spaziergang um den Wall gemacht. »Seit mehr als einem Monat lebe ich in meinem Kämmerchen wie ein Benediktinermönch in der Bibliothek seines Klosters!« fügte er lachend hinzu und streifte selbstgefällig die Zigarettenasche über dem Teppich ab.

Der Kanzleirat wollte dann das Thema der These wissen. Sicherlich war es sehr bedeutsam! Kaum hatte Julião ihm gesagt: »Über Physiologie, Herr Kanzleirat«, bemerkte Accacio schon mit tiefer Stimme: »Aha! Physiologie! Dann muß sie von erstrangiger Bedeutung sein! Und eignet sich um so mehr für einen anmutigen Stil.«

Er beklagte sich ebenfalls darüber, daß er unter der Last seiner literarischen Arbeiten krumm werde.

»Hoffen wir also, Senhor Zuzarte, daß unsere schlaflosen Nächte nicht fruchtlos bleiben!«

»Die Ihrigen, Herr Kanzleirat, die Ihrigen!« Und teilnahmsvoll fragte er: »Wann können wir denn auf Ihre neue Arbeit rechnen? Man brennt schon darauf, sie zu sehen!«

»Das wohl«, pflichtete ihm der Kanzleirat würdevoll bei. »Vor einigen Tagen sagte mir der Herr Justizminister, dieser überaus fähige Kopf! – vor ein paar Tagen also sagte er mir, erwies er mir die Ehre, mir zu sagen: ›Bringen Sie uns schnell Ihr Buch heraus, Accacio, wir brauchen Aufklärung, viel Aufklärung!‹ Das hat er gesagt. Ich verbeugte mich selbstverständlich und erwiderte: ›Herr Minister, ich werde es nicht sein, der sie meinem Lande verweigert, wenn mein Land ihrer bedarf!‹«

»Sehr gut, sehr gut, Kanzleirat!«

»Und«, fuhr er fort, »ich darf Ihnen verraten, hier unter

uns, daß mir unser Königlicher Minister für eine nicht zu ferne Zukunft das Kreuz des Komturordens von São Thiago in Aussicht stellte!«

»Das hätte man Ihnen längst verleihen müssen, Kanzleirat!« rief Julião aus, der sich insgeheim darüber lustig machte. »Aber in diesem traurigen Lande ... Sie müßten es schon an der Brust haben, Kanzleirat!«

»Schon längst!« versicherte Donha Felicidade.

»Sehr verbunden, sehr verbunden!« stammelte der Kanzleirat mit rotem Kopf. Und im Überschrwang der Begeisterung ließ er sich dazu herab, Julião gleich eine Prise aus seiner Schnupftabakdose anzubieten.

»Ich werde mal nehmen, damit ich niesen kann«, sagte Julião. Er fühlte sich an diesem Abend in bester Verfassung. Die Arbeit und die großen Hoffnungen, die sie ihm gab, hatten gewiß seine Bärbeißigkeit zerstreut. Er schien sogar die Demütigung bei der Begegnung mit dem Vetter Basilio hier in diesem Salon vergessen zu haben, denn er fragte Luiza nach ihm, als sie eintrat.

»Nach Paris ist er abgereist, wußten Sie das nicht? Es ist schon lange her!«

Donha Felicidade und der Kanzleirat ergingen sich sogleich in Lobpreisungen. Basilio hatte beiden Visitenkarten hinterlassen – was Donha Felicidade mit Entzücken und den Kanzleirat mit Stolz erfüllte. »Ein echter Edelmann!« rief sie. Accacio bekräftigte mit Pathos: »Und eine Baritonstimme, würdig für São Carlos.«

»Und hochelegant!« schwärmte Donha Felicidade.

»Ein Gentleman!« faßte der Kanzleirat zusammen.

Julião ließ schweigend die Beine hin und her baumeln. Angesichts dieser Lobeshymnen lebte sein Abscheu wieder auf; er erinnerte sich der verletzenden Schroffheit Luizas an jenem Morgen, der Posen des anderen. So konnte er sich nicht verkneifen, zu bemerken: »Ein bißchen zuviel Aufmachung und Stickerei an den Strümpfen. Übrigens ist das in Brasilien Mode, glaube ich ...«

Luiza verfärbte sich, wütend über Julião. Und sie mußte voller Sehnsucht an Basilio denken.

Donha Felicidade fragte nach Sebastião. Sie hätte ihn eine Ewigkeit nicht gesehen, was sie außerordentlich bedauere, weil er ein Mensch wäre, dessen bloßer Anblick sie erquicke.

»Er hat ein sehr gutes Herz«, sagte der Kanzleirat schwülstig. Dessenungeachtet tadelte er ihn ein wenig, weil er sich nicht um sein Vaterland kümmere und sich ihm nicht nützlich erweise. »Denn letzten Endes«, so erklärte er, »ist das Klavierspiel zwar eine hübsche Fertigkeit, verleiht aber keine Stellung in der Gesellschaft.« Er führte sogleich Ernestinho an, der, obwohl er sich der dramatischen Kunst widme, allen Informationen nach (und seine Stimme wurde ernst) immer noch ein ausgezeichneter Zollbeamter sei ...

»Was hat er denn geschrieben, der Ernestinho?« wollte man wissen.

Julião war ihm begegnet und hatte von ihm erfahren, daß Ehre und Leidenschaft in zwei Wochen aufgeführt würde. Die Plakate wären schon im Druck, und in der Rua dos Condes nenne man ihn jetzt nur noch den ›portugiesischen Dumas Sohn‹. Der arme Bursche halte sich tatsächlich für einen ›Dumas Sohn‹!

»Dieser Autor ist mir unbekannt«, sagte ernst der Kanzleirat. »Allerdings scheint mir, dem Namen nach zu urteilen, daß er der Sohn jenes Schriftstellers ist, der durch ›Die drei Musketiere‹ und andere Erzeugnisse seiner Phantasie berühmt wurde. Doch im übrigen ist unser Ledesma ein vollendeter Interpret der Kunst der Corneilles! Meinen Sie nicht auch, Donha Luiza?«

»Ja«, lächelte sie matt.

Luiza schien irgendwie befangen zu sein. Schon zweimal war sie in ihrem Zimmer gewesen, um nach der Zeit zu sehen, und Juliana war noch immer nicht zurück! Wer sollte den Tee auftragen? Sie stellte selber die Tassen auf das Teebrett und füllte den Zahnstocherbehälter. Als sie wieder in den Salon kam, empfing sie gelangweiltes Schweigen ... »Soll ich etwas spielen?« fragte sie.

Doch Donha Felicidade, an der Seite Juliãos in die Betrachtung einer von Doré mit Holzstichen illustrierten Dante-Ausgabe versunken, die Julião blätternd auf den Knien hielt, rief plötzlich: »Ach, wie hübsch! Was ist das? Sehr hübsch! Hast du gesehen, Luiza?«

»Das ist ein Fall unglücklicher Liebe, Senhora Donha Felicidade«, erklärte Julião. »Die traurige Geschichte von Paolo und Francesca da Rimini.« Er erläuterte die Zeichnungen: »Jene sitzende Dame ist Francesca: dieser Jüngling mit dem Haarschopf, der zu ihren Füßen kniet und sie umarmt, ist ihr Schwager und, ich bedauere es sagen zu müssen, ihr Geliebter. Und jener Graubart, der dort im Hintergrund die Portiere hebt und das Schwert zieht, ist ihr Ehemann, der dazukommt, und – ratsch!« Julião machte die entsprechende Handbewegung.

»Bewahre!« schlotterte Donha Felicidade. »Und was hat jenes heruntergefallene Buch zu bedeuten? Lasen die beiden gerade?«

Julião sagte taktvoll: »Ja ... Sie hatten zu lesen angefangen, aber dann ...

›Quel giorno più non vi leggemmo avante‹,

und das heißt: ›An jenem Tage lasen wir nicht weiter!‹«

»Sie waren also gerade dabei zu schäkern«, meinte Donha Felicidade lächelnd.

»Schlimmer, verehrte gnädige Frau, noch schlimmer! Denn Francesca gesteht selbst, daß dieser Bursche, der mit der Mähne, der Schwager,

›La bocca mi baciò tutto tremante‹,

was bedeutet: ›Mich auf den Mund geküßt, vor Glut erzitternd ...‹«

»Ach!« machte Donha Felicidade, mit einem raschen Blick auf den Kanzleirat. »Ist das ein Ritterroman?«

»Das ist Dante, Donha Felicidade«, warf ernst der Kanzleirat ein, »ein Epos, das zu den besten zählt. Natürlich nicht zu vergleichen mit unserem Camões! Aber ein Rivale des berühmten Milton!«

»Daß in diesen ausländischen Geschichten die Ehemänner immer ihre Frauen umbringen!« entrüstete sie sich. Sie wandte sich zum Kanzleirat: »Ist es denn nicht so?«

»Ja, Donha Felicidade, diese Familientragödien wiederholen sich da draußen öfters. Dort ist die Zügellosigkeit der Leidenschaften größer. Aber bei uns, das können wir mit Stolz feststellen, wird der häusliche Frieden sehr respektiert. So kenne ich zum Beispiel unter allen meinen Bekannten in Lissabon, die Gott sei Dank zahlreich sind, nur Mustergattinnen.« Mit einem galanten Lächeln fügte er hinzu: »Deren Krone gewiß die Frau des Hauses ist.«

Donha Felicidade sah zu Luiza auf, die an ihrem Sessel lehnte, klopfte ihr auf den Arm und sprach liebevoll: »Eine Perle ist sie!«

»Und im übrigen«, fiel der Kanzleirat ein, »hat sie unser Jorge verdient. Denn, wie der Dichter sagt:

›Sein Herz ist edel, und die stolze Stirne
Enthüllt das Wesen ihrer reinen Seele.‹«

Diese Unterhaltung verdroß Luiza; sie setzte sich an das Klavier.

Da rief Donha Felicidade: »Sage mal, gibt es denn heute keinen Tee in diesem Hause?«

Luiza ging noch einmal in die Küche und bat Joanna, den Tee zu bringen. Kurz darauf trat Joanna mit dem Teebrett ein, in weißer Schürze, errötend und sehr verwirrt.

»Und die Juliana?« fragte Donha Felicidade gleich.

»Sie ist ausgegangen, die Arme«, erklärte Luiza, »sie ist krank ...«

»Und da bleibt sie bis um diese Zeit fort? Schöne Bescherung! Die bringt noch das Haus in Verruf ...«

Der Kanzleirat fand das auch unvorsichtig.

»Denn schließlich sind die Versuchungen in einer Stadt wie der unsrigen groß, gnädige Frau!«

Julião lachte: »Na, wenn die in Versuchung geführt wird, dann höre ich ein für allemal auf, an meine Zeitgenossen zu glauben.«

»Aber Senhor Zuzarte!« warf der Kanzleirat beinahe bissig ein. »Ich meinte andere Versuchungen, zum Beispiel die, eine Weinschenke zu betreten; oder es könnte sie gelüsten, in den Zirkus zu gehen und ihre Pflichten zu vernachlässigen ...«

Doch Donha Felicidade konnte Juliana überhaupt nicht ausstehen. Sie fand, daß sie ein Judasgesicht hätte und so aussähe, als ob sie zu allem fähig sei. Luiza nahm sie in Schutz. Sie wäre sehr zuvorkommend und anständig, verstünde sich ausgezeichnet auf Stärken und Plätten ...

»Und treibt sich bis elf Uhr abends auf der Straße herum! Großer Gott! Das sollte sie sich mit mir erlauben!«

»Ich vermute«, bemerkte der Kanzleirat, »daß sie eine schwere Krankheit hat. Nicht wahr, Senhor Zuzarte?«

»Jawohl, eine Herzerweiterung«, antwortete Julião, ohne die Augen von seinem Dante zu lassen.

»Auch das noch!« entsetzte sich Donha Felicidade. Sie senkte die Stimme: »Du mußt sie eben irgendwie loswerden! Ein Dienstmädchen mit einer derartigen Krankheit! Die kann ja sogar ausbrechen, wenn sie jemandem ein Glas Wasser bringt! Großer Gott!«

Der Kanzleirat pflichtete bei: »Und was für Scherereien mit den Behörden zuweilen!«

Julião klappte den Dante zu.

»Ich habe ganz vergessen, Jorge darauf aufmerksam zu machen; aber eines Tages fällt Ihnen dieses Geschöpf glattweg um.« Und er schlürfte einen Schluck Tee.

Luiza war bedrückt. Es schien ihr, daß sich eine neue Verwicklung zusammenbraute, um sie zu quälen. Sie sagte nur, es wär so schwierig, Dienstmädchen aufzutreiben …

Das allerdings, stimmte man ihr zu.

Sie sprachen über Dienstboten und ihre Ansprüche. Jedesmal wurden sie dreister! Und konnte man ihnen trauen? Und welche Sittenlosigkeit!

»Sehr oft sind die Hausfrauen selbst daran schuld«, meinte Donha Felicidade. »Sie ziehen die Dienstmädchen ins Vertrauen, und sobald die erst einmal ein Geheimnis aufgeschnappt haben, werden sie die Herrinnen im Haus …«

Luizas zitternde Hände ließen ihre Tasse klirren. Sie zwang sich zu einem Lachen.

»Und der Kanzleirat, was hält der von Dienstboten?«

Accacio hüstelte. »Hm. Ich habe eine ehrbare Person, die Speisen gut abzuschmecken versteht, sehr gewissenhaft in Geldangelegenheiten …«

»Und nicht häßlich ist«, ergänzte Julião. »So schien es mir, als ich einmal in der Rua do Ferregial war …«

Über die Glatze des Kanzleirats hatte sich eine Röte gezogen. Donha Felicidade musterte ihn leidenschaftlich, mit funkelnden Pupillen. Accacio erwiderte gestreng: »Ich achte niemals auf die Physiognomie meiner Untergebenen, Senhor Zuzarte.«

Julião richtete sich auf, vergrub die Hände in die Hosentaschen und meinte gutmütig: »Es war ein großer Fehler, die Sklaverei abzuschaffen!«

»Und das Prinzip der Freiheit?« entrüstete sich der Kanzleirat. »Was halten Sie vom Prinzip der Freiheit? Zugegeben, daß die schwarzen Sklaven ausgezeichnete Köche waren ... Aber die Freiheit ist ein höheres Gut.«

Er verlor sich dann in allerlei Betrachtungen, wetterte gegen die Schrecken des Verkehrs, äußerte Zweifel an der Menschenfreundlichkeit der Engländer, rechnete scharf mit den Pflanzern von New Orleans ab, erzählte den Fall von ›Charles und Georges‹; dabei wandte er sich ausschließlich an Julião, der mit gesenktem Kopfe rauchte.

Donha Felicidade hatte sich neben Luiza gesetzt und raunte ihr sehr ungehalten ins Ohr: »Kennst du das Dienstmädchen des Kanzleirats?«

»Nein.«

»Ob sie hübsch ist?«

Luiza zuckte die Achseln.

»Ich weiß nicht, was mein Herz mir sagt, Luiza! Ich komme noch um!«

Und während Accacio im Stehen auf Julião einsprach, beichtete Donha Felicidade Luiza ihre Leidenschaft.

Welche Erleichterung für sie, als alle gegangen waren! Was sie diesen ganzen Abend innerlich gelitten hatte! Diese Störenfriede, diese Tölpel! Und die andere kam nicht wieder! Ach, was führte sie für ein trauriges Leben!

Sie ging zu Joanna in die Küche. »Warten Sie auf Juliana, haben Sie Geduld. Lange kann sie nicht mehr ausbleiben; sicher hat sich ihr Befinden verschlechtert!«

Doch Mitternacht war längst vorbei, längst hatte sich

Luiza hingelegt, als die Glocke leicht gezogen wurde, dann stärker, schließlich mit Ungeduld.

›Das Mädchen ist eingeschlafen‹, dachte Luiza. Sie sprang aus dem Bett und lief barfuß in die Küche hinauf. Joanna, über den Tisch hingestreckt, schnarchte neben dem qualmenden und stinkenden Petroleumleuchter. Sie rüttelte sie aus dem Schlaf und brachte sie auf die Beine, kehrte um und legte sich wieder hin.

Kurz danach hörte sie die Stimme Julianas mit Genugtuung auf dem Korridor sagen: »Schon alles in tiefstem Frieden, hm? Ich war nämlich im Theater! Sehr hübsch! Vortrefflich, Senhora Joanna, ausgezeichnet!«

Luiza schlief spät ein, und während der ganzen Nacht peinigte sie ein unruhiger Traum. – Sie saß in einem riesigen Theater, das wie eine Kirche von Gold strotzte. Es war eine Galavorstellung: Juwelen funkelten auf zarten Busen, Orden leuchteten auf höfischen Uniformen. In der Loge verharrte ein trauriger jugendlicher König unbeweglich in steifer und priesterlicher Haltung, hielt die Himmelskugel in der Hand, und sein Mantel aus dunklem Samt, mit Edelsteinen besät wie ein Firmament mit Sternen, breitete sich ringsum in skulpturenhaften Falten und ließ eine Unzahl wie Treffbuben gekleideter Höflinge stolpern.

Luiza stand auf der Bühne; sie war Schauspielerin und trat zum erstenmal auf, im Drama Ernestinhos; voller Nervosität schaute sie in das weite, murmelnde Parterre, sah Reihen schwarzer flammender Augen, die sich starr und gehässig auf sie hefteten: Aus der Mitte ragte die Glatze des Kanzleirats, in schneeweißer, edler Rundheit, wie eine Blume von Bienen umkreist. Auf der Bühne schwankte die Dekoration eines Waldes; zur Linken gewahrte sie eine jahrhundertealte stolze Eiche, deren Stamm sie irgendwie an das Gesicht Sebastiãos erinnerte.

Plötzlich klatschte der Regisseur in die Hände. Er war schlank, ähnelte Don Quijote, trug runde Augengläser mit einem Weißblechgestell, schwenkte das wie einen Korkenzieher zusammengedrehte ›Journal do Commercio‹ und kläffte: »Jetzt steigt das Liebesszenchen! Nur immer locker!« Dann spielte das Orchester – die Augen der Musiker glänzten wie Granatäpfel, und ihre Mähnen sträubten sich wie Haufen von Werg – mit melancholischer Langsamkeit den Fado der Leopoldina, und eine rauhe, ordinäre Fistelstimme sang:

»Ihn sehe ich in den Wolken
Und im unendlichen Meer,
Mag er auch noch so fern weilen –
Stets fühl ich ihn um mich her.«

Luiza fand sich in Basilios Armen, die sie umschlangen und verbrannten: Sie fühlte, wie sie völlig entkräftet zugrunde ging, in einem Element versank, das heiß war wie die Sonne und süß wie Honig; sie schwelgte im Genuß, doch in ihr Schluchzen mischte sich die Scham, weil Basilio auf der Bühne ungeniert die Ausschweifungen des ›Paradieses‹ wiederholte. Wie konnte sie das dulden?

Das Theater grölte in nicht enden wollendem Beifall: »Bravo! Noch einmal! Noch einmal!« Tausende von Taschentüchern wogten wie weiße Schmetterlinge in einem Kleefeld; die nackten Arme der Frauen warfen ihr schwungvoll Veilchensträuße zu; der König hatte sich gespensterhaft erhoben und schleuderte traurig seine Himmelskugel wie ein Bukett weit von sich, und der Kanzleirat, dem Beispiel Seiner Majestät folgend, schraubte flugs seine Glatze herunter und warf sie ihr mit einem Gebrüll von Schmerz und Seligkeit zu. Der Regisseur kläffte: »Bedankt euch! Bedankt euch!« Sie verbeugte sich; ihre Magdalenenhaare schleiften über die Bretter;

und Basilio an ihrer Seite folgte mit lebhaften Augen den Zigarren, die ihm zugeworfen wurden, und fing sie mit der Anmut eines Toreros und der Gewandtheit eines Clowns auf.

Plötzlich jedoch ging durch das ganze Theater ein »Ach!« der Bestürzung. Beklommenes, tragisches Schweigen trat ein, und Tausende erstaunter Augen hefteten sich auf den Vorhang im Hintergrund, wo sich eine von weißen Heckenrosen überwucherte Sommerlaube wölbte. Luiza drehte sich ebenfalls wie hypnotisiert um und erblickte Jorge, in Trauerkleidung, mit schwarzen Handschuhen, wie er hervortrat, einen Dolch in der Hand; und die Klinge blitzte – noch mehr aber blitzten seine Augen! Er näherte sich der Rampe, verbeugte sich und sagte freundlich: »Königliche Majestät, Senhor Infante, Herr Zivilgouverneur, meine Damen und Herren – jetzt ist die Reihe an mir! Geben Sie acht auf diese Kleinigkeit!«

Dann kam er auf sie zu, mit wuchtigen Schritten, die die Bretter der Bühne schwanken ließen; er packte ihr Haar wie ein Büschel Gras, das man ausreißen will, bog ihren Kopf nach hinten, erhob theatralisch den Dolch, zielte auf ihre linke Brust, maß ihren Körper mit einem Blick, kniff das Auge zusammen und stieß ihr den Stahl ins Herz.

»Fabelhaft!« sagte jemand. »Ganze Arbeit!«

Das war Basilio, der graziös seine Karosse in das Parterre des Theaters gelenkt hatte. Aufrecht auf dem Kutschbock, mit schiefem Hut, eine Rose im Überrock, hielt er mit lässiger Hand seine widerspenstigen englischen Pferde im Zaum; an seiner Seite, in priesterliche Gewänder gehüllt, saß der Patriarch von Jerusalem wie ein Lakai. Doch Jorge hatte den scharlachrot gewordenen Dolch herausgezogen; die Blutstropfen glitten bis zur Spitze und gerannen; dann fielen sie mit kristallhellem Klang zu Boden und rollten über die Bühne wie Perlen aus rotem Glas. Luiza hatte sich sterbend unter die

Eiche gelegt, die Sebastião ähnlich sah; da die Erde hart war, bettete sie der Baum auf seine Wurzeln, weich wie Federpolster; weil die Sonne auf sie brannte, entfaltete der Baum sein Laubwerk über ihr, gleich Planen eines Zeltes; und von den Blättern träufelte er ihr Madeirawein auf die Lippen. Währenddessen sah sie mit Schrecken ihr Blut aus der Wunde strömen, rot und stark. Es lief davon, bildete hier Pfützen, dort gewundene Bächlein. Und das Parkett tobte: »Den Dichter! Der Dichter soll sich zeigen!«

Ernestinho erschien, wuschelköpfig und blaß; er bedankte sich schluchzend; und unter Verbeugungen hüpfte er hin und her, um seine feinen Lackschuhe nicht mit dem Blut der Base Luiza zu besudeln.

Sie fühlte förmlich, wie sie starb. Da glaubte sie eine Stimme zu vernehmen: »Nanu, was geht denn hier vor?« Es schien ihr die von Jorge zu sein. Woher kam sie? Vom Himmel? Aus dem Parkett? Vom Korridor? Ein starker Lärm wie von einem Koffer, der jemand aus den Händen fällt, weckte sie vollends. Sie setzte sich im Bett auf.

»Gut, lassen Sie ihn dort«, sagte die Stimme Jorges.

Luiza sprang hoch, nur mit dem Hemd bekleidet. Er trat ein. Und sie umschlangen sich, in einer langen Umarmung, die Lippen wortlos aufeinandergepreßt. Die Uhr im Zimmer schlug sieben.

10

An diesem Tage beendeten Jorge und Luiza ihr Frühstück gegen ein Uhr, wie am Vortage seiner Abreise. Doch nun bedrückte sie die Unbarmherzigkeit der strahlenden Hitze nicht mehr; die Fenster waren der liebenswürdigen Oktobersonne geöffnet; schon lag die leichte Frische des Herbstes in der

Luft, und das Licht war von freundlicher Blässe; am späten Nachmittag taten schon die Paletots gute Dienste, und gelbe Töne ließen das grüne Laub altern.

»Wie schön, daß man wieder in seinen vier Wänden ist!« sagte Jorge und streckte sich im Voltairestuhl.

Er hatte Luiza seine Reise geschildert. Wie ein Neger hätte er gearbeitet und Geld verdient! Beinahe hielt er ein ganzes Referat. Er hatte unter jenen guten Leuten im Alemtejo Freunde gewonnen; die Sonnenbrände, die Ritte durch die Korkeichenpflanzungen, die Gasthofzimmer waren überstanden; nun war er endlich wieder in seinem Häuschen. Und wie am Vortage seiner Abreise blies er den Rauch der Zigarette von sich und strich mit Wohlbehagen den Schnurrbart – weil er sich den Spitzbart wegrasiert hatte! Luiza kam aus dem Staunen gar nicht heraus, als sie Jorge wiedersah. Er hatte ihr betrübt und demutsvoll erklärt, daß er am Kinn einen Furunkel gehabt hätte, und bei der Hitze …

»Aber wie gut dir das steht!« sagte sie. »Wie gut dir das steht!«

Jorge hatte ihr als Geschenk sechs Teller aus chinesischem Porzellan mitgebracht. Es waren sehr altertümliche Teller, auf denen dickbäuchige Mandarine in farbenprächtigen Gewändern majestätisch durch die bläuliche Luft schwebten; eine Kostbarkeit, die er im Hause einiger alter Miguelisten in Mertola entdeckt hatte. Luiza placierte sie sehr dekorativ oben in der Vitrine; und wie sie so auf den Zehenspitzen stand, in dem Hauskleid mit der langen Schleppe und der blonden, ein wenig zerzausten Flut des dichten Haares auf dem Rücken, erschien sie Jorge noch schlanker, noch unwiderstehlicher, und noch niemals hatte ihre zierliche Taille seine Arme so angelockt.

»Das letztemal, als ich hier frühstückte, bevor ich abreiste, war es Sonntag, entsinnst du dich?«

»Ja«, sagte Luiza, ohne sich umzudrehen, und stellte sehr graziös einen Teller zurecht.

»Da fällt mir gerade ein«, fragte Jorge plötzlich, »was macht dein Vetter? Hast du ihn gesehen? Hat er dich besucht?«

Der Teller entglitt ihr; Gläser klirrten.

»Ja, besucht hat er mich«, antwortete Luiza nach kurzem Schweigen. »Er war einige Male da. Lange hat er sich nicht aufgehalten ...«

Sie bückte sich, öffnete die große Schublade der Vitrine, wühlte in den Silberlöffeln; schließlich richtete sie sich auf, wandte sich lächelnd um, errötete und machte eine rasche Handbewegung.

»Fertig!«

Und sie setzte sich auf Jorges Knie.

»Wie gut dir das steht!« lachte sie und zwirbelte ihm den Schnurrbart. Sie vergötterte ihn. Als sie sich am frühen Morgen in seine Arme geworfen hatte, war ihr, als öffne sich ihr Herz im köstlichen Aufruhr plötzlicher Liebe; ein Verlangen überkam sie, ihn unaufhörlich anzubeten, ihm zu dienen, ihm die Arme zu drücken, bis es ihm weh täte, ihm voll Demut zu gehorchen; es war eine vielfältige Empfindung von unendlicher Wonne, die sie bis in die Tiefen ihres Wesens durchdrang. Sie schlang ihm einen Arm um den Hals und flüsterte zärtlich: »Bist du zufrieden? Fühlst du dich wohl?

Sprich!«

Noch nie war er ihr so hübsch, so anziehend erschienen; nach der langen Trennung entzückte er sie neu, empfand sie den Zauber neuer Leidenschaft.

»Der Senhor Sebastião ist da«, meldete Juliana, mit einem Lächeln zu Jorge hin.

Der sprang auf, schob Luiza brüsk beiseite, stürzte auf den

Korridor und schrie: »In meine Arme! Komm in meine Arme, du Schlingel!«

Einige Tage später, eines Vormittags, als Jorge ins Ministerium gegangen war, trat Juliana in Luizas Zimmer. Sie schloß ganz sacht die Tür und sagte sehr liebenswürdig: »Ich möchte gern in einer Angelegenheit mit der gnädigen Frau sprechen.«

Und sie begann zu klagen, daß ihr Zimmer oben auf dem Dachboden schlimmer als ein Loch sei; daß sie dort nicht bleiben könne; die Hitze, der schlechte Geruch, die Wanzen, der Mangel an Luft und im Winter die Feuchtigkeit brächten sie um! Schließlich verlangte sie, nach unten umzuziehen, ins Zimmer mit den Koffern.

Das ›Kofferzimmer‹ hatte ein Fenster nach der Hinterseite des Hauses; es war groß und geräumig; dort wurden Jorges Ölzeug, seine Koffer, die alten Paletots und ehrwürdige Truhen aus Großmutters Zeiten, aus rotem Leder mit gelben Nägeln, verwahrt.

»Dort wäre ich untergebracht wie im Himmel, gnädige Frau!«

»Und ... wohin sollen dann die Truhen gestellt werden?«

»In mein Zimmer, nach oben.« Sie lachte auf: »Die Truhen sind keine Menschen, denen macht das nichts aus ...«

Luiza meinte ein wenig verlegen: »Gut, ich werde mal sehen und mit Senhor Jorge sprechen.«

»Ich rechne auf die gnädige Frau.«

Doch kaum daß Luiza an diesem Abend Jorge ›den Ehrgeiz des armen Menschenkindes‹ erklärte, fuhr er hoch: »Was? Die Truhen woandershin stellen? Die ist verrückt!«

Luiza gab nicht nach. Es wäre der Traum des armen Geschöpfes, seitdem sie im Hause sei! Sie rührte ihn zum Mitleid. Nein, er könne sich das nicht vorstellen, niemand konnte sich vorstellen, wie das Zimmer der armen Frau aussah! Der

Geruch verpeste die Luft, Ratten liefen ihr über den Leib, die Wandverkleidung sei zerrissen, es regne hinein; sie wäre vor ein paar Tagen oben gewesen und fast auf den Rücken gefallen von Entsetzen …

»Großer Gott! Das hat ja meine Großmutter von den Löchern in Almeida erzählt! Laß sie umziehen, laß sie schnell umziehen, Mädchen! … Ich werde meine lieben Truhen auf den Dachboden stellen.«

Juliana war begeistert von diesem Entgegenkommen.

»Ach, gnädige Frau, das ist doch gleich ein ganz anderes Leben! Gott vergelte es Ihnen! Denn ich habe nicht die Gesundheit dazu, in einem derartigen Winkel zu hausen.«

Schließlich jammerte sie wieder. Sie lief gelb herum, ihre Lippen waren ein wenig violett; sie verbrachte Tage voll finsterer Traurigkeit oder krankhafter Reizbarkeit, ihre Füße wurden niemals warm. Ach, sie brauchte viel Nachsicht, viel Pflege …

Aus diesem Grunde bat sie zwei Tage später Luiza, doch so gut zu sein und einmal ins Kofferzimmer zu kommen. Dort präsentierte sie ihr den alten wurmstichigen Fußboden.

»So kann das nicht bleiben, gnädige Frau, hier muß eine Matte her, sonst lohnt es gar nicht die Mühe, umzuziehen. Wenn ich Geld hätte, würde ich die gnädige Frau nicht belästigen, aber …«

»Schon gut, ich werde mich darum kümmern«, beschwichtigte sie Luiza voll Langmut.

Und sie bezahlte die Matte, ohne Jorge etwas davon zu sagen. Doch an dem Vormittag, als die Tapezierer sie festnagelten, kam Jorge dazu und fragte Luiza erstaunt, was denn die Mattenrollen im Korridor bedeuten sollten.

Sie lachte und legte ihm die Hände auf die Schultern.

»Die arme Juliana kam und bat mich um die Matte wie um ein Almosen, weil der Fußboden verfault wäre. Sie wollte sie sogar selber bezahlen, und ich sollte sie ihr vom Lohn abziehen. Nun, diese lächerliche Kleinigkeit ...« Mit einer mitleidigen Geste fügte sie hinzu: »Das sind auch Geschöpfe Gottes und keine Sklavinnen, Junge!«

»Prächtig! Und daß die Spiegel und Bronzefiguren nicht auf sich warten lassen! Aber welche Wandlung bei dir! Du konntest sie doch nicht ausstehen!«

»Die Arme!« sagte Luiza. »Ich habe eingesehen, daß sie ein guter Mensch ist. Und da ich so allein war, habe ich mich mehr mit ihr abgegeben. Ich hatte niemand, mit dem ich sprechen konnte; sie hat mir oft Gesellschaft geleistet. Sogar während meiner Krankheit ...«

»Du warst krank?« rief Jorge erschrocken aus.

»Ach, drei Tage nur«, warf sie gleich ein. »Eine Erkältung. Bedenke nur, Tag und Nacht wich Juliana nicht von meiner Seite.«

Luiza bekam es gleich mit der Angst zu tun, daß Jorge über die Krankheit sprechen könnte und Juliana nicht eingeweiht wäre; deshalb rief sie sie an diesem Abend beim Dunkelwerden ins Zimmer.

»Ich habe Senhor Jorge gesagt, ich sei krank gewesen und Sie hätten mich sehr aufmerksam betreut ...« Ihr Gesicht brannte vor Scham.

Juliana lachte, zufrieden mit dieser Vertraulichkeit: »Ich weiß Bescheid, gnädige Frau! Sie können beruhigt sein!«

In der Tat wandte sich Jorge am nächsten Tag nach dem Kaffeetrinken zu Juliana und sagte gütig: »Sie haben also der Senhora Donha Luiza gute Dienste geleistet.«

»Ich tat meine Pflicht«, rief sie aus und verbeugte sich, die Hand auf der Brust.

»Gut, gut«, machte Jorge und kramte in der Geldbörse. Als er aus dem Zimmer ging, drückte er ihr eine halbe Libra in die Hand.

»Trottel!« knurrte sie.

In dieser Woche beklagte sie sich bei Luiza, daß ihre Wäsche und die Kleider in der Truhe zerknitterten ... Sie ruiniere sich alles! Wenn sie Geld hätte, käme sie nicht mit solchen Klagen zur gnädigen Frau, aber ...«

So erklärte sie eines Vormittags allen Ernstes, daß sie eine Kommode brauche.

Luiza spürte, wie die Wut ihr Blut in Wallung brachte, und ohne die Augen von ihrer Stickerei zu heben, fragte sie: »Eine halbe Kommode?«

»Wenn gnädige Frau so gut sein wollten, dann schon eine ganze ...«

»Aber Sie haben doch wenig Wäsche«, wandte Luiza ein. Sie fand sich bereits mit der Demütigung ab und feilschte bloß noch um den Grad ihrer Nachgiebigkeit.

»Ja, gewiß, gnädige Frau«, entgegnete Juliana. »Aber ich bin jetzt im Begriff, mich zu vervollständigen!«

Die Kommode wurde in aller Verschwiegenheit gekauft und heimlich ins Haus gebracht. Welcher Tag der Glückseligkeit für Juliana! Sie wurde gar nicht müde, den Geruch des frischen Holzes zu genießen! Mit zitternder Liebkosung strich ihre Hand über die glänzende Politur. Sie legte ihre Schubladen mit Seidenpapier aus und begann sich ›zu vervollständigen‹.

Für Luiza kamen bittere Wochen.

Jeden Morgen trat Juliana ins Zimmer, überaus freundlich, räumte auf und jammerte plötzlich: »Ach, es fehlt mir so an Hemden! Wenn die gnädige Frau mir aushelfen könnte ...«

Luiza ging zu ihren vollen, duftenden Schubladen und legte traurig die abgetragensten Stücke auf die Seite. Sie hing an ihrer Unterwäsche: Alles hatte sie dutzendweise, mit hübschen Monogrammen, Parfümbeutelchen dazwischen, und jene unfreiwilligen Geschenke ließen ihr das Herz bluten. Schließlich tat sich Juliana überhaupt keinen Zwang mehr an.

»Wie hübsch doch dieses Hemdchen ist!« sagte sie einfach. »Gnädige Frau mögen es wohl nicht?«

»Nehmen Sie es, nehmen Sie es nur!« lächelte Luiza stolz, um sich nichts anmerken zu lassen.

Und alle Nächte saß Juliana, in ihr Zimmer eingeschlossen, mit übereinandergeschlagenen Beinen auf der Matte, den Leuchter auf einem Stuhl, entfernte die beiden Monogrammbuchstaben Luizas aus der Wäsche und stickte mit rotem Zwirn dick und ungeheuer groß die ihrigen hinein, J. C. T. – Juliana Couceiro Tavira.

Doch schließlich hörte sie auf, weil sie, wie sie meinte, mit Unterwäsche eingedeckt war.

»Wenn gnädige Frau mir vielleicht etwas zum Ausgehen geben wollten ...«

Und Luiza kleidete sie ein.

Sie gab ihr ein veilchenblaues Seidenkleid und einen Rock aus schwarzem Kaschmirtuch mit gestickten Tressen. Und da sie fürchtete, daß Jorge diese Freigebigkeit befremden könnte, veränderte sie alles, damit er es nicht wiedererkennen konnte. Sie ließ das Kleid kastanienbraun färben, brachte mit eigener Hand auf dem Rock einen Samtbesatz an. Jetzt arbeitete sie für das Dienstmädchen! – Großer Gott, wie sollte das alles enden?

Dennoch sagte Jorge eines Sonntags lachend beim Mittagessen: »Diese Juliana läuft herum wie ein Stutzer! Die macht sich zusehends heraus.«

Abends bemerkte Donha Felicidade gleichfalls: »Wie schick! Feiner als eine Dienerin bei Hofe!«

»Die Arme, das hat sie sich abgedarbt ...«

Juliana machte sich wirklich heraus. Sie legte nur noch

Leinentücher ins Bett. Sie hatte neue Matratzen und einen samtenen Bettvorleger ertrotzt. Die Säckchen, die Luizas Wäsche parfümiert hatten, wanderten zwischen ihre Höschen. Sie hatte Musselingardinen am Fenster, mit alten Bändern aus blauer Seide gerafft, und auf der Kommode standen vergoldete Vasen aus Vista Alegre. Schließlich erschien sie eines Feiertags statt mit ihrer gezwirnten Seidenperücke mit einem Chignon!

Joanna war sprachlos angesichts solcher Putzsucht. Sie schrieb sie der Güte der Gnädigen zu und fühlte sich ›vergessen‹. Eines Tages, als Juliana mit einem neuen Sonnenschirm erschien, sagte sie sogar in Gegenwart Luizas ärgerlich: »Für die einen alles, für die andern nichts!«

Luiza lachte und erwiderte: »Unsinn! Ich bin zu allen gleich.«

Doch sie sann nach: Joanna könnte auch Mißtrauen hegen, sie könnte von Juliana etwas gehört haben ... Und schon am nächsten Tage gab sie ihr, um sie zufrieden und freundlich zu erhalten, zwei seidene Tücher, dann zwei Milreis für ein Kleid; und von nun an verwehrte sie ihr niemals die Erlaubnis, bei einbrechender Nacht ›zu einer Tante‹ zu gehen ...

Joanna begann nun überall von der ›Gnädigen, die ein Engel ist‹, zu erzählen. In der Straße war übrigens Julianas Luxus schon aufgefallen. Man wußte von dem neuen Zimmer, erzählte sich leise, daß sie einen feinen Teppich hätte. Der Paula hatte mit Entrüstung festgestellt, daß da ganz bestimmt etwas dahinterstecke. Aber eines Nachmittags erklärte Juliana dem Paula und der Tabakhändlerin alles und bereinigte den Verdacht.

»Nun ja! Es heißt, daß ich dies und jenes hätte. Soviel ist es gar nicht! Ich habe meine Bequemlichkeiten. Aber wie ich denen ihre Tante gepflegt habe, Tag und Nacht, ohne einen Schritt von ihr zu weichen ... Soviel sie auch tun, bezahlen können sie mich ja doch nicht, denn ich habe meine Gesundheit zugrunde gerichtet!«

So wurde Julianas Wohlstand gerechtfertigt. Er ginge auf die dankbare Familie zurück, sagte man; sie behandelten sie wie eine Verwandte.

Und nach und nach bekam das Haus des Ingenieurs für die Dienstboten der Nachbarschaft den Nimbus eines Paradieses. Man erzählte sich, daß die Bezahlung enorm sei, daß es nach Belieben Wein gäbe, daß man alle Wochen Geschenke erhielte und alle Abende Hühnersuppe essen könnte. Jeder war auf diese ›Fundgrube‹ neidisch! Durch die Stellenvermittlerin wurde der Ruhm des ›Hauses vom Ingenieur‹ weitergetragen. Eine Legende entstand.

Der verblüffte Jorge bekam alle Tage Briefe von Personen, die sich als Hausdiener, Stubenmädchen, Köche, Pagen, Gouvernanten, Kutscher, Portiers, Küchenjungen anboten. Sie zählten die hochherrschaftlichen Häuser auf, in denen sie tätig gewesen waren; sie baten um eine Unterredung; spekulierend auf gewisse Dinge, hatte ein hübsches Stubenmädchen gleich seine Photographie beigelegt; ein Koch fügte ein Empfehlungsschreiben von einem Generaldirektor bei.

»Sonderbar!« sagte Jorge verwundert. »Man streitet sich um die Ehre, mir dienen zu dürfen! Bilden die sich etwa ein, daß ich das Große Los gewonnen habe?«

Aber er schenkte dieser komischen Angelegenheit nicht viel Beachtung.

Jorge steckte zur Zeit bis über die Ohren in Arbeit; er schrieb seinen Reisebericht; alle Tage ging er zu Mittag fort und kehrte um sechs Uhr müde zurück, mit Papierrollen, Landkarten, Broschüren, verlangte laut nach dem Essen und strahlte.

Eines Sonntagabends erzählte er lachend den ›Fall‹. Der Kanzleirat bemerkte gleich:

»Bei dem guten Gemüt von Donha Luiza, bei dem Ihren, Jorge, in diesem gesunden Viertel und einem Hause ohne Ärgernisse, ohne Familienzwistigkeiten, wo die reine Tugend herrscht, ist es natürlich, daß die weniger begünstigte Dienerschaft nach einer so angenehmen Stellung strebt.«

»Wir sind eben eine Musterherrschaft!« meinte Jorge und klopfte Luiza sehr aufgeräumt auf die Schulter.

Das Haus wurde tatsächlich ›gemütlich‹. Juliana hatte reichlicheres Mittagessen durchgesetzt (damit auch sie ihr Teil hatte und nicht bloß Reste), und da sie gut kochen konnte, kümmerte sie sich um den Herd, kostete und lehrte Joanna neue Gerichte.

»Diese Joanna ist eine Entdeckung«, lobte Jorge. »Man sieht ihr Talent förmlich wachsen!«

Juliana, gut untergebracht und wohlgenährt, mit zarter Wäsche auf der Haut und weichen Matratzen, genoß ihr Leben. Ihr Gemüt hatte sich in diesem Überfluß besänftigt, und so, von Tante Victoria gut beraten, verrichtete sie ihren Dienst mit peinlichem Eifer. Luizas Kleider wurden behandelt wie Reliquien. Noch niemals hatten Jorges Vorhemden so gestrahlt! In der Oktobersonne lag das blitzblanke Haus beschaulich wie eine Abtei da. Sogar die Katze wurde fetter.

Doch inmitten des Wohlstandes welkte Luiza dahin. Wie weit würde Julianas Tyrannei gehen? Das war nunmehr ihre ganze Sorge. Und wie sie sie haßte! Manchmal folgte sie ihr mit einem so überaus grollenden Blick, daß sie fürchtete, Juliana würde sich plötzlich umwenden, als ob sie hinterrücks verwundet worden wäre. Die aber trällerte vergnügt den ›Liebesbrief‹, schlief auf Matratzen, die so gut wie ihre eigenen waren, putzte sich wie ein Pfau mit ›ihrer‹ Wäsche, herrschte in ›ihrem‹ Hause! War das richtig, gerechter Himmel?

Zuweilen stieg Empörung in ihr auf; sie ballte die Fäuste,

fluchte und zappelte in ihrem Mißgeschick wie in den Maschen eines Netzes; aber da sie keinerlei Lösung fand, verfiel sie wieder in herbe Melancholie, die ihren Gemütszustand nur verschlimmerte. Sie beobachtete mit Befriedigung die zunehmende Blässe in Julianas Gesichtszügen, setzte Hoffnungen auf die Herzerweiterung. Würde sie nicht eines Tages krepieren, dieser Dämon?

Und Jorge gegenüber mußte sie sie auch noch loben!

Das Leben bedrückte sie. Kaum daß er am Morgen ging und das Gatter schloß, legten sich sacht die Schatten der Trübsal auf ihre Seele, wie große, dichte Schleier, die düster herabsanken; vor vier, fünf Uhr kleidete sie sich nicht an, und in Pantoffeln, mit offenem Hausrock und zerzausten Haaren, schleppte sie ihren Verdruß durch das Zimmer. Ein paar Augenblicke lang beherrschte sie der Wunsch zu fliehen, sich in ein Kloster zurückzuziehen. Ihre übermäßige Empfindsamkeit würde sie gewiß zu irgendeinem melodramatischen Entschluß treiben – wenn sie nicht ihre unwiderstehliche Liebe zu Jorge davon abhielte. Denn sie liebte ihn jetzt über alle Maßen, liebte ihn mit der Fürsorge einer Mutter, mit dem Ungestüm einer Konkubine ... Sie war auf alles eifersüchtig, sogar auf das Ministerium, selbst auf den Reisebericht! Sie unterbrach ihn jeden Augenblick, nahm ihm die Feder aus der Hand, suchte seinen Blick, wollte seine Stimme hören; und seine Schritte auf dem Korridor ließen sie schon heimliche Liebeswonnen ahnen ...

Übrigens gab sie sich sogar Mühe, ihre Leidenschaft noch zu steigern, weil sie in ihr den Ausgleich für ihre Demütigungen fand. Wie war diese Leidenschaft eigentlich entstanden? Geliebt hatte sie ihn immer, gewiß, das erkannte sie jetzt – aber nicht so sehr, nicht so grenzenlos! Sie wußte es auch nicht und schämte sich sogar, weil sie irgendwie in dieser verliebten Heftigkeit wenig eheliche Würde spürte, sie vermutete, daß das, was sie bewegte, höchstens eine Laune war. Ein Gelüst nach ihrem Gatten! Er schien ihr auch nicht unbedingt makellos ... Was tat das schon? Es machte sie glücklich, über alle Maßen glücklich. Mochte sein, was wollte, es war köstlich!

Anfangs schwebte beständig das Bild des anderen über dieser Liebe, verlieh jedem Kuß einen unseligen Beigeschmack und verursachte ihr jede Nacht Gewissensbisse. Doch nach und nach hatte sie den anderen so weit vergessen, daß die Erinnerung an ihn, wenn sie zufällig zurückkehrte, der neuen Leidenschaft nicht mehr Bitterkeit beimengte als ein Klumpen Salz dem Wasser eines Stromes.

Wie glücklich könnte sie sein – wenn nicht die ›Niederträchtige‹ wäre!

Es war die ›Niederträchtige‹, die sich glücklich fühlte. Allein in ihrem Zimmer, blickte sie zuweilen mit gierigem Lächeln um sich: Sie breitete die seidenen Kleider aus und strich mit der Hand über sie hin, stellte die Stiefeletten in eine Reihe und betrachtete sie entzückt von weitem; und über die geöffneten Schubladen der Kommode gebeugt, wurde sie nicht müde, immer wieder die Unterwäsche zu zählen, und liebkoste sie mit einem zufriedenen Besitzerblick. »Wie die des Brummkreisels!« murmelte sie voller Rührung.

»Wirklich, es geht mir sehr gut!« sagte sie zu Tante Victoria.

»Wer sollte auch daran zweifeln! Der Brief hat dir zwar keine Million Reis eingebracht, aber immerhin ein paar Geschenke. Und dabei muß es noch ein Bombengeschäft werden; das gibt ein gutes Stück Leinwand, schönen Schmuck, klingende Münzen ... Und obendrein noch große Dankbarkeit. Saug sie aus, Mädchen, saug sie aus!«

Doch bald war nur noch wenig auszusaugen. So kam Juliana allmählich zu dem Schluß, daß sie sich nunmehr auf das ›Genießen‹ verlegen müßte. Wenn sie auf guten Matratzen lag – warum sollte sie dann zeitig aufstehen? Wenn sie gute Kleider hatte – warum sollte sie dann nicht an die frische Luft gehen? Man muß sehen, wie man auf seine Kosten kommt!

Eines kälteren Morgens blieb Juliana einfach bis neun Uhr im Bett. Die Fenster waren einen Spalt geöffnet, ein warmer Sonnenstrahl fiel auf die Matte. Nachher erklärte sie trocken, daß sie Schmerzen gehabt hätte. Zwei Tage später kam Joanna um zehn Uhr zu Luiza und sagte ihr leise: »Die Senhora Juliana liegt noch im Bett, es ist noch alles aufzuräumen.«

Luiza war bestürzt. Was? Sollte sie unter ihrer Nachlässigkeit leiden, wie sie schon unter ihren Forderungen gelitten hatte? Sie lief in Julianas Zimmer.

»So spät stehen Sie also erst auf?«

»Der Arzt hat mir das so empfohlen«, erwiderte sie sehr anmaßend.

Und fortan erhob sich Juliana selten vor der Zeit, da das Frühstück zu servieren war. Luiza bat Joanna, den Dienst für sie zu übernehmen; es wäre nur für kurze Zeit, das arme Geschöpf sei so kränklich. Und um die Köchin zu beschwichtigen, gab sie ihr eine halbe Moeda als Zuschuß für ein Kleid.

Nunmehr ging Juliana aus, ohne erst um Erlaubnis zu bitten. Wenn sie dann erst am Spätnachmittag zurückkehrte, entschuldigte sie sich nicht einmal.

Eines Tages konnte Luiza nicht mehr an sich halten, und als sie sie den Korridor entlangkommen und die schwarzen Handschuhe anziehen sah, sagte sie zu ihr: »Sie wollen ausgehen?«

Juliana antwortete sehr dreist: »Wie Sie sehen. Aufgeräumt ist alles – alles, was ich aufzuräumen habe.« Und mit klappernden Absätzen lief sie davon.

Nun, das fehlte ihr gerade noch, sich wegen des ›Brummkreisels‹ irgendwelchen Zwang anzutun!

Joanna begann zu murren: »Die Senhora Juliana verbringt ihr Leben auf der Straße, und ich muß es ausbaden ...«

»Wenn Sie krank wären, würde Sie auch niemand hindern, es zu tun«, fiel ihr Luiza ins Wort, betrübt über diese Empörung. Und sie beschenkte sie. Sie gab ihr sogar Wein und Nachtisch.

Neuerdings herrschte Verschwendung im Hause. Die Ausgabenzettel schwollen an. Luiza war niedergeschlagen. Wie sollte das alles enden?

Julianas Verfehlungen wurden immer ernster.

Um zeitiger ausgehen zu können, tat sie kaum noch das Notwendigste. Schließlich füllte Luiza selber die Wasserkrüge, räumte sehr oft den Frühstückstisch ab und brachte die schmutzige Wäsche, die in den Winkeln lag, auf den Dachboden ...

Eines Tages bemerkte zufällig Jorge, der um vier Uhr nach Hause kam, daß das Bett noch nicht gemacht war. Luiza beeilte sich, ihm zu sagen, daß Juliana fortgegangen sei, sie hätte sie zur Putzmacherin geschickt.

Ein paar Tage später war sie um sechs Uhr zum Auftragen des Essens noch nicht zurück. Sie sei zur Putzmacherin gegangen, erklärte Luiza.

»Aber wenn die Juliana weiter nichts tut als zur Putzmacherin gehen, dann wird eben ein anderes Mädchen genommen, um das Haus in Ordnung zu halten«, brummte er.

Bei diesen nüchternen Worten wurde Luiza blaß; zwei Tränen rollten ihr über die Wangen.

Jorge stutzte. Was sollte das heißen? Was hatte sie? Luiza konnte sich nicht beherrschen und brach in nervöses, hysterisches Weinen aus.

»Aber was ist denn, mein Mädchen? Hast du dich geärgert?«

Sie konnte nicht antworten und erstickte in Tränen. Jorge ließ sie Toilettenessig einatmen und küßte sie innig.

Erst als sie sich beruhigt hatte, konnte sie mit schluchzender Stimme sagen: »Du hast so frostig zu mir gesprochen, und ich bin so nervös ...«

Er lachte, nannte sie kleine Närrin und trocknete ihr die Tränen – blieb aber beunruhigt. Schon neulich war ihm bei ihr eine gewisse Traurigkeit aufgefallen, eine ihm unerklärliche Niedergeschlagenheit, eine nervöse Reizbarkeit ... Was mochte wohl mit ihr sein?

Damit Jorge nicht hinter den Schlendrian käme, tat Luiza von nun an jeden Morgen selber das, was noch zu tun übrigblieb. Juliana merkte es gleich; und seelenruhig beschloß sie, ihr jedesmal mehr zu überlassen, womit sie sich ›die Zeit vertreiben‹ könnte. Erst fegte sie nicht, dann machte sie das Bett nicht; schließlich goß sie eines Morgens das schmutzige Wasser nicht aus. Luiza ging auf den Korridor und spähte, ob nicht Joanna herunterkäme; sie sah sie nicht und erledigte deshalb alles selber. Als sie sich danach die Hände wusch, rannen ihr die Tränen über das Gesicht. Sie wollte am liebsten sterben! ... Wie tief war sie gesunken! ...

Eines Tages wurde sie von Donha Felicidade überrascht, wie sie gerade den Salon kehrte.

»Wenn *ich* schon so etwas mache«, rief Donha Felicidade, »denn ich habe nur ein einziges Dienstmädchen, aber du!«

Die Juliana hätte soviel zu plätten ...

»Ach, nimm ihr bloß keine Arbeit ab, sie dankt es dir ja doch nicht. Und obendrein lacht sie dich noch aus! Aber wenn du ihr alles durchgehen läßt! ... Soll sie nur arbeiten! Immer feste!«

Luiza lächelte und meinte: »Nun, einmal im Leben kann man es schon tun!«

Ihre Mißstimmung wuchs von Tag zu Tag.

Daher flüchtete sie sich in Jorges Liebe wie in ihren einzigen Trost. Die Nacht brachte ihr Genugtuung: Juliana schlief zu dieser Stunde; sie sah ihr abscheuliches Gesicht nicht; sie brauchte sich nicht vor ihr zu fürchten; sie brauchte sie nicht zu loben; sie arbeitete nicht ihretwegen! Sie war sie selbst, war die Luiza von früher! Sie hatte sich mit ihrem Gatten im Schlafzimmer eingeschlossen und war frei! Sie konnte leben, lachen, sich unterhalten, sogar Appetit haben! Und sie nahm tatsächlich manchmal Marmelade und Brot mit ins Schlafzimmer – für einen hübschen kleinen Abendimbiß!

Jorge kannte sie nicht wieder. »Nachts bist du eine andere«, sagte er. Er nannte sie ›Nachtvogel‹. Sie rauschte lachend im weißen Unterrock durch das Zimmer, mit nackten Armen, nacktem Hals, das Haar in einer Rolle, tänzelte herum, trällerte und plauderte – bis Jorge ihr sagte: »Es ist ein Uhr vorbei, Kind!«

Dann zog sie sich schnell aus und fiel in seine Arme.

Doch welches Erwachen! Und wenn der Morgen noch so klar war – ihr erschien alles in einem vagen Grau. Das Leben machte ihr keinen Spaß mehr. Sie kleidete sich langsam und mißmutig an und trat in den Tag wie in ein Gefängnis.

Luiza hatte nunmehr alle Hoffnungen aufgegeben, sich jemals befreien zu können. Zuweilen durchzuckte sie der Entschluß, alles Sebastião zu erzählen, alles. Doch immer, wenn sie ihn sah, mit seinem rechtschaffenen Blick, wie er Jorge umarmte, wie sie beide lachten und ihre Pfeifen rauchten und er stets so für sie schwärmte, erschien es ihr leichter, auf die Straße zu laufen und vom erstbesten Menschen, dem sie begegnete, Geld zu erbitten, als zu Sebastião zu gehen, dem

Vertrauten Jorges, dem besten Freund des Hauses, und ihm zu sagen: ›Ich habe einen Brief an einen Mann geschrieben, und das Dienstmädchen hat mir diesen Brief gestohlen!‹ Nein, dann lieber in täglicher Todesangst zugrunde gehen und selbst mühselig die Treppen scheuern! Manchmal überlegte sie und dachte: ›Aber worauf warte ich?‹ – Sie wußte es nicht. Auf den Zufall, auf den Tod Julianas ... Und sie ließ den Dingen ihren Lauf und genoß wie eine Gunst jeden neuen Tag, wobei sie von weitem etwas Unbestimmtes und Düsteres nahen fühlte, woran sie zugrunde gehen würde.

Um diese Zeit beklagte sich Jorge, daß seine Hemden schlecht gestärkt würden. Bestimmt hätte die Juliana ihre glückliche Hand verloren. Eines Tages wurde er sogar ärgerlich. Er rief sie und warf ihr ein ganz zerknittertes Hemd zu: »Das kann man nicht anziehen, damit muß man sich schämen!«

Juliana wurde blaß und durchbohrte Luiza mit einem flammenden Blick, doch mit bebenden Lippen entschuldigte sie sich. Die Stärke wäre schlecht, aber sie hätte sie schon ausgewechselt.

Aber kaum daß Jorge hinausgegangen war, brauste sie wie ein heftiger Windstoß ins Zimmer, schloß die Tür und schrie, daß die Gnädige ›einen ganzen Haufen‹ Wäsche, der Herr ›einen Berg‹ von Hemden schmutzig machten und daß sie, wenn ihr niemand hülfe, damit nicht mehr nachkäme ... Wer Sklavinnen brauche, der solle sie sich aus Brasilien holen!

»Und ich habe keine Lust, die Launen Ihres Herrn Gemahls zu ertragen, verstehen gnädige Frau? Sonst müssen Sie eben jemanden besorgen, der mir hilft.«

Luiza erwiderte schlicht: »*Ich* werde Ihnen helfen.«

Sie verharrte neuerdings in stummer, düsterer Resignation und fand sich mit allem ab.

Am Ende der Woche lag prompt ein großer Packen Wäsche

da; Juliana erschien und sagte, daß sie, wenn die gnädige Frau plätten wollte, stärken würde. Sonst könnte sie es nicht tun.

Draußen war ein wunderbarer Tag; Luiza hatte eigentlich vorgehabt, auszugehen ... Sie zog einen Hausrock an und holte wortlos das Bügeleisen.

Joanna staunte.

»Wollen gnädige Frau denn plätten?«

»Es ist eine ganze Ladung, und die Juliana kann nicht alles allein schaffen, die Arme!«

Sie richtete sich im Zimmer mit der gestärkten Wäsche ein und war gerade geschäftig dabei, Jorges Unterwäsche durchzusehen, als Juliana mit Hut erschien.

»Sie wollen fort?« fragte Luiza verblüfft.

»Das wollte ich der gnädigen Frau gerade sagen. Ich muß unbedingt ausgehen.« Und sie knöpfte ihre schwarzen Handschuhe zu.

»Aber die Hemden, wer stärkt die dann?«

»Ich gehe jedenfalls aus«, antwortete die andere schroff.

»Aber, zum Teufel, wer stärkt dann die Hemden?«

»Gnädige Frau können sie ja stärken! Sehen Sie zu, wie Sie damit fertig werden!«

»Niederträchtiges Frauenzimmer!« schrie Luiza. Sie warf das Bügeleisen auf den Boden und stürzte hinaus.

Juliana hörte sie schluchzend den Korridor entlanglaufen. Sie legte gleich erschrocken den Hut ab und zog die Handschuhe aus. Einen Augenblick später hörte sie, wie unten heftig das Gatter zugeschlagen wurde. Sie ging in Luizas Zimmer, sah Luizas Hauskleid hingeworfen, die Hutschachtel am Boden liegen. Wohin mochte sie gegangen sein? Sich bei der Polizei beschweren? Den Gatten holen? Verdammt! Sie war dumm und launisch gewesen. Rasch räumte sie das Zimmer auf und begann voller Reue zu plätten. Dabei spitzte sie die Ohren: Wo, zum Teufel, mochte Luiza bloß hingegangen sein?

Sie mußte sich in acht nehmen! Wenn sie ihr zu irgendwelchen Beanstandungen Anlaß gäbe, wer würde dabei verlieren? Sie selbst, denn dann mußte sie aus dem Hause, ihr Zimmer im Stich lassen, ihre Vorteile, ihre Stellung! Gott bewahre!

Luiza war fortgerannt wie eine Wahnsinnige. Auf der Rua da Escola fuhr eine leere Droschke vorbei; sie stürzte sich hinein und nannte dem Kutscher die Adresse Leopoldinas. Die mußte doch von Porto zurückgekommen sein; Luiza wollte sie besuchen, sie brauchte sie, ohne zu wissen, wozu ... Um ihr Herz zu erleichtern! Sie um einen Rat zu bitten, wie sie sich am besten rächen könnte! Denn stärker als ihr Wille, sich von dieser Tyrannei zu befreien, war jetzt das Verlangen, sich für die Demütigungen zu rächen. Was für tolle Gedanken ihr kamen! Wenn sie sie vergiften würde! Es mußte ihr doch köstliches Vergnügen bereiten, zuzusehen, wie Juliana sich unaufhörlich wand und erbrach, vor Todesangst heulte und ihren Geist aufgab.

Sie raste Leopoldinas Treppen hinauf; lange schallte die Glocke, gezogen von ihren zitternden Händen.

Kaum daß Justina sie erblickte, schrie sie auch schon über den Korridor: »Die Senhora Donha Luiza ist es, gnädige Frau, die Senhora Donha Luiza!«

Und Leopoldina, zerzaust und in einem scharlachroten Hauskleid mit großer Schleppe, eilte mit ausgebreiteten Armen auf sie zu.

»Du bist es! Welches Wunder! Ich bin gerade aufgestanden! Komm nur herein. Es liegt alles durcheinander, aber das macht nichts. Aber was gibt es denn, was ist denn los?«

Sie öffnete die Fenster. Im Zimmer schwebte ein starker Geruch nach Toilettenessig; Justina räumte eilig ein Messingwaschbecken mit Seifenwasser weg; schmutzige Handtücher schleiften nach; auf einem Blumentischchen lagen noch die Haarrollen vom Vortage, das Korsett, eine Tasse mit Teeresten und Zigarettenstummeln. Leopoldina zog die Jalousie hoch und sagte: »Gott sei gedankt, daß du dieses Haus wieder einmal beehrst, edles Fräulein!«

Doch da bemerkte sie Luizas verstörtes Gesicht und ihre von Tränen geröteten Augen.

»Aber was ist denn mit dir, Luiza? Was hast du? Was ist denn passiert?«

»Etwas Entsetzliches, Leopoldina!« rief Luiza und rang die Hände.

Die andere schloß rasch die Tür

»Was denn?«

Doch Luiza weinte und antwortete nicht. Leopoldina starrte sie wie versteinert an.

»Die Juliana hat mir ein paar Briefe entwendet!« schluchzte sie schließlich. »Sie will sechshundert Milreis haben! Ich bin verloren ... Sie hat mich gequält ... Ich brauche deinen Rat, du mußt mir helfen ... Ich bin wie wahnsinnig. Alle Arbeit im Hause mache ich ... Ich gehe zugrunde, ich kann nicht mehr!« Ihre Tränenflut verdoppelte sich.

»Und dein Schmuck?«

»Ist zweihundert Milreis wert. Aber was soll ich dann Jorge sagen?«

Leopoldina schwieg einen Augenblick, blickte um sich und breitete die Arme aus:

»Alles, was ich bei der Hand habe, liebes Kind, sind ganze zwanzig Libras!«

Luiza trocknete sich die Augen und flüsterte: »Welche Strafe, großer Gott, welche Strafe!«

»Was steht denn in dem Brief?«

»Entsetzliches! Ich war verrückt ... Es ist einer von mir, und zwei sind von ihm.«

»Von deinem Vetter?«

Luiza nickte verlegen.

»Und was ist mit ihm?«

»Ich weiß es nicht! Er hält sich in Frankreich auf, geantwortet hat er mir nie.«

»Schuft! Wie hat sie sie denn erwischt, das Weib?«

Luiza erzählte hastig die Geschichte mit dem ›Sarkophag‹ und der Truhe.

»Aber Luiza, wie kannst du auch bloß einen solchen Brief wegwerfen! Ach, Mädchen, das ist ja furchtbar!«

Leopoldina wanderte durch das Zimmer und schleifte die lange Schleppe ihres scharlachroten Morgenrocks nach; ihre großen, schwarzen, funkelnden Augen schienen ein Mittel, einen Ausweg zu suchen ... Sie murmelte: »Es ist also eine Geldfrage ...«

Luiza saß gebrochen auf dem Sofa und wiederholte: »Eine Geldfrage!«

Dann blieb Leopoldina unvermittelt vor ihr stehen.

»Ich weiß, wer dir das Geld geben würde!«

»Wer denn?«

»Ein Mann.«

Luiza richtete sich erschrocken auf.

»Wer denn?«

»Der Castro.«

»Der mit der Brille?«

»Ganz recht.«

Luiza wurde puterrot.

»Aber Leopoldina!« hauchte sie. Und nach einer Pause fragte sie hastig: »Wer hat dir das gesagt?«

»Ich weiß es. Dem Mendonça hat er es erzählt. Du weißt doch, daß sie eng befreundet waren. Er gäbe dir alles, worum du ihn bitten würdest! Mehr als einmal hat er es ihm gesagt.«

»Wie abscheulich!« fuhr Luiza plötzlich entrüstet hoch.

»Und so etwas mutest du mir zu?« Zornig sprühten ihre Augen unter der gerunzelten Stirn. Sich für Geld mit einem Mann einlassen! – Sie griff mit zitternden Händen erregt nach dem Hut, schleuderte ihn auf den Blumentisch und lief mit schnellen Schritten durch das Zimmer: »Lieber fliehen, in ein Kloster gehen, Dienstmädchen sein, Straßen kehren!«

»Reg dich nicht auf, Menschenskind! Wer sagt dir denn das? Vielleicht leiht er dir das Geld ganz uneigennützig …«

»Glaubst du daran?«

Leopoldina blieb ihr die Antwort schuldig und drehte mit gesenktem Kopf die Ringe an ihren Fingern.

»Und wenn es nicht so glatt ginge?« rief sie. »Das brächte eine Million Reis oder auch zwei, du wärst gerettet, könntest glücklich sein!«

Luiza warf die Schultern zurück, entrüstet über diese Worte – ja vielleicht über ihre eigenen Gedanken.

»Das ist unanständig! Das ist einfach entsetzlich!«

Beide schwiegen.

»Ach, ich an deiner Stelle …«, seufzte Leopoldina.

»Was würdest du tun?«

»Ich würde Castro schreiben, er solle kommen und Geld mitbringen!«

»Das sieht dir ähnlich!« platzte Luiza jähzornig heraus.

Leopoldina wurde unter ihrer Puderschicht scharlachrot.

Doch Luiza schlang ihr die Arme um den Hals.

»Verzeih mir, verzeih! Ich bin wahnsinnig, ich weiß nicht, was ich sage!«

Beide brachen in krampfhaftes Weinen aus.

»Du hast dich aufgeregt!« schluchzte Leopoldina. »Aber es wäre zu deinem Nutzen. Mir erscheint es als das Beste. Wenn ich könnte, würde ich dir das Geld geben … Ich täte alles für dich. Glaub es mir!«

Sie breitete die Arme aus und wies mit stolzer Schamlosigkeit auf ihren Körper: »Sechshundert Milreis! Wenn ich soviel Geld wert wäre, hätte ich es morgen!«

Fingerknöchel pochten an die Tür.

»Wer ist da?«

»Ich«, antwortete eine leise Stimme.

»Das ist mein Mann. Der Esel klebt heute förmlich am Hause ... Ich kann jetzt nicht aufmachen. Nachher.«

Luiza wischte sich schnell über die Augen und setzte den Hut auf.

»Wann kommst du wieder?« fragte Leopoldina.

»Sobald ich kann, sonst schreibe ich dir.«

»Gut. Ich werde nachdenken, mir alles durch den Kopf gehen lassen ...«

Luiza umklammerte ihren Arm: »Und zu niemand ein Wort davon!«

»Bist du verrückt?«

Luiza ging. Sie schritt langsam bis zum Largo de São Roque hinauf. Die Tür der Kirche ›Zur Barmherzigkeit‹ stand offen; sanft bewegte der Wind die breite rote Portiere mit dem gestickten Wappen. Es überkam sie das Verlangen, hineinzugehen. Sie wußte nicht, wozu, doch es schien ihr, daß sie nach der vorangegangenen leidenschaftlichen Erregung das kühle Schweigen der Kirche beruhigen würde. Und dann fühlte sie sich so unglücklich, daß sie sich Gottes entsann. Sie bedurfte irgendeines Höheren, Starken, bei dem sie Zuflucht suchen konnte. Luiza trat ein und kniete vor einem Altar nieder, bekreuzigte sich, betete das Vaterunser und danach das ›Salve regina‹. Doch die heruntergeleierten Gebete brachten ihr keinen Trost; sie fühlte, daß es kraftlose Laute waren, die auf dem Wege zum Himmel nicht höher stiegen als ihr eigener Atem; manche Gebete verstand sie nicht richtig, sie paßten auch nicht auf ihren ›Fall‹. Durch sie würde Gott niemals erfahren können, worum sie bat, hier, gedemütigt im Schmerz. Gern wollte sie mit Gott sprechen, sich ihm ganz offenbaren; aber wie? Mit diesen alltäglichen Worten, als ob sie zu Leopoldina spräche! Würde das, was sie auf dem Herzen hatte, bis zu ihm dringen? War er so nahe, daß er sie erhörte? Und kniend verharrte sie, mit schlaffen Armen, die gefalteten Hände im Schoß, und schaute auf die trüben Wachskerzen und die verschossenen Stickereien der Altardecke, in das rosige runde Gesichtchen des Jesuskindes.

Sie verlor sich in Grübeleien, deren sie nicht mehr Herr wurde und die sich wallend wie aufsteigender Rauch durch ihr Gehirn zogen. Sie gedachte der so fernen Zeit, in der sie die Kirche viel häufiger aufgesucht hatte, aus Schwermut oder Sentimentalität. Damals lebte Mama noch; und sie, mit gebrochenem Herzen – als der ›andere‹, Basilio, ihr geschrieben hatte und die Verlobung löste –, sie hatte sich bemüht, ihren Schmerz durch den Trost der Andacht zu lindern. Eine ihrer Freundinnen, Joanna Silveira, war um jene Zeit nach Frankreich übergesiedelt, um das Klostergelübde abzulegen, und zuweilen erwog sie, ebenfalls fortzugehen, Krankenschwester zu werden, auf den Schlachtfeldern Verwundete aufzulesen oder im Frieden einer beschaulichen Klosterzelle zu leben. Wie ganz anders doch ihr Leben verlaufen wäre – wie verschieden von dem jetzigen, das so von Leidenschaften zerrissen und mit Sünde beladen war ... Wo würde sie weilen? Weit entfernt, in irgendeinem altertümlichen Kloster, zwischen dunklen Hainen, in einem einsamen und beschaulichen Tal; vielleicht in Schottland, dem Lande, das sie seit ihrer Walter-Scott-Lektüre immer so geliebt hatte. Möglicherweise in den dunkelgrünen Gefilden von Lammermoor oder Glencoe, in irgendeiner alten angelsächsischen Abtei. Die mit Tannen bedeckten Berge ringsum, die aus dem Nebel ragen, bergen diese entlegenen Stätten in düsterem Frieden; an einem Wehmut erweckenden Himmel ziehen langsam und einträchtig die Wolken vorüber; kein festlicher Klang stört das friedliche Schweigen der Dinge. Am Abend durchschneiden dreieckige Schwärme von Raben die Luft. Dort lebt sie unter Nonnen von hohem Wuchs und keltischem Stamm, Töchtern normannischer Herzöge oder in Rom bekehrter Clan-Lords. Sie liest erbauliche Bücher, die von himmlischen Dingen handeln; am schmalen Fenster ihrer Zelle sitzend, sieht sie die hohen Geweihe der Hirsche im Unterholz vorbeiziehen oder hört an dunstigen Abenden den fernen Klang des Dudelsacks, den traurig der Hirte bläst, der aus den Tälern von Calendar kommt; und die Luft ist erfüllt vom Murmeln und Schluchzen der Bäche, die von Felsen zu Felsen springen.

Oder ein angenehmeres Leben im friedfertigen Kloster einer ehrbaren portugiesischen Provinz. Dort sind die Dächer niedrig; weißgetünchte Mauern mit ihren kleinen, frommen Gattern glänzen in der Sonne; Glocken läuten in der frischen blauen Luft; in den umliegenden Olivenhainen, die dem Kloster Öl liefern, ernten junge Mädchen singend die Oliven; auf dem mit winzigen Steinen gepflasterten Klosterhofe schlagen die Mauleselinnen des Almocreve mit den Hufen und schütteln die Fliegen ab; Matronen wispern neben der Drehtür; auf der staubigen weißen Landstraße quietscht ein Karren; Hühner gackern und glänzen in der Sonne; und schwarzäugige, dickliche Nonnen schwatzen in den kühlen Korridoren.

Dort würde sie leben und sich mästen, mit einer Anwandlung von Schläfrigkeit zur Stunde des Chors, im Zimmer der Schreibstubennonne Gläschen mit Rosenlikör trinken und mit umständlicher Schrift Rezepte für Süßigkeiten abschreiben; sie würde alt sterben, wenn am Rande ihres Gitters die Schwalben zwitscherten; und der Herr Bischof würde bei seinem Besuch, die Prise Schnupftabak zwischen den weißen Fingern, lächelnd aus dem Munde der Frau Äbtissin die erbauliche Geschichte seiner frommen Entschlafenen vernehmen …

Ein Sakristan, der vorüberging, spuckte kräftig aus, und wie ein Schwärm Vögel, die bei einem plötzlichen Geräusch verstummen, entflohen alle ihre Träume. Sie seufzte, erhob sich langsam und lief traurig nach Hause.

Juliana öffnete und bat gleich auf dem Flur mit flehender, leiser Stimme: »Gnädige Frau, ich beschwöre Sie, verzeihen Sie mir, denn ich war ja verrückt! Ich hatte den Kopf verloren, weil ich die ganze Nacht nicht schlafen konnte. Es tut mir so leid …«

Luiza antwortete nicht und trat in den Salon. Sebastião, der zum Mittagessen erschienen war, spielte die Serenade des Don Juan – und kaum daß er sie erblickte, fragte er: »Woher kommen Sie denn – und so blaß?«

»Schwäche, Sebastião; ich komme aus der Kirche …«

Jorge tauchte aus dem Arbeitszimmer auf, einige Schriftstücke in der Hand.

»Aus der Kirche!« rief er. »Wie entsetzlich!«

II

Um diese Zeit, an einem Sonnabend, verkündete das ›Diario do Governo‹ die Ernennung des Kanzleirats Accacio zum ›Ritter des Ordens von São Thiago‹, in Würdigung seiner großen literarischen Verdienste, des anerkannten Nutzens seiner veröffentlichten Werke und anderer Talente …

Als er am folgenden Abend in Jorges Haus trat, umringten ihn alle und beglückwünschten ihn mit großem Hallo. Der Kanzleirat umarmte aufgeregt und gerührt einen nach dem andern, fiel erschöpft auf das Sofa und murmelte: »So zeitig habe ich nicht mit dieser königlichen Gunst gerechnet!« Er legte die flache Hand auf die Brust: »So werde ich sagen wie der Philosoph: Diese Auszeichnung ist der schönste Tag meines Lebens!«

Und er lud sogleich Jorge, Sebastião und Julião für den Donnerstag zum Essen ein, zu einem schlichten Junggesellenmahl in seiner bescheidenen Klause, um die königliche Gnade zu feiern.

»Um halb sechs, meine lieben Freunde!«

Am Donnerstag trafen sich die drei vorher im ›Casa Havaneza‹ und wurden dann von einem schieläugigen jungen Mädchen, das schmutzig wie ein Scheuerbesen war, in den Salon des Kanzleirats geführt. Ein riesiges, mit gelbem Damast bezogenes Kanapee stand an der hinteren Wand. Davor lag ein Teppich, auf dem ein veilchenblauer Chilene mit dem Lasso einen schokoladenfarbigen Büffel jagte; darüber zeigte ein in fleischfarbenen Tönen gehaltenes Gemälde voller nackter, helmtragender Gestalten den tapferen Achilles, der Hektor um die Mauern von Troja hetzt. Ein Flügel, der den Raum zwischen den beiden Fenstern füllte, trauerte stumm unter seiner Decke aus grünem Flanell. Auf einem Spieltisch galoppierte zwischen zwei silbernen Leuchtern ein zierlicher Windhund aus durchsichtigem Glas, und der Gegenstand, dem man am meisten anmerkte, wie eifrig er gebraucht wurde, war eine Spieluhr mit achtzehn Stücken.

Der Kanzleirat empfing sie mit dem Ordensband des São Thiago im Knopfloch des schwarzen Fracks. Es war noch jemand im Salon: der blatternarbige Senhor Alves Coutinho. Sein Kopf saß tief zwischen den Schultern; als er seinen einfältigen Blick erstaunt auf die Kommenden heftete, sträubte sich gleich gewohnheitsmäßig sein dürftiger Schnurrbart. Dabei lächelte er naiv und zeigte einen abscheulichen Mund voller verfaulter Zähne; er redete wenig, rieb ständig die Hände aneinander und widersprach nie; man sah ihm seine banalen

Ausschweifungen und eingewurzelte Sittenverwilderung an. Alves Coutinho war Beamter des Innenministeriums und berühmt wegen seiner guten Handschrift.

Kurz danach trat die bekannte Gestalt Savedras, Redakteur des ›Seculo‹, ein. Sein blasses Gesicht erschien noch aufgedunsener; der tief schwarze Schnurrbart glänzte vor Pomade; die goldene Brille unterstrich seine Amtsmiene. Er trug noch den Puder auf dem Kinn, den ihm Augenblicke vorher der Barbier aufgelegt hatte, und die Hand, die so viele Banalitäten und Lügen schrieb, präsentierte sich in einem neuen, eigelbfarbenen Handschuh.

»Nun sind wir alle beisammen!« jubelte der Kanzleirat. Er verbeugte sich: »Willkommen, meine Freunde! In meinem Arbeitszimmer ist es vielleicht doch gemütlicher! Hier herein! Vorsicht, eine Stufe! Das ist also mein Sanctum Sanctorum!«

In einem kleinen, gut abgestaubten Zimmerchen, dem die Musselinvorhänge, das Licht zweier Fenster und die helle Tapete etwas Grelles gaben, befand sich der breite Arbeitstisch, mit einem silbernen Tintenfaß, gut gespitzten Bleistiften und wohlgeordneten Linealen. Man sah das Petschaft mit dem Wappen des Kanzleirats auf der prächtig eingebundenen ›Carta Constitucional‹ liegen. An der Wand hing unter Glas und Rahmen die königliche Urkunde seiner Ernennung zum Kanzleirat, gegenüber ein Steindruck des Königs, und auf einem Tisch erhob sich die Gipsbüste von Rodrigo da Fonseca Magalhães, der auf dem Kopf eine Krone aus Strohblumen trug, Zeichen des Ruhmes und der Trauer zugleich.

Julião betrachtete die Bibliothek eingehend.

»Ich schätze mich glücklich, die berühmtesten Autoren zu besitzen, mein lieber Zuzarte!« erklärte stolz der Kanzleirat.

Accacio zeigte ihm die ›Geschichte des Konsulats und

des Imperiums‹, die Werke von Delille, das ›Wörterbuch der Konversation‹, die kleine dicke Ausgabe der ›Enzyklopädie Roret‹, den ›Lusitanischen Parnaß‹. Er sprach von seinen eigenen Arbeiten und fügte hinzu, daß er, da er hier Personen von so auserlesener Bildung versammelt sähe, ihnen sehr gern einige der Korrekturbogen seines neuen Buches ›Beschreibung der hauptsächlichsten Städte des Königreichs und ihrer Bauwerke‹, mit deren Durchsicht er gerade beschäftigt wäre, vorlesen würde, um ihre Meinung zu hören, sachlich und vorbehaltlos.

»Wenn Sie es nicht als Belästigung empfinden …«

»Es wird uns sogar ein Vergnügen sein, Kanzleirat, ein Vergnügen!«

Er wählte dann die auf Coimbra bezügliche Seite aus, weil sie am geeignetsten sei, eine Vorstellung von der Bedeutung des Werkes zu geben. Accacio räusperte sich, stellte sich behäbig in die Mitte des Zimmers, die Bogen in der Hand, und las mit voller Stimme und gemessenen Gesten: »›… Sanft an seine grünenden Hügel gelehnt, schlummert, wie eine Odaliske in ihren Gemächern, das weiße Coimbra, das lusitanische Athen. Der sehnsuchtstrunkene Mondego küßt ihm die Füße mit heimlichem Liebesgeflüster. Und in den Wäldern, im wohlbekannten Weidengebüsch lassen die Nachtigall und andere sangesfreudige Vögel ein melancholisches Trillern erschallen. Wenn man sich auf der Landstraße von Lissabon her nähert, wo einstmals die Postkutsche pünktlich ihren Dienst verrichtete, den der Fortschritt heute der rauchenden Lokomotive anvertraut, sieht man weiß Coimbra schimmern, gekrönt vom erhabenen Gebäude der Universität, der Heimstätte der Gelehrsamkeit. Dort ragt der Turm mit der Glocke auf, die die studentische Jugend in ihrem leichtfertigen Jargon ›die Ziege‹ nennt. Weiter drüben zieht ein dichtbelaubter Baum die Blicke auf sich. Das ist der berühmte ›Baum der

Dorias‹, der seine jahrhundertealten Zweige im Garten eines der Mitglieder dieser ehrwürdigen Familie ausbreitet. Und man sieht dann die wackeren Jünglinge, die Hoffnung des Vaterlandes, auf den Brüstungen der alten Brücke sitzen und weichherzigen Bauernmädchen, die, von Jugend und Frische strotzend, vorüberkommen, Aufmerksamkeiten erweisen oder aber in ihren Gehirnen die schwierigsten Probleme ihrer gut ausgearbeiteten Kollegnachschriften wälzen …‹«

»Die Suppe ist aufgetragen«, meldete ein wohlgenährtes Dienstmädchen in weißer Schürze.

»Sehr gut, Kanzleirat, sehr gut!« kommentierte Savedra vom ›Seculo‹, indem er sich erhob. »Das ist vortrefflich!«

Er erklärte mit Autorität, nach beiden Seiten gewandt, daß dieser Stil eines Rebello oder eines römischen Schriftstellers würdig sei und daß man in Portugal wirklich eines Werkes von dieser Qualität bedürfe. Insgeheim aber dachte er: ›Vollendeter Blödsinn!‹ Und das war seine allgemeine Einschätzung aller zeitgenössischen Werke – seine eigenen Artikel im ›Seculo‹ natürlich ausgenommen.

»Was halten Sie davon, mein lieber Freund?« fragte der Kanzleirat leise Julião und legte ihm die Hand auf die Schulter. »Aber Ihre ganz objektive Meinung, lieber Zuzarte!«

»Herr Kanzleirat«, erwiderte Julião mit tiefer Stimme, »ich kann Sie nur beneiden!« Und durch seine dunkle Brille starrte er mit wachsender Befangenheit auf ein dunkelgraues Umschlagtuch, das – den Umrissen nach zu urteilen – in einer Ecke sorgfältig hohe Stapel von Büchern bedeckte. Was mochte das sein? »Ich beneide Sie!« wiederholte er. »Aber etwas anderes, Kanzleirat – könnte ich mir einmal die Hände waschen?«

Accacio führte ihn gleich in sein Zimmer und zog sich diskret zurück. Der stets neugierige Julião bemerkte überrascht links und rechts vom Bett zwei große Lithographien: ein

›Ecce Homo‹ und die ›Jungfrau der Sieben Schmerzen‹. Der Raum war mit Matten ausgelegt, das Bett niedrig und breit. Julião zog die kleine Schublade des Toilettentischchens auf und nahm entsetzt einen broschierten Band der obszönen Gedichte von Bocage wahr. Er öffnete ein wenig die zugezogenen Bettvorhänge und konnte sich auch noch vergewissern, daß dort zwei kleine Kopfkissen in zärtlicher ehelicher Gemeinsamkeit dicht beieinanderlagen.

Kaum war er wieder aus dem Zimmer getreten und hatte seine Hände mit dem Taschentuch abgetrocknet, führte der Kanzleirat seine Gäste in das Speisezimmer und sagte aufgeräumt: »Erwarten Sie keinen lukullischen Schmaus. Es handelt sich lediglich um die bescheidene Kost eines demutsvollen Philosophen!«

Alves Coutinho indessen war hingerissen vom Überfluß der Schüsseln voller schmackhafter Dinge; es gab Creme, einen Teller mit Spiegeleiern, Nudeln, auf denen mit Zimt die Anfangsbuchstaben des Kanzleirats gezeichnet waren.

»Das ist ein großer Tag für Sebastião!« bemerkte Jorge.

Sogleich wandte Alves Coutinho sein gelbes Gesicht Sebastião zu und rieb sich lächelnd die Hände: »Ganz wie zu Hause, nicht wahr? Probieren Sie mal das feine Konfekt! Ich bin wirklich ganz begeistert davon!«

Dann wurde es ruhig. Die silbernen Löffel, die langsam in der heißen Suppe rührten, bewegten die langen, weißen, weichen Makkaroniröhren hin und her.

»Ich weiß nicht, ob Ihnen die Suppe munden wird«, sagte der Kanzleirat. »Mir jedenfalls gehen Makkaroni über alles!«

»Sie mögen Makkaroni gern?« warf Alves ein.

»Sehr, lieber Alves. Sie erinnern mich so an Italien!« Und er fügte hinzu: »Ein Land, das ich schon immer besuchen wollte. Man erzählt mir, daß seine Ruinen erstklassig sind. Sie können das Fleisch auftragen, Senhora Philomena ...« Doch er hielt sie mit ernster Miene zurück und fragte seine Gäste: »Verzeihung, sagen Sie ganz offen, ziehen Sie Fleisch oder Fisch vor? Es ist eine Seebrasse.«

Sie waren unschlüssig; Jorge antwortete schließlich: »Vielleicht das Fleisch.«

Der Kanzleirat sagte begütigend: »Unser Jorge stimmt für das Fleisch.«

»Ich bin auch seiner Meinung!« rief Alves Coutinho aus und sah Jorge mit einem Blick an, der in Unterwürfigkeit erstarb. »Für das leckere Fleisch!«

Und der Kanzleirat, der es als seine Pflicht erachtete, das Niveau der Unterhaltung zu heben, reinigte langsam seinen Schnurrbart vom Fett der Suppe und erklärte: »Man hat mir erzählt, daß die Verfassung Italiens sehr liberal ist!«

Liberal! Wenn Italien liberal wäre, dann müßte es, so meinte Julião, schon längst den Papst, das Heilige Kollegium und die Gesellschaft Jesu zum Teufel gejagt haben!

Der Kanzleirat erbat milde das Wohlwollen des lieben Zuzarte für das ›Oberhaupt der Kirche‹.

»Ich bin«, betonte er, »kein Anhänger des ›Syllabus‹! Ich will auch nicht die Jesuiten auf den Thron gehoben sehen! Aber«, und seine Stimme wurde eindringlich, »der ehrwürdige Gefangene des Vatikans ist der Stellvertreter Christi! Lieber Sebastião, nehmen Sie sich Reis!«

Man brauche sich über diese streng religiösen Anschauungen des Kanzleirats nicht zu wundern, bemerkte Julião, denn er hätte doch zwei Heiligenbilder am Kopfende des Bettes hängen ...

Die Glatze des Kanzleirats wurde hochrot. Savedra vom ›Seculo‹ rief mit vollem Munde: »Ich wußte gar nicht, daß Sie so fromm sind, Kanzleirat!«

Accacio hielt unangenehm berührt mit dem Tafelmesser

über der scharlachfarbenen Mettwurst inne und erwiderte sogleich: »Ich bitte Sie, lieber Savedra, aus dieser Tatsache keine falschen Schlüsse zu ziehen. Meine Grundsätze sind wohlbekannt: Ich bin weder Ultramontaner, noch schwöre ich auf die Wiedereinführung der religiösen Verfolgung. Ich bin liberal. Ich glaube an Gott. Aber ich sehe ein, daß die Religion eine Fessel ist …«

»Für diejenigen, die sie nötig haben«, unterbrach Julião.

Sie lachten; Alves Coutinho wand sich förmlich. Gemessen meinte der Kanzleirat, indem er die Mettwurstscheiben auf der länglichen Schüssel zurechtlegte: »Wir, die aufgeklärten Klassen, brauchen sie gewiß nicht. Aber die Masse des Volkes braucht sie, Senhor Zuzarte. Sonst würden wir es erleben, wie die Statistik der Verbrechen anschwillt.«

Savedra vom ›Seculo‹ zog die Augenbrauen hoch und machte ein sehr ernstes Gesicht. »Da haben Sie wirklich ein sehr wahres Wort gesprochen.« Er wiederholte die Maxime und wandelte sie ab: »Die Religion ist eine große Trense!« Und er unterstrich seine Worte mit einer Geste, als ob er eine Mauleselin im Zaums hielte, und bat um mehr Reis. Er verschlang ihn geradezu.

Accacio fuhr fort und erklärte:

»Wie ich schon sagte, bin ich liberal, aber ich meine, daß einige Lithographien oder Kupferstiche, die sich auf das Mysterium der Passionsgeschichte beziehen, durchaus in ein Schlafzimmer gehören, um gewissermaßen christliche Empfindungen zu inspirieren. Habe ich nicht recht, mein lieber Jorge?«

Doch Savedra unterbrach ihn laut, in froher Sinnlichkeit entflammt: »Die einzigen Bilder, die *ich* in einem Schlafzimmer dulde, sind eine schöne nackte Nymphe oder eine üppige Bacchantin!«

»Jawohl, recht so!« brüllte Alves Coutinho. Sein Mund

verbreiterte sich in genießerischem Entzücken: »Dieser Savedra! Dieser Savedra!« Und leise sagte er zu Sebastião: »Der versteht's! Der versteht's!«

Der Kanzleirat zerrte die Serviette auf seinem Schoß zurecht und wandte sich an Julião: »Ich hoffe, daß das nicht die unsittlichen Gemälde sind, die man in Ihrem Arbeitszimmer sieht.«

»In meiner Kammer«, berichtigte Julião. »Aber nein, Kanzleirat! Ich besitze lediglich zwei Lithographien – eine ist ein Mensch ohne Haut und zeigt das System der Blutgefäße, die andere ist dasselbe Individuum, gleichfalls ohne Haut, bei dem man das Nervensystem sehen kann ...«

Der Kanzleirat winkte mit seiner weißen Hand unwillig ab und gab der Meinung Ausdruck, daß es in der Medizin – also in einer großen Wissenschaft! – ziemlich ekelerregende Dinge gäbe. So hätte er sagen hören, daß in den Anatomiesälen die Studenten der höheren Semester aus ihrer Geringschätzung für die Moral kein Hehl machten, ja daß sie sich sogar zum Spaße menschliche Glieder zuwürfen, Füße, Schenkel, Nasen ...

»Aber es ist doch dasselbe, als ob man in der Erde wühlt, Kanzleirat!« verteidigte sich Julião und füllte sein Glas. »Es ist tote Materie!«

»Und die Seele, Senhor Zuzarte?« rief der Kanzleirat. Er brach das Gespräch mit einer Geste des Unwillens ab, und da er Julião mit diesem erhabenen Wort erledigt zu haben glaubte, beehrte er Sebastião mit einem höflichen und gönnerhaften Lächeln.

»Und was sagt unser gütiger Sebastião?«

»Ich höre zu, Herr Kanzleirat.«

»Schenken Sie bloß diesen Doktrinen kein Gehör!« Mit der Gabel zeigte er auf das gallige Gesicht Juliãos. »Halten Sie Ihre Seele rein. Diese Lehren sind verderblich. Denn unser

Jorge (was bei einem wohlversorgten Menschen und Staatsbeamten nur zu bedauern ist) neigt auch ein wenig zu diesen materialistischen Übertreibungen!«

Jorge lachte; er bestätigte, daß dem so sei, daß er diesen Fehler hätte …

»Der Kanzleirat möchte also, daß ich als Ingenieur und Mathematiker an Seelen glaube, die im Himmel wohnen, mit weißen Flügelchen und blauen Gewändern, und die Instrumente spielen?«

Der Kanzleirat fiel ein: »Nein, keine Instrumente!« Und als ob er sich an alle wende, fügte er hinzu: »Ich glaube nicht, daß ich von Instrumenten gesprochen habe. Die Instrumente sind eine Übertreibung. Sie sind, das können wir wohl feststellen, ein taktisches Requisit der reaktionären Partei …«

Er wetterte gegen die ultramontane Doktrin los – doch da stellte Senhora Philomena die Schüssel mit der gebratenen Kalbskeule vor ihn hin. Accacio entsann sich gleich seiner Verpflichtungen, schärfte feierlich das Vorlegemesser und schnitt dünne Scheiben, mit tief gerunzelter Stirn, als vollziehe er eine Zeremonie. Julião stützte die Ellbogen auf den Tisch, stocherte mit dem Fingernagel in den Zähnen herum und fragte: »Und das Kabinett? Fällt es nun oder fällt es nicht?«

Sebastião hatte am Nachmittag auf dem Dampfer von Almada sagen hören, daß die Lage stabil wäre.

Doch Savedra leerte sein Glas, wischte sich über die Lippen und erklärte, daß sie in vierzehn Tagen am Ende seien. Dieser Skandal könne auch nicht mehr so weitergehen! Sie hätten nicht die kleinste Ahnung vom Regieren. Nicht die geringste! *Er* zum Beispiel – und er steckte die Hände in die Taschen und lehnte sich weit im Sessel zurück –, er hatte sie unterstützt, hatte er das nicht? Und getreulich. Denn er wäre treu! In der Politik wäre er das immer gewesen! Zum Dank dafür hatten sie ihn nicht zum Ersten Steuerinspektor von Aljustrel befördert, obwohl sie es ihm versprochen hatten! Nicht einmal entschädigt hatten sie ihn dafür. So könne man keine Politik machen! Die Regierung sei eine Sammlung von Dummköpfen!

Jorge sagte, er würde ein neues Kabinett begrüßen; sicher würden sie ihm seine Stelle im Ministerium lassen; er wollte ja nur friedlich in seinem Winkel sitzen …

Alves Coutinho hüllte sich weise in Schweigen und verschlang enorme Mengen Brote.

»Meinetwegen sollen sie gestürzt werden oder auch bleiben«, sagte Julião, »mögen diese kommen oder jene … Danke, Kanzleirat«, und er nahm seinen Teller mit Kalbfleisch in Empfang, »… mir ist das völlig gleichgültig. Es bleibt ja doch alles so faul wie vorher!« Das Land mache ihm Kummer; von oben bis unten herrsche wüstes Durcheinander; kurzum, er hoffe, daß endlich eine Revolution die ganze Schweinerei hinwegfegen würde.

»Eine Revolution?« erschrak Alves Coutinho, wobei er sich unter unruhigen Seitenblicken kräftig das Kinn kratzte.

Der Kanzleirat hatte sich wieder gesetzt und bemerkte: »Ich möchte mich nicht in politische Diskussionen einlassen, die führen nur dazu, die einträchtigsten Familien zu entzweien, doch ich erinnere Sie nur an eines, Senhor Zuzarte, an die Ausschreitungen der Kommune …«

Julião lehnte sich zurück und erwiderte sehr ruhig: »Aber was ist daran Schlechtes, Herr Kanzleirat, wenn wir ein paar Bankiers, ein paar Pfaffen, ein paar fette Großgrundbesitzer und ein paar verkommene Marquis an die Wand stellen? Es wäre eine kleine Säuberungsaktion!« Und er tat so, als wetze er schon das Messer.

Accacio lächelte höflich; er faßte diese blutrünstige Entgleisung lediglich als einen Scherz auf.

Savedra jedoch mischte sich gewichtig ein: »Ich bin überzeugter Republikaner ...«

»Ich auch«, sagte Jorge.

»Und ich auch«, versicherte Alves Coutinho beinahe ungehalten. »Sie können auch auf mich rechnen!«

»Doch«, fuhr Savedra fort, »im Prinzip bin ich es. Denn das Prinzip ist schön, das Prinzip ist ideal! Aber die Praxis? Jawohl, die Praxis?« Und er blickte mit seinem aufgedunsenen Gesicht in die Runde.

»Ja, die Praxis!« echote Alves Coutinho versonnen.

»Die Praxis ist untragbar!« erklärte Savedra und stopfte sich den Mund voll Kalbfleisch.

Der Kanzleirat faßte zusammen: »Was dem auch sei, das Land ist der königlichen Familie aufrichtig zugetan ... Finden Sie nicht auch, mein lieber Sebastião?« Er wandte sich an ihn als Grundbesitzer und Inhaber von Staatsschuldscheinen.

Sebastião meinte verlegen, daß er nichts von Politik verstünde; es gäbe jedoch Tatsachen, die ihn betrübten; so schiene ihm, daß die Arbeiter schlecht bezahlt würden; das Elend hätte zugenommen; die Zigarettenarbeiter zum Beispiel bekämen am Tage kaum neun bis elf Vintém, und da sie ja auch Familien hätten, wäre das traurig ...

»Eine Schande ist das sogar«, sagte Julião und zuckte die Achseln.

»Und es gibt viel zuwenig Schulen ...«, bemerkte Sebastião schüchtern.

»Das ist ein Skandal!« schimpfte Julião.

Savedra schwieg sich aus, völlig mit dem Essen beschäftigt; er hatte die Schnalle der Weste gelöst; auf seinem feisten Gesicht zeigte sich ein sattes, fades und behäbiges Lächeln.

»Und die Idioten von São Bento?« rief Julião.

Doch der Kanzleirat unterbrach ihn: »Meine lieben Freunde, sprechen wir von etwas anderem. Das ist der Portugiesen und treuer Untertanen würdiger.«

Er erkundigte sich gleich bei Jorge, wie es der reizenden Donha Luiza ginge.

Sie wäre seit Tagen ein wenig kränklich, berichtete Jorge. Aber es sei nichts von Bedeutung – der Wechsel der Jahreszeit, ein kleines bißchen Blutarmut ...

Savedra stellte das Trinkglas hin.

»Ich hatte das Vergnügen, sie diesen Sommer fast jeden Tag an meinem Hause vorbeikommen zu sehen«, lächelte er. »In Richtung Arroios. Manchmal per Droschke, manchmal zu Fuß ...«

Jorge schien ein wenig verdutzt; doch der Kanzleirat versicherte gleich, daß er es bedauere, nicht das Vergnügen zu haben, sie an diesem bescheidenen Schmaus teilnehmen zu sehen; als Junggeselle jedoch ... er hätte ja keine Gattin, um die Honneurs zu machen ...

»Eben das wundert mich, Kanzleirat«, bemerkte Julião, »daß Sie sich, obwohl Sie ein so behagliches Heim besitzen, nicht den Luxus einer Gattin geleistet haben ...«

Alle bekräftigten diese Meinung. Es wäre wirklich so! Der Kanzleirat hätte heiraten sollen.

»Vor Gott und der Gesellschaft trägt ein Familienoberhaupt eine schwere Verantwortung«, gab der zu bedenken.

Aber schließlich – redeten sie ihm zu – wäre das doch das Natürlichste. Und dann, zum Teufel, müßte er sich doch manchmal einsam fühlen! Und wenn er krank würde? Ganz zu schweigen von der Freude, die die Kinder bereiten ...

»Aber die Jahre, die schneeweißen Schläfen ...«, wandte der Kanzleirat ein.

Es sage ja auch niemand, daß er eine Fünfzehnjährige heiraten solle! Nein, das wäre zu gewagt. Aber eine Person von gesetztem Alter, die Reize aufzuweisen hätte und häusliche

Qualitäten … Das wäre sogar auch moralisch zu rechtfertigen.

»Denn letzten Endes, Kanzleirat, die Natur, jawohl, die Natur …«, sagte Julião boshaft.

»Es ist schon lange her, lieber Freund, daß das Feuer der Leidenschaft in mir erloschen ist.«

Aber wieso denn! Das sei ein Feuer, das niemals ausgehe! Es sei doch unmöglich, daß der Kanzleirat trotz seiner fünfundfünfzig Jahre gegenüber einem schönen schwarzen Augenpaar und hübschen runden Formen gleichgültig bleiben könne!

Accacio wurde rot. Und Savedra erklärte mit schamhafter Umschreibung, daß sich kein Lebensalter der Macht der Venus entziehen könne. »Das Ganze ist eine Frage des Geschmacks«, behauptete er. »Mit fünfzehn Jahren hätte man gern eine üppige Matrone, mit fünfzig etwas Junges, Zartes … Ist es nicht so, lieber Alves?«

Alves riß bloß seine lüsternen Augen auf und schnalzte mit der Zunge.

Und Savedra fuhr fort: »Meine erste Leidenschaft war eine Nachbarin, die Frau eines Schiffskapitäns, Mutter von sechs Kindern, die nicht durch diese Tür gepaßt hätte. Nun, meine Herren, ich schrieb ihr Verse, und das vortreffliche Geschöpf lehrte mich ein paar angenehme Dinge … Man muß doch zeitig anfangen, nicht wahr?« wandte er sich zu Sebastião.

Sie wollten seine Meinung wissen. Sebastião errötete, und nachdem sie ihm gut zugeredet hatten, sagte er schließlich schüchtern: »Ich finde, daß man ein anständiges Mädchen heiraten und es das ganze Leben lang lieben sollte …«

Jenen schlichten Worten folgte ein kurzes Schweigen. Doch Savedra lehnte sich zurück und tat eine solche Anschauung als ›spießbürgerlich‹ ab; die Ehe sei eine Bürde; es gehe nichts über die Abwechslung …

Julião setzte in belehrendem Ton auseinander: »Die Eheschließung ist eine verwaltungstechnische Formalität, die eines Tages hinfällig werden wird ...« Im übrigen wäre nach seiner Meinung das Weib ein untergeordnetes Wesen; der Mann müßte sich ihm zu bestimmten Zeiten des Jahres nähern (wie es die Tiere tun, die diese Dinge besser als wir verstünden), es begatten und sich mit Ekel zurückziehen.

Diese Auffassung entsetzte alle, besonders den Kanzleirat, der sie ›abstoßend materialistisch‹ fand.

»Diese Weiber, mit denen Sie so streng ins Gericht gehen, Senhor Zuzarte«, rief er aus, »diese Weiber sind unsere Mütter, unsere liebevollen Schwestern, die Gemahlin des Staatsoberhaupts, die erlauchten Damen des Adels ...«

»Sie sind noch das beste Stückchen dieses Jammertals«, bemerkte billig Savedra und schlug sich leicht mit der flachen Hand auf den Bauch. Er ließ dann eine Abhandlung über die Frauen vom Stapel. Was er vor allem von ihnen verlangte, sei ein hübscher Fuß; es gehe nichts über ein anmutiges Füßchen! Und allen anderen ziehe er die Spanierin vor!

Alves schwärmte für die Französinnen. Er zählte einige aus dem Café Concerto auf, Geschöpfe, die einem den Kopf verdrehen konnten! Und seine Augen röteten sich.

Savedra zog eine Grimasse: »Ja, für ein bißchen Cancan ... Beim Cancan geht nichts über die Französinnen ... Aber was die trinken!«

Der Kanzleirat rückte sich die Brille zurecht: »Unterrichtete Reisende haben mir anvertraut, daß die Engländerinnen ausgezeichnete Hausmütter sind ...«

»Aber kalt wie dieses Holz«, sagte Savedra und klopfte auf den Tisch. »Frauen aus Eis!« Und er schrie nach Spanierinnen. Er verlangte Temperament! Er wollte Geist! Sein Blick glänzte weinselig; das Mahl erhitzte seine Gefühle.

»Eine schöne Gaditana, wie wär's, lieber Alves?«

Doch die Nachspeisen, die Senhora Philomena auf dem Tisch verteilte, ließen Alves Coutinho die Frauen vergessen und sich mit Sebastião über Delikatessen unterhalten. Er wies auf Spezialitäten hin: den Waffelkuchen vom Cócó, die Natas vom Baltresqui, Süßigkeiten vom Largo de São Domingos! Dann erläuterte er Rezepte und brüstete sich mit den Heldentaten seiner Naschhaftigkeit, wobei er die Augen verdrehte.

»Das liebe Konfekt und ein rassiges Frauchen, das ist das richtige für mein Herz!« gestand er.

So war es auch. All die Zeit, die er nicht dem Staatsdienst widmete, teilte er mit Sorgfalt zwischen den Konditoreien und den Bordellen.

Savedra und Julião diskutierten über die Presse. Der Redakteur des ›Seculo‹ pries den Beruf des Journalisten, da doch diese Leute, Sie wissen schon, ihr hübsches Auskommen haben; früher oder später ergattert man einen einträglichen Posten, nicht wahr? Nicht zu vergessen den freien Zutritt zu den Theatern, der Einfluß auf die Sängerinnen. Man wird stets respektiert ...

Der Kanzleirat ergötzte sich an den Freuden der Geselligkeit, Zerschnitt die Spiegeleier und sagte zu Jorge: »Gibt es ein größeres Vergnügen, lieber Jorge, als so die Stunden unter Freunden zu verbringen, die alle von anerkannter Gelehrsamkeit sind, und eine gebildete Konversation sich entspinnen zu sehen? ... Die Eier scheinen vortrefflich zu sein.«

Dann kam die Senhora Philomena und stellte feierlich eine Flasche Champagner neben ihn.

Savedra bat gleich, die Flasche öffnen zu dürfen, weil er darin sehr geübt sei. Und kaum daß der Korken heraushüpfte und in feierlichem Schweigen die Gläser gefüllt wurden, sagte Savedra, noch im Stehen: »Herr Kanzleirat!«

Accacio verbeugte sich, blaß.

»Herr Kanzleirat, ich trinke, wir alle trinken jetzt mit dem größten Vergnügen auf die Gesundheit eines Mannes, der« – er stieß den Arm weit von sich und gab der Manschette seines Hemdes mit Rednergeste einen Ruck – »durch seine Achtbarkeit, seine Position, seine ausgedehnten Kenntnisse eine der repräsentativen Persönlichkeiten dieses Landes ist. Auf Ihr Wohl, Herr Kanzleirat!«

»Herr Kanzleirat! Kanzleirat! Lieber Kanzleirat!«

Sie tranken geräuschvoll. Accacio wischte sich die Lippen ab, fuhr sich mit zitternder Hand über die Glatze, erhob sich gerührt und begann: »Meine lieben Freunde! Ich war auf diesen Umstand nicht vorbereitet. Wenn ich es vorher gewußt hätte, hätte ich mir einige Notizen gemacht. Ich besitze nicht das Vokabular eines Rodrigo oder Garrett. Und ich fühle schon, daß die Tränen meine Stimme hemmen ...«

Darauf sprach er von sich, mit aller Bescheidenheit: Als er in der Hauptstadt auf so vortreffliche Parlamentarier traf, so auserlesene Redner, so vollendete Stilisten, da erkannte er, daß er eine Null sei! – Und mit erhobener Hand bildete er in der Luft mit Daumen und Zeigefinger eine 0: eine Null! Er beteuerte seine Vaterlandsliebe: Wenn ihn morgen der Staat oder die königliche Familie brauchen sollten – seinen Körper, seine Feder, seine bescheidenen Ersparnisse, alles würde er bereitwilligst zur Verfügung stellen! All sein Blut wolle er für den Thron vergießen! – Und langatmig bemühte er den ›Eurico‹, die staatlichen Einrichtungen Belgiens, Bocage und Stellen aus seinen Prologen. Er rechnete es sich zur Ehre an, Mitglied der ›Gesellschaft Erster Dezember‹ zu sein ... »An diesem denkwürdigen Tage«, rief er, »illuminiere ich sogar meine Fenster, zwar ohne den Aufwand der Gebäude am Chiado, aber mit aufrichtigem Herzen!«

Und er schloß:

»Wir wollen als Portugiesen nicht vergessen, meine Freunde, dem erlauchten Monarchen Treue zu geloben, der meinen schneeweißen Schläfen, bevor sie ins Grab sinken, den Trost gab, sich mit dem ehrenvollen Ordenskleid von São Thiago schmücken zu dürfen. Meine Freunde, auf die königliche Familie!« Und er erhob sein Glas. »Auf die Musterfamilie, die am Steuer des Staates sitzt und lenkt! Umgeben von den erhabenen Gestalten unserer Politik, lenkt sie ...« – Er suchte nach passenden Worten; beklommenes Schweigen trat ein – »lenkt sie ...« – Durch die dunklen Brillengläser hefteten sich seine Augen, auf der Suche nach einem Einfall, auf die Nudelschüssel – »lenkt sie ...« – Er kratzte sich verlegen die Glatze; doch ein Lächeln erhellte seine Züge, er hatte die richtige Wendung gefunden und streckte den Arm aus: » ... lenkt sie das Staatsschiff, zum Neide der Nachbarvölker! Auf die königliche Familie!«

»Auf die königliche Familie!« stimmten die anderen ehrfurchtsvoll ein.

Im Salon wurde der Kaffee aufgetragen. Die Stearinkerzen warfen ein trübes Licht in dem kalten Raum; der Kanzleirat zog die Spieluhr auf, und zum Klang des Hochzeitschors aus der ›Lucia‹ reichte er Zigarren herum.

»Die Senhora Adelaide kann den Likör bringen«, sagte er zu Philomena.

Eine schöne Frau von dreißig Jahren erschien, sehr blaß, mit schwarzen Augen und üppigen Körperformen, in einem Kleid aus blauer Merinoschafwolle, und brachte ihnen auf einem silbernen Teebrett mit leise zitternden Gläschen die Kognakflasche und die mit dem Curaçäo.

»Hübsches Mädel!« brummte Alves Coutinho mit erhitztem Gesicht.

Julião wollte ihm den Mund zuhalten, blickte auf den Kanzleirat und raunte Alves Coutinho ins Ohr:

»Verwegner, wage nicht den Blick zu heben
Zum Weibe eines Cäsar!«

Während man Curação trank, schlich sich Julião ins Arbeitszimmer und hob den Zipfel des grauen Umschlagetuchs, das ihn so überaus beschäftigte: Darunter lagen Haufen broschierter Bücher, mit einer Schnur zusammengebunden: die unberührten Werke des Kanzleirats!

Als Jorge um elf Uhr nach Hause kam, lag Luiza schon im Bett, las und wartete auf ihn.

Sie erkundigte sich, wie es beim Kanzleirat gewesen wäre.

Großartig, berichtete Jorge und kleidete sich aus. Er lobte die Weine. Man hätte ›Speeches‹ gehalten ... Da fragte er unvermittelt: »Sag mal, was wolltest du eigentlich in Arroios?«

Luiza fuhr sich langsam mit den Händen über das Gesicht, um ihre Bestürzung zu verbergen. Sie gähnte leicht: »In Arroios?«

»Ja. Ein gewisser Savedra, der auch mit beim Kanzleirat war, erzählte, daß er dich alle Tage dort vorbeikommen sah, in der Droschke oder zu Fuß.«

»Ach so!« Luiza hüstelte. »Ich besuchte die Guedes, die mit mir aufs Lyzeum ging. Sie kam gerade aus Porto. Die Silva Guedes!«

»Silva Guedes ...«, sann Jorge nach. »Ich dachte, ihr Mann wäre Regierungsrat auf den Kapverdischen Inseln!«

»Ich weiß nicht. Im Sommer waren sie einen Monat hier. Sie wohnten in Arroios. Die Arme war krank, ich habe sie zuweilen besucht. Sie ließ mich bitten, hinzukommen. Stell das Licht weg, es stört mich.«

Dann beklagte sie sich, ihr wäre den ganzen Abend so seltsam zumute gewesen. Sie fühle sich matt und hätte etwas Fieber ...

An den folgenden Tagen wurde ihr nicht besser. Sie jammerte über Druck im Kopf, Übelkeit ... Eines Morgens blieb sie sogar im Bett liegen. Jorge war beunruhigt und ging nicht aus dem Hause; er wollte schon Julião rufen lassen. Doch Luiza behauptete, es wäre nichts, vielleicht ein kleines bißchen Schwäche ...

Das war auch die Meinung Julianas oben in der Küche. »Denn die Gnädige ist schwächlich; da ist etwas mit der Brust nicht in Ordnung«, sagte sie gewichtig.

Joanna, über den Herd gebeugt, warf ein: »Sie ist ja geradezu eine Heilige!«

Juliana bohrte einen grimmigen Blick in ihren Rücken und lachte auf: »Sie reden, als wären die anderen die Pest!«

»Welche anderen?«

»Ich, Sie, die übrigen ...«

Joanna rührte emsig in den Kochtöpfen, ohne sich umzudrehen:

»Bedenken Sie, eine Bessere finden Sie bestimmt nicht, Senhora Juliana! Eine Gnädige, die Sie alles tun läßt, was Sie wollen, und selber noch die Arbeit macht! Neulich hat sie sogar das Schmutzwasser ausgeleert. Eine Heilige ist sie!«

Dieser feindselige Ton Joannas erbitterte Juliana, doch sie nahm sich zusammen, trotz ihrer ›Position‹. Im Hause war sie von Joanna wegen der Bouillons, Beefsteaks und Leckerbissen abhängig; sie zeigte ihr gegenüber die ehrfurchtsvolle Zurückhaltung des Schwachen gegenüber dem Stärkeren, und listig sagte sie: »Nun, das sind Launen! Sie räumt eben gern auf. Ja, das muß man schon sagen, sie ist eine sehr ordentliche Frau. Aber sie arbeitet nun einmal gern. Zuweilen genügt schon ein kleines bißchen Staub, und gleich greift sie nach dem Flederwisch ... Das ist bloß eine Laune. Ich habe auch andere Hausfrauen kennengelernt ...« Juliana neigte den Kopf zur Seite und verzog die Lippen.

»Sie ist wirklich eine Heilige«, wiederholte Joanna.

»Eine komische Frau! Sie muß immer etwas tun. Ich gehe niemals fort, ohne alles blitzblank zu hinterlassen. Aber, Herrschaften, zufrieden ist sie nie! Neulich plättete sie sogar unten die Wäsche ... Ich wollte gerade ausgehen, aber ich setzte gleich den Hut ab und ließ es nicht zu ... Nun, was soll ich Ihnen noch sagen? Sie hat keine Sorgen, keine Kinder ... Es fehlt ihr doch an nichts ...«

Juliana verstummte, lehnte sich im Sessel zurück, betrachtete ausgiebig ihren Fuß und sagte mit Befriedigung: »Mir ja auch nicht!«

Joanna begann zu trällern. Sie wollte keine Streitereien. Denn im Grunde fand sie, daß ›alles sehr aus den Fugen‹ sei. Die Juliana steckte stets auf der Straße oder in ihrem Zimmer und arbeitete für sich, ohne etwas dabei zu finden; sie ließ den lieben Gott einen guten Mann sein und die arme Gnädige kehren, bügeln und dabei immer magerer werden! Nein, da steckte etwas dahinter! Aber ihr Pedro, den sie zu Rate gezogen hatte, meinte verschmitzt, indem er mit seinem dünnen Bart spielte: »Die werden sich schon einig! Versuch du nur, auf deine Kosten zu kommen, und kümmere dich nicht um die andern. Das ist ein besseres Haus, und daraus muß man seinen Vorteil ziehen!«

Doch Joanna fühlte, wie ›da drinnen‹ ihre Abneigung gegen die Senhora Juliana wuchs. Sie konnte sie nicht leiden wegen ihrer Putzsucht, der luxuriösen Aufmachung ihres Zimmers, der kleinen Spaziergänge den ganzen Tag über, und weil sie sich aufführte, als ob sie eine große Dame sei. Sie weigerte sich nicht, ihr manche Arbeit abzunehmen, weil ihr das kleine Geschenke von der Gnädigen einbrachte, aber sie haßte sie! Was sie tröstete, war der Gedanke, daß bereits ein Nasenstüber dieser dürren Person den Garaus machen konnte. Und sie begann gleichfalls aus den häuslichen Verhältnissen Kapital zu schlagen. Pedro hatte schon recht ...

Juliana tat sich jetzt tatsächlich keinen Zwang mehr an. Nach dem Auftritt wegen der Wäsche war sie erschrocken, weil jenes Ärgernis sie schließlich ihre ›Position‹ kosten konnte; einige Tage lang ging sie nicht aus und war sehr aufmerksam; doch als sie sah, daß Luiza nichts unternahm, gab sie sich sogleich und geradezu inbrünstig ihrer Trägheit hin und den kleinen Freuden der Rache. Sie machte Spaziergänge oder schloß sich in ihr Zimmer ein und nähte; das ›Kreiselchen‹ sollte sich nur kümmern! Jorge gegenüber nahm sie sich noch zusammen: sie hatte Angst vor ihm. Aber wenn er erst aus dem Hause war! Welches Aufatmen! Zuweilen kehrte sie oder räumte auf, doch kaum hörte sie ihn das Gatter schließen, warf sie das Bügeleisen oder den Besen hin und begann sich's wohl sein zu lassen. Zum Weiterarbeiten war ja das ›Kreiselchen‹ da!

Luizas Zustand hingegen verschlechterte sich. Sie bekam plötzlich vorübergehend Fieber, nahm ab und quälte Jorge mit ihrem Trübsinn.

Alles schob sie auf die ›Nerven‹.

»Was mag das bloß sein, Sebastião?« war Jorges unaufhörliche Frage. Und er entsann sich mit Schrecken, daß Luizas Mutter an einer Herzkrankheit gestorben war.

Auf der Straße wußte man durch die Köchin, die Tante Joanna, daß es ›der vom Ingenieur‹ schlecht ging. Die Tante Joanna schwor darauf, ein Bandwurm sei daran schuld. Denn warum sollte schließlich jemand, dem es an nichts fehlte und der einen Engel von Gatten, ein schönes Heim und alle Bequemlichkeiten hatte, auf einmal den Kopf hängen lassen? Das war der Bandwurm! Das konnte nur der Bandwurm sein! Und alle Tage erinnerte sie Sebastião, daß man den weisen Mann aus Villa Nova de Famalição holen lassen müßte, der das Mittel gegen den Bandwurm besäße.

Der Paula hatte eine andere Erklärung.

»Da ist mit dem Kopf etwas nicht in Ordnung«, sagte er und runzelte mit ernster Miene die Stirn. »Wissen Sie, was ihr fehlt, Senhora Helena? Es liegt an den vielen Romanen! Ich sehe sie von früh bis abends mit dem Buch in der Hand. Sie tut nichts als Romane über Romane lesen ... Da hat man das Resultat: Fertig ist sie!«

Eines Tages fiel Luiza in Ohnmacht, und als sie wieder zu sich kam, war sie sehr entkräftet, ihr Puls schwach, die Augen lagen tief in den Höhlen. Jorge suchte gleich Julião auf. Er traf ihn sehr aufgeregt an, weil am folgenden Tage die Preisbewerbung stattfand und er Lampenfieber hatte.

Während des ganzen Weges wurde er nicht müde, erregt von seiner These zu sprechen, von der Korruption, vom Lärm, den er schlagen würde, wenn es ungerecht zuginge – und er bereute jetzt, daß er ›nicht mehr Keile vorgetrieben‹ hatte.

Nachdem er Luiza untersucht hatte, sagte er wütend zu Jorge: »Gar nichts fehlt ihr! Und deswegen kommst du mich holen! Sie hat Anämie, was wir alle haben. Spazierengehen soll sie, sich zerstreuen. Zerstreuung und Eisen, viel Eisen ... Und kaltes Wasser, kaltes Wasser über den Rücken!«

Da es fünf Uhr war, lud er sich gleich zum Essen ein, wetterte den ganzen Abend gegen die Verhältnisse in Portugal, verfluchte die Ärztelaufbahn, beschimpfte seinen Mitbewerber und rauchte verzweifelt Jorges Zigarren.

Luiza nahm zwar das Eisen ein, wollte aber nichts von Zerstreuungen wissen: es mache ihr Umstände, sich umzukleiden, es widere sie an, ins Theater zu gehen ... Sobald sie merkte, daß Jorge sich für ihren Zustand interessierte, bemühte sie sich, Kraft, Munterkeit und gute Laune vorzutäuschen, aber durch diese Anstrengung fühlte sie sich außerordentlich geschwächt.

»Wollen wir aufs Land gehen, was meinst du?« fragte Jorge sie höchst betrübt, als er ihre Entkräftung gewahrte.

Da sie mögliche Komplikationen befürchtete, willigte sie nicht ein; sie fühlte sich nicht stark genug, sagte sie; wo hätte sie es gemütlicher als zu Hause? Und dann die Ausgaben, die Unbequemlichkeiten …

Eines Vormittags, als Jorge unverhofft nach Hause zurückkam, überraschte er sie, wie sie im Morgenrock, ein Tuch um den Kopf gebunden, betrübt das Zimmer fegte.

Er blieb erstaunt an der Tür stehen.

»Was machst du denn da? Du kehrst?«

Sie wurde ganz rot, warf gleich den Besen hin und umarmte ihn.

»Ich hatte nichts zu tun … Da bekam ich den Sauberkeitsfimmel … Ich hatte Langeweile, außerdem tut es mir gut, ich arbeite mich aus dabei.«

Am Abend erzählte Jorge Sebastião von dieser Albernheit, sich abzurackern.

»Wenn jemand so schwach ist wie Sie, gnädige Frau!« tadelte Sebastião.

Aber nein, sagte sie, sie fühle sich schon wohler. Es ginge ihr jetzt sogar sehr gut …

Dennoch sprach sie an diesem Abend fast gar nichts und saß ein wenig blaß über ihre Häkelarbeit gebeugt; zuweilen hoben sich traurig und müde ihre Augen; sie lächelte schweigend und betrübt.

Luiza bat Sebastião, er solle etwas aus dem ›Requiem‹ von Mozart spielen. Das fände sie so schön! Sie hätte gern, daß sie es in der Kirche sängen, wenn sie stürbe …

Jorge ärgerte sich. Welche fixe Idee, über derart unsinnige Dinge zu reden!

»Aber wieso, ist es denn nicht möglich, daß ich sterbe?«

»Dann gut, stirb und laß uns in Frieden!« rief er wütend.

»Was für ein guter Ehemann!« sagte sie lächelnd zu Sebastião. Sie ließ die Häkelarbeit in den Schoß fallen und bat ihn dann um die ›Sechzehn Takte der Afrikanerin‹. Luiza hörte mit aufgestütztem Kopfe zu. Die Klänge drangen in ihre Seele mit der Anmut mystischer Stimmen, die sie riefen; es schien ihr, daß sie von ihnen fortgetragen würde, sich von allem löste, was irdisch und ruhelos war, und sich an einem verlassenen Strand befand, neben dem traurigen Meer – um dort als vergeistigtes Wesen frei von irdischer Erbärmlichkeit durch die Luft zu wandeln, in den leuchtenden Strahlen des kalten Mondscheins zu erschauern und über würzig duftendes Heidekraut zu schreiten …

Die melancholische Haltung ihres entkräfteten Körpers machte Jorge rasend.

»Sebastião, spiel mir doch bitte mal den Fandango, den ›Blaubart‹, den ›Pirolito‹, verflucht! Wenn ihr Trübsal blasen wollt, fange ich gleich mit einem Choral an!«

Und er sang mit Grabesstimme:

»Dies irae, dies illa
Solvet saeclum in favilla …«

Luiza lachte: »Wie närrisch! Nicht einmal traurig sein darf man …«

»Man kann schon!« rief Jorge. »Aber dann eine richtige Trauer, eine vollkommene.« Und mit greulichem Klang stimmte er den ›Bemdito‹ an.

»Die Nachbarn müssen uns ja für wahnsinnig halten, Jorge«, unterbrach sie ihn.

»Genau das sind wir!« Er trat in das Arbeitszimmer und knallte die Tür zu.

Sebastião spielte einige Takte, wandte sich zu ihr und sagte leise: »Was sind denn das für Einfälle? Was ist das für ein Trübsinn?«

Luiza hob die Augen zu ihm auf und blickte in sein gutmütiges und freundliches Gesicht, das voller Mitgefühl war; vielleicht würde sie ihm nun alles sagen, sich vom Schmerz überwältigen lassen; doch da kam Jorge aus dem Arbeitszimmer zurück. Sie lächelte, zuckte die Achseln und griff wieder zu ihrer Häkelarbeit.

Am folgenden Sonntagabend plauderte man im Salon. Julião hatte von seiner Bewerbung erzählt. Alles in allem war er zufrieden. Gut zwei Stunden hätte er gesprochen, exakt und mit Elan.

Dr. Figueiredo hatte ihm gesagt, sein Vortrag hätte noch etwas eleganter sein können ...

»Literaten!« brummte Julião, indem er geringschätzig die Achseln zuckte. »Die können nicht fünf Minuten über den Fußknöchel sprechen, ohne ›die Blumen des Frühlings‹ und ›die Fackel der Zivilisation‹ zu zitieren!«

»Der Portugiese hat eine Manie für die Rhetorik ...«, stellte Jorge fest.

In diesem Augenblick trat Juliana mit einem Brief in den Salon.

»Oh, der ist vom Kanzleirat!«

Sie waren beunruhigt. Doch Accacio entschuldigte sich lediglich, daß er nicht kommen könne, wie er am Vortage versprochen hatte, um Donha Luizas vortrefflichen Tees teilhaftig zu werden. Eine dringende Arbeit halte ihn am Pulte der Pflicht fest. Er richte ›Grüße an unseren Sebastião und unseren Julião aus, und Empfehlungen an die reizende Donha Felicidade‹.

Eine Woge von Blut schoß in das Gesicht der erlauchten

Dame. Sie kochte vor lauter Aufregung; zweimal verrückte sie ihren Sessel, spielte auf dem Klavier mit einem Finger die ›Perle von Ophir‹, und schließlich, da sie nicht mehr an sich halten konnte, bat sie Luiza leise, in ihr Zimmer zu gehen, sie hätte etwas auf dem Herzen …

Kaum daß sie eingetreten waren, schloß sie die Tür zum Salon.

»Was sagst du zu seinem Brief?«

»Meinen Glückwunsch«, lachte Luiza.

»Das ist das Wunder!« rief Donha Felicidade. »Das Wunder vollzieht sich schon!« Und leiser: »Ich habe nämlich den Mann geschickt! Den, von dem ich dir erzählte, den Galicier!«

Luiza begriff nicht.

»Nach Tuy, zur weisen Frau! Er hat mein Bild und das von ihm mitgenommen. Vor einer Woche ist er hingefahren: Natürlich hat die Frau schon angefangen, ihm die Nadeln ins Herz zu treiben …«

»Was für Nadeln?« fragte Luiza erstaunt.

Beide standen neben dem Toilettentisch, Donha Felicidade erläuterte geheimnisvoll: »Die Frau macht ein Herz aus Wachs, klebt es an das Bild des Kanzleirats, und eine Woche lang stößt sie um Mitternacht eine geweihte Nadel hinein, mit dem entsprechenden Zeremoniell, und verrichtet ihre Gebete …«

»Und du hast dem Mann Geld mitgegeben?«

»Acht Moedas.«

»Donha Felicidade!«

»Ach, reden wir nicht davon! Du siehst ja schon! Welche Wandlung! In ein paar Tagen ist er hin! Ach, Unsere Liebe Frau von der Freude gebe es! Unsere Liebe Frau möge es geben! Denn dieser Mann macht mich rasend. Nachts träume ich nur von ihm! Ich bin sogar der Todsünde verfallen! Und wie ich schwitze! Drei-, viermal muß ich das Hemd wechseln!«

Sie betrachtete sich gleich im Spiegel, um sich zu überzeugen, daß die Schönheit ihres Körpers den Nadeln der Zauberin behilflich sein würde, und glättete ihr Haar.

»Meinst du nicht, daß ich abgenommen habe?«

»Nein.«

»Doch, Mädchen, doch!« Und sie zeigte auf ihr schlaffes Mieder.

Schon schmiedete sie Pläne. Die Flitterwochen würden sie in Cintra verbringen ... Ihre Augen ertranken in sinnlichem Glanz.

»Unsere Liebe Frau von der Freude gebe es. Ich habe ihr schon zwei Kerzen angezündet, die Tag und Nacht brennen ...«

Doch plötzlich gellte die betrübte Stimme Joannas von der Küchentreppe: »Gnädige Frau! Gnädige Frau, kommen Sie doch!«

Luiza lief hin, ebenso Jorge, der im Salon Joannas Geschrei gehört hatte. Juliana lag ohnmächtig auf dem Fußboden der Küche hingestreckt.

»Es überkam sie ganz plötzlich, ganz plötzlich überkam es sie!« rief Joanna, fahl und zitternd. »Sie fiel auf einmal zur Seite ...«

Julião beruhigte sie gleich; es sei weiter nichts als eine Ohnmacht. Sie schafften sie ins Bett. Julião ließ ihr mit einem warmen Flanelltuch kräftig die Glieder abreiben, und gerade als Joanna aufgeregt und mit bloßem Kopf wegen eines Mittels gegen die Krämpfe zur Apotheke laufen wollte, kam Juliana wieder zu sich. Sie fühlte sich sehr schwach. Als sie in den Salon hinuntergingen, erklärte Julião, indem er sich eine Zigarette drehte:

»Das ist nicht von Bedeutung. Diese Ohnmächten sind bei

Herzkranken sehr häufig. Diese ist harmlos. Aber der Teufel will es, daß sie zuweilen zu Schlagflüssen führen, und es tritt eine Lähmung ein; sie dauert zwar nicht lange, weil der Blutumlauf im Gehirn sehr gering ist, aber schließlich ist sie immer unangenehm.« Er zündete die Zigarette an: »Diese Frau stirbt Ihnen eines Tages im Hause.«

Jorge, die Hände in den Hosentaschen, lief gedankenverloren im Salon hin und her.

»Das habe ich immer gesagt«, fiel Donha Felicidade mit erschrockener Stimme ein. »Schon immer habe ich das gesagt. Sie müssen sie sich vom Halse schaffen.«

»Außerdem ist die Behandlung mit ihrer Arbeit nicht zu vereinbaren«, sagte Julião. »Schließlich kann sie zwar beim Plätten Digitalis oder Chinin einnehmen, aber die wirkliche Heilbehandlung ist eben die Ruhe, die absolute Vermeidung jeder Anstrengung. Denn eines Tages ärgert sie sich oder hat eines Morgens eine anstrengende Arbeit, und weg ist sie!«

»Ist die Krankheit weit vorgeschritten?« fragte Jorge.

»Nach dem, was sie selber sagt, hat sie schon asthmatische Beschwerden, Beklemmungen, heftige Schmerzen in der Herzgegend, Blähungen, Gliederschweiß – und was weiß ich nicht alles!«

»Da hat man die Bescherung!« murmelte Jorge und blickte um sich.

»Hinauswerfen muß man sie!« faßte Donha Felicidade kurz zusammen.

Als sie um elf Uhr allein waren, sagte Jorge gleich zu Luiza: »Wir müssen diese Kreatur loswerden. Was hältst du davon, hm? Ich will nicht, daß sie in meinem Hause stirbt!«

Luiza stand vor dem Toilettentisch und legte die Ohrringe ab. Ohne sich umzudrehen, antwortete sie, daß man das arme Geschöpf doch nicht einfach auf die Straße setzen könne, damit es dort stürbe. Sie spielte auf das an, was sie für Tante

Virginia getan hatte. Behutsam reihte sie ihre Worte aneinander, vorsichtig, wie man den Fuß auf trügerischen Grund setzt. Vielleicht könnte man ihr etwas Geld geben, damit sie sich irgendwo anders niederließe ...

Jorge antwortete nach einer Pause: »Ich werde nicht zögern, ihr zehn oder zwölf Libras zu geben, aber sie soll gehen! Soll sie sehen, wo sie bleibt!«

›Zehn oder zwölf Libras!‹ dachte Luiza mit einem unglücklichen Lächeln. Und dicht vor ihrem Toilettentisch stehend, schaute sie mit einer gewissen Wehmut auf ihr Spiegelbild, als ob ihre Wangen innerhalb kurzer Zeit vom Kummer ausgehöhlt und ihre Augen vom Weinen ermüdet sein würden ...

Denn nun war die Krise gekommen. Wenn Jorge darauf bestehen sollte, die ›Kreatur‹ zu entlassen, dann kam sie um eine Erklärung nicht herum und konnte nicht ohne weiteres zu Jorge sagen: ›Ich will nicht, daß sie geht, ich will, daß sie hier stirbt!‹ Und Juliana, wenn sie sich erst einmal ausgestoßen sah, verzweifelt und krank, wie sie war, und erkannte, daß Luiza sie nicht verteidigte, sie nicht behalten wollte, würde sich dann rächen! Was sollte sie tun?

Am nächsten Tage stand sie in großer Unruhe auf. Juliana lag noch sehr mitgenommen im Bett. Während Joanna den Tisch deckte, saß Luiza im Voltairestuhl am Fenster des Speisezimmers und las mechanisch das ›Diario de Noticias‹, beinahe ohne das Gelesene zu begreifen, als sie eine Notiz oben auf der Seite zusammenfahren ließ: ›Übermorgen reist unser Freund, der bekannte Bankier Castro von der Firma Castro, Miranda & Co., nach Frankreich ab. Seine Hochwohlgeboren zieht sich von den hiesigen Geschäften zurück und wird sich gänzlich in Frankreich niederlassen, in der Nähe von Bordeaux, wo er kürzlich eine wertvolle Besitzung erworben hat.‹

Castro! Der Mann, der ihr Geld geben würde; alles, was sie nur begehrte, hatte Leopoldina gesagt. Er reiste ab! ... Und obwohl sie vom ersten Augenblick an diesen Ausweg als entehrend empfunden hatte, überkam sie wider ihren Willen so etwas wie eine große Betrübnis, ihn verschwinden zu sehen. Denn er würde niemals mehr nach Portugal zurückkehren, Castro! ... Plötzlich durchzuckte sie eine Idee, die sie erbeben und sich ganz blaß aufrichten ließ. – Wenn sie am Vortage seiner Abreise – großer Gott! – wenn sie ihm am Vortage gefügig wäre! ... Ach, es wäre furchtbar! Nicht einmal denken durfte sie daran! ...

Aber sie dachte dennoch daran und fühlte sich ganz ohnmächtig gegen eine wachsende Versuchung, die ihr Herz mit überzeugenden Liebkosungen umstrickte. Dann war sie ja gerettet! Sie würde Juliana sechshundert Milreis geben, und dieses dämonische Weib würde weit fortgehen und irgendwo sterben! Und er, Castro, würde mit dem Postschiff abreisen. Sie brauchte nicht vor ihm zu erröten; ihr Geheimnis ging ins Ausland, das war so gut wie ins Grab! – Außerdem, wenn Castro eine Leidenschaft für sie hatte, war es durchaus möglich, daß er ihr das Geld bedingungslos gab.

Herrgott! Morgen könnte sie schon in der Tasche ihres Hauskleides die Banknoten, die Goldstücke haben ... Warum nicht? Warum denn nicht? Und es überkam sie ein sehnsüchtiges Verlangen, sich zu befreien, glücklich, ohne Ängste und ohne beständige Qualen zu leben ...

Luiza ging in ihr Zimmer zurück. Sie begann im Toilettentisch herumzukramen, wobei sie von der Seite auf Jorge blickte, der sich ankleidete ... Seine Gegenwart verursachte ihr gleich Gewissensbisse: sie wollte einen Mann um Geld bitten, auf seine lüsternen Blicke eingehen, auf seine zweideutigen Worte ... Wie entsetzlich! – Doch schon fand sie eine Rechtfertigung: Es war für Jorge, es war für ihn! Um ihm den

Verdruß des ›Erfahren-Müssens‹ zu ersparen! Um ihn ohne Furcht, ohne Vorbehalte lieben zu können, das ganze Leben lang …

Beim Frühstück sprach sie kein Wort. Jorges sympathisches Gesicht rührte sie; der ›andere‹ erschien ihr abscheulich, sie haßte ihn bereits!

Als Jorge ging, blieb sie sehr nervös zurück. Sie trat ans Fenster; die Sonne erschien ihr wunderbar, die Straße lockte sie. Warum nicht? Warum denn nicht?

Da war von der Treppe zur Küche her Julianas rauhe Stimme zu hören, und dieser verhaßte Klang bestimmte ihren jähen Entschluß.

Luiza kleidete sich mit großer Sorgfalt an. Sie war eine Frau, sie wollte hübsch aussehen. Als es auf dem São Roque Mittag schlug, langte sie ganz außer Atem bei Leopoldina an.

Die war schon angekleidet und wartete auf das Frühstück. Luiza legte rasch den Hut ab, machte es sich auf dem Sofa bequem und setzte Leopoldina klar ihren Entschluß auseinander. Sie wollte Geld von Castro haben. Geliehen oder geschenkt, sie brauchte das Geld! Sie war in einer Notlage, sie mußte sich aller Mittel bedienen. Jorge wollte das Weib entlassen … sie hätte Angst, daß sie sich rächen könnte. Sie wollte Geld haben, und da wäre sie!

»Aber so plötzlich, Kind!« rief Leopoldina verblüfft.

»Castro reist morgen ab. Er fährt nach Bordeaux oder sonstwohin! Man muß etwas unternehmen, sofort!«

Leopoldina kam auf den Einfall, ihm zu schreiben.

»Wie du meinst … Hier bin ich!«

Die andere setzte sich langsam an den Tisch, dann suchte sie einen Bogen Papier heraus, und den kleinen Finger zur Seite gespreizt, begann sie mit schräggeneigtem Kopf zu kritzeln.

Luiza lief nervös im Zimmer auf und ab. Sie hatte jetzt einen festen Entschluß gefaßt, den Leopoldinas Gegenwart noch erhärtete. Die vergnügte sich, tanzte, ging aus, genoß, lebte, ohne wie sie einer Folter unterworfen zu sein, die ihre Gesundheit untergrub und ihr Leben zerstörte. Nein, sie würde nicht nach Hause zurückkehren, ohne in der Tasche in klingenden Libras das Lösegeld, die Rettung mitzubringen. Selbst wenn sie sich benehmen müßte wie die Frauen vom Bairro Alto! Sie war der Demütigungen überdrüssig, der Schrecken, der von Alpdrücken verkürzten Nächte … Sie wollte das Leben in vollen Zügen genießen, zum Teufel! Ihre Liebe, ihr Essen – ohne Sorgen, mit zufriedenem Herzen!

»Hör mal zu«, sagte Leopoldina und las vor:

»›Mein lieber Freund!

Ich muß Sie unbedingt sprechen. Es handelt sich um eine sehr ernste Angelegenheit. Kommen Sie, sobald Sie können. Vielleicht sind Sie mir dankbar. Ich erwarte Sie bis spätestens drei Uhr.

Mit aller Hochachtung

Ihre Freundin Leopoldina.‹

Was hältst du davon?«

»Schrecklich! Aber es ist schon gut … Sehr gut ist das! Doch streiche lieber das ›Vielleicht sind Sie mir dankbar‹. Es ist besser.«

Leopoldina schrieb das Briefchen ins reine und schickte es durch Justina per Droschke hin.

»Jetzt will ich aber frühstücken, denn ich kann mich nicht mehr auf den Beinen halten.«

Das Speisezimmer ging auf einen Hinterhof hinaus. Die Wände waren mit einer abscheulichen Malerei bedeckt, in der große grüne Flecke Hügel und dunkelblaue Linien Seen darstellen sollten. Ein Schrank in der Ecke diente als Büfett. Die

Rohrstühle hatten kleine Kissen aus rotem Kattun, und auf dem Tischtuch zeichneten sich die Kaffeeflecke vom Vortag ab.

»Einer Sache kannst du gewiß sein«, versicherte Leopoldina und trank große Schlucke Tee, »nämlich, daß Castro ein Mann ist, der ein Geheimnis zu bewahren versteht. Wenn er dir das Geld leiht, und er leiht dirs bestimmt, dann kommt nicht ein Wort aus seinem Mund. In dieser Beziehung ist er korrekt... Bedenke, daß er jahrelang der Geliebte der Videira war! Und nicht einmal dem Mendonça, der sein Vertrauter ist, hat er ein Wort davon gesagt. Nicht einmal eine Andeutung! Der ist verschwiegen wie ein Grab.«

»Was für eine Videira?« wollte Luiza wissen.

»Die Lange mit der großen Nase, die einen Landauer hat.«

»Aber die gilt als eine so anständige Frau ...«

»Da siehst du's!« Sie lachte auf: »Gelten sie wohl, gelten sie. So gut sie es können. Man muß ihre schwachen Seiten kennen, meine Verehrteste!«

Sie bestrich große Brotschnitten mit Butter und begann selbstgefällig von den Skandalen in Lissabon zu sprechen, ein ganzes Sündenregister auszubreiten. Sie zählte Namen auf und Schicksale: diejenigen Frauen, die, nachdem sie ›etwas angestellt‹ haben, in verspäteter Frömmigkeit den Rest früherer Empfindsamkeit verschwenden und in den Sakristeien landen. Dann andere, die, sicherlich von eintöniger Tugendhaftigkeit ermüdet, während der Sommerfrische in Cintra oder Cascaes geschickt den Boden für ihren Sündenfall bereiten. Und erst die unverheirateten Mädchen! Mancher kleine Bengel verdankt den Wirtinnen aus der Umgebung das Recht, sie Mama zu nennen! Andere wieder, die vorsichtiger sind und die Folgen der Liebe fürchten, flüchten sich in die Raffinessen der Ausschweifung ... Ganz zu schweigen von den

Damen, die in Anbetracht des geringen Wirtschaftsgeldes ihren Ehemann durch einen Galan entlasten! Leopoldina übertrieb sehr, aber sie haßte diese Frauen so! Denn sie alle hatten mehr oder weniger den Schein der Anständigkeit zu wahren gewußt, den sie selbst verloren hatte, und gingen mit Geschicklichkeit zu Werke, wo sie, die Närrin, nur die Offenheit kannte! Und während die anderen sich ihre Beziehungen, Einladungen zu Abendgesellschaften und die Wertschätzung des Hofes sicherten, hatte sie alles verloren, war nur noch die Quebraes …

Diese Unterhaltung erschütterte Luizas Grundsätze. Bei einer solchen Alltäglichkeit des Lasters schien es ihr, daß ihr Fall seine harten Umrisse verlor, so wie ein Gebäude im dichten Nebel zerfließt; und da sie ihn als so wenig auffallend empfand, hielt sie ihn beinahe schon für gerechtfertigt.

Sie verharrten in Schweigen, leicht benommen von der Atmosphäre allgemeiner Sittenlosigkeit, in der Widerstand und Stolz erweichen und erschlaffen wie die Muskeln in einer von lauwarmen Ausdünstungen gesättigten Badestube.

»Das Leben ist ein Roman«, seufzte Leopoldina und erhob sich, indem sie gähnend die Glieder streckte.

»Wo ist eigentlich dein Gatte?« fragte Luiza im Korridor.

Er sei nach Porto gereist. Sie wären ganz sich selbst überlassen, könnten die tollsten Dinge anstellen!

Leopoldina warf sich in ihrem Zimmer aufs Sofa, eine Laferme-Zigarette im Mund, und stimmte gleichfalls ein Klagelied an.

Schon seit langer Zeit war sie verdrossen; sie langweilte sich; alles widerte sie an; sie brauchte etwas Neues, etwas Ausgefallenes! Es war ihr, als ob sie aus allen Poren ihres Körpers gähnte …

»Und was ist nun mit dem Fernando?« fragte Luiza, die immer wieder aus dem Fenster blickte, zerstreut.

»Der Idiot!« antwortete Leopoldina mit einer Bewegung ihrer Schultern, die Übersättigung und Geringschätzung ausdrückte.

Nein, es gelüste sie wirklich nach etwas anderem, sie wußte selbst nicht recht, wonach. Zuweilen dachte sie daran, Nonne zu werden! (Und sie streckte mit träger Verdrossenheit die Arme aus.) Alle Männer, die sie kannte, wären so abgeschmackte Kerle! So banal die Freuden, deren sie teilhaftig geworden war! Sie begehrte ein anderes Leben, pulsierend, abenteuerlich, gefährlich, das ihr Herz höher schlagen ließ – die Frau eines Seeräubers sein, auf dem Meere fahren, auf einem Piratenschiff ... Was den werten Fernando anbelange, so reize der sie nur zum Erbrechen. Und ein anderer würde auch nicht besser sein. Sie hätte die Männer satt! Sie brächte es fertig, sich gegen Gott zu versündigen!

Wie ein eingesperrtes Raubtier, das gähnt, riß sie weit den Mund auf: »Ich langweile mich! Ich langweile mich so! Gerechter Himmel!«

Sie schwiegen einen Augenblick.

»Aber was soll ich ihm nun sagen, diesem Mann?« fragte Luiza unvermittelt.

Leopoldina blies den Rauch der Zigarette von sich und meinte: »Du sagst ihm, daß du eine Million Reis oder sechshundert Milreis brauchst ... Was sollst du ihm noch sagen? Daß du ihn entschädigen wirst.«

»Wie denn?«

Leopoldina lag auf dem Sofa, die Augen an der Zimmerdecke: »Durch Leidenschaft.«

»Oh, du bist gräßlich!« rief Luiza erregt. »Du siehst mich hier, unglücklich, halb wahnsinnig, du sagst, daß du meine Freundin bist, und du lachst bloß, machst dich noch über mich lustig ...« Ihre Stimme bebte, sie war dem Weinen nahe.

»Welch dumme Frage aber auch! Wie man ihn entschädigen soll ... Weißt du das nicht?«

Sie sahen sich einen Moment an.

»Nein, ich laufe davon, Leopoldina!« schrie Luiza.

»Sei doch kein Kind!«

Auf der Straße hielt eine Droschke. Die Justina erschien. Sie hatte Senhor Castro nicht zu Hause angetroffen, er war im Büro. Justina war hingefahren; Castro hätte gesagt, er käme sofort.

Luiza wurde blaß und hatte schon den Hut in der Hand.

»Nein«, sagte Leopoldina beinahe beleidigt, »jetzt läßt du mich nicht mit dem Mann allein! Was soll ich ihm denn sagen?«

»Es ist furchtbar!« flüsterte Luiza mit Tränen an den Augenlidern und ließ die Arme hängen. Geldinteressen hatten sie hierhergetrieben; nun war sie vor Scham befangen und todunglücklich.

»Das ist, als ob man Rizinusöl einnimmt«, bemerkte die andere mit einer zynischen Gebärde. Als sie Luizas Entsetzen sah, fügte sie hinzu: »Zum Teufel! Was ist denn schon dabei, wenn man jemand bittet, einem Geld zu leihen? Alle Welt borgt sich ...«

In diesem Augenblick hielt wieder ein Wagen, der in schnellem Trab vorgefahren war.

»Geh du zuerst hinein! Sprich du erst mit ihm!« flehte Luiza und hob die Hände zu ihr auf.

Die Glocke schellte. Luiza blickte bleich und zitternd nach allen Seiten, mit geweiteten Augen, voller Angst, voller Bestürzung, als suche sie nach einem Einfall, einem Entschluß oder einem Winkel, um sich darin zu verbergen. Männerstiefel knisterten auf der Matte des Salons nebenan. Leopoldina sagte leise und langsam, als ob sie ihr die Worte, eins nach dem andern, tief ins Herz treiben wolle: »Denk daran, daß du schon in einer Stunde gerettet sein kannst, mit deinen Briefen in der Tasche, glücklich und frei!«

Luiza sprang auf, entschlossen. Sie legte Puder auf, glättete ihr Haar – und sie traten in den Salon.

Als er Luiza erblickte, machte Castro eine Geste der Überraschung. Er verbeugte sich, die sehr kleinen Füße eng aneinandergestellt und den großen Kopf neigend, auf dem die dünnen blonden Haare sich bereits lichteten.

Auf seinem runden Bäuchlein, das die kurzen Beine noch feister erscheinen ließen, prangte das Medaillon der Uhr. In der Hand trug er eine Reitpeitsche, deren silberner Griff eine Venus darstellte, die die Arme verschränkte. Seine Haut war rosig; der üppige Schnurrbart endete in scharfen, mit Bartwichse verkleisterten Spitzen und gab ihm ein napoleonisches Aussehen. Die goldene Brille verlieh ihm eine gestrenge, ordnungsfreudige Amtsmiene. Er schien mit dem Leben so zufrieden zu sein wie ein satter Sperling.

Na also! Es wäre notwendig gewesen, ihn herzuholen, um ihn wieder einmal zu Gesicht zu bekommen, begann Leopoldina sogleich. Dann stellte sie ihn Luiza vor, ihrer Vertrauten, ihrer Schulfreundin, und fuhr fort: »Wo haben Sie denn gesteckt, warum haben Sie sich nicht sehen lassen?«

Castro flegelte sich in einen Armstuhl, klopfte mit der Reitpeitsche gegen die Stiefel und rechtfertigte sich mit den Vorbereitungen für seine Abreise …

»Ist es also doch wahr? Sie verlassen uns?«

Castro verbeugte sich: »Übermorgen. Auf der ›Orenoque‹.«

»Dann lügen also diesmal die Zeitungen nicht. Und Sie bleiben dort?«

»Per omnia saecula saeculorum.«

Leopoldina fiel aus allen Wolken. Lissabon verlassen! Ein so achtbarer Mann, der sich so gut zerstreuen könnte! –

»Stimmt das denn etwa nicht?« wandte sie sich zu Luiza, um ihr verlegenes Schweigen zu brechen.

»Gewiß«, murmelte sie.

Sie saß auf der Kante des Sessels, eingeschüchtert und als ob sie jeden Moment fliehen wolle. Hinter den blitzenden Brillengläsern belästigten sie hartnäckig die Blicke Castros.

Leopoldina hatte sich auf dem Sofa zurückgelehnt und drohte ihm mit erhobenem Finger: »Ha, hinter dieser Reise nach Frankreich stecken Unterröcke!«

Er winkte lässig ab, mit einem einfältigen Lächeln.

Doch Leopoldina fand die Französinnen nicht hübsch – viel Schick hätten sie ja, viel Feuer ...

Castro pries sie als anbetungswürdig. Vor allem für ein Abenteuer! Oh, er kannte sie gut! Schließlich wolle er ja nicht gesagt haben, daß sie gute Hausmütter seien. Doch für ein Abendessen, für ein bißchen Cancan gäbe es keine Besseren ... Er sprach im Brustton der Oberzeugung, denn wie die Bürger aus seinen Kreisen halte er von zwölf Millionen Französinnen mehr als von den sechs Prostituierten vom Café Concerto, die er teuer bezahlt und mit denen er sich gräßlich gelangweilt hätte.

Um ihm zu schmeicheln, nannte ihn Leopoldina einen Schwerenöter.

Er fand Vergnügen daran, lächelte, zwirbelte die Enden des Schnurrbarts und murmelte: »Geschwätz, Gerede ...«

Leopoldina sagte zu Luiza: »Er hat in Bordeaux ein herrliches Landhaus gekauft, einen Palast ...«

»Eine Hütte, bloß eine Hütte ...«

»Und natürlich wird er rauschende Feste veranstalten!«

»Bescheidene Tees, nur bescheidene Tees ...«, verbesserte er und rekelte sich.

Beide lachten sehr affektiert.

Castro verbeugte sich dann zu Luiza hin: »Es ist schon

lange her, daß ich das Vergnügen hatte, Ihnen einmal in der Rua do Ouro zu begegnen …«

»Ich glaube mich ebenfalls zu entsinnen«, antwortete Luiza.

Sie verharrten in Schweigen. Leopoldina hustete, rutschte mehr nach der Kante des Sofas und lächelte: »Ich habe nämlich zu Ihnen geschickt, weil wir Ihnen etwas mitzuteilen haben.«

Castro verneigte sich. Sein Blick ließ Luiza nicht mehr los, maß sie mit Dreistigkeit, tastete sie förmlich ab.

»Darum geht es. Ich komme geradeswegs zur Sache, ohne Umschweife.« Leopoldina lachte wieder kurz auf. »Meine Freundin hier ist in großer Verlegenheit; sie braucht eine Million Reis.«

»Sechshundert Milreis …«, hauchte Luiza.

»Das ist unwichtig«, bemerkte Leopoldina mit großzügiger Gleichgültigkeit. »Wir sprechen doch mit einem Millionär! Die Frage ist die: Wollen Sie mir diesen Freundschaftsdienst erweisen?«

Castro richtete sich langsam im Sessel auf und erwiderte langsam und zweideutig: »Gewiß, gewiß …«

Leopoldina erhob sich sogleich.

»Gut. Ich werde nebenan von der Schneiderin erwartet. Ich lasse euch allein, da könnt ihr die Angelegenheit besprechen.«

An der Zimmertür drehte sie sich zu Castro um, drohte ihm mit dem Finger und sagte sehr erheitert: »Daß die Zinsen nicht zu hoch sind, nicht wahr?«

Lachend ging sie hinaus.

Castro verbeugte sich zu Luiza hin. »Also, gnädige Frau, ich …«

»Leopoldina sagte Ihnen ganz richtig, daß ich große Geldsorgen habe. Deshalb wende ich mich an Sie … Es handelt sich um sechshundert Milreis ... Ich werde mich bemühen, sie so schnell wie möglich zurückzuzahlen ...«

»Aber gnädige Frau!« sagte Castro mit großmütiger Geste. Er erklärte, daß er völlig im Bilde sei, jedermann hätte so seine Schwierigkeiten ... Nur bedauere er, daß er Luiza nicht schon länger kannte ... Er hätte immer große Sympathie für sie empfunden ... große Sympathie ...

Luiza schwieg und schlug die Augen nieder. Er legte die Reitpeitsche auf den Blumentisch und setzte sich dicht neben sie auf das Sofa. Als er ihr verlegenes Gesicht gewahrte, bat er sie, sich nicht zu grämen. Das fehlte bei Geldangelegenheiten gerade noch! Es bereite ihm das größte Vergnügen, einer jungen, so reizenden Dame gefällig sein zu dürfen ... Sie hätte es ganz richtig gemacht, ihn zu bemühen. Er kenne Fälle, in denen sich Damen an Börsenwucherer wandten, die sie ausbeuteten und die indiskret waren ... Während er sprach, hatte er ihre Hand ergriffen; die Berührung der begehrten Haut steigerte sein heißes Verlangen und ließ ihn tief Atem holen; Luiza brachte es nicht fertig, die Hand zurückzuziehen, und der in Glut geratene Castro versprach ihr – geschwätzig und etwas heiser – alles, alles, was sie nur wollte! ... Seine weit aufgerissenen Äuglein starrten auf ihren schneeweißen Hals.

»Sechshundert Milreis ... alles, was Sie wollen! ...«

»Und wann?« fragte Luiza verstört.

Er sah, wie ihr Busen wogte – da ergriff ihn hemmungslose Gier.

»Sofort!«

Er packte sie an der Taille, gab ihr rasch einen wilden Kuß und biß sie beinahe in die Wange.

Luiza schnellte hoch wie eine stählerne Feder.

Doch Castro war auf dem Teppich ausgeglitten, lag auf den Knien und faßte begierig nach ihren Röcken.

»Ich gebe Ihnen, was Sie wollen, aber setzen Sie sich! Seit

Jahren habe ich eine Leidenschaft für Sie. Hören Sie mich doch an!« Seine zitternden Arme hoben sich, umschlangen sie, und ihre Körperformen brachten sein Blut in Wallung.

Luiza schob stumm seine Hände zurück und verweigerte sich ihm.

»Was Sie wollen! Aber hören Sie doch!« stammelte er und preßte sie heftig an sich. Die rohe Begierde ließ ihn schnauben wie einen Stier.

Da riß sie mit einem verzweifelten Ruck ihre Röcke von ihm los und wich entsetzt zurück: »Lassen Sie mich! Lassen Sie mich!«

Castro richtete sich auf, schäumte vor Zorn und stürzte mit zusammengebissenen Zähnen und ausgestreckten Armen auf sie zu.

Angesichts dieser tierischen Gier langte Luiza in ihrer Erregung instinktiv nach der Reitpeitsche auf dem Blumentisch und versetzte Castro einen kräftigen Hieb auf die Hand.

Der Schmerz, die Wut, die Gier machten ihn rasend.

»Du Satan!« knurrte er und knirschte mit den Zähnen.

Er wollte sich auf sie werfen. Doch Luiza hob die Peitsche und schlug ihm in rasendem Zorn auf die Arme, auf die Schultern, mit blassem Gesicht, sehr hart, mit einer Grausamkeit, die in ihren Augen blitzte, und genoß die Freude der Vergeltung, als sie das fette Fleisch züchtigte.

Der erschrockene Castro suchte sich zu verteidigen, die Arme vor dem Gesicht, und wich zurück; plötzlich stieß er gegen den Blumentisch; die Porzellanlampe schwankte, geriet aus dem Gleichgewicht und kippte auf den Fußboden. Das Porzellan zersplitterte, und ein dunkler Ölfleck breitete sich auf der Matte aus.

»Da haben wir es! Sehen Sie?« rief Luiza, am ganzen Leibe zitternd, und umklammerte immer noch krampfhaft die Peitsche.

Von diesem Lärm angelockt, lief Leopoldina hinzu: »Was ist denn? Was ist?«

»Nichts, wir haben bloß Spaß gemacht«, sagte Luiza.

Sie schleuderte die Reitpeitsche auf den Fußboden und ging aus dem Salon.

Castro, vor Wut verfärbt, hatte nach seinem Hut gegriffen und durchbohrte Leopoldina mit einem vernichtenden Blick.

»Danke schön! Rechnen Sie auf mich, wann Sie wollen!«

»Aber was ist denn? Was ist denn los?«

»Auf Wiedersehen!« brüllte Castro. Er hob die Reitpeitsche, schwenkte sie drohend nach dem Zimmer zu, in das Luiza hineingegangen war, und knurrte haßerfüllt: »Verrücktes Weib!«

Und er knallte beim Hinausgehen die Türen zu.

Die verblüffte Leopoldina traf Luiza an, wie sie mit noch zitternden Händen und funkelnden Augen, aber zufrieden im Zimmer den Hut aufsetzte.

»Er ist mir dumm gekommen, und ich habe ihm das Gesieht mit Peitschenhieben bepflastert«, sagte sie.

Leopoldina starrte sie einen Augenblick entgeistert an.

»Geschlagen hast du ihn?« Und plötzlich brach sie in krampfhaftes Lachen aus. »Castro mit der Brille, Castro mit Peitschenhieben traktiert! Castro bezieht eine Tracht Prügel!« Sie warf sich auf die Chaiselongue, wälzte sich hin und her, rang nach Luft. Sie hätte schon Seitenstechen, Herrgott, der Castro! ... Käme zu einer Bekannten ins Haus, würde um sechshundert Milreis angepumpt und dann mit der Peitsche davongejagt! Mit seiner eigenen Reitpeitsche! Haha! Zum Bersten war das!

»Das Schlimmste ist die zerbrochene Lampe«, seufzte Luiza.

Leopoldina sprang auf.

»Und das Öl! O weh, welches Vorzeichen!« Sie rannte in den Salon. Luiza fand sie mit verschränkten Armen vor dem dunklen Fleck stehend, ganz blaß, als ob sie bereits nahende Katastrophen ahnte. »Großer Gott, was für ein Omen!«

»Schütte schnell Salz darauf.«

»Hilft das?«

»Es bricht den Bann.«

Leopoldina rannte fort, holte Salz, kniete nieder und bestreute damit den Ölfleck:

»Ach, Unsere Liebe Frau gebe, daß nichts Schlimmes geschieht! Aber das ist eine Geschichte? Und was wird nun, Mädchen?«

Luiza zuckte die Achseln.

»Was weiß ich! Man muß sich eben mit allem abfinden ...«

12

In dieser Woche fand Jorge, der ganz vergessen hatte, daß Feiertag war, eines Morgens das Büro verschlossen und kehrte mittags nach Hause zurück. An der Tür plauderte Joanna mit der Alten, die Knochen kaufte; das obere Gatter stand offen, Jorge trat ahnungslos ins Zimmer und überraschte Juliana, die bequem auf der Chaiselongue lag und in aller Gemütsruhe die Zeitung las. Kaum daß sie ihn erblickte, wurde sie rot, erhob sich und stammelte: »Ich bitte um Entschuldigung, ich hatte so starkes Herzstechen ...«

»Daß Sie prompt zur Zeitung gegriffen haben, nicht wahr?« sagte Jorge und umklammerte unbewußt den Knauf seines Spazierstocks. »Wo ist die gnädige Frau?«

»Sie muß im Speisezimmer sein«, erwiderte Juliana und fing gleich sehr eifrig zu fegen an.

Jorge traf Luiza nicht im Speisezimmer, sondern im Wäscheraum, ungekämmt und im Morgenrock, wie sie sehr gewissenhaft und sehr traurig plättete.

»Du plättest?« rief er.

Luiza wurde ein wenig rot und stellte das Bügeleisen hin. Juliana wäre unpäßlich, und es hätte sich eine ganze Menge Wäsche angehäuft ...

»Sag mir bloß, wer ist hier das Dienstmädchen und wer die Herrin?« Seine Stimme war so streng, daß Luiza erblaßte und flüsterte: »Was willst du damit sagen?«

»Ich will sagen, daß ich dich beim Plätten finde und daß ich Juliana unten angetroffen habe, wie sie sich auf deiner Chaiselongue breitmacht und Zeitung liest!«

Luiza bückte sich verlegen über den Korb mit gewaschener Wäsche, begann herumzukramen, auseinanderzufalten, mit zitternder Hand zu schütteln ...

»Du kannst dir ja gar nicht vorstellen, was hier alles zu tun ist«, sagte sie schließlich. »Da ist sauberzumachen, da ist die Wäsche zu stärken, eine Heidenarbeit. Das arme Menschenkind war doch krank ...«

»Wenn sie krank ist, soll sie ins Krankenhaus gehen!«

»Nein, damit hast du auch nicht recht!«

Ihre Beharrlichkeit, Juliana in Schutz zu nehmen, die sich unten auf ihrer Chaiselongue rekelte, erbitterte ihn.

»Sag mal, bist du von ihr abhängig? Es fehlt bloß noch, daß du dich vor ihr fürchtest!«

»Oh, wenn du solche Laune hast!« stammelte Luiza. Schon zitterte eine Träne unter ihren Augenlidern.

Doch Jorge fuhr sehr verärgert fort: »Nein, diese Nachgiebigkeit muß ein für allemal aufhören! Wenn man mit ansehen muß, wie diese Vogelscheuche, die mit einem Fuß im Grab steht, es sich in meinem Hause wohl sein läßt, sich in meinen Sesseln flegelt, spazierengeht und du sie auch noch verteidigst, ihre Arbeit tust! Nein, damit muß Schluß gemacht werden. Immerzu Entschuldigungen! Stets Ausflüchte! Wenn sie nicht mehr kann, soll sie abziehen. Soll sie ins Hospital gehen oder zur Hölle!«

Luiza schwamm in Tränen und schneuzte sich schluchzend.

»So! Jetzt weinst du! Was hast du denn? Warum weinst du?«

Sie antwortete nicht und ließ ihren Tränen freien Lauf.

»Warum weinst du, Kind?« fragte er, nunmehr ernstlich beunruhigt, und trat an sie heran.

»Warum sprichst du so zu mir?« sagte sie unter Schluchzen und trocknete sich die Augen. »Du weißt, daß ich krank bin und nervös, und bist so komisch zu mir! Immer bekomme ich von dir bloß unangenehme Dinge zu hören.«

»Unangenehme Dinge! Liebes Kind, ich habe dir doch nichts Unangenehmes gesagt!« Und er umarmte sie zärtlich.

Doch sie machte sich los und schluchzte: »Ist es denn ein Verbrechen, wenn man plättet? Weil ich arbeite, weil ich mich um meine Sachen kümmere, bist du ärgerlich? Soll ich ein unordentliches Frauenzimmer werden? Die Juliana ist krank gewesen! Solange man keine andere auftreiben kann, muß man eben alles selber tun ... Aber du redest und redest! Nur um mich zu quälen!«

»Unsinn, Mädchen! Du weißt nicht, was du sprichst. Ich möchte nur nicht, daß du dich überanstrengst!«

»Wozu sagst du dann, daß ich Angst vor ihr hätte?« Und die Tränen flössen von neuem. »Angst wovor? Warum sollte ich vor ihr Angst haben? Wie albern!«

»Also gut, ich habe nichts gesagt. Sprechen wir nicht mehr von dieser Kreatur. Aber nicht weinen ... Schluß damit!« Er küßte sie, faßte sie um die Taille und zog sie sanft mit sich fort: »Laß jetzt das Bügeleisen. Komm! Was für ein Kind du doch bist!«

Aus Güte und Rücksicht auf Luizas Nerven sprach Jorge einige Tage nicht von der ›Kreatur‹. Aber er dachte an sie; und diese Vogelscheuche in seinem Hause, die mit einem Bein im Grab stand, regte ihn auf. Die Faulenzereien, bei denen er sie ertappt, die luxuriöse Einrichtung ihres Zimmers, die er an dem Abend bemerkt hatte, als sie in Ohnmacht gefallen war, und nun die lächerliche Gutmütigkeit Luizas! Er fand das sonderbar, ja ärgerlich. Da er den ganzen Tag nicht zu Hause war und Juliana in seiner Gegenwart nur äußerst freundlich mit Luiza verkehrte, als sei sie ihr sehr zugetan, argwöhnte er, daß sie sich nur einschmeicheln und durch Ausnutzung kleiner Vertraulichkeiten von seiten der Hausherrin unentbehrlich machen wollte. Das vergrößerte seine Abneigung, und er verhehlte sie nicht.

Luiza, die ihn zuweilen Juliana einen grimmigen Blick nachschicken sah, zitterte. Jorges Art, von Juliana in ironischer Ehrfurcht zu sprechen, quälte sie; er nannte sie ›die erlauchte Donha Juliana‹, ›meine Gebieterin‹ und ›gnädige Frau‹. Wenn eine Serviette oder ein Glas fehlte, stellte er sich verwundert: »Nanu, die Donha Juliana hat etwas vergessen? Eine so vollkommene Person!« Und er riß Witze, die Luiza erstarren ließen.

»Wonach schmeckte das Seihtuch, das sie dir gegeben hat? War es gut?«

Nun wagte es Luiza schon nicht mehr, in seiner Gegenwart mit Juliana in natürlichem Ton zu sprechen; sie fürchtete sein boshaftes Lächeln, seine Randbemerkungen: »Geh, gib ihr gleich einen Kuß, man sieht dir ja an, daß du sie am liebsten umarmen möchtest!« Und da sie vor seinem Argwohn Angst hatte und sich ›unabhängig‹ zeigen wollte, sprach sie fortan mit Juliana in einer barschen, sehr affektierten Strenge, sobald er in der Nähe war. Wenn sie sie um Wasser oder um ein Messer bat, gab sie ihrer Stimme den Tonfall erkünstelten Grolls.

Die sehr feinfühlige Juliana merkte alles und ertrug es schweigend.

Juliana wollte jede Auseinandersetzung vermeiden, die sie in ihrer Bequemlichkeit beeinträchtigen konnte. Sie fühlte sich jetzt sehr schlecht, und in den Nächten, in denen sie vor asthmatischen Beschwerden nicht schlafen konnte, begann sie mit Entsetzen über ihr mögliches Schicksal nachzudenken. Wenn sie aus diesem Hause verstoßen würde, wohin sollte sie dann gehen? Ins Hospital?

Und deswegen hatte sie Angst vor Jorge.

»Er brennt darauf, mich bei einer groben Nachlässigkeit zu erwischen und mich dann abzuschieben«, sagte sie zu Tante Victoria, »aber ich werde ihm den Gefallen nicht tun, dem zahmen Bullen!«

Luiza stellte mit Erstaunen fest, daß Juliana allmählich wieder alle Arbeit zu verrichten begann, und anscheinend mit Eifer; dennoch war sie manchmal nicht dazu imstande, weil sie die Krankheit überwältigte; sie hatte Anfälle, die sie schwer atmen und mit den Händen am Herzen in einen Sessel sinken ließen. Doch sie riß sich zusammen. Einmal, als sie Luiza mit dem Flederwisch über die Konsole des Salons fahren sah, wurde sie sogar ärgerlich: »Wollen gnädige Frau mich nicht lieber meine Arbeit allein machen lassen? Ich kann schon noch! Ich bin noch nicht im Grab!«

Sie tröstete sich dafür mit Leckerbissen. Während des ganzen Tages kostete sie Süppchen, Kroketten, Kartoffelklößchen. In ihrem Zimmer hatte sie Konfekt und Portwein. An bestimmten Tagen verlangte sie sogar abends Hühnerfleischbrühe. »Ich bezahle es ja mit meinem Körper«, meinte sie zu Joanna, »denn ich arbeite wie eine Schwarze! Ich richte mich noch zugrunde!«

Eines Tages jedoch, als Jorge nervös war und sich wieder über die gelbliche Gesichtsfarbe Julianas aufgeregt hatte, abends den Wasserkrug leer fand und den Waschtisch ohne Handtuch, geriet er in außergewöhnliche Wut.

»Diesen Schlendrian kann ich nicht mehr ertragen! Verflucht!« schrie er.

Luiza lief gleich herbei, nichts Gutes ahnend, und nahm Juliana in Schutz.

Jorge biß sich auf die Lippe, verbeugte sich tief und sagte mit ein wenig zitternder Stimme: »Verzeihung! Ich vergaß, daß Julianas Person geheiligt ist! Ich werde selber Wasser holen!«

Darüber ärgerte sich Luiza. Ehe sie dauernd diese bissigen Bemerkungen ertrug, schickte man lieber das Dienstmädchen ein für allemal fort! Glaubte er vielleicht, sie sei in Juliana vernarrt? Wenn sie sie behielt, dann deshalb, weil sie eine gute Hausangestellte war. Aber wenn sie zur Ursache schlechter Launen und Streitigkeiten wurde, wenn Jorge sie so ungeheuer haßte, gut, dann sollte sie gehen! Diese beständige Ironie war eine Qual ...

Jorge antwortete nicht.

Während der Nacht fand Luiza keinen Schlaf und dachte nach. Das konnte so nicht weitergehen! Sie hatte es satt! Das Weib ertragen, seine Tyrannei, jeden Augenblick Sticheleien und Anspielungen hören, ach nein! Das war zuviel! Genug! Jorge begann mißtrauisch zu werden, die Bombe würde bald platzen! Dann gut, sie selbst würde das Feuer an die Zündschnur halten. Sie würde Juliana fortschicken. Sollte sie eben die Briefe zeigen, und dann war Schluß! Wenn er sie in ein Kloster stecken, sich von ihr trennen würde, gut! Sie würde leiden, sie würde sterben! Alles, nur nicht dieses gemeine Martyrium der kleinen Stiche, das greulich und grotesk war!

»Was ist?« fragte Jorge im Halbschlaf, als er ihre Unruhe bemerkte.

»Ich kann nicht schlafen.«

»Du Arme! Zähle von hundertfünfzig an rückwärts!« Er drehte sich um und wickelte sich behaglich in die Bettdecke.

Am nächsten Tag stand Jorge zeitig auf. Er wollte sich mit Alonso treffen, dem Spanier von den Bergwerken, und mit ihm im ›Gibraltar‹ zu Mittag essen. Nachdem er sich angekleidet hatte, ging er ins Speisezimmer – es war zehn Uhr und kam dann zu Luiza zurück, verbeugte sich tief und dehnte die Worte: Der Tisch sei nicht gedeckt! Die Teetassen vom Vortage wären noch aufzuwaschen! Und die Senhora Donha Juliana, die erlauchte Senhora Donha Juliana, sei ausgegangen, um ihren Spaziergang zu machen!

»Ich sagte ihr gestern abend, daß sie zum Schuhmacher gehen soll ...«, erwiderte Luiza und zog ihr Hauskleid an.

»Ach, Verzeihung!« unterbrach Jorge sehr feierlich. »Ich hatte schon wieder vergessen, daß es sich ja um Juliana handelt, deine Herrin und Gebieterin! Verzeihung!«

Luiza fiel ihm schnell ins Wort: »Nein. Du hast recht. Du wirst gleich sehen! Man muß dem ein Ende machen ...«

Sie rannte erbost in die Küche hinauf.

»Warum haben Sie den Tisch nicht gedeckt, wenn die andere weggegangen ist?«

Aber Joanna hatte die Senhora Juliana nicht fortgehen hören. Sie hatte gedacht, sie wäre unten im Salon. Da sie doch jetzt alles wieder selber machen wollte ...

Als Joanna kurze Zeit danach das Frühstück auftrug, setzte sich Jorge an den Tisch und zwirbelte sehr nervös seinen Schnurrbart. Er stand zweimal mit einem stummen Lächeln auf, um einen Löffel und die Zuckerdose zu holen. Luiza bemerkte seine zusammengezogenen Gesichtsmuskeln; sie konnte kaum essen, so verwirrt war sie; wenn sie die Tasse hob, zitterte sie in ihrer Hand; und mit gesenkten Augen beobachtete sie verstohlen Jorge. Sein Schweigen bedrückte sie.

»Du sagtest gestern, daß du heute außerhalb zu Mittag essen würdest ...«

»Ja«, sagte er trocken. Und er fügte hinzu: »Gott sei Dank!«

»Du hast ja gute Laune!« murmelte sie.

»Wie du siehst!«

Luiza wurde blaß und stellte die Menage hin. Sie hob die Zeitung, um eine kleine Träne, die an ihrem Augenlid zitterte, zu verbergen, doch die Buchstaben verschwammen; sie fühlte ihr Herz pochen. Plötzlich wurde geläutet. Das war die andere, bestimmt!

Jorge erhob sich. »Das muß diese Senhora sein. Na, mit der werde ich ein Wörtchen reden ...« Er blieb neben dem Tisch stehen und spitzte langsam einen Zahnstocher an.

Luiza stand gleichfalls auf, zitternd: »Ich werde mit ihr sprechen ...«

Jorge hielt sie am Arm zurück und sagte ruhig: »Nein, laß sie nur kommen. Laß es mich genießen!«

Luiza fiel blaß wieder in den Sessel zurück.

Auf dem Korridor hallten Julianas Schuhabsätze. Jorge spitzte ruhig seinen Zahnstocher.

Da wandte sich Luiza zu ihm um und legte betrübt die Hände ineinander: »Sag ihr nichts!«

Er starrte sie erstaunt an: »Warum denn?«

In diesem Augenblick schlug Juliana die Portiere zurück.

»Was ist denn das für eine Unverschämtheit, auszugehen und alles unaufgeräumt liegenzulassen?« platzte Luiza heraus und erhob sich.

Juliana war lächelnd eingetreten und blieb nun wie versteinert an der Tür stehen. Trotz der gelben Hautfarbe sah man, wie ihr das Blut ins Gesicht stieg.

»Daß Ihnen so etwas nicht wieder passiert, haben Sie gehört? Sie haben vormittags im Hause zu sein ...« – Doch der fürchterliche Blick Julianas, der sich auf sie heftete, ließ sie verstummen. Sie ergriff mit zitternden Händen die Teekanne. »Füllen Sie da Wasser hinein.«

Juliana rührte sich nicht vom Fleck.

»Haben Sie nicht gehört?« brüllte plötzlich Jorge und hieb mit der Faust auf den Tisch, daß das Porzellangeschirr hüpfte.

»Jorge!« schrie Luiza und faßte ihn am Arm.

Doch Juliana war schleunigst aus dem Zimmer geflüchtet.

»Und sofort hinaus!« brüllte Jorge. »Rechne ihr Geld mit ihr ab, und dann soll sie gehen. Jawohl! Ich habe es satt! Keinen Tag länger! Wenn sie mir noch einmal zu Gesicht kommt, mache ich ihr den Garaus! Das Maß ist voll! Jetzt habe *ich* gesprochen!«

Er holte sehr aufgeregt seinen Paletot, und bevor er ging, drehte er sich zum Salon um: »Und daß sie noch heute geht, hast du gehört? Keine Stunde länger! Seit vierzehn Tagen sehe ich mir ihre Widerspenstigkeiten mit an. Hinaus mit ihr!«

Luiza lief in ihr Zimmer. Kaum konnte sie sich noch auf den Beinen halten. Sie war verloren! Verloren war sie! Eine Unzahl von Gedanken, alle extrem und sinnlos, wirbelten durch ihr Gehirn wie ein Haufen trockener Blätter bei heftigem Wind: Sie wollte fliehen, sich nachts in den Fluß stürzen; sie bereute, daß sie sich Castro nicht hingegeben hatte ... Plötzlich sah sie im Geiste Jorge, wie er die Briefe auseinanderfaltete, die Juliana ihm aushändigte, und las: ›Mein heißgeliebter Basilio!‹ Da beschlich sie eine unendliche Feigheit: Sie lief in Julianas Zimmer. Anflehen, wollte sie sie, ihr zu verzeihen, zu bleiben, sie zu peinigen! Und Jorge? Dem würde sie sagen, daß Juliana geweint hätte, daß sie auf die Knie gefallen wäre! Sie würde ihm etwas vorlügen, ihn mit Küssen besänftigen ... Sie war jung, sie war hübsch, sie hatte Glut – sie würde ihn schon überzeugen!

Juliana war nicht in ihrem Zimmer. Luiza ging in die Küche hinauf; da saß sie, mit funkelnden Augen, die zuckenden Hände im Schoß, in stummer Wut. Kaum daß sie Luiza erblickte, fuhr sie hoch, drohte ihr mit der Faust und brüllte: »Lassen Sie sich eines gesagt sein: Beim ersten Mal, wenn Sie mit mir wieder so reden wie heute, steht in diesem Hause alles kopf!«

»Schweigen Sie, Sie niederträchtiges Weib!« schrie Luiza.

»Sie wollen mir zu schweigen befehlen, Sie H...!« Und Juliana sprach das Wort aus.

Doch Joanna eilte hinzu und versetzte Juliana eine Ohrfeige, die sie am Kinn traf und stöhnend in die Knie sinken ließ.

»Weib!« schrie Luiza, stürzte sich auf Joanna und packte sie an den Armen. Juliana lief verstört davon.

»Aber Joanna! Sind Sie rasend! Was für Zustände, welcher Skandal!« rief Luiza und preßte die Hände an den Kopf.

»Ich zerreiße sie!«

Das Mädchen fletschte die Zähne, und ihre Augen glühten wie Kohlen. »Ich zerreiße sie!« Luiza ging mechanisch um den Küchentisch herum, weiß wie Kalk, am ganzen Körper zitternd, und wiederholte: »Was Sie angerichtet haben, Weib! Was Sie angerichtet haben!«

Joanna, noch völlig von ihrem Zorn aufgewühlt und mit rotgeflecktem Gesicht, machte sich wütend an den Kochtöpfen zu schaffen.

»Wenn sie mir noch ein Wort sagt, bringe ich sie um, dieses Stück! Um bringe ich sie!«

Luiza kehrte in ihr Zimmer zurück. Auf dem Korridor begegnete ihr Juliana; mit ihrer verrutschten Perücke und den scharlachfarbenen Fingerabdrücken auf der Wange bot sie einen greulichen Anblick.

»Entweder dieses unverschämte Frauenzimmer fliegt unverzüglich«, rief sie, »oder ich stelle mich unten an die Treppe, und wenn Ihr Mann kommt, zeige ich ihm alles ...«

»Dann tun Sie es eben! Machen Sie, was Sie wollen!« erwiderte Luiza im Vorübergehen, ohne sie anzusehen.

Verzweiflung und Haß hatten ihren Vorsatz gefestigt. Jetzt mußte ein für allemal Schluß gemacht werden.

Sie empfand so etwas wie eine schmerzhafte Erleichterung, daß sie das Ende ihres langen Martymims vor sich sah. Es dauerte schon monatelang. Und während sie alles überdachte, was sie getan und was sie gelitten hatte, die schmutzigen Beschimpfungen, denen sie ausgesetzt gewesen war, und die Demütigungen, denen sie sich unterwerfen mußte, überkam sie Abscheu vor sich selbst, ein unendlicher Lebensüberdruß. Es schien ihr, daß man sie besudelt und mißhandelt hätte; daß sie weder unangetasteten Stolz noch lauteres Gefühl besäße; daß alles an ihr, an ihrem Körper und ihrer Seele beschmutzt worden sei, wie ein Lumpen, der von einer Menge in den Kot getreten wird. Für ein solches Leben zu kämpfen, lohnte die Mühe nicht. Das Kloster wäre vielleicht eine Läuterung, der Tod eine noch größere ... – Doch wo war er, der Mann, der sie unglücklich gemacht hatte? In Paris, wo er die Spitzen seines Schnurrbarts drehte, scherzte, seine Pferde verhätschelte und mit anderen Frauen schlief! Und sie würde hier elendiglich zugrunde gehen! Als sie ihm geschrieben hatte und ihn bat, sie zu retten, war nicht ein einziges Wort der Erwiderung gekommen; nicht einmal die halbe Testone für die Briefmarke war sie ihm wert! Was hatte er ihr gesagt, als sie damals in der Kutsche durch die Ländereien von Polvora fuhren? – Daß er ihr sein ganzes Leben weihen, im Schatten ihrer Röcke leben wollte! Dieser Schuft! Vielleicht trug er da schon die

Fahrkarte für die Überfahrt in der Tasche. Solange sie die muntere Frau gewesen war, die zu ihm kommt, das Mieder abstreift und einen anmutigen Busen enthüllt – dann gut, dafür war er gleich zu haben! Doch wenn sie in Schwierigkeiten geriet, weinte und litt – nein, dann nicht! Bist du ein schönes Tier und bereitest mir großen Genuß, dann ist alles in Ordnung, dann kannst du haben, was du willst: Aber wirst du zu einem wehklagenden Geschöpf, das Trost braucht und vielleicht ein paar hundert Milreis – dann gute Nacht, jetzt geh ich auf den Dampfer! Ach, wie reizlos doch das Leben ist! Da war es nur gut, wenn sie Schluß damit machte.

Luiza lehnte sich ans Fenster. Es war ein sehr milder Tag mit blauem Himmel, die Sonne goß feines Gold über die weißen Wände und das Steinpflaster, in der Luft lag samtene Zartheit. Der Paula sonnte sich in Filzpantoffeln vor der Tür des Tabakladens. Die klare Winterluft erfüllte Luiza mit Wehmut. Alle waren glücklich an diesem freundlichen Morgen, nur sie litt, sie Arme! Und sie stand da und blickte hinaus, wie in unendliche Wehmut versunken, mit einer Träne im Auge … Plötzlich sah sie Juliana die Straße überqueren, um die Ecke biegen und kurz danach mit einem alten, schwerfälligen Dienstmann zurückkommen, der einen Sack über der Schulter trug.

›Juliana zieht aus!‹ dachte Luiza. ›Sie läßt die Koffer fortschaffen!‹ Und dann? Sie würde Jorge die Briefe zusenden oder sie ihm im Hauseingang übergeben! Großer Gott! Im Geist sah sie Jorge schon vor sich stehen, leichenblaß, mit den Briefen in der Hand …

Schon schwebte sie in tausend Ängsten: Sie wollte ihren Gatten nicht verlieren, ihren Jorge, seine Liebe, ihr Heim, ihren Mann! Das Weib in ihr empörte sich gegen die Witwenschaft. Mit fünfundzwanzig Jahren in ein Kloster gehen, um dort dahinzuwelken! Nein, zum Teufel!

Luiza ging in Julianas Zimmer.

»Sie wollen wohl nachsehen, ob ich von Ihnen etwas mitnehme?« schrie die andere gleich wütend.

Über das Bett verstreut lag Unterwäsche, auf dem Fußboden in alte Zeitungen eingewickelte Stiefeletten.

»Und dann habe ich noch vier Hemden, zwei Paar Socken, drei Paar Strümpfe und sechs Manschetten bei der Waschfrau. Dort liegt der Zettel. Und meinen Lohn will ich haben!«

»Hören Sie zu, Juliana, bleiben Sie!« Doch die Stimme versagte ihr; Tränen rollten aus ihren Augen.

Juliana, eine Duraque-Stiefelette in jeder Hand, sah sie triumphierend von oben herab an.

»Erst muß dieses unverschämte Frauenzimmer fort, dann hat sich alles erledigt!« Sie schlug die Sohlen der Stiefeletten gegeneinander und sagte spitz: »Dann bleibt alles beim alten, und es herrscht Frieden!«

Juliana strahlte förmlich vor Wonne. Sie rächte sich! Sie brachte Luiza zum Weinen! Sie trieb die ›andere‹ hinaus! Und sie büßte ihre Annehmlichkeiten nicht ein!

»Das Weibsbild muß auf die Straße gesetzt werden! Glattweg auf die Straße!«

Luiza zog den Kopf ein und stieg langsam zur Küche hinauf; die Stufen der Treppe kamen ihr riesengroß und unendlich vor. Sie sank auf eine Bank und trocknete sich die Augen.

»Joanna, kommen Sie mal her, hören Sie, Sie können nicht im Hause bleiben ...«

Das Mädchen starrte sie entgeistert an.

»Was die Juliana gesagt hat, war eine unbedachte Äußerung ... Sie hat geweint, hat es bereut. Sie ist länger hier als Sie. Der Herr schätzt sie sehr ...«

»Dann schicken gnädige Frau mich also fort?«

Luiza wiederholte leise und verlegen: »Es war ein Wutanfall, sie hat sich schon entschuldigt ...«

»Ich habe doch nur die gnädige Frau verteidigen wollen!« rief Joanna.

Luiza wurde ungehalten: »Also, Joanna, halten wir uns nicht länger auf. *Ich* bin die Herrin im Haus ... Ich werde Ihnen die Abrechnung fertigmachen.«

»Da sieh mal einer an, *ich* soll dafür büßen!« schrie Joanna verzweifelt. Sie stampfte resolut mit dem Fuß auf: »Dann soll der gnädige Herr entscheiden! Ich werde alles dem gnädigen Herrn sagen! Alles werde ich ihm erzählen, was vorgefallen ist! Die gnädige Frau ist im Unrecht!«

Luiza sah sie verwirrt an. Nun war Joanna an allem schuld! Von diesem Mädchen, das eigensinnig auf seinem Recht beharrte, sollte nun das Unglück kommen! Das war zuviel! Eine unheimliche Angst beschlich sie, so etwas wie Furcht vor dem eigenen Gewissen. Sie preßte die Hände gegen die Schläfen: »Welche Strafe! Welche Sühne! Gerechter Gott!«

Plötzlich packte sie Joanna wie von Sinnen bei den Armen und sprach dicht vor ihrem Gesicht: »Um Gottes willen, Joanna, gehen Sie, gehen Sie bloß! Sagen Sie gar nichts! Aber gehen Sie aus dem Hause!« Schließlich verlor sie völlig jede Selbstbeherrschung, fiel vor der Köchin auf die Knie und schluchzte: »Bei den fünf Wundmalen Christi, gehen Sie, Joanna, meine liebe Joanna, gehen Sie! Ich bitte Sie darum, Joanna! Um Gottes Barmherzigkeit willen!«

Das Mädchen erschrak und brach in lautes Weinen aus.

»Ich gehe, gnädige Frau! ... Gut, ich gehe, liebe gnädige Frau ...«

»Ja, Joanna, gehen Sie. Ich gebe Ihnen etwas. Sie sehen doch ... Weinen Sie nicht ... Warten Sie ...« Sie lief rasch in ihr Zimmer hinunter, nahm aus der Schublade zwei Libras von ihren Ersparnissen, sprang die Treppenstufen wieder hinauf, drückte Joanna das Geld in die Hand und sagte leise zu ihr: »Packen Sie Ihr Bündel, die Truhe schicke ich Ihnen morgen.«

»Ja, gnädige Frau«, schluchzte das Mädchen und geiferte vor Erregung, »ja, liebe gnädige Frau!«

Luiza ließ sich auf ihre Chaiselongue fallen; sie brach ebenfalls in krampfhaftes Weinen aus, wünschte den Tod herbei und bat angsterfüllt um Gnade.

Doch da sagte die rauhe Stimme Julianas barsch an der Tür: »Wie wird es denn nun?«

»Die Joanna geht. Was wollen Sie noch?«

»Sofort soll sie gehen!« erwiderte die andere gebieterisch. »Das Mittagessen mache *ich*. Heute, nur ausnahmsweise natürlich!«

Luizas Tränen versiegten vor Zorn.

»Jetzt hören Sie mal zu, gnädige Frau!«

Der Ton Julianas war so beleidigend, daß Luiza auffuhr, als sei sie verwundet worden.

Und Juliana drohte mit erhobenem Finger und sprach von oben herab: »Die gnädige Frau hat mich von nun an anständig zu behandeln, sonst kann sie etwas erleben!«

Darauf kehrte sie Luiza den Rücken zu, und ihre Absätze klapperten davon.

Luiza blickte um sich, als sei ein Blitz quer durch das Zimmer gefahren; doch alles war ruhig und friedlich, nicht einmal eine Falte der Gardinen hatte sich bewegt, und auf dem Toilettentisch standen die beiden kleinen Schäfer aus Porzellan und lächelten affektiert.

Dann schleuderte sie den Morgenrock fort, streifte ein Kleid über, ohne erst ein Mieder anzulegen, zog eine weite Winterjacke an, stülpte sich den Hut auf das ungekämmte Haar, rannte aus dem Hause und hastete die Straße hinunter, wobei sie beinahe über ihre Röcke stolperte.

Der Paula eilte auf die Straße, um ihr nachzuschauen. Er sah sie an Sebastiãos Haustür stehenbleiben und sagte gleich zur Tabakhändlerin: »Bei Ingenieurs stimmt etwas nicht!«

Und er pflanzte sich vor seinem Laden auf, die Augen auf die offenen Fenster mit den kleinen Gardinen aus grünem Rips geheftet, deren Falten unbeweglich blieben.

»Wo ist der Senhor Sebastião?« fragte Luiza das sommersprossige dürre Mädchen, das geöffnet hatte, und trat auf den Korridor.

»Im Salon«, sagte die Kleine.

Luiza ging hinauf; sie hörte Pianoklänge, riß die Tür auf, lief zu ihm hin und sagte mit angstvoller und matter Stimme, die Hände gegen die Brust gepreßt: »Sebastião, ich habe einem Mann einen Brief geschrieben, und die Juliana hat ihn mir gestohlen. Ich bin verloren!«

Sebastião erhob sich langsam, bestürzt und sehr blaß; er gewahrte ihr verweintes Gesicht, den schlecht sitzenden Hut, den traurigen Blick.

»Was ist? Was ist denn?«

»Ich hatte an meinen Vetter geschrieben«, wiederholte sie und heftete die angsterfüllten Augen fest auf ihn. »Das Weib hat mir den Brief entwendet ... Ich bin verloren!«

Sie wurde bleich und schloß die Augen.

Sebastião stützte sie und führte die halb Ohnmächtige zum gelben Damastsofa. Und er blieb verstört bei ihr stehen, noch fahler als sie, die Hände in den Taschen seines blauen Jacketts.

Plötzlich lief er hinaus, brachte ein Glas Wasser und benetzte ihr das Gesicht. Luiza schlug die Augen auf; ihre Hände tasteten herum. Sie starrte ihn erstaunt an, sank auf das Kanapee, das Gesicht in den Händen verborgen, und brach in hysterisches Weinen aus.

Ihr Hut war heruntergefallen. Sebastião hob ihn auf, klopfte sacht die daran befestigten Blumen ab und legte ihn behutsam auf ein Tischchen. Dann kehrte er auf Zehenspitzen zurück, neigte sich dicht zu ihr herab und murmelte: »Nanu! Nanu!« Und seine Hände, die leicht ihren Arm berührten, zitterten wie Espenlaub.

Er wollte ihr Wasser geben, um sie zu erfrischen, doch Luiza winkte ab. Sie richtete sich langsam auf, trocknete sich die Augen und schneuzte sich schluchzend.

»Entschuldigen Sie, Sebastião, entschuldigen Sie«, sagte sie. Danach trank sie doch noch einen Schluck Wasser und saß wie gebrochen da, die Hände im Schoß, und schwieg. Unaufhörlich perlten ihre Tränen, eine nach der andern.

Sebastião schloß die Tür, trat wieder zu Luiza und fragte sehr freundlich: »Also, was war denn los?«

Sie hob ihr verweintes Gesicht zu ihm auf, in dem die Augen fiebrig glänzten, sah ihn einen Moment an, ließ den Kopf sinken und flüsterte demutsvoll: »Ein Unglück, Sebastião, eine Schande!«

»Grämen Sie sich nicht! Regen Sie sich nicht auf!«

Er setzte sich neben sie und sagte leise und feierlich: »Ich stehe zu Ihrer Verfügung, für alles, was ich nur tun kann, für alles, was etwa notwendig werden sollte!«

»Ach, Sebastião!« rief sie in einer Anwandlung inniger Dankbarkeit aus und fügte hinzu: »Glauben Sie mir, ich bin schon genug bestraft worden! Was ich gelitten habe, Sebastião!«

Sie starrte einen Moment auf den Boden, und indem sie plötzlich mit Ungestüm seinen Arm umklammerte, sprudelten die Worte nur so aus ihr hervor, wie große Blasen aufwallenden Wassers.

»Sie entwendete mir den Brief, wie, weiß ich nicht, durch eine Nachlässigkeit meinerseits. Erst verlangte sie von mir sechshundert Milreis. Danach begann sie, mich zu schikanieren ... Ich mußte ihr Kleider geben, Wäsche, alles! Sie zog in ein anderes Zimmer, benutzte meine Bettlaken, die guten. Sie wurde die Herrin des Hauses. Ich bin es, die die Arbeit macht! ... Juliana droht mir alle Tage, ein Scheusal ist sie! Alles ist vergeblich gewesen, das gütliche Zureden, das große Entgegenkommen ... Und wo soll ich das Geld hernehmen? Ist es denn nicht wahr? Sie wußte es wohl ... Was ich gelitten habe! Es heißt schon, ich hätte abgenommen; sogar Ihnen ist das aufgefallen. Mein Leben ist eine Hölle. Wenn Jorge etwas erfährt! ... Dieses niederträchtige Weib wollte ihm heute alles sagen! Und ich arbeite wie eine Sklavin! Gleich am Morgen geht es mit Saubermachen und Fegen los. Manchmal muß ich die Frühstückstassen aufwaschen. Haben Sie Mitleid mit mir, Sebastião, ich beschwöre Sie, Sebastião! Ich Arme, ich habe niemand auf der Welt!«

Sie barg ihr Gesicht in den Händen und weinte.

Sebastião biß sich schweigend auf die Lippen; auch ihm rollten zwei Tränen über Wangen und Kinn. Er stand auf und meinte bedächtig: »Aber bei Gottes heiligem Namen, gnädige Frau, warum haben Sie mir das nicht eher gesagt?«

»Ach, Sebastião, hätte ich es nur gekonnt! Einmal war ich nahe daran, es Ihnen zu sagen ... Aber ich konnte es nicht, ich konnte nicht!«

»Das war falsch ...«

»Heute morgen wollte Jorge sie hinauswerfen. Er bemerkte ihre Nachlässigkeiten und ist wütend über sie. Aber er ahnt nicht das geringste, Sebastião ...« Sie errötete und wandte die Augen ab. »Er hänselte mich zuweilen, weil ich scheinbar so sehr für sie eingenommen war ... Doch heute morgen wurde er ärgerlich und wies sie aus dem Hause. Kaum daß er fortgegangen war, kam sie wie eine Furie angerast und beschimpfte mich ...«

»Großer Gott!« murmelte Sebastião bestürzt und legte die Hand auf die Stirn.

»Vielleicht glauben Sie es nicht, aber ich bin es, die den Abort in Ordnung hält ...«

»Aber sie verdient ja den Tod, die Verruchte!« rief er und stampfte mit dem Fuß auf.

Dann ging er langsam mit schweren Schritten durch das Zimmer, die Hände in den Hosentaschen, den breiten Rükken gekrümmt. Er setzte sich wieder neben sie, berührte schüchtern ihren Arm und flüsterte: »Man muß ihr die Briefe wieder wegnehmen ...«

»Aber wie?«

Sebastião kratzte sich Kinn und Stirn.

»Das wird sich machen lassen«, sagte er schließlich.

Sie ergriff seine Hand.

»Oh, Sebastião, wenn Sie das könnten!«

»Das muß sich machen lassen.«

Er überlegte einen Augenblick und fuhr in seinem ernsten Tonfall fort: »Ich werde mich mit ihr in Verbindung setzen ... Dazu ist es erforderlich, daß sie allein im Hause ist ... Sie könnten ja heute abend ins Theater gehen.«

Er stand langsam auf, holte das ›Journal do Conimercio‹, das auf dem Tisch lag, und sah die Anzeigen durch.

»Sie könnten ins São Carlos fahren, das hört später auf ... Der ›Faust‹ wird gegeben ... Sie könnten sich den ›Faust‹ ansehen ...«

»Wir könnten uns den ›Faust‹ ansehen«, wiederholte Luiza seufzend.

Dann saßen sie dicht beieinander in der Sofaecke, und Sebastião entwarf ihr einen Plan, mit leisen Worten, die sie begierig verschlang.

Sie sollte der Donha Felicidade schreiben, daß sie sie ins Theater begleiten möchte, und Jorge eine Nachricht schicken, daß sie ihn im ›Hotel Gibraltar‹ abholen würden ... Und die Joanna? Joanna sei außer Haus. Gut. Also dann um neun Uhr. Juliana wäre allein.

»Sehen Sie, wie das alles paßt?« meinte er lächelnd.

Wahrhaftig ... Aber würde das Weib die Briefe herausgeben?

Sebastião kratzte sich wieder Kinn und Stirn.

»Sie *muß* sie herausgeben«, sagte er.

Luiza blickte ihn beinahe zärtlich an. Von seinem ehrlichen Gesicht glaubte sie erhabene moralische Größe abzulesen. Sie stand vor ihm und sagte melancholisch: »Und Sie werden das für mich tun, Sebastião, für mich, die ich zu einer so schlechten Frau geworden bin? ...«

Sebastião errötete und zuckte die Achseln.

»Es gibt keine schlechten Frauen, meine Liebe, nur schlechte Männer, so ist es!« Und er fügte hinzu: »Ich werde die Theaterloge besorgen. Eine gute im Parterre, nicht wahr? Eine hübsche Parterreloge gleich neben der Bühne ...«

Er lächelte, um sie zu beruhigen. Sie setzte den Hut auf und zog den Schleier herunter. Dabei begann sie wieder zu schluchzen.

Im Korridor lief ihnen Tante Joanna mit ausgebreiteten Armen entgegen; sie küßte Luiza ab; dieser Besuch sei ein Wunder, sagte sie. Und wie hübsch sie wäre! Die Zierde des Stadtviertels!

»Schon gut, Tante Joanna, schon gut«, beschwichtigte sie Sebastião und drängte sie sanft fort.

Er solle sich doch nicht gleich in fremde Angelegenheiten mischen! Schon eine halbe Stunde hätte er Luiza mit Beschlag belegt; sie wolle sie jetzt auch ein bißchen haben! Ein solches Frauchen wäre für ihn das richtige! Ein anständiges Mädchen! Eine weiße Lilie!

Luiza wurde vor Verlegenheit rot.

Und der Senhor Jorge? Wie ging es ihm? Niemand bekam ihn zu Gesicht. Und Donha Felicidade?

»Schon gut, nun ist es aber genug, Tante Joanna!« sagte Sebastião ungehalten.

»Seht nur den Nimmersatt! Es schnappt ihm doch niemand das Mädchen weg! ... Herrgott! ...«

Luiza lächelte; da fiel ihr plötzlich ein, daß sie jemand brauchte, durch den sie die Briefchen an Donha Felicidade und an Jorge schicken könnte.

Sebastião geleitete sie gleich nach unten ins Arbeitszimmer: Sie solle nur schreiben, er würde die Briefe schon zustellen. Sebastião suchte ihr das Schreibpapier heraus und tauchte ihr die Feder ein – er verhielt sich noch aufmerksamer und entgegenkommender, seitdem er wußte, daß sie unglücklich war. Luiza schrieb das Briefchen für Jorge; trotz ihres Kummers mußte sie mit Schrecken an ein gewisses ausgeschnittenes grünes Kleid von Donha Felicidade denken und fügte in einem Postskriptum auf dem Briefchen an sie hinzu: ›Das beste ist, wenn Du in Schwarz kommst und keine große Toilette machst. Nichts Ausgeschnittenes und auch keine hellen Farben.‹

Als Luiza wieder zu ihrem Hause zurückkehrte, sah sie einen Dienstmann mit Joannas Bündelchen heraustreten. Und schon im Flur hörte sie die kräftige Stimme des Mädchens, das auf der Treppe zur Küche nach oben schrie: »Lassen Sie sich bloß noch einmal von mir erwischen! Lebend kommen Sie mir nicht davon, Sie Weibsbild!«

»Eule! Nachteule!« kläffte Juliana herunter. »Pack dich auf die Straße!«

Luiza lauschte und biß sich auf die Lippen. Was war aus ihrem Heim geworden? Ein Marktplatz! Eine Kneipe!

»Wenn ich dich erwische!« knurrte Joanna und stieg die letzten Stufen der Treppe hinunter.

»Hinaus! Hinaus, du Sau!« brüllte Juliana.

Da rief Luiza das Mädchen und sagte leise: »Joanna, suchen Sie sich nichts Neues, kommen Sie übermorgen hier vorbei.«

Oben schmetterte Juliana jubelnd den ›Liebesbrief‹.

Kurze Zeit darauf erschien sie unten und meldete sehr schroff, das Mittagessen stünde auf dem Tisch.

Luiza antwortete nicht. Sie wartete, bis Juliana wieder in die Küche hinaufging, lief in das Speisezimmer, nahm Brot, eine Schüssel Marmelade, ein Messer mit und schloß sich in ihr Zimmer ein; und dort ›speiste‹ sie auf einer Ecke des Blumentischchens.

Um sechs Uhr hielt eine Droschke vor dem Hauseingang. Das mußte Sebastião sein! Sie ging selbst öffnen, auf Zehenspitzen. Er war es, freudig erregt, mit gerötetem Gesicht, den Hut in der Hand; er brachte ihr den Schlüssel zur Parterreloge Nummer achtzehn …

»Und das da …«

Es war ein Strauß roter Kamelien, umschlossen von vollen Veilchen.

»Oh, Sebastião!« flüsterte sie gerührt.

»Haben Sie einen Wagen?«

»Nein.«

»Ich schicke einen her. Um acht, nicht wahr?«

Er eilte wieder hinunter, glücklich, ihr behilflich sein zu können. Luiza blickte ihm nach; ihre Augen wurden feucht. Sie trat an das Fenster ihres Zimmers, um ihn aus dem Hause gehen zu sehen. – ›Was für ein Mann!‹ dachte sie. Und sie roch an den Veilchen, drehte den Strauß in der Hand und empfand sogar ein leises Vergnügen an seiner Fürsorge, seinen Aufmerksamkeiten.

Da pochte es an die Tür.

»Wollen gnädige Frau denn nicht zu Mittag essen?« fragte draußen mit ungeduldiger Stimme Juliana.

»Nein.«

»Dann lassen Sie es bleiben!«

Donha Felicidade kam etwas vor acht. Luiza war beruhigt, als sie sie in einem hochgeschlossenen, eng anliegenden schwarzen Kleid und ihrem Smaragdschmuck erblickte.

»Nanu, was hat denn das zu bedeuten? Darf man erfahren, was hinter diesem Leichtsinn steckt?« fragte sehr aufgeräumt die erlauchte Senhora.

Eine Laune! Jorge hätte außerhalb zu Mittag gegessen, und sie hätte sich so einsam gefühlt. Da hätte sie Lust bekommen, ins Theater zu gehen. Sie konnte einfach nicht widerstehen ... Ach so, sie müßten Jorge im ›Hotel Gibraltar‹ abholen.

»Ich war gerade mit dem Essen fertig, als ich dein Briefchen erhielt. Sprachlos war ich! Und ich wollte eigentlich nicht kommen«, sagte sie und setzte sich, wobei sie sehr befriedigt leicht über die Falten ihres Kleides strich. »Mich nach der Hauptmahlzeit schnüren! Glücklicherweise hatte ich fast nichts gegessen!«

Dann wollte sie wissen, was gespielt würde. Der ›Faust‹? Das ließe sich hören. Auf welcher Seite war denn die Parterreloge? Nummer achtzehn. Da entging ihnen die Aussicht auf die königliche Familie, wie schade ... Sie wäre ja auch in keiner Weise auf diesen Theaterabend vorbereitet! ... – Donha Felicidade, in ihr Korsett eingezwängt, erhob sich, spazierte mit leuchtenden Pupillen und Seitenblicken vor dem Toilettentisch auf und ab, strich sich über die glatte Frisur und rückte ihre Armbänder zurecht.

Vor dem Hauseingang hielt ein Wagen.

»Die Droschke!« jubelte sie.

Luiza, schon im Mantel, zog die Handschuhe an und blickte um sich: Das Herz schlug ihr bis zum Halse; ihre Augen fieberten. Hatte sie auch nichts vergessen? fragte

Donha Felicidade. Den Schlüssel zur Loge? Das Taschentuch?

»Ach, meinen Strauß!« rief Luiza.

Juliana stand starr von Staunen, als sie sie ›fürs Theater‹ angezogen sah. Sie leuchtete ihnen schweigend, warf trotzig das Gatter zu und knurrte: »Nicht einmal Scham kennt dieses Gesicht!«

Die Droschke rollte schon, als Donha Felicidade plötzlich zu schreien anfing und gegen die Scheiben trommelte: »Warten Sie, halten Sie an! Wie ärgerlich, ich habe meinen Fächer vergessen! Ich kann nicht ohne Fächer hingehen! Halten Sie an, Kutscher!«

»Es wird zu spät, Mädchen, ich gebe dir meinen. Da, nimm!« sagte Luiza ungehalten.

Die Aufregungen wirkten sich günstig auf Donha Felicidades gestörte Verdauung aus; glücklicherweise, wie sie erklärte, rülpste sie wieder! Gott sei Dank, gelobt sei Unsere Liebe Frau, daß sie wenigstens rülpsen konnte!

Doch die Fahrt durch den Chiado bereitete ihr Vergnügen. Von den grell beleuchteten Eingängen der ›Casa Havaneza‹ hoben sich dunkle Gruppen gestikulierender Menschen ab; Droschken fuhren nach der Reitbahn hinüber; das rasche Aufblitzen prächtiger Laternen erhellte die weißen Schärpen über den Mänteln der Diener. Donha Felicidade, das strahlende Gesicht am offenen Wagenfenster, genoß die Winterluft und die Flut des Gaslichts in den Schaufenstern. Mit Genugtuung sah sie, wie der Portier des ›Gibraltar‹ in roten Hosen, die Mütze in der Hand, an den Wagenschlag kam.

Sie fragten nach Jorge.

Schweigend blickten sie auf die repräsentative Treppe, über die matte Kugeln ein mildes Licht ausgossen. Donha Felicidade, sehr neugierig auf das ›Hotelleben‹, musterte die Plätterin, die mit einem Korb Wäsche eintrat; dann eine Dame, die ihr überspannt erschien und im Abendkleid die Treppe herunterschwebte, wobei sie einen Fuß enthüllte, der mit einem plumpen Schuh aus weißem Atlas bekleidet war. Donha Felicidade lächelte, als ihre Kutsche zum Objekt der Neugier wurde.

»Sie brennen darauf, zu erfahren, wer wir sind.«

Luiza hielt schweigend ihren Strauß umklammert. Endlich tauchte Jorge am oberen Treppenabsatz auf, in äußerst angeregter Unterhaltung mit einem überaus schmächtigen Individuum, das den Hut auf dem Ohr, die Hände in den Taschen einer sehr engen Hose und eine riesige Zigarre in den Mundwinkel geklemmt hatte. Sie blieben stehen, gestikulierten und flüsterten. Schließlich drückte das Individuum Jorges Hand, sagte ihm etwas ins Ohr, lachte leise, wobei es sich krümmte, klopfte ihm auf die Schulter, nötigte ihn sehr ernsthaft, noch eine Zigarre anzunehmen, rückte den Hut noch mehr auf die Seite und knüpfte ein Gespräch mit dem Portier an.

Jorge lief zum Wagenschlag und sagte lachend: »Was sind denn das für Extravaganzen? Theater, Kutschen! Ich reiche die Scheidung ein!«

Er schien sehr aufgeräumt. Übrigens bedauere er nur, daß er nicht entsprechend angezogen sei ... Aber er würde sich auf einen der hinteren Plätze der Loge setzen. Und um ihre Kleider nicht zu zerknittern, stieg er zum Kutscher auf den Bock.

13

Es war acht Uhr vorbei, als die Droschke vor São Carlos anlangte. Ein stark hustender Gassenjunge in einer über der Brust durch eine Nadel zusammengehaltenen Jacke stürzte herbei, um den Wagenschlag zu öffnen; und Donha Felicidade lächelte zufrieden, als sie die Schleppe ihres Seidenkleides über den fadenscheinigen Teppich des Logenganges rauschen hörte.

Der Vorhang war schon hochgezogen. Im gedämpften Rampenlicht lag die klassische Dekoration einer Alchimistenzelle; der von den Wissenschaften enttäuschte Faust, in Mönchskutte und der struppigen Fülle eines ergrauenden Bartes, legte mit greisenhaftem Zittern die Hand, an der ein Brillant leuchtete, auf das Herz und sang. Ein leichter Geruch von ausgeströmtem Gas lag in der Luft. Hier und dort lautes Husten. Es waren wenig Leute anwesend. Das Theater füllte sich erst.

In ihrer Parterreloge gestikulierten Donha Felicidade und Luiza und konnten sich nicht über die Sitzordnung einig werden.

»Aber Donha Felicidade, ich bitte dich!«

»Wenn ich hier aber sehr gut sitze ...«

»Das kann ich nicht verantworten ...«

Schließlich setzte sich Donha Felicidade mit geschwellter Brust auf den besseren Platz. Luiza saß hinter ihr und zog die Handschuhe an, während Jorge sich der Garderobe annahm, wütend über den Hut, der schon zweimal fortgerollt war.

»Haben Sie ein schönes Plätzchen, Donha Felicidade?«

»Danke sehr, ich denke doch.« Sie kam noch nicht mit ihren Beinen zurecht. »Wie schade, daß man die königliche Familie nicht sehen kann!«

In den Logen der Abonnenten erschienen nach und nach hohe, mit künstlichen Haaren ausgestopfte, entsetzliche Frisuren; weiße Hemdbrüste leuchteten. Leise schlich man zu den Sesseln, gelassen und leutselig, brachte das Haar in Ordnung und unterhielt sich gedämpft. Hinten im Parkett lärmten junge Burschen in kurzer Jacke; am Eingang, unter der

Galerie, erblickte man das glänzende Lederzeug städtischer Beamter, dunkle Mützen von Polizisten und Säbelknäufe, die im Licht aufblitzten.

Durch das Orchester lief ein metallischer Schauer, der den Zuhörern Angst einjagte; Faust zitterte wie ein Strauch im Wind; Lärm von stark vibrierenden Blechplatten brach los; und im Hintergrund erhob sich Mephistopheles in scharlachrotem Gewand, mit hochgezogenen Augenbrauen und keckem Bärtchen, ein feiner Kavalier, schritt forsch aus wie ein richtiger Scharlatan und begrüßte mit mächtiger Stimme den Doktor, wobei die beiden roten Federn seines Käppchens unaufhörlich großsprecherisch hin und her schwankten.

Luiza hatte ihren Stuhl etwas weiter nach vorn gerückt; bei diesem Geräusch wandten sich im Parkett sehnsüchtig manche Köpfe nach ihr um. Gewiß sah sie hübsch aus; man musterte sie. Luiza wurde verlegen und blickte sehr ernst auf die Bühne. Hinter Schleiern, die sich langsam hoben, erschien wie eine Vision Gretchen, ganz in Weiß gekleidet; sie spann Flachs; in dem gleißenden grellen Licht, das sie umgab, sah sie aus wie weißer Gips. Donha Felicidade fand sie so bildschön, daß sie sie mit einer Heiligen verglich.

Die Vision versank im Tremulieren der Geigen. Und nach einer Arie zappelte Faust, der unbeweglich im Hintergrund der Bühne verharrt hatte, einen Augenblick unter seiner Tunika und der Last seiner Jahre und tauchte jung wieder auf, etwas beleibt, in Lila gekleidet, mit Puder bedeckt, und brachte sein krauses Haar in Ordnung. Das Rampenlicht wurde stärker, eine heitere und freundliche Instrumentation klang auf: Mephistopheles bemächtigte sich Faustens und zerrte ihn quer durch die Kulissen. Rasch fiel der Vorhang.

Die Leute im Parterre erhoben sich mit großem und anhaltendem Lärm. Donha Felicidade, ein wenig ermüdet, fächelte sich Luft zu. Dann betrachteten sie eingehend die anwesenden Familien und bewunderten einige hochelegante Abendtoiletten.

In den Logen unterhielt man sich gedämpft; zuweilen blitzte ein Juwel auf, oder das Licht legte den glänzenden Schimmer von Rabenflügeln auf die schwarzen Haare, in denen Kamelien verschmachteten oder der metallene Reif eines Kammes schimmerte, und die runden Gläser der Operngukker mit ihren leuchtenden Reflexen glitten hin und her.

Auf den jetzt erhellten Bankreihen im Parterre kokettierte man ausgiebig oder streichelte sich schweigend die Handschuhe; alte Theaterenthusiasten mit seidenen Taschentüchern nahmen eine Prise Schnupftabak und rissen Possen; Donha Felicidade interessierte sich für zwei grüngekleidete Spanierinnen oben auf der Galerie, die sich gar nicht genugtun konnten, ihren gelenkigen Bordellkörpern eine keusche Haltung abzugewinnen.

Dann kam ein Kollege Jorges in die Loge, etwas hager und auffällig gekleidet. Er schien aufgeregt und fragte gleich, ob sie nichts von dem großen Skandal wüßten. Sie hatten keine Ahnung. Und der Ingenieur erzählte mit lebhaften Gesten seiner kleinen Hände, die in grünlichen Handschuhen steckten, daß die Frau vom Palma, dem Abgeordneten, sie würden ihn ja kennen, ausgerissen sei.

»Ins Ausland?«

»I wo!« Die Stimme des Ingenieurs frohlockte förmlich. Das wäre ja gerade das Reizende dabei. Zu einem Spanier, der gegenüber wohnte! ... Einfach köstlich! Übrigens – und seine Stimme wurde ernst – sei er von den Bassisten begeistert!

Er lächelte, schaute durch das Opernglas und schwieg, entkräftet von dem, was er gesagt hatte. Nur hin und wieder schlug er auf Jorges Knie, mit einem vertraulichen »Gewiß, Senhor!« oder einem freundschaftlichen »Nun, was ist daraus geworden?«

Es klingelte leise. Der Ingenieur ging auf Zehenspitzen hinaus. Sacht hob sich der Vorhang über dem Trubel der Kirmes, von hartem, weißem Licht überstrahlt. Auf der Leinwand des Hintergrundes schimmerten auf irgendeinem anmutigen Hügel am Rhein burgenartige Häuser, umgeben von Weingärten. Mit gespreizten Beinen saß der schmerbäuchige, leichtsinnige König Gambrinus auf einem großen Faß und lachte aus vollem Halse, indem er gleich einem altväterischen Aushängeschild den riesigen germanischen Bierkrug erhob. Und Studenten, Juden, Reiter, junge Mädchen in lebhaft buntem Kattun glitten mechanisch, nachtwandlerisch im breiten Takt festlicher Musik dahin.

Dann dehnte sich schmachtend der Walzer: eine Kette von Tönen, die sanft dahinwogten und entschwanden. Luizas Blick folgte den Füßchen der Tänzerinnen, den muskulösen Beinen, die sich auf der Bühne drehten. Die kurzen geblähten Batiströcke rauschten leise.

»Wie hübsch!« flüsterte sie glückselig.

»Reizend!« bestätigte Donha Felicidade und verdrehte die Augen.

Manche schrille Flötentöne rührten Luiza zärtlich; ihr Heim, Juliana, ihre ganze erbärmliche Lage, alles kam ihr vor, als versänke es in tiefer Nacht des Vergessens.

Doch da mengte sich der fröhliche Teufel keck unter das Volk und sang mit listigen und gierigen Gebärden das ›Dio del Oro‹. Seine aufdringliche Stimme bekräftigte brutal die Macht des Geldes; helle Klänge der Musik erinnerten an emsiges Wühlen in Schätzen; und die hohen Schlußnoten fielen kurz und schroff ab, gleich triumphierenden Hammerschlägen, mit denen das vergötterte Gold geprägt wurde.

Da bemerkte Luiza die Unruhe der Donha Felicidade, deren schwarze Augen plötzlich aufblitzten. Nun entdeckte sie im Parkett die glänzende Glatze des Kanzleirats Accacio, der mit der flachen Hand großmütig herübergrüßte und so seinen baldigen Besuch ankündigte.

Accacio erschien, kaum daß der Vorhang fiel, und beglückwünschte sie sogleich, daß sie diesen Abend gewählt hätten: Die Oper sei eine der besten, und es wäre ein auserlesenes Publikum da. Er war trostlos, weil er den ersten Akt verpaßt hatte – wenn ihm auch die Musik nicht übermäßig gefiele, so schätze er doch diese Oper wegen ihres philosophischen Gehalts. Dann ließ er sich von Luiza das Opernglas geben, musterte die Besucher in den Logen, sagte die Titel, zählte die reichen Erbinnen auf, nannte die Abgeordneten mit Namen, und zeigte mit dem Finger auf die Literaten. Jawohl, er kannte São Carlos gut! Seit achtzehn Jahren! Donha Felicidade bewunderte ihn; sie war glutrot geworden. Der Kanzleirat bedauerte, daß sie die Königsloge nicht sehen könnten. Die Königin böte wie immer einen bezaubernden Anblick.

So? Wie war sie denn gekleidet?

In Samt. Er wüßte nur nicht, ob veilchenblau oder dunkelblau. Nun, er würde sich vergewissern und Bescheid sagen kommen …

Doch als sich der Vorhang hob, blieb Accacio hinter Luiza sitzen und begann gleich zu erläutern, daß jene da – Siebel, die Blumen in Gretchens Garten pflückte – als Zweite Schauspielerin monatlich fünfhundert Milreis verdiente …

»Aber trotz dieser Riesengagen sterben sie fast immer im Elend«, fügte er mißbilligend hinzu. »Laster, Gelage, Orgien, Ausritte …«

Das grüne Gartentürchen öffnete sich, und das jungfräuliche Gretchen trat im Schmuck zweier langer blonder Zöpfe hervor. Sie entblätterte die legendäre Margaretenblume, grübelte und sprach verliebt vor sich hin. Das süße Geschöpf fühlt die drückende Atmosphäre um sich und möchte gern, daß ihre Mutter zurückkehrt!

Bei der wehmütigen Ballade vom König von Thule wurden Luizas Augen trübe; die Melodie ließ sie irgendwie an ein blasses, in kaltes Mondlicht getauchtes Land denken, fern im Norden, an einem stöhnenden Meer, ein Land platonischer Liebe – oder aristokratischer Grübeleien, auf einer Terrasse, im Schatten eines Parks ...

Doch da sagte der Kanzleirat: »Jetzt kommt das Richtige! Geben Sie gut acht. Jetzt kommt der Höhepunkt.«

Die Schauspielerin rutschte auf den Knien vor der Truhe mit Juwelen hin und her und hielt verzückt das Halsband in den Händen; sie legte mit auserlesener Umständlichkeit die Ohrringe an, und aus ihrem weit geöffneten Munde kam ein kristallklares Trillern – unter dem leisen Beifallsgemurmel bürgerlicher Bewunderung.

Der Kanzleirat meinte diskret: »Bravo! Bravo!«

Voller Begeisterung ließ er eine ganze Abhandlung vom Stapel: Es wäre das Beste der ganzen Oper! An dieser Stelle erweise sich die Leistungsfähigkeit der Sängerinnen ...

Donha Felicidade hatte beinahe Angst, der Schauspielerin könne die Kehle bersten. Sie beschäftigte sich auch mit den Juwelen. Ob es falsche wären? Oder ihre eigenen?

»Er will sie damit in Versuchung führen, nicht wahr?«

»Es ist ein deutsches Schauspiel«, sagte ihr leise der Kanzleirat.

Doch Mephistopheles bemächtigte sich der guten Marthe; Faust und Gretchen verschwanden in dem kupplerischen Schatten des zum Sinnengenuß reizenden Gartens – und der Kanzleirat erlaubte sich die Bemerkung, dieser ganze Akt sei ein wenig frei.

Donha Felicidade flüsterte ihm halb tadelnd, halb entzückt zu: »Wie viele solcher Szenen werden sich nicht schon abgespielt haben, Sie Schlimmer!«

Der Kanzleirat starrte sie entrüstet an.

»Was sagen Sie da, gnädige Frau? Die Schande an den Herd einer Familie tragen!«

Luiza machte lächelnd: »Pst!« Sie folgte jetzt interessiert der Handlung. Es war dunkel geworden; eine Garbe strahlenden Lichts erfüllte den Garten mit zauberhaftem bläulichem Mondschein, in dem sich durch dunkle Glasplatten angedeutete runde Gebüsche abhoben, und Faust und Gretchen, umschlungen und entkräftet, hauchten ihr Duett; der Tenor gab sich alle Mühe; mit umwölktem Blick und krankhafter Verrenkung der Hüften griff er sich an die Brust. Der Gesang löste sich von dem schmachtenden Stöhnen der Celli und stieg zum Himmel empor:

»Im bleichen Zauberschimmer
Der goldnen Sterne ...«

Luizas Herz pochte; sie sah sich plötzlich auf dem Diwan ihres Salons sitzen, noch völlig benommen von der Wollust des Ehebruchs, und Basilio, die Zigarre im Mundwinkel, klimperte lässig auf dem Klavier die gleiche Arie: ›Im bleichen Zauberschimmer der goldnen Sterne ...‹ Jener Abend war an ihrem ganzen Elend schuld! – Und plötzlich legten sich schwer die Erinnerungen an Juliana, ihr Heim, an Sebastião auf ihre Seele, wie lange, düstere Schleier, die herabsinken und alles zudecken.

Sie blickte auf die Uhr. Es war zehn. Was würde sich inzwischen zu Hause ereignen?

»Fühlst du dich unwohl?« fragte Jorge.

»Ein wenig.«

Gretchen lehnt wonnetrunken auf dem Sims ihres Fensterchens. Faust eilt zu ihr. Sie umarmen sich. Und unter dem lauten Gelächter des Teufels und dem Grollen der Baßgeigen senkt sich der Vorhang und sichert auf diese Weise einen keuschen Schluß ...

Donha Felicidade, in Hitze geraten, verlangte nach Wasser. Jorge beeilte sich: Wollte sie Kuchen? Oder Eis? Die erlauchte Senhora zögerte; das Eis reizte sie, doch verzichtete sie darauf aus Furcht vor Bauchschmerzen. Sie setzte sich nach hinten neben Luiza und betrachtete sie angelegentlich, etwas ermüdet; man hörte verhaltenes Flüstern; es wurde verstohlen gegähnt; und der Zigarettenrauch, der von draußen herein drang, bildete einen kaum wahrnehmbaren Nebel, der den Saal füllte, den Kronleuchter zu umziehen begann und leicht die Lichter trübte. Als Jorge einmal hinausging, begleitete ihn der Kanzleirat: Er wolle nur oben ein Glas Wein zu sich nehmen ...

»Das ist mein Abendbrot, wenn ich im São Carlos bin«, erklärte er.

Nach kurzer Zeit kehrte er zurück, trocknete die Lippen am seidenen Taschentuch und unterhielt sich mit Jorge, der im Vestibül neben dem Eingang zum Parkett stand und rauchte.

»Sehen Sie bloß, Kanzleirat«, sagte ihm Jorge sogleich entrüstet und wies auf die Wand, »was für ein Skandal!«

Mit der Asche einer erloschenen Zigarre waren auf die weißgetünchte Wand riesige obszöne Figuren gezeichnet worden; und irgend jemand, der sich durch Klugheit und Vorliebe für Eindeutigkeit hervortat, hatte darunter in sauberer Kursivschrift die geschlechtlichen Bezeichnungen geschrieben.

Jorge empörte sich: »Und hier gehen nun Damen vorbei! Sie sehen es, sie lesen es! So etwas gibt es nur in Portugal!«

Der Kanzleirat sagte: »Da müßte unbedingt die Obrigkeit eingreifen ...« Gutmütig fügte er hinzu: »Das sind junge Burschen, mit der Zigarre machen sie das. Die schätzen diese Art Zerstreuung sehr ...« Und lächelnd erinnerte er sich: »Der Graf von Villa Rica, ein großer Witzbold, reichte mir sogar einmal die Zigarre und bestand darauf, daß ich eine solche Zeichnung machte ...«

Er sprach leiser: »Ich habe ihm eine ernste Lektion erteilt. Ich nahm die Zigarre ...«

»Und rauchten sie?«

»Ich schrieb.«

»Eine Obszönität?«

Der Kanzleirat fuhr zurück und rief streng: »Aber Jorge, Sie kennen doch meinen Charakter! Und da trauen Sie mir so etwas zu ...?« Er wurde wieder ruhiger: »Nein, ich nahm die Zigarre und schrieb mit fester Hand: ›EHRE, DEM EHRE GEBÜHRT!‹«

Da ertönte die Glocke, und sie kehrten in die Loge zurück. Luiza war unpäßlich und wollte sich nicht wieder nach vorn setzen. So nahm der Kanzleirat feierlich ihren Platz ein – gerade vor Donha Felicidade. Für die behäbige Senhora wurde das ein glückseliger Augenblick, ein vollendeter Genuß. Nun waren sie beide hier, traulich vereint wie Brautleute! Ihr üppiger Busen wogte. Sie sah sich schon später Arm in Arm mit ihm aus dem Theater kommen, in einen engen Zweisitzer steigen, vor der Tür des ehelichen Hauses halten und auf den Teppich des Schlafzimmers treten ... Donha Felicidade schwitzte bis in die Haarwurzeln – und als sie sah, daß der Kanzleirat, dessen Glatze im Gaslicht strahlte, ihr liebenswürdig zulächelte, empfand sie eine leidenschaftliche Dankbarkeit für die weise Frau, die gewiß zur gleichen Stunde im entlegenen Galizien Nadeln in ein wächsernes Herz stach ...

Plötzlich schlug sich der Kanzleirat an die Stirn, stürzte sich auf seinen Hut und eilte hinaus. Sie sahen sich beunruhigt an. Donha Felicidade erblaßte: Sollte er irgendwelchen Kummer haben? Großer Gott! Sogleich murmelte sie leise ein Gebet. Doch sie sahen ihn gleich wieder eintreten. Triumphierend erklärte er: »Dunkelblau!«

Sie rissen die Augen auf, ohne zu begreifen.

»Das Kleid Ihrer Majestät der Königin! Ich hatte versprochen, es nachzuprüfen, ich habe es getan!«

Er setzte sich feierlich und sagte zu Luiza: »Ich bedauere aufrichtig, daß sie sich in diesem Winkel verbirgt, Donha Luiza! Bei ihrem Alter! In der Blüte der Jahre! Wo alles im Leben rosarot ist!«

Luiza lächelte. Jetzt war sie sehr beunruhigt. Jeden Moment blickte sie auf die Uhr. Sie fühlte sich krank; ihre Füße wurden kalt, ein leichtes Fieber machte ihr den Kopf schwer. Ihre Gedanken waren zu Hause, bei Juliana, bei Sebastião; ihr Herz klopfte; sie hegte Hoffnungen, ängstigte sich ... Und verständnislos blickte sie auf die Menge zweifarbig gekleideter Soldaten mit altertümlichen Waffen, die marschierten und unvermittelt anhielten, wobei sie eine dünne Staubwolke auf dem schlecht gesprengten Boden der Bühne aufwirbelten. Ein starker Chor ertönte. Es war der stolze und festliche Marsch der deutschen Reiter, die ihre siegreichen Ausflüge in die Länder des Weins feierten und sich ihrer mit wohlklingenden Reichstalern gefüllten Soldbeutel freuten. Luizas Augen folgten einem beleibten Graubart, der über den viereckigen Käppchen der Armbrustschützen beharrlich ein großes quadratisches Leinwandstück schwenkte – die Fahne des Heiligen Reiches, schwarz, rot und gold.

Doch dann erhob sich Lärm im Hintergrund des Parterres. Rauhe Stimmen zankten. »Ordnung! Ordnung!« wurde gerufen. Im Parkett stellten sich Neugierige auf das Rohrgeflecht der Stühle. Vier Polizisten und zwei städtische Beamte waren am hinteren Eingang erschienen; und unter Hohngeschrei und Gelächter führten sie einen taumelnden blassen Burschen hinaus – die linke Seite seines Plüschjacketts war ganz vollgespien.

Gleich wurde es wieder still. Die Leinwand im Hintergrund

der Bühne schwankte ein wenig, erschüttert von dem festlichen Auszug der Reiter und der Leute aus dem Volk; und auf den verwaisten Brettern, die zur Rechten den geschwungenen Säulengang eines Domes und zur Linken das traurige Pförtchen eines Bürgerhauses trugen, küßte Valentin, der einen langen Kinnbart trug, am Rande der Rampe begierig eine Medaille – doch Luiza nahm keine Notiz davon. Sie dachte mit gequältem Herzen: ›Was wird zu dieser Stunde Sebastião tun?‹

Um neun Uhr ging Sebastião zu einem Polizeikommissar, seinem entfernten Vetter, dem Vicente Azurara. Wegen eines scharfen Nordostwindes, der die Gaslichter in den Laternen niederdrückte, kam er nur langsam vorwärts. Ein altes Dienstmädchen, runzlig wie ein Renettapfel, führte ihn ins Studierzimmer. Der Herr Kommissar war gerade dabei, eine große Erkältung zu überstehen. Sebastião fand ihn mit einem Regenmantel um die Schultern, die Füße in eine Wolldecke gewickelt, wie er heiße Grogs trank und den ›Mann mit den drei Hosen‹ las. Kaum daß Sebastião eintrat, nahm er den großen Klemmer von der Habichtsnase, hob die kleinen Äuglein zu ihm auf, die vom Schnupfen tränten, und rief: »Ich habe seit drei Tagen eine ganz verteufelte Erkältung, die mich nicht loslassen will …« Und er brummte einige Verwünschungen, wobei er mit der mageren, knorrigen Hand über sein dunkles Gesicht strich. Es hatte strenge Züge, denen ein dichter, angegrauter Schnurrbart einen Anflug von Grausamkeit verlieh.

Sebastião bedauerte ihn sehr. Bei der jetzigen Jahreszeit sei es ja nicht verwunderlich! … Er empfahl ihm Schwefelwasser mit sehr heißer Milch.

»Wenn das nicht aufhört«, sagte der Kommissar grimmig, »spüle ich es morgen mit einer halben Flasche Wacholderschnaps hinunter; und falls das nichts nützt, muß Gewalt angewendet werden … Und was gibt es Neues?«

Sebastião hustete, jammerte, er wäre ebenfalls kränklich, rückte dann seinen Stuhl neben den Vetter Vicente und legte ihm die Hand auf das Knie.

»Hör mal, Vicente, wenn ich dich um einen Polizisten bitten würde, der mich mal wegen einer Kleinigkeit begleitet, nur um jemand Angst einzujagen, nur um zu erreichen, daß jemand etwas zurückgibt, was er an sich genommen hat, würdest du doch einen entsprechenden Befehl geben, nicht wahr?«

»Befehl wozu?« fragte langsam der Vicente mit vorgeneigtem Kopf, die geröteten Äuglein auf Sebastião gerichtet.

»Einen Befehl, mich zu begleiten, sich sehen zu lassen. Weiter nichts, als sich zu zeigen. Es ist ein ganz besonderer Fall … Um Angst zu machen … Du weißt, daß ich bestimmt nicht … Es ist nur, damit jemand das zurückgibt, was er genommen hat. Ohne irgendwelches Aufsehen …«

»Wäsche? Geld?«

Und der Kommissar strich sich nachdenklich mit seinen langen, dürren Raucherfingern den Schnurrbart.

Sebastião zögerte.

»Ja. Wäsche und so … Es ist nur, um Aufsehen zu vermeiden … Du verstehst schon …«

Der Vicente sah ihn scharf an und murmelte mit unergründlicher Miene: »Einen Polizisten, der sich zeigen soll …«

Er spuckte geräuschvoll aus. Und stirnrunzelnd fragte er: »Etwas Politisches ist es nicht?«

»Nein!« erwiderte Sebastião.

Der Kommissar wickelte die Füße fester in die Decke und rollte grimmig mit den Augen: »Es hängt auch nicht mit höhergestellten Leuten zusammen?«

»Bewahre!«

»Einen Polizisten, der sich zeigen soll ...« Der Vicente überlegte hin und her.

»Du bist ein Ehrenmann ... Gib mal da die Mappe oben von der Kommode herüber.«

Er riß ein Blatt liniiertes Papier heraus, betrachtete es genau, indem er den Klemmer auf der Nase reiten ließ, und sann nach, die Hand wie eine Kralle auf der Stirn.

»Den Mendes ... Nützt dir der Mendes?«

Sebastião, der den Mendes nicht kannte, stimmte gleich zu: »Ja, wen du willst. Er braucht sich ja nur zu zeigen ...«

»Den Mendes. Das ist ein Bulle. Der macht Eindruck, er hat bei der Garde gedient.«

Vicente ließ ihn das Tintenfaß holen, schrieb gemächlich den Befehl, las ihn zweimal durch, versah die Ts mit Querstrichen, trocknete ihn am Zylinder der Lampe und faltete ihn feierlich zusammen.

»Bei der zweiten Abteilung!«

»Danke, Vicente. Das ist eine große Gefälligkeit ... Danke. Und zieh dich warm an, Mann! Und vergiß nicht: Schwefelwasser von der Apotheke Azevedo in der Rua de São Roque; eine halbe Tasse heiße Milch ... Und vielen Dank. Es kostet wohl nichts?«

»Nein. Gib dem Mendes eine Kleinigkeit. Der macht Eindruck, er hat bei der Garde gedient!«

Er setzte den Klemmer auf und nahm sich wieder den ›Mann mit den drei Hosen‹ vor.

Eine halbe Stunde später machte sich Sebastião nach Jorges Wohnung auf den Weg, gefolgt vom stämmigen Mendes, der wie ein Soldat marschierte und dabei die Arme anwinkelte. Sebastião hatte noch keinen festen Plan. Er spekulierte natürlich auf Julianas Bestürzung, wenn sie zu dieser abendlichen Stunde den Polizisten mit dem Säbel erblickte; sie würde dann gleich an Boa-Hora, den Limoeiro, die Küste Afrikas denken, schleunigst die Briefe herausgeben und um Barmherzigkeit flehen. Und dann? Er erwog flüchtig, ihr die Überfahrt nach Brasilien zu bezahlen oder ihr fünfhundert Milreis zu geben, damit sie sich weit entfernt in der Provinz niederließe …

Nun, er würde ja sehen. Die Hauptsache war, ihr einen Schreck einzujagen.

Tatsächlich wurde Juliana aschfahl, als sie hinter Sebastião den Polizisten gewahrte, und rief: »Gott! Was hat das zu bedeuten?«

Sie war in ein schwarzes Umschlagtuch gehüllt, und die Petroleumlampe, die sie hochhielt, verlängerte den unförmigen Schatten ihrer Perücke auf der Wand.

»Senhora Juliana, bitte zünden Sie im Salon Licht an«, sagte Sebastião ruhig. Sie heftete funkelnde und unruhige Blicke auf den Polizisten.

»Was ist denn passiert? Großer Gott! Die Herrschaften sind nicht zu Hause. Wenn ich das gewußt hätte, hätte ich gar nicht aufgemacht … Ist etwas vorgefallen? Zu dieser Stunde!«

»Es ist nichts«, antwortete Sebastião und öffnete die Tür zum Salon, »alles in bester Ordnung!«

Er zündete mit einem Streichholz eine Kerze des dreiarmigen Leuchters an. Gespenstisch traten aus dem Schatten die Vergoldungen der Bilderrahmen hervor, das bleiche Gesicht des Porträts von Jorges Mutter, der Widerschein des Spiegels.

»Senhor Mendes, setzen Sie sich, setzen Sie sich!«

Der Mendes placierte sich auf die Kante des Sessels, die Hand am Koppel, den Säbel zwischen den Knien, mit finsterer Miene.

»Das ist die gewisse Person«, sagte Sebastião und zeigte auf Juliana, die erschrocken an der Tür des Salons stehengeblieben war.

Die Frau wich zurück und wurde bleich.

»Aber Senhor Sebastião, was sind das für Scherze?«

»Nichts, gar nichts ...«

Er nahm ihr die Lampe aus der Hand und berührte sie leicht am Arm.

»Gehen wir dort ins Speisezimmer.«

»Aber was ist denn? Betrifft es mich? Gott! Na so was! Das ist ja unerhört!«

Sebastião schloß die Tür, stellte die Lampe auf den Tisch, wo noch ein Teller mit Käserinden und ein Glas mit einem Weinrest standen, machte einige Schritte, schnippte dabei nervös mit den Fingern und blieb unvermittelt vor Juliana stehen.

»Geben Sie die Briefe her, die Sie der gnädigen Frau gestohlen haben ...«

Juliana wandte sich gleich zum Fenster und wollte schreien.

Sebastião hielt sie am Arm fest und zwang sie auf einen Stuhl.

»Sie brauchen nicht erst zum Fenster zu laufen und Alarm zu schlagen; die Polizei ist schon im Hause. Geben Sie die Briefe heraus, oder marsch ins Loch!«

Juliana sah in Gedanken schon eine düstere Zelle im Limoeiro vor sich, die zugeteilte Suppe, den Strohsack auf den kalten Fliesen ...

»Aber was habe ich denn getan?« stotterte sie. »Was habe ich getan?«

»Sie haben die Briefe gestohlen. Geben Sie sie her, machen Sie schnell!«

Juliana saß auf der Stuhlkante, preßte verzweifelt die Hände aneinander und knirschte: »So ein Frauenzimmer! Dieses Frauenzimmer!«

Sebastião legte wütend die Hand auf die Türklinke.

»Warten Sie, Sie Satan!« schrie sie und sprang auf. Sie

starrte ihn haßerfüllt an, knöpfte ihr Mieder auf, vergrub ihre Hand in die Brust und zog eine kleine Brieftasche heraus. Doch plötzlich stampfte sie wie rasend mit dem Fuß auf: »Nein! Nein! Nein!«

»Dann soll mich der Teufel holen, wenn Sie heute nicht in einem finsteren Kerker schlafen!« Er öffnete die Tür einen Spalt breit: »Senhor Mendes!«

»Da haben Sie!« brüllte Juliana und schleuderte ihm die Brieftasche hin. Drohend schwang sie beide Fäuste: »Der Blitz soll dich treffen, Schuft!«

Sebastião ergriff die Brieftasche. Sie enthielt drei Briefe. Ein sehr oft gefalteter stammte von Luiza. Sebastião las die erste Zeile: ›Mein heißgeliebter Basilio!‹ lautete sie, und sehr blaß verwahrte er gleich alles in der Innentasche seines Gehrocks.

Dann öffnete er die Tür. Im Schatten stand die wuchtige Gestalt des Mendes.

»Es ist alles erledigt, Senhor Mendes.« Sebastiãos Stimme zitterte ein wenig. »Ich will Sie nicht länger in Anspruch nehmen.«

Der machte schweigend eine höfliche Geste. Als ihm Sebastião auf dem Treppenabsatz eine Libra in die Hand drückte, verbeugte sich Mendes ehrerbietig und sagte mit einschmeichelnder Stimme: »Und wenn Sie wieder jemand brauchen, dann Nummer 64, den Mendes, der bei der Garde gedient hat. Machen Sie sich keine Umstände. Ich stehe zu Ihrer Verfügung. Meine Frau und meine Kinder danken. Tun Sie sich keinen Zwang an. Nummer 64, den Mendes, der bei der Garde gedient hat!«

Sebastião schloß das Gatter und kehrte in das Speisezimmer zurück. Juliana war gebrochen in einem Sessel sitzen geblieben, doch kaum daß sie ihn erblickte, fuhr sie wütend hoch: »Das Frauenzimmer hat Ihnen alles erzählt! *Sie* haben mir diese Falle gestellt! Sie haben *auch* mit ihr geschlafen!«

Sebastião wurde bleich, beherrschte sich jedoch.

»Verschwinden Sie aus dem Haus, Frau. Der Senhor Jorge hat Sie entlassen. Morgen kümmern Sie sich darum, daß die Koffer abgeholt werden ...«

»Aber der Mann muß alles erfahren!« tobte sie. »Dieses Dach soll mich erschlagen, wenn ich ihm nicht alles bis aufs I-Tüpfelchen erzähle. Alles! Von den Briefen, die sie bekam, und wo sie sich mit dem Mann traf. Sie lag mit ihm im Salon, sogar die Kämme sind ihr bei der Balgerei aus dem Haar gefallen. Sogar die Köchin hörte den Radau!«

»Schweigen Sie!« brüllte Sebastião und schlug mit der Faust auf den Tisch, daß das Porzellan im Büfett zitterte und die Kanarienvögel erschreckt aufflatterten. Mit bebender Stimme und weißen Lippen sprach er weiter: »Die Polizei hat Ihren Namen, Sie Diebin! Beim geringsten Wort, das Sie sagen, wandern Sie in den Limoeiro, und dann geht's hinaus aus dem Hafen. Nicht nur die Briefe haben Sie gestohlen; auch Wäsche, Hemden, Taschentücher, Kleider ...« – Juliana wollte sprechen, aufschreien. »Ich weiß schon«, fuhr er heftig fort, »sie gab sie Ihnen, aber unter Zwang, weil Sie ihr drohten. Sie haben ihr alles abgepreßt. Diebstahl ist das. Das langt für Afrika! – Und wenn Sie dem Senhor Jorge unbedingt etwas sagen wollen, so können Sie es ja tun. Immer gehen Sie zu ihm. Sehen Sie, ob er Ihnen glaubt. Sagen Sie es ihm nur! Ein paar Stockschläge werden Sie beziehen, Sie Diebin!«

Juliana knirschte mit den Zähnen. Sie war hereingefallen! Die anderen hatten alles auf ihrer Seite, die Polizei, Boa-Hora, das Gefängnis, Afrika! ... Und sie – nichts!

Ihr ganzer Haß gegen das ›Kreiselchen‹ entlud sich jetzt. Sie belegte sie mit den unflätigsten Namen und verleumdete sie.

»Sie ist schlimmer als die vom Bairro Alto! Und ich«, schrie sie, »ich bin eine anständige Frau, niemals konnte sich ein Mann rühmen, diesen Körper berührt zu haben. Niemals gab es irgendeinen Kerl, der die Farbe meiner Haut zu sehen bekommen hat. Und dieses Frauenzimmer ...« Juliana hatte das Umschlagtuch fortgeschleudert und zog beklommen am Kragen ihres Kleides. »Welche Ungerechtigkeit in diesem Hause! Und was ich mit dieser Hexe von Tante durchgemacht habe! Das ist nun der, Dank, den ich ernte! Der Teufel soll mich holen, wenn ich das nicht in die Zeitung bringe. Ich habe sie mit dem Salonaffen umschlungen gesehen, wie eine Ziege!«

Sebastião hörte ihr widerwillig zu, obwohl es ihn eigentlich reizte, nähere Einzelheiten zu erfahren; am liebsten wäre er ihr an die Gurgel gesprungen. Als sie keuchend verstummte, befahl er: »Los, setzen Sie sich den Hut auf, und hinaus!«

Da trat Juliana, außer sich vor Wut, mit aus den Höhlen gequollenen Augen auf ihn zu und spie ihm ins Gesicht.

Doch plötzlich öffnete sich ihr Mund ungeheuer weit; sie bog sich nach hinten, führte ängstlich beide Hände zum Herzen und fiel seitwärts hin, mit einem weichen Aufschlag, wie ein Bündel Wäsche.

Sebastião bückte sich und rüttelte sie; Juliana war starr, veilchenblauer Schaum erschien in ihren Mundwinkeln.

Er griff nach dem Hut, eilte die Treppen hinunter, lief bis zur Patriarchal. Eine leere Droschke fuhr vorüber; Sebastião stürzte sich hinein, ließ sie zu Julião fahren, ›was die Gäule hergeben‹, und nötigte ihn, sofort zu kommen, gleich in Pantoffeln, ohne Hemdkragen.

»Ein Todesfall, die Juliana«, stammelte Sebastião sehr blaß.

Und unterwegs, beim Lärm der Räder und dem Klirren der Fensterrahmen, erzählte er verwirrt, daß er in Luizas Haus gekommen sei, die Juliana sehr verdrießlich angetroffen habe, weil sie entlassen worden war, und daß sie beim

Sprechen, als sie mit den Armen hin und her ruderte, plötzlich zur Seite gefallen sei ...

»Das war das Herz. Es konnte sich nur noch um Tage handeln«, meinte Julião und sog an seinem Zigarettenstummel.

Sie hielten an. Doch der verstörte Sebastião hatte beim Hinausgehen die Haustür zugeschlagen, und drinnen war ja nur die Tote. Der Kutscher stellte seinen Dietrich zur Verfügung, der sich als sehr nützlich erwies.

»Wollen die Herrschaften denn nicht einen kleinen Ausflug nach Dáfundo unternehmen?« fragte er, indem er das Trinkgeld in die Tasche steckte.

Doch als die beiden die Haustür zuwarfen, schlug er auf die Pferde ein und knurrte verächtlich: »Die sind aber auch für gar nichts zu haben.«

Sie traten auf den Flur.

Schwer lastete das Schweigen des Hauses auf Sebastião. Er stieg beklommen die Stufen hinauf, die kein Ende nehmen wollten; sein Herz pochte. Noch immer hoffte er, daß sie bloß eingeschlafen, in eine harmlose Ohnmacht gefallen oder schon wieder auf den Beinen sei und sich langsam erholte. Nein. Da lag sie, wie er sie verlassen hatte, auf die Matte hingestreckt, mit ausgebreiteten Armen, die Finger wie Krallen gebogen. Durch die Verkrampfung der Beine hatten sich ihre Röcke hochgeschoben; man sah ihre Filzpantoffeln, ihre mageren Schienbeine, die Strümpfe aus rosenfarbigem Gingan; die Petroleumlampe, die Sebastião auf einem Stuhl neben ihr hatte stehenlassen, warf bleifarbene Töne auf ihre Stirn, auf die strengen Wangen; der verzerrte Mund bildete einen Schatten, und über die weit aufgerissenen, in plötzlichem Todeskampf erstarrten Augen breitete sich leichter Nebel, als seien sie von einem durchsichtigen Spinnengewebe bedeckt. Alles ringsum erschien noch unbeweglicher, von toter Starrheit. Im Büfett leuchtete das Tafelsilber mit gespenstischen

Reflexen auf; unablässig hämmerte das Ticktack der Kukkucksuhr.

Julião befühlte Juliana, erhob sich mit einer gleichgültigen Handbewegung und sagte: »Sie ist tot, da besteht kein Zweifel. Man muß sie von hier wegbringen. Wo ist ihr Zimmer?«

Sebastião zeigte bleich nach, oben.

»Gut. Schlepp du sie fort, ich halte die Lampe.« Und da sich Sebastião nicht vom Fleck rührte, fragte er lachend: »Hast du Angst?«

Er machte sich über ihn lustig: Zum Teufel, es war ja bloß leblose Materie, geradeso, als ob man eine Puppe anfaßte! Sebastião schwitzte bis in die Haarwurzeln; faßte die Leiche unter den Armen und schleifte sie langsam fort; Julião ging mit erhobener Lampe voraus und sang übermütig die ersten Takte des Marsches aus dem ›Faust‹. Doch Sebastião nahm Anstoß daran und zeterte: »Ich lasse gleich alles stehen und liegen und gehe wieder ...«

»Jedenfalls werde ich auf die Nerven der Kleinen Rücksicht nehmen!« erwiderte Julião mit einer Verbeugung.

Schweigend machten sie sich weiter zu schaffen. Julianas dürrer Körper erschien Sebastião wie ein Bleigewicht. Er keuchte. Auf der Treppe löste sich einer der Pantoffeln von dem Leichnam und purzelte die Stufen hinunter. Sebastião bemerkte voller Entsetzen, wie ihm etwas gegen die Knie schlug; es war die heruntergefallene Perücke, die an einer dünnen Schnur baumelte.

Sie legten Juliana der Länge nach auf das Bett. Julião erklärte, daß man der Überlieferung folgen müsse, kreuzte ihr die Arme und drückte ihr die Augen zu. Er betrachtete sie einen Augenblick lang, breitete ein zerknittertes Handtuch über ihr Gesicht und murmelte: »Häßliches Tier!«

Beim Hinausgehen musterte er verwundert das Zimmer.

»Die war ja besser eingerichtet als ich, die Vogelscheuche!«

Julião schloß die Tür, drehte den Schlüssel herum und brummte: »Requiescat in pace.«

Und schweigend gingen sie hinunter.

Als sie in den Salon traten, legte der bleiche Sebastião Julião die Hand auf die Schulter: »Du meinst also, daß eine Adergeschwulst daran schuld ist?«

»Ja. Sie geriet in Wut, und weg war sie. Ein klassischer Fall.«

»Wenn sie sich also heute nicht aufgeregt hätte ...«

»Dann wäre es morgen passiert. Sie war vom Tode gezeichnet. Laß das Geschöpf in Frieden. In dieser Stunde beginnt sie zu verfaulen, stören wir sie nicht.«

Julião rieb frierend die Hände aneinander und meinte, daß er gern etwas essen würde. Im Schrank fand er ein Stück kaltes Kalbfleisch und eine halbe Flasche Collares. Er machte es sich bequem, trank gleich aus der Flasche und sprach mit vollem Munde: »Weißt du schon das Neueste, Sebastião?«

»Nein.«

»Mein Rivale wurde angenommen!«

Sebastião murmelte: »Wie ärgerlich!«

»Es war beschlossene Sache«, sagte Julião mit erhabener Geste. »Ich wollte einen Skandal daraus machen, aber ...« Und er lachte kurz auf. »Sie haben mich besänftigt. Ich bin in einer Poliklinik, sie haben mir eine Poliklinik gegeben! Einen Knochen haben sie mir hingeworfen!«

»So?« staunte Sebastião. »Mann, sei froh, meinen Glückwunsch. Und nun?«

»Jetzt muß ich den Knochen abnagen.«

Übrigens hatten sie ihm die erste freiwerdende Stelle versprochen. Die Poliklinik war ja nicht übel ... Auf jeden Fall hätte sich seine Lage gebessert ...

»Aber dürftig, dürftig! Ich komme nicht aus dem Dreck heraus ...«

Er wäre der Medizin überdrüssig, sagte er nach einer Pause. Sie sei eine Sackgasse. Rechtsanwalt, Politiker, Intrigant hätte er werden sollen. Dazu wäre er geboren!

Julião stand auf, ging mit großen Schritten durch das Zimmer, die Zigarette in der Hand, und erläuterte mit schneidender Stimme einen ehrgeizigen Plan: »Das Land ist für einen willensstarken Intriganten wie geschaffen! Die Leute sind alle alt, mit Krankheiten beladen, mit Blasenkatarrhen, mit vererbter Syphilis! Alles ist innen und außen morsch! Die alte verfassungsmäßige Ordnung ist schon im Verfall begriffen ... Männer werden gebraucht!«

Er pflanzte sich vor Sebastião auf.

»Dieses Land, mein lieber Freund, ist bisher mit ›Ratsversammlungen‹ regiert worden. Sobald die Revolution gegen die ›Ratsversammlungen‹ kommt, muß sich das Land um jemand bemühen, der ›Prinzipien‹ hat. Aber wer hat denn hier Prinzipien? Wer hat hier vier Prinzipien? Niemand! Sie haben Schulden, geheime Laster, falsche Zähne; aber Prinzipien nicht einmal ein halbes! Folglich, wenn sich drei Spaßvögel fänden, die sich die Mühe machen, ein halbes Dutzend ernsthafter, vernünftiger, moderner, verläßlicher Grundsätze aufzustellen, so muß sich das Land ihnen zu Füßen werfen und sie anflehen: Senhores, erweist mir die hohe Ehre, mir das Zaumzeug anzulegen! Nun, ich müßte einer von diesen sein. Dazu bin ich geboren! Und der Gedanke fällt mir auf die Nerven, daß ich, während andere Pinsel, die gerissener und vorsichtiger sind, auf dem hohen Pferd sitzen und sich von der Sonne bescheinen lassen, ›al hermoso sol portugués‹, wie es in den Zarzuelas heißt, alten Betschwestern Kuhkotumschläge verschreiben oder die Brüche eines hinfälligen Obergerichtsrats einrenken soll.«

Sebastião schwieg und dachte an die Tote, die oben lag.

»Ein blödes Land, ein blödes Leben!« knurrte Julião.

Doch da bog ein Wagen in die Straße ein und hielt vor der Haustür.

»Die erlauchten Herrschaften kommen!« rief Julião. Sie gingen gleich hinunter.

Jorge war Luiza gerade beim Aussteigen behilflich, als Sebastião die Haustür öffnete und unvermittelt sagte: »Eine große Neuigkeit!«

»Feuer?« schrie Jorge und wandte sich bestürzt um.

»Die Juliana ist an einer Adergeschwulst draufgegangen«, tönte die Stimme Juliãos aus dem Schatten der Haustür.

»Verflucht!« Und der völlig verwirrte Jorge kramte hastig in der Tasche und suchte Kleingeld für den Kutscher zusammen.

»O weh! Da geh ich gar nicht erst hinein!« rief Donha Felicidade und ließ ihr von einem weißen Kopftuch umschlossenes breites Gesicht am Wagenschlag sehen. »Ich gehe gar nicht erst hinein!«

»Ich auch nicht!« jammerte Luiza.

»Aber wo sollen wir denn hin, Mädchen?« fragte Jorge.

Sebastião erinnerte daran, daß sie zu ihm kommen könnten. Das Zimmer seiner Mama stand zur Verfügung, nur das Bett brauchte bezogen zu werden.

»Gehen wir doch! Gehen wir, Jorge! Es ist besser so!« flehte Luiza.

Jorge zögerte. Die Polizeistreife, die weiter oben die Straße passierte, blieb stehen, als sie die Gruppe dicht neben der Wagenlaterne gewahrte. Auf inständiges Bitten hin willigte Jorge schließlich sehr widerwillig ein.

»Verfluchtes Weib, ausgerechnet jetzt zu sterben! Der Wagen wird Sie gleich mitnehmen, Donha Felicidade …«

»Und mich auch, denn ich bin in Pantoffeln!« meldete sich prompt Julião.

Als Christin erinnerte Donha Felicidade sogleich daran, daß jemand bei der Toten wachen müßte ...

»Nun denn, in Gottes Namen, Donha Felicidade!« rief Julião, stieg in die Droschke und warf den Wagenschlag zu.

Doch Donha Felicidade beharrte: Es sei ein Mangel an Religion! Man müsse zumindest zwei Kerzen hinstellen und einen Pater rufen lassen!

»Fahren Sie los, Kutscher!« brüllte Julião ungeduldig.

Der Wagen lenkte um. Und Donha Felicidade, von Julião an den Kleidern zurückgezerrt, schrie am Wagenschlag: »Das ist eine Todsünde! Eine Ehrfurchtslosigkeit ist das! Wenigstens zwei Kerzen gehören da hin!«

Die Droschke fuhr im Trab davon.

Luiza kamen jetzt Bedenken: Man könnte wirklich irgend jemand rufen lassen ...

Doch Jorge wurde wütend: Wen denn, zu dieser Stunde? So eine Frömmelei! Sie wäre doch tot, es sei aus mit ihr! Man würde sie begraben ... Bei der Vogelscheuche Wache halten! Ihr vielleicht auch noch das Zimmer schwarz ausschlagen und erleuchten? Wollte sie etwa hingehen und bei ihr wachen?

»Aber Jorge, reg dich doch nicht gleich auf!« murmelte Sebastião.

»Nein, das ist zuviel! Da soll man sich auch noch Umstände machen, zum Teufel!«

Luiza senkte den Kopf; und während Jorge fluchend zurückblieb, um die Haustür abzuschließen, ging sie an Sebastiãos Arm die Straße hinunter.

»Sie ist an der Aufregung gestorben«, flüsterte er ihr zu.

Jorge brummte die ganze Straße lang. Welche fixe Idee, jetzt woanders schlafen zu gehen! Sie trieben die Kindereien aber wirklich sehr weit!

Bis ihm Luiza fast unter Tränen erwiderte: »Sieh nur zu,

daß du mich noch mehr quälst und noch kränker machst, Jorge!«

Er verstummte und biß wütend auf seine Zigarre. Und Sebastião, der Luiza beschwichtigen wollte, schlug vor, daß die Tante Vicencia, die Schwarzhaarige, kommen solle, um bei Juliana zu wachen.

»Vielleicht wäre es besser so«, hauchte Luiza.

Sie langten vor Sebastiãos Haustür an. Das Rauschen von Luizas Seidenkleid – in seinem Hause, zu dieser Stunde – ging Sebastião nahe: Seine Hand zitterte, als er im Salon die Kerzen anzündete. Er weckte Tante Vicencia, sie sollte Tee kochen; er selbst zog diensteifrig die Bettlaken aus den Truhen, glücklich darüber, Gastfreundschaft gewähren zu dürfen. Als er in den Salon zurückkehrte, saß Luiza allein und sehr blaß in der Sofaecke.

»Und Jorge?« fragte er.

»Er ist ins Arbeitszimmer gegangen, um dem Pfarrer zu schreiben, wegen der Beerdigung ...«

Und mit funkelnden Augen, mit schwacher und unsicherer Stimme fragte sie: »Nun?«

Sebastião zog Julianas Brieftasche heraus. Sie ergriff sie begierig – und mit einer ungestümen Bewegung nahm sie seine Hand und küßte sie. Doch da trat lächelnd Jorge ein.

»Hat sich denn unser Mädchen jetzt beruhigt?«

»Vollkommen«, antwortete sie mit einem Seufzer der Erleichterung.

Dann tranken sie Tee. Sebastião erzählte Jorge ein wenig errötend den Hergang seines Besuches; Juliana hätte ihm erzählt, sie sei entlassen worden; beim Sprechen wäre sie in Zorn geraten und – ratsch! fiel sie tot zur Seite ... Und er seufzte: »Die Arme!«

Luiza sah ihn lügen und blickte ihn mit größter Verehrung an.

»Und Joanna?« fragte Jorge unvermittelt.

Luiza erwiderte, ohne aus der Fassung zu geraten: »Ach, ich vergaß, es dir zu sagen … Sie hatte um Erlaubnis gebeten, eine Tante zu besuchen, der es sehr schlecht geht, in der Gegend von Bellas … Sie sagt, daß sie morgen wiederkommt… . Bitte noch etwas Tee, Sebastião …«

Hinterher vergaßen sie ganz, die Vicencia zu schicken – und so wachte niemand bei der Toten.

14

Luiza wälzte sich die ganze Nacht mit Fieber hin und her. Bei Tagesanbruch erschrak Jorge über ihren rasenden Puls und die trockene Hitze ihrer Haut.

Er hatte selber vor Nervosität nicht schlafen können. Das seit langer Zeit ungeheizte Zimmer war unwohnlich und kalt: An der Wand, dicht unter der Decke, zeigten sich nasse Flecke; und das altmodische Bett mit seinen gedrechselten Pfosten und ohne Vorhänge, der alte Pfeilerspiegel aus dem vergangenen Jahrhundert mit seinem trüben Glas erzeugten im flackernden Licht der Nachtlampe das trübe stimmende Gefühl entschwundener Behaglichkeit. Daß er sich hier befand, mit seiner Frau, in einem fremden Bett, erweckte in ihm eine unbestimmte Wehmut, ohne daß er wußte warum. Es war ihm, als ob sich in seinem Leben eine jähe Wandlung vollzogen hätte und sein Dasein, gleich einem Fluß, den man in neue Bahnen lenkt, von dieser Nacht an unter ganz anderen Aspekten verlaufen würde. Der Nordostwind rüttelte an den Rahmen der Fenster und heulte die Straße entlang.

Am Morgen konnte Luiza nicht aufstehen.

Der in aller Eile herbeigerufene Julião beruhigte die Gemüter:

»Es handelt sich nur um ein leichtes nervöses Fieber. Sie braucht Ruhe, es ist nichts von Bedeutung. Das war der kleine Schreck von gestern, nicht wahr?«

»Ich habe die ganze Nacht von ihr geträumt«, flüsterte Luiza. »Daß sie wieder lebendig geworden ist ... Es war entsetzlich!«

»Ha! Da können Sie beruhigt sein ... Ist sie eigentlich schon fortgeschafft worden?«

»Sebastião ärgert sich schon damit herum«, sagte Jorge. »Ich will schnell mal nachsehen gehen.«

Auf der Straße wußte man schon, daß das ›alte Möbel‹ tot war.

Die Frau, die sie aufbahren kam, eine blatternarbige Matrone mit von Trunksucht geröteten Augen, war eine Bekannte der Senhora Helena. Sie verweilten einen Augenblick an der Tür ihres Tabakladens, um in der Sonne zu schwatzen: »Viel zu tun jetzt, Senhora Margarida, nicht wahr?«

»Genügend, es reicht, Senhora Helena«, antwortete die Leichenfrau mit etwas heiserer Stimme. »Im Winter gibt es stets mehr zu tun. Aber alles alte Leute; das liegt am Frost. Auch nicht ein hübsches Körperchen dabei ...«

Die Senhora Margarida hatte künstlerische Ambitionen. Sie schwärmte für hübsche Leichen von achtzehn Jahren, für frische, blutjunge Mädchen zum Waschen und Schmücken ... Die alten Leute packte sie mit unwilliger Miene ein. Doch bei jungen Mädchen gab sie sich alle Mühe: Sie achtete mit peinlicher Genauigkeit auf die Falten des Totenkleides, klügelte die Wirkung einer Blume, einer Schleife aus und ging mit den modischen Raffinessen einer Putzmacherin zu Werke.

Die Tabakhändlerin erzählte ihr viele Einzelheiten über Juliana, von dem Entgegenkommen ihrer Herrschaft, ihrer Prunksucht, dem Luxus des mit Teppichen ausgelegten Zimmers ...

Der Senhora Margarida verschlug es die Sprache. Und zu wem würde das nun alles wandern? fragten sie sich. Das ›alte Möbel‹ hatte doch keine Verwandten ...

»Für meine kleine Antonia wäre das ein Vermögen!« sagte die Leichenfrau und zog traurig ihr Umschlagtuch fester.

»Wie geht es ihr denn, der Kleinen? ...«

»Schlecht, Senhora Helena. Wie man auch bloß so verrückt sein kann!« Und geschwätzig machte sie ihrem Kummer Luft: »Da verläßt sie den Brasilianer, der sie wirklich auf Händen getragen hat ... Und um wessentwillen? Wegen diesem verfluchten Kerl, der ihr alles durchbringt, der ihr schon ein Kind aufgehängt hat und der sie mit dem Stock kreuzlahm schlägt ... Aber was soll man machen, die Mädels sind nun einmal so ... Sie laufen einem schönen Gesicht nach ... Und er ist ein hübscher Bursche! Aber ein Lump! ... Die Arme! ... Nun muß ich aber die Puppe anziehen gehen, Senhora Helena.« Und sie trat mürrisch in das Haus.

Der Pater war auch schon gekommen. Er befand sich mit Sebastião, den er von Almada her kannte, im Salon und sprach mit gewaltigem Stimmaufwand von Ackerbau, von Pfropfreisern, von Bewässerungsanlagen – wobei er sich langsam mit seiner behaarten Hand, in der er ein zusammengerolltes Taschentuch hielt, unter der Nase herumfuhr. Im ganzen Hause waren die Fenster geöffnet; die Luft war mild, die Kanarienvögel zwitscherten.

»Und sie war schon seit langer Zeit im Hause, die Verstorbene?« fragte der Pater Jorge, der rauchend durch den Salon spazierte.

»Seit fast einem Jahr.«

Der Pater faltete langsam sein Taschentuch auseinander und schüttelte es.

»Ihrer Gattin wird das sehr nahegehen ... Aber das ist nun einmal der Lauf der Welt! ...«

Und er schneuzte sich sehr geräuschvoll.

Da erschien auf Zehenspitzen Joanna, in Mantille und Kopftuch. Sie hatte durch die Nachbarn erfahren, daß Juliana ›krepiert‹ war und daß die Herrschaften beim Senhor Sebastião waren. Sie kam von da. Luiza hatte sie zu sich ins Zimmer kommen lassen.

Als sie sah, daß ihre liebe gnädige Frau krank war, weinte sie aus Leibeskräften.

Luiza sagte ihr, daß nun alles wie vorher sei, sie könne zurückkehren ...

»Und hören Sie, Joanna, falls der Senhor Jorge Sie fragen sollte ... Sie waren in Bellas, bei der Tante ...«

Das Mädchen, ein wenig mitgenommen von dem Todesfall im Hause, holte gleich sein Bündel und richtete sich ein.

Kurz danach klopfte der Paula vorsichtig an die Tür.

Er kam, um seine Dienste anzubieten für das, was unter solchen Umständen erforderlich war. Rasch nahm er die Mütze ab und setzte sie wieder auf, machte einen Kratzfuß und sagte mit seiner verschleimten Stimme: »Ich beklage dieses Unglück; mein Beileid! Und da wir alle sterblich sind ...«

»Schon gut, Senhor Paula, es ist nichts erforderlich«, winkte Jorge ab. »Danke schön!«

Und trotzig schloß er das Gatter.

Er konnte sich ›dieser Unannehmlichkeit‹ nicht schnell genug entledigen; und da ihm sogar die Hammerschläge der Männer auf die Nerven fielen, die oben den Sarg zunagelten, rief er Joanna: »Sagen Sie diesen Leuten da, sie möchten sich beeilen. Wir wollen uns das nicht das ganze Leben lang anhören!«

Joanna ging gleich hinauf und erzählte, der gnädige Herr sei ganz aus dem Häuschen! Sie hatte sich bereits mit der Senhora Margarida angefreundet. Die Leichenfrau kam sogar zu ihr in die Küche, um eine ›kleine Stärkung‹ zu sich zu nehmen. Da das Herdfeuer erloschen war, begnügte sie sich mit Brotschnitten in Wein.

»Ein Süppchen für Arbeitstiere«, meinte sie und schnalzte mit der Zunge.

Aber sie hätte auch ihren Ärger mit der Toten! Noch niemals wäre ihr eine häßlichere Kreatur zu Gesicht gekommen. Ein Körper wie eine dürre Sardine! Die Leichenfrau warf einen wohlgefälligen Blick auf Joannas volle Formen: »Sie dagegen ... Sie sehen mir ganz danach aus, als ob Sie einen sehr schönen Körper haben ...« Und sie schien schon zu überlegen, wie sie das Totenkleid für diese üppigen Glieder zuschneiden würde.

Joanna sagte verärgert: »Bleiben Sie mir vom Hals mit Ihren Anspielungen, Herrgott!«

Die andere lächelte; es fehlten ihr zwei Zähne; und mit spitzem Munde flötete sie: »Viele hübsche Leute sind schon durch meine Hände gegangen, Mädchen. Noch ein Tröpfchen Wein, sind Sie so freundlich? Der ist von Cartaxo, nicht wahr? Wie Samt! Ein köstlicher Tropfen!«

Endlich, zu Jorges großer Befriedigung, brachten um vier Uhr die Männer den Sarg herunter. Die Nachbarn standen an den Haustüren. Der Paula tat sich dadurch hervor, daß er mit zwei Fingern dem Sarg ade winkte und murmelte: »Gute Reise!«

Oben fragte Jorge Joanna beim Hinausgehen: »Und Sie haben keine Angst, allein hierzubleiben?«

»Ich nicht, gnädiger Herr. Wer stirbt, der kommt nicht zurück!«

In Wirklichkeit hatte sie Angst; doch sie bereitete sich darauf vor, die Nacht mit Pedro zu verbringen, und das Herz hüpfte ihr vor Freude, wenn sie daran dachte, daß sie bis zum Morgen das Haus für sich hatten und sich wie feine Herrschaften verliebt auf dem Diwan des Salons herumwälzen konnten.

Jorge kehrte mit Sebastião in dessen Wohnung zurück. Als er ins Zimmer trat, wo Luiza lag, rieb er sich die Hände und sagte: »Alles erledigt. Auf die Höhe von São João kommt sie, gebührend verpackt. ›Per omnia saecula saeculorum!‹«

Tante Joanna, die am Kopfende von Luizas Bett saß, fiel ein: »Ach, wer dorthin kommt, dem ist nicht mehr zu helfen ... Aber war sie nicht eine gute Frau?«

»Eine gute Vogelscheuche war sie«, knurrte Jorge. »Hoffen wir, daß sie zu dieser Stunde in der Hölle schmort. Meinst du nicht auch, Tante Joanna?«

»Jorge!« rief Luiza vorwurfsvoll. Und sie hielt sich für verpflichtet, leise zwei Vaterunser für Julianas Seelenheil zu beten.

Das war alles, was die Welt jener Frau bei ihrem Tode zu geben hatte, die zu dieser Stunde hinter zwei alten Stuten zum Armengrab ratterte und die im Leben Juliana Couceiro Tavira gewesen war.

Am folgenden Tage ging es Luiza besser. Zum Leidwesen der Tante Joanna sprachen sie sogar davon, nach Hause zurückzukehren. Sebastião schwieg, doch fast wünschte er insgeheim, daß die Genesung sie unendliche Wochen lang hier festhielte. Luiza zeigte sich so erkenntlich! Sie verschenkte so dankbare Blicke, die nur er verstand! Und er war so glücklich, sie und Jorge in seinem Hause zu haben! Er beriet sich mit der Tante Vicencia wegen des Mittagessens; er ging ehrfurchtsvoll durch die Korridore und den Salon, fast auf den Fußspitzen, als ob ihre Gegenwart das Haus heilige; er füllte die Vasen mit Kamelien und Veilchen; er lächelte selig, wenn Jorge beim Nachtisch seinen alten Kognak kostete und lobte; er spürte, daß ihn etwas Köstliches einlullte, wie ein wattierter und weicher Mantel; und er dachte schon daran, daß, wenn sie schied, ihm alles kälter und traurig wie eine Ruine vorkommen würde.

Doch zwei Tage später kehrten sie in ihre Wohnung zurück.

Luiza war mit dem neuen Dienstmädchen sehr zufrieden. Sebastião hatte es besorgt: ein schlankes junges Mädchen, zierlich und blaß, mit großen, schönen, verwunderten Augen und liebenswürdigem Benehmen. Sie hieß Marianna und lief gleich zu Joanna, um ihr zu sagen, daß sie für die Gnädige sterben würde. Ein Engelsgesichtchen hätte sie! Wie hübsch sie war!

Jorge schickte noch am selben Morgen Julianas beide Truhen zu Tante Victoria.

Als Jorge am Spätnachmittag aus dem Hause gegangen war, schloß Luiza sich in ihr Zimmer ein, zog vorsichtshalber die Rolläden herunter, zündete eine Kerze an, nahm Julianas Brieftasche und verbrannte die Briefe. Ihre Hände zitterten; und mit von Tränen benetzten Augen sah sie ihre Schande, ihr Sklavendasein dahinschwinden, sich in einem weißlichen Dunst verlieren. Nun konnte sie wirklich aufatmen! Endlich! Das hatte Sebastião vollbracht, der gute Sebastião!

Darauf lief sie in den Salon, in die Küche, durch das ganze Haus: Alles kam ihr neu vor; ihr Leben war von Glück erfüllt; weit öffnete sie alle Fenster; sie klimperte auf dem Klavier; aus Aberglauben riß sie sogar die Noten der ›Medje‹, die Basilio ihr geschenkt hatte, in Stücke; sie plauderte lange mit Marianna; und während sie zur Förderung ihrer Genesung langsam ihre Hühnerbrühe schlürfte, dachte sie mit vor Glückseligkeit erhelltem Gesicht: ›Wie gut ich es jetzt haben werde!‹

Kaum daß sie im Flur Jorges Schritte hörte, eilte sie ihm entgegen, schlang die Arme um seinen Hals, legte den Kopf an seine Schulter und sagte: »Ich bin heute so zufrieden! Und wenn du wüßtest, die Marianna ist so ein nettes Mädchen!«

Doch in dieser Nacht kam das Fieber wieder. Am folgenden Morgen stellte Julião fest, daß sich ihr Zustand verschlechtert hatte.

»Das Fieber ist gestiegen …«, murmelte er unzufrieden.

Er schrieb gerade ein Rezept, als sehr aufgeregt Donha Felicidade eintrat. Sie war völlig überrascht, Luiza krank anzutreffen, beugte sich über sie und flüsterte ihr gleich ins Ohr: »Ich muß dir etwas erzählen!«

Kaum daß Jorge und Julião aus dem Zimmer gegangen waren, saß sie auch schon am Fußende des Bettes und platzte heraus – ihre Stimme war bald leise, voll gewichtiger Vertraulichkeit, bald scharf, voll heftiger Entrüstung: Sie war bestohlen worden! Auf eine ganz gemeine Art bestohlen! Der Mann, den sie nach Tuy geschickt hatte, dieser Spitzbube, hätte der Gertrudes, ihrem Dienstmädchen, geschrieben, er dächte nicht daran, nach Lissabon zurückzukehren; die weise Frau sei aus dem Ort fortgezogen; er wolle nichts mehr von diesem Geschäft wissen, er fände es sogar recht wunderlich; und er habe seine Dienste in Tuy angeboten – alles das in der schönen Handschrift eines öffentlichen Schreibers, in einem entsetzlichen Portugiesisch – und von dem Geld kein Sterbenswörtchen!

»Ist das nicht ein Gauner? Acht Moedas! Wenn ich mich nicht genieren würde, ginge ich glattweg zur Polizei … Ach, von den Galiciern habe ich die Nase voll! Deshalb also ist der Kanzleirat nicht zur Vernunft gekommen! Wie konnte er auch! Die weise Frau hat ja niemals das Schicksal beschworen …« Denn wenn sie schon nichts von der Ehrlichkeit der Galicier hielt, so hatte sie doch nicht den Glauben an die Macht der Zauberinnen verloren.

Es ginge ihr auch nicht um die acht Moedas! Aber der Ärger! Und dann, wer weiß, wo die weise Frau jetzt war! Ach, es sei zum Verrücktwerden! »Findest du nicht auch?«

Luiza, mit scharlachroten Wangen unter der Bettdecke begraben, zuckte die Achseln. Vor Schlaftrunkenheit fielen ihr die Augen zu. Donha Felicidade riet ihr zu einem Schwitzbad und seufzte; und da ihr Luiza keinen Trost spenden konnte, ging sie wieder, um sich nach der Encarnação zu begeben, wo sie ihr Herz der Silveira ausschütten wollte.

In dieser Nacht verschlechterte sich Luizas Gesundheitszustand. Das Fieber nahm wieder zu. Um neun Uhr morgens zog sich Jorge beunruhigt in aller Eile an und holte Julião. Er eilte die Treppe hinunter und knöpfte dabei noch den Paletot zu, als kräftig hustend der Briefträger heraufkam.

»Briefe?« fragte Jorge.

»Einer für die Senhora«, antwortete er. »Für die Senhora ist er ...«

Jorge warf einen Blick auf den Umschlag: Er trug Luizas Namen und kam aus Frankreich.

›Von wem, zum Teufel, ist das?‹ dachte Jorge. Er steckte den Brief in die Tasche seines Paletots.

Eine halbe Stunde später kehrte er mit Julião in einer Droschke zurück. Luiza schlief.

»Es ist Vorsicht geboten ... Wir wollen mal sehen ...«, murmelte Julião und kratzte sich bedächtig den Kopf, während ihn Jorge von der anderen Seite des Bettes besorgt anblickte.

Er schrieb ein Rezept und frühstückte noch mit Jorge. Es war ein kalter und grauer Tag. Marianna, in eine kurze, lose Jacke gehüllt, servierte mit roten, von Frostbeulen geschwollenen Fingern. Und Jorge spürte, wie er traurig wurde; es war, als ob der ganze Nebel von draußen sich langsam und schwer auf seine Seele senkte. – Woher konnte ein derartiges Fieber rühren? fragte er sehr bedrückt. Etwas so Hartnäckiges! Seit sechs Tagen – bald ging es ihr besser, bald schlechter ...

»Diese Fieber kommen von allem möglichen«, antwortete

Julião und brach in Ruhe eine geröstete Brotschnitte. »Zuweilen durch einen Luftzug, manchmal durch Ärger. Ich kenne zum Beispiel einen sonderbaren Fall: Da ist ein gewisser Alves, der vom Tode gezeichnet war und zwei Monate lang qualvoll dahinsiechte. Vor zwei Wochen – das Glück hat zuweilen solche hämische Launen – konnte er wieder alle seine Geschäfte besorgen und wähnte sich schon erlöst. Aber was glaubst du, seitdem hat er ein derartiges Fieber, schleichend, kompliziert, mit den verrücktesten Symptomen ... Und was wird daraus? Die Nervenreaktion nimmt ab, die Freude über seine scheinbare Genesung hat ihm das Blut durcheinandergebracht. Er kann sehr wohl draufgehen. Nun erleidet er den endgültigen Bankrott, den großen, bei dem der Gläubiger unversöhnlich ist, man bekommt ihn nicht mehr zu sehen, und ... ›per omnia saecula!‹«

Julião erhob sich und zündete sich eine Zigarette an.

»Auf jeden Fall absolute Ruhe. Man muß sie mit Glacéhandschuhen anfassen. Keinerlei Unterhaltung, keine Plaudereien, und wenn sie Durst bekommen sollte, dann Limonade. Auf Wiedersehen!«

Und im Gehen zog er die schwarzen Handschuhe an, die er trug, seitdem er zur Poliklinik gehörte.

Jorge ging ins Schlafzimmer zurück. Luiza schlummerte noch. Marianna, die mit sehr traurigem Gesichtchen auf einem Schemel neben ihr saß, wandte ihre großen, leicht erschrockenen Augen nicht von Luiza.

»Sie ist sehr unruhig gewesen«, flüsterte sie.

Jorge befühlte Luizas Hand, die förmlich glühte, und zog ihr die Bettdecke zurecht. Er küßte sie ganz sacht auf die Stirn und schloß die Flügel des Fensters vor dem Alkoven. Als er ins Arbeitszimmer schlenderte, fielen ihm Juliãos Worte ein: Es gibt Fieber, die von einem Verdruß herrühren! Jorge dachte an die Geschichte von Juliãos Kaufmann, erinnerte sich jenes Zustandes der Niedergeschlagenheit und Schwäche bei Luiza, der ihn schon neulich so intensiv beschäftigt hatte und den er sich nicht erklären konnte. Ach, Unsinn! Verdruß worüber? Im Hause Sebastiãos war sie so munter gewesen! Nicht einmal der Tod Julianas hatte sie erschüttert! Im übrigen hielt er nicht viel von ›Fieber aus Verdruß‹! Juliãos medizinische Kenntnisse stammten aus Büchern. Jorge dachte sogar daran, daß es klüger wäre, den alten Doktor Caminha zu Rate zu ziehen …

Als er die Hand in die Tasche steckte, stießen seine Finger auf einen Brief; es war der, den der Briefträger ihn am Morgen für Luiza gegeben hatte. Jorge musterte ihn noch einmal neugierig; es war ein ganz gewöhnlicher Umschlag, wie die, die es in den Cafes und Restaurants gibt; die Handschrift kannte er nicht; es war die eines Mannes, der Brief kam aus Frankreich … Ein jähes Verlangen durchzuckte ihn, den Brief zu öffnen. Doch er beherrschte sich, warf ihn auf den Tisch und drehte sich gemächlich eine Zigarette.

Jorge wandte sich wieder zum Alkoven. Luiza schlief noch immer fest. Der aufgestreifte Ärmel des Schlafrocks enthüllte einen zarten Arm mit blondem Haarflaum; das scharlachrote Gesicht glänzte; die langen Wimpern der zarten Augenlider senkten sich schwer herab; eine Locke war ihr in die Stirn gefallen; und in ihrem Fieber erschien Luiza Jorge anbetungswürdig und rührend. Ohne zu wissen warum, dachte er, daß andere sie hübsch finden müßten, sie begehren würden, sie es wissen ließen, wenn sie es konnten … Wozu schrieb man ihr eigentlich aus Frankreich, und wer?

Er ging ins Arbeitszimmer zurück, doch der Brief auf dem Tische reizte ihn; er wollte ein Buch lesen, warf es aber gleich ärgerlich wieder fort; dann ging er kreuz und quer im Zimmer hin und her, wobei er sehr nervös das Futter seiner Taschen verdrehte.

Er ergriff den Brief, nur um durch das dünne Papier des Umschlages hindurchzusehen, doch schon hatten seine Finger eine Ecke des Umschlages aufgerissen. Ach, das war ja indiskret! ... Doch die Neugier, die sich seiner bemächtigte, gab ihm mit unwiderstehlicher Versuchung jede Art von Vernunftsgründen ein: Sie war krank und konnte irgendeine dringende Angelegenheit zu ordnen haben; ob es eine Erbschaft war? Schließlich hatte sie keine Geheimnisse, und auch noch in Frankreich! Seine Skrupel waren kindisch. Er würde ihr sagen, daß er ihn versehentlich geöffnet hatte. Und wenn nun der Brief das Geheimnis jenes Verdrusses enthielt, des ›Verdrusses‹ der Juliãoschen Theorien? Dann mußte er ihn sogar öffnen, um sie besser heilen zu können!

Ohne daß er es sich versah, fand er sich plötzlich mit dem auseinandergefalteten Brief in der Hand. Er verschlang ihn mit gierigen Blicken. Doch er verstand nicht recht; die Buchstaben tanzten vor seinen Augen; er trat ans Fenster und las noch einmal langsam:

›Meine geliebte Luiza!

Es würde zu weit führen, wenn ich Dir erklären wollte, mit welchen Gefühlen ich erst vorgestern in Nizza – von wo ich heute bei Morgengrauen in Paris angekommen bin – Deinen Brief erhielt, an dessen Stempeln ich ersehe, daß er mir durch ganz Europa nachgereist ist. Da nun schon zwei und ein halber Monat vergangen sind, seit Du ihn geschrieben hast, nehme ich an, daß Du mit der Frau übereingekommen bist und das Geld nicht brauchst. Übrigens, falls Du es etwa doch haben willst, so schicke ein Telegramm, und Du bekommst es innerhalb zwei Tagen. Aus Deinem Briefe entnehme ich, daß Du niemals an die geschäftlichen Gründe meiner Abreise geglaubt hast. Du bist wirklich ungerecht. Meine Abreise durfte Dir nicht, wie Du schreibst, ›alle Illusionen über die Liebe‹ geraubt haben, weil ich erst, als ich Lissabon verließ, begriff, wie sehr ich Dich geliebt habe, und es vergeht kein Tag, das glaube mir, an dem ich mich nicht des ‚Paradieses' erinnere. Welche wunderbaren Stunden! Bist Du zufällig wieder einmal dort vorbeigekommen? Entsinnst Du Dich noch unseres ‚Lunches'? Ich habe jetzt keine Zeit, mehr zu schreiben. Vielleicht kehre ich sehr bald nach Lissabon zurück. Ich hoffe Dich dort anzutreffen, weil Lissabon ohne Dich für mich eine Wüste ist.

Einen langen Kuß von

Deinem Dir von H. zugetanen

Basilio.‹

Jorge faltete langsam den Bogen zusammen, zweimal, viermal, schleuderte ihn über den Tisch und sagte laut: »Jawohl, mein Herr! Reizend!«

Mit flackernden Augen und bebenden Lippen stopfte er sich mechanisch die Pfeife und machte zwei unsichere Schritte durch das Arbeitszimmer. Plötzlich schleuderte er die Pfeife von sich, daß eine Fensterscheibe zersplitterte, schlug wie von Sinnen mit den Händen um sich, warf sich mit dem Gesicht auf den Tisch und brach in Tränen aus, wobei er den Kopf zwischen den Armen hin und her wälzte, in die Ärmel biß und wie ein Wahnsinniger mit den Füßen aufstampfte.

Jäh erhob er sich, ergriff den Brief und eilte damit zu Luizas Alkoven. Doch die Erinnerung an Juliãos Worte ließen ihn innehalten: Sie dürfe sich mit gar nichts befassen, keine Gespräche, keinerlei Aufregung! Er schloß den Brief in eine Schublade und steckte den Schlüssel ein. Zitternd, mit blutunterlaufenen Augen stand er da, und er fühlte, wie sinnlose Einfalle ungestüm sein Hirn erhitzten, gleich Blitzen in einem Sturm – er wollte sie umbringen, aus dem Hause gehen, sie verlassen, sich eine Kugel durch den Kopf jagen …

Marianna pochte leicht an die Tür und meldete, daß die gnädige Frau ihn riefe.

Eine Blutwelle schoß ihm in die Wangen; er starrte Marianna benommen an, rieb sich die Augenlider und sagte mit rauher Stimme: »Ich komme gleich.«

Als er im Salon an dem ovalen Spiegel vorbeikam, war er bestürzt über sein fleckiges, gealtertes Gesicht. Er fuhr sich mit einem feuchten Handtuch über die Stirn, strich sein Haar glatt; und als er in das Schlafzimmer trat und sie erblickte, mit ihren großen, geweiteten Augen, in denen das Fieber glänzte, mußte er sich am Bettgestell festhalten, weil er spürte, wie ringsum die Wände schwankten, gleich Segeln im Wind.

Doch er lächelte ihr zu: »Wie geht es dir?«

»Schlecht«, hauchte sie.

Sie winkte ihn mit einer sehr müden Geste zu sich hin.

Er setzte sich zu ihr, ohne sie anzusehen.

»Was hast du?« fragte sie und näherte ihm ihr Gesicht. »Gräme dich nicht.« Und sie ergriff seine Hand, die er auf den Bettrand gelegt hatte.

Jorge stieß heftig die ihre zurück und erhob sich brüsk, mit zusammengebissenen Zähnen; er empfand wilden Zorn und lief davon, als habe er Angst vor sich selbst, als fürchte er, ein Verbrechen zu begehen; da hörte er Luiza jammern: »Was ist denn, Jorge? Was hast du?«

Jorge wandte sich um; sie hatte sich halb aufgerichtet und hob die Augen zu ihm, Angst im Gesicht; zwei Tränen rollten ihr über die Wangen. Er warf sich auf die Knie und ergriff schluchzend ihre Hände.

»Was soll denn das heißen?« rief die Stimme Juliãos von der Tür des Schlafzimmers.

Jorge wurde blaß und richtete sich langsam auf.

Julião führte ihn in den Salon. Dort verschränkte er grimmig die Arme vor ihm: »Bist du wahnsinnig? Du weißt doch, in welchem Zustand sie ist, und da fängst du an, ihr rührselige Szenen zu machen?«

»Ich konnte mich nicht beherrschen ...«

»Treib es nur auf die Spitze! Soll ich ihr etwa das Fieber wegbringen, damit sie durch dich wieder welches bekommt? Du bist ja verrückt!«

Julião war ernstlich beleidigt. Er hatte sich Luizas als Kranke angenommen; es lag ihm viel daran, sie zu heilen, und er empfand Genugtuung darüber, sich in diesem Hause, in dem ihm bei seinen früheren Besuchen stets seine Abhängigkeit bewußt geworden war, unentbehrlich gemacht zu haben und respektiert zu werden. Als er ging, vergaß er nicht, Jorge lässig eine Zigarre anzubieten.

Jorge hielt sich während des ganzen Nachmittags tapfer. Er konnte nicht lange Zeit in Luizas Schlafzimmer verweilen; die Verzweiflung versetzte ihn in ein Chaos der Gefühle; doch lief er jeden Augenblick hinüber, lächelte ihr zu, bettete sie mit zitternden Händen zurecht; und als sie schlummerte, blieb er stehen und betrachtete sie mit schmerzlicher und sinnlicher Neugier, als wolle er in ihrem Antlitz Spuren fremder Küsse erhaschen, als hoffe er, sie in irgendeinem Fiebertraum einen Namen oder ein Datum murmeln zu hören; er liebte sie noch mehr, seit er sie für untreu hielt, aber mit einer anderen Liebe, die fleischlich und pervers war. Darauf schloß er sich ins Arbeitszimmer ein und schlich dort zwischen den schmalen Wänden herum wie ein Tier in einem Käfig. Unzählige Male las er den Brief, und die gleiche nagende, niedrige, ekelhafte Wißbegier quälte ihn unaufhörlich: Wie war das zugegangen? Wo war das ›Paradies‹? Gab es dort ein Bett? Welches Kleid hatte sie getragen? Welche Worte hatte sie ihm gesagt? Was für Küsse gab sie ihm?

Er las noch einmal alle Briefe, die sie ihm nach dem Alemtejo gechrieben hatte, und suchte in den Worten Anzeichen der Gleichgültigkeit, das Datum des Verrats. Jetzt haßte er sie, Mordgedanken spukten in seinem Kopfe herum – sie erwürgen, ihr Chloroform geben, sie Opiumextrakt trinken lassen! Und danach lehnte er unbeweglich am Fenster, selbstvergessen, in Grübeleien versunken, ließ die Vergangenheit im Geiste an sich vorüberziehen, den Tag ihrer Hochzeit, Spaziergänge, die er mit ihr unternommen, Worte, die sie gesprochen hatte ...

Zuweilen fragte er sich, ob der Brief nicht ein Täuschungsmanöver sei. Irgendeiner seiner Feinde konnte ihn geschrieben, über Frankreich geschickt haben. Oder vielleicht hatte Basilio eine andere Luiza in Lissabon und irrtümlich beim Adressieren des Briefumschlages den Namen seiner Base geschrieben; und die einen Augenblick lang währende Freude, die ihm jene Phantasiegebäude gewährten, ließ ihm die Wirklichkeit noch grausamer erscheinen. Aber wie war das zugegangen? Wenn er doch alles erfahren könnte! Dann hätte er die Gewißheit, die ihn beruhigen würde. Bestimmt würde er die Liebe zu ihr aus seiner Brust reißen wie einen nichtswürdigen Parasiten; sobald es ihr besser ging, würde er sie in ein Kloster bringen und weit fortgehen, um zu sterben, in Afrika oder sonstwo ... Aber wer wußte die Wahrheit? ... *Juliana!*

Sie wußte es! Ganz bestimmt! Und jetzt begriff er, warum Luiza Juliana so viele Zugeständnisse gemacht hatte, die Möbel, das Zimmer, die Wäsche! Um die Mitschuld zu bezahlen! Sie war ihre Vertraute! Sie überbrachte die Briefe, sie wußte von allem. Und sie lag auf dem Armenfriedhof, tot, und konnte nicht mehr sprechen, die Verfluchte!

Sebastião erschien wie üblich am späten Nachmittag. Es brannte noch kein Licht, und kaum daß er eingetreten war, bedeutete ihm Jorge schweigend, ins Arbeitszimmer zu kommen. Er zündete eine Kerze an und zog den Brief aus dem Schubfach.

»Da lies!«

Sebastião erschrak, als er Jorges Gesicht sah. Er gewahrte den zusammengefalteten Brief und zitterte. Kaum daß er die Unterschrift erblickte, wurde sein Gesicht totenblaß. Es schien ihm, daß der Fußboden schwankte und ihm beinahe den Halt versagte. Doch er beherrschte sich, las langsam und legte wortlos den Brief auf den Tisch.

Da sagte Jorge: »Sebastião, das trifft mich wie der Tod. Du verschweigst mir etwas, Sebastião. Du bist hiergewesen. Sebastião, sag mir die Wahrheit ...«

Sebastião breitete langsam die Arme aus und erwiderte: »Was soll ich dir sagen? Ich weiß von nichts!«

Jorge packte ihn bei den Händen, schüttelte sie und suchte ängstlich Sebastiãos Blick.

»Bei unserer Freundschaft, bei der Seele deiner Mutter, um der vielen Jahre willen, die wir zusammen verbracht haben, Sebastião, sag mir die Wahrheit ...«

»Ich weiß nichts. Was soll ich denn wissen?«

»Du lügst!«

Sebastião erwiderte nur: »Wenn dich jemand hört, Mann!«

Es folgte Schweigen. Jorge preßte die Hände gegen die Schläfen und wanderte mit großen Schritten, die den Fußboden erbeben ließen, durch das Arbeitszimmer; plötzlich pflanzte er sich vor Sebastião auf und fragte beinahe flehend: »Aber dann sag mir wenigstens, was sie getrieben hat! Ist sie ausgegangen? Kam irgend jemand hierher?«

Sebastião antwortete leise, die Augen auf die Kerze gerichtet: »Anfangs kam zuweilen der Vetter. Als die Donha Felicidade krank wurde, ging sie sie besuchen ... Nachher reiste der Vetter ab ... Mehr weiß ich nicht.«

Jorge starrte Sebastião einen Augenblick lang an.

»Aber was habe ich ihr getan, Sebastião? Was habe ich ihr denn getan? Angebetet habe ich sie! Was habe ich ihr getan, daß es so weit kommen mußte? Ich, der sie anbetete, diese Frau!«

Er brach in Tränen aus.

Sebastião war neben dem Tisch stehengeblieben, benommen, erschüttert. »Vielleicht war es bloß eine Tändelei ...«, murmelte er.

»Und das, was in dem Brief steht?« schrie Jorge. Er wandte sich zornig um und schüttelte den Briefbogen. »Dieses ›Paradies‹! Diese ›wunderbaren Stunden‹, die sie dort verbracht haben! Ein niederträchtiges Frauenzimmer ist sie!«

»Sie ist krank, Jorge«, stammelte Sebastião.

Jorge antwortete ihm nicht. Er ging eine Zeitlang schweigend im Zimmer hin und her. Sebastião stand immer noch unbeweglich und starrte in die Flamme der Wachskerze. Dann schloß Jorge den Brief in die Schublade und griff in schicksalsergebener Gleichgültigkeit nach dem Leuchter.

»Trinkst du mit Tee, Sebastião?«

Und sie kamen nicht wieder auf den Brief zu sprechen.

In dieser Nacht schlief Jorge tief und fest. Am nächsten Tage war sein Gesicht teilnahmslos und von bleicher Gelassenheit.

Von nun an wurde er Luizas Krankenpfleger.

Nach drei Tagen ungewissen Verlaufs zeichnete sich die Krankheit nunmehr klar ab: Es waren Fieberanfälle; Luiza wurde sehr schwach, doch Julião hegte keine Besorgnisse.

Jorge verbrachte seine Tage an ihrer Seite. Vormittags erschien gewöhnlich Donha Felicidade; sie setzte sich an das Fußende des Bettes und verharrte schweigend und mit gealtertem Gesicht; die jähe Zerstörung ihrer Hoffnung auf die weise Frau von Tuy hatte sie erschüttert wie ein altes Gebäude, dem man plötzlich einen Pfeiler wegzieht; es wurde allmählich zur Ruine; und Donha Felicidade belebte sich erst wieder, wenn um die dritte Stunde der Kanzleirat auftauchte, um sich zu erkundigen, wie es ›unserer reizenden Kranken‹ ginge. Er bediente sich stets irgendeines gewichtigen Wortes, das er im Brustton der Überzeugung zum besten gab, wobei er den Hut in der Hand hielt und anstandshalber nicht in das Schlafzimmer eintreten wollte: »Die Gesundheit ist ein Gut, das wir erst schätzen, wenn wir es verloren haben!« Oder: »Die Krankheit lehrt uns, unsere wahren Freunde zu erkennen.«

Stets schloß er mit den Worten: »Mein lieber Jorge, die Rosen der Gesundheit werden recht bald wieder auf den Wangen Ihrer tugendhaften Gattin erblühen!«

Nachts schlief Jorge angekleidet auf einem Strohsack auf dem Fußboden; doch er tat kaum ein oder zwei Stunden ein Auge zu. Den Rest der Nacht versuchte er mit Lesen zu verbringen. Er begann einen Roman, kam aber niemals über die ersten Zeilen hinaus; er vergaß, daß er lesen wollte, und mit dem Kopf zwischen den Händen hing er immer dem gleichen Gedanken nach – wie war das alles vorgegangen? Es gelang ihm ungefähr, gewisse Begebenheiten zu rekonstruieren; er konnte sich gut vorstellen, wie Basilio in Lissabon anlangte, sie besuchen kam, sie zu begehren begann, ihr Blumen schickte, ihr nachstellte, sich hier und dort mit ihr traf, ihr schrieb; aber was geschah dann? Es leuchtete ihm auch schon ein, daß das Geld für Juliana war. Die Kreatur hatte irgendeine Forderung gehabt. Hatte sie sie überrascht? Besaß sie Briefe? ... Und er stieß bei der schmerzlichen Rekonstruktion auf Lücken und Leeren, gleich dunklen Löchern, auf die sich gierig seine Seele stürzte. Dann erinnerte er sich der letzten Monate seit seiner Rückkehr vom Alemtejo, wie zärtlich sie sich gebärdet und welche Glut sie in ihre Liebkosungen gelegt hatte ... Weshalb hatte sie ihn dann hintergangen?

Eines Nachts durchstöberte er mit der Behutsamkeit eines

Diebs alle ihre Schubladen, untersuchte die Kleider, sogar die Falten der Unterwäsche, die Schachteln mit den Halsbändern, mit den Spitzen; er spähte in das Kästchen aus Sandelholz; es war leer, enthielt nicht einmal den Staub einer verwelkten Blume! Manchmal beschäftigte er sich damit, die Möbel im Zimmer und im Salon anzustarren, sie zu sondieren, als ob er an ihnen die Spuren des Ehebruchs entdecken wollte: Ob sie da gesessen hatten? Hatte er dort zu ihren Füßen gekniet, dort auf dem Teppich? Vor allem der Anblick des breiten, bequemen Diwans brachte ihn zur Verzweiflung; er haßte ihn. Er ging so weit, das Haus zu verwünschen, als ob das Dach, das sie bedeckt hatte, und den Fußboden, der sie trug, eine bewußte Mitschuld träfe. Doch was ihn mehr als alles andere quälte, waren jene Worte – das ›Paradies‹, die ›wunderbaren Stunden ...‹.

Luiza schlief schon wieder ruhiger. Innerhalb einer Woche waren die Fieberanfälle verschwunden. Aber sie war sehr schwach. An dem Tage, an dem sie zum erstenmal aufstand, fiel sie zweimal in Ohnmacht; sie konnte sich nicht selbst ankleiden; man mußte sie zur Chaiselongue führen; und sie ließ Jorge nicht fort, wollte ihn mit der Hartnäckigkeit eines Kindes stets neben sich haben. Sie schien das Leben aus seinen Augen zu trinken, ihre Gesundheit aus der Berührung seiner Hände zu ziehen. Sie ließ sich von ihm morgens die Zeitung vorlesen und ihn seine schriftlichen Arbeiten an ihrer Seite verrichten. Er gehorchte, und ihre inständigen Bitten wurden sogar zu tröstenden Liebkosungen für seinen Schmerz. Weil sie ihn eben ganz gewiß liebte!

Er ertappte sich dabei, wie er ihr Zärtlichkeiten sagte, selbstvergessen mit ihr schäkerte, wie früher! Und Luiza, auf die Chaiselongue hingestreckt, blätterte zufrieden in alten Bänden der ›Französischen Illustrierten‹, die ihr der Kanzleirat geschickt hatte – durch die sie, wie er ihr versicherte, zur gleichen Zeit, da sie sich mit dem Studium der Zeichnungen zerstreute, nützliche Kenntnisse über wichtige historische Ereignisse erwerben könnte –, oder sie genoß mit zurückgeworfenem Kopf ausgiebig das Gefühl der Besserung, des Erlöstseins von den Tyranneien der ›anderen‹ und den Bitternissen der Vergangenheit.

Es bereitete ihr auch Vergnügen, Marianna mit ihrem auf Serviette und Teebrett gestellten bescheidenen Mittagessen hereinkommen zu sehen; sie hatte Appetit und schlürfte den Kelch mit Portwein, den Julião empfohlen hatte; wenn Jorge nicht da war, schwatzte sie lange und angeregt mit Marianna, wobei sie kleine Löffel Gelee schleckte.

Die Augen auf die Zimmerdecke gerichtet, schmiedete Luiza zuweilen insgeheim Pläne. Sie teilte sie nachher Jorge mit: Sie gedachte für vierzehn Tage aufs Land zu gehen, um wieder zu Kräften zu kommen; nach der Rückkehr würde sie für die Sessel im Salon Bänder aus Kaschmirtuch sticken, denn sie wollte sich ganz dem Haus widmen und zurückgezogen leben; er dürfe nicht mehr nach dem Alemtejo zurückkehren, er brauche Lissabon nicht mehr zu verlassen, nicht wahr? Und ihr Leben würde fortan in beständigen und geraden Bahnen verlaufen.

Doch Luiza fand Jorge zuweilen ›griesgrämig‹. Was hatte er bloß? Er entschuldigte es mit Übermüdung, mit Nächten, in denen er schlecht geschlafen hatte ... Wenn er krank werden wollte, sagte sie, dann wenigstens erst, wenn sie kräftig genug war, um ihn zu pflegen, bei ihm zu wachen! ... Aber er würde doch nicht krank werden, nicht wahr? Und sie hieß ihn sich neben sie setzen, strich ihm mit der Hand über das Haar und blickte ihn verstohlen an, weil mit den wieder auflebenden Kräften die Impulse ihrer nach Liebe verlangenden Natur erwachten, Jorge fühlte, daß er sie anbetete, und war noch unglücklicher.

Luiza faßte insgeheim neue Vorsätze. Sie würde Leopoldina nicht wieder besuchen und öfters in die Kirchen gehen. Die Krankheit hatte bei ihr eine gewisse fromme Empfindsamkeit hinterlassen. Während des Fiebers, bei manchen Alpträumen, von denen ihr eine verschwommene Angstvorstellung geblieben war, sah sie sich zuweilen an einer furchtbaren Stätte, wo sich aus der Mitte eines scharlachroten Flammenmeers nackte Körper erhoben und die Arme verrenkten: Schwarze Gestalten liefen mit rotglühenden Bratspießen herum, und ein Gebrüll der Todesqual stieg zum stummen Himmel empor, schon beleckten die Feuerzungen des Scheiterhaufens ihre Brust, als sie plötzlich etwas unsagbar Mildes erfrischte; das waren die Schwingen eines strahlenden und heiteren Engels, der sie in die Arme nahm; und sie fühlte, wie sie in die Höhe gezogen wurde, den Kopf gegen den himmlischen Busen gelehnt. Überirdische Glückseligkeit durchdrang sie, sie schwebte zwischen Sternen und hörte Flügelrauschen. Von dieser Empfindung war bei ihr so etwas wie eine wehmütige Erinnerung an den Himmel zurückgeblieben. In den schwachen Momenten ihrer Genesung dürstete sie geradezu nach ihm und hoffte, seiner durch Pünktlichkeit bei der Messe und das wiederholte Beten von Rosenkränzen für die Heilige Jungfrau teilhaftig zu werden.

Schließlich kam sie eines Morgens in den Salon und öffnete zum ersten Male das Klavier. Jorge stand am Fenster und schaute auf die Straße hinaus. Da rief sie ihn lächelnd und sagte: »Diesen Diwan mag ich schon lange nicht leiden. Man könnte ihn aus dem Zimmer nehmen, meinst du nicht?«

Jorge gab es einen Stich, ins Herz. Er konnte nicht gleich antworten; endlich erwiderte er gezwungen: »Ja, sicher ...«.

»Ich möchte ihn gern heraushaben«, wiederholte sie, indem sie aus dem Salon ging und gelassen die lange Schleppe ihres Hauskleides nachschleifte.

Jorge konnte die Augen nicht vom Diwan lassen. Er setzte sich sogar darauf, strich mit der Hand über den gestreiften Stoff und empfand ein schmerzliches Vergnügen, festzustellen, ›daß es hier gewesen‹ war!

Nun beschlich ihn eine Art düstere Resignation; als sich ihr Gesundheitszustand zunehmend besserte und er sie glückselig von einer ruhigen Zukunft sprechen hörte, entschloß er sich, den Brief zu vernichten, alles zu vergessen. Bestimmt hatte sie alles bereut, bestimmt liebte sie ihn, warum sollte er da kaltherzig beständigen Unfrieden heraufbeschwören? Doch wenn er sah, wie sie sich mit schmachtenden Bewegungen auf der Chaiselongue ausstreckte oder beim Entkleiden ihre weiße Brust enthüllte, und daran dachte, daß diese Arme einen anderen Mann umschlungen hatten, daß dieser Mund in einem fremden Bett vor Liebe gestöhnt hatte – dann packte ihn eine Woge wilden Zorns, und er mußte aus dem Zimmer gehen, um sie nicht zu erwürgen.

Um seine schlechte Laune und sein Schweigen zu rechtfertigen, stellte er sich krank. Doch ihre liebevolle Anteilnahme, die stummen Fragen ihres besorgten Blickes, machten ihn jetzt noch unglücklicher – weil er sich geliebt fühlte, nun, da er sich hintergangen wußte.

Eines Sonntags erlaubte Julião Luiza endlich, länger aufzubleiben und am Abend die Honneurs zu machen. Alle waren entzückt, als sie im Salon erschien, immer noch ein bißchen blaß und schwach – doch, wie der Kanzleirat sagte, ihren häuslichen Pflichten und den Freuden der Geselligkeit zurückgegeben.

Julião, der um neun Uhr kam, fand sie ›wie neugeboren‹. Er stand in der Mitte des Salons und breitete die Arme aus.

»Und was sagen Sie zu dieser Neuigkeit?« schmetterte er. »Ernestinhos Stück war ein Triumph!«

So hatten sie es in den Zeitungen gelesen. Das ›Diario de

Noticias‹ schrieb sogar, daß der Autor auf die Bühne gerufen wurde und inmitten begeisterten Jubels einen wunderbaren Lorbeerkranz erhielt. Luiza erklärte sofort, daß sie sich das Stück ansehen wolle.

»Später, Donha Luiza, später«, beschwichtigte sie der Kanzleirat. »Vorläufig ist es angebracht, jede starke Erschütterung zu vermeiden. Die Tränen, die zu vergießen Sie nicht verfehlen würden – denn ich kenne Ihr gutes Herz –, könnten einen Rückfall hervorrufen. Ist dem nicht so, lieber Julião?«

»Gewiß, Kanzleirat, gewiß. Ich will auch hingehen. Mit eigenen Augen möchte ich mich überzeugen ...«

Doch der Lärm einer Droschke, die in schnellem Trab heranpreschte und vor der Haustür hielt, unterbrach ihn. Die Glocke wurde stark geschellt.

»Ich wette, das ist der Autor!« rief der Kanzleirat.

Fast im gleichen Augenblick stürzte Ernestinho im Frack in den Salon. Sie erhoben sich geräuschvoll und umarmten ihn. Tausend Glückwünsche! Tausend Glückwünsche! Die Stimme des Kanzleirats übertönte die anderen: »Willkommen der gefeierte Autor! Willkommen!«

Ernestinho erstickte vor Glück. Er zeigte ein starres Lächeln; seine Nasenflügel blähten sich, als ob er diese Beweihräucherungen in sich einsaugen wolle; die Brust trug er hoch, von Stolz geschwellt, und unaufhörlich bewegte er den Kopf, als bezeige er einer beifallklatschenden Menge mechanisch seinen Dank.

»Da bin ich! Da bin ich!« stöhnte er.

Keuchend setzte er sich, und mit der liebenswürdigen Art eines Musensohns erklärte er, daß die letzten Generalproben ihm keinen Moment Zeit gelassen hätten, um Base Luiza besuchen zu kommen. An diesem Abend hätte er zwar einen Augenblick Zeit, aber er müsse um zehn Uhr zum Theater zurück: Die Droschke warte gleich ...

Dann schilderte er lang und breit seinen Triumph. Anfänglich hatte er ja Bauchschmerzen gehabt. Alle hatten welche, selbst die routiniertesten, die berühmtesten! Doch kaum daß der Campos den Monolog des ersten Aktes gesprochen hatte – und *wie* er ihn sprach, das hätten sie sehen müssen, eine großartige Leistung –, brach der Beifall los. Alle waren begeistert. Am Schluß gab es einen Tumult, Schreie nach dem Autor, Beifallssalven ... Er war auf die Bühne geschleppt worden; er wollte nicht, aber sie nötigten ihn, die Jesuina auf der einen Seite, die Maria Adelaide auf der andern. Ein Rausch sei es gewesen! Der Savedra vom ›Seculo‹ hatte ihm gesagt: »Sie sind unser Shakespeare, lieber Freund!« Der Bastos von der ›Verdade‹ versicherte ihm: »Du bist unser Scribe!« Ein Abendessen hatte stattgefunden, und einen Kranz hatten sie ihm aufgesetzt.

»Paßt er Ihnen denn?« fragte Julião.

»Vortrefflich; nur ein kleines bißchen zu weit ...«

Der Kanzleirat erläuterte gewichtig: »Die großen Autoren, der berühmte Tasso, unser Camões werden immer mit ihren Lorbeerkränzen abgebildet.«

»Gerade das wollte ich Ihnen anraten, Senhor Ledesma«, fiel Julião ein, indem er sich erhob und ihm auf die Schulter klopfte. »Sie müssen sich mit dem Kranz porträtieren lassen!«

Allgemeines Gelächter.

Ein wenig verstimmt faltete Ernestinho sein parfümiertes Taschentuch auseinander.

»Senhor Zuzarte kann seine Spötteleien nicht lassen ...«

»Gerade das ist der Beweis des Ruhms, mein Freund. Bei den Triumphen der siegreichen Feldherren im alten Rom gab es einen Spaßmacher im Festzug!«

»Ich verstehe das nicht!« sagte Luiza lachend. »Das ist doch eine Ehre für die Familie!«

Jorge war der gleichen Ansicht. Er spazierte rauchend im Salon hin und her und meinte, daß sich Ernestinho nur des Kranzes freuen solle, da er ja das Recht hatte, ihn zu tragen ...

Ernestinho wandte sich prompt zu ihm: »Weißt du, daß ich ihr verziehen habe, Vetter Jorge? Ich habe ihn seiner Gattin verzeihen lassen ...«

»Wie Christus ...«

»Wie Christus«, bestätigte Ernestinho mit Genugtuung.

Donha Felicidade zollte dem gleich Beifall: »Das haben Sie sehr richtig gemacht! Es ist sogar moralischer!«

»Jorge wollte ja, daß ich sie eines gewaltsamen Todes sterben lasse«, lachte Ernestinho einfältig. »Erinnern Sie sich nicht an jenen Abend?«

»Ja, richtig«, sagte Jorge nervös und lachte mit.

»Unser Jorge«, erklärte der Kanzleirat feierlich, »konnte derart ausgefallene Ideen nicht aufrechterhalten. Und gewiß haben die Überlegung, die Lebenserfahrung ...«

»Ich habe meine Ansicht geändert, Kanzleirat«, unterbrach ihn Jorge.

Und er ging hastig in das Arbeitszimmer.

Sebastião war beunruhigt und versuchte vorsichtig, ein Gespräch mit ihm anzuknüpfen. Jorge stand im Dunkeln.

»Werden diese Idioten denn nicht bald den Mund halten? Gehen sie noch nicht?« sagte er leise und packte Sebastiãos Arm.

»Beruhige dich doch!«

»Ach, Sebastião! Sebastião!« Seine Stimme zitterte; er war dem Weinen nahe.

Doch da rief Luiza aus dem Salon: »Was für eine Verschwörung ist denn das dort im Dunkeln?«

Sebastião beschwichtigte sie: »Nichts, nichts. Wir sind nur mal ins Arbeitszimmer gegangen ...« Und leise fügte er hinzu: »Jorge ist müde. Er scheint krank zu sein, der Arme!«

Als er zurückkam, bemerkten sie sofort seinen veränderten Gesichtsausdruck.

»Nein, ich fühle mich wirklich nicht wohl, ich bin unpäßlich!«

»Und die entkräftete Donha Luiza bedarf der Ruhe ihres Bettes«, sprach der Kanzleirat und erhob sich.

Ernestinho, der sowieso wieder fort mußte, bot dem Kanzleirat und Julião seinen Wagen an, es war eine Kalesche, falls sie nach der Baixa fahren wollten …

»Welche Ehre«, rief Julião mit einem Blick auf Accacio, »wir werden in der Kutsche des großen Genius fahren!«

Und während sich Donha Felicidade warm anzog, gingen die drei hinunter.

Auf halber Treppe blieb Julião stehen und verschränkte die Arme: »Hier wandle ich also zwischen den Repräsentanten zweier großer Bewegungen in Portugal seit 1820. Der Literatur« – er nickte Ernestinho zu – »und des Konstitutionalismus!« Und er verbeugte sich zum Kanzleirat hin.

Die beiden lachten geschmeichelt.

»Und Sie, lieber Zuzarte?«

»Ich?« Er senkte die Stimme: »Noch vor Tagen erbitterter Revolutionär. Aber jetzt …«

»Was denn?«

»Ein Freund unserer Staatsordnung«, jubelte er.

Und sie gingen hinunter, zufrieden mit sich und ihrem Lande, um in die Kutsche des großen Genius zu steigen.

15

Am folgenden Tag ging Jorge ins Ministerium, dem er in letzter Zeit ferngeblieben war. Doch er blieb dort nicht lange. Die Straße, das Auftauchen von Bekannten und Fremden peinigte ihn; es schien ihm, daß die ganze Welt es wußte; in den harmlosesten Blicken entdeckte er eine boshafte Absicht und im aufrichtigsten Händedruck die ironische Wärme von Beileidsbezeigungen; sogar die Droschken, die vorüberfuhren, flößten ihm den Verdacht ein, sie hätten Luiza zum Rendezvous gebracht, und an allen Häusern sah er die niederträchtige Fassade des ›Paradieses‹. Er kehrte noch verdrossener, noch unglücklicher zurück und fühlte sein Leben zugrunde gerichtet. Und schon im Korridor hörte er Luiza wie früher die ›Mandolinata‹ trällern!

Sie kleidete sich gerade an.

»Wie geht es dir?« erkundigte er sich, indem er seinen Spazierstock in eine Ecke stellte.

»Ich bin wohlauf. Heute geht es mir viel besser. Noch ein bißchen matt ...«

Jorge tat schweigend ein paar Schritte durch das Zimmer.

»Und du?« fragte sie ihn.

»Ich lebe«, antwortete er so bekümmert, daß Luiza den Kamm hinlegte, mit wirren Haaren auf ihn zukam und ihm sehr zärtlich die Hände auf die Schultern legte.

»Was hast du denn? Du hast etwas. Seit Tagen kenne ich dich einfach nicht wieder! Du bist nicht mehr der alte! Manchmal läufst du mit einem Gesicht herum, als ob du etwas verbrochen hättest ... Was ist? Sprich.« Und ihre Augen suchten die seinigen, die sich verstört abwandten.

Luiza umarmte ihn. Sie ließ nicht locker und bestand darauf, daß er ›seinem Frauchen‹ alles sage.

»Sprich! Was ist mit dir?«

Er blickte sie lange an, und plötzlich rang er sich zu einem Entschluß durch.

»Gut, ich sage es dir. Jetzt bist du gesund und kannst es hören ... Luiza! Seit vierzehn Tagen lebe ich wie in der Hölle. Ich kann nicht mehr ... Du bist wohlauf, nicht wahr? Dann gut – Was hat das hier zu bedeuten? Gestehe! Sag die Wahrheit!«

Und er streckte ihr Basilios Brief hin.

»Was ist das?« flüsterte sie, kreideweiß. Und der gefaltete Bogen zitterte in ihrer Hand.

Langsam öffnete sie ihn und erkannte auf den ersten Blick Basilios Handschrift. Sie starrte Jorge einen Moment verwirrt an, breitete die Arme aus, ohne ein Wort hervorzubringen, hob beklommen die Hände zum Kopf, als ob sie sich verwundet fühle, schwankte, sank mit einem heiseren Laut in die Knie und blieb ausgestreckt auf dem Teppich liegen.

Jorge schrie auf. Beide Dienstmädchen eilten herbei. Sie legten Luiza auf das Bett. Er schickte Joanna zu Sebastião und starrte Luiza an, während Marianna zitternd das Korsett der Gnädigen aufhakte.

Sebastião kam sofort. Glücklicherweise war Äther da, den sie Luiza einatmen ließen. Kaum daß sie langsam die Augen aufschlug, stürzte sich Jorge über sie: »Luiza, so hör doch, sprich! Das ist doch belanglos. Aber sprich! Sag, was hast du?«

Als sie seine Stimme hörte, fiel sie wieder in Ohnmacht, Krämpfe schüttelten ihren Körper. Sebastião eilte fort, um Julião zu holen.

Luiza lag da, als ob sie schlief, still, weiß wie Wachs, die Hände über der Steppdecke; und zwei Tränen rannen ihr langsam über die Wangen.

Eine Droschke hielt. Julião erschien, ganz außer Atem.

»Sie fühlte sich plötzlich unwohl ... Da, sieh, Julião. Es geht ihr sehr schlecht!« sagte Jorge.

Sie ließen Luiza noch mehr Äther atmen; sie erwachte wieder. Julião sprach auf sie ein und fühlte ihr den Puls.

»Nein, nicht, niemand!« lispelte sie und zog die Hand zurück. Ungehalten wiederholte sie: »Nein, geht fort, ich will nicht ...«

Luiza weinte. Doch als sie aus dem Schlafzimmer gingen, um sie nicht aufzuregen, rief sie laut nach Jorge.

Er kniete neben dem Bett nieder und sprach dicht vor ihrem Gesicht auf sie ein: »Was hast du? Reden wir nicht mehr von dieser Sache. Das hat sich erledigt. Du darfst nicht krank sein. Ich schwöre dir, daß ich dich liebe ... Mag gewesen sein, was will, ich stoße mich nicht daran. Ich will es nicht wissen, nein.«

Und als sie sprechen wollte, legte er ihr die Hand auf den Mund.

»Nein, ich will es nicht hören! Ich will, daß du gesund bist, daß du nicht leidest! Sag doch, daß du wohlauf bist! Was fehlt dir? Wir fahren morgen aufs Land, und alles ist vergessen. Es ist doch vorbei ...«

Sie hauchte nur: »Ach, Jorge, Jorge!«

»Ich weiß schon ... Aber nun wirst du wieder glücklich sein ... Sag, was ist dir?«

»Hier«, flüsterte sie und führte die Hände zum Kopf. »Er tut mir weh!«

Jorge stand auf, um Julião zu rufen, doch sie hielt ihn zurück und zog ihn an sich; sie verschlang ihn mit Augen, in denen das Fieber lohte, und bot ihm ihre Lippen. Er gab ihr einen herzhaften, aufrichtigen Kuß, mit dem er ihr alles verzieh.

»Ach, mein armer Kopf!« stöhnte sie.

Ihre Schläfen pochten, und ihr Gesicht glühte.

Da sie öfter an Kopfschmerzen litt, beruhigte Julião die Anwesenden und verordnete unbedingte Ruhe und Senfpflaster auf die Füße, bis er zurückkäme.

Jorge blieb schweigend am Bett, von bangen Vorahnungen bedrängt, und seufzte zuweilen.

Es war vier Uhr; ganz feiner, diesiger Regen fiel; das Schlafzimmer lag in düsterem Licht.

»Es wird nichts von Bedeutung sein ...«, meinte Sebastião.

Luiza wälzte sich im Bett hin und her, wobei sie die Hände gegen den Kopf preßte. Sie wurde von immer stärkeren Schmerzen gequält und war sehr durstig.

Marianna hatte soeben auf Zehenspitzen aufgeräumt, leicht bedrückt von diesem Hause, wo sie nur Kummer und Krankheit gesehen hatte; doch selbst das kaum wahrnehmbare Aufsetzen ihrer Schritte tat Luiza weh, als ob es Hammerschläge auf ihren Schädel wären.

Julião ließ nicht lange auf sich warten; doch schon an der Tür des Schlafzimmers beunruhigte ihn Luizas Anblick. Er zündete ein Streichholz an, näherte es ihrem Gesicht; und das Licht ließ sie einen Schrei ausstoßen, als ob ihr ein kalter Stahl den Kopf durchbohrt hätte.

Metallischer Glanz lag in ihren geweiteten Augen. Sie verhielt sich sehr ruhig, weil ihr die geringste Bewegung entsetzliche Schmerzen im Nacken verursachte. Nur dann und wann lächelte sie Jorge mit einem Ausdruck stiller und stummer Trauer zu.

Julião veranlaßte gleich, daß ihr drei Kissen untergelegt wurden, um ihren Kopf hochzuhalten. Draußen senkte sich die feuchte Dämmerung herab. Sie gingen auf Zehenspitzen und nahmen sogar die Uhr von der Wand, um das monotone Ticktack zu entfernen. Nun gab Luiza Laute der Erschöpfung von sich und wälzte sich mit jähen Bewegungen herum, die sie aufschreien ließen; oder sie lag unbeweglich und stöhnte ununterbrochen und angstvoll. Sie hatten ihr die Beine in ein langes Senfpflaster gepackt, doch sie spürte es nicht einmal.

Gegen neun Uhr begann sie zu phantasieren; ihre Zunge war heiß und hart geworden, als sei sie aus schmutzigem Gips.

Auf Juliãos Anordnung bekam sie Kopfkompressen mit kaltem Wasser. Doch das Delirium wurde immer schlimmer.

Zuerst war es nur wiederholtes Flüstern, schwaches, schlaftrunkenes Murmeln, bei dem die Namen von Leopoldina, Jorge, Basilio unaufhörlich wiederkehrten. Dann schlug sie um sich, zerriß ihr Hemd mit den Händen, krümmte sich, und ihre Augen rollten wie große silberne Galläpfel, in denen die Pupille versank.

Luiza beruhigte sich wieder; in ihrem Wahn lachte sie mehrmals zärtlich auf; sie machte langsame Gesten des Anschmiegens und Liebkosens, wie in lässigem Genuß. Dann wurde ihr Atem beklommen; sie wollte sich in die Kissen und Steppdecken vergraben, vor Angstvorstellungen fliehen. Sie preßte ihren Kopf, flehte, daß sie ihn ihr öffnen möchten, daß er voller Steine wäre, daß sie Mitleid mit ihr haben sollten, und Ströme von Tränen rannen ihr über das Gesicht. – Sie fühlte die Pflaster nicht; man hielt ihr die nackten Füße in den Dampf kochenden Senfwassers, und ein herber Geruch durchzog das Zimmer. Jorge sprach unaufhörlich mit tröstenden und flehenden Worten auf sie ein; er beschwor sie, sich zu beruhigen, ihn doch zu erkennen; da geriet sie plötzlich in Raserei, schrie nach dem Brief, verfluchte Juliana – dann sagte sie wieder verliebte Worte, zählte Geldsummen auf ... Jorge befürchtete, daß dieser Fieberrausch Julião und den Dienstmädchen alles enthüllen würde; er schwitzte bis in die Haarwurzeln – und wenn sie sich einen Moment im ›Paradies‹, in den Ausschweifungen des Ehebruchs wähnte, nach Basilio rief, Champagner verlangte, sich unanständiger Worte bediente, flüchtete Jorge wie von Sinnen aus dem Schlafzimmer, ging in den dunklen Salon, warf sich schluchzend auf den Diwan, raufte sich die Haare und fluchte.

»Besteht Lebensgefahr?« fragte Sebastião.

»Ja«, sagte Julião. »Wenn sie wenigstens die Senfpflaster spüren würde! Aber diese verwünschten Nervenfieber ...«

Sie verstummten, als sie Jorge mit entstelltem, hohlem Gesicht in das Schlafzimmer treten sahen.

Julião nahm ihn beiseite und führte ihn hinaus.

»Hör zu, es ist erforderlich, ihr das Haar abzuschneiden.«

Jorge blickte ihn verdutzt an.

»Das Haar?« Er packte ihn bei den Armen. »Nein, Julião, nein, verstehst du? Da kann man etwas anderes unternehmen. Das mußt *du* wissen. Aber das Haar auf keinen Fall! Nein! Das nicht, um Gottes willen! Sie befindet sich nicht in Lebensgefahr. Wozu dann?«

Aber diese Masse von Haaren war das Schlimme, sie verhinderte die Wirkung des Wassers!

»Morgen, wenn es nötig werden sollte. Morgen! Warte bis morgen ... Nein, Julião, danke!«

Julião stimmte widerwillig zu. Er ließ dann fortwährend die Kopfkompressen erneuern, und da die zitternde, ungeschickte Marianna dabei das Kopfkissen naß machte, setzte sich Sebastião die ganze Nacht an das Kopfende des Bettes und preßte unaufhörlich einen Schwamm aus, von dem langsam das Wasser tröpfelte; sie hatten Krüge auf den Balkon des Salons gestellt, um dem Wasser eine eisige Kälte zu geben. Spät in der Nacht beruhigte sich das Fieber etwas. Doch Luizas blutunterlaufene Augen boten ein gräßliches Bild. Die Pupillen glichen kaum einem schwarzen Punkt.

Jorge saß zu Füßen des Bettes, den Kopf zwischen den Händen, und blickte zu ihr hin. Er entsann sich flüchtig anderer, ebensolcher Krankheitsnächte, als sie Lungenentzündung gehabt hatte, und sie war wieder genesen! Sie war sogar hübscher geworden, zeigte eine leichte Blässe, die ihren Gesichtsausdruck verfeinerte. Sie mußten aufs Land gehen, sobald sie wieder hergestellt war; er würde ein Häuschen mieten; er konnte abends im Omnibus zurückkommen und sie von weitem auf der Landstraße sehen, wie sie ihm entgegenlief, in einem hellen Kleid, im milden Abend ... Sie stöhnte; Jorge hob erschrocken die Augen auf, und sie schien ihm nicht mehr dieselbe. Es war ihm, als ob sie sich in dieser Atmosphäre des Fiebers und des Senfgeruchs, die das Schlafzimmer erfüllte, verlor und in ihr verschwand, im heimtückischen Schweigen der Nacht. Ein Schluchzen schüttelte ihn, dann fiel er wieder in seine Erstarrung zurück.

Oben betete Joanna. Die Kerzen verlöschten mit hoher und gerader Flamme.

Endlich zeigte eine vage Helligkeit an, daß der Morgen graute. Jorge erhob sich und schaute auf die Straße. Es regnete nicht mehr; das Steinpflaster trocknete. Die Luft schimmerte stahlfarben. Alles schlief; am Fenster der Azevedos flatterte lautlos ein vergessenes Handtuch im kalten Wind.

Als er in das Schlafzimmer trat, sprach Luiza mit matter Stimme. Sie empfand zwar die Wirkung der Senfpflaster, aber der Kopfschmerz hörte nicht auf. Wieder wälzte sie sich unruhig hin und her, und nach kurzer Zeit kehrte der Fieberrausch zurück. Daraufhin befahl Julião, ihr das Haar abzurasieren.

Sebastião ging in die Rua da Escola und weckte einen Barbier. Der kam mit verfrorenem Gesicht, den Rockkragen hochgeschlagen; und zähneklappernd zog er sogleich aus einem Lederbeutel die Rasiermesser und Scheren hervor, langsam, mit Händen, die das Fett der Pomaden weich gemacht hatte.

Jorge flüchtete sich in den Salon. Ihm war zumute, als ob mit den hübschen Zöpfen große Stücke seiner verstümmelten Glückseligkeit herabfielen; und mit dem Kopf zwischen den Händen erinnerte er sich bestimmter Frisuren, die sie zu tragen pflegte, gewisser Nächte, in denen ihre Haare durch die

Freuden der Leidenschaft in Unordnung geraten waren, der Töne, in denen sie im Licht leuchteten ... Er kehrte zurück, unwiderstehlich angezogen; vom Alkoven her hörte er das kalte, metallische Geräusch der Scheren; auf dem Tisch lag in einer Seifenschale zwischen Schaumflocken ein alter Rasierpinsel.

Leise rief er Sebastião: »Sag ihm, er soll sich beeilen! Ich schmore ja bei lebendigem Leibe! Das ist zuviel. Er soll schnell machen!«

Jorge lief in das Speisezimmer, irrte durch das Haus. Kalt zog der Morgen herauf; Wind erhob sich, der weißliche Wolkenfetzen mit sich trug.

Als Jorge wiederkam, verwahrte der Barbier gerade seine Messer mit der gleichen trägen Langsamkeit, mit der er sie herausgenommen hatte. Dann ergriff er seinen breitkrempigen Hut und ging auf Zehenspitzen hinaus, wobei er in düsterem Ton murmelte: »Ich wünsche gute Besserung. Gebe Gott, daß es nichts Ernstes ist ...«

Tatsächlich beruhigte sich eine Stunde später das Fieber: Luiza sank in leichten Schlummer. Schwache Seufzer kamen aus ihrem Mund, wie die verhaltene Wehklage besiegten Lebens.

Jorge sagte Sebastião, er wolle den Doktor Caminha rufen, einen alten Arzt, der schon seine Mutter behandelt und Luiza im zweiten Jahr ihrer Ehe von einer Lungenentzündung geheilt hatte. Jorge hatte Doktor Caminha dankbare Bewunderung bewahrt, und nun richteten sich seine Hoffnungen auf ihn; sehnsüchtig wünschte er seine Gegenwart herbei wie das Erscheinen eines Heiligen.

Julião war damit einverstanden; er legte sogar Wert darauf. Und Sebastião lief eilends hinunter, um Doktor Caminha zu holen.

Luiza, die für einen Augenblick aus ihrem Dämmerzustand

erwacht war, hörte sie leise sprechen. Mit matter Stimme rief sie nach Jorge.

»Man hat mir die Haare abgeschnitten …«, flüsterte sie traurig.

»Es geschah um deiner Gesundheit willen«, sagte Jorge, der fast ebenso todkrank war wie sie. »Das wächst bald nach. Sogar noch schöner …«

Sie antwortete nicht; zwei Tränen rannen ihr aus den Augenwinkeln.

Das sollte ihre letzte Empfindung sein. Eine schlafähnliche Ermattung lähmte sie, nur ihr Kopf glitt sanft und langsam über das Kissen, wobei sie beständig in trauriger Erschöpfung seufzte; ihre Haut wurde fahl wie eine Fensterscheibe, hinter der langsam das Licht verlischt; und selbst die Geräusche der sich allmählich belebenden Straße beeindruckten sie nicht, als wäre sie sehr weit entfernt und in Watte gebettet.

Gegen Mittag erschien Donha Felicidade. Sie stand wie versteinert, als sie Luiza in diesem Zustand erblickte. Da wollte sie sie nun abholen, um in die Encarnação oder einkaufen zu gehen! Sie legte gleich den Hut ab und sah nach dem Rechten, ließ das Schlafzimmer in Ordnung bringen, das Bett machen, die Waschbecken wegräumen und die alten Senfpflaster, die herumlagen – ›weil es nichts Schlimmeres für einen Kranken gibt als Unordnung‹ –, und sehr herzhaft sprach sie Jorge Mut zu.

Vor der Haustür hielt ein Wagen. Das war der Doktor Caminha, endlich! … Er war gut eingepackt in seinen grün und schwarz karierten Schal und beklagte sich sehr über die Kälte. Langsam zog er die dicken Kaschmirhandschuhe aus, legte sie pedantisch in den Hut und ging gemessenen Schrittes zum Schlafzimmer; dabei strich er seine ergrauenden dünnen Haare glatt, obwohl sie vorher mit der Bürste fest an den Schädel gepreßt worden waren.

Julião und er blieben allein im Schlafzimmer.

Draußen warteten schweigend die anderen. Jorge war weiß wie Wachs, seine Augen rot wie glühende Kohlen.

»Er wird ihr ein Zugpflaster in den Nacken legen«, berichtete Julião.

Jorge verschlang mit ängstlichem Blick den Doktor Caminha, der ruhig seine Kaschmirhandschuhe wieder anzog und sagte: »Wir werden es mit einem Zugpflaster versuchen. Es steht nicht gut mit ihr... Aber es gibt noch Schlimmeres. Ich komme jedenfalls wieder, mein Freund, ich komme wieder.«

Das Zugpflaster erwies sich als nutzlos. Luiza spürte es nicht, sie lag starr und weiß da, mit verkrampften Zügen. Plötzlich lief ein Zittern über ihr Gesicht.

»Sie ist verloren«, raunte Julião Sebastião zu.

Donha Felicidade war bestürzt und sprach gleich von den Sterbesakramenten.

»Wozu?« knurrte Julião ungehalten.

Doch Donha Felicidade erklärte, daß sie Gewissensbisse bekäme, daß es sonst eine Todsünde wäre. Zitternd winkte sie Jorge in die Fensternische: »Jorge, erschrecken Sie nicht, aber es wäre gut, an die Sakramente zu denken ...«

Er murmelte verstört: »Die Sakramente!«

Da stand auch schon Julião vor ihnen und sagte beinahe zornig: »Nur keine Albernheiten! Auch noch Sakramente! Wozu denn? Sie kann weder hören, noch versteht sie oder fühlt sie etwas. Es ist erforderlich, ihr noch ein Zugpflaster aufzulegen, vielleicht Schröpfköpfe, und darum geht es! *Das* sind die Sakramente!«

Doch die beleidigte Donha Felicidade brach erschüttert in Tränen aus. Sie vergäßen Gott, und nur bei Gott läge die Rettung! schluchzte sie und schneuzte sich sehr geräuschvoll.

»Was Gott mir bloß auferlegt ...«, stöhnte Jorge, der aus seiner Teilnahmslosigkeit erwachte. Er schlug die Hände zusammen, als empöre ihn eine Ungerechtigkeit: »Warum eigentlich, was habe ich getan, daß mir so etwas widerfährt? Was habe ich getan?«

Julião hatte noch ein Zugpflaster verordnet. Im Hause herrschte jetzt eine verdächtige Betriebsamkeit. Joanna erschien plötzlich mit einer Fleischbrühe, um die niemand gebeten hatte. Ihre Augen waren rot und verweint. Marianna drückte sich schluchzend in den Ecken herum. Donha Felicidade ging im Zimmer auf und ab, flüchtete in den Salon, um zu beten, legte Gelübde ab und flehte, man solle den Doktor Barbosa, den Doktor Barral holen.

Währenddessen lag Luiza immer noch reglos da; ein welkes Gelb ließ ihre Wangen hohl und starr erscheinen.

Julião bat entkräftet um einen Becher Wein und eine Schnitte Brot. Man erinnerte sich, daß man seit dem Vortage nichts gegessen hatte, und ging in das Speisezimmer. Dort trug Joanna, die förmlich in Tränen schwamm, eine Suppe und Eier auf. Doch sie fand die Löffel nicht und auch nicht die Servietten; sie murmelte Gebete, bat um Entschuldigung; indessen blickte Jorge mit verzerrtem Gesicht und geschwollenen Augen auf die Tischkante und machte Falten in das Tischtuch.

Einen Augenblick später legte er leise den Löffel hin und ging in Luizas Zimmer. Am Fußende des Bettes saß Marianna. Jorge schickte sie fort, um die Herrschaften zu bedienen; und kaum war sie hinausgegangen, fiel er auf die Knie, ergriff Luizas Hand und rief erst leise, dann lauter: »So höre mich doch an. Höre, um Gottes Barmherzigkeit willen. So darf es nicht mit dir bleiben, du mußt wieder gesund werden. Laß mich nicht allein auf dieser Welt, ich habe sonst niemanden mehr! Verzeih mir. Sag, daß du mir verzeihst. Oder gib mir wenigstens ein Zeichen! Sie hört mich nicht, gerechter Gott!«

Jorge starrte angstvoll auf Luiza. Sie blieb stumm.

Da warf er in rasender Verzweiflung die Arme empor: »Du weißt, daß ich an dich glaube, großer Gott. Rette sie! Rette sie doch!« Und er vertraute sich dem Himmel an: »So höre, mein Gott! Erhöre mich! Sei mir doch gnädig!«

Er blickte um sich, hoffte auf eine Bewegung, einen Laut, einen Zufall, ein Wunder! Doch alles kam ihm nur noch unheimlicher vor. Luizas leichenblasses Gesicht wurde hohl; das Tuch, das ihren Kopf verhüllte, war verrutscht; man sah den kahlgeschorenen, leicht gelblichen Schädel. Jorge legte ihr die Hand auf die Stirn, zögernd, furchtsam; es schien ihm, daß sie kalt war. Er unterdrückte einen Schrei, wollte aus dem Zimmer laufen und prallte mit Doktor Caminha zusammen, der gemächlich die Handschuhe auszog.

»Doktor! Sie ist tot! Sie spricht nicht, sie ist kalt ...«

»Nanu! Nanu!« sagte der. »Keine Aufregung, nur keinen Lärm!«

Doktor Caminha fühlte Luiza den Puls und spürte, wie er unter seinen Fingern entfloh, gleich den langsam aufhörenden Schwingungen eines Seils.

Julião eilte hinzu. Er stimmte mit dem Doktor Caminha überein, daß Schröpfköpfe zwecklos waren.

»Sie spürt sie ja nicht mehr«, meinte der Doktor und schüttelte den Schnupftabak von den Fingern.

»Wenn man ihr ein Glas Kognak gäbe?« entsann sich plötzlich Julião. Und als er den bestürzten Blick des Doktors sah, fügte er hinzu: »Zuweilen bedeuten diese Schlafsymptome nicht, daß das Gehirn zerrüttet ist; sie können auch lediglich Anzeichen erschöpfter Nervenkraft sein. Wenn der Tod nicht mehr abzuwenden ist, so kann der Kognak keinen Schaden anrichten; wenn es sich dagegen nur um eine Schwächung des Nervensystems handelt, könnte man sie noch retten ...«

Doktor Caminha ließ die Lippe hängen, wiegte ungläubig den Kopf hin und her und brummte: »Das sind Theorien!«

»In den englischen Krankenhäusern ...«, wandte Julião ein.

Doktor Caminha zuckte verächtlich die Achseln.

»Aber wenn der Herr Doktor lesen würden ...«, beharrte Julião.

»Gar nichts lese ich!« erklärte Doktor Caminha mit Nachdruck. »Mehr als genug habe ich gelesen! Meine Bücher sind die Kranken ...« Er verbeugte sich ironisch: »Aber wenn mein talentierter Kollege das Experiment machen will ...«

»Ein Glas Kognak oder Branntwein!« rief Julião an der Tür.

Und der Doktor Caminha setzte sich bequem hin, um sich am Mißerfolg des talentierten Herrn Kollegen zu weiden.

Sie richteten Luiza auf; Julião flößte ihr den Kognak ein. Als sie sie wieder zurückgebettet hatten, verharrte sie in der gleichen schlafähnlichen Regungslosigkeit. Doktor Caminha zog die Uhr und wartete. Es herrschte ein bedrückendes Schweigen.

Schließlich erhob sich der Arzt, fühlte Luiza den Puls, betastete ihre Gliedmaßen, die zunehmend kälter wurden, holte schweigend seinen Hut und zog die Handschuhe an.

Jorge begleitete ihn bis zur Tür:

»Nun, Doktor?« fragte er und packte ihn heftig am Arm.

»Was getan werden konnte, wurde getan«, sagte der Greis achselzuckend.

Jorge stand verstört am Treppenabsatz und sah den Doktor hinuntergehen. Der Widerhall jedes seiner schweren Schritte auf den Stufen traf ihn wie ein furchtbarer Schlag ins Herz. Er beugte sich über das Geländer und rief ihn leise. Der Doktor stutzte und blickte zu ihm empor. Jorge streckte ihm mit demütiger Beklommenheit die Hände hin: »Gibt es denn keine Rettung mehr?«

Der Doktor machte eine leere Geste und zeigte zum Him-

Während Donha Felicidade wehklagend Luiza die Augen zudrückte, verschränkte der Kanzleirat die Arme, immer noch den Hut in der Hand, wiegte seine ehrwürdige Glatze hin und her und sagte zu Sebastião: »Welche Familientragödie!«

16

Nach Luizas Beerdigung entließ Jorge die Dienstboten und zog zu Sebastião.

An diesem Abend gegen neun Uhr spazierte der Kanzleirat Accacio sehr warm eingepackt den Moinho de Vento hinunter, als er Julião begegnete, der gerade in der Rua da Rosa einen Kranken besucht hatte. Sie gingen ein Stück zusammen und sprachen über Luiza, das Begräbnis und Jorges Schmerz.

»Armer Kerl! Das heißt wirklich leiden!« sagte Julião teilnahmsvoll.

»Sie war eine Mustergattin!« murmelte der Kanzleirat.

Übrigens, bemerkte er, käme er gerade vom guten Sebastião, aber er konnte seinen Freund Jorge nicht besuchen; der hatte sich auf das Bett gelegt und schlief fest. Und er fügte hinzu: »Kürzlich habe ich gelesen, daß auf schwere Schicksalsschläge immer ausgiebiger Schlaf folgt. So erging es zum Beispiel Napoleon nach Waterloo, nach dem großen Unglück von Waterloo!« Einen Augenblick später fuhr er fort: »Richtig. Ich habe unseren Sebastião besucht ... Ihm etwas gezeigt ...« Er unterbrach sich und blieb stehen: »Weil ich es für meine Pflicht hielt, dem Gedenken der unglücklichen Senhora meinen Tribut zu zollen. Es war meine Pflicht, und ich habe mich ihr nicht entzogen! Und ich bin erfreut, daß ich Sie angetroffen habe, weil ich Ihr gewissenhaftes und vorbehaltloses Urteil kennenlernen will.«

Julião hustete und fragte: »Ist es ein Nachruf?«

»Ganz recht.«

Und der Kanzleirat, der es sonst bei seiner Position nicht schicklich fand, öffentliche Cafés zu betreten, schlug Julião vor, einen Moment im ›Tavares‹ zu verschnaufen, falls nicht viel Leute da waren – er könnte ihm dort das ›literarische Produkt‹ vorlesen.

Sie spähten hinein.

Nur zwei schweigsame Greise saßen an einem Tisch vor ihren Kaffeetassen, die Hüte auf dem Kopf, und stützten sich auf Spazierstöcke aus Bambusrohr.

Im Hintergrund döste der Kellner. Grelles, starkes Licht flutete in den engen Raum.

»Es herrscht erhabenes Schweigen«, stellte der Kanzleirat fest.

Er bot Julião einen Kaffee an; danach zog er einen Bogen liniierten Papiers aus der Tasche und murmelte: »Die unglückliche Senhora!« Accacio verneigte sich zu Julião hin und las:

»›NACHRUF ZUM GEDÄCHTNIS
DER SENHORA DONHA LUIZA MENDONÇA
DE BRITO CARVALHO.
Rose der Liebe, schön und purpurfarben,
Welche Levkoje stahl dir deine Blätter?‹

Das ist von unserem unsterblichen Garrett!« Und mit düsterer Stimme fuhr er langsam fort: »›Ein Engel mehr, der emporstieg zum Himmel! Eine Blume mehr, die sich auf zartem Stengel wiegte, die, kaum erblüht, der Sturmwind des Todes mit unbarmherziger Heftigkeit in die Nacht des Grabes schleuderte …‹«

Er blickte, Bewunderung heischend, auf Julião, und als er ihn über seine Tasse gebeugt den Kaffee umrühren sah, las er mit Grabesstimme weiter:

»›Verweilt und schaut auf diese kalte Erde! Dort ruht die keusche Gemahlin, die so früh den Liebkosungen ihres talentvollen Gatten entrissen wurde. Dort versank, gleich einem Nachen in der Brandung, die tugendhafte Senhora, deren heiteres Wesen das Entzücken aller bedeutete, die die Ehre hatten, an ihrem Herde zu weilen! Warum schluchzt ihr?‹«

»Einen Kaffee, Antonio!« schrie laut und heiser ein dicker Kerl in kurzer Jacke, der in ihrer Nähe Platz nahm, geräuschvoll den Spazierstock auf den Tisch legte und den Hut in den Nacken schob.

Der Kanzleirat sah ihn grollend über die Schulter an. Dann fuhr er mit gesenkter Stimme fort: »›... Schluchzt nicht! Denn wenn dieser Engel nicht mehr der Erde angehört, so gehört er dem Himmel!‹«

»Ist der Sô Guedes schon dagewesen?« wollte der Heisere wissen.

Der Kellner hinter der Theke putzte mit einem Wischtuch die Metallstangen und antwortete: »Noch nicht, Senhor Dom José!«

»›Dort‹«, fuhr der Kanzleirat fort, »›stimmt ihre Seele, auf blütenweißen Flügeln schwebend, Lobgesänge auf den Ewigen an! Und sie wird nicht müde, den Allmächtigen um Gnade und Gunst zu bitten, die er ausgießen möge über dem Haupte des geliebten Gatten, der sich eines Tages, daran zweifelt nicht, mit ihr in den himmlischen Gefilden, der Heimat so auserlesener Geister, vereinigen wird ...‹« Und die Stimme des Kanzleirats untermalte die Verheißung jener paradiesischen Himmelfahrt mit flötendem Tonfall.

»War er denn gestern abend hier, der Sô Guedes?« fragte hartnäckig der im Jackett, stemmte die Ellbogen auf den Tisch und qualmte wie ein Schornstein.

»Ziemlich spät. So gegen zwei Uhr.«

Der Kanzleirat schüttelte in stummer Verzweiflung seinen

Bogen Papier; hinter den Gläsern der dunklen Brille blitzte in seinen Augen der vernichtende Haß des unterbrochenen Autors.

Doch er las weiter: »›Und ihr, empfindsame Seelen, vergießt eure Tränen, doch indem ihr sie vergießt, seid immer eingedenk, daß sich der Mensch den Ratschlüssen der Vorsehung beugen muß ...‹«

Accacio unterbrach sich: »Das soll nämlich unserem armen Jorge Mut geben!« Er fuhr fort: »› ... beugen muß. Gott zählt einen Engel mehr, und rein strahlt seine Seele ...‹«

»War er mit der Kleinen da, der Sô Guedes?« krächzte der Dicke, indem er die Asche seiner Zigarre auf der Marmorplatte des Tisches abstrich.

Der Kanzleirat hielt inne, bleich vor Zorn.

»Das muß ein Mensch niederster Herkunft sein«, knurrte er voll Abscheu.

Der Kellner piepste hinter der Theke: »Nein, nein; diesmal ist er mit einer Spanierin gekommen, da oben von der Straße. Ein wenig dürr, lockiges Haar, trug einen roten Mantel ...«

»Die Lola!« fiel ihm der andere mit Befriedigung ins Wort und rekelte sich wollüstig bei der Erinnerung an sie.

Der Kanzleirat hatte es nunmehr eilig: »›Und was ist schon das Leben? Ein hastiges Wandeln über das Erdenrund, ein eitler Traum, aus dem wir im Schoße des Gottes der Heerscharen erwachen, dessen unwürdige Vasallen wir alle sind.‹« Und mit diesem wuchtigen Satz war er am Ende.

»Was halten Sie davon? Sprechen Sie ganz offen!«

Julião schlürfte den Kaffeegrund seiner Tasse, stellte sie sacht auf die Untertasse und leckte sich die Lippen.

»Soll das gedruckt werden?«

»In der ›Volksstimme‹, mit schwarzem Rändchen.«

Julião kratzte sich kräftig den Kopf und stand auf: »Es ist sehr gut. Sehr gut, Kanzleirat!«

Während er noch das Kleingeld für den Kellner zusammensuchte, erklärte Accacio: »Ich glaube, daß es ihrer und meiner würdig ist!«

Und schweigend gingen sie hinaus.

Die Nacht war sehr dunkel; ein kalter Nordostwind hatte sich erhoben, Regentropfen waren gefallen. Am Loreto blieb Julião plötzlich stehen.

»Ach, das habe ich ganz vergessen! Wissen Sie schon das Neueste, Kanzleirat? Die Donha Felicidade übersiedelt in die Encarnação.«

»Nanu!«

»Sie hat es mir gesagt. Ich besuchte sie gerade, bevor ich zu einem Kranken in die Rua da Rosa ging. Sie hatte ein Fieberchen. Nichts von Bedeutung ... Die Aufregung, der Schreck! Und sie teilte mir mit, daß sie sich morgen in die Encarnação zurückzieht.«

Der Kanzieirat kommentierte: »Ich bemerkte schon immer reaktionäre Ideen bei dieser Dame. Das ist das Ergebnis jesuitischer Intrigen, mein Freund!« Und mit der Melancholie des unzufriedenen Liberalen fügte er hinzu: »Die Reaktion erhebt ihr Haupt!«

Julião ergriff vertrauensselig den Arm des Kanzleirats und meinte lächelnd: »Reaktion! Es ist um Ihretwillen, Sie Undankbarer ...«

Der Kanzleirat wurde verlegen: »Was wollen Sie damit sagen, edler Freund?«

»Nun, ich weiß ja nicht, wie um alles in der Welt sie hinter eine schwerwiegende Angelegenheit gekommen ist ...«

»Hinter was für eine denn? Aber hören Sie ...«

»Die ich ebenfalls entdeckte, Sie Schwerenöter! Daß auf dem Bett des Kanzleirats zwei niedliche Kopfkissen liegen, wo er doch nur einen Kopf hat ... Sie verriet es mir!« Er lachte laut, rief ihm »Adieu! Adieu!« zu und lief schnell die Rua do

Alecrim hinunter. Der Kanzleirat blieb verblüfft zurück und stand wie versteinert. »Was für eine unglückliche Frau! Welche unheilvolle Leidenschaft!« murmelte er schließlich. Und er strich sich zärtlich und mit Befriedigung seinen Schnurrbart.

Da er den Nachruf noch ins reine schreiben mußte, beeilte er sich, nach Hause zu kommen. Er ließ sich nieder, einen Mantel auf den Knien, und ziemlich rasch lenkten ihn seine schriftstellerischen Verpflichtungen von seinen männlichen Gepflogenheiten ab. Bis um elf Uhr glitt seine schöne, bürokratische Kursivschrift in der Stille seines ›Sanctum sanctorum‹ erhaben über einen mächtigen Bogen englischen Papiers. Er war gerade fertig, als die Tür knarrte und Adelaide erschien, ein dickes Tuch um die Schultern. Mit erkälteter Stimme fragte sie: »Wollen wir denn heute nicht ›Kindchen‹ spielen?«

»Sofort, meine liebe Adelaide, sofort!«

Accacio las das Geschriebene noch einmal leise und voller Entzücken. Dann war ihm jedoch das Ende nicht rührend genug. Er wollte mit einem Ausruf des Schmerzes schließen, der durch ein Ach! verlängert werden müßte! Accacio dachte nach, die Ellbogen auf dem Tisch, den Kopf zwischen den gespreizten Fingern. Da strich ihm Adelaide, die sich leise genähert hatte, mit der Hand über die Glatze. Diese sanfte, liebevolle Berührung ließ anscheinend in seinem Kopf wie einen Funken die rettende Idee aufsprühen, denn er griff schnell zur Feder und fügte hinzu: ›So weinet! Weint! Und mich erdrückt der Schmerz!‹

Stolz rieb er sich die Hände. Er wiederholte laut in weinerlichem Ton: »›So weinet! Weint! Und mich erdrückt der Schmerz!‹« Lüstern legte er den Arm um Adelaides Taille und rief: »Das macht bestimmt Eindruck, meine liebe Adelaide!«

Accacio erhob sich. Er hatte sein Tagewerk beendet. Es war ziemlich programmgemäß und würdig verlaufen: Morgens hatte er sich mit Ergötzen im ›Diario do Governo‹ vergewissert, daß es in der königlichen Familie nichts Neues gab. Er hatte seine Freundespflicht erfüllt und Luiza in einem Wagen der Companhia das letzte Geleit nach den Prazeres gegeben; das Anziehen der Staatsschuldscheine sicherte ihm der Frieden seines Landes; er hatte ein beachtliches Prosawerk verfaßt; seine Adelaide liebte ihn! Und sicher begeisterte er sich am Besitz dieser Glückseligkeiten, die so sehr von den düsteren Bildern abstachen, die seine Feder heraufbeschworen hatte, denn Adelaide hörte ihn murmeln: »Das Leben ist ein unschätzbares Gut!« Doch als treuer Staatsbürger fügte er hinzu: »Besonders in dieser Ära des großen öffentlichen Wohlstandes!«

Erhobenen Hauptes trat er ins Schlafzimmer, mit geschwellter Brust und festen Schritten, den Leuchter hoch emporhebend.

Seine Adelaide folgte ihm gähnend; sie war mitgenommen von ihrer Erkältung – und von einem Schäferstündchen, das sie am späten Nachmittag mit dem blonden, zärtlichen Arnaldo, dem Kassierer vom ›Amerika-Kaufhaus‹, verbracht hatte.

Zu dieser Stunde stiegen zwei Männer vor dem Eingang des Hotels Central aus einem Wagen. Der eine trug einen Ulster mit Schachbrettmuster, der andere einen langen Pelzmantel. Beinahe zur gleichen Zeit hielt ein mit Gepäckstücken beladener Omnibus.

Ein deutscher Diener, der leise mit dem Pförtner plauderte, erkannte sie gleich wieder und zog seine Kappe: »Der Senhor Dom Basilio! Der Herr Vicomte!«

Der Vicomte Reynaldo, der mit den Füßen auf die Fliesen

stampfte, knurrte in seinen Pelzmantel: »Wahrhaftig, da wären wir wieder im Schweinestall!«

Aber zu dieser Stunde? wurde gefragt.

»Zu welcher Zeit sollten wir denn nach Ihrer Meinung ankommen? Vielleicht etwa fahrplanmäßig? Zwölf Stunden Verspätung, diese Lappalie! In Portugal ist das noch gar nichts ...«

»Hat es irgendeinen Zwischenfall gegeben?« erkundigte sich teilnahmsvoll der Diener, der hinter ihnen die Treppe hinaufstieg.

Reynaldo setzte seinen Fuß mit Wucht auf die Matte des Korridors.

»Den landesüblichen Zwischenfall! Überhaupt nichts klappt! Wie durch ein Wunder sind wir hier! Ein niederträchtiges Land!« Reynaldo ließ seine Wut an dem Diener aus. An den Steinen der Straße hätte er sie ausgelassen, so gewaltig war seine schlechte Laune. »Seit einem Jahre ist das nun mein Gebet: ›Großer Gott, schicke diesem Land noch einmal das Erdbeben!‹ Da lese ich nun alle Tage die Drahtnachrichten, um zu sehen, ob das Erdbeben schon gekommen ist ... immer nichts! Irgendein Minister, der gestürzt wird, oder irgendein Baron, der aus der Versenkung auftaucht. Und kein Wort von einem Erdbeben! Der Allmächtige tut so, als höre er meine Gebete nicht ... Er beschützt dieses Land! Dabei ist es doch nicht besser als jedes andere!« Reynaldo lächelte und empfand eine gewisse Dankbarkeit gegenüber der Nation, deren Schwächen ihm so viele Witze lieferten.

Doch als ihm der Diener sehr bestürzt erklärte, daß lediglich im dritten Stock noch ein Salon und ein Schlafzimmer mit zwei Betten frei wären, kannte seine Wut keine Grenzen: »Da sollen wir also im selben Zimmer schlafen? Denken Sie etwa, daß der Senhor Dom Basilio mein Geliebter ist, Sie Wüstling? Ist denn alles besetzt? Aber wem, zum Teufel, fällt denn ein, nach Portugal zu kommen? Ausländern! Eben das ist es, was mir nicht in den Kopf will!« Grollend zuckte er die Achseln: »Das Klima ist es, das Klima, das sie anlockt! Das Klima, dieser wunderbare nationale Köder! Ein pestilenzialisches Klima. Es gibt nichts Gemeineres als ein gutes Klima!«

Und er wurde nicht müde, das Land zu schmähen, während der Diener mit unterwürfigem Lächeln in Eile Teller, Sülze, ein kaltes Hühnchen und Burgunder auf den Blumentisch stellte.

Reynaldo kam nach Portugal, um seine letzte Besitzung zu verkaufen, und hatte Basilio begleitet, der ›das lästige Geschäft mit dem jungen Täubchen‹ zu Ende bringen wollte. Er hörte nicht auf, mürrisch in seinen Pelzmantel zu knurren: »Da haben wir's! Hier sitzen wir im Schweinestall!«

Basilio antwortete nicht. Seitdem er in Santa Apolonia angekommen war, kehrten die Erinnerungen an das ›Paradies‹, an Luizas Wohnung, an jene ganze Romanze des vergangenen Sommers zurück und zogen ihn mit prickelndem Reiz an. Er hatte sich an die Fensterscheibe gelehnt. Ein kalter, blasser Mond zog jetzt zwischen dicken, bleifarbenen Wolken dahin; zuweilen glitt ein großer leuchtender Fleck über das Wasser und funkelte. Danach wurde alles dunkel; Schiffsmasten zeichneten sich gespenstisch in der unendlichen Finsternis ab, und irgendeine Schiffslaterne flackerte kalt auf.

›Was mag sie wohl zu dieser Stunde tun?‹ dachte Basilio. ›Natürlich, sie legt sich schlafen …‹ Luiza würde kaum wissen, daß er hier weilte, in einem Zimmer des Hotels Central …

Sie aßen zu Abend.

Basilio nahm sich das Kognakfläschchen mit ins Bett. Sein Gesicht war mit Puder bedeckt, das Nachthemd über der

Brust geöffnet. So lag er in behaglicher Trägheit hingestreckt und blies den Rauch der Zigarre von sich.

»Und morgen sehe ich dich schon ausfliegen«, sagte Reynaldo. »Du wirst dich natürlich gleich wieder mit der Base befassen!«

Basilio lächelte; sein Blick streifte die Zimmerdecke; gewisse Erinnerungen an Luizas Schönheit und ihr liebevolles Wesen erweckten in ihm eine Anwandlung von Wollust; er rekelte sich. »Zum Teufel!« sagte er. »Sie ist ein hübsches Mädel! Sie ist ganz bestimmt der Mühe wert!« Er trank noch ein Glas Kognak, und kurze Zeit darauf schlief er fest. Es war Mitternacht. –

Zu dieser Stunde erwachte Jorge. Er saß still auf einem Stuhl, versuchte seine Tränen zu unterdrücken und dachte an Luiza. Sebastião weinte leise in seinem Zimmer. Julião hatte sich in der Poliklinik auf ein Sofa gestreckt und las in der ›Revue des Deux Mondes‹. Leopoldina tanzte auf einer Abendgesellschaft ihrer Freundin Cunha. Die anderen schliefen. Und der kalte Wind, der die Wolken zusammenfegte und die Gasflammen der Laternen hin und her zerrte, ließ einen Baum traurig über dem Grabe Luizas rauschen.

Zwei Tage darauf hielt Basilio morgens auf dem Rocio nach einer anständigen Droschke Ausschau. Doch der Pintéos, der ihn von weitem erblickte, preschte gleich auf ihn zu. »Der Pintéos steht zu Ihren Diensten, gnädiger Herr!« Er schien entzückt, den lieben Senhor Dom Basilio wiederzusehen.

»Dort hinauf, nach der Patriarchal, Pintéos!« rief Basilio.

»Zur Senhora? Sofort, gnädiger Herr«, antwortete dieser prompt, setzte sich auf dem Kutscherbock zurecht und schlug mit der Peitsche auf die Pferde ein.

Als die Kutsche vor Jorges Haustür hielt, eilte der Paula auf die Straße, die Tabakhändlerin lief hinter ihrem Ladentisch hervor, und das Dienstmädchen des Doktors beugte sich auch schon aus dem Fenster. Und sie standen und rissen die Augen auf.

Basilio hatte geläutet; er war ein wenig nervös. Er wartete, warf die Zigarre weg und zerrte noch einmal kräftig am Klingelzug.

»Die Fenster sind verriegelt, gnädiger Herr«, sagte der Pintéos.

Basilio trat auf die Straßenmitte zurück: Die grünen Fensterläden waren geschlossen; das Haus sah verlassen aus.

Basilio wandte sich an den Paula: »Die Herrschaften, die hier wohnen, sind wohl auswärts?«

»Die wohnen jetzt nicht mehr da«, antwortete der Paula ernst und strich sich mit der Hand über den Schnurrbart.

Basilio starrte ihn an, von dem düsteren Ton befremdet.

»Wo wohnen sie denn dann jetzt?«

Der Paula spuckte aus und blickte Basilio traurig an: »Sie sind der Verwandte?«

Basilio lächelte: »Ja, der bin ich.«

»Und da wissen Sie es nicht?«

»Was denn, Mann Gottes?«

Der Paula rieb sich das Kinn und bewegte den Kopf hin und her: »Dann bedauere ich, es Ihnen sagen zu müssen. Die Senhora ist gestorben.«

»Was für eine Senhora?« fragte Basilio. Und er wurde kreideweiß.

»Die Senhora! Die Senhora Donha Luiza, die Frau vom Senhor Carvalho, dem Ingenieur ... Und der Senhor Jorge wohnt beim Senhor Sebastião. Dort am Ende der Straße. Wenn Sie sich dorthin bemühen wollen ...«

»Nein!« wehrte Basilio mit einer Handbewegung ab. Seine Lippen zitterten ein wenig. »Aber wie kam das denn?«

»Ein Fieber! In zwei Tagen raffte es sie dahin!«

Basilio ging langsam und mit gesenktem Kopf zur Droschke zurück. Er blickte noch einmal auf das Haus; dann knallte er den Wagenschlag zu. Der Pintéos preschte nach der Baixa.

Nun näherte sich der Paula dem Tabakladen.

»Viel Eindruck hat es nicht auf ihn gemacht! Adlige! Ein Schuft ist das!« murmelte er.

Die Tabakhändlerin wimmerte: »Ich bin nicht mit ihr verwandt, und ich bete jeden Abend zwei Vaterunser für ihre Seele ...«

»Ich auch!« seufzte die Kohlenfrau.

»Das wird ihr viel nützen!« brummte der Paula und zog sich zurück.

Er war neuerdings recht verbittert, denn er verkaufte wenig. Die Todesfälle auf der Straße untergruben seinen Lebensmut. Jeden Tag verabscheute er die Pfaffen mehr. Alle Abende las er die ›Nação‹, die ihm der Azevedo lieh, wobei er sich mit Groll an frommen Artikeln weidete, die ihn zur Weißglut brachten und dem Atheismus entgegentrieben; und der unbefriedigende Zustand der Staatsgeschäfte ließ ihn der Kommune zuneigen. Wie er sagte, hielt er alles für eine ›Schweinerei‹.

Sicherlich geschah es unter diesem Aspekt, daß er sich zur Tür des Tabakladens wandte und den Nachbarinnen mit düsterer Miene sagte: »Wißt ihr, was das ist? Wißt ihr, was das alles ist?« Er machte eine Gebärde, als wolle er das Weltall umfassen, starrte sie zornig an und knurrte das erhabene Wort: »Ein Misthaufen!«

Als Basilio die Rua do Alecrim hinunterfuhr, erblickte er den Vicomte Reynaldo am Portal des Hotels Street. Er befahl dem Pintéos, anzuhalten, und sprang aus der Kutsche.

»Weißt du es schon?«

»Was denn?«

»Meine Base ist gestorben.«

Der Vicomte Reynaldo murmelte höflich: »Die Arme!«

Und sie schlenderten Arm in Arm die Straße entlang, bis zum Wall. Der Tag war herrlich; eine zarte Kühle lag in der Luft; die Häuser, die Schößlinge der Bäume, die Masten der Boote, das Takelwerk der Schiffe leuchteten in der Sonne; eine Flut von Lauten klang auf, feierlich und fröhlich zugleich; der Fluß glänzte wie blaues Metall; der von Cacilhas herüberkommende Dampfer ließ gewaltige milchfarbene Rauchwolken aufsteigen, und im Hintergrund zeichneten sich die Hügel als bläulicher Schatten ab. Weißgetünchte Häuserreihen warfen das Licht zurück.

Die beiden schritten gemächlich einher und unterhielten sich über Luiza.

Der Vicomte Reynaldo, zartfühlend wie er nun einmal war, bedauerte die arme Senhora, die Unglückliche, die ausgerechnet bei so schönem Wetter sterben mußte. »Doch wie dem auch sei, ich habe diese Verbindung immer albern gefunden ...«

Denn schließlich sollten sie doch offen reden: Was stellte sie schon vor? Er wolle nichts Schlechtes sagen über die arme Senhora, die sich jetzt auf den Prazeres graulte, aber sie war doch wirklich keine elegante Geliebte: sie fuhr in gewöhnlichen Droschken, sie trug Strümpfe von der Stange, sie hatte eine schäbige Schreiberseele geheiratet, sie wohnte in einem dürftigen Häuschen, besaß keinen anständigen Umgang, spielte natürlich Lotto und lief zu Hause in Filzpantoffeln herum; sie hatte keinen Geist, keine Garderobe ... Zum Teufel! Sie war ja bloß ein Klotz am Bein!

»Für die zwei Monate, die ich in Lissabon bin ...«, brummte Basilio mit gesenktem Kopf.

»Ja, dafür vielleicht. Zur Hygiene!« meinte Reynaldo verächtlich.

Und schweigend liefen sie langsam weiter. Sie machten sich ausgiebig über einen Mann lustig, der vorbeikam und sich kopflos mit zwei schwarzen Pferden abmühte: »Was für ein Phaeton! Was für Geschirr! Welcher Aufzug! Das gibt es nur in Lissabon!«

Am äußersten Ende des Walls kehrten sie um. Der Vicomte Reynaldo fuhr sich mit den Fingern durch den Backenbart.

»So bist du also ohne Frau ...«

Basilio lächelte resigniert. Nach einer Pause stieß er heftig den Spazierstock auf den Boden.

»Wie ärgerlich! Da hätte ich doch die Alphonsine mitnehmen können!«

Und sie gingen in die ›Englische Schänke‹, Jerez trinken.

Seite 9 Figuier: Louis Figuier (1815-1894), französischer Schriftsteller, Autor zahlreicher volkstümlicher Werke über Astronomie.
– ›Diario de Noticias‹: 1864 gegründete, in Lissabon erscheinende national orientierte Tageszeitung.
10 Alemtejo: Landschaft im Südosten Portugals.
11 Lausperenne: (lat., ›andauerndes Lob‹) ständige und feierliche Ausstellung des Heiligen Sakraments in den Lissabonner Kirchen.
– Graça: alte Kirche im Osten Lissabons.
12 Marguérite Gautier: die Heldin des Romans ›Die Kameliendame‹ (1848) von Alexander Dumas (Sohn, 1824-1895).
– Bastiat: Claude-Frédéric Bastiat (1801-1850), französischer Wirtschaftswissenschaftler, verteidigte die ›Freiheit der Arbeit‹ und das Freihandels-System.
– Castilho: Antonio Feliciano Castilho (1800-1878), portugiesischer Dichter, berühmt durch seine arkadische Lyrik.
– Passeio: alte Promenade in Lissabon.
17 Baixa: Abkürzung für ›cidade baixa‹, ›Unterstadt‹, das Handelszentrum Lissabons.
– Morton: schottischer Regent unter Maria Stuart, 1589 enthauptet, Romanfigur Walter Scotts (1771-1832).
– Monsieur de Camors: Titelheld des 1867 erschienenen Romans des französischen Schriftstellers Octave Feuillet (1821-1890).
24 Dom Miguel: 1826 bewilligte König Dom Pedro IV. Portugal eine Verfassung und verzichtete zugunsten seiner damals siebenjährigen Tochter Donha Maria auf die portugiesische Krone. Donha Maria sollte später seinen Bruder Dom Miguel heiraten und dieser bis zu Donha Marias Volljährigkeit für sie die Regentschaft wahrnehmen. Dom Miguel lehnte jedoch die Verfassung ab und ließ sich zum absoluten König ausrufen. Pedro IV., der Kaiser von Brasilien geworden war, kehrte 1831 mit einer bewaffneten Expedition zurück, vertrieb Dom Miguel und ließ Donha Maria 1834 zur Königin proklamieren, für die

er nun bis zu ihrer Volljährigkeit selbst die Regentschaft übernahm.

– ›Käsebrot‹: Brot und Käse gilt in Portugal als einfachste Kost.

28 Price: Zirkusunternehmen in Lissabon.

38 Vintém: portugiesische Kupfermünze.

– Manilha: portugiesisches Kartenspiel.

40 Encarnação: Kirche im Westen Lissabons, der ein Hospital angegliedert war.

43 Garrett: João Baptista de Almeida Garrett (1799-1854), portugiesischer Dichter und Politiker, einer der Begründer des nationalen Theaters seines Landes.

– Herculano: Alexandre Herculano (1810-1877), portugiesischer Novellist und Historiker.

44 Marquis de Pombal (1699-1782): Minister unter Dom José I.; stärkte die Königsmacht gegen den Adel, Aufklärer christlicher Tendenz, bekämpfte die Jesuiten, verbesserte die Verwaltung und förderte Handel und Industrie.

– Milreis: bis 1911 portugiesische Münze und Währungseinheit, geteilt in 1000 Reis, entsprach etwa dem Werte von 4,85 Goldmark.

47 Gymnasio: eines der Theater Lissabons.

55 ›Diario do Governo‹: Lissabonner Zeitung.

– Dáfundo: Badeort westlich von Lissabon.

57 Amici, la notte ...: (ital.) Freunde, die Nacht ist schön, der Mond geht auf.

– Di qua, di là ...: (ital.) Hier und dort ziehen wir des Nachts durch die Stadt.

59 Necessidades: Schloß im Westen Lissabons.

61 Arivedere: (ital.) auf Wiedersehen!

62 Malagueña: südspanisches Volkslied und Tanz (aus Málaga).

– Zarzuela: spanisches Singspiel, in dem abwechselnd gesprochen und gesungen wird.

65 Fado: (›Schicksal, Verhängnis, Geschick‹) portugiesisches Volkslied, in dem mit Gitarrenbegleitung das Schicksal von Menschen oder die Mühseligkeiten des Daseins und das Walten übernatürlicher Mächte besungen werden.

78 Patriarchal: Kathedrale im Südosten Lissabons.

80 Graziella: Jugendgeliebte des französischen Dichters Alphonse de Lamartine (1790-1869), die er auf einer Italienreise in Neapel kennenlernte und 1849 in seinen ›Confidences‹ verewigte.

84 Poço dos Negros: (›Negerbrunnen‹) Straße in Lissabon. Moeda: portugiesische Goldmünze.

87 in Afrika: Portugal pflegte seine Strafgefangenen in Arbeitslager in den afrikanischen Kolonien zu schicken.

88 Libra: portugiesische Münze im Werte von 4500 Reis.

109 Belot: Adolphe Belot (1829-1890), französischer Romanschriftsteller und Dramatiker.

– Rocambole: berühmte Gestalt des französischen Romanschriftstellers Ponson du Terrail (1829-1871), Urbild des Abenteurers.

112 São Carlos: Lissabonner Theater.

113 Largo: kleiner Platz.

114 Rocio: der Hauptplatz Lissabons.

– Arsenal: gemeint ist das Marinearsenal am Tejo, in dessen Umkreis schwefelhaltiges Wasser entspringt, das vom Volk für medizinisch wirksam gehalten wird.

115 Praça: größerer Platz.

116 São Pedro de Alcantara: Park und Straße in Lissabon.

– Moinho de Vento: (›Windmühle‹) Straße in Lissabon.

– Escola: Hochschule.

126 Thalberg: Sigismund Thalberg (1812-1871), gefeierter österreichischer Klaviervirtuose.

138 Dom José I.: regierte 1750-1777; die Regierungsgeschäfte besorgte sein Minister Marquis de Pombal.

140 ›Eurico‹: Oper von Miguel Angelo Pereira, Uraufführung im Teatro São Carlos in Lissabon 1870.

149 Dom João VI.: regierte 1816-1826, hatte jedoch schon 1792 bis 1816 die Regentschaft für seine (vermutlich infolge der Französischen Revolution) dem Wahnsinn verfallene Mutter Donha Maria I. geführt.

158 Carapinhada: ein Eisgetränk.

163 Testone: portugiesische Silbermünze im Werte von 100 Reis.

168 Fandango: spanischer Tanz, mit Gesang wechselnd; mit Gitarren- und Kastagnettenbegleitung.

173 Buenos Ayres: westlicher Vorort von Lissabon.

190 ›Blaubart‹: französische Operette (1866) von Henri Meilhac (1831-1897) und Ludovic Halévy (1834-1908).

228 Paul Féval (1817-1887): französischer Dramatiker und Romanschriftsteller.

238 Associação Geral d'Agricultura: Allgemeine Landwirtschaftsgesellschaft.

240 Bichat: Marie-François-Xavier Bichat (1771-1802), berühmter französischer Mediziner, Anatom und Physiologe, Verfasser einer »Allgemeinen Anatomie«.

241 miguelistische Partei: die Miguelisten waren die Anhänger Dom Miguels, der sich, nachdem Dom Pedro IV. Portugal 1826 eine Verfassung zugestanden hatte, zum absoluten König ausrufen ließ und die Verfassung wieder außer Kraft setzen wollte. Er wurde von Pedro IV. aus dem Lande vertrieben.

– Proudhon: Pierre Joseph Proudhon (1809-1865), französischer kleinbürgerlicher Sozialist, einer der theoretischen Begründer des Anarchismus.

– Jouffroy: Théodore Jouffroy (1796-1842), französischer idealistischer Philosoph.

242 Claude Bernard (1813-1878): berühmter französischer Physiologe und Repräsentant der experimentellen Wissenschaft am Ende des 19. Jahrhunderts.

274 Bairro Alto: Stadtviertel im Westen Lissabons.

277 Mouraria: von Mauren (›mouros‹) bewohntes Stadtviertel im Nordosten Lissabons. Im Mittelalter durften Mauren nur dort wohnen.

279 Companhia: Gesellschaft für Pferde-Omnibusse.

– Martyres: Stadtviertel und Kirche im Südwesten Lissabons.

282 Arco do Bandeira: mit Ornamenten geschmückter öffentlicher Hausdurchgang in Lissabon, eine der schönsten architektonischen Schöpfungen aus der Zeit des Marquis de Pombal (1699-1782).

– ›Frei Luís de Sousa‹: Drama von Almeida Garrett.

305 Limoeiro: Gefängnis im Südosten Lissabons.

323 Peça: portugiesische Goldmünze im Werte von 7500 Reis.

327 Pataco: alte portugiesische Kupfermünze im Werte von 40 Reis.

354 Camões: Luiz de Camões (1524-1580), portugiesischer Dichter; schildert im Epos ›Die Lusiaden‹ die Abenteuer und Entdekkungen Vasco da Gamas, der 1497 den Seeweg nach Ostindien fand.

386 Almocreve: Maultiertreiber, der Waren transportiert.

388 Casa Havaneza: (›Havanna-Haus‹) großes Tabakgeschäft, gleichzeitig Zentrum politischer Versammlungen.

389 Carta Constitucional: Verfassungsurkunde der konstitutionellen Monarchie in Portugal.

– Magalhães: Rodrigo da Fonseca Magalhães (1470-1521), portugiesischer Seefahrer, der 1520 die Meerenge zwischen Südamerika und Feuerland (Magalhães-Straße) entdeckte.

390 Delille: Jacques Delille (1738-1813), französischer Abt und Dichter, übersetzte Virgil und Milton.

392 Bocage: Manoel Maria Barbosa du Bocage (1765-1805), populärer portugiesischer Dichter und Freigeist.

393 Das Heilige Kollegium: große Ratsversammlung der Bischöfe und Äbte.

– Syllabus: ein Verzeichnis der mit dem römischen Katholizismus nicht zu vereinbarenden ›modernen Irrtümer‹ (1864).

398 São Bento: im Gebäude des Klosters von São Bento tagt das portugiesische Parlament.

401 Gaditana: Einwohnerin von Cádiz, einer an der Atlantikküste gelegenen Stadt in Südspanien.

402 Nata: Gericht aus Rahm, Zucker und Eiern.

403 ›Gesellschaft Erster Dezember‹: am 1. 12. 1640 machte sich Portugal, das 1580 von Philipp II. von Spanien erobert worden war, mit französischer Hilfe von Spanien unabhängig.

411 Pirolito: Name eines portugiesischen Volksliedes.

– Bemdito: portugiesisches Kirchenlied.

467 Boa-Hora: Sitz der Kriminal- und Amtsgerichte erster Instanz im westlichen Teil des Lissabonner Stadtzentrums; früher Augustinerkloster.

476 al hermoso sol portugués: (span.) in der schönen Sonne Portugals.

504 Scribe: Eugène Scribe (1791-1861), sehr populärer französischer Bühnenschriftsteller.

528 Prazeres: Name eines Lissabonner Friedhofs.

529 Erdbeben: gemeint ist das Erdbeben, das Lissabon am 1. 11. 1755 heimsuchte, mit Unterbrechungen etwa eine Woche andauerte, fast die ganze Stadt zerstörte und etwa 30000 Opfer forderte.

531 ›Revue des Deux Mondes«: in Paris erscheinende konservative und exklusive Halbmonatsschrift für Politik, Geschichte, Literatur und Kunst.

Ausspracheregeln

Bei portugiesischen Wörtern, die auf l, m, r, z, i oder u enden, wird gewöhnlich die letzte Silbe betont.

Tilde über einem Vokal (ã, õ) macht diesen nasal und betont.

Unbetontes a klingt wie ä in englisch ›bag‹, unbetontes o wie u.

c vor e und i wie ß, sonst wie k.

ç wie ß.

ch wie sch.

g vor e und i wie j in französisch ›journal‹.

h wird nicht gesprochen.

j wie in französisch ›journal‹

lh wie lj.

m und n am Silbenschluß machen den vorhergehenden Vokal nasal.

nh wie nj.

qu vor e und i wie k, qü wie kw in ›Qual‹.

s im Anlaut stimmlos wie ß, im Inlaut stimmhaft, im Auslaut wie sch.

v wie w.

z im Anlaut und Inlaut wie stimmhaftes s, im Auslaut wie j in französisch ›journal‹.

Zu dieser Ausgabe

insel taschenbuch 2924: Der Text des vorliegenden Bandes folgt der Ausgabe: José Maria Eça de Queiroz, Vetter Basilio. Roman. Aus dem Portugiesischen übertragen von Rudolf Krügel. Insel-Verlag Leipzig 1959. Entnommen aus: José Maria Eça de Queiroz, Ausgewählte Werke in Einzelausgaben (6 Bände). 1958-1962. © Aufbau-Verlag Berlin, 1957. Titel der Originalausgabe: O primo Bazilio.

Umschlagabbildung: Eva Gonzales, Eine Loge im *Théâtre des Italiens*, um 1874. © Photo RMN-Hervé Lewandowski